大学文科基本用书·中国语言文学
DAXUE WENKE JIBEN YONGSHU · ZHONGGUO YUYAN WENXUE

中国古代文学作品选注

先秦两汉魏晋

（第三版）

韩传达 选注

图书在版编目(CIP)数据

中国古代文学作品选注. 先秦两汉魏晋/韩传达选注. —3 版. —北京：北京大学出版社，2017.10
(大学文科基本用书·中国语言文学)
ISBN 978-7-301-28578-7

Ⅰ.①中… Ⅱ.①韩… Ⅲ.①中国文学—古典文学研究—先秦时代—高等学校—教材②中国文学—古典文学研究—汉代—高等学校—教材③中国文学—古典文学研究—魏晋南北朝时代—高等学校—教材 Ⅳ.①I206.2

中国版本图书馆 CIP 数据核字(2017)第 194317 号

书　　名	中国古代文学作品选注·先秦两汉魏晋(第三版) ZHONGGUO GUDAI WENXUE ZUOPIN XUANZHU
著作责任者	韩传达　选注
责任编辑	徐　迈　蒲南溪
标准书号	ISBN 978-7-301-28578-7
出版发行	北京大学出版社
地　　址	北京市海淀区成府路205号　100871
网　　址	http://www.pup.cn　新浪微博：@北京大学出版社
电子信箱	pkuwsz@126.com
电　　话	邮购部 62752015　发行部 62750672　编辑部 62752022
印 刷 者	三河市北燕印装有限公司
经 销 者	新华书店
	965 毫米 × 1300 毫米　16 开本　22.5 印张　380 千字 2002 年 1 月第 2 版 2017 年 10 月第 3 版　2022 年 8 月第 3 次印刷
定　　价	45.00 元

未经许可，不得以任何方式复制或抄袭本书之部分或全部内容。
版权所有，侵权必究
举报电话: 010-62752024　电子信箱: fd@pup.pku.edu.cn
图书如有印装质量问题，请与出版部联系，电话: 010-62756370

修 订 说 明

本书原为我社出版的中央广播电视大学(现国家开放大学)中国古代文学课程的教材《中国古代文学作品选》,曾先后于1986和2002年改版与修订。为适应全国高校本科中国古代文学课程教学的发展,同时满足众多古代文学及传统文化爱好者的需求,我社特邀该书原作者于2015至2017年做了这次全面的修订。此书将与我社2016年修订出版的《中国文学史纲》配套使用。

本书全套分为三册:先秦两汉魏晋部分;隋唐五代宋辽金元部分,其元代部分只收录话本;元(续)明清部分,其元代部分则包括诗、词、曲。全书收录了中国古代文学课程教学的重点作品,即各代重要作家的代表作品,兼顾题材的广泛性和风格的多样性。这些作品按作家时代的先后编排;同一作家的作品,则以诗、词、曲、文、小说、戏剧的顺序分类编次。这与历来古代文学课程教学计划的进度安排基本吻合。为方便读者阅读,注释立足于疏通文字,尽可能简明扼要;有的地方则选列几种说法,供参考。对作家的生平事迹仅作简略介绍,一般采用通行的观点。我们注释时参考了近年出版的一些注本和专著,所采各家之说,难以一一注明。

本书的选编修订工作由国家开放大学经验丰富的一线教师承担:先秦两汉魏晋部分——韩传达教授、隋慧娟讲师(本册增加部分均由隋慧娟讲师编写),隋唐五代宋辽金元部分——谢孟教授,元(续)明清部分——严冰编审。这套历经三十余年教学实践检验的作品选注在此次全面修订中,不仅吸收了近年学界的研究成果,并适当加入作品的鉴赏引导,而且选篇也做了较大增补,如本册增加了《典论·论文》等重要古代文论篇章,以及一些颇具代表性的诗词及散文作品。我们的努力和尝试,乃为扩大读者的古代文学视野,提高传统文化修养,以便于今后的自学和提高。

希望新版的《中国古代文学作品选注》能为读者提供一条可靠、扎实的门径,不论篇章记诵还是欣赏理解,都能更上一层楼。我们也恳切期盼专家、学者及广大读者批评指正。

北京大学出版社文史哲事业部
2017年8月

目　录

先　秦

原始劳动歌谣 ·· 3
　　伊耆氏蜡辞 ··· 3
　　弹歌 ··· 3
　　候人歌 ·· 4
　　上六爻辞 ··· 4
神话 ··· 5
　　精卫填海 ··· 5
　　夸父逐日 ··· 5
　　女娲补天 ··· 6
　　后羿射日 ··· 6
　　鲧禹治水 ··· 6
　　共工怒触不周之山 ································· 7
　　黄帝擒蚩尤 ·· 7
诗经 ··· 8
　　关雎 ··· 8
　　芣苢 ··· 9
　　野有死麕 ··· 9
　　谷风 ·· 10
　　静女 ·· 11
　　新台 ·· 12
　　柏舟 ·· 12
　　墙有茨 ··· 13
　　相鼠 ·· 13

- 载驰 ············ 13
- 氓 ············ 14
- 伯兮 ············ 16
- 君子于役 ············ 17
- 采葛 ············ 17
- 溱洧 ············ 17
- 东方未明 ············ 18
- 十亩之间 ············ 18
- 伐檀 ············ 19
- 硕鼠 ············ 19
- 鸨羽 ············ 20
- 蒹葭 ············ 20
- 黄鸟 ············ 21
- 无衣 ············ 22
- 株林 ············ 22
- 七月 ············ 22
- 东山 ············ 25
- 采薇 ············ 26
- 无羊 ············ 27
- 正月 ············ 28
- 十月之交 ············ 31
- 何草不黄 ············ 32
- 绵 ············ 33
- 生民 ············ 34
- 公刘 ············ 36
- 桑柔 ············ 38
- 丰年 ············ 41

尚书
- 盘庚上 ············ 42

左传
- 曹刿论战 ············ 46
- 晋公子重耳之亡 ············ 47

国语 ·· 55
  邵公谏弭谤 ······························· 55
战国策 ·· 58
  苏秦以连横说秦 ··························· 58
  冯谖客孟尝君 ····························· 62
论语 ·· 66
  子路曾皙冉有公西华侍坐章 ················ 66
  阳货欲见孔子章 ··························· 68
墨子 ·· 69
  非攻(上) ································· 69
  公输 ····································· 70
孟子 ·· 73
  有为神农之言者许行章 ····················· 73
  齐人有一妻一妾章 ························· 77
  鱼我所欲也章 ····························· 78
庄子 ·· 80
  逍遥游 ··································· 80
荀子 ·· 88
  劝学(节录) ······························· 88
韩非子 ·· 93
  孤愤 ····································· 93
屈原 ·· 100
  离骚 ····································· 100
  湘君 ····································· 116
  湘夫人 ··································· 118
  山鬼 ····································· 120
  国殇 ····································· 121
  橘颂 ····································· 122
  哀郢 ····································· 123
  涉江 ····································· 126
宋玉 ·· 129
  九辩(节录) ······························· 129

秦　汉

李斯 ·· 139
　谏逐客书 ·· 139
贾谊 ·· 143
　吊屈原赋 ·· 143
枚乘 ·· 146
　七发 ·· 146
淮南小山 ·· 159
　招隐士 ·· 159
赵壹 ·· 161
　刺世疾邪赋 ·· 161
司马迁 ·· 164
　报任安书 ·· 164
　项羽本纪（节录） ·· 171
　陈涉世家（节录） ·· 181
　李将军列传（节录） ·· 187
班固 ·· 194
　苏武传（节录） ·· 194
汉乐府 ·· 202
　战城南 ·· 202
　有所思 ·· 203
　上邪 ·· 204
　江南 ·· 204
　陌上桑 ·· 204
　东门行 ·· 206
　妇病行 ·· 206
　悲歌 ·· 207
　古诗为焦仲卿妻作并序 ·· 208
　枯鱼过河泣 ·· 215
　上山采蘼芜 ·· 215
　十五从军征 ·· 215

- 京都童谣 ··· 216
- 小麦童谣 ··· 216
- 桓灵时谣 ··· 217

古诗十九首 ·· 218
- 行行重行行 ·· 218
- 今日良宴会 ·· 219
- 冉冉孤生竹 ·· 219
- 迢迢牵牛星 ·· 220
- 明月何皎皎 ·· 220

魏晋南北朝

曹操 ·· 225
- 蒿里行 ·· 225
- 短歌行 ·· 226
- 观沧海 ·· 227
- 龟虽寿 ·· 227

曹丕 ·· 229
- 燕歌行［秋风萧瑟天气凉］ ·· 229
- 典论·论文 ·· 230

曹植 ·· 232
- 泰山梁甫行 ·· 232
- 赠白马王彪 ·· 233
- 赠徐幹 ·· 234
- 野田黄雀行 ·· 236
- 白马篇 ·· 236
- 美女篇 ·· 237
- 七哀 ·· 238
- 与杨德祖书 ·· 238

王粲 ·· 242
- 七哀诗［西京乱无象］ ·· 242

陈琳 ·· 244
- 饮马长城窟行 ·· 244

刘桢 · 246
  赠从弟[亭亭山上松] · 246
阮瑀 · 247
  驾出北郭门行 · 247
蔡琰 · 248
  悲愤诗 · 248
嵇康 · 252
  赠秀才入军[息徒兰圃] · 252
  与山巨源绝交书 · 253
阮籍 · 261
  咏怀[夜中不能寐] · 261
  [嘉树下成蹊] · 262
  [独坐空堂上] · 262
  [西方有佳人] · 262
  [驾言发魏都] · 263
  [洪生资制度] · 264
陆机 · 265
  拟明月何皎皎 · 265
  赴洛道中作[远游越山川] · 266
  文赋 · 266
左思 · 273
  咏史[郁郁涧底松] · 273
  [济济京城内] · 274
  [皓天舒白日] · 275
  [荆轲饮燕市] · 275
  招隐 · 276
刘琨 · 277
  扶风歌 · 277
陶渊明 · 279
  停云 · 279
  归园田居[少无适俗韵] · 280
  [种豆南山下] · 281
  [久去山泽游] · 281

怨诗楚调示庞主簿邓治中 282
庚戌岁九月中于西田获早稻 283
饮酒[结庐在人境] 283
杂诗[白日沦西阿] 284
读山海经[精卫衔微木] 284
桃花源诗并记 285

南朝乐府 288
子夜歌[始欲识郎时] 288
  [高山种芙蓉] 289
  [夜长不得眠] 289
  [侬作北辰星] 289
子夜四时歌[春风动春心] 289
  [秋风入窗里] 290
懊侬歌[江陵去扬州] 290
读曲歌[打杀长鸣鸡] 290
石城乐[布帆百余幅] 290
那呵滩[闻欢下扬州] 291
  [篙折当更觅] 291
拔蒲[朝发桂兰渚] 291
西洲曲 292

北朝乐府 293
企喻歌辞[男儿可怜虫] 293
琅琊王歌辞[新买五尺刀] 293
地驱歌乐辞[驱羊入谷] 294
地驱乐歌 294
捉搦歌[黄桑柘屐蒲子履] 294
折杨柳歌辞[腹中愁不乐] 294
  [健儿须快马] 295
折杨柳枝歌[门前一株枣] 295
幽州马客吟歌辞[恹马常苦瘦] 295
陇头歌辞(三首) 295
敕勒歌 296
木兰诗 296

谢灵运 299
　登池上楼 299
　入彭蠡湖口 300
　石壁精舍还湖中作 301
鲍照 303
　代出自蓟北门行 303
　拟行路难[对案不能食] 304
　拟古[幽并重骑射] 304
　　　[束薪幽篁里] 305
谢朓 307
　晚登三山还望京邑 307
　王孙游 308
　玉阶怨 308
孔稚珪 309
　北山移文 309
江淹 315
　别赋 315
何逊 321
　相送 321
阴铿 322
　江津送刘光禄不及 322
庾信 323
　拟咏怀[萧条亭障远] 323
　寄王琳 324
　重别周尚书[阳关万里道] 324
　哀江南赋序 324
陶弘景 330
　答谢中书书 330
吴均 331
　与宋元思书 331
郦道元 333
　江水（节录） 333

杨衒之 ··· 335
  法云寺(节录) ·· 335
干宝 ··· 337
  干将莫邪 ·· 337
  韩凭夫妇 ·· 338
  宋定伯捉鬼 ··· 339
  李寄斩蛇 ·· 340
刘义庆 ··· 342
  孙安国往殷中军许共论 ······································ 342
  支道林初从东出 ··· 343
  顾和始为扬州从事 ·· 343
  周处年少时 ··· 344
  石崇每要客燕集 ··· 345
  王蓝田性急 ··· 345

先　秦

原始劳动歌谣

原始时代的歌谣是远古时代人类生产劳动和生活的记录,现在保存下来的极少,其思想内容和语言形式朴素淳直,是我国古代最早的诗歌作品。

伊耆氏蜡辞①

土,反其宅②;水,归其壑③!
昆虫,毋作④;草木,归其泽⑤!(《礼记·郊特牲》)

①伊耆(qí齐)氏:传说中的古帝名,一说是神农氏,一说是帝尧。蜡(zhà炸):古时年终祭礼名,传说蜡祭始于伊耆氏。《礼记·郊特牲》:"蜡也者,索也,岁十二月,合聚万物而索飨之也。"本篇是伊耆氏举行蜡祭时的祝辞,实际带有咒语性质。 ②反:同"返"。宅:犹原来处所。 ③壑:山谷。 ④昆虫,此指害虫。毋:同"勿"。作:兴起,此指兴起为害。 ⑤泽:此指草木丛杂的沼泽之地。

弹 歌①

断竹,续竹②,飞土③,逐宍④。(《吴越春秋·勾践阴谋外传》)

①弹(dàn但):弹弓,发射弹丸的弓。《吴越春秋·勾践阴谋外传》记载,古代人死后,用白茅裹尸,投于野地,其子作弹看守,以防被禽兽所食。刘勰《文心雕龙·通变》篇:"黄歌断竹,质之至也。"认为是黄帝时的歌谣。本篇实是一首比较原始的猎歌,描写了砍竹、接竹、制作弹弓,并发射弹丸捕猎禽兽的过程。 ②续竹:绑接竹子制成弹弓。一云系上弦制成弹弓。 ③飞土:发射泥做的弹丸。 ④逐宍(古"肉"字):追捕禽兽。

候 人 歌①

候人兮猗②!

①候人歌:又名《涂山女歌》,传说是涂山氏女思念丈夫大禹时所作。《吕氏春秋·音初》载:"禹行功,见涂山之女。禹未之遇而巡省南土。涂山氏之女乃令其妾候禹于涂山之阳。女乃作歌,歌曰:'候人兮猗',实始作为南音。" ②候人兮猗:《文选》卷四《南都赋》注、卷五《吴都赋》注引为"候人猗兮"。猗(yī一),语气词,相当于"兮"。

上 六 爻 辞①

女承筐②,无实③;
士刲羊④,无血。(《周易·归妹》)⑤

①上六:《归妹》卦中的爻名。本篇似是一首牧歌。 ②承筐:捧着筐承接。 ③无实:没有东西。羊毛很轻,所以像未装东西。 ④刲(kuī亏)羊:割羊。剪羊毛时手持刀具,样子像在割羊。 ⑤《周易》:又称《易经》,简称《易》。儒家经典之一。《周易》的《经》主要是六十四卦和三百八十四爻。卦和爻各有说明的文字,称卦辞和爻辞,是供占卜之用的巫书。传说伏羲画卦,周文王作辞,并不可靠。其卦、爻辞可能是殷、周之际的记录,其中保存了某些远古时代的歌谣。《归妹》:《周易》中的卦名。

神 话

在远古时代,流传在人们口头上的关于天神、怪异的故事称"原始神话"或"古代神话"。原始神话是远古时代的人们幻想和想象的产物,有的是原始人对自然现象幼稚的解释,有的表达了他们企图征服自然力和支配自然力的愿望。我国古代神话主要保留在《山海经》《淮南子》《楚辞》等古籍中。

精卫填海

发鸠之山①,其上多柘木②,有鸟焉③,其状如乌,文首,白喙④,赤足,名曰"精卫",其鸣自詨⑤。是炎帝之少女⑥,名曰女娃。女娃游于东海,溺而不返⑦;故为精卫,常衔西山之木石,以堙于东海⑧。(《山海经·北山经》)

①发鸠之山:发鸠山。传说在山西省长子县。 ②柘(zhè 这)木:柘树,桑树的一种。 ③焉:指示代词,于此之意。 ④文首:花脑袋。喙(huì 会):鸟嘴。 ⑤自詨(jiào 叫):"詨"同"叫"。自詨是说叫唤的声音是自己称呼自己的名字。 ⑥是:这,这是。炎帝:即传说中的神农氏。少女:小女儿。 ⑦溺:淹死。 ⑧堙(yīn 因):填塞。

夸父逐日

夸父与日逐走①,入日;渴,欲得饮,饮于河、渭②;河、渭不足,北饮大泽③,未至,道渴而死④。弃其杖,化为邓林⑤。(《山海经·海外北经》)

①夸父:传说中的人名。逐走:跑步追赶。 ②河、渭:指黄河和渭河。渭河在今陕西省。 ③大泽:传说中北方的大的湖泽。 ④道:半路上。 ⑤邓林:据考证,邓林即桃林,桃树林。

女娲补天

往古①之时,四极废②,九州裂③;天不兼覆,地不周载④。火爁焱而不灭⑤,水浩洋而不息⑥;猛兽食颛民⑦,鸷鸟攫老弱⑧。于是女娲炼五色石以补苍天,断鳌足以立四极⑨,杀黑龙以济冀州⑩,积芦灰以止淫水⑪。苍天补,四极正;淫水涸⑫,冀州平;狡虫死⑬,颛民生。(《淮南子·览冥训》)

①往古:远古。 ②四极:天的四边。废:倾塌。古人认为天的四方有柱子撑着,四极废就是指四方的撑天柱倒塌下来了。 ③九州:古时分中国为九州。裂:指土地崩裂。 ④兼覆:完全覆盖。周载:全部容载。 ⑤爁(lǎn 览)焱(yàn 焰):大火延烧貌。 ⑥浩洋:大水泛滥,无边无际。 ⑦颛(zhuān 专)民:善良的人民。 ⑧鸷(zhì 至)鸟:猛禽。攫(jué 决):用爪取物。 ⑨鳌(áo 熬):海里的大龟。 ⑩济:拯救。冀州:古代九州之一,是九州中部的一州,指黄河流域,古中原地区。 ⑪淫水:洪水。 ⑫涸(hé 合):水干枯。 ⑬狡虫:指恶禽猛兽。

后羿射日

逮至尧之时①,十日并出,焦禾稼,杀草木②,而民无所食。猰貐③、凿齿④、九婴⑤、大风⑥、封豨⑦、修蛇⑧,皆为民害。尧乃使羿诛凿齿于畴华之野⑨,杀九婴于凶水之上⑩,缴大风于青邱之泽⑪,上射十日而下杀猰貐,断修蛇于洞庭⑫,擒封豨于桑林⑬。万民皆喜,置尧以为天子⑭。(《淮南子·本经训》)

①逮至:等到。尧:唐尧,传说中的古代帝王。 ②焦:晒焦。杀:晒死。 ③猰(zhá 札)貐(yǔ 雨):龙头虎爪的怪兽。 ④凿齿:齿如凿的怪兽。 ⑤九婴:九个头的水火怪兽。 ⑥大风:一种凶猛的大鸟。 ⑦封豨(xī 希):大野猪。 ⑧修蛇:长大的蟒蛇。 ⑨羿(yì 艺):尧时善于射箭的武士。畴华:南方泽名。 ⑩凶水:北方水名。 ⑪缴(zhuó 酌):用绳系矢射取。青邱:东方地名。 ⑫断:斩。洞庭:洞庭湖。 ⑬桑林:地名,相传商汤在此求过雨。 ⑭置:这里是拥立、拥戴之意。

鲧禹治水

洪水滔天,鲧窃帝之息壤以堙洪水①,不待帝命②;帝令祝融杀鲧于羽

郊③。鲧复生禹④,帝乃命禹卒布土以定九州⑤。(《山海经·海内经》)

①鲧(gǔn滚):传说是尧之臣,禹之父。帝:天帝。息壤:传说是一种神土,可自己生长不息。堙:填塞,堵塞。 ②不待帝命:不等天帝的允许。 ③祝融:火神。羽郊:羽山之郊。羽山在北极之阴,不见日。 ④复:借为腹字。 ⑤卒:终于。布:分布。一说布同"敷",铺填。土:指息壤。定:安定。九州:犹全国。古代分中国为九州。

共工怒触不周之山

昔者共工与颛顼争为帝①,怒而触不周之山②,天柱折③,地维绝④。天倾西北⑤,故日月星辰移焉⑥;地不满东南,故水潦尘埃归焉⑦。(《淮南子·天文训》)

①共(gōng恭)工:古代神话中的人物,传为人面蛇身赤发,身乘二龙。颛(zhuān专)顼(xū虚):传说中古代部族首领,号高阳氏。《史记·五帝本纪》列为五帝之一。帝:天帝。 ②不周之山:不周山,传说中位于我国西北方的一座有缺口的山。 ③天柱:传说天的四方由柱子支撑。折(zhé哲):断。 ④地维:束系地的大绳。一说地维是地隅,地之一角。绝:断。一说是陷塌。 ⑤倾:倾斜。这句是说天向西北倾斜。 ⑥移焉:指移向西北。 ⑦潦(lǎo老):积水。这句话是说大地上的水夹着泥沙尘埃向那儿(指地之东南)奔流而去。

黄帝擒蚩尤

蚩尤作兵,伐黄帝①。黄帝乃令应龙攻之冀州之野②。应龙蓄水③,蚩尤请风伯雨师,纵大风雨。黄帝乃下天女曰"魃"④。雨止,遂杀蚩尤。(《山海经·大荒北经》)

①蚩(chī痴)尤:神话中东方九黎族首领。作兵:制作兵器。黄帝:传说中的古帝名,号轩辕氏,中原各族的祖先。 ②应龙:一种长翅膀的神龙。冀州:古代九州之一。 ③蓄水:蓄积水,准备兴雨用。 ④魃(bá拔):传说中的旱神。

诗　经

《诗经》是我国古代第一部诗歌总集。原称《诗》或《诗三百》,汉代儒家尊之为"经",故称《诗经》。约在春秋时代编定成书,共三百零五篇,分为"风""雅""颂"三大类。诗经产生于黄河流域等广大中原地区,是西周初年到春秋中叶约五百年间的作品。它广泛反映了周代社会的现实生活,真实地记载了当时生产斗争、阶级斗争和人民生活的情况。《诗经》以四言为主,间有其他形式,普遍运用赋、比、兴的艺术手法。语言朴素优美,音韵自然和谐。写景抒情笔触生动真挚,有极强烈的艺术感染力。《诗经》对我国后世文学有深远的影响。它的现实主义创作方法奠定了我国文学如实反映社会现实生活的优良传统,成为我国现实主义文学的源头;赋、比、兴的艺术手法,成为我国文学,特别是诗歌创作的传统的表现手法。

关　雎①(周南)

关关雎鸠②,在河之洲③。窈窕淑女④,君子好逑⑤。
参差荇菜⑥,左右流之⑦。窈窕淑女,寤寐求之⑧。
求之不得,寤寐思服⑨。悠哉悠哉⑩,辗转反侧⑪。
参差荇菜,左右采之。窈窕淑女,琴瑟友之⑫。
参差荇菜,左右芼之⑬。窈窕淑女,钟鼓乐之⑭。

①关雎(jū居):《诗经》篇名,采首句中"关雎"二字为名。《诗经》中的诗篇多是这样得名。本篇是《诗经》的第一篇,写一个男子爱上了在河边采荇菜的姑娘,于是追求她,并在想象中与她欢乐地结合。　②关关:雎鸠的鸣叫声。雎鸠:一种水鸟名。　③洲:水中的沙洲。以上二句是即景起兴,以引起下文所咏之辞。　④窈(yǎo咬)窕(tiǎo挑):文静而美好貌。淑:品德善良美好。　⑤君子:对男子的美称。《诗经》里

有时称有地位才德的人为君子,恋歌中女性常称其情人为君子。逑(qiú 求):配偶。　⑥参(cēn)差(cī):长短不齐貌。荇(xìng 杏)菜:一种水生的多年生草本植物,叶略成圆形,浮于水面,根生水底,可供食用。　⑦流:作"求"解,这里借作采摘之意。之:代指荇菜。下文"采之""芼之"与此处"流之"意思相近。　⑧寤(wù 务)寐(mèi 妹):睡醒为寤,入睡为寐,此处"寤寐"意为无论睡醒或睡着之时。求之:思求"淑女"。　⑨思服:思念。"思"和"服"二字同义。　⑩悠:思念,想念。哉:语助词。本句犹言"想念呀,想念呀"。　⑪辗:转。"辗"与"转"二字义同。辗转就是翻来覆去。反侧:翻覆。"反侧"与"辗转"二词义近。　⑫琴瑟:两种弦乐器。友:亲近之意。本句意思说自己如有幸与那"淑女"结好,将与她如琴瑟般的谐和。这是设想之辞。⑬芼(mào 冒):有选择地采摘。与上文的"流""采"近义。　⑭乐之:使之欢乐。本句与"琴瑟友之"意思相近。

芣　苢（周南）

采采芣苢①,薄言采之②。采采芣苢,薄言有之③。
采采芣苢,薄言掇之④。采采芣苢,薄言捋之⑤。
采采芣苢,薄言袺之⑥。采采芣苢,薄言襭之⑦。

①采采:采,同"採",此指采了又采。芣(fú 福)苢(yǐ 乙):即车前草,种子可以入药。本篇是采车前草的妇女边劳动边歌唱的歌,洋溢着欢快之情。　②薄:靠近。言:语助词。　③有:取得。这里有采归己有之意。　④掇(duō 多):拾取。这里有采摘之意。　⑤捋(luō 罗):以手握物,顺移脱取。　⑥袺(jié 杰):提起衣襟兜取东西。
⑦襭(xié 偕):把衣襟掖在腰带上兜东西。

野有死麕①（召南）

野有死麕,白茅包之②。有女怀春③,吉士诱之④。
林有朴樕⑤,野有死鹿。白茅纯束⑥,有女如玉。
"舒而脱脱兮⑦！无感我帨兮⑧！无使尨也吠⑨！"

①麕(jūn 军):兽名,獐子,形似鹿而较小,无角。本篇写一个猎人获得了一个姑娘的爱情。　②白茅:草名,洁白柔滑,属禾本科。　③怀春:旧指少女春情萌动,爱慕异性。　④吉士:对男子的美称,这里指那位打死麕的男猎人。诱之:男猎人以麕赠给女子而引诱她的爱情。　⑤朴樕(sù 速):小木。　⑥纯:捆。"纯"与"束"近义。

⑦舒:徐缓。脱(duì兑)脱:舒缓貌。　⑧感:借为撼,触动的意思。帨(shuì税):佩巾,围在腰间。　⑨尨(máng忙):多毛狗。以上三句是姑娘对猎人说的悄悄话。

谷　风（邶风）

　　习习谷风①,以阴以雨②。黾勉同心③,不宜有怒④。采葑采菲⑤,无以下体⑥。德音莫违⑦,及尔同死⑧。

　　行道迟迟⑨,中心有违⑩。不远伊迩⑪,薄送我畿⑫。谁谓荼苦⑬?其甘如荠⑭。宴尔新昏⑮,如兄如弟。

　　泾以渭浊⑯,湜湜其沚⑰。宴尔新昏,不我屑以⑱。毋逝我梁⑲,毋发我笱⑳。我躬不阅㉑,遑恤我后㉒。

　　就其深矣,方之舟之㉓;就其浅矣,泳之游之㉔。何有何亡㉕,黾勉求之。凡民有丧㉖,匍匐救之㉗。

　　不我能慉㉘,反以我为仇。既阻我德㉙,贾用不售㉚。昔育恐育鞫㉛,及尔颠覆㉜。既生既育,比予于毒㉝。

　　我有旨蓄㉞,亦以御冬。宴尔新昏,以我御穷㉟。有洸有溃㊱,既诒我肄㊲。不念昔者,伊余来塈㊳!

①习习:风声。谷风:来自山谷之大风。一说,东风。《尔雅》:"东风谓之谷风。"本篇是一首弃妇诗。女主人公是一个勤劳善良的女子,她勤俭持家使家境富裕了起来,但丈夫却喜新厌旧,另娶了新人,遗弃了自己。通篇哀诉了她的不幸遭遇,指责了丈夫的无情,情辞婉转,哀哀欲绝。　②以阴以雨:作阴作雨。比喻丈夫的发怒。　③黾(mǐn敏)勉:勤勉努力。　④宜:应该。这句是说丈夫不该发怒。　⑤葑(fēng封):芜菁,二年生草本植物,又名蔓菁,俗称大头菜。块根肉质,可供蔬食。菲:植物名,就是萝卜。　⑥下体:这里指葑菲的地下块根。以上二句说采芜菁采萝卜,难道能不要它们的地下块根?比喻丈夫因妻子颜色之衰,并弃其德。　⑦德音:善言,好话。违:违反,背弃。　⑧及:与。尔:你,指丈夫。同死:犹言偕老,白头到老。　⑨迟迟:缓慢行走貌。女主人公被遗弃赶出了家门,内心忧苦,所以走路很慢。　⑩中心:心中。违:通作"㥑(wěi伟)",有忧愁怨恨之意。一说违,相背。心不愿离去而不得不离去,故云"中心有违"。　⑪伊:是。迩:近。　⑫薄:语助词。含有聊且、姑且之意。畿:门槛。以上二句是女主人公希望丈夫相送说的话,大意是说你不能远送就近一点,哪怕是送到门外也好。　⑬荼(tú徒):菜名,味苦。　⑭荠:菜名,味甜。以上二句意思是说谁说荼菜苦?与我心中痛苦相比,它已像荠菜那样甘甜了。　⑮宴:快乐。新昏:即新婚,指丈夫又娶了新人。下句的"如兄如弟"是比喻丈夫新婚之乐,与上二句

女主人公的苦形成对照。 ⑯泾以渭浊:泾、渭皆水名,源出甘肃,后在陕西高陵县合流。以:因。泾水因与渭水相比照才显得浊。比喻自己的容貌因与新人相比才显得不如她。言外之意是说自己也并不丑。 ⑰湜(shí食)湜:水清貌。沚(zhǐ止):应是"止"字,误作"沚"。这句话是说泾水止而不流时也会是清的。比喻女主人公的容貌并不是真的丑。 ⑱不我屑以:不屑是不肯之意,"以"是"与"之意。全句是说丈夫不肯和自己在一起。 ⑲逝:往。梁:拦阻水流而留有缺口以便捕鱼的石堰。 ⑳发:开启。一作"拨"解,即拨乱。笱(gǒu狗):竹制的捕鱼器。安放在"梁"的缺口处以捕顺水流下的鱼虾。 ㉑躬:身体。阅:容。不阅,即不为丈夫所容。 ㉒遑:暇。恤:忧。后:指自己走后之事。以上二句说我自身尚且不能见容,哪来得及忧虑走后之事?一说"后"指自己的子女,则此二句是说自身尚不见容,无暇忧虑子女。 ㉓方:以筏渡河。舟:用作动词,以船渡河。 ㉔泳:以潜游渡河。游:以浮游渡河。以上四句是比喻女主人公持家时无论遇到什么艰难都设法克服。 ㉕亡(wú无):通"无"。 ㉖丧:灾祸。 ㉗匍匐:伏地爬行。以上二句是说凡是邻居有灾祸,自己都努力帮助。 ㉘不我能慉(xù序):应为"能不我慉"。能,同"宁",与"乃"同义。慉,同"畜",爱好,喜悦之意。这句与下句两句是说你不但不喜欢我,反而以我为仇。 ㉙阻:拒绝。 ㉚贾(gǔ古):出卖。用:因而。售:卖出。以上二句是说,你拒绝我的好心意,我就像货物一样,在你这儿卖不出去。 ㉛育:这里指经营生计。鞠(jú菊):穷。 ㉜颠覆:穷困潦倒。以上二句是说以前经营家计,总担心陷入穷境,以至与你一起艰难地过着光阴。 ㉝毒:毒物。以上二句是说,现在有了财业,生活也好过了,你却把我看作如同毒虫一般。 ㉞旨:美味。蓄:积藏的菜蔬。以备过冬用。 ㉟御穷:防备抵御穷困。以上四句大意是说丈夫穷苦时娶我,富裕时遗弃我,好像把我看作是御冬的干菜。 ㊱有洸(guāng光)有溃:犹言洸洸溃溃,水激怒和溃决貌,比喻丈夫的发怒。 ㊲既:尽。诒,通"贻",给予。肄(yì意):劳苦。这句说丈夫尽把劳苦的事给我做。 ㊳伊:唯,语助词。来:是,语助词。墍(jì既):借作"惄",古文爱字。以上二句是说难道你就不想想从前吗?那时你是只爱我的呀。这两句是女主人公企图以旧情感动丈夫。

静 女(邶风)

静女其姝①,俟我于城隅②。爱而不见③,搔首踟蹰④。
静女其娈⑤,贻我彤管⑥。彤管有炜⑦,说怿女美⑧。
自牧归荑⑨,洵美且异⑩。匪女之为美⑪,美人之贻。

①静:闲静安详。姝(shū书):美好貌。本篇写一对男女青年相爱而相约在城角处幽会的情景,充满着活泼和欢乐的情调。 ②城隅:城的角落。一说是城上的角楼。

③爱:借为"薆(ài爱)",隐蔽。这句是说那姑娘故意躲起来,所以小伙子看不见她。 ④搔首:以手搔头。踟(chí迟)蹰(chú除):徘徊走动。 ⑤娈(luán峦):与"姝"义同。 ⑥贻:赠送。彤管:红管,一说是红色管状的小草。一说是乐器。 ⑦炜(wěi伟):鲜明,美丽有光彩。 ⑧说(yuè悦):通"悦"。怿(yì亦):欢喜。女(rǔ汝):通"汝",你之意。此处含双关,字面上指彤管,实际上指所爱的女子。 ⑨牧:郊外放牧之地。归(kuì馈):借为"馈",赠送。荑(tí题):草名,初生的茅草。一说就是指上文的彤管。 ⑩洵(xún旬):的确。异:出奇。这句是说荑的确美得出奇。 ⑪匪:非。女:通"汝"。指荑。这句和下句二句是说,不是荑草本身多么美,而因为它是美人赠送的,所以才显得美。

新　台（邶风）

新台有泚①,河水弥弥②。燕婉之求③,籧篨不鲜④。
新台有洒⑤,河水浼浼⑥。燕婉之求,籧篨不殄⑦。
鱼网之设⑧,鸿则离之⑨。燕婉之求,得此戚施⑩。

①新台:卫宣公为儿子伋娶齐女,因听说齐女长得漂亮,便在黄河边上筑一座新台,偷纳齐女,叫作宣姜。泚(cǐ此),颜色鲜明貌,形容台之新。 ②河:黄河。弥(mǐ米)弥:水盛大貌。 ③燕婉:欢乐和谐貌。 ④籧(qú渠)篨(chú除):蛤蟆。不鲜:不美,不漂亮。以上二句说齐女本求嫁于伋以为燕婉之好,却未想到反而嫁了宣公这样丑陋的人。 ⑤洒(cuǐ璀):高峻貌。 ⑥浼(měi每)浼:水与岸平,即指河水涨满。 ⑦不殄(tiǎn忝):不美,不好。 ⑧设:置。 ⑨鸿:不是鸿雁,据闻一多说,此指蛤蟆。离:同"罹(lí)",本句意指蛤蟆受到鱼网的羁绊。以上二句说设网本为得鱼,却想不到得了一只蛤蟆。这两句是下面两句的比喻。 ⑩戚施:蛤蟆。

柏　舟（鄘风）

泛彼柏舟①,在彼中河②。髧彼两髦③,实维我仪④。之死矢靡它⑤。母也天只⑥!不谅人只⑦!
泛彼柏舟,在彼河侧。髧彼两髦,实维我特⑧。之死矢靡慝⑨。母也天只!不谅人只!

①柏舟:柏木做的船。本篇写一个女子爱上了一个青年男子,可是母亲却要给她另选对象,她发誓不改变自己的心志。 ②中河:河中。 ③髧(dàn淡):头发下垂貌。

髦(máo毛):下垂至眉的短发。因左右分开成两部分,故云两髦。 ④维:是。仪:配偶。 ⑤之死:到死。矢:借为"誓"。靡它:无别的心思,即心无二志。 ⑥只:语气词。这句是女子在叫天叫娘,犹言"我的娘呀,我的天呀"。 ⑦谅:体谅。 ⑧特:与上文"仪"同义,配偶。 ⑨慝(tè特):改变。

墙 有 茨 (鄘风)

墙有茨①,不可埽也②。中冓之言③,不可道也④。所可道也⑤?言之丑也。

墙有茨,不可襄也⑥。中冓之言,不可详也⑦。所可详也?言之长也。

墙有茨,不可束也⑧。中冓之言,不可读也⑨,所可读也?言之辱也。

①茨(cí词):蒺藜。蔓生有刺的植物,植于墙上可防爬越墙头。本篇是讽刺统治阶级宫闱之中生活极为荒淫无耻,说他们肮脏淫秽的事丑不可言。 ②埽(sǎo扫):同"扫"。 ③中冓(gòu构):即冓中,房屋深处,这里指内室。中冓之言是指统治者宫闱中淫秽的行事。 ④道:说。 ⑤所可道也:意思是说难道可以说吗? ⑥襄:通攘,除去之意。 ⑦详:细说。 ⑧束:捆束,犹言收拾干净。 ⑨读:说,道。一说是宣扬泄露。

相 鼠 (鄘风)

相鼠有皮①,人而无仪②!人而无仪,不死何为?
相鼠有齿,人而无止③!人而无止,不死何俟④?
相鼠有体,人而无礼!人而无礼,胡不遄死⑤?

①相:视。本篇讽刺统治阶级荒淫无耻,根本不懂做人的规矩,连老鼠都不如,老鼠尚且披着一张皮,而他们连脸皮也不要。 ②仪:指可以让人取为楷模的容止仪表。 ③止:借为"耻"。 ④俟:等待。 ⑤胡:何。遄(chuán传):速,快。

载 驰 (鄘风)

载驰载驱①,归唁卫侯②。驱马悠悠③,言至于漕④。大夫跋涉⑤,我心则忧。

既不我嘉⑥,不能旋反⑦。视尔不臧⑧,我思不远?既不我嘉,不能旋济⑨。视尔不臧,我思不闷⑩?

陟彼阿丘⑪,言采其蝱⑫。女子善怀⑬,亦各有行⑭。许人尤之⑮,众稚且狂⑯。

我行其野,芃芃其麦⑰。控于大邦⑱,谁因谁极⑲。大夫君子⑳,无我有尤㉑!百尔所思㉒,不如我所之㉓。

①载:发语词,犹乃。驰、驱:都是车马疾速奔行。本篇是卫戴公之妹许穆公夫人所作的诗。许穆夫人听说卫国为狄人所灭,遗民东渡黄河,安顿在漕邑,并拥立戴公为新君,她从许国赶向漕邑吊唁卫君,并为卫国谋划向大国求援。许国君臣不支持她的行动,并极力阻拦,她愤而作此诗。 ②唁(yàn彦):吊问人家的丧事或灾难。卫侯:指卫戴公。 ③悠悠:长远貌。 ④言:语首助词。漕:卫国邑名,在今河南省滑县境。 ⑤大夫:指许国大夫。跋涉:登山越水。这句是说许国的大夫远道而来追她回国。 ⑥嘉:善。这句是说许国大夫不以我的意见主张为好,即不赞成许穆夫人的主张。 ⑦旋:马上,立刻。反:同"返"。旋反就是指回许国。 ⑧视:比。尔:你们,指许国诸大夫。臧:善。这句和下句是说:比起你们的错误主张,我所思虑的难道不深远? ⑨济:渡河。旋济就是立刻渡河回许国,与上文旋反是同样意思。 ⑩闷(bì 币):闭,不通之意。这句是说我所思虑的难道是行不通的?言外是说可以行得通。 ⑪陟(zhì 至):登。阿丘:偏高的山丘,一说是山丘名。 ⑫蝱(méng 萌):一种药草,即贝母。 ⑬善怀:犹说多愁易感。 ⑭行:道路,这里有主张的意思。这句是说各有各的主张。 ⑮尤:指责。之:代指许穆夫人的主张。 ⑯众:众人,指许国的诸大夫。稚:幼稚。一说骄傲。狂:狂妄。 ⑰芃(péng 蓬)芃:茂盛貌。 ⑱控:往诉,赴告。大邦:指大国,强国。 ⑲因:亲近。极:至。这句是说谁和我卫国亲近,谁就会来救助卫国的灾难。 ⑳大夫君子:指许国诸大夫。 ㉑无我有尤:不要认为我有什么可以指责。 ㉒百尔所思:你们所想的许许多多的主意。 ㉓之:往。所之,指自己所想到所选择的道路。此句一说是不如我自己跑一趟。

氓(卫风)

氓之蚩蚩①,抱布贸丝②。匪来贸丝,来即我谋③。送子涉淇④,至于顿丘⑤。匪我愆期⑥,子无良媒。将子无怒⑦,秋以为期。

乘彼垝垣⑧,以望复关⑨。不见复关,泣涕涟涟⑩。既见复关,载笑载言。尔卜尔筮⑪,体无咎言⑫。以尔车来,以我贿迁⑬。

桑之未落,其叶沃若⑭。于嗟鸠兮⑮,无食桑葚⑯!于嗟女兮,无与士耽⑰!士之耽兮,犹可说也⑱;女之耽兮,不可说也。

桑之落矣,其黄而陨⑲。自我徂尔⑳,三岁食贫㉑。淇水汤汤㉒,渐车帷裳㉓。女也不爽㉔,士贰其行㉕。士也罔极㉖,二三其德㉗!

三岁为妇㉘,靡室劳矣㉙;夙兴夜寐㉚,靡有朝矣㉛!言既遂矣㉜,至于暴矣㉝。兄弟不知,咥其笑矣㉞。静言思之㉟,躬自悼矣㊱!

及尔偕老㊲,老使我怨。淇则有岸,隰则有泮㊳。总角之宴㊴,言笑晏晏㊵,信誓旦旦㊶,不思其反㊷。反是不思㊸,亦已焉哉㊹!

①氓(méng 萌):民。这里指女主人公的丈夫。蚩(chī 痴)蚩:借为"嗤嗤",嬉笑貌。一说敦厚貌,装傻貌。本篇是一首弃妇诗。女主人公回忆她由恋爱、结婚,直至被遗弃的经过,抒发了自己的悔恨和对丈夫的怨怒,最后以斩钉截铁的决绝之辞结束全篇,表现了女主人公性格中的坚定和刚强。 ②贸:交易。本句是说,那男子抱布来与女主人公换丝。 ③即:接近。谋:商量,指商量婚事。 ④淇:卫国的一条河。 ⑤顿丘:卫国地名。 ⑥愆(qiān 牵)期:拖延了日期。 ⑦将(qiāng 枪):愿,请。无怒:不要生气。这句与下句表示,请你不要生气,约定秋天为婚期吧。 ⑧垝(guǐ 诡)垣:即坏墙。 ⑨复关:男子住地,代指那男子。一说复,返。关,关卡。复关指那男子返回关卡。 ⑩泣:哭泣。涕:泪。涟涟:泪下流貌。 ⑪卜:以龟甲占卜。筮(shì 誓):用蓍(shī 诗)草占卜。这句是说那男子占了卜。 ⑫体:指占卜的结果。咎:灾祸,指不吉利。这句说,卦上没有不吉之辞。 ⑬贿:财物,这里指女子的嫁妆。这句是说,将女子的嫁妆搬到男子家去。 ⑭沃若:犹沃然,润泽貌。以上二句有借桑叶鲜嫩润泽比喻女子青春美丽、年华正茂。 ⑮于:借为"吁"。吁嗟是悲叹声。鸠:斑鸠。 ⑯桑葚(shèn 慎):桑树的果实。据说斑鸠多食桑葚会醉。这句也是比喻,比喻不要沉醉于爱情。 ⑰士:男子的通称。耽(dān 丹):过分的迷恋欢乐。 ⑱说:读为"脱",解脱之意。 ⑲陨(yǔn 允):堕下,落下。以上二句以桑叶的黄落比喻女子年老色衰。 ⑳徂(cú 粗):往,指嫁到男家。 ㉑三岁:指多年,不一定实指三年。食贫:犹言受穷吃苦,指过苦日子。 ㉒汤(shāng 伤)汤:水盛大貌。 ㉓渐:浸湿。帷:帐。裳:裙。帷裳就是围住车的幔帐,好似床的帷,人的裳,所以称帷裳。以上二句是说女主人公被遗弃回家渡过淇水的情形。 ㉔爽:过错。 ㉕贰其行:贰,"忒"的误字,与"爽"同义,指男的行为不对。 ㉖罔:无,没有。极:准则。这句是说男子行动无常。 ㉗二三其德:指心思不一,三心二意,不专于爱情。 ㉘妇:媳妇。 ㉙靡:不,无。这句是说不仅是家里的操劳,言外是说自己是里里外外一把手。一说"靡室劳矣"是说没有一天无家室之劳作辛苦。 ㉚夙:早。寐:睡。全句犹言早起晚睡。 ㉛靡有朝矣:没有一天不早起晚睡,意即朝朝如此。 ㉜言:语助词,无义。既:已经。遂:顺心。指日子过得顺心。 ㉝暴:暴虐。 ㉞咥(xì 戏):讥笑貌。以上二句说兄弟也不知晓自己的被弃的内情,会讥笑自己。这是弃妇的推测之辞。 ㉟言:语助词,无义。这句是说女主人公静下来仔细回想一下自己的遭遇。

㊱躬自悼矣:只能自己伤悼了。　㊲及:与。偕老:同老,指结合到老。这句同下句是说本想与你结合到老,谁知老来却使我增加了怨恨。　㊳隰(xí席):应作"湿",水名,流经卫地。一说"隰"是低湿之洼地。泮(pàn判):通"畔",边际。以上二句是说淇水湿水都有边有岸,比喻事情总有个结束,言外之意是说我的怨苦却没有尽头。㊴总角:未成年男女把头发扎成两角,称总角。这里指未成年之时,结婚之前。似乎他们儿时就相识。宴:快乐。　㊵晏晏:温和貌。以上二句是女主人公回忆他们婚前相处的欢乐。　㊶信誓:真诚的誓言。旦旦:诚恳貌。这句还是回忆他们婚前或初婚时两情相好的情形。　㊷反:即"返"。连上句是说,你曾跟我"信誓旦旦"海誓山盟过,但你却再也不肯回想旧日的誓言了。一说是不要再想过去的美好爱情生活能再回来。也有将"反",作反复解。即没有想到丈夫会反复无常。　㊸反是不思:过去的事情不再想。　㊹亦已焉哉:犹言算了,罢了。以上二句表示了女主人公决绝之心。

伯　兮（卫风）

伯兮朅兮①,邦之桀兮②。伯也执殳③,为王前驱④。
自伯之东⑤,首如飞蓬⑥。岂无膏沐⑦,谁适为容⑧?
其雨其雨⑨!杲杲出日⑩。愿言思伯⑪,甘心首疾⑫。
焉得谖草⑬,言树之背⑭。愿言思伯,使我心痗⑮。

①伯:兄弟姐妹中按年齿大小依次称伯、仲、叔、季。这里是女子称其夫为伯,犹如现在情人中女子称男子为哥哥。朅(qiè怯):勇武健壮貌。本篇写一个女子思念从军的丈夫,十分形象地表现了她对他的赞美、怀念和对爱情的忠贞。　②邦:犹言国家。桀(jié杰):通"杰",杰出者。　③殳(shū殊):兵器名,竹制,长一丈二尺,八棱而尖,不以金属为刃。　④王:这里指卫国国君。前驱:犹先锋。　⑤之东:往东方去服兵役。　⑥蓬:一种野草,叶细长,风吹时散乱。飞蓬比喻头发如风吹之蓬草那样乱七八糟。　⑦岂:难道。膏:润发用的油脂。沐:洗头。　⑧适(dí敌):悦。容:修饰打扮容貌。这句是说修饰打扮容颜为取悦谁呢?意即丈夫不在无人欣赏自己的容颜。一说,"适"解作"主"。意谓丈夫不在,无所主而懒于打扮。　⑨其:副词,有命令、希望之意。全句犹言下雨吧,下雨吧。　⑩杲(gǎo稿)杲:明亮貌。以上二句意思是希望下雨,却偏出了太阳。比喻盼望丈夫回家,他却偏未回来。　⑪愿:思念貌。言:语中助词。一说"愿言",犹愿然,沉思貌。　⑫甘心:情愿。首疾:头痛。以上二句是说她思念丈夫想得头痛也心甘情愿。　⑬焉:疑问副词,何。谖(xuān宣)草:草名,即萱草,俗名忘忧草,据说此草可使人忘忧。　⑭树:动词,栽种。背:同"北",指北堂阶下。　⑮痗(mèi妹):病。

君子于役（王风）

君子于役①，不知其期。曷至哉②？鸡栖于埘③，日之夕矣，羊牛下来。君子于役，如之何勿思④？

君子于役，不日不月⑤。曷其有佸⑥？鸡栖于桀⑦，日之夕矣，羊牛下括⑧。君子于役，苟无饥渴⑨！

①君子：女子称其夫为君子。本篇是女子思念行役在外的丈夫的诗。日落黄昏，羊牛晚归，最是勾动她的相思的时候。 ②曷：何。这句是说丈夫何时来归。 ③埘（shí时）：在墙上挖洞做成的鸡窝。 ④如之：如此，像这样。之字代指上文"鸡栖于埘"以下三句所写之情景。勿思：不思念。这句是说这种情景叫人怎不想念他？ ⑤不日不月：意思是说时间久长，不可以日月计算。 ⑥佸（huó活）：相会。 ⑦桀（jié杰）：鸡栖的木桩。 ⑧括：通"佸"，到来，会合。 ⑨苟：或，也许。这句是希望丈夫在外不要受饥渴之苦。

采 葛①（王风）

彼采葛兮②，一日不见，如三月兮！
彼采萧兮③，一日不见，如三秋兮！
彼采艾兮④，一日不见，如三岁兮！

①这是一首思念情人的歌，表达了歌者对一个辛勤采摘劳作的女子的思恋。 ②葛：葛藤，纤维可以用来织夏布，根茎可食。 ③萧：植物名，艾蒿，一说荻蒿，有香气，古代祭祀时所用，《毛传》："萧所以供祭祀。" ④艾：植物名，叶子可以供药用或针灸用。朱熹《诗集传》："艾，蒿属，干之可灸，故采之。"

溱 洧（郑风）

溱与洧，方涣涣兮①，士与女，方秉蕳兮②。女曰"观乎③？"士曰"既且④。""且往观乎⑤！洧之外，洵訏且乐⑥。"维士与女⑦，伊其相谑⑧，赠之以勺药⑨。

溱与洧，浏其清矣⑩。士与女，殷其盈矣⑪。女曰"观乎？"士曰"既且。"

"且往观乎！洧之外,洵订且乐。"维士与女,伊其将谑⑫,赠之以勺药。

①溱(zhēn针)、洧(wěi委):郑国二水名。郑国民俗,三月上巳之辰(三月第一个巳日),男女欢乐聚会于溱、洧之上以祓除不祥。涣涣:水流弥漫貌。本篇写一对青年男女游乐时互相调笑逗乐的情景。　②士与女:泛指游春的男女。秉:拿。茼(jiān间):兰,一种香草。手执兰草,祓除不祥。　③观乎:去看看吧。　④既:已经。且(cú):借为"徂",往也。　⑤且:再。　⑥洵:真,确是。订(xū虚):大,广阔。以上二句是女子对男的说:"再去看看吧,洧水那边确实宽广而又令人快乐。"　⑦维:语助词。士、女:指这一对青年。　⑧伊:语助词。相谑:相互调笑。　⑨勺药:即芍药,香草名。男女互赠芍药是表示互结恩情。　⑩浏:水清貌。　⑪殷:众多貌。盈:充满。这里指人多。　⑫将:相,相将,即互相之意。

东方未明（齐风）

东方未明,颠倒衣裳①。颠之倒之,自公召之②。
东方未晞③,颠倒裳衣。倒之颠之,自公令之④。
折柳樊圃⑤,狂夫瞿瞿⑥。不能辰夜⑦,不夙则莫⑧。

①衣裳:上身衣服为衣,下身衣服为裳。本篇写一个劳苦的百姓天不亮就被唤起,连衣裳都穿颠倒了,因为催夫拉差的人一早就上了门。　②公:指奴隶主。召:召唤,呼唤。　③晞(xī希):天刚放亮称"晞"。未晞,指天未破晓。　④令:命令。　⑤樊:篱笆。圃:菜园。这句一说是差官踏折了柳枝做的篱笆来催差。一说主人公折柳枝做篱笆护住菜园。　⑥狂夫:疯狂的人,指差官。瞿瞿:瞪视貌。　⑦辰:时。指按时,不失时。这句说人民不能按时在家过夜。　⑧夙:早。莫:同"暮",晚也。这句是说人民不是起早就是带晚为统治者出差服徭役。

十亩之间（魏风）

十亩之间兮,桑者闲闲兮①,行与子还兮②。
十亩之外兮③,桑者泄泄兮④,行与子逝兮⑤。

①桑者:采桑人。闲闲:宽闲貌。本篇描写采桑人在劳动即将结束时相约结伴而还的情景。　②行:且,将。一说"行"字应断开,犹言走吧,亦通。子:你,指采桑的同伴。以上三句说,十亩桑田之内,采桑人已经不忙了,我和你快一起回去吧。　③外,指桑

田的边缘。　④泄(yì异)泄:弛缓貌。在这里与闲闲意近。一说"泄泄",众多貌,指人多。　⑤逝:去,往。这里与"还"近义。

伐　檀（魏风）

坎坎伐檀兮①,置之河之干兮②,河水清且涟猗③。不稼不穑④,胡取禾三百廛兮⑤?不狩不猎⑥,胡瞻尔庭有县貆兮⑦?彼君子兮,不素餐兮⑧!

坎坎伐辐兮⑨,置之河之侧兮,河水清且直猗⑩。不稼不穑,胡取禾三百亿兮⑪?不狩不猎,胡瞻尔庭有县特兮⑫?彼君子兮,不素食兮!

坎坎伐轮兮,置之河之漘兮⑬,河水清且沦猗⑭。不稼不穑,胡取禾三百囷兮⑮?不狩不猎,胡瞻尔庭有县鹑兮⑯?彼君子兮,不素飧兮⑰!

①坎坎:象声词,伐木声。檀:木名,古时以之做车轮。本篇是一首反剥削的诗。劳动者辛辛苦苦地劳动,所得却被统治者占有,所以提出责问:你们凭什么这样富有?所以反语相讥:你们真是不白吃饭的"君子"。　②干:岸。　③涟:风吹水面成的波纹。猗(yī衣):语末助词,犹兮。　④稼:耕种。穑:收获。稼穑就是指干农活。⑤胡:何,为什么。廛(chán 蝉):犹束、捆。　⑥狩:冬猎。猎:夜间捕捉禽兽。狩猎泛指打猎。　⑦瞻:见,看见。县:即悬字的古写。貆(huán 桓):兽名,就是猪獾。⑧素餐:犹言白吃饭。以上二句是说你们这些大人先生,可真不白吃饭!语含讽刺,实际上是说他们不干活、白吃饭。　⑨辐:车轮上的辐条。　⑩直:指直的波纹。水平则流得直。　⑪亿:古时十万为一亿。三百亿言很多。一说亿也是束、捆之意。⑫特:三岁之兽。三岁的兽已长大。　⑬漘(chún 唇):河岸边流水土相接处。　⑭沦:小风吹水面所起的如轮状的波纹。　⑮囷(qūn 逡):圆形粮仓。一说也是束、捆。⑯鹑(chún 淳):鹌鹑。　⑰飧(sūn 孙):熟食。这里不素飧与上文不素餐、不素食同义。

硕　鼠（魏风）

硕鼠硕鼠①,无食我黍②!三岁贯女③,莫我肯顾④。逝将去女⑤,适彼乐土⑥。乐土乐土,爰得我所⑦。

硕鼠硕鼠,无食我麦!三岁贯女,莫我肯德⑧。逝将去女,适彼乐国。乐国乐国,爰得我直⑨。

硕鼠硕鼠,无食我苗!三岁贯女,莫我肯劳⑩。逝将去女,适彼乐郊。乐郊乐郊,谁之永号⑪?

①硕鼠:大老鼠,指田鼠。本篇抒写农民对统治者沉重剥削的怨恨。他们把剥削者比作大老鼠,发誓要远离而去,寻找自己的幸福乐土。 ②无:勿,不要。黍:谷物名,性粘,籽粒可供食用或酿酒。 ③贯:养,侍奉。女:通"汝"。 ④莫我肯顾:犹言莫肯顾我,为倒装句,即不肯顾惜我。以上二句是说我们劳动者长久地供养着剥削者,但剥削者却一点也不顾惜我们。 ⑤逝:同"誓"。去:离开。 ⑥适:往。乐土:诗人想象中的没有剥削和压迫的地方。下文乐国、乐郊与乐土同义。 ⑦爰(yuán 元):乃。所:处所,指安居之处,如文中提到的乐土。 ⑧德:感德。 ⑨直:通"值",价值。这里包含着劳动人民对自身价值的认识,他们认为"乐国"才是他们应该生活的地方,在这里他们劳动的价值才能得到确认和体现。一说,"直"与上文的"所"同义,即"处所"之意。 ⑩劳:慰劳。 ⑪永:长。号(háo 毫):叹息。这两句说,如果真到了乐郊,谁还老叹息呢?

鸨 羽（唐风）

肃肃鸨羽①,集于苞栩②。王事靡盬③,不能艺稷黍④。父母何怙⑤?悠悠苍天⑥!曷其有所⑦?

肃肃鸨翼,集于苞棘⑧。王事靡盬,不能艺黍稷。父母何食?悠悠苍天!曷其有极⑨?

肃肃鸨行⑩,集于苞桑。王事靡盬,不能艺稻粱⑪。父母何尝?悠悠苍天!曷其有常⑫?

①肃肃:飞鸟羽翼振动声。鸨(bǎo 保):鸟名,似雁而大。传说这种鸟无后趾,故站立不稳。本篇是一首反徭役的诗。劳动人民为"王事"奔波没有尽头,农时耽误了,田园荒芜了,怎么养活父母呢?他们只有向苍天倾诉。 ②集:鸟止树上。苞:草木丛生。栩(xǔ 许):栎(lì 力)树。 ③王事:王命所为之事,就是当时国家所差遣的徭役。靡盬(gǔ 古):无休止,没完没了。 ④艺:种植。稷黍:两种谷物名,稷无黏性,黍有黏性。此处泛指庄稼。 ⑤怙(hù 户):依靠。以上三句是说国家的徭役没完没了,不能按时种庄稼,父母靠什么生活? ⑥悠悠:遥远貌。 ⑦曷:何。所:处所,指安居之地。这句是说什么时候才能安居? ⑧棘:枣树。 ⑨极:终了,尽头。 ⑩行:行列。一说是鸟的羽茎。 ⑪粱:高粱。 ⑫常:正常,指恢复正常的生活。

蒹 葭（秦风）

蒹葭苍苍①,白露为霜。所谓伊人②,在水一方③。溯洄从之④,道阻且长⑤;溯游从之⑥,宛在水中央⑦。

蒹葭凄凄⑧,白露未晞⑨。所谓伊人,在水之湄⑩。溯洄从之,道阻且跻⑪;溯游从之,宛在水中坻⑫。

蒹葭采采⑬,白露未已。所谓伊人,在水之涘⑭。溯洄从之,道阻且右⑮;溯游从之,宛在水中沚⑯。

①蒹(jiān兼):没有长穗的芦苇。葭(jiā家):初生的芦苇。这里蒹葭就是指芦苇。苍苍:茂盛貌。一说犹言青青。本篇是一首情歌。诗中的"伊人"是诗人访求的对象。诗人想象寻求她时道路的险远、追求她的艰难,表达情人之间两相阻隔的痛苦,反复咏叹,情深意切。 ②伊人:那人,指所思念的女子。 ③一方:那一边。 ④溯(sù素)洄(huí回):沿着河岸逆河上行。一说"洄"指盘曲的水道。 ⑤阻:险阻、障碍。 ⑥溯游:顺着河岸往下游去。一说游通流,指直流的水道。 ⑦宛:依稀可见貌。这句表达的意思是可望而不可即。 ⑧凄凄:借为"萋萋",茂盛貌。一说犹苍苍,指凄青的颜色。 ⑨晞:晒干。 ⑩湄(méi眉):水草交接之岸边。 ⑪跻(jī饥):地势越来越高。 ⑫坻(chí迟):水中的小洲或高地。 ⑬采采:鲜明茂盛貌。此指芦花白灿灿的样子。 ⑭涘(sì寺):水边。 ⑮右:不直而向右拐弯,犹言道路迂回弯曲。 ⑯沚(zhǐ止):水中小洲。

黄　鸟（秦风）

交交黄鸟,止于棘①。谁从穆公②?子车奄息③。维此奄息,百夫之特④。临其穴⑤,惴惴其栗⑥。彼苍者天!歼我良人⑦。如可赎兮,人百其身⑧。

交交黄鸟,止于桑。谁从穆公?子车仲行。维此仲行,百夫之防⑨。临其穴,惴惴其栗。彼苍者天!歼我良人。如可赎兮,人百其身。

交交黄鸟,止于楚⑩。谁从穆公?子车鍼虎⑪。维此鍼虎,百夫之御⑫。临其穴,惴惴其栗。彼苍者天!歼我良人。如可赎兮,人百其身。

①交交:读为"咬咬",鸟鸣叫声。一说"交交",鸟往来飞貌。黄鸟:黄雀。棘:枣树。《左传·文公六年》:"秦伯任好(秦穆公)卒,以子车氏之三子奄息、仲行、鍼虎为殉,皆秦之良也。国人哀之,为之赋《黄鸟》。"这是一首挽歌,三章分挽三人。 ②从:从死,指殉葬。穆公:秦穆公,春秋时秦国国君。春秋五霸之一。 ③子车奄息:子车是姓氏,奄息是名。 ④夫:男子之称。特:匹敌。以上二句是说这个奄息可以匹敌一百个男子。 ⑤穴:指墓穴。 ⑥惴(zhuì坠)惴:恐惧貌。栗(lì利):发抖。以上二

句是写奄息身临穆公墓穴时的恐惧。　⑦歼:灭。这里指活埋致死。良人:好人。以上二字说老天爷杀死了我们的好人。　⑧人百其身:愿用一百个人赎取奄息一人。　⑨防:当。与上文"特"同义。　⑩楚:一种丛生灌木,今称荆条。　⑪鍼虎:一作鍼虎,人名。　⑫御:犹防。与上文"特""防"同义。

无　衣（秦风）

岂曰无衣？与子同袍①。王于兴师②,修我戈矛③,与子同仇④。
岂曰无衣？与子同泽⑤。王于兴师,修我矛戟⑥,与子偕作⑦。
岂曰无衣？与子同裳⑧。王于兴师,修我甲兵⑨,与子偕行。

①袍:战袍,披可以当衣,盖可以作被。本篇是从军战士唱出的歌。国家有难,匹夫有责,表现了同仇敌忾的英雄气概。　②王于兴师:犹言国家要出兵打仗。　③修:修整。戈矛:两种兵器。　④子:古代对男子的尊称或美称。仇:仇人,指敌人。同仇,犹言共同对付敌人。　⑤泽:同"襗(zé)",贴身的汗衣,内衣。　⑥戟:兵器名。　⑦偕作:共同奋起。　⑧裳:下衣,指战裙。　⑨甲兵:铠甲和兵器。

株　林（陈风）

胡为乎株林①？从夏南②？匪适株林③,从夏南！
驾我乘马④,说于株野⑤。乘我乘驹⑥,朝食于株⑦。

①胡为:何为,做什么。乎:于。株林:夏氏的封邑名株,邑外有林,所以说株林。这是一首讽刺陈灵公荒淫的诗。据《左传》记载,陈国国君灵公与其大夫孔宁、仪行父都同大夫夏御叔之妻夏姬私通,三人常乘车往夏氏的封邑淫乱行乐。　②从:追随。夏南:夏御叔、夏姬之子,名征舒,字子南,所以称夏南。诗不言从夏姬,是故作隐曲。以上二句用讽刺口吻说灵公等三人到株林干什么?是找夏南去的么?　③匪:非,犹言不是。适:去,往。　④我:驾车人自称。诗是从御者口中说出。乘(shèng 圣)马:四马拉一车为一乘。　⑤说(shuì 税):停车休息。野:郊野。以上二句说御者驾上车马,停在株之郊野。　⑥乘(chéng 成):乘坐。驹:小马,此指马。　⑦朝(zhāo 招)食:吃早饭。又据闻一多说,古代谓性的行为曰食。这句说,陈灵公是在株林淫乱。

七　月（豳风）

七月流火①,九月授衣②。一之日觱发③,二之日栗烈④。无衣无褐⑤,何以卒岁⑥!三之日于耜⑦,四之日举趾⑧。同我妇子,馌彼南亩⑨。田畯至喜⑩。

七月流火,九月授衣。春日载阳⑪,有鸣仓庚⑫。女执懿筐⑬,遵彼微行⑭,爰求柔桑⑮。春日迟迟⑯,采蘩祁祁⑰。女心伤悲,殆及公子同归⑱。

七月流火,八月萑苇⑲。蚕月条桑⑳,取彼斧斨㉑,以伐远扬㉒,猗彼女桑㉓。七月鸣鵙㉔,八月载绩㉕。载玄载黄㉖,我朱孔阳㉗,为公子裳。

四月秀葽㉘,五月鸣蜩㉙。八月其获㉚,十月陨萚㉛。一之日于貉㉜,取彼狐狸,为公子裘。二之日其同㉝,载缵武功,言私其豵㉞,献豜于公㉟。

五月斯螽动股㊱,六月莎鸡振羽㊲。七月在野,八月在宇㊳,九月在户,十月蟋蟀入我床下㊴。穹窒熏鼠㊵,塞向墐户㊶。嗟我妇子,曰为改岁㊷,入此室处㊸。

六月食郁及薁㊹,七月亨葵及菽㊺。八月剥枣㊻,十月获稻。为此春酒㊼,以介眉寿㊽。七月食瓜,八月断壶㊾,九月叔苴㊿。采荼薪樗㉑,食我农夫㉒。

九月筑场圃㉓,十月纳禾稼㉔。黍稷重穋㉕,禾麻菽麦。嗟我农夫!我稼既同㉖,上入执宫功㉗。昼尔于茅㉘,宵尔索绹㉙。亟其乘屋㉚,其始播百谷㉛。

二之日凿冰冲冲㉜,三之日纳于凌阴㉝。四之日其蚤㉞,献羔祭韭㉟。九月肃霜㊱,十月涤场㊲。朋酒斯飨㊳,曰杀羔羊,跻彼公堂,称彼兕觥㊴,"万寿无疆"㊵!

①七月:指夏历七月。下文凡说某月均指夏历。流:向下行。火:星名,又称大火,亦即心宿。周时夏历六月黄昏时候,此星出现于南方,到了七月就向西而下行了。本篇叙述了劳动者们一年四季的劳动和生活的情景。对他们的繁重劳动、艰苦生活以及奴隶主的沉重剥削与压迫,都做了淋漓尽致的描写。 ②授衣:把赶制冬衣的工作交给妇女做。 ③一之日:指周历一月的日子,即夏历十一月。下文的二之日、三之日、四之日可以此推出夏历是十二月、正月、二月。觱(bì 必)发(bá 拨):大风触物之声。 ④栗烈:犹言凛冽。形容天气十分寒冷。 ⑤褐:粗毛或粗麻织制的衣服。 ⑥何以卒岁:犹言拿什么过完这一年。 ⑦于:犹"为",指修理。耜(sì 似):一种翻土的农具。 ⑧趾:脚。举趾是说抬脚下田耕种。 ⑨馌(yè 叶):送饭。南亩:泛指田地。一说田垄东西向的田地称东亩,南北向的称南亩。 ⑩田畯(jùn 俊):农官。这句是说农官来到,看到了人们如此劳动很欢喜。 ⑪春日:指夏历三月的日子。一说春日就是春天。载:开始。阳:温暖。 ⑫仓庚:鸟名,就是黄莺。 ⑬懿筐:深筐。 ⑭遵:循着,沿着。微行:小道。 ⑮爰(yuán 元):乃,于是。柔桑:嫩桑叶。 ⑯迟迟:缓慢貌。三月天渐长,故觉迟迟。 ⑰蘩(fán 凡):植物名,即白蒿。以白蒿煮水

浸润蚕子,则蚕子易出。祁祁:众多貌。 ⑱殆:怕,只怕。公子:国君之子。一说是贵族公子。以上二句是说姑娘们心里忧伤,害怕被公子强行带回家。 ⑲萑(huán环):一种芦苇。萑苇就是芦苇。 ⑳蚕月:就是三月,三月是养蚕之月,故称。条桑:为桑树剪枝。 ㉑斨(qiāng 枪):斧的一种。柄孔方者为斨,圆者为斧。 ㉒远扬:远伸而扬起的枝条。 ㉓猗:借为“掎(yǐ 椅)”,牵引。女桑:嫩桑。这句是说拉着桑树枝采摘嫩桑叶。 ㉔鵙(jué 决):鸟名,即伯劳。 ㉕载:开始。绩:指纺织。㉖载:则,这里有“又”之意。玄:红黑色。玄和黄二字作动词用,谓染成玄和黄的颜色。 ㉗朱:红。孔:很。阳:指颜色鲜明。 ㉘秀:作动词用,指植物结子。葽(yāo腰):草名,即远志。一说可能是油菜。 ㉙蜩(tiáo 条):蝉。 ㉚获:收获庄稼。㉛陨:落。萚(tuò 拓):草木脱落的叶。 ㉜于:为,这里指猎取。貉(hé 河):动物名,似狐狸而体较大,尾较短,俗称狗獾。 ㉝同:聚合。指会合众人去打猎。 ㉞载:则,乃。一说语助词,无义。缵(zuǎn 纂):继续。武功:指田猎。 ㉟言:语首助词。私:归私人所有。豵(zōng 宗):一岁的小猪。这里泛指小兽。 ㊱豜(jiān 坚):三岁的大猪。这里泛指大兽。以上二句是说打到小兽归自己,打到大兽则归统治者。㊲斯螽(zhōng 终):蝗虫类的一种虫,即蚱蜢。股:腿。古人以为蚱蜢两腿摩擦能发声,这就是动股的意思。 ㊳莎(suō 梭)鸡:虫名,即纺织娘。振羽:振动翅羽发声。㊴宇:屋檐。这句与上一句、下二句四句的主语都是第四句的蟋蟀。 ㊵蟋(xī 悉)蟀(shuài 帅):虫名,亦称促织,就是蛐蛐儿。以上四句写蟋蟀从野外到进入户内,实际上表示了天气在逐渐寒冷。 ㊶穹(qióng 穷):空隙。窒(zhì 志):堵塞。这句是说堵塞有空隙、漏洞之处,熏走耗子。一说穹是穷究,这句是说找尽鼠洞,堵塞它,熏跑老鼠。 ㊷向:朝北的窗。墐(jìn 近):用泥涂抹。户:门。奴隶住所的门是用竹或草编的,冬天用泥涂抹塞其缝隙,使之严密不透风。 ㊸曰:语首助词。改岁:更改年岁,指过年。这句是说这也算是过年吧! ㊹此室:指上文说的整治好的房子。处:住。 ㊺郁(yù 玉):果名,李的一种。薁(yù 玉):果名,即山葡萄。 ㊻亨(pēng烹):即烹。亨是烹的古字。葵:菜名。菽:豆类。一说指豆叶。 ㊼剥(pū 扑):打。㊽春酒:冬天始酿,春天才成的酒。 ㊾介:助。一说是求。眉寿:长寿。人老了眉毛长,所以称眉寿。 ㊿壶:瓠(hù 户)瓜。断壶指摘瓠瓜。 (51)叔:拾取。苴(jū 居):麻子,可食。 (52)荼(tú 途):苦菜。薪:采柴火。樗(chū 初):臭椿树。 (53)食(sì似):养活。 (54)场圃:打谷场地。古代谷场与菜园(圃)同用一块地,春夏种菜,秋作脱谷场。 (55)纳:把粮食入仓。禾稼:这里泛指谷物。 (56)黍稷重(tóng 同)穋(lù陆):四种谷物名。重是早熟的谷,穋是晚熟的谷。这句和下句二句概言各种谷物。(57)同:集中。指各种粮食集中入仓。 (58)上:指公家。一说通尚,尚且之意。入:入公家。执:指服差役。宫功:指修建宫室。一说指奴隶主家的家务劳动。 (59)尔:助词,无义。于:取。茅:茅草。于茅,是说割取茅草。 (60)宵:夜晚。索:搓制绳索。绹(táo 桃):绳索。 (61)亟:急。乘:登。乘屋,是上屋修理屋顶。 (62)其始:指岁始,年初。 (63)凿冰：打冰。古代冬天采冰以备夏天用。冲冲：凿冰声。 (64)凌阴：冰窖。“阴”即“窨”。 (65)蚤：借为“早”，是一种祭祀仪式。 (66)献羔祭韭：献以羔羊，祭以韭菜。据说这种仪式是对司寒之神的祭祀，祭后方可开窖取冰。 (67)肃霜：犹言下霜。一说肃霜犹肃爽，指秋高气爽。 (68)涤场：把谷场收拾干净。 (69)朋酒：两樽酒。斯：指示代词，指朋酒。飨（xiǎng 响）：以酒食款待人。 (70)跻（jī 讥）：登。公堂：当时乡村的公共场所名。一说是公爷之堂。 (71)称：端举。兕（sì 似）觥（gōng 工）：形如兕牛的酒器。一说是兕牛角做的酒器。 (72)万寿无疆：祝愿长寿的话。万寿，是大寿，高寿之意；无疆，是没有边界之意。这句话是宴饮者互相之间的祝福。一说是称颂公爷的话。

东 山（豳风）

我徂东山①，慆慆不归②。我来自东，零雨其濛③。我东曰归，我心西悲④。制彼裳衣，勿士行枚⑤。蜎蜎者蠋⑥，烝在桑野⑦。敦彼独宿⑧，亦在车下⑨。

我徂东山，慆慆不归。我来自东，零雨其濛。果臝之实⑩，亦施于宇⑪。伊威在室⑫，蠨蛸在户⑬。町畽鹿场⑭，熠燿宵行⑮。不可畏也，伊可怀也⑯。

我徂东山，慆慆不归。我来自东，零雨其濛。鹳鸣于垤⑰，妇叹于室⑱。洒扫穹窒，我征聿至⑲。有敦瓜苦⑳，烝在栗薪㉑。自我不见，于今三年。

我徂东山，慆慆不归。我来自东，零雨其濛。仓庚于飞㉒，熠燿其羽。之子于归㉓，皇驳其马㉔。亲结其缡㉕，九十其仪㉖。其新孔嘉㉗，其旧如之何㉘？

①徂（cú）：往。东山：诗中的军人远戍之处的山名。本篇是征人回乡途中思念家乡的诗。远行三年现在总算回来了，家园荒芜了吗？妻子孤单寂寞吗？亲切的怀念中正反映了兵役带给人民的深重苦难，反映了人民对于和平的生活环境的渴望。
②慆（tāo 滔）慆：久久，指时间长久。 ③零雨：细雨，小雨。濛：细雨貌。 ④西悲：西向而悲。家在西方，所以西悲。以上二句说我从东方要归家时，心早已西向而悲了。 ⑤士：读为“事”，从事。行：读为“衔”，含于口中。一说“行”即“横”。枚：如筷子似的木片，行军时衔于口中防止出声。这句是说再也不要衔枚于口了，意思是再不用当兵了。 ⑥蜎（yuān 冤）蜎：蠕动貌。蠋（zhú 烛）：虫名，亦称毛虫，这里指野蚕。 ⑦烝（zhēng 征）：长久。一说，烝，众多。一说发语词。 ⑧敦（tuán 团）：古“团”字。身体蜷曲成团。 ⑨亦在车下：指在车下独宿。以上四句把野蚕与人对比，野蚕宿在桑间是正得其所，人团曲宿在车下是处非其所。这几句当是说他复员回

乡途中的艰苦。 ⑩果蠃(luǒ 裸):植物名,即栝楼,葫芦科植物。 ⑪施(yì 易):蔓延。宇:屋檐。以上二句说果蠃已爬上了屋檐。这正是荒凉之景象。 ⑫伊威:虫名,今称之土鳖虫。 ⑬蟏(xiāo 消)蛸(shāo 梢):虫名,蜘蛛类,即喜蛛。以上二句是说室内因无人扫除,生满了土鳖虫和喜蛛。 ⑭町(tǐng 挺)畽(tuǎn):田舍旁空地。鹿场:鹿游玩经行的场所。 ⑮熠(yì 意)燿(yào 耀):光彩鲜明貌。宵行(háng 航):萤火虫的一种。一说宵行是燐火(鬼火)。以上二句是说田园荒芜的情景。⑯伊:语助词。或云"伊"是这的意思,指上文说的荒凉的家园。以上二句是说家园虽如此荒凉冷落,那也不值得害怕,这更叫人怀想。以上八句是揣度之辞。 ⑰鹳(guàn 灌):鸟名,形似鹤亦似鹭的一种水鸟。垤(dié 迭):小土堆。 ⑱妇:指诗中的军人之妻。 ⑲聿(yù 玉):语助词,有将要之意。 ⑳敦(tuán 团):圆形。瓜苦(hù 户):即瓠(hù 户)瓜,葫芦,这里指用葫芦做的瓢。男女成婚,以一葫芦剖成两只瓢,夫妻各执一只盛酒漱口,此为合卺(jǐn 紧)礼。诗里的瓜苦就是指合卺时用的瓢。㉑烝(zhēng 争):久,一说,众多。栗薪:犹言柴火堆。以上六句连下二句,是揣想之辞。征人想象其妻看到瓠瓜搁在柴堆上已经很久,她一定想到已同丈夫分别三年。 ㉒仓庚:鸟名,黄莺。 ㉓之子:这个人,指诗中军人的妻。于归:女子出嫁。 ㉔皇驳其马:指毛色不纯的马。 ㉕亲:指诗中军人妻子之母亲。缡(lí 梨):古时女子之佩巾。古时嫁女时,由母亲为女儿将佩巾结在带上。 ㉖仪:指婚礼中的仪式。这句是说礼仪多。 ㉗孔:甚,非常。嘉:美好。这句是说妻子做新娘时非常美。 ㉘旧:结婚已很久,故称旧。如之何:犹言怎么样,是什么样子。以上六句是回想妻子结婚时的情景,表现的却是眼前的相思。

采　薇[①]（小雅）

采薇采薇,薇亦作止[②]。曰归曰归,岁亦莫止[③]。靡室靡家[④],玁狁之故[⑤]。不遑启居[⑥],玁狁之故。

采薇采薇,薇亦柔止[⑦]。曰归曰归,心亦忧止。忧心烈烈[⑧],载饥载渴[⑨]。我戍未定,靡使归聘[⑩]。

采薇采薇,薇亦刚止[⑪]。曰归曰归,岁亦阳止[⑫]。王事靡盬[⑬],不遑启处[⑭]。忧心孔疚[⑮],我行不来[⑯]。

彼尔维何[⑰]?维常之华[⑱]。彼路斯何[⑲]?君子之车[⑳]。戎车既驾[㉑],四牡业业[㉒]。岂敢定居?一月三捷[㉓]。

驾彼四牡,四牡骙骙[㉔]。君子所依[㉕],小人所腓[㉖]。四牡翼翼[㉗],象弭鱼服[㉘]。岂不日戒[㉙],玁狁孔棘[㉚]。

昔我往矣,杨柳依依。今我来思[㉛],雨雪霏霏[㉜]。行道迟迟[㉝],载渴载饥。

我心伤悲,莫知我哀!

①这是守边士卒回家途中所作之诗,描写了征戍生活的艰辛和久戍思归的悲苦。薇:野菜,即野豌豆,嫩苗可食。 ②作:初生,发芽。止:语助词,无义。 ③莫:同"暮",指年终,岁暮。这句意思是说年终了仍然不能回家。 ④靡:无,没有。这句意思是说长久征戍在外,有家等于无家。 ⑤玁(xiǎn)狁(yǔn):古代居住于北方的一个民族,又称北狄。故:原因,缘故。 ⑥不遑:没有闲暇。启居:跪坐,这里指休息。 ⑦柔:柔嫩,这里指长出嫩叶。 ⑧烈烈:火势盛大的样子,这里指忧心如焚。 ⑨载:又。 ⑩聘:问讯,探问。这句意思是说不能使人归去探问。 ⑪刚:坚硬,这里指茎叶变老变硬。 ⑫阳:夏历十月,秋天。《尔雅·释天》:"十月为阳。" ⑬王事:朝廷的公事、差役。靡盬(gǔ鼓)没有止息。 ⑭启处:与"启居"同义,安居休息。 ⑮孔:很,非常。疚:痛苦。 ⑯行:出征远行。来:返,归。 ⑰尔:三家诗做"薾",花朵盛开的样子。维:是。这句意思是那盛开的是什么花。 ⑱常:即常棣,木本植物。华:同"花"。 ⑲路:同"辂",车高大的样子。这句意思是那高高大大的是什么车。 ⑳君子:这里指主帅。 ㉑戎车:战车,兵车。既:已经。 ㉒牡:公马。业业:强壮高大的样子。 ㉓捷:通"接",指交战。 ㉔骙骙(kuí葵):强壮的样子。 ㉕依:这里是乘载的意思。 ㉖小人:这里指士卒。腓:隐蔽,这里指借车身作掩护。 ㉗翼翼:行列整齐的样子。 ㉘象弭:用象牙镶嵌的弓。弭,弓两端缚弦的地方。鱼服:用鲨鱼皮做成的箭袋。服,同"箙",盛箭的器具。 ㉙日:每天。戒:警戒,戒备。 ㉚棘:同"急",紧急,危急。 ㉛思:语助词,无义。 ㉜雨:降落。霏霏:大雪纷飞的样子。 ㉝迟迟:缓慢的样子。

无 羊（小雅）

谁谓尔无羊?三百维群①;谁谓尔无牛?九十其犉②。尔羊来思③,其角濈濈④。尔牛来思,其耳湿湿⑤。

或降于阿⑥,或饮于池,或寝或讹⑦。尔牧来思⑧,何蓑何笠⑨,或负其糇⑩。三十维物⑪,尔牲则具⑫。

尔牧来思,以薪以蒸⑬,以雌以雄⑭。尔羊来思,矜矜兢兢⑮,不骞不崩⑯。麾之以肱⑰,毕来既升⑱。

牧人乃梦⑲,众维鱼矣⑳,旐维旟矣㉑。大人占之㉒:众维鱼矣,实维丰年㉓;旐维旟矣,室家溱溱㉔。

①维:为。本篇是一首生动优美的牧歌。诗里歌咏了奴隶主牛羊的蕃盛以及牧人的

劳动情况,并且表达了对美好生活的憧憬。 ②犉(chún 纯):身长七尺的牛。以上四句是说,谁说你(奴隶主)家无羊,一群就有三百只,谁说你家没有牛,身长七尺的大牛就有九十头。 ③思:语气词。 ④湆(jí 辑)湆:聚集貌。 ⑤湿(qì 气)湿:牲畜耳动貌。 ⑥阿(ē):山冈。 ⑦讹:通"吪(é 俄)",动。 ⑧牧:牧人。诗里的牧人是为奴隶主放牧的。 ⑨何:通"荷",这里是披戴的意思。 ⑩餱(hóu 侯):干粮。 ⑪物:指牛羊的毛色。这句是说牛羊的毛色各种各样。 ⑫牲:牺牲,祭祀用的牛羊。具:具备。 ⑬薪:柴火。蒸:小的柴草。 ⑭雌雄:指雌雄的禽兽。以上二句是说牧人们在放牧时还顺带打点柴火,猎点鸟兽。 ⑮矜矜:小心貌。兢兢:谨慎貌。这句是说牛羊小心谨慎地行动,以防走失。 ⑯骞:指羊群亏损。崩:羊群溃散。 ⑰麾:指挥。肱:胳臂。这句是说牧人用手臂就能指挥羊群。 ⑱毕:尽,都。来:来入圈。既:与毕同义。升:进圈。 ⑲梦:做梦。 ⑳众:借为"螽(zhòng 仲)",蝗虫。维:为。 ㉑旐(zhào 兆):上面画有龟蛇的旗。旟(yú 余):上面画有鸟隼(sǔn 笋)的旗。以上二句是牧人梦的内容:蝗虫变成了鱼,画有龟蛇之旗变成了画有鸟隼的旗。 ㉒大人:这里指占梦官。以下四句是他对梦境的解释。 ㉓实维丰年:实际上预兆着丰年。 ㉔室家:家庭。溱(zhēn 针)溱:借为"蓁蓁",蓁蓁本是草木茂盛貌,这里指人口兴旺。

正 月（小雅）

正月繁霜①,我心忧伤。民之讹言②,亦孔之将③。念我独兮,忧心京京④。哀我小心,癙忧以痒⑤。

父母生我,胡俾我瘉⑥! 不自我先,不自我后⑦。好言自口,莠言自口⑧。忧心愈愈⑨,是以有侮⑩。

忧心惸惸⑪,念我无禄⑫。民之无辜,并其臣仆⑬。哀我人斯,于何从禄⑭? 瞻乌爰止,于谁之屋⑮?

瞻彼中林,侯薪侯蒸⑯。民今方殆,视天梦梦⑰。既克有定,靡人弗胜⑱。有皇上帝⑲,伊谁云憎?

谓山盖卑⑳? 为冈为陵㉑。民之讹言,宁莫之惩㉒。召彼故老,讯之占梦㉓。具曰"予圣"㉔,谁知乌之雌雄㉕?

谓天盖高,不敢不局㉖。谓地盖厚,不敢不蹐㉗。维号斯言㉘,有伦有脊㉙。哀今之人,胡为虺蜴㉚!

瞻彼阪田㉛,有菀其特㉜。天之扤我㉝,如不我克㉞。彼求我则㉟,如不我得。执我仇仇㊱,亦不我力㊲。

心之忧矣,如或结之。今兹之正㊳,胡然厉矣㊴? 燎之方扬㊵,宁或灭之。

赫赫宗周㊶，褒姒威之㊷。

终其永怀㊸，又窘阴雨㊹。其车既载，乃弃尔辅㊺。载输尔载㊻，将伯助予㊼！

无弃尔辅，员于尔辐㊽。屡顾尔仆㊾，不输尔载。终逾绝险，曾是不意㊿。

鱼在于沼(51)，亦匪克乐(52)。潜虽伏矣(53)，亦孔之炤(54)。忧心惨惨(55)，念国之为虐。

彼有旨酒，又有嘉殽(56)。洽比其邻(57)，昏姻孔云(58)。念我独兮，忧心殷殷(59)。

佌佌彼有屋(60)，蔌蔌方有谷(61)。民今之无禄，天夭是椓(62)。哿矣富人(63)，哀此惸独(64)！

①正月：正阳之月，指周历六月（相当于夏历四月），是孟夏之时。繁霜：多霜。孟夏多霜是天时失常的表现，故诗人之心为之忧伤。这是一首忧国哀民、愤世嫉邪的政治咏怀诗。作者据说是西周末年的一位大夫。 ②讹言：讹传之言，犹谣言。 ③孔：很。将：大。 ④京京：忧愁不去貌。以上二句说想到只有我一人有忧时之心，我的忧心就郁结不解了。 ⑤瘋（shǔ 鼠）：内心的忧愁。痒：病。这句是说诗人殷忧以病。 ⑥俾（bǐ 笔）：使。瘉（yù 喻）：病，这里指遭受灾难痛苦。 ⑦不自我先，不自我后：言忧患灾难不先不后，正让我碰上。 ⑧莠（yǒu 有）言：坏话。以上二句说好话坏话都是从人口中说出来的。 ⑨愈愈：忧愁烦闷貌。 ⑩是以：这是因为。有侮：受人欺侮。 ⑪惸（qióng 琼）惸：心中忧思不安貌。 ⑫无禄：无福，这里指不幸。 ⑬臣仆：奴隶。以上二句说人民无辜。一旦亡国，都要做人家的奴隶。 ⑭从：这里是追随、寻找之意。以上二句说可怜我们这些人，到哪儿才可以得到幸福。⑮于：在。以上二句说看那乌鸦也不知栖止在谁家屋上，比喻亡国后国人将无所栖止。 ⑯侯：维也。薪：柴。蒸：细小的柴草。以上二句说看那树林中只有细小的柴薪。比喻朝中无贤人，而只有小人聚集。 ⑰梦梦：昏暗不明貌。以上二句说人民正处在危殆之中，因而把天看作昏愦不明。 ⑱靡：无。弗：不。以上二句是承上文而来，是说其实上天并不昏愦，它能有所决定，只要决定下来，是没有人不被它战胜的。⑲有皇：皇皇，伟大。这句连下句是说伟大的天帝究竟憎恨什么人。 ⑳盖：通“盍”，何也。卑：矮、低。此句说山什么时候变低了呢？言外之意山并未变。 ㉑冈、陵：山之高大者。此句说它不还是高冈大陵吗？ ㉒宁：乃。惩：戒，这里有制止之意。以上二句说民间流传的谣言，乃是无法制止的。 ㉓讯：问。占梦：指占梦之官。以上二句是说以讹言召讯老臣和占梦之官。 ㉔具：即“俱”。此句说老臣与占梦官都自称圣明。 ㉕“谁知”句：乌之雌雄不易辨认。此句是比喻不能辨别故老和占梦官谁是谁非。 ㉖局：曲，即弯着身子。以上二句说天是何等高，但我还不得不曲身而行。 ㉗蹐（jí 集）：小步走路。此二句说地是何等厚，但我还不得不轻轻地下脚走

路。 ㉘号:呼叫。斯言:这些话。指上面的四句话。 ㉙伦:理。脊:借作“迹”,作道讲。以上二句说呼喊这些话自有其道理。 ㉚虺(huǐ 毁)蜴(yì 易):两种毒虫。以上二句说可叹现在的人(指统治者)为何都变成了害人虫呢? ㉛阪(bǎn 板)田:山坡上的田。 ㉜菀(wǎn 碗):茂盛貌。特:独,突出。以上二句说瞧那山坡的田地里长出了特别茂盛的禾苗。这是作者自比与众不同。 ㉝扤(wù 务):摇动,此处有摧折之意。 ㉞克:胜。以上二句说天对我总是千方百计加以摧折,唯恐不胜我。㉟彼:他,指周天子。则:语助词。这句连同下句说王求我之时唯恐找不到我。㊱执:持。仇仇:同“执执”(qíu 求),持物不用力貌。 ㊲不我力:不重用我。以上二句说王得到我之后又并不重视我。 ㊳今兹:现在。正:通“政”。 ㊴厉:恶也。以上二句说当今的政治为什么这样坏。 ㊵燎:野火。扬:旺盛。这句连下句说野火正旺盛,竟有人要熄灭它。这两句是下两句的比喻。 ㊶赫赫:兴盛貌。宗周:指西周。㊷褒(bāo 包)姒(sì 四):西周末代君主周幽王之宠妃。幽王宠幸褒姒,荒淫误国,导致了西周的亡国。烕(miè 灭):古灭字。这两句说宗周虽盛,褒姒竟可以使它灭亡。㊸终:既。永怀:长忧。 ㊹窘(jiǒng 炯):困迫。阴雨:比喻所遭多难。以上二句说既长怀忧伤,又困之于阴雨。 ㊺辅:大车载物时用来夹持所载物的板。比喻辅助之臣。以上二句说车既然已经载物,却又把两旁的夹板扔掉了。 ㊻载输尔载:上“载”字是语助词,下“载”字是指所装载之物。“输”是堕,即掉下来。 ㊼将(qiāng 枪):请,愿。伯:泛称男子。以上二句说装载的东西从车上掉下来了,这时你才说:“请老兄帮我一把。” ㊽员:加大。辐:车轴,一说是车箱下钩住车轴的木头“伏兔”。以上二句说不要丢掉你车上的夹板,要加粗你的车轴。 ㊾顾:看顾,照顾。仆:车夫。这句连下句说要经常照顾你的车夫,这样就不至于使车上的装载之物掉下来了。㊿不意:不在意,不以为意。以上二句说如果能像上面所说的那样做,就终会逾越险境,但是当权者却毫不在意。 (51)沼:池。 (52)匪:非。克:能。以上二句说鱼在池中也不能快乐。 (53)潜虽伏矣:犹云虽潜伏矣。潜:深藏于水。 (54)炤:同“昭”,明也。以上二句说鱼虽潜藏于深水之中,也昭然可见,难逃网罟之难。比喻被压迫者无可逃身。一说鱼是诗人自比,亦通。 (55)惨惨:犹戚戚,忧愁不安貌。此连下句说我忧虑不安,是想到国政之暴虐不堪。 (56)嘉殽(yáo 摇):美好的菜肴。以上二句说当权的小人们有的是美酒佳肴。 (57)洽:融洽和谐。比:亲近。邻:邻里,诗里指小人们的同类。 (58)昏姻:指亲戚关系。孔云:大肆周旋。以上二句说小人们成群结党,利用亲戚关系周旋往还。 (59)殷殷:忧伤貌。以上二句说想到只有我一人有忧时之心,我的忧愁就更加沉重了。 (60)佌(cǐ 此)佌:卑微渺小貌,与下文蔌蔌同指小人。 (61)蔌(sù 速)蔌:鄙陋貌。以上二句说那些小人们有好房子住,有粮食吃。 (62)夭:灾祸。椓(zhuó 卓):打击。以上二句说人民现在已经够不幸了,天还要降祸打击他们。(63)哿(kě 可):乐。 (64)惸(qióng 琼)独:孤独无所依靠。以上二句说富人是多么快乐,而平民又是多么孤独无依!

十月之交（小雅）

十月之交①，朔日辛卯②。日有食之③，亦孔之丑④。彼月而微⑤，此日而微⑥。今此下民，亦孔之哀。

日月告凶⑦，不用其行⑧。四国无政⑨，不用其良。彼月而食，则维其常⑩。此日而食，于何不臧⑪！

烨烨震电⑫，不宁不令⑬。百川沸腾，山冢崒崩⑭。高岸为谷⑮，深谷为陵⑯。哀今之人，胡憯莫惩⑰！

皇父卿士⑱，番维司徒⑲。家伯维宰⑳，仲允膳夫㉑。棸子内史㉒，蹶维趣马㉓。楀维师氏㉔，艳妻煽方处㉕。

抑此皇父㉖，岂曰不时㉗？胡为我作㉘，不即我谋㉙。彻我墙屋㉚，田卒污莱㉛。曰："予不戕㉜，礼则然矣㉝。"

皇父孔圣㉞，作都于向㉟。择三有事㊱，亶侯多藏㊲。不慭遗一老㊳，俾守我王㊴。择有车马㊵，以居徂向㊶。

黾勉从事㊷，不敢告劳。无罪无辜，谗口嚣嚣㊸。下民之孽㊹，匪降自天。噂沓背憎㊺，职竞由人㊻。

悠悠我里㊼，亦孔之痗㊽。四方有羡㊾，我独居忧㊿。民莫不逸，我独不敢休。天命不彻(51)，我不敢效我友自逸(52)。

①十月之交：十月之际。本篇是一位贵族作的政治讽刺诗。诗从天时示警、日月告凶写起，讽刺和揭露了统治者乱政害民。　②朔日：初一日。辛卯：指辛卯那一天。③日有食之：犹云又遇上了日食。据专家推算，此次日食发生在周幽王六年十月初一日（那一天正是辛卯日），即公元前 776 年 9 月 6 日。　④孔：很。丑：恶。古人认为日食不祥，所以说是非常之丑的事。　⑤彼：指不久前。微：指昏暗不明。此句说不久前月亮曾昏暗不明（发生过月食）。　⑥此：指现在。此句说现在太阳也昏暗不明了（发生了日食）。古人迷信，认为日食月食会带来灾难，所以下面两句说"今此下民，亦孔之哀"（现在天下的人民是多么可怜）。　⑦告凶：显示有灾凶。　⑧行（háng 杭）：轨道。此句说日月不循其常轨而行。以上二句是下面二句的比喻。⑨四国：国家之四方，指全国。无政：无善政，指国政很坏。　⑩常：平常。以上二句说不久前的月食还算是平常的事。古人视月食为较平常之事。　⑪于何：如何。臧：善。以上二句说现在的日食是多么不祥啊！　⑫烨（yè 叶）烨：这里是闪电光明夺目貌。震电：雷电。　⑬宁：安宁。令：善，美。以上二句说雷电过多是民不能安，国无善政的征兆。　⑭山冢（zhǒng 肿）：山顶。崒（cù 促）：借为"猝"，突然之意。

⑮高岸:高崖,高山。谷:深谷。 ⑯陵:山陵。 ⑰憯(cǎn 惨):曾。惩:戒,这里有制止之意。以上二句说天已示警,可悲的是如今的人(指统治者),为什么却一点也不制止他们的虐政呢。 ⑱皇父(fǔ甫):人名。卿士:官名,总管王朝政事。 ⑲番(pó婆):人名。维:是。司徒:官名,主管教化。 ⑳家伯:人名。宰:官名,管行政。 ㉑仲允:人名。膳夫:官名,主管天子饮食。 ㉒聚(zōu邹)子:人名。内史:官名,主管人事和司法。 ㉓蹶(guì贵):人名。趣马:官名,主管豢养天子马匹。 ㉔楀(jǔ举):人名。师氏:官名,主管监察。以上七人皆为幽王时为非作歹之权臣。 ㉕艳妻:美艳之妻,或谓指褒姒。煽:炽,指其因得宠而权势炽盛。方处:并处,言艳妻与以上七人并处幽王左右。 ㉖抑:发语词。 ㉗不时:指非农闲之时。以上二句说皇父卿士哪管现在是不是农闲之时。 ㉘作:服劳役。 ㉙即:就。谋:商量。以上二句说为什么让我去服劳役,而且也不跟我商量一下。 ㉚彻:通"撤",拆毁。 ㉛卒:尽,全。污:田中积水。莱:长满荒草。此句说低田积水,高田长满荒草。 ㉜戕(qiāng枪):残害。 ㉝礼:礼制,犹言制度。然:这样。以上二句说皇父认为自己并不是残害本诗作者,因为按制度本来作者也应该服劳役。 ㉞孔:很,非常。圣:圣明。此句是讽刺之辞。 ㉟都:大邑。向:地名。此言筑城于向。 ㊱择:选择。有事:有司,这里指官吏。 ㊲亶(dǎn胆):诚然,信然。侯:维,乃是。多藏(zàng葬):多积蓄,多财富。以上二句说皇父选的人都是有钱人。 ㊳憖(yìn印):愿。 ㊴俾:使。以上二句说皇父不愿留下一个老臣来辅助国王。 ㊵择有车马:挑选有车马的人家。 ㊶居:语助词。徂(cú):往。此句说迁往向地。 ㊷黾(mǐn敏)勉:努力。 ㊸嚣(áo遨)嚣:众口谗毁貌。 ㊹孽(niè聂):此指灾祸。 ㊺噂(zǔn)沓:聚语貌,议论纷纭。 ㊻职竞:犹说主要的策动。以上二句说小人们聚在一起议论纷纷,背后又互相憎恨,因此人民的灾难主要是来自小人。 ㊼里:通"悝(lī里)",忧愁。 ㊽痗(mèi妹):忧病。 ㊾羡:有余,余剩。 ㊿居忧:在家忧愁。以上二句说四方有的是富余之地,我独在家中忧愁。 ㊀彻:道,轨道。此句说天命有失常轨。 ㊁逸:安乐。以上二句是说天命不合常道,因此诗人不敢自己贪图安逸。

何草不黄（小雅）

何草不黄①,何日不行！何人不将②,经营四方③。
何草不玄④,何人不矜⑤！哀我征夫,独为匪民⑥！
匪兕匪虎⑦,率彼旷野⑧。哀我征夫,朝夕不暇！
有芃者狐⑨,率彼幽草。有栈之车⑩,行彼周道⑪。

①何草不黄:犹言什么草不枯黄。意即草都会枯。本篇是反映征夫行役之苦的诗。 ②将:也是行。 ③经营:这里指为统治者奔走服役。 ④玄:赤黑色,草枯烂腐朽则

变赤黑。 ⑤矜:可怜。一说"矜"同"鳏",无妻为鳏。行服者在外独处,有妻不能团聚,等于无妻。 ⑥匪:通"非"。以上二句是说可伤心的是我们这些出征的人独独受此非人的待遇。 ⑦兕(sì似):一种野牛。这句是说征夫不是野牛也不是虎。 ⑧率:循,这里是奔走的意思。 ⑨芃(péng蓬):这里是形容兽毛蓬松。 ⑩栈:读为"嶘(zhàn站)",车高貌。 ⑪周道:大道。

绵（大雅）

绵绵瓜瓞①。民之初生②,自土沮漆③。古公亶父④,陶复陶穴⑤,未有家室⑥。

古公亶父,来朝走马⑦,率西水浒⑧,至于岐下。爰及姜女⑨,聿来胥宇⑩。

周原膴膴⑪,堇荼如饴⑫。爰始爰谋⑬,爰契我龟⑭:曰止曰时⑮,筑室于兹。

迺慰迺止⑯,迺左迺右⑰,迺疆迺理⑱,迺宣迺亩⑲。自西徂东⑳,周爰执事㉑。

乃召司空㉒,乃召司徒㉓,俾立室家。其绳则直㉔,缩版以载㉕,作庙翼翼㉖。

捄之陾陾㉗,度之薨薨㉘,筑之登登㉙,削屡冯冯㉚。百堵皆兴㉛,鼛鼓弗胜㉜。

迺立皋门㉝,皋门有伉㉞。迺立应门㉟,应门将将㊱。迺立冢土㊲,戎丑攸行㊳。

肆不殄厥愠㊴,亦不陨厥问㊵。柞棫拔矣㊶,行道兑矣㊷。混夷駾矣㊸,维其喙矣㊹。

虞芮质厥成㊺,文王蹶厥生㊻。予曰有疏附㊼,予曰有先后㊽,予曰有奔奏㊾,予曰有御侮㊿。

①绵绵:接连不断貌。瓜:大瓜。瓞(dié迭):小瓜。诗人用瓜瓞的连绵不断比喻周人的子孙繁衍。这是一首周民族的史诗,记载和歌颂了古公亶父率领周人迁于岐并在岐开基创业的历史功绩。 ②初生:指周人开始发展的时期。 ③土:读为"杜",水名,在豳地(今陕西邠县)。沮:借为"徂",往也。这句说从杜水一带迁往漆水(在邠县西北)一带,实即由豳迁岐(今陕西岐山)。 ④古公亶(dàn但)父:即周太王,古公是称号,亶父是名,他是周文王之祖父。 ⑤陶:借为"掏",挖土为穴。复:借为"覆",旁穿之穴。 ⑥家室:指住的房屋。 ⑦朝(zhāo招):早晨。走马:驰马。

⑧率:循,沿着。西水:指邠西的漆水。浒:水边。 ⑨爰(yuán原):于是。及:同,与。姜女:姜姓的女子,指亶父之妃太姜。 ⑩聿:发语词。胥:相看,观察。宇:居处。以上二句说亶父同姜女来岐下考察建造居室的地址。 ⑪周原:地名,在岐下。膴(wǔ午)膴:肥美貌。 ⑫堇(jǐn仅):野生植物,可吃,味苦。荼(tú图):野菜,味苦。饴(yí移):用稻芽或麦芽熬成的糖浆。此句是形容周原的肥沃,连长出的堇荼也是甜的。 ⑬始:与下文"谋"同义,研究商量之意。 ⑭契:刻。龟:龟板。此句说于是在龟板上钻刻。古代占卜时,先在龟板上钻刻小孔,然后放在火上烤,看其裂纹形状以定吉凶。 ⑮止:意指可以居住。时:意动工适时。这句说周原可以居住,此时就可动工修建居室。这是占卜的结果。 ⑯迺:同"乃"。慰:指占卜结果可告慰人心。因为与人们的愿望相合。止:指可住下。 ⑰迺左迺右:指居民可以居于左或居于右。 ⑱疆:划分地界。理:治理田地。 ⑲宣:指导沟渠以泄水。亩:指耕治田亩。 ⑳自西徂东:从周原的西边到东边。 ㉑周:遍,普遍。此句说人人皆有事做。 ㉒司空:职掌营建的官。 ㉓司徒:职掌调配力役的官。 ㉔其绳则直:指施工时拉绳取直地基线。 ㉕缩:捆束。版:筑墙夹木用的木板。载:通"栽",支撑夹板用的木柱。此句说把夹板捆在木柱上。 ㉖庙:宗庙,供奉祖先的宫室。翼翼:严正整齐貌。 ㉗捄(jiū纠):装土的动作。陾(réng仍)陾:装土声。 ㉘度:向版内填土。薨(hōng轰)薨:填土声。 ㉙筑:捣土,即把版内土捣实。登登:捣土声。 ㉚屡:读同"偻",指墙上隆高不平处。削屡:即把墙隆起之处削平。冯(píng凭)冯:削墙的声音。 ㉛百堵:很多墙。皆兴:同时兴建。 ㉜馨(gāo皋)鼓:大鼓。此句说劳动的声音胜过了大鼓声。 ㉝皋门:王都的郭门。 ㉞伉(kàng抗):高大貌。 ㉟应门:王宫正门。 ㊱将(qiāng枪)将:庄严正肃貌。 ㊲冢土:大社。社是祭土神的坛。 ㊳戎:兵。丑:众。攸:所。行:往也。以上二句说修建了大社,是兵众往祭之所。 ㊴肆:承接之词,犹言自古至今也。殄(tiǎn忝):消除。厥:其。愠(yùn韵):怒。此句说亶父从来也未消除他对夷敌的愠怒。 ㊵陨:坠落,这里有损失之意。问:声誉,威望。此句说亶父也未有损于国家的声誉。 ㊶柞(zuò坐):灌木名。棫(yù域):一种丛木名。拔:拔除。 ㊷兑:通行。以上二句说刈除柞棫杂树以使道路通行无阻。 ㊸混(kūn昆)夷:即昆夷,古种族名。骀(tuì退):惊慌奔窜。 ㊹维其:何其。喙(huì会):通为"瘵",困极之意。以上二句说昆夷奔窜而退,疲劳困顿已极。 ㊺虞:古国名。芮(ruì锐):古国名。此句说文王伐虞芮二国,两国献城降。 ㊻厥(guì贵):嘉奖。生:读为"姓",古人称官吏为姓。此句说文王伐虞芮后,嘉奖有功之臣。 ㊼予:文王自称。曰:语助词。疏附:率民亲上叫疏附。指率民亲上之臣。 ㊽先后:文王前后辅助之臣。 ㊾奔奏:即奔走,奔走四方宣扬君德国威之臣。 ㊿御侮:抵御外辱,保卫国家之臣。

生　民（大雅）

厥初生民①,时维姜嫄②。生民如何?克禋克祀③,以弗无子④。履帝武敏歆⑤,攸介攸止⑥。载震载夙⑦,载生载育,时维后稷⑧。

诞弥厥月⑨,先生如达⑩。不坼不副⑪,无菑无害⑫。以赫厥灵⑬。上帝不宁⑭,不康禋祀⑮,居然生子⑯!

诞置之隘巷⑰,牛羊腓字之⑱;诞置之平林,会伐平林⑲;诞置之寒冰,鸟覆翼之⑳。鸟乃去矣,后稷呱矣㉑。实覃实訏㉒,厥声载路㉓。

诞实匍匐㉔,克岐克嶷㉕,以就口食㉖。蓺之荏菽㉗,荏菽旆旆㉘。禾役穟穟㉙,麻麦幪幪㉚,瓜瓞唪唪㉛。

诞后稷之穑㉜,有相之道㉝。茀厥丰草㉞,种之黄茂㉟。实方实苞㊱,实种实褎㊲,实发实秀㊳,实坚实好,实颖实栗㊴;即有邰家室㊵。

诞降嘉种㊶:维秬维秠㊷,维穈维芑㊸。恒之秬秠㊹,是获是亩㊺。恒之穈芑,是任是负㊻,以归肇祀㊼。

诞我祀如何?或舂或揄㊽,或簸或蹂㊾,释之叟叟㊿,烝之浮浮㊿¹。载谋载惟㊿²,取萧祭脂㊿³,取羝以軷㊿⁴。载燔载烈㊿⁵,以兴嗣岁㊿⁶。

卬盛于豆㊿⁷,于豆于登㊿⁸。其香始升,上帝居歆㊿⁹,胡臭亶时㉖⁰。后稷肇祀,庶无罪悔㉖¹,以迄于今。

---

①厥:其。民:人,指周人。这是一首周部族的史诗,记述了周族始祖后稷诞生的传说及其发明农业的事迹。　②时:是,这的意思。维:为。时维:这就是。姜嫄(yuán原):周始祖后稷的母亲,姜姓。以上二句说最初生下周人的始祖的就是姜嫄。　③克:能。禋(yīn因):升烟以祭,古代祭天的典礼。祀(sì似):祭祀。　④弗:借为"祓(fú弗)",消除不祥。以上二句说姜嫄很善于祭祀天帝,用以除去无子之不祥(意即祭祀上帝以求有子)。　⑤履:践踩。帝:天帝。武:足迹、脚印。敏:通"拇",足拇指。歆(xīn欣):欣喜,指欣然有所感而受孕。　⑥攸(yōu优):乃,于是。介、止:都是指祭祀完毕后姜嫄别居独处,注意休息。　⑦载:语助词。震:娠也,指有身孕。夙:肃也,指生活有规律。此句说姜嫄怀身后律己很严肃,注意生活有规律。　⑧时维后稷:这就是后稷。以上二句说姜嫄生育了,生下来的就是后稷。　⑨诞:发语词。弥:满。此句说怀胎足月。　⑩先生:初生,指女子生头胎。达:顺利。　⑪坼(chè彻):裂开。副(pì辟):破裂。此句说生产时产门没有破裂。　⑫菑:同"灾"。　⑬赫:显示。厥:其,他的(指后稷)。灵:灵异。此句说后稷一出生就显示出他的神异之处。　⑭宁:安。　⑮康:安。以上二句说上帝莫非不安享我的祭祀?　⑯居然:徒然。平白无故。以上三句是姜嫄的疑惧,因为履上帝足迹生子是怪异之事。　⑰置:弃置。隘(ài碍)巷:狭巷。此句说姜嫄把后稷弃置在小巷里。　⑱腓(féi肥):庇护。字:哺乳婴孩。此句说牛羊保护、哺乳后稷。　⑲会:恰逢。平林:平原上的树林。此句说适逢人们伐木,不便弃置。　⑳覆翼:用翅膀覆盖。　㉑呱:小儿哭

声。　㉒覃(tán 谈):长。訏(xū 虚):大。此句说后稷哭声长而响亮。　㉓载:这里有充满之意。　㉔匍匐:爬行。指后稷长到能爬行的时候。　㉕岐:知意。嶷(ní 尼):认识。此句是说后稷早慧,已对事物有所分辨认识。　㉖就:求。此句说后稷能自求口食。　㉗蓺(yì 艺):同"艺",种植。荏(rěn 忍)菽:豆类。此句说后稷已到会种庄稼的时候了。　㉘旆(pèi 配)旆:茂盛貌。　㉙禾:谷子。役:借为"颖",禾穗。穟(suì 遂)穟:禾苗美好貌。　㉚幪(měng 猛)幪:茂盛貌。　㉛唪(běng)唪:果实累累貌。　㉜穑(sè 瑟):种植庄稼。　㉝相:助。道:方法。以上二句说后稷种植庄稼有助其成长的方法。　㉞茀(fú 弗):清除。丰草:茂盛的野草。　㉟黄茂:嘉谷。㊱实:是也。方:长得整齐。苞:长得茂盛。　㊲种(zhǒng 肿):犹"肿"也,禾苗肥盛貌。褎(yòu 又):禾苗渐长貌。　㊳发:舒,指禾茎舒发。秀:禾苗长穗开花。　㊴颖:禾穗因饱满而末梢下垂之状。栗:谷粒饱满坚实。以上五句从谷物生长到成熟的次序描写庄稼生之好,以见后稷稼穑之善。　㊵即:就,往。邰(tái 台):地名。此句说后稷到邰地定居。　㊶降:天降,天赐。嘉种:好种子。　㊷秬(jù 巨):黑黍。秠(pī 披):一谷壳内有二米的黍。　㊸穈(mén 门):一种谷,赤苗。芑(qǐ 起):一种白苗嘉谷。　㊹恒:通"亘(gèn)",满,遍。此句指遍地皆种上秬秠。　㊺获:收割。亩:把割下的庄稼堆放在田亩之中。　㊻任:担在肩上。负:背在背上。　㊼归:指把谷物收归回家。肇(zhào 兆):开始。祀:祭祀。　㊽或:有的人。舂:舂米,即把谷放入臼中,舂去谷壳。揄:同"抌(yóu 由)",把舂好的米从臼中舀出来。　㊾簸:簸扬,舂后的米要簸扬以去糠皮。蹂:即今揉字,用手搓揉。舂过的米有的壳并未与米分开,搓揉使之分开。　㊿释之:淘米。叟叟:淘米声。　㊶烝:蒸。浮浮:蒸煮时热气升腾貌。　㊷谋:商量。惟:思考。　㊸萧:香蒿。脂:牛羊的脂肪。此句说祭祀时用牛羊脂垫上香蒿,烧使之有香气。　㊹羝(dī 低):公羊。軷(bá 拔):祭祀名,是祭路神的。　㊺燔(fán 凡):把肉放在火里烧。烈:把肉贯穿起来架在火上烧。　㊻兴:兴旺。嗣岁:来年。此句说以祈求来年兴旺发达。　㊼卬(áng 昂):我。豆:食器,形似高足盘。　㊽登:食器,似豆而浅。　㊾居:安。歆:享。此句说上帝安享祭品。㊿胡:大。臭:气味。亶:诚,真。时:善。此句说香味真好。　㊶庶:庶几,幸尔。此句连上一句和下一句三句说,从后稷创立祭祀制度以来,直至如今,幸好没有得罪上天,没发生什么过失。

公　刘 (大雅)

笃公刘①!匪居匪康②。迺场迺疆③,迺积迺仓④。迺裹餱粮⑤,于橐于囊⑥。思辑用光⑦。弓矢斯张⑧,干戈戚扬⑨,爰方启行⑩。

笃公刘!于胥斯原⑪,既庶既繁⑫,既顺迺宣⑬,而无永叹⑭。陟则在巘⑮,复降在原。何以舟之⑯?维玉及瑶⑰,鞞琫容刀⑱。

笃公刘！逝彼百泉⑲，瞻彼溥原⑳。迺陟南冈，乃觏于京㉑。京师之野㉒，于时处处㉓，于时庐旅㉔，于时言言㉕，于时语语。

笃公刘！于京斯依㉖。跄跄济济㉗，俾筵俾几㉘。既登乃依，乃造其曹㉙。执豕于牢㉚，酌之用匏㉛。食之饮之，君之宗之㉜。

笃公刘！既溥既长㉝，既景迺冈㉟；相其阴阳㊱，观其流泉。其军三单㊲。度其隰原㊳，彻田为粮㊴，度其夕阳㊵，豳居允荒㊶。

笃公刘！于豳斯馆㊷。涉渭为乱㊸，取厉取锻㊹。止基迺理㊺，爰众爰有㊻。夹其皇涧㊼，溯其过涧㊽。止旅迺密㊾，芮鞫之即㊿。

①笃：厚。公刘：公刘是后稷的后裔,周部族的首领。公是称号,刘是名。这句话的意思是说公刘有厚德于国人。这是一首周部族的史诗,记述了周人在其首领公刘带领之下从邰(tái台)迁豳的事迹。写得层次井然,气度恢宏。　②匪：非。居、康：都是安居之意。这句是说公刘认为邰地不宜安居。　③埸(yì易)：田的小界。疆：田的大界。埸与疆都指划分田界。　④积：在露天堆粮。仓：在仓库里堆粮。　⑤餱(hóu侯)粮：干粮。这句是说包好干粮。　⑥橐(tuó驼)：没底的袋子,装东西后扎上两头。囊(náng)：有底的口袋。以上二句是说周人在迁居前的准备情况。　⑦思：想,这里有希望之意。辑：和睦。用：因而,从而。光：光大。这句是说公刘想使人心和睦团结,因而发扬光大周族。　⑧斯：指示代词,指弓矢。一说是于是之意。张：张开弓。这句犹言张弓搭箭。　⑨干戈戚扬：四种兵器名。干是盾牌,戈是横刃长柄兵器,戚和扬是斧类兵器。　⑩方：才开始。启行：动身出发。这句是说周人开始迁徙。　⑪胥：察视。斯原：这块原野,指豳地的原野。　⑫庶：众多,下文"繁"与"庶"同义。这句是说随公刘迁豳的人很多。　⑬顺：安顺。宣：通畅。指迁来的人安于新地,情绪和畅。　⑭永叹：长叹。这句是说没有人唉声叹气。　⑮陟：登。巘(yǎn演)：小山。这句和下句二句是说公刘上山下原,视察地理。　⑯舟：借为"周",环绕之意,这里指佩戴。这句是说公刘身上佩戴了什么呢。　⑰瑶：似玉的美石。　⑱鞞(bǐ笔)：刀鞘上的饰物。琫(běng)：刀柄上的饰物。容刀：装饰着刀。　⑲逝：往。百泉：指很多泉。　⑳溥：广阔。以上二句是说公刘视察泉水和原野。　㉑觏(gòu构)：见,见到。京：豳的地名。　㉒京师：京邑。周人建邑于京,后作为国都,所以称京师。野：郊野。　㉓于时：于是。处处：安居,指长住。　㉔庐旅：寄居,指暂住。　㉕言言：与下句的"语语"都指人们的欢声笑语。这句与上二句下一句四句是说人们在豳地安居与欢乐的情况。　㉖依：安居。这句是指公刘定都在京。　㉗跄(qiǎng抢)跄：步趋从容有节貌。济济：众多而整齐貌。这句是指来参加宴会的群臣,衣冠楚楚,很有威仪。　㉘俾：使。筵：竹席。竹席是铺在地上以供人坐的。几(jī机)：一种矮桌,坐时可用来凭靠身体。这里的筵和几都用如动词,犹言入席凭几而坐。这句是说公刘让群臣登上竹席凭几坐下。　㉙造：比次。曹：指众宾。这句是说众宾入座的

次序是排列好的。　㉚豕(shǐ矢):猪。牢:猪圈。这句是说捉猪杀之做菜肴。　㉛酌之:使他们(众宾)饮酒。匏(páo 跑):葫芦之类的瓜。老后剖开做瓢,可作酒器。这句是说公刘用瓢给众宾斟酒。　㉜食(sì)之饮之:犹言让他们吃喝。　㉝君:做君主。宗:做宗长。这句是说公刘做他们的君主和宗长(周族之长)。　㉞溥、长:指开垦土地已很广大。　㉟景(yǐng 影):影的本字。这里指测日影定方向。冈:作动词用,登冈。　㊱阴:山的北面。阳:山的南面。这句是说公刘视察山的南面和北面。　㊲单:同"禅",替换。这句是说军队分三部,轮番服役。　㊳度(duó夺):测量。隰(xí 席):低湿之地。　㊴彻:治。这句是说治理田地种粮。　㊵夕阳:这里指夕阳所照的山的西面。这句是说测量山的西面。　㊶豳居:豳人所住的地方。允:确实。荒:大。　㊷馆:房舍,这里指修建宫室房舍。　㊸渭:渭水。乱:横流而渡。　㊹厉:即"砺",磨刀石。锻:指锻金属时垫在下面的石砧。以上二句是说渡过渭水以取磨石和锻石。　㊺止基:居室的基石。理:整治好。　㊻众:人多。有:财多。这句是说人民越来越多,生活越来越富足。　㊼皇涧:涧名。这句是说有的人住在皇涧两岸。　㊽溯(sù 素):这里是面向之意。过涧:涧名。这句是说有的人面向过涧住着。　㊾止:长居者。旅:暂居者。密:众多。一说密是安居之意。　㊿芮(ruì 锐):水边内凹之处。鞫(jū 居):水边外凸之处。即:就,靠近。这句是说陆续迁来的人就水边而居住。

桑　柔（大雅）

菀彼桑柔①,其下侯旬②,捋采其刘③,瘼此下民④。不殄心忧⑤,仓兄填兮⑥。倬彼昊天⑦,宁不我矜⑧。

四牡骙骙⑨,旟旐有翩⑩。乱生不夷⑪,靡国不泯⑫。民靡有黎⑬,具祸以烬⑭。於乎有哀！国步斯频⑮。

国步蔑资⑯,天下下将⑰。靡所止疑⑱,云徂何往⑲?君子实维⑳,秉心无竞㉑。谁生厉阶㉒?至今为梗㉓。

忧心殷殷㉔,念我土宇㉕。我生不辰,逢天僤怒㉖。自西徂东,靡所定处。多我觏痻㉗,孔棘我圉㉘。

为谋为毖㉙,乱况斯削㉚。告尔忧恤㉛,诲尔序爵㉜。谁能执热㉝?逝不以濯㉞。其何能淑㉟?载胥及溺㊱。

如彼溯风㊲,亦孔之僾㊳。民有肃心㊴,荓云不逮㊵。好是稼穑㊶,力民代食㊷。稼穑维宝,代食维好。

天降丧乱,灭我立王㊸。降此蟊贼㊹,稼穑卒痒㊺。哀恫中国㊻,具赘卒荒㊼。靡有旅力㊽,以念穹苍㊾。

维此惠君㊿,民人所瞻。秉心宣犹㊿,考慎其相㊿。维彼不顺,自独俾臧㊿,自有肺肠㊿,俾民卒狂㊿。

瞻彼中林㊿,甡甡其鹿㊿。朋友已谮㊿,不胥以穀㊿。人亦有言:"进退维谷㊿。"

维此圣人,瞻言百里㊿;维彼愚人,覆狂以喜㊿。匪言不能㊿,胡斯畏忌㊿?

维此良人,弗求弗迪㊿;维彼忍心㊿,是顾是复㊿。民之贪乱,宁为荼毒㊿。

大风有隧㊿,有空大谷。维此良人,作为式穀㊿;维彼不顺,征以中垢㊿。

大风有隧,贪人败类㊿。听言则对㊿,诵言如醉㊿。匪用其良㊿,覆俾我悖㊿。

嗟尔朋友,予岂不知而作㊿?如彼飞虫,时亦弋获㊿。既之阴女㊿,反予来赫㊿。

民之罔极㊿,职凉善背㊿。为民不利,如云不克㊿。民之回遹㊿,职竞用力㊿。

民之未戾㊿,职盗为寇㊿。凉曰不可㊿,覆背善詈㊿。虽曰匪予㊿,既作尔歌㊿。

①菀(wǎn 碗):茂盛貌。桑柔:指桑叶柔嫩。这是一首政治讽喻诗,据说是周厉王之臣芮良夫所作。诗指责厉王荒淫暴虐,任用奸佞,招致祸乱。 ②侯:维也,语助词。旬:树荫遍布。以上二句说桑树长得茂盛柔嫩,其荫遍布。比喻周王朝兴盛时期如茂盛的桑树庇荫天下。 ③捋(luō)采:就是采摘。捋是用手握住树枝条一端,向下滑动而脱取其叶。刘:凋残。此句说桑树已被采摘得凋残无叶。 ④瘼(mò莫):病,疾苦。以上二句是比喻周厉王时国家已败坏得像树叶凋残的桑树,人民不得庇荫而身受苦痛。 ⑤殄(tiǎn 忝):断绝。此句说诗人心忧不断。 ⑥仓兄:与"怆恍"同,悲悯之意。填:久。 ⑦倬(zhuō 捉):光明貌。昊(hào 号)天:天。 ⑧宁:乃。矜:怜悯,同情。 ⑨牡(mǔ 母):鸟兽的雄性,这里指马。骙(kuí 葵)骙:马强壮貌。 ⑩旟(yú 鱼):上画鸟隼的旗。旐(zhào 兆):上画龟蛇的旗。以上二句写诗人逃难时所乘的车马。 ⑪夷:平。 ⑫靡(mǐ 米):无。泯(mǐn 敏):灭,尽。 ⑬黎:众,多。 ⑭具:通"俱",全,都。烬:同"尽",绝也。以上二句说因祸乱丛生人民所剩不多,已死亡殆尽。 ⑮国步:犹国运。频:急。以上二句说真可叹可哀,国运已是危之时。 ⑯蔑:无。资:助。 ⑰将(jiāng 江):扶助。 ⑱疑:定。止疑,止息之地。 ⑲云:发语词。徂(cú):往,去。以上二句说诗人自叹无有栖息之所。 ⑳君子:诗人自称。维,借作"惟",思也。 ㉑秉:持,执。无竞:无争。以上二句说诗人自认为非有

争世之心。　㉒厉阶:祸端、祸患的来由。　㉓梗(gěng 耿):灾害。以上二句说是谁生下的祸端,至今还为害人们。　㉔殷殷:忧伤貌。　㉕土宇:乡土居室,指家园。㉖惮(dàn 旦):大,盛。以上二句说诗人自感生不逢时,正碰上老天发怒。　㉗靓(gòu 构):看见,遇见。痻(mín 民):病,这里指痛苦、灾难。　㉘孔:很。棘:通"急"。圉(yǔ 语):边疆。此句说边界紧急。　㉙谋:谋划。毖(bì 庇):谨慎。㉚乱况:犹乱情,乱状。以上二句说只要谨慎谋划,乱况就可消除。　㉛尔:指掌权者。忧恤(xù 序):忧虑。指忧虑国事。　㉜序爵:视贤能以次序封爵。以上二句是诗人"告之(指当权者)以其所当忧,而诲之以序爵"(朱熹《诗集传》)。　㉝执热:持热物。　㉞逝:去。濯(zhuó 浊):洗涤。以上二句说谁能持热而不去用水洗濯。比喻"贤者之能已乱(止乱),犹濯之能解热"(《诗集传》)。　㉟淑:善。　㊱载:则。胥:皆,都。溺:沉没。以上二句说如果不这样(指上文"执热以濯"),那怎能好起来呢? 只有大家一齐落水遭灭亡一条路了。　㊲溯(sù 素):逆流而行。这里溯风犹向风。　㊳僾(ài 爱):窒息。以上二句好像向着疾风,人们喘不过气来。比喻国政之暴虐。㊴肃心:进取之心。　㊵苹(pīng 乒):使。逮:及,到。以上二句说人有进取心,欲行其道,应当任用他,但反而使他退却,不敢前行。　㊶稼:借为"家"。穑:借为"啬"。稼穑指居家吝啬之人。　㊷力民:指致力于聚敛的人。代食:代替贤者以食禄。以上二句连同下二句说掌权者好任用那些居家吝啬却致力于聚敛的人,使他们代替贤者处位食禄,还赞他们是宝贝,夸他们好。这四句一说是:有些人虽有欲进之心,但不被重用,不能达到目的,于是退而为农,自食其力,与民同劳,赞美稼穑(庄稼)是宝,自食其力好。　㊸立王:所立之王。当指厉王,厉王被人民驱逐,诗人认为是天意如此。　㊹蟊(máo 矛):吃稻根的虫。贼:食苗节的虫。　㊺稼穑:庄稼。卒:尽,皆。痒(yáng 羊):病。　㊻恫(tōng 通):痛。　㊼具:通"俱"。赘:通为"餟(chuò 绰)","餟"同"啜",吃。此句说庄稼都被虫吃尽,田地皆已荒芜。㊽靡:无。旅力:体力,力量。　㊾穹苍:苍天。以上二句说诗人自感力尽,只能祷念于上天。　㊿惠:顺。此句与下句二句说只有顺民心的君主,才是人民所瞻望的。㉛宣:遍,犹:谋。　㉜考:察。慎:谨慎。相:辅政之臣。　㉝俾:使。臧:善。以上二句说不顺民心之君,"独用己心,谓己所任使之臣,皆为善人"(《毛诗正义》孔疏)。㉞自有肺肠:别具心肝,指怀有坏心肝。　㉟狂:惑。　㊱中林:林中,树林中。㊲甡(shēn 申)甡:同"莘(shēn)莘",众多貌。　㊳已:同"以"。譖(zèn):进谗言。㊴胥:助。穀:善。㊵进退维谷:进退两难。　㊶言:语中助词。以上二句说圣人看得远。　㊷覆:反。狂:狂妄。以上二句说愚蠢的人反而狂妄自喜。　㊸匪:非。匪言不能:即非不能言。　㊹畏忌:畏惧而有所顾忌。以上二句说我不是不能讲话,但因畏忌而不敢言,我为何如此畏忌呢?　㊺求:寻求,指寻求贤人。迪:进用,指进用贤人。　㊻忍心:残忍之人。　㊼顾:顾念。复:重复。以上四句说统治者对贤人不寻求、不任用,而对残忍的人却顾惜不已。　㊽贪乱:喜作乱。宁:乃。以上二句说人民本喜作乱,而掌权者还要作害民之事。言外之意说人民作乱是因掌权者的害民,但作者说人民"贪乱",暴露了他的阶级偏见。 ㊉隧(suì岁):道。此句连下句二句说大风吹来有路,是从空谷而来。 ㊀式:语中助词。穀:善。以上二句说贤人做好事。 ㊁征:行。中:隐暗。垢:污秽。以上二句说那些悖理的人尽做些隐暗污秽之事。 ㊂贪人:贪赃枉法者。败类:败坏同类者。 ㊃言:指劝谏之言。对:借为"怼(duì对)",怨恨。 ㊄诵言:诵读诗书或阅读谏书。如醉:假装酒醉。以上三句都是说贪人不听谏劝之言。 ㊅良:良言,指上二句谏劝之言。 ㊆覆:反。俾:使。悖:颠沛之苦。此上二句说掌权者不听谏劝良言,反使我有颠沛之苦。 ㊇而:尔。作:作为。此句言外之意说,你们所作坏事,我皆知道。 ㊈飞虫:飞鸟。虫是鸟之大名。弋(yì义)获:射得。以上二句说,你们就像那些鸟儿一样在天空飞翔,有时也被人来射中。比喻他们飞扬跋扈,也难免被人攻击。 ㊉之:往。阴:借为"荫",庇荫也。女:汝。 ㊀赫:威怒貌。以上二句说我本是要庇护你,你却反而对我发脾气。 ㊁罔极:没有法则,指不守统治者的法则。 ㊂职:主。凉(liàng亮):信。以上二句说人民无法无天,反上作乱,主要原因是为政者信任反复无常的人。一说,"凉"是"薄",即刻薄。为政者对人民刻薄和反复无常。 ㊃云:语中助词。不克:不胜。以上二句说统治者不择手段作不利于民的事,好似担心不能战胜人民。 ㊄回:邪。遹(yù域):僻。回遹,邪僻。 ㊅用力:指用力为虐民之事。以上二句说人民之所以邪僻行事,主要原因是为政者竞相用力为虐民之事。 ㊆戾(lì利):安定。 ㊇盗:盗贼,指像盗贼似的朝臣。以上二句说人民之所以不安定,主要原因是那些盗贼似的朝臣残害他们。 ㊈凉:语助词。 ㊉覆:反。詈(lì利):骂。以上二句说,批评你不可以这样做,你反而背后大骂我。 ㊀匪:读为"诽",即诽谤。 ㊁歌:诗,指《桑柔》。以上二句说虽然你极力诽谤我,可是我已写了这首揭露你的诗了。

丰 年 (周颂)

丰年多黍多稌①,亦有高廪②,万亿及秭③。为酒为醴④,烝畀祖妣⑤,以洽百礼⑥,降福孔皆⑦。

①黍:谷名,有黏性。稌(tú途):稻。这是丰收之后祭祀祖先宗庙的诗。 ②廪(lǐn凛):粮仓。 ③秭(zǐ子):数词,亿亿为一秭。此句言粮食之多。 ④醴(lǐ礼):甜酒。 ⑤烝(zhēng征):进献。畀(bì毕):给,给予。祖妣:指各代祖先。 ⑥洽(qià恰):合。这句是说祭祀祖先以符合百礼的规定。一说"洽"是"备"。则此句指百样礼品都齐备。 ⑦皆:遍。此句说神灵一定会普降福泽。

尚　书

《尚书》就是上古之书的意思。儒家尊之为经典后,称《书经》,或简称《书》。它是中国上古历史文献和追述古代事迹著作的汇编。《尚书》中的《虞书》和《夏书》是后世儒家根据某些古代传闻编写的,《商书》和《周书》则比较可信。

盘庚上（商书）

盘庚迁于殷①,民不适有居②,率吁众戚③,出矢言④,曰:"我王来⑤,既爰宅于兹⑥,重我民⑦,无尽刘⑧。不能胥匡以生⑨,卜稽曰其如台⑩!先王有服⑪,恪谨天命⑫,兹犹不常宁⑬;不常厥邑⑭,于今五邦⑮。今不承于古⑯,罔知天之断命⑰,矧曰其克从先王之烈⑱!若颠木之有由蘖⑲,天其永我命于兹新邑⑳。绍复先王之大业㉑,厎绥四方㉒。"

盘庚敩于民由乃在位㉓,以常旧服正法度㉔,曰:"无或敢伏小人之攸箴㉕!"王命众悉至于庭㉖。

王若曰㉗:"格汝众㉘,予告汝训汝㉙:猷黜乃心㉚,无傲从康㉛。

"古我先王㉜,亦惟图任旧人共政㉝。王播告之修㉞,不匿厥指㉟,王用丕钦㊱。罔有逸言㊲,民用丕变㊳。今汝聒聒㊴,起信险肤㊵,予弗知乃所讼㊶!

"非予自荒兹德㊷,惟汝含德㊸,不惕予一人㊹。予若观火㊺,予亦拙谋㊻,作乃逸。

"若网在纲㊼,有条而不紊。若农服田力穑,乃亦有秋㊽。汝克黜乃心㊾,施实德于民,至于婚友㊿,丕乃敢大言,汝有积德㉛!乃不畏戎毒于远迩㉜,惰农自安㉝,不昏作劳㉞,不服田亩㉟,越其罔有黍稷㊱。

"汝不和吉言于百姓㊼,惟汝自生毒㊽,乃败祸奸宄㊾,以自灾于厥身㊿。乃既先恶于民,乃奉其恫,汝悔身何及㉑!相时憸民㉒,犹胥顾于箴言㉓,其发有逸口㉔,矧予制乃短长之命㉕!汝曷弗告朕而胥动以浮言㉖?恐沉于众,若火之燎于原,不可向迩,其犹可扑灭㉗?则惟汝众自作弗靖㉘,非予有咎!

"迟任㉙有言曰:'人惟求旧㉚;器非求旧,惟新。'

"古我先王暨乃祖乃父㉛,胥及逸勤㉜;予敢动用非罚㉝!世选尔劳,予不掩尔善㉞。兹予大享于先王㉟,尔祖其从与享之㊱。作福作灾㊲,予亦不敢动用非德㊳。

"予告汝于难㊴,若射之有志㊵。汝无侮老成人㊶,无弱孤有幼㊷;各长于厥居㊸,勉出乃力㊹,听予一人之作猷㊺。

"无有远迩㊻,用罪伐厥死㊼,用德彰厥善㊽。邦之臧,惟汝众㊾;邦之不臧,惟予一人有佚罚㊿。

"凡尔众㉛,其惟致告㉜:自今至于后日,各恭尔事㉝,齐乃位㉞,度乃口㉟。罚及尔身,弗可悔㊱!"

①盘庚:商代国王,汤之十世孙。殷:地名,在今河南省安阳市附近。这篇文章记叙盘庚从商故地奄(在今山东曲阜东)迁都至殷,贵族和一些民众反对,盘庚对他们所作的演说辞。感情充沛,言辞尖锐,比喻生动。　②适:悦。有居:所居之地,指殷地。　③率:用,因此之意。吁:呼。众戚:诸位贵戚。此句说盘庚因此把各位贵戚都叫来。　④矢:陈述。　⑤我王:指盘庚。下面一段话是贵戚传达盘庚的话。　⑥爰:作为讲。兹:这里,指新都殷。　⑦重:重视。　⑧刘:杀害。以上四句说我王来到这里,变换了居住地,是因为王重视人民的生命,不使人民在故地尽遭杀害。　⑨胥:相,互相。匡:救。生:生存。　⑩卜稽:占卜考察。其如台(yí夷):犹言其如何。以上二句说如果大家不能相救而求生存,即使占卜又会有什么用呢。　⑪服:法制。　⑫恪(kè客):恭敬。谨:顺从。　⑬兹犹:因此。常:永久。宁:安。以上三句说按照先王之制,必须敬顺天命,因此他们不敢长久安居一个地方。　⑭厥:其。邑:指国都。　⑮于今:至今,指开国至今。五邦:五个地方。以上二句说由于不能久居一个地方,所以从开国至今,已迁徙五个地方了。　⑯承:继承。古:指先王。　⑰罔知:不知。断命:决断的意见。　⑱矧(shěn审):何况。克:能。烈:功业。以上三句说,现在如不继承先王迁徙的古制,那是不知天的决断的意见,还谈什么能继承先王的伟大业绩呢。　⑲颠:倒伏。由蘖(niè聂):树木之萌芽。　⑳命:生命。以上二句说好像倒下的树木可以萌发新芽,上天是要使我们的生命在这新邑绵延下去。　㉑绍:继续。复:兴复。　㉒厎(zhǐ指):定。绥:安。以上二句说上天要我们继续兴复先王的伟业,安定四方。　㉓斅(xiào效):觉悟。在位:指在位的大臣。此句说盘庚明白了臣民的不悦新居是由于在位大臣之故。　㉔常:犹言由来已久的。旧服:旧的法制。正:整顿。此句说盘庚打算用存已久的旧法制来整顿法纪。　㉕无:不要,带有命

令语气。伏:隐匿。小人:指百姓。攸:所。箴:规诫的话。此句说不允许有人隐匿我对百姓的规诫之言。 ㉖众:指众臣。悉:全部。庭:同“廷”,指朝廷上群臣所立之处。 ㉗若:语助词。 ㉘格:至,来。此句说你们来。 ㉙告:告诫。训:训导。以上二句说你们来,我要告诫训导你们。 ㉚猷(yóu 犹):通“由”,犹言为了。黜:除去。乃心:你们的私心。 ㉛傲:傲慢。从:同“纵”。康:安,指安逸。以上二句说,为了使你们除去私心,不要倨傲无礼而耽于安乐。 ㉜古:从前。 ㉝惟:思。图:谋划,考虑。旧人:指世家旧臣。共政:共理朝政。以上二句说从前我们的先王,也总是考虑任用旧臣来共理朝政。 ㉞王:指先王。播告:公布命令。修:疑作“迪”,迪是道。播告之迪:布告之道。 ㉟厥:其,指先王。指:意旨。 ㊱用:因此。丕:大。钦:敬重。以上三句说先王向群臣公布政令,大臣们传达时不敢隐匿先王的意旨而不下达,因此先王对那些臣子也很看重。 ㊲逸言:出轨的话。 ㊳丕变:大变化。以上二句说先王旧臣不说越轨的话,因此人民也有很大的变化,变得顺从王的教导。 ㊴聒(guō 郭)聒:喧嚷,嘈杂。 ㊵起:编造出话来。信:读为“伸”,作申说解。险:指邪恶之言。肤:指浮夸之言。 ㊶讼:争辩。以上三句说现在你们吵吵嚷嚷,编造一些邪恶浮夸之言,我真不知道你们吵吵什么? ㊷荒:荒废。兹德:指盘庚自己的德行。 ㊸含:藏,这里有隐瞒之意。 ㊹惕:畏惧。以上三句说不是我自己荒失了我的德行,只是你们把我对百姓的德政隐瞒了,对我毫不畏惧。 ㊺观火:看火,比喻看得很清楚。 ㊻拙谋:拙于谋划,即不善谋划。此句连上句、下句三句说我看得很清楚,只不过是一时拙于谋划,于是你们的行为就放纵起来了。 ㊼纲:网上的大绳。此句连下句二句说好像网结在纲绳上,才可有条不紊。 ㊽服:治理。穑(sè 瑟):这里指农业劳动。乃:于是。有秋:指秋天的好收成。以上二句说好像农夫只有尽力劳动,才会有秋天的好收成。 ㊾克:能够。黜:除去。 ㊿施:施与。实德:真实的好意。婚:亲戚。友:朋友。以上三句说你们要能除去私心,把实在的好意给予人民,以至于亲戚、朋友。 (51)丕乃:岂不。以上二句说,岂不可以说你们一向有积德于民吗? (52)戎:大。毒:害。迩:近。 (53)惰:懒惰。安:苟自安逸。 (54)昏(mǐn 敏):“暋”的假借字,勉力的意思。 (55)服:治理。 (56)越其:发语词,犹云爰乃。以上五句说如果你们不怕远近的人民都因你们而受大害,就心安理得地做个懒惰的人,不努力在田间劳作,不治理好田亩,那就不会有黍稷的收获。 (57)和:宣布。吉言:好话。 (58)自生毒:犹言自取其祸。 (59)败祸:指做坏事。奸宄(guǐ 鬼):亦指做坏事。 (60)自灾:自己害自己。以上四句说如果你们不把我的善言向百姓宣布,那是你们自取其祸,你们干出种种坏事,必然会自己害自己。 (61)先恶于民:犹言把恶事引导给人民。以上三句说你们既然引导人民做坏事,你们将自受其痛,那时将后悔不及了。 (62)相(xiàng 项):看,视。时:同是,这之意。憸(xiān 先):小。 (63)犹:尚且。胥:相。顾:顾及。箴言:劝诫的话,指盘庚所说的劝诫之言。 (64)发:发话,犹言说出。逸口:出轨的错话。以上三句说你们看那些小民,还尚且顾及我的劝戒,唯恐自己说错话。 (65)矧

(shěn审):何况,况且。制:掌握。短长之命:犹言生死。此句说何况我掌握着你们的生死之权。言外之意说难道你们不畏惧我吗? ⑥曷弗:何不。朕:我。胥:相。动:煽动。此句说你们有话为何不先告诉我,而竟然用浮言来煽惑人心。 ⑥沉:深。迩:近。以上四句说浮言怕是很容易广传于群众,就像燎原之火,连接近都无法接近,还能扑灭它吗? ⑥靖:善。此句连下句二句说这是你们自己做坏事造成的,不是我的过错! ⑥迟任:古贤者。 ⑦旧:指世家旧臣。此句连下两句三句说用人应该选用世家旧臣,用东西不能选用旧的,而应该用新的。 ⑦古我先王:指盘庚的祖先。暨(jì既):和,同。 ⑦胥及:相与。逸:安乐。勤:劳苦。以上二句说我的先王和你们的祖先,同甘共苦。 ⑦敢:犹言不敢。非罚:不适当的处罚。此句说我怎敢对你们擅用处罚! ⑦选:与"纂"通,作:继续讲。劳:劳绩。不掩:不掩盖。以上二句说如你们世代继续祖先的功绩,我也不会掩盖你们的好处。 ⑦享:祭祀。 ⑦享之:指受祭祀。以上二句说现在我要大祭先王,你们的祖先也将随着受祭。 ⑦作福作灾:意思说你们做好事得福,做坏事得祸,都将由先王和你们祖先来赏罚你们。⑦非德:与上文非罚互文见义。此句说我也不敢擅用赏罚。 ⑦于:以。难:艰难,指行事之艰难。 ⑧志:同帜,标志,准的。以上二句说我告诉你们行事是很艰难的,比如射箭,应当有目标。 ⑧侮:轻慢。老:老人。成:成年人。 ⑧弱孤:欺凌。以上二句说你们不要轻慢年纪大的人,也不要欺凌少年人。 ⑧长于厥居:长久安居于新居。 ⑧勉出乃力:勤勉地贡献你们的力量。 ⑧猷:谋。以上三句说你们要安于你们的新居,勤奋地出力,听从我一个人的决策。 ⑧远迩:远近,这里指关系的亲疏。⑧伐:诛,意为惩罚。死:这里指恶行。 ⑧德:这里指以爵行赏。彰:表扬。善:指善行。以上三句说无论亲疏远近,我都要用刑罚来惩治罪行,用爵位来表彰善行。⑧臧:善。惟:是。以上二句说国家治理得好,是你们的功劳。 ⑨佚:过失。以上句说国家治理得不好,那是我一人犯了失罚的过错。 ⑨尔众:你们众人,你们大家。⑨致告:犹言互相转告我的话。 ⑨恭:与"共"通,作"奉"解。 ⑨齐:作"整"解,认真的意思。位:职位。 ⑨度:借作"杜",闭的意思。以上四句说从今以后,你们要努力做好你们的事,严肃认真地做好本职工作,闭上你们乱说乱道的嘴。 ⑨弗可悔:犹说悔之不及。以上二句说不然,惩罚就会到你身上,那时悔之晚矣。

左 传

　　《左传》,即《左氏春秋》,后人认为它是传(阐释)孔子的《春秋》的,所以又称《春秋左氏传》,简称《左传》。它是一部以鲁国君主系年的编年体史书,记事起于鲁隐公元年(前722),止于鲁悼公四年(前464)。《左传》保存了大量的古代史料,文字优美,记事详明,既是杰出的历史著作,也是卓越的文学作品。

　　《左传》相传为鲁国史官左丘明所作,后代学者多倾向于认为是战国初年的作品。与《左传》同被人认为是传《春秋》的,还有公羊高的《公羊传》、穀梁赤的《穀梁传》,合称为"春秋三传",都被儒家尊为经典。

曹刿论战①(庄公十年)②

　　十年春,齐师伐我③。公将战④。曹刿请见⑤。其乡人曰⑥:"肉食者谋之,又何间焉⑦?"刿曰:"肉食者鄙⑧,未能远谋⑨。"乃入见。问:"何以战⑩?"公曰:"衣食所安,弗敢专也⑪,必以分人⑫。"对曰:"小惠未遍,民弗从也⑬。"公曰:"牺牲玉帛⑭,弗敢加也,必以信⑮。"对曰:"小信未孚⑯,神弗福也⑰。"公曰:"小大之狱,虽不能察⑱,必以情⑲。"对曰:"忠之属也,可以一战⑳。战则请从㉑。"

　　公与之乘㉒。战于长勺㉓。公将鼓之㉔。刿曰:"未可。"齐人三鼓。刿曰:"可矣。"齐师败绩㉕。公将驰之。刿曰:"未可。"下视其辙,登轼而望之㉗,曰:"可矣。"遂逐齐师㉘。

　　既克㉙,公问其故㉚。对曰:"夫战,勇气也㉛。一鼓作气㉜,再而衰,三而竭㉝。彼竭我盈㉞,故克之。夫大国,难测也㉟,惧有伏焉㊱。吾视其辙乱,望其旗靡㊲,故逐之。"

①曹刿(guì贵):鲁国人。题目是后人加的,《左传》原无标题。有的选本题作《齐鲁长勺之战》。本篇选自《左传》"庄公十年"。　②庄公:鲁庄公。十年:鲁庄公十年是公元前684年。《左传》是按鲁国国君世系纪年的,每年记事开始即书鲁君年号。　③齐师:齐国军队。我:鲁国。本书以鲁君纪年,所以称鲁国为我。　④公:指鲁庄公。　⑤请见:请求见庄公。　⑥乡人:同乡人。　⑦肉食者:吃肉者,指统治者。谋之:谋划它(指战争)。间(jiàn建):参与。焉:于此。这几句话是说掌权者自然会考虑齐军伐我的事,你又何必参与此事。　⑧鄙:眼光短浅。　⑨远谋:长远计划。　⑩何以战:以何战,凭什么与齐国打仗。这是曹刿问庄公的。　⑪安:养。专:独自专享。　⑫必:一定。分人:分给别人。以上三句是说衣食是养身的,我不敢独享,一定分给大家共享。　⑬对:回答。小惠:小恩小惠,指分享衣食。遍:普遍。弗从:不跟从。　⑭牺牲:祭祀用的牛羊猪等牲畜。与玉帛(丝织品)同为祭祀用品。　⑮信:忠诚,守信用。以上三句是说祭祀时用的东西,不敢随便虚报增加,一定实实在在,坚守信用。　⑯小信:小信用。孚(fú服):为人所信服。　⑰福:赐福,保佑。以上二句是曹刿所说,大意是:"牺牲玉帛,弗敢加"只是小的信用,神灵并不会因此保佑你。　⑱狱:指案件。察:考察、调查清楚。　⑲情:实情。以上三句是说大大小小的案件,虽不能件件都调查清楚,但一定尽量做到以实情处理。　⑳忠:这里指君主尽力忠心于职守。属:类,范围。可以:可以凭借。这里,"可"是可以,"以"是用,凭靠。以上二句是说这可以算是你忠于职守的一类事了,凭此可以一战。看来曹刿认为战争胜负取决于国君是否爱民,爱民则能得到人民支持,故可一战。　㉑请从:曹刿请求跟从庄公与齐国一战。　㉒与之:和他(曹刿)。乘:乘车。　㉓长勺:鲁国地名,在今山东省莱芜市东北。　㉔鼓之:击鼓进军。　㉕败绩:大败。　㉖驰之:驱车追逐敌人。　㉗辙(zhé哲):车辙印。轼(shì式):车前用作扶手的横木。以上二句说曹刿下车仔细察看齐军败退时战车的轨迹,又登车扶轼而眺望齐军。　㉘遂:于是。　㉙既:已经。克:战胜。　㉚其故:这中间的道理。　㉛这一句是说战争靠的是战士们的勇气。　㉜一鼓作气:击第一次鼓时,士气鼓得最足。　㉝衰:指士气衰退。竭:士气泄尽。　㉞彼竭我盈:齐军士气已尽(因他们已鼓三次),我军士气正充足(我军刚鼓一次)。　㉟测:推测。这句是说齐国是大国,诡计多端,真败假败,难以猜测。　㊱惧有伏焉:怕他们有埋伏。　㊲靡(mǐ米):这里指战旗倒下。

晋公子重耳之亡①(僖公二十三年、二十四年)②

晋公子重耳之及于难也③,晋人伐诸蒲城④。蒲城人欲战,重耳不可⑤,曰:"保君父之命而享其生禄⑥,于是乎得人⑦;有人而校,罪莫大焉⑧。吾其奔也⑨!"遂奔狄⑩。从者狐偃、赵衰、颠颉、魏武子、司空季子⑪。狄人伐廧咎如⑫,获其二女叔隗、季隗⑬,纳诸公子⑭。公子取季隗⑮,生伯儵⑯、叔刘。

以叔隗妻赵衰,生盾⑰。将适齐⑱,谓季隗曰:"待我二十五年,不来而后嫁。"对曰:"我二十五年矣⑲,又如是而嫁,则就木焉⑳。请待子㉑。"处狄十二年而行㉒。

过卫,卫文公不礼焉㉓。出于五鹿㉔,乞食于野人㉕,野人与之块㉖。公子怒,欲鞭之㉗。子犯曰:"天赐也㉘。"稽首,受而载之㉙。

及齐㉚,齐桓公妻之㉛,有马二十乘㉜。公子安之㉝。从者以为不可。将行,谋于桑下㉞。蚕妾在其上㉟,以告姜氏㊱。姜氏杀之,而谓公子曰:"子有四方之志㊲,其闻之者㊳,吾杀之矣。"公子曰:"无之㊴。"姜曰:"行也!怀与安,实败名㊵。"公子不可。姜与子犯谋,醉而遣之㊶。醒,以戈逐子犯㊷。

及曹,曹共公闻其骈胁㊸,欲观其裸㊹。浴,薄而观之㊺。僖负羁㊻之妻曰:"吾观晋公子之从者,皆足以相国㊼;若以相㊽,夫子必反其国;反其国,必得志于诸侯㊾;得志于诸侯,而诛无礼㊿,曹其首也(52)。子盍蚤自贰焉(53)?"乃馈盘飧,置璧焉(54)。公子受飧反璧(55)。

及宋,宋襄公赠之以马二十乘(56)。

及郑,郑文公亦不礼焉(57)。叔詹谏曰(58):"臣闻天之所启,人弗及也(59)。晋公子有三焉(60),天其或者将建诸(61)?君其礼焉(62)!男女同姓,其生不蕃(63),晋公子,姬出也(64),而至于今(65),一也;离外之患,而天不靖晋国(66),殆将启之(67),二也;有三士,足以上人,而从之(68),三也。晋、郑同侪(69),其过子弟,固将礼焉(70);况天之所启乎?"弗听。

及楚,楚子飨之(71),曰:"公子若反晋国,则何以报不穀(72)?"对曰:"子女玉帛(73),则君有之;羽毛齿革(74),则君地生焉;其波及晋国者,君之余也(75)。其何以报君?"曰:"虽然(76),何以报我?"对曰:"若以君之灵(77),得反晋国,晋、楚治兵(78),遇于中原,其辟君三舍(79);若不获命(80),其左执鞭弭,右属櫜鞬,以与君周旋(81)。"子玉请杀之(82)。楚子曰:"晋公子广而俭,文而有礼(83);其从者肃而宽,忠而能力(84)。晋侯无亲,外内恶之(85)。吾闻姬姓,唐叔之后,其后衰者也(86),其将由晋公子乎(87)?天将兴之,谁能废之?违天,必有大咎(88)。"乃送诸秦。

秦伯纳女五人,怀嬴与焉(89)。奉匜沃盥(90)。既而挥之(91)。怒曰:"秦、晋,匹也,何以卑我(92)?"公子惧,降服而囚(93)。他日,公享之(94)。子犯曰:"吾不如衰之文也,请使衰从(95)。"公子赋《河水》,公赋《六月》(96)。赵衰曰:"重耳拜赐(97)!"公子降,拜,稽首(98)。公降一级而辞焉(99)。衰曰:"君称所以佐天子者命重耳,重耳敢不拜(100)!"

①重耳:人名,晋献公之子。亡:出奔。　②僖公二十三年:公元前637年。　③及于难:遭难。晋献公因宠骊姬,逼太子申生自杀,而立骊姬之子奚齐,于是重耳、夷吾等诸公子被迫出奔。　④诸:之于。蒲城:地名,在今山西省隰县。蒲城是重耳的采邑。　⑤不可:不认可,犹言不同意。　⑥保:依恃,靠着。生禄:养生之禄邑。当时贵族的生活资料来源于封地。　⑦得人:得到下属的拥护。　⑧校:同"较",较量,对抗。罪莫大焉:犹言罪过没有大于此的。　⑨奔:出奔,流亡。吾其奔也,犹言我还是出亡吧。　⑩狄:当时靠近晋国北方的少数民族。　⑪狐偃(yǎn眼):字子犯,重耳之舅父。赵衰(cuī崔):字子余,晋大夫。颠颉(jié洁)后来是晋大夫。魏武子:名犨(chóu仇),后是晋大夫。司空季子:一名胥臼季,后是晋大夫。　⑫廧(qiáng墙)咎(gāo高)如:狄族的一支。　⑬隗(wěi伟):廧咎如的姓。　⑭纳诸:送之(指二女)于重耳。　⑮取:娶。　⑯儵:音由(yóu)。　⑰妻(qì气):以女嫁人为妻。盾:赵盾。　⑱适:往,到。这句话的主语是重耳。　⑲我二十五年矣:犹言我二十五岁了。　⑳如是:如此。就木:犹言进棺材。以上三句是说我已二十五岁了,如果像你所说的等二十五年再改嫁,那早就进棺材了。　㉑请待子:请让我等着你。　㉒处:居住。行:指去齐国。　㉓卫文公:卫国国君,名毁。不礼:不礼遇。　㉔五鹿:地名,在今河南省濮阳县东北。　㉕乞食:讨要食物。野人:乡野之人。　㉖块:土块。　㉗鞭之:鞭打他(指野人)。　㉘天赐:上天的赏赐。土块是土地的象征,野人送土块,预示着能立国,故云"天赐"。㉙稽首:叩头,表示感谢。受:接受,收受。载之:把它(土块)装在车上。　㉚及齐:到齐国。　㉛齐桓公:齐国国君,名小白。　㉜有马二十乘(shèng胜):有马八十匹。四马拉一车为一乘。　㉝安之:安于在齐国的生活。　㉞将行:(重耳手下人)准备将离齐他往。谋于桑下:在桑树下商议。　㉟蚕妾:养蚕的女奴。据下文,当是姜氏的女奴。其上:指桑树上。女奴采桑,故在桑树上。　㊱姜氏:齐桓公嫁给重耳做妻子的齐女,姜姓,故称姜氏。　㊲四方之志:远大的志向。　㊳其闻之者:犹言那个听到这件事的人。　㊴无之:犹言没有这事。谋于桑下的是重耳的随从者,重耳并未参与,所以他说"无之"。　㊵怀:眷恋享乐。安:安于现状。败名:毁坏功名。以上三句是说:走吧,贪恋享受,安于现状,实在最能毁灭人的求功名之心。　㊶醉而遣之:把重耳灌醉并把他送走。　㊷醒:酒醒。以戈逐子犯:重耳持戈追赶子犯。　㊸曹共公:曹国国君,名襄。骈胁(xié协):腋下肋骨相连成一片。　㊹观其裸:看重耳光着身。　㊺浴:指重耳洗澡。薄:走到近前。这句是说曹共工趁重耳洗澡时,偷偷走到近前,看重耳的骈胁。　㊻僖负羁:曹国大夫。　㊼相国:做国家的辅佐之臣。　㊽若以相:犹若以之相,假如用他们做辅助之臣。　㊾夫(fú扶)子:那个人,指重耳。反其国:即返其国。指重耳返回晋国掌权。　㊿得志于诸侯:这里指称霸于诸侯各国。　㉛诛无礼:指讨伐对他不礼貌的国家。　㉜曹其首也:曹国就是第一个(对重耳无礼的国家)。　㉝子:你,指僖负羁。盍:何不,为何不。蚤:同"早"字。贰:这里指不同的态度。这句话是说,你何不趁早自己采取

(与曹共公对重耳)不同的态度。　㊴馈(kuì愧)盘飧(sūn孙):送给一盘晚餐。置:安置,安放。璧:玉璧。这两句是说僖负羁于是送给重耳一盘晚餐,在盘底暗放了一块玉璧,以示结好。春秋时一国大夫不能私与别国交往,所以僖负羁只能把璧暗放在盘子中。　㊺受:接受。反璧:即返璧,送回玉璧。　㊻宋襄公:宋国国君,名兹父。㊼郑文公:郑国国君,名捷。　㊽叔詹:郑国大夫。谏(jiàn件):旧时下对上的规劝称为谏。　㊾天之所启:天所启发、开导的人。人弗及也:犹言别人是比不上的。　㉑有三焉:有三件不同寻常的事。　㉒建:建立,指立为君。诸:之乎二字的合音。这句是说上天或者是要立重耳为君吧。　㉓君其礼焉:您还是以礼待他吧。　㉔蕃:旺盛。以上二句是说男女同姓结婚,子孙不会蕃盛。　㉕姬出也:父母同姓姬生出的。㉖至于今:活到现在。　㉗离:同"罹(lí离)",遭受。靖:安宁。以上二句是说重耳遭到流亡外国之祸,而上天又不让晋国安宁。晋献公死后,奚齐、卓子先后被里克所杀,晋惠公(夷吾)立,又大失民心,晋国内乱不已。　㉘殆:大概,大约。这句是说大约上天将为重耳开创为君的机会吧。　㉙三士:指狐偃、赵衰和贾佗(也是从重耳流亡者)。足以上人:足可以称为杰出的人才。以上三句是说有三个堪称杰出的人都跟从着重耳。　㉚同侪(chái柴):地位相同。郑与晋同是姬姓。　㉛其过子弟:指晋国过往经过郑国的子弟。固:本来应该。　㉜楚子:指楚成王,名恽。楚为子爵,故称其君为楚子。飨(xiǎng响):同"享",以酒食款待人。之:指重耳。　㉝榖:善,良好。不榖,犹言不善,古代诸侯自称的谦辞。这里是楚成王自称。　㉞子女:少男少女。疑此是偏复词,指少年女子。一说是指男女奴隶。玉帛:指丝织品。　㉟羽毛齿革:指鸟羽、兽毛、象牙、皮革。　㊱其波及晋国者,君之余也:意思是说以上这些东西流及到晋国的是楚国的剩余罢了。　㊲虽然:虽然如此。这里"虽"是虽然,"然"是如此,这样。　㊳若以君之灵:犹言如果托您的福。　㊴治兵:整治军队。指战争。㊵辟:同"避"。君:指成王。三舍:九十里。一舍为三十里。以上二句是说相遇于战场,我将退避九十里,表示礼让。　㊶若不获命:假如仍得不到您退兵不战的命令。㊷鞭:马鞭。弭(mǐ米):未装饰的弓,这里泛指弓。属(zhǔ主):佩,系。櫜(gāo高):箭袋。鞬(jiàn建):盛弓之器。周旋:这里就是指打仗。以上九句是重耳回答楚成王的话,都是外交辞令,软中有硬,客气中又不失风度。这时的重耳经过流亡的磨难已很成熟了。　㊸子玉:楚国执政大臣,名得臣。　㊹广:指志向远大。俭:通"检",约束,检点。此指行为检点。文:指善于辞令。　㊺肃:指态度严肃。宽:指宽厚待人。忠:忠诚。指效忠于重耳。能力:指能为重耳出力。　㊻晋侯:指晋惠公夷吾。夷吾受秦国帮助,回晋立为君,但不久又得罪于秦,且国内政策又大失民心,所以这里说:"晋侯无亲,外内恶(厌恶)之。"　㊼唐叔:周成王封弟叔虞于唐,故称叔虞为唐叔,他是晋国的祖先。这三句当是当时流传的预言,意思说我听人说姬姓诸国,唐叔的后代(即指晋国)是最后才会衰落的。　㊽这句话的意思是说难道晋国的复兴将由晋公子(指重耳)开始吗?　㊾大咎(jiù旧):大祸。　㊿秦伯:指秦穆公,名任好。纳女:指穆公送女子给重耳。怀嬴(yíng迎):穆公之女,嬴姓,曾嫁给晋惠公之子圉(yǔ雨),当时圉在秦国为人质,后来圉逃归晋国,做了国君,即是晋怀公,所以称此女为怀嬴。怀嬴未随怀公归晋,现在穆公又将她嫁给重耳。与(yù玉):参与。指怀嬴在五女之中。　⑨⓪奉:手持,即捧。匜(yí移):古人洗手洗面的盛水之具。沃:浇水。盥(guàn贯):洗手。这句是说怀嬴捧着匜浇水让重耳洗手。　⑨①既:这里指洗完手。挥之:挥手使怀嬴走开。这是不礼貌的动作,故下文怀嬴怒。　⑨②匹:匹敌,等级相同。卑:卑视,轻视。　⑨③降服:指脱去上衣。自囚:自己拘囚自己。这句说的是重耳向怀嬴谢罪的举动。　⑨④公:秦穆公。享之:同上文飨之,设酒宴款待重耳。⑨⑤衰(cuī崔):指赵衰。文:善于辞令。请使衰从:请让赵衰跟从着(重耳赴宴)。⑨⑥"河水":诗篇名,已不传。一说就是《诗经·小雅·沔水》篇。沔与河字,字形相似而误。诗言水流终归大海,如重耳流亡天下终归秦,才有归宿。重耳赋此诗,目的是颂扬秦国。"六月":诗篇名,是《诗经·小雅》中的一篇。诗叙述周宣王时尹吉甫辅助宣王以隆王业。穆公赋此诗,目的是祝愿重耳返晋后,成霸业以辅助周天子。⑨⑦重耳拜赐:犹言请重耳赶快拜谢秦伯的美言赐教。　⑨⑧降:这里指走下台阶至堂下,这是礼貌的举动。拜:作揖。稽首:叩头。　⑨⑨降一级:走下一级台阶。这是表示不敢当的辞让举动。　⑩⓪以上二句是说:您所称引的《六月》诗,是以辅助天子的重任期望重耳的,重耳怎敢不拜谢您的殷切希望呢?

　　二十四年,春,王正月①,秦伯纳之②。不书,不告入也③。及河④,子犯以璧授公子,曰:"臣负羁绁从君巡于天下⑤,臣之罪甚多矣。臣犹知之,而况君乎?请由此亡⑥。"公子曰:"所不与舅氏同心者,有如白水⑦!"投其璧于河。济河⑧,围令狐,入桑泉,取臼衰⑨。二月,甲午⑩,晋师军于庐柳⑪。秦伯使公子絷如晋师⑫。师退,军于郇⑬。辛丑⑭,狐偃及秦晋之大夫盟于郇⑮。壬寅⑯,公子入于晋师⑰。丙午⑱,入于曲沃⑲。丁未⑳,朝于武宫㉑。戊申㉒,使杀怀公于高梁㉓。不书,亦不告也。

　　吕、郤畏逼㉔,将焚公宫而弑晋侯㉕。寺人披请见㉖。公使让之,且辞焉㉗,曰:"蒲城之役㉘,君命一宿,女即至㉙。其后余从狄君以田渭滨㉚,女为惠公来求杀余。命女三宿,女中宿至㉛。虽有君命,何其速也?夫袪犹在,女其行乎㉜!"对曰:"臣谓君之入也,其知之矣㉝;若犹未也,又将及难㉞。君命无二,古之制也。除君之恶,唯力是视㉟。蒲人、狄人,余何有焉㊱?今君即位,其无蒲、狄乎㊲?齐桓公置射钩而使管仲相㊳,君若易之,何辱命焉㊵?行者甚众,岂唯刑臣㊶!"公见之,以难告㊷。三月,晋侯潜会秦伯于王城㊸。己丑,晦㊹,公宫火㊺。瑕甥、郤芮不获公㊻,乃如河上㊼,秦伯诱而杀之㊽。

　　晋侯逆夫人嬴氏以归㊾。秦伯送卫于晋三千人㊿,实纪纲之仆㉑。

初,晋侯之竖头须㉜,守藏者也㉝;其出也㉞,窃藏以逃,尽用以求纳之㉟。及入㊱,求见;公辞焉以沐㊲。谓仆人曰㊳:"沐则心覆㊴,心覆则图反㊵,宜吾不得见也㊶。居者为社稷之守㊷,行者为羁绁之仆㊸,其亦可也,何必罪居者㊹?国君而仇匹夫㊺,惧者甚众矣㊻。"仆人以告,公遽见之㊼。

狄人归季隗于晋,而请其二子㊽。文公妻赵衰㊾,生原同、屏括、楼婴。赵姬请逆盾与其母㊿,子余辞。姬曰:"得宠而忘旧,何以使人?必逆之!"固请,许之。来[51],以盾为才[52],固请于公,以为嫡子[53];而使其三子下之[54]。以叔隗为内子[55],而己下之。

①王:指周王。正月:指周历正月,即夏历十一月。 ②秦伯纳之:秦穆公派人护送重耳入晋。"之"是指重耳。 ③不书:指秦穆公护送重耳入晋这件事《春秋》没有记载。不告人:没有入告鲁国。这是解释《春秋》未记载的原因,是因晋国并未入告鲁国这件事。 ④及河:指重耳等到了黄河。 ⑤负:背负。羁:马络头。绁(xiè屑):马缰绳。负羁绁犹言拉着马,指服侍重耳。 ⑥亡:指出奔。这句是说请让我从此离您出奔。 ⑦这两句话是重耳对子犯的誓言,说我一定与舅舅同心,如不同心,有白水(指黄河水)作证。 ⑧济:渡过。 ⑨令(líng 玲)狐:地名,在今山西省临猗县西。桑泉:地名,在今山西省临猗县临晋镇东北。臼衰:地名,当在今山西省旧解县治解州镇西北。 ⑩甲午:指甲午那天。古代以干支纪日,故有甲午及以下辛丑、壬寅、丙午、丁未、戊申等日。但据后人考证,那年二月无甲午,可能是原文有误记。一说是当月初四。 ⑪军:驻军。庐柳:地名,在今山西省临猗县北。这句是说晋怀公派晋军驻于庐柳以阻止重耳回国。 ⑫絷(zhí执):秦公子。如:往,去。这句是说秦穆公派公子絷到晋军中去劝说晋军(同意重耳返晋)。 ⑬郇(xún 句):地名,在今山西省临猗县西南。这句表明晋军已被絷说服。 ⑭辛丑:辛丑日。一说是当月十一日。 ⑮盟:订立同盟。 ⑯壬寅:壬寅日。一说是当月十二日。 ⑰公子入于晋师:重耳到晋军中去。这说明重耳已掌握了晋国军队。 ⑱丙午:丙午日。一说是当月十六日。 ⑲曲沃:地名,在今山西省闻喜县东北。 ⑳丁未:丁未日。一说是当月十七日。 ㉑朝:朝拜。武宫:重耳祖父晋武公之庙。 ㉒戊申:戊申日。一说是当月十八日。 ㉓怀公:晋怀公。惠公之子,名圉。高梁:地名,在今山西省临汾市东北。 ㉔吕、郤(xì 细):指晋惠公的旧臣吕甥郤芮。逼:怕受到重耳的迫害。 ㉕公宫:晋侯的宫廷。弑(shì 是):古代下杀上叫弑。晋侯:指重耳。此时已即位为晋文公。下文公、晋侯皆指重耳。 ㉖寺人:阉人。披:寺人名披。 ㉗让(ràng 壤):斥责,责备。"使让之"是派人责备他(指披)。辞:指辞退不见。 ㉘蒲城之役:指晋献公派寺人披伐蒲的战役。 ㉙女:汝,指披。以上二句说献公命令你一夜之后赶到,你却立即就到了蒲城。 ㉚狄君:狄人的君主。田:打猎。 ㉛中宿:犹言两夜之后。 ㉜袪(qū 区):衣袖。寺人披伐蒲,重耳逾垣而走,披斩断了重耳一条衣袖。事见《左传》

"僖公五年"。女其行乎:犹言你还是请走吧。 ㉝君之入:指重耳回国做君主。知之:知道为君之道。 ㉞及难:遭难(指吕甥、郤芮"将焚公宫而弑晋侯"的阴谋)。以上两句是说重耳好像还不明为君之道,又将遭难了。 ㉟君命无二:指执行君命不能有二心。制:指古代遗留下的制度、准则。 ㊱君之恶:犹言君的仇人、对头。唯力是视:犹言竭尽全力。 ㊲何有:犹言有何关系。以上二句大意是说:那时我把你看作同国君为敌的蒲人或狄人。杀一个蒲人或狄人,有什么关系呢! 因为前面重耳责备披的话里提到在蒲城和狄的事,所以披这样说。 ㊳其无蒲、狄乎:难道就没有敌人了吗? 其意指当年重耳逃到蒲、狄是作为君主的敌人,现在为君,也会有敌人。 ㊴置:这里指不放在心上。射钩:公子纠与公子小白(齐桓公)争国,管仲助纠与小白战,射中小白衣带钩。后来小白胜利,做了齐君,却置射钩之仇不问,反而使管仲为相。 ㊵君若易之:您如果改变齐桓公的用人态度。何辱命焉:何必有辱您命我走开。这两句意思是说如果重耳不能像齐桓公置射钩之仇于不问,而要记斩祛之恨,那我自会离开,无须劳重耳之命。 ㊶行者:指逃亡出行者。众:多。岂唯:那只是,难道只是。刑臣:受过刑之臣。这是披自称,因他是阉人。 ㊷公见之:文公终于接见了披。以难告:披把吕甥、郤芮的阴谋告诉了重耳。 ㊸潜会:暗中相会。指不公开的会见。王城:地名,在今陕西省大荔县东。 ㊹己丑:三月二十九日。晦:月终的那一天称晦。 ㊺火:起火。 ㊻瑕(xiá 霞)甥:就是吕甥。不获公:没有捕获晋文公。 ㊼乃如河上:于是逃到黄河边上。 ㊽诱:诱骗。 ㊾逆:迎,接。嬴氏:前文提到的秦穆公之女怀嬴。归:回晋国。 ㊿送卫:护送的卫士。 (51)实:充实。纪纲之仆:指维持国家秩序的得力之仆。 (52)竖(shù 恕):未成年的童仆。头须:人名。 (53)守藏(zàng 葬):看守仓库。 (54)其出也:指重耳逃亡在国外时。 (55)窃藏以逃:偷了仓库的钱财逃走。尽用:把钱财都花光。纳之:指重耳返晋。这两句是说头须把仓库的钱财偷跑了,把钱财都用在设法使重耳返国的事上。 (56)及入:到重耳回国。 (57)辞焉以沐:重耳借口洗头,辞而不见头须。 (58)谓仆人:对仆人说话。主语是头须,下面是他对重耳之仆说的话。 (59)沐则心覆:洗头脸向下,则心也向下。 (60)心覆则图反:心向下,则考虑问题就会相反。 (61)宜:犹言应该,应当。 (62)居者:留下的人。指重耳出奔时,没有跟从而留下的人。社稷之守:社稷的看守。指看守国家的人。 (63)行者:指随重耳出亡的人。 (64)罪:怪罪。 (65)匹夫:普通百姓。"仇匹夫",犹言以匹夫为仇。 (66)惧者:害怕(重耳这样政策)的人。 (67)以告:以头须之言报告重耳。遽(jù 据):急忙,赶忙。见之:接见了头须。 (68)请其二子:请求留下季隗的两个儿子(伯鯈、叔刘)。 (69)文公妻(qì 气)赵衰:指重耳把女儿嫁给赵衰为妻。 (70)赵姬:即指重耳之女,赵衰之妻。盾:指赵盾,是赵衰与狄女叔隗所生之子。 (71)来:指赵盾与其母叔隗从狄回晋国之后。 (72)才:有才能。这句开始至"而己下之",主语皆是赵姬。 (73)嫡(dí 敌)子:旧指正妻所生之子。 (74)下之:地位居赵盾之下。 (75)内子:正妻。

晋侯赏从亡者①,介之推不言禄②,禄亦弗及③。推曰:"献公之子九人,唯君在矣④!惠、怀无亲,外内弃之。天未绝晋,必将有主。主晋祀者⑤,非君而谁?天实置之⑥,而二三子以为己力⑦,不亦诬乎⑧?窃人之财,犹谓之盗,况贪天之功以为己力乎?下义其罪⑨,上赏其奸⑩,上下相蒙⑪,难与处矣⑫。"其母曰:"盍亦求之⑬,以死谁怼⑭?"对曰:"尤而效之⑮,罪又甚焉!且出怨言,不食其食⑯。"其母曰:"亦使知之⑰,若何?"对曰:"言,身之文也⑱;身将隐,焉用文之?是求显也⑲。"其母曰:"能如是乎?与女偕隐⑳。"遂隐而死。晋侯求之不获,以绵上为之田㉑,曰:"以志吾过㉒,且旌善人㉓。"

①从亡者:跟从重耳出亡的人。　②介之推:从重耳出亡者之一。姓介名推,之是语助词。不言禄:不提要禄位。　③弗及:不及。这句说文公也未给介之推禄位。　④君:指文公。　⑤主晋祀者:主持晋国宗庙祭祀的人。古时国家宗庙要由君主主持祭祀。　⑥天实置之:犹言实际上是上天立了重耳为君。　⑦二三子:指随重耳出亡者。　⑧诬:欺骗。　⑨下义其罪:下面的人把罪过当成正义。　⑩上赏其奸:上面的人对奸佞进行赏赐。　⑪蒙:蒙骗,欺骗。　⑫难与处矣:犹言难以与他们相处共事了。　⑬盍:何不。求之:向文公请求(禄位)。　⑭怼(duì对):怨恨。这句是说这样不要禄位,白白穷困至死,又将怨谁呢。　⑮尤:过失。这里用作动词,对过失进行谴责。效之:效法他们的做法。　⑯不食其食:犹不食其禄。以上二句是说,况且我已口出怨言,不吃他们的俸禄。　⑰亦使知之:是指介之推采取不食其食、不要俸禄的行为应该让重耳知道。　⑱身之文:人身的文饰。这句是说人的语言不过是为了文饰自己。　⑲是:这,这是。求显:求显露,求为人所知。　⑳偕隐:一同隐居。　㉑绵上:地名,在今山西省介休东南四十里与灵石县交界之介山下。相传是介之推隐死之处。为之田:作为介之推的封田。人活时封田是俸田,死后则作为祭田,以出祭祀所需。　㉒志:记载,标志。过:过错。　㉓旌(jīng精):表彰。善人:好人。指介之推。

国　语

　　《国语》是一部分别记载周、鲁、齐、晋、郑、楚、吴、越等八国史事的历史著作。全书共二十一卷。记事时间上自周穆王，下至鲁悼公，共约五百多年。

　　《国语》作者曾被认为是左丘明。司马迁《报任少卿书》说："左丘失明，厥有《国语》。"后人多有异议。现在一般认为是战国初年人汇编各国史料以成书，并非出自左丘明之手。

　　从史学和文学角度看，《国语》实远逊于《左传》，但有些篇章可补《左传》史实之缺。其特点长于记言，文字朴实、简练，亦可称为较优秀的历史散文作品。

邵公谏弭谤①（周语）②

　　厉王虐，国人谤王③。邵公告王曰："民不堪命矣④。"王怒，得卫巫⑤，使监谤者。以告，则杀之⑥。国人莫敢言，道路以目⑦。

　　王喜，告邵公曰："吾能弭谤矣，乃不敢言⑧。"邵公曰："是障之也⑨。防民之口，甚于防川。川壅而溃⑩，伤人必多；民亦如之。是故为川者决之使导⑪，为民者宣之使言⑫。故天子听政，使公卿至于列士献诗⑬，瞽献曲⑭，史献书⑮，师箴⑯，瞍赋⑰，矇诵⑱，百工谏⑲，庶人传语⑳，近臣尽规㉑，亲戚补察㉒，瞽史教诲㉓，耆艾修之㉔，而后王斟酌焉㉕。是以事行而不悖㉖。民之有口也，犹土之有山川也，财用于是乎出㉗；犹其有原隰之有衍沃也㉘，衣食于是乎生㉙。口之宣言也㉚，善败于是乎兴㉛。行善而备败㉜，所以阜财用衣食者也㉝。夫民，虑之于心而宣之于口，成而行之㉞，胡可壅也㉟？若壅其口，其与能几何㊱？"

王弗听,于是国人莫敢出言。三年,乃流王于彘㉞。

①邵公:即邵穆公,周王之卿士,名虎。弭(mǐ米):止息。谤:指责,批评。题目是后加的。邵,一作"召"。"邵""召"为今古字,读音相同。　②周语:《国语》是分国记事的,《周语》是其中记周王朝史事的。　③厉王:周厉王,名胡,周夷王之子。公元前878年即位,在位三十七年,后被国人流放于彘。虐:暴虐。　④不堪命:忍受不了暴虐的政令。　⑤卫巫:卫国的巫者。　⑥以报:把诽谤国王的人报告给厉王。杀之:杀掉谤王的人。　⑦道路以目:人们相遇于路,只能以目相视。　⑧乃:终于。不敢言:指国人不敢讲话。　⑨是障之也:这(指厉王的做法)是堵人口舌的办法。⑩川:河流。壅(yōng拥):阻塞。　⑪为川者:治河的人。决之:疏浚河川。导:通畅。　⑫为民者:治理人民的。宣之:引导、开导人民。言:说话。这里指畅所欲言。⑬公卿:指古代的三公九卿。列士:指古代的上士、中士、下士。这些公卿、列士都是天子之臣。献诗:周代有献诗的事,公卿列士把从民间采集来的民歌或自作的诗献给周天子,以帮助天子了解民情,改进统治。　⑭瞽(gǔ鼓):无目曰瞽,即盲人。周代乐官常用盲人担任。献曲:把常是采自民间的乐曲献给天子。这些乐曲也能反映人民的心情意愿。　⑮史:史官。献书:指把发现的古书献给天子。古书记古事,可以借鉴。　⑯师:乐师。箴(zhēn针):箴言。这里用作动词,进献箴言。箴言是一种近于格言的规劝性的文辞。　⑰瞍(sǒu叟):盲人。古人称无眸子(瞳仁)的瞎子为瞍。赋:这里指诵读献上来的诗。　⑱矇(méng萌):古人称有眸子而看不见的盲人为矇。诵:指诵读规劝性的文辞。这里的赋和诵的区别可能在于前者讲究声调,而后者则较随便。　⑲百工:从事各种工艺的人。一说这里的百工指各色乐工。另一说百工指百官。考较文意,当以后说为是。　⑳庶人:普通百姓,平民。传语:间接传话给天子。他们见不到天子,故只能由别人传话。　㉑近臣:王左右的亲近之臣。尽:同"进"。规:规劝之语。　㉒亲戚:同宗族亲属。古代父子、兄弟等也称亲戚。补察:弥补国王的过失,监督国王的行政。　㉓瞽史教诲:指乐官、史官用音乐和古史教诲国王。　㉔耆(qí其)艾:古称六十岁为耆,五十岁为艾。这里泛指老年人。修:本意是整治,这里引申为劝诫之意。之:指国王。　㉕斟酌:指斟酌大家的意见,进行取舍,付诸实行。　㉖事行:指王的事行得通。不悖(bèi贝):不违背情理。　㉗财用:财富、用度。于是:从这里(指土地山川)。这句话是说国家的一切财富和用度都出自土地山川。　㉘其:指土地。原:高而平坦的土地。隰(xí习):低湿的土地。衍(yǎn演):低而平坦的土地。沃:有水流灌溉的土地。　㉙衣食:人类衣食之资。生:出产。以上四句用地对人类的重要,比喻人民的意见对国家兴旺的作用。　㉚宣言:犹言发表言论。　㉛善败:指国家治理得好和坏。兴:这里有表现、体现之意。㉜行善而备败:这句话的意思是说,国君应该推行能使国事变好的政策,而防范那些会使国事变坏的政策。　㉝阜:增多。这句话是说这才是用以增加衣食财用的办法。

㉞虑之于心:在心里考虑。宣之于口:从口里发表出来。成:成熟。行之:指意见自然流露出来。 ㉟胡可壅也:怎么能堵塞呢。以上三句是说人民在心里考虑自己的意见,用口表达出来,考虑成熟了,自然要流露出来,怎么能堵住人民的口呢? ㊱与:本意是参与,这里指亲附、赞成。几何:几多,几个人。这句说,能有几个人站在你这边的呢? ㊲流:流放。彘(zhì 智):地名,在今山西省霍县东北。这句是说过了三年,国人终于把厉王流放到彘地。此事发生在公元前842年,一说在前841年。

战国策

《战国策》是战国末年或秦汉间人纂集的一部历史著作,作者姓名已不可考。本书亦名为《国策》《事语》《修书》等,经汉代学者刘向整理后定名为《战国策》,计三十三篇,分为十二策。

《战国策》记事上继春秋以后,下讫秦并六国后,共约二百四十年。

《战国策》主要内容是记载战国时代谋臣策士的活动和游说之辞,反映了纵横家的思想和作风。作为历史著作,它缺少完整性和系统性,但也保存了许多重要的史料。从文学的角度看,它的语言雄辩犀利,文笔恣肆纵横,铺陈细致,有声有色,与《左传》同为先秦历史散文的杰作。

苏秦以连横说秦①(秦策)

苏秦始将连横②,说秦惠王曰③:"大王之国,西有巴、蜀、汉中之利④,北有胡貉、代马之用⑤,南有巫山、黔中之限⑥,东有肴、函之固⑦。田肥美,民殷富⑧;战车万乘,奋击百万⑨,沃野千里,蓄积饶多⑩,地势形便⑪。此所谓天府⑫,天下之雄国也⑬。以大王之贤,士民之众,车骑之用⑭,兵法之教⑮,可以并诸侯,吞天下,称帝而治⑯。愿大王少留意⑰,臣请奏其效⑱。"

秦王曰:"寡人闻之⑲:毛羽不丰满者,不可以高飞;文章不成者⑳,不可以诛罚㉑;道德不厚者㉒,不可以使民㉓;政教不顺者㉔,不可以烦大臣㉕。今先生俨然不远千里而庭教之㉖,愿以异日㉗。"

苏秦曰:"臣固疑大王之不能用也。昔者神农伐补遂㉘,黄帝伐涿鹿而擒蚩尤㉙,尧伐驩兜㉚,舜伐三苗㉛,禹伐共工㉜,汤伐有夏㉝,文王伐崇㉞,武王伐纣㉟,齐桓任战而伯天下㊱。由此观之,恶有不战者乎㊲?古者使车毂击驰㊳,言语相结㊴,天下为一㊵,约从连横㊶,兵革不藏㊷。文士并饰㊸,诸侯乱惑㊹,万端俱起㊺,不可胜理㊻。科条既备㊼,民多伪态㊽;书策稠浊㊾,百姓不足(50)。上下相愁(51)，民无所聊(52)；明言章理(53)，兵甲愈起。辩言伟服(54)，战攻不息，繁称文辞(55)，天下不治(56)。舌弊耳聋(57)，不见成功，行义约信(58)，天下不亲(59)。于是乃废文任武(60)，厚养死士(61)，缀甲厉兵(62)，效胜于战场(63)。夫徒处而致利(64)，安坐而广地(65)，虽古五帝三王五伯(66)，明主贤君，常欲坐而致之(67)，其势不能，故以战续之(68)。宽则两军相攻(69)，迫则杖戟相橦(70)，然后可建大功。是故兵胜于外(71)，义强于内，威立于上，民服于下。今欲并天下，凌万乘(72)，诎敌国(73)，制海内(74)，子元元(75)，臣诸侯(76)，非兵不可。今之嗣主(77)，忽于至道(78)，皆惛于教(79)，乱于治(80)，迷于言，惑于语，沉于辩，溺于辞(81)。以此论之，王固不能行也。"

①《苏秦以连横说秦》：选自《战国策·秦策》，题目是后人加的。本篇主要记述了苏秦以连横的策略游说秦惠文王，不被采纳后又转以合纵的策略游说诸侯的经过，表现了苏秦对天下政治形势的洞察，反映了策士们毫无原则的朝秦暮楚，刻画了世态的炎凉。 ②苏秦：战国时东周洛阳（今河南洛阳）人，字季子，战国时代著名纵横家。苏秦初以连横说秦，不听，转而说诸侯合纵抗秦，在一定程度上迫使秦国对东方各诸侯国作了让步。后为燕行反间于齐，被齐王车裂而死。将（jiāng 江）：用，拿。连横：南北为纵，东西为横，所以把秦国联合关东一些诸侯国对付另一些东方诸侯国的策略称为连横，而把东方各诸侯国联合抗秦的策略称为合纵。 ③说（shuì 税）：劝说别人听从自己意见。秦惠王：即秦惠文王，名驷，孝公之子。 ④巴、蜀：二国名，巴在今四川东部，蜀在今四川西北部。巴、蜀在秦惠文王更元九年（前 316），并于秦。汉中：郡名，原为楚地，《史记·秦本纪》："秦惠文王更元十三年，攻楚汉中，取地六百里，置汉中郡。"利：利益，功用。 ⑤胡：泛指当时北方少数民族（如匈奴）聚居的地区。貉（hé 河）：兽名，形似狐，亦称狗獾（huān 欢），毛皮可制裘。代：古国名，战国时属赵，其地在今河北、山西二省北部一带，产马。用：使用。效劳。 ⑥巫山：山名，在今四川省巫山县东。黔中：地名，在今湖南省沅陵县西。限：险阻。 ⑦肴（yáo 摇）：同"殽"（xiáo 淆），山名。函：函谷关。肴函，古代对殽山和函谷关的合称，在今陕西省潼关以东至河南省新安县，地势险要，是古代重要的关隘。固：坚固。 ⑧殷富：殷实，富足。 ⑨奋击：指奋勇作战的士兵。 ⑩饶：丰足。 ⑪地势形便：地理形势便于攻守。 ⑫天府：天之府库，指肥沃、富足、险要的地区。 ⑬雄：强大。雄国，强大的国家。 ⑭用：效劳，出力。 ⑮教：教育，教习。 ⑯吞：吞灭。称帝：战国时代，各诸侯国君主一般称王，国力强大企图统一天下的称帝。秦昭王与齐湣王曾相约称西帝和东帝。 ⑰少：稍微，略微。 ⑱效：效验，功效。 ⑲寡人：寡德之人，古代诸侯或士大夫皆可自谦称为寡人，唐以后唯帝王得称寡人。 ⑳文章：指法令。 ㉑诛罚：诛杀惩罚有罪之人。 ㉒厚：深厚，广大。 ㉓使民：用民，使人民为之用。 ㉔政教：政治教化。不顺：不顺人心。 ㉕烦：劳。 ㉖俨然：庄重严肃认真貌。庭

教:指教于庭堂之上。 ㉗异日:他日。 ㉘神农:传说中教民耕种稼穑的古帝,一说就是炎帝。补遂:传说中的古国名,又称辅遂。 ㉙黄帝:传说中古帝,号轩辕氏,姬姓,是中原各族的祖先。蚩尤:神话传说中东方九黎族首领。他与黄帝战于涿鹿(今河北省涿鹿县东南),失败被黄帝擒杀。 ㉚驩(huān 欢)兜(dōu 都):人名,尧之臣,曾为尧的司徒官。《荀子》记载说尧伐驩兜。 ㉛三苗:古部族名,居地当今湖北、湖南、江西部分地区。 ㉜共(gōng 恭)工:古代神话中的人物,传为人面蛇身赤发,身乘二龙。实际上共工可能是古代一个部族。 ㉝汤:商汤,商代第一位君主,灭夏桀而建立商朝。有夏:即夏。 ㉞文王:周文王姬昌。崇:古国名,在今河南省嵩县北,为文王所灭。 ㉟武王:周武王姬发,周代开国之君,灭商纣建立周朝。纣(zhòu 宙):商代末代暴君。 ㊱齐桓:齐桓公,春秋时齐国君主,姜姓,名小白,春秋五霸中第一个霸主。任战:犹用战。伯:通“霸”。 ㊲恶(wū 乌):何。 ㊳毂(gǔ 谷):车轮中心的圆木,周围连以车幅,中有圆孔,安车轴。击:撞击。车毂击驰,是说车辆很多时,往往车毂相碰击而争驰。 ㊴言语相结:使者驰传言语而相互结盟。 ㊵天下为一:天下同为一体,指由于交通往来频繁,消息互通,使天下如同一个整体。 ㊶约从(zòng 纵):即约纵,合纵。这句是说,天下或合纵或连横。 ㊷兵革:兵指兵器,革指用兽皮做成的甲,兵革是兵器衣甲的总称。不藏:不收藏起来,指战事常有,故兵甲不藏。 ㊸文士:这里指游说之士。并饰:一齐修饰文辞四出游说。 ㊹乱惑:混乱迷惑。诸侯因文士主张太多,所以不知所从,故“乱惑”。 ㊺万端俱起:指各种学说主张同时兴起。 ㊻不可胜(shēng 声)理:理也理不过来,理不清楚。 ㊼科条:规章制度。既备:已经具备。 ㊽民多伪态:人民作伪的很多。实际上是人民用各种办法以对抗统治者的“科条”。 ㊾书策:指国家记“科条”的文书。稠浊:又多又乱。(50)不足:指不足以凭借那些多而乱的“书策”。 (51)上下:指君臣。 (52)聊:依赖。(53)明言章理:明白的言辞,显明的道理。章,同“彰”,也是明的意思。这一句连下句二句是说,法令条文,规章制度讲得很明白,很有道理,但战争却越来越多。 (54)辩言:策士们的雄辩的言语。伟服:穿着很漂亮的衣服,照应上文的“文士并饰”。(55)繁称文辞:说了很多漂亮的话。 (56)治:与乱相对,指治理得很好。 (57)舌弊:策士们话说得太多,故舌弊(疲弊)。耳聋:人们听这种话听得太多,故耳聋。 (58)行义约信:行合仁义,约守信用。 (59)亲:相亲近。 (60)任武:用武力。 (61)死士:敢死之士。(62)缀:连接。缀甲,把皮革或金属片连接起来做成衣甲。厉:同“砺”,磨也。厉兵,磨利兵器。 (63)效胜:效力争胜。 (64)徒处:徒手而安处。致利:犹言收利。 (65)广地:扩大国土。 (66)五帝:传说中的五位上古的帝王,具体所指说法很多。三王:指夏禹王、商汤王和周文王。五伯(bà 霸):五霸,春秋时五位称霸的诸侯,或以为指齐桓公、宋襄公、晋文公、秦穆公、楚庄王。 (67)致之:指收到利益和土地。 (68)续之:指继续争取获得“坐而未致”的“利”和“地”。 (69)宽:指两军相距地带较宽。 (70)迫:指两军相迫近。杖:持。戟:一种兵器。橦(chōng 冲):读为“冲”,刺。 (71)是故:所以。

⑫凌:超越。万乘(shèng胜):有战车万辆的君主。 ⑬诎:通"屈"。诎敌国,使敌国屈服。 ⑭制:控制。海内:指天下。 ⑮子:动词,以……为子。元元:庶民百姓。 ⑯臣:动词,使……为臣。 ⑰嗣(sì饲)主:指当时各国的君主,他们本是继父兄之位而立,故称嗣主。嗣,继承。 ⑱忽:忽略,疏忽。至道:最好的治国之道。 ⑲惛(hūn昏):不明。教:教化。 ⑳乱于治:对于治理国家,思想很混乱。 ㉑"迷于言"以下四句意思就是人主被策士们的言语辩辞搞得糊里糊涂,晕头转向。

　　说秦王书十上而说不行①。黑貂之裘弊②,黄金百斤尽,资用乏绝,去秦而归。嬴縢履蹻③,负书担橐④,形容枯槁,面目犁黑⑤,状有归色⑥。归至家,妻不下纴⑦,嫂不为炊⑧,父母不与言。苏秦喟叹曰⑨:"妻不以我为夫,嫂不以我为叔,父母不以我为子,是皆秦之罪也⑩。"乃夜发书⑪,陈箧数十⑫,得太公阴符之谋⑬,伏而诵之,简练以为揣摩⑭。读书欲睡,引锥自刺其股⑮,血流至足,曰:"安有说人主⑯,不能出其金玉锦绣⑰,取卿相之尊者乎⑱?"期年⑲,揣摩成。曰:"此真可以说当世之君矣!"于是乃摩燕乌集阙⑳,见说赵王于华屋之下㉑,抵掌而谈㉒。赵王大悦,封为武安君㉓。受相印,革车百乘㉔,锦绣千纯㉕,白璧百双㉖,黄金万溢以随其后㉗,约从散横㉘,以抑强秦㉙。故苏秦相于赵㉚,而关不通㉛。当此之时,天下之大,万民之众,王侯之威,谋臣之权,皆欲决苏秦之策㉜。不费斗粮,未烦一兵,未战一士,未绝一弦㉝,未折一矢,诸侯相亲㉞,贤于兄弟㉟。夫贤人在而天下服,一人用而天下化,故曰:"式于政㊱,不式于勇㊲;式于廊庙之内㊳,不式于四境之外㊴。"当秦之隆㊵,黄金万溢为用㊶,转毂连骑㊷,炫熿于道㊸,山东之国,从风而服㊹,使赵大重㊺。且夫苏秦,特穷巷掘门桑户棬枢之士耳㊻!伏轼撙衔㊼,横历天下㊽,廷说诸侯之王㊾,杜左右之口㊿,天下莫之能伉(51)。

　　将说楚王(52),路过洛阳,父母闻之,清宫除道(53),张乐设饮(54),郊迎三十里(55)。妻侧目而视(56),倾耳而听;嫂蛇行匍伏(57),四拜自跪而谢(58)。苏秦曰:"嫂何前倨而后卑也(59)?"嫂曰:"以季子之位尊而多金(60)!"苏秦曰:"嗟乎!贫穷则父母不子(61),富贵则亲戚畏惧。人生世上,势位富贵,盍可忽乎哉(62)?"

①说:第一个"说"音shuì(税),劝说别人听从自己的意见。第二个"说",言论,主张。不行:这里指苏秦之说不见用于秦。 ②貂(diāo刁):动物名,皮毛最能御寒,极珍贵。裘(qiú求):皮衣。弊:败坏,破旧。 ③嬴(léi雷):缠绕。縢(téng藤):绑腿布。履:穿着(鞋)。蹻(jué决):用麻或草做的鞋,"蹻"与"屩(jué决)"通。这句是说苏秦缠着绑腿布,穿着草鞋。 ④橐(tuó驼):一种袋子。 ⑤犁:通"黧(lí梨)",黑色。 ⑥归:当作"愧",惭愧。色:脸上的神色。 ⑦纴(rèn认):同"纴(rèn

认)”,纺织。不下纴,即不下织机。 ⑧炊:烧火做饭。 ⑨喟(kuì)叹:叹息。⑩是:这。秦:苏秦自称其名。 ⑪发:开,打开。 ⑫陈:陈列。箧(qiè 怯):小箱子,指书箱。 ⑬太公:指姜太公吕尚,助周武王灭商。阴符之谋:指据说是吕尚所作的兵书《阴符经》。 ⑭简:汰选,选择。练:练习,熟习。揣摩:钻研探索。 ⑮引:这里有拿,持之意。 ⑯安有:哪里有。说(shuì 税):劝说别人听从自己的意见主张。人主:这里指各国的诸侯。 ⑰锦绣:指精美的丝织品。 ⑱卿相:指高级的官职。⑲期(jī 基)年:一年。 ⑳摩:切近而过,擦过。燕乌集阙:关塞名。这句是说,经过燕乌集阙。 ㉑见说(shuì 税):见而说之。赵王:指赵肃侯。华屋:高大华丽的殿堂。 ㉒抵掌:击掌。抵掌而谈,是因为谈得投机兴奋。 ㉓武安君:赵给苏秦的封号。武安:地名,在今河北省武安县。 ㉔革车:兵车。百乘(shèng 圣):百辆。 ㉕纯(tún 臀):丝绵布帛一段叫纯。 ㉖璧:玉器,平圆形,中间有孔。 ㉗溢:通作“镒(yì 义)”:古代重量单位,二十两(一说二十四两)为一镒。随其后:跟随在苏秦之后,指装在他的随从的车上。 ㉘约从:即约纵,相约合纵。散横:拆散秦国的连横。㉙强秦:强大的秦国。这句是说,以抑制强大的秦国。 ㉚相于赵:在赵国做相。㉛关:指函谷关。关不通,断绝了函谷关与东方的交通,实际上指秦人不敢过函谷关侵略东方各诸侯国。 ㉜决苏秦之策:取决于苏秦的策略。 ㉝绝:断。弦:弓弦。㉞诸侯相亲:指东方六国诸侯因合纵而亲近。 ㉟贤:犹胜。 ㊱式:用,运用。政:政治。 ㊲勇:勇力。 ㊳廊庙:犹言朝廷。 ㊴四境之外:国境之外。 ㊵当秦之隆:当苏秦兴隆得意之时。 ㊶万溢:即万镒,言其多,非确数。 ㊷转毂(gǔ 谷)连骑(jì 寄):犹言车轮飞转,车骑相连。形容车骑随从之盛。 ㊸炫熿(huáng 煌):同“炫煌”,光辉显耀。 ㊹从风:如草随风。服:服从。 ㊺使赵大重:使赵国大受诸侯尊重。 ㊻特:犹今言不过。掘:即“窟”,古字通。窟门,犹窑门。桑户:桑树做的门,当用桑树支条编结而成。棬(quān 圈)枢:以木条为户枢。这句是形容苏秦住穷巷居陋室。 ㊼轼(shì 式):设在车箱前面,供人凭靠的横木。撙(zǔn):勒住。衔:用青铜或铁制的马具,放在马口内,用以勒马。这句是说,凭依在车轼上,拉着马缰绳。㊽横历天下:犹言横行天下,周游天下。 ㊾廷说(shuì 税):在朝廷上劝说。 ㊿杜:塞。左右:指诸侯王左右之臣。 (51)伉:通“抗”,匹敌。 (52)楚王:或指楚威王。(53)清宫:清洒扫除房屋。除道:打扫道路。 (54)张乐设饮:设置音乐,摆设酒席。(55)郊迎:到城郊迎接。 (56)侧目:斜着眼睛。因为不敢正眼看,故侧目而视。 (57)蛇行:犹爬在地上行。 (58)谢:谢“不为炊”之过。 (59)倨(jù 具):傲慢。 (60)季子:苏秦字季子。 (61)子:动词,以为子。 (62)盍(hé 河):何。忽:轻忽,轻视。

冯谖客孟尝君[1](齐策)

齐人有冯谖者,贫乏不能自存[2]。使人属孟尝君[3],愿寄食门下[4]。孟尝君曰:"客何好⑤?"曰:"客无好也。"曰:"客何能?"曰:"客无能也。"孟尝君笑而受之,曰:"诺⑥。"

左右以君贱之也⑦,食以草具⑧。居有顷⑨,倚柱弹其剑,歌曰:"长铗归来乎⑩,食无鱼!"左右以告⑪。孟尝君曰:"食之,比门下之客⑫。"居有顷,复弹其铗,歌曰:"长铗归来乎,出无车!"左右皆笑之,以告。孟尝君曰:"为之驾⑬,比门下之车客⑭。"于是乘其车,揭其剑⑮,过其友曰⑯:"孟尝君客我⑰。"后有顷,复弹其剑铗,歌曰:"长铗归来乎,无以为家⑱!"左右皆恶之⑲,以为贪而不知足。孟尝君问:"冯公有亲乎?"对曰:"有老母。"孟尝君使人给其食用⑳,无使乏。于是冯谖不复歌。

①冯谖(xuān 宣):人名,孟尝君的门客。孟尝君:即田文,曾为齐相。轻财好义,门下常集食客数千人,与魏信陵君(魏无忌)、赵平原君(赵胜)、楚春申君(黄歇)同称战国四公子。孟尝君是他的封号。　②自存:自己养活自己。　③属(zhǔ 主):同"嘱",嘱托。　④寄食:依靠别人吃饭。　⑤好(hào 浩):爱好。　⑥诺(nuò 懦):答应的声音,表示同意。　⑦左右:指在孟尝君左右为他办事的人。以:因为。贱之:轻视冯谖。　⑧食(sì 似):把东西给人吃。草具:这里指粗食。　⑨居有顷:过不久。　⑩长铗(jiá 颊):长剑。归来乎:犹言回去吧。　⑪以告:犹以之告,把冯谖弹剑而歌的事告诉孟尝君。　⑫比:比照。这句是说比照门下一般有鱼吃的门客,给他鱼吃。一本"客"作"鱼客"。　⑬为之驾:给他备车。　⑭车客:有车子的门客。　⑮揭:高举。　⑯过:登门拜访。　⑰客我:犹以我为客,把我当作客。这里有把我当作真正的门客之意。从上文看,门客分为几等,有车者才是受主人重视的上等门客,所以冯谖说"孟尝君客我"。　⑱无以为家:没有东西以赡养家庭。　⑲恶(wù 务):厌恶。　⑳给(jǐ 己):供给。

后孟尝君出记①,问门下诸客:"谁习计会②,能为文收责于薛者乎③?"冯谖署曰④:"能。"孟尝君怪之,曰:"此谁也?"左右曰:"乃歌夫'长铗归来'者也⑤。"孟尝君笑曰:"客果有能也,吾负之⑥,未尝见也。"请而见之,谢曰⑦:"文倦于事⑧,惯于忧⑨,而性懧愚⑩,沉于国家之事⑪,开罪于先生⑫。先生不羞⑬,乃有意欲为收责于薛乎?"冯谖曰:"愿之。"于是约车治装⑭,载券契而行⑮,辞曰:"责毕收,以何市而反⑯?"孟尝君曰:"视吾家所寡有者⑰。"

驱而之薛⑱,使吏召诸民当偿者悉来合券⑲。券遍合,起,矫命以责赐诸民⑳,因烧其券,民称万岁。

长驱到齐㉑,晨而求见。孟尝君怪其疾也㉒,衣冠而见之㉓,曰:"责毕收乎？来何疾也！"曰："收毕矣。""以何市而反？"冯谖曰："君云'视吾家所寡有者'㉔。臣窃计君宫中积珍宝㉕，狗马实外厩㉖，美人充下陈㉗，君家所寡有者，以义耳㉘，窃以为君市义㉙。"孟尝君曰："市义奈何㉚？"曰："今君有区区之薛㉛，不拊爱子其民㉜，因而贾利之㉝；臣窃矫君命，以责赐诸民，因烧其券，民称万岁，乃臣所以为君市义也㉞。"孟尝君不说㉟，曰："诺，先生休矣。"

后期年，齐王谓孟尝君曰㊱："寡人不敢以先王之臣为臣㊲。"孟尝君就国于薛㊳。未至百里㊴，民扶老携幼，迎君道中。孟尝君顾谓冯谖曰㊵："先生所为文市义者，乃今日见之㊶。"

①记：文告之类。　②习：熟习。计会(kuài 快)：即会计。　③文：孟尝君自称其名。责(zhài 债)：同"债"。薛：地名，在今山东省滕县南，是孟尝君的封地。　④署：签名。　⑤乃歌夫"长铗归来"者也：就是歌唱那"长铗归来"的人啊。　⑥负之：对不起他。　⑦谢：道歉，致歉意。　⑧倦于事：被琐事弄得疲劳。　⑨愦(kuì 溃)于忧：被忧虑搞得心意烦乱。愦，昏乱。　⑩忄耎(nuò 懦)：同"懦"，懦弱。这句是说生性懦弱而愚蠢。　⑪沉于：沉溺于，沉溺在。这句是说自己整天忙于国事。　⑫开罪：得罪。　⑬不羞：不以之为羞辱。　⑭约车治装：准备车马，整理行装。　⑮券(quàn 劝)契(qì 气)：这里指借债的凭证。　⑯市：买。反：同"返"。这句是说以债款买什么回来。　⑰寡有者：这里指缺少的东西。这句是说你看我家里缺少什么就买什么。　⑱驱：赶车。之：往，去。　⑲当偿者：应当还债的人。悉：皆，都。合券：对证借券。借券为一式两份，双方各执其一，还款时双方对证。　⑳起：站起来。矫命：假传孟尝君的命令。赐诸民：赐之于民，就是把债款无偿赐赏给借债的百姓。　㉑长驱：赶车直奔。　㉒怪其疾：奇怪冯谖回来得这样快。　㉓衣冠：用如动词，即穿好衣戴好帽。穿戴整齐表示恭敬。　㉔窃计：私下考虑。　㉕实：充实，充满。外厩(jiù 救)：外面的马圈。　㉖下陈：后列。这句是说孟尝君家美女充满后房。　㉗以义耳：犹言只有义啊。　㉘窃：私自。以为君：及债款替您。这句是说我私自用债款替您买回了义。　㉙奈何：怎么样。这句犹言买义是怎么回事。　㉚区区：小。　㉛拊(fǔ 府)爱：即抚爱。子其民：视其民如子。　㉜贾(gǔ 古)利之：用商贾的手段取利于民。　㉝乃：这就是。这句话是说这就是我用以替您买义的方式。　㉞说(yuè 悦)：同"悦"。休矣：算了吧。　㉟期(jī 基)年：一周年。齐王：指齐湣(mǐn 敏)王田地(一作田遂)。　㊱寡人：齐湣王自称。古代诸侯对下自称为寡人。先王之臣：指孟尝君。这句话是说我不敢把先王的大臣作为臣。话很客气，实际上要撤孟尝君的职。　㊲就国：回自己的封邑。　㊳未至百里：指离薛还有百里。　㊴顾谓：回头对人说话。　㊵乃：终于，才。见之：指见到了义。

冯谖曰："狡兔有三窟，仅得免其死耳。今君有一窟，未得高枕而卧也①。请为君复凿二窟。"孟尝君予车五十乘②,金五百斤③。西游于梁④,谓惠王曰⑤:"齐放其大臣孟尝君于诸侯⑥,诸侯先迎之者,富而兵强。"于是梁王虚上位⑦,以故相为上将军⑧,遣使者,黄金千斤,车百乘,往聘孟尝君。冯谖先驱⑨,诫孟尝君曰⑩:"千金,重币也⑪;百乘,显使也⑫;齐其闻之矣⑬。"梁使三反⑭,孟尝君固辞不往也。

齐王闻之,君臣恐惧,遣太傅赍黄金千斤⑮,文车二驷⑯,服剑一⑰,封书谢孟尝君曰⑱:"寡人不祥⑲,被于宗庙之祟⑳,沉于谄谀之臣㉑,开罪于君!寡人不足为也㉒;愿君顾先王之宗庙㉓,姑反国统万人乎㉔!"冯谖诫孟尝君曰:"愿请先王之祭器,立宗庙于薛㉕。"庙成,还报孟尝君:"三窟已就㉖,君姑高枕为乐矣。"

孟尝君为相数十年,无纤介之祸者㉗,冯谖之计也。

①高枕而卧:垫高枕头安卧,形容无忧无虑。 ②乘(shèng胜):四马拉一车为一乘。五十乘就是五十辆车。 ③金五百斤:黄金五百斤。一说,"金"是当时铜质货币的通称。"斤"同"釿(jīn斤)",当时货币单位,重约一两多。 ④梁:战国时魏又称梁。因为魏原都安邑(在今山西省夏县西北),后迁至大梁(今河南开封),所以又称魏为梁。⑤惠王:梁惠王(魏惠王),名䓨(yīng英)。 ⑥放:放逐。 ⑦虚上位:把最高的官位(相位)空出来。 ⑧故相:原先的宰相。 ⑨先驱:先驱车回去。 ⑩诫:告诫。⑪重币:很重的聘金。 ⑫显使:显贵的使者。 ⑬其:语气词。闻之:听到这个消息。 ⑭三反:往返三次。 ⑮太傅:官名。赍(jī迹):拿东西送人。 ⑯文车:绘有文饰的车。驷(sì似):驾有四马的车。 ⑰服剑:齐王所自佩之剑。 ⑱封书:封好书信。 ⑲不祥:不吉利,这里指运气不好。 ⑳被:遭受。宗庙:供奉祖先之庙,这里借指祖宗。祟:鬼神降下的祸患。 ㉑谄(chǎn产)谀(yú鱼)之臣:逢迎巴结君主之臣。 ㉒不足为:不值得帮助。 ㉓顾:顾念。 ㉔姑:姑且,暂且。反国:即返国。这里实际上指返回齐都。统万人:治理全国人民。 ㉕立宗庙于薛:把齐国的宗庙建立在薛地。孟尝君与齐王同宗同族,故可以立齐宗庙于薛,这样孟尝君地位会更巩固。 ㉖就:建成。 ㉗纤(xiān鲜):细。介:同"芥",小草。纤介,犹言丝毫。

论　语

　　《论语》是有关孔丘(前551—前479)及其一些弟子言行的语录体著作,是孔子弟子和后学辑录的。今本《论语》共二十篇,是研究孔子思想的主要资料。

　　《论语》一书后被列为儒家经典,宋代学者朱熹把它与《大学》《中庸》(《礼记》中的两篇)、《孟子》合为《四书》,成为封建社会读书人的必读书。

　　《论语》以简约含蓄而又浅近易懂的文字,生动鲜明地刻画出孔子及其门徒的形象。书中还有不少含意隽永的哲理警句,是优秀的纯语录体散文。

子路曾皙冉有公西华侍坐章①(先进)

　　子路、曾皙、冉有、公西华侍坐。

　　子曰②:"以吾一日长乎尔③,毋吾以也④。居则曰⑤:'不吾知也⑥!'如或知尔⑦,则何以哉⑧?"

　　子路率尔而对曰⑨:"千乘之国⑩,摄乎大国之间⑪,加之以师旅⑫,因之以饥馑⑬。由也为之⑭,比及三年⑮,可使有勇⑯,且知方也⑰。"

　　夫子哂之⑱。

　　"求,尔何如?"

　　对曰:"方六七十,如五六十⑲,求也为之,比及三年,可使足民⑳。如其礼乐㉑,以俟君子㉒。"

　　"赤,尔何如?"

　　对曰:"非曰能之,愿学焉㉓。宗庙之事㉔,如会同㉕,端章甫㉖,愿为小相焉㉗。"

　　"点,尔何如?"

　　鼓瑟希㉘,铿尔,舍瑟而作㉙,对曰:"异乎三子者之撰㉚。"

子曰:"何伤乎㉛?亦各言其志也㉜!"

曰:"莫春者㉝,春服既成㉞,冠者五六人㉟,童子六七人㊱,浴乎沂㊲,风乎舞雩㊳,咏而归㊴。"

夫子喟然叹曰㊵:"吾与点也㊶。"

三子者出,曾皙后㊷。曾皙曰:"夫三子者之言何如?"

子曰:"亦各言其志也已矣!"

曰:"夫子何哂由也?"

曰:"为国以礼,其言不让㊸,是故哂之。唯求则非邦也与㊹?安见方六七十、如五六十而非邦也者㊺!唯赤则非邦也与?宗庙、会同,非诸侯而何㊻?赤也为之小㊼,孰能为之大!"

①子路:孔子弟子,仲姓,名由,子路是仲由的字。曾皙(xī析):孔子弟子,名点,字皙。冉有:孔子弟子,名求,字有。公西华:孔子弟子,复姓公西,名赤,字子华。侍坐:陪老师坐着。这篇文章选自《论语·先进篇》。 ②子:男子的尊称。这里指孔子。孔子名丘,字仲尼,孔子是对他的尊称。 ③长(zhǎng掌)乎尔:比你们年长。这句是说因为我比你们年长一些。"乎"字在此与"于"字义同。 ④毋:不要。以:借作"已"字,止之意。这句是说不要对我止而不言。一说,"以"为"用"。这句说,已经没有人用我了。 ⑤居:闲居之时。这里作平日、平时讲。 ⑥不吾知:犹不知我,不了解我。 ⑦或:有人。 ⑧则何以哉:那你们怎么办呢? ⑨率:轻率急忙的样子。 ⑩千乘之国:拥有一千辆战车的国家。乘(shèng胜)是一车四马。 ⑪摄乎:夹在。 ⑫加之:加给它(指千乘之国)。以师旅:用军队。这句话是说别国又派军队侵略它。 ⑬因之:犹言继之。饥馑(jǐn仅):饥荒。 ⑭为之:治理它。 ⑮比及:等到。 ⑯可使有勇:可以使人民勇敢。 ⑰方:这里指做人的道理。 ⑱哂(shěn沈):微笑。之:代指子路。 ⑲方:见方。方六七十,指每边长六七十里。如:或者。 ⑳足民:使人民富足。 ㉑如其:至于那个。礼乐:礼和乐都是统治阶级维护其统治的工具,他们用礼和乐来教化人民服从其统治。 ㉒俟:等待。君子:这里指道德能力高的统治者。 ㉓非曰能之:不是说我能做到。愿学焉:但我愿意学习。 ㉔宗庙之事:指在宗庙里祭祀祖先。 ㉕如:或者。会同:指诸侯会盟。 ㉖端:玄端,一种礼服。这里作动词用,指穿着端。章甫:一种礼帽。这里亦作动词用,指戴着章甫。这句是说穿礼服戴礼冠。 ㉗相:祭祀和会盟时主持赞礼、司仪的人。 ㉘瑟:一种拨弦乐器。希:稀。"鼓瑟希"犹言弹瑟已近尾声,所以瑟声渐稀。 ㉙铿尔:象声词。放瑟的声音。舍瑟:放下瑟。作:站起。 ㉚异乎:不同于。三子:指上面的子路、冉求、公西赤。撰:述。这句是说我的志向不同于他们三位所讲的。 ㉛何伤:有什么妨碍。 ㉜亦各言其志也:也只是各言其志嘛。 ㉝莫:同"暮"。三月是暮春。 ㉞既成:已经穿定了。初春乍暖还寒,春服既成已是较暖和的晚春了。 ㉟冠(guàn

贯):古时男子二十行冠礼,表示已经成年。冠者指成年人。 ㊱童子:未成年的人。 ㊲浴:洗澡。乎:于,在。沂(yí移):水名,在今山东省曲阜南。 ㊳风:吹风乘凉。舞雩(yú鱼):古时求雨的祭坛,在曲阜东南。 ㊴咏:唱歌。 ㊵喟(kuì愧)然:叹气的样子。 ㊶与(yù遇):赞同。 ㊷后:指最后走出。 ㊸让:谦让。 ㊹"唯求"句:犹言,难道冉求所讲的就不是国家吗?邦,国家。与,同"欤"。本句及下"唯赤"句都是孔子自问,然后自答。 ㊺安见:犹言怎见得。 ㊻这句是说,有宗庙,有诸侯会盟,不是诸侯国家是什么? ㊼为之小:做它的"小相"。

阳货欲见孔子章①(阳货)

阳货欲见孔子,孔子不见,归孔子豚②。
孔子时其亡也,而往拜之③。
遇诸涂④。
谓孔子曰:"来!予与尔言。"曰⑤:"怀其宝而迷其邦⑥,可谓仁乎?"
曰⑦:"不可。"
"好从事而亟失时⑧,可谓知乎⑨?"
曰:"不可。"
"日月逝矣,岁不我与⑩。"
孔子曰:"诺,吾将仕矣⑪。"

①阳货:人名,又叫阳虎,是把持鲁国政权的季氏家臣中最有权势的人。见:使谒见。 ②归:同"馈",赠送。豚(tún屯):小猪。这里应是蒸熟了的小猪。 ③时:窥伺,探听。亡:不在。往拜之:去回拜阳货。孔子收到豚应该回拜,但孔子又不愿见阳货,所以探听阳货不在家时去他家回拜。 ④遇诸涂:在半路上遇见了阳货。"诸"是之于的合音,"之"代指阳货。"涂",同"途",半路上。 ⑤曰:仍是阳货在说。 ⑥怀:动词,把东西塞在怀里。宝:这里比喻聪明才能。迷:使混乱。邦:指国家。这句连下句二句是说,你怀揣着聪明才智,却使你的国家很混乱,这可以叫仁爱吗?因为孔子提倡仁,所以阳货这样诘难他。 ⑦曰:指孔子回答说。一说,这里的"曰"和下文的"曰",都是阳货自问自答。 ⑧好(hào浩)从事:指喜欢从事政治活动。亟(qì气):屡次。失时:失去时机。 ⑨知(zhì智):同"智"。 ⑩日月:指时间。岁:年岁。我与:犹言等待我。 ⑪仕:做官。

墨　子

　　《墨子》是记录墨家学派创始人墨翟(前480?—前420?)和他弟子言行的一部著作,是他的弟子根据他的著作和言行编辑而成的。《汉书·艺文志》著录为七十一篇,现存五十三篇。《墨子》提倡"兼爱""非攻""节用""节葬"和"非乐"等主张,这对当时社会都有一定的批判意义,反映了小生产者的利益和愿望。

　　《墨子》的文章比《孟子》《庄子》虽稍乏文采,但论点鲜明,论据充足,语言质朴,逻辑性强,极富说服力,在先秦诸子散文中独具风格。

非　攻(上)①

　　今有一人,入人园圃②,窃其桃李,众闻则非之,上为政者③,得则罚之④。此何也?以亏人自利也⑤。至攘人犬豕鸡豚者⑥,其不义又甚入人园圃窃桃李。是何故也?以亏人愈多。苟亏人愈多,其不仁兹甚⑦,罪益厚⑧。至入人栏厩⑨,取人马牛者,其不仁义又甚攘人犬豕鸡豚。此何故也?以其亏人愈多。苟亏人愈多⑩,其不仁兹甚,罪益厚。至杀不辜人也⑪,扡其衣裘、取戈剑者⑫,其不义又甚入人栏厩,取人马牛。此何故也?以其亏人愈多。苟亏人愈多,其不仁兹甚矣,罪益厚。当此⑬,天下之君子皆知而非之,谓之不义。今至大为不义,攻国⑭,则弗知非,从而誉之,谓之义。此可谓知义与不义之别乎?

　　杀一人,谓之不义,必有一死罪矣⑮。若以此说往⑯,杀十人,十重不义⑰,必有十死罪矣;杀百人,百重不义,必有百死罪矣。当此,天下之君子皆知而非之,谓之不义。今至大为不义,攻国,则弗知非,从而誉之,谓之义。情不知其不义也⑱,故书其言以遗后世⑲;若知其不义也,夫奚说书其不义以遗后世哉⑳?

今有人于此,少见黑曰黑,多见黑曰白,则必以此人为不知白黑之辩矣㉑;少尝苦曰苦,多尝苦曰甘㉒,则必以此人为不知甘苦之辩矣。今小为非,则知而非之;大为非,攻国,则不知非,从而誉之,谓之义,此可谓知义与不义之辩乎?是以知天下之君子也,辩义与不义之乱也㉓。

①非:责怪,反对。攻:指侵略性的攻伐战争。"非攻"即反对侵略性的战争。《墨子》里《非攻》有上、中、下三篇,这是上篇。　②园圃:果园菜圃。　③上为政者:在上的执政者。　④得:指捕得。　⑤以:因为。亏人自利:损人利己。　⑥至:至于。攘(rǎng嚷):窃取。豕(shǐ史):大猪。豚(tún屯):小猪。　⑦兹:同"滋",更。⑧厚:重。　⑨栏厩(jiù救):泛指牛马的圈。　⑩苟:假如。　⑪辜:罪。　⑫扡(tuō拖):同"拖",夺取。戈:一种兵器。　⑬当此:对此,对这种现象。　⑭攻国:指侵略别国。　⑮必:一定,必定。一死罪:一条死罪。　⑯若:假若。此说:这种道理(指杀一人必有一死罪)。往:类推,推论。　⑰十重(chóng虫):十倍。　⑱情:诚,真正。　⑲书:记载。其言:指称誉侵略别国的话。　⑳奚说:犹言什么理由。㉑辩:同"辨",辨别,区别。　㉒甘:甜。　㉓乱:混乱。

公　　输

公输盘为楚造云梯之械①,成,将以攻宋。子墨子闻之②,起于齐③,行十日十夜,而至于郢④,见公输盘。

公输盘曰:"夫子何命焉为⑤?"子墨子曰:"北方有侮臣者⑥,愿借子杀之⑦。"公输盘不说⑧。子墨子曰:"请献千金⑨。"公输盘曰:"吾义固不杀人⑩。"子墨子起,再拜,曰:"请说之⑪。吾从北方,闻子为梯,将以攻宋。宋何罪之有?荆国有余于地,而不足于民⑫。杀所不足而争所有余⑬,不可谓智;宋无罪而攻之,不可谓仁;知而不争,不可谓忠⑭;争而不得,不可谓强⑮;义不杀少而杀众,不可谓知类⑯。"公输盘服。

子墨子曰:"然,胡不已乎⑰?"公输盘曰:"不可,吾既已言之王矣⑱。"子墨子曰:"胡不见我于王⑲?"公输盘曰:"诺!"

子墨子见王,曰:"今有人于此,舍其文轩⑳,邻有敝舆㉑,而欲窃之;舍其锦绣,邻有短褐㉒,而欲窃之;舍其粱肉㉓,邻有糠糟,而欲窃之。此为何若人㉔?"王曰:"必为窃疾矣㉕。"子墨子曰:"荆之地方五千里,宋之地方五百里,此犹文轩之与敝舆也㉖;荆有云梦,犀兕麋鹿满之㉗,江汉之鱼鳖鼋鼍㉙,为天下富,宋所为无雉兔鲋鱼者也㉚,此犹粱肉之与糠糟也;荆有长松、文梓、楩、枏、豫章㉛,宋无长木㉜,此犹锦绣之与短褐也。臣以三事之攻宋也㉝,为与此同类。臣见大王之必伤义而不得㉞。"王曰:"善哉!虽然,公输盘为我为云梯,必取宋。"

于是见公输盘㉟。子墨子解带为城㊱,以牒为械㊲,公输盘九设攻城之机变㊳,子墨子九距之㊴。公输盘之攻械尽,子墨子之守圉有余㊵。公输盘诎㊶,而㊷曰:"吾知所以距子矣㊸,吾不言。"子墨子亦曰:"吾知子之所以距我,吾不言。"楚王问其故。子墨子曰:"公输子之意,不过欲杀臣;杀臣,宋莫能守,可攻也。然臣之弟子禽滑厘等三百人,已持臣守圉之器,在宋城上而待楚寇矣。虽杀臣,不能绝也。"楚王曰:"善哉!吾请无攻宋矣。"

子墨子归,过宋,天雨,庇其闾中㊹,守闾者不内也㊺。故曰:"治于神者,众人不知其功;争于明者,众人知之㊻。"

---

①公输盘:人名,姓公输,名盘,"盘"又写作"般"或"班",是战国时鲁国著名的巧匠,所以又叫鲁班。云梯:攻城的器械,因其高可入云,故叫云梯。 ②子墨子:就是墨子。第一个"子"字表示尊敬。墨子名翟,鲁国(一说宋国)人,约生于公元前480年,约卒于公元前420年,是战国时代墨家学派的创立者。 ③起:起身,动身。 ④郢(yǐng影):楚都,在今湖北省江陵县西北。 ⑤夫子:对墨子的尊称,犹现在称先生。何命:有何见教。焉:语助词。这句是说先生有什么见教要说。 ⑥侮臣者:欺侮我的人。臣在这里是客气的自称。 ⑦借子杀之:借您的力量杀掉他(指侮辱墨子的人)。 ⑧说(yuè悦):同"悦"。 ⑨请献千金:愿意献出千金作为报酬。 ⑩义:这里指从道义上说,按道义。固:本来。 ⑪请说之:犹言请您让我说明此事吧。 ⑫荆国:即楚国。不足于民:指人民不多。以上两句是说楚国土地多余而人口不足。 ⑬杀所不足:指杀死不足的人。争所有余:指争夺多余的土地。 ⑭忠:忠臣。 ⑮强:刚强而有毅力。 ⑯知类:懂得类推事理。 ⑰然:既然如此。胡不:何不,为什么不。已:停止(攻打宋国)。 ⑱既已:已经。言之王:犹言之于王,指把造云梯攻宋的事已经报告给楚王了。王,据考证是楚惠王,墨子止楚攻宋在惠王五十年(前440)之前。 ⑲见:引见。 ⑳文轩:绘饰文采的车。 ㉑敝舆(yú鱼):破车。 ㉒短:借作"裋"(shù树)。短褐,粗布衣服。 ㉓梁肉:指精美的饭菜。 ㉔何若人:什么样的人。 ㉕窃疾:爱偷窃的毛病。 ㉖此犹:这就好比是。 ㉗云梦:楚境内之大泽名。 ㉘犀:犀牛。兕(sì四):类似野牛的动物。麋(mí迷):似鹿而较大。 ㉙鳖(biē憋):就是俗称的甲鱼。鼋(yuán元):比鳖大,俗称癞头鼋。鼍(tuó驼):俗称扬子鳄,是我国特产,产于长江下游地区。 ㉚所为:所谓。雉(zhì智):野鸡。鲋(fǔ斧)鱼:鲫鱼。 ㉛长松:松树。文梓(zǐ子):梓树。楩(pián骈):黄楩木。枏(nán南):同"楠",楠木。豫章:樟木。 ㉜长木:高大的树木。 ㉝三事:据清代学

者孙诒让说应是"王吏"之误,指楚王派去攻宋的将吏。　㉞见:预见,料到。伤义:损害正义。不得:不会有所获。　㉟见:指墨子请楚王召见公输盘。　㊱解带为城:解下衣带围成一个城。　㊲牒(dié 蝶):小木板。一说"牒"是"梜"的借字,即筷子。　㊳九设攻城之机变:屡次使用变化多端的攻城办法。九是指次数多。　㊴距:同"拒"。"拒之"指抵御公输盘的进攻。　㊵圉:同"御"。"守圉"指守御的办法。　㊶诎(qū 屈):同"屈",穷尽,指公输盘技穷。　㊷而:转接连词,然而,却。　㊸吾知所以距子矣:我知道如何对付你了。　㊹庇:荫蔽。闾:里(古时居民聚居区)门。　㊺内:同"纳"。因要发生战事,故守闾者不纳。　㊻治于神者:致力于大智大慧的人。争于明者:计较小利和表现小智的人。

孟 子

《孟子》是战国时代的思想家孟轲(前372？—前289)和他的学生万章等共同编著的一部书。孟子哲学思想的核心是"性善"论,政治思想的核心是"仁政"。《孟子》是儒家的经典之一,《汉书·艺文志》著录十一篇,现存七篇。

孟子为人性格刚烈,敢于大胆揭露社会的矛盾,文章高屋建瓴,锐气逼人,语言酣畅,感情强烈,具有滔滔雄辩的论战性。

有为神农之言者许行章（滕文公上）

有为神农之言者许行①,自楚之滕,踵门而告文公曰②:"远方之人,闻君行仁政,愿受一廛而为氓③。"文公与之处④。其徒数十人,皆衣褐⑤,捆屦织席以为食⑥。

陈良之徒陈相⑦,与其弟辛,负耒耜而自宋之滕⑧,曰:"闻君行圣人之政,是亦圣人也,愿为圣人氓。"

陈相见许行而大悦,尽弃其学而学焉⑨。陈相见孟子,道许行之言曰:"滕君,则诚贤君也;虽然⑩,未闻道也。贤者与民并耕而食,饔飧而治⑪。今也,滕有仓廪府库,则是厉民而以自养也⑫,恶得贤⑬!"

孟子曰:"许子必种粟而后食乎⑭?"曰:"然。""许子必织布然后衣乎?"曰:"否,许子衣褐。""许子冠乎⑮?"曰:"冠。"曰:"奚冠⑯?"曰:"冠素⑰。"曰:"自织之与?"曰:"否,以粟易之。""许子奚为不自织?"曰:"害于耕⑱。"曰:"许子以釜甑爨、以铁耕乎⑲?"曰:"然。""自为之与?"曰:"否,以粟易之。"

"以粟易械器者⑳,不为厉陶冶㉑;陶冶亦以其械器易粟者,岂为厉农夫哉？且许子何不为陶冶,舍皆取诸其宫中而用之㉒？何为纷纷然与百工交易㉓?何许子之不惮烦㉔?"

曰:"百工之事,固不可耕且为也。""然则治天下,独可耕且为与㉕?有大人之事,有小人之事㉖。且一人之身而百工之所为备㉗,如必自为而后用之,是率天下而路也㉘。故曰:或劳心,或劳力。劳心者治人,劳力者治于人㉙;治于人者食人,治人者食于人,天下之通义也㉚。

"当尧之时,天下犹未平㉛。洪水横流㉜,泛滥于天下。草木畅茂㉝,禽兽繁殖,五谷不登,禽兽逼人㉞。兽蹄鸟迹之道,交于中国㉟。尧独忧之,举舜而敷治焉㊱。舜使益掌火,益烈山泽而焚之㊲,禽兽逃匿。禹疏九河,瀹济漯,而注诸海㊳;决汝汉,排淮泗,而注之江㊴;然后中国可得而食也㊵。当是时也,禹八年于外,三过其门而不入,虽欲耕,得乎㊶?

"后稷教民稼穑,树艺五谷㊷,五谷熟而民人育㊸。人之有道也,饱食暖衣,逸居而无教,则近于禽兽㊹。圣人有忧之,使契为司徒,教以人伦:父子有亲,君臣有义,夫妇有别,长幼有叙,朋友有信㊻。放勋曰㊼:'劳之来之㊽,匡之直之㊾,辅之翼之㊿,使自得之㉕¹,又从而振德之㉕²。'圣人之忧民如此,而暇耕乎?

"尧以不得舜为己忧,舜以不得禹、皋陶为己忧㉕³。夫以百亩之不易为己忧者,农夫也㉕⁴。分人以财谓之惠,教人以善谓之忠,为天下得人者谓之仁。是故以天下与人易,为天下得人难㉕⁵。孔子曰㉕⁶:'大哉,尧之为君㉕⁷!惟天为大,惟尧则之㉕⁸,荡荡乎,民无能名焉㉕⁹!君哉,舜也㉖⁰!巍巍乎,有天下而不与焉㉖¹!'尧舜之治天下,岂无所用其心哉?亦不用于耕耳㉖²!

"吾闻用夏变夷者,未闻变于夷者也㉖³。陈良,楚产也㉖⁴,悦周公、仲尼之道㉖⁵,北学于中国㉖⁶;北方之学者,未能或之先也㉖⁷,彼所谓豪杰之士也。子之兄弟,事之数十年㉖⁸,师死而遂倍之㉖⁹。昔者,孔子没㉗⁰,三年之外,门人治任将归㉗¹,入揖于子贡㉗²,相向而哭,皆失声㉗³,然后归。子贡反,筑室于场㉗⁴,独居三年,然后归。他日,子夏、子张、子游㉗⁵,以有若似圣人,欲以所事孔子事之㉗⁶,强曾子㉗⁷。曾子曰:'不可,江汉以濯之㉗⁸,秋阳以暴之㉗⁹,皜皜乎不可尚已㉘⁰。'今也,南蛮鴃舌之人㉘¹,非先王之道;子倍子之师而学之,亦异于曾子矣。吾闻'出于幽谷,迁于乔木'者㉘²,未闻下乔木而入于幽谷者。《鲁颂》曰:'戎狄是膺,荆、舒是惩'㉘³。周公方且膺之㉘⁴,子是之学㉘⁵,亦为不善变矣㉘⁶。"

"从许子之道,则市贾不贰,国中无伪㉘⁷;虽使五尺之童适市㉘⁸,莫之或欺㉘⁹。布帛长短同,则贾相若㉙⁰;麻缕丝絮轻重同㉙¹,则贾相若;五谷多寡同,则贾相若;屦大小同,则贾相若㉙²。"

曰:"夫物之不齐,物之情也㉝。或相倍蓰㉞,或相什百㉞,或相千万。子比而同之㉟,是乱天下也。巨屦小屦同贾㊱,人岂为之哉? 从许子之道,相率而为伪者也㊲,恶能治国家!"

①为:治学问,犹今之研究。神农:传说中的上古帝王,他发明了农业。神农之言指农家学派的学说。农家把本派学说托为神农之言以自重。许行:当时农家一位学者,即后文之许子。 ②踵:至,走到。文公:滕文公,名宏,是当时一个小国滕国的国君。 ③廛(chán 缠):古代一夫所居之地。氓(méng 萌):这里指他乡来归之民。 ④与之处:给许行一个住所。 ⑤褐(hè 贺):粗麻布衣。衣褐指穿着粗麻布衣。 ⑥捆:编制。屦(jù 具):草鞋,麻鞋。以为食:以之为生。 ⑦陈良:当时的一位儒家学者。徒:门徒,学生。 ⑧耒(lěi 垒)耜(sì 似):古代的翻土的农具,耒为其柄,耜为其铧。 ⑨其学:指陈相原来信奉的儒学。学焉:向许行学习。 ⑩虽然:虽然如此。 ⑪贤者:此指贤君。并耕:一同从事耕作。饔(yōng 庸):早饭,此指做早饭。飧(sūn 孙):晚饭,此指做晚饭。"饔飧而治"指一面自己做饭,一面治理国家。 ⑫廪(lǐn 凛):米仓。府库:指国家收藏财物的地方。厉民:害民。 ⑬恶(wū 乌)得:怎么能算是,怎能称得是。 ⑭必:一定。粟:这里代指粮食。 ⑮冠(guàn 贯):动词,戴帽子。 ⑯奚冠:戴什么帽子。"奚"是何、什么之义。 ⑰素:白色的生绢。这里指白绢做的帽子。冠素是说戴白绢做的帽子。 ⑱害于耕:妨害耕种。 ⑲釜(fǔ 斧):金属制成的锅。甑(zèng 赠):陶器,用来蒸食物的炊具。爨(cuàn 窜):烧饭。铁:指铁制的农具。 ⑳械器:指上面提到的釜甑和铁制农具。 ㉑陶冶:这里指制陶器和制铁器的工匠。下文"许子何为不为陶冶"的"陶冶"指烧陶冶铁的工作。 ㉒舍:止,禁止,引申为不肯。取诸:取之于。宫中:指家中。这句是说不肯都取用之于自己家中。 ㉓纷纷然:忙碌的样子。百工:指从事各种手工生产的工匠。 ㉔惮(dàn 旦):怕。不惮烦,不怕麻烦。 ㉕"然则"以下两句是说然而治理天下的事,难道就可以一面耕种一面从事吗? ㉖大人:指统治者。小人:指劳动者。 ㉗百工之所为:百工所制作的各种生活用品。备:具备。这句是说况且一个人的生活,百工所制作的各种械器都要具备才行。 ㉘自为而用之:自己制作的而后才用它。是:这,这是。率:引导。路:奔走于路。以上二句是说如果什么用具都一定要自己制作的才能用,这简直是引导天下人成天奔走于路,不得休息。 ㉙治:统治,治理。治于:被统治,被治理。 ㉚食(sì 嗣)人:养活别人。食于人:受别人供养。通义:普遍的道理。这一小节暴露了孟子的剥削阶级思想意识。 ㉛尧:传说中的古代圣贤的君主。未平:未安定,未平定。 ㉜横流:水不循河道乱流。 ㉝畅茂:茂盛。 ㉞登:成熟。 ㉟交:交错。中国:指中原地区,与后世国家概念的中国不同。 ㊱舜:传说中的古代继尧而治天下的圣君。敷(fū 夫)治:即分治。一说"敷"是遍之义。 ㊲益:传说中的舜臣。掌:职掌,掌管。烈:动词,燃火而烧。 ㊳瀹(yuè 月):疏导。济:水名,源自河南省济源

市西王屋山,流经山东省入海。后下游河道为黄河所夺。漯(tà 踏):水名,古时曾是黄河支流,流经河南、山东入海,后湮没。注诸海:使济水、漯水注入海。注诸,注之于。 ㊴决:排除河道阻塞。汝:水名,在今河南省,流入淮河。汉:水名,源于陕西省,流经湖北省入长江。排:在这里与瀹、决义近。淮:水名,发源于河南省,流经安徽、江苏两省,是我国重要水道之一。泗(sì 四):水名,古泗水源于山东省,经江苏省注入淮水。注于江:使汝、汉、淮、泗注入长江。其实这四条河只有汉水入江,其他三水不入江。后世释此几句,有人认为淮河涨水时可入巢湖,巢湖与长江有水相连,故可说注于江。也有人认为可能是孟子误记。 ㊵可得而食:犹言可得耕种而获食。 ㊶得乎:能吗,行吗。 ㊷后稷:传说中尧之臣,主管农事。据说是周的始祖。稼穑(sè 瑟):种植叫稼,收获叫穑,这里泛指农业生产。树艺:种植。 ㊸育:生育繁衍。 ㊹饱食暖衣:犹言吃饱穿暖。逸居:居住安逸。教:教化,教育。 ㊺有:通"又"。有忧之,又担忧这种情况。契(xiè 谢):传说中的尧之臣,是商之始祖,主管教化。司徒:职掌教化之官。人伦:由统治阶级所规定的人与人之间的关系。下文五句是它的具体内容。 ㊻亲:亲爱。义:礼义。别:内外之别。叙:同"序",次序。信:诚信,信用。 ㊼放勋:尧之名。曰:或言是"日"字之误,如作"日",则是每日、日日之义。 ㊽劳:慰问,慰劳。来(lài 赖):招抚。之:指人民。 ㊾匡、直:都是匡正、纠正之意。 ㊿辅、翼:都是辅助、帮助之意。 ㊿使自得之:使人民都能自由发展其从善之性。 ㊿振:同"赈",救济。德:施恩德。 ㊿皋陶(yáo 姚):传说中的舜之臣,掌管刑法。 ㊿易:治。这句是说因为百亩之地种得不好而自己忧虑的,那是农夫。 ㊿得人:指得到治理天下的贤人。 ㊿"孔子曰"以下几句见《论语·泰伯》篇。 ㊿大:伟大。这句犹言尧作为君主真伟大啊。 ㊿则之:指把天作为效法之准则。以上二句是说只有天是伟大的,也只有尧能效法天。 ㊿荡荡:辽阔旷远貌。无能名:无法用语言来赞美形容。 ㊿君:指符合为君之道的贤君。"君哉,舜也",犹言舜真是贤明的君主啊。 ㊿巍巍:崇高貌。与(yù 预):参与,干预。不与,不相干。有天下而不与,是说舜为天下之君,却又好像与天下不相干。实际是说舜虽有天下,但不以天下为自己谋私利。 ㊿亦不用于耕:只不过是不能用心于耕种。 ㊿夏:指当时中原各国。变:改变。夷:指当时中原之外的各部族和国家。比起中原各国,夷较为落后。变于夷,被夷所改变。 ㊿楚产:犹言出生于楚国。 ㊿周公:西周初年政治家,姓姬名旦,周武王姬发之弟,是儒家尊奉的圣人。道:这里指儒家的学说。 ㊿北学(指中原)学习。 ㊿未能:不能。或:有人。先:超越,走在前头。这两句是说中原地区的学者没有人能超过陈良。 ㊿事之:跟从陈良,以陈良为师之意。 ㊿倍:同"背",背叛。 ㊿没:通"殁(mò 末)",死亡。 ㊿三年:古人死了要守孝三年。三年之外,三年之后。任:担子。这里指行装。治任,犹言整理行李。归:指孔子学生各自归家。 ㊿入:指去子贡处。揖(yī 一):拱手行礼。子贡:孔子弟子,姓端木名赐,字子贡。 ㊿相向:相对。失声:因悲痛已极,因而泣不成声。 ㊿反:同"返",指返回孔子墓地。筑室:建一间小屋。场:坟前的场地。古人亲死之后,子要在墓旁筑室守墓,以尽哀思。　⑦⑤子夏:孔子弟子,姓卜名商,字子夏。子张:孔子弟子,复姓颛(zhuān专)孙,名师,字子张。子游:孔子弟子,姓言名偃,字子游。　⑦⑥有若:孔子弟子,姓有名若,字子有。似圣人:指有若长得像孔子。另一说认为指有若言语似孔子。欲以所事孔子事之:(子夏等)打算像师事孔子那样师事有若。　⑦⑦强曾子:勉强曾子同意。曾子,孔子弟子,姓曾名参(shēn森),字子舆,曾子是对他的尊称。　⑦⑧濯(zhuó浊):洗。　⑦⑨秋阳:秋天的太阳。周历秋天的七、八月正为夏历夏天的五、六月。暴(pù):同"曝(pù)",晒。　⑧⑩皜(hào号)皜:即皓皓,洁白光明貌。"皜"是"皓"的异体字。一说皜皜指天。尚:同"上"。一说是超越。以上三句是说孔子的道德之高,犹如江汉可以洗濯万物,夏阳可以普照大地,像天那样高不可攀。　⑧①南蛮:这里指许行。许行是楚人,所以被讥称为南蛮。鴃(jué决):鸟名,即伯劳鸟。鴃舌比喻许行说南方话很难懂。　⑧②幽谷:深谷。乔木:高大的树木。这两句诗出于《诗经·小雅·伐木》篇。孟子借来比喻人要向高处走。下文"下乔木而入于幽谷"则是比喻陈相从高尚转入下流。　⑧③戎狄:指当时西方和北方的部族。膺(yīng英):打击。荆:楚国又称荆国。舒:当时南方的一个小国。惩:惩罚,惩戒。这两句诗出于《诗经·鲁颂·閟(bì必)宫》篇。　⑧④方:副词,正,表时间。　⑧⑤是:此,这,代词,这里指戎狄荆舒。学:学习。"是之学"犹言学习戎狄荆舒。许行是荆(楚)人,所以孟子这样责备陈相。　⑧⑥亦为不善变矣:也正是不会应变了。意指陈相越变越坏。　⑧⑦贾:同"价"。市贾不贰,市场上物价是统一的。伪:欺骗,作伪。　⑧⑧五尺之童:指儿童,古代尺较现在的小。适:往,去。　⑧⑨莫:没有人。之:指五尺之童。或:语气词。莫之或欺,犹莫之欺,没有人欺骗他。　⑨⑩相若:相等。　⑨①麻缕丝絮:麻线丝绵。　⑨②从"从许子之道"至此一段是陈相说的话。　⑨③物之不齐:指物品品质不同。情:自然的情形。　⑨④蓰(xǐ喜):五倍。或相倍蓰,意谓有的物品之间的价值是一和五之比。什:十。什百,十和百之比。　⑨⑤比:并列。比而同之,言把它们平列且等同划一。　⑨⑥巨屦:指粗制的鞋。小屦:指精制的鞋。　⑨⑦相率:相循,指互相学习标榜。

齐人有一妻一妾章(离娄下)

　　齐人有一妻一妾而处室者①,其良人出,则必餍酒肉而后反②。其妻问所与饮食者,则尽富贵也③。其妻告其妾曰:"良人出,则必餍酒肉而后反;问其与饮食者,尽富贵也;而未尝有显者来④。吾将瞷良人之所之也⑤。"

　　蚤起⑥,施从良人之所⑦,遍国中无与立谈者⑧。卒之东郭墦间⑨,之祭者,乞其余⑩;不足,又顾而之他⑪:此其为餍足之道也⑫。

　　其妻归,告其妾,曰:"良人者,所仰望而终身也。今若此⑬。"与其妾讪其良人⑭,而相泣于中庭⑮,而良人未之知也,施施从外来⑯,骄其妻妾⑰。

由君子观之,则人之所以求富贵利达者⑱,其妻妾不羞也,而不相泣者,几希矣⑲。

①处:居住。处室指住在一起。　②良人:古时妻子称丈夫为良人。餍(yàn厌):吃饱。反:同"返",回家。　③富贵:富贵的人。　④尝:曾经。显者:有权势地位的人。⑤瞷(jiàn建):窥视,偷看。　⑥蚤:同"早"。　⑦施(yí夷):通"迤",斜行。施从,指从侧面跟着。所之:所往之处。　⑧国中:这里指城中。立谈者:站着谈话的人。这句是说走遍了全城,没有一个站着与她丈夫谈话的人。　⑨卒:最后,终。东郭:指东城外。郭本是外城。墦(fán烦):坟墓。　⑩之祭者:走到祭祀的人前。乞其余:乞讨人家祭祀后剩下的东西。　⑪顾:四处张望。　⑫这句说,这就是他饭饱酒足的方法。　⑬今若此:现在竟然像这样。　⑭讪(shàn善):嘲骂。　⑮中庭:厅堂之中。　⑯施(shī尸)施:喜悦自得貌。　⑰骄其妻妾:对他的妻妾表现出骄傲的样子。　⑱富贵利达:犹今言升官发财。　⑲几希:很少。

鱼我所欲也章(告子上)

孟子曰:"鱼,我所欲也;熊掌①,亦我所欲也;二者不可得兼②,舍鱼而取熊掌者也③。生,亦我所欲也,义,亦我所欲也;二者不可得兼,舍生而取义者也。生亦我所欲,所欲有甚于生者,故不为苟得也④;死亦我所恶,所恶有甚于死者,故患有所不辟也⑤。如使人之所欲莫甚于生,则凡可以得生者何不用也⑥?使人之所恶莫甚于死者,则凡可以辟患者何不为也?由是则生⑦,而有不用也;由是则可以辟患,而有不为也。是故所欲有甚于生者,所恶有甚于死者。非独贤者有是心也⑧,人皆有之,贤者能勿丧耳⑨。一箪食⑩,一豆羹⑪,得之则生,弗得则死;嘑尔而与之⑫,行道之人弗受,蹴尔而与之⑬,乞人不屑也⑭。

"万钟⑮,则不辩礼义而受之⑯,万钟于我何加焉⑰?为宫室之美、妻妾之奉、所识穷乏者得我与⑱?乡为身死而不受⑲,今为宫室之美为之;乡为身死而不受,今为妻妾之奉为之;乡为身死而不受,今为所识穷乏者得我而为之:是亦不可以已乎⑳?此之谓失其本心㉑。"

①熊掌:熊的脚掌,是极珍贵的食品。　②得兼:兼有,并有。　③舍(shě):舍弃。④苟得:苟且取得,指苟且偷生。　⑤辟:同"避"。　⑥何不用也:什么方法不可用呢?　⑦由是则生:意思是说通过某种手段,便可以求得生存。　⑧非独:不单,不

只。贤者:这里指道德品行高尚的人。是心:这种心,指"所欲有甚于生者,所恶(wù务)有甚于死者"。 ⑨勿丧:不丧失,指坚持住"是心"。 ⑩箪(dān 丹):古代盛饭的竹篮。 ⑪豆:古代盛羹或肉的木制食器。羹(gēng 耕):浓汤。 ⑫嘑:同"呼"。"嘑尔"就是呼喊,吆喝。"嘑尔而与之",是对人不尊重的表现。 ⑬蹴(cù 促):践踏。 ⑭乞人:要饭的人。 ⑮钟:古代六斛(hú 胡)四斗为一钟。一斛为十斗。万钟在这里指优厚的俸禄。 ⑯辩:同"辨",分别,区别。 ⑰加:增加,这里引申为利益、益处。 ⑱宫室:这里泛指住宅。奉:侍奉。所识:所认识的。穷乏者:贫穷的人。得:同"德",感激。与:同"欤",语气词。 ⑲乡:同"向",以前。 ⑳已:停止,罢休。 ㉑本心:指人应有的羞恶之心。

庄　子

《庄子》一书是由战国时代的哲学家庄周(前369?—前295?)和他的门人后学撰写的一部哲学著作,《汉书·艺文志》著录五十二篇,现存《内篇》七、《外篇》十五、《杂篇》十一,共三十三篇。一般认为《内篇》是庄周自著,《外篇》《杂篇》则是庄周后学所作。

庄子处于战乱时代,鉴于现实的险恶和黑暗,处处都是陷阱,故主张"无为""无用"以自保。庄子还认为一切事物都是相对的,照他看来,大小、贵贱、是非、成败、荣辱之间不存在差别,从而混淆和取消了事物之间的矛盾,堕入了虚无主义的泥坑。但是,庄子对统治阶级当权派的揭露却是尖锐辛辣的。他指出,当时是一个"窃钩者诛,窃国者为诸侯"的不合理社会,从而他采取了与统治者不合作的态度。庄子的这种态度成为后世一部分人反对儒学正统思想和统治阶级当权派的消极的思想武器。

庄子是一个富有诗人气质的散文家。他的散文想象丰富,构思奇特,善于运用大胆的夸张,奇谲的比喻和辛辣的讽刺,其散文风格汪洋辟阖,波澜起伏,如天马行空,变化无端,姿态横生,具有浓厚的浪漫主义色彩。

逍　遥　游①

北冥有鱼②,其名为鲲。鲲之大,不知其几千里也;化而为鸟,其名为鹏。鹏之背,不知其几千里也;怒而飞③,其翼若垂天之云④。是鸟也,海运则将徙于南冥⑤。南冥者,天池也⑥。

《齐谐》者⑦,志怪者也⑧。《谐》之言曰⑨:"鹏之徙于南冥也,水击三千里⑩,抟扶摇而上者九万里⑪,去以六月息者也⑫。"野马也⑬,尘埃也,生物之以息相吹也⑭。天之苍苍⑮,其正色邪⑯?其远而无所至极邪⑰?其视下也⑱,亦若是则已矣⑲。

且夫水之积也不厚⑳,则其负大舟也无力㉑。覆杯水于坳堂之上㉒,则芥为之舟㉓。置杯焉则胶㉔,水浅而舟大也。风之积也不厚,则其负大翼也无力。故九万里则风斯在下矣㉕,而后乃今培风㉖;背负青天而莫之夭阏者㉗,而后乃今将图南㉘。

蜩与学鸠笑之曰㉙:"我决起而飞㉚,抢榆枋㉛,时则不至而控于地而已矣㉜,奚以之九万里而南为㉝?"适莽苍者㉞,三飡而反㉟,腹犹果然㊱;适百里者,宿舂粮㊲;适千里者,三月聚粮㊳。之二虫又何知㊴!

小知不及大知㊵,小年不及大年㊶。奚以知其然也㊷?朝菌不知晦朔㊸,蟪蛄不知春秋㊹:此小年也。楚之南有冥灵者㊺,以五百岁为春,五百岁为秋;上古有大椿者㊻,以八千岁为春,八千岁为秋。而彭祖乃今以久特闻㊼,众人匹之㊽,不亦悲乎!

汤之问棘也是已㊾:"穷发之北㊿,有冥海者,天池也。有鱼焉,其广数千里㉛,未有知其修者㉜,其名为鲲。有鸟焉,其名为鹏,背若太山,翼若垂天之云,抟扶摇羊角而上者九万里㉝,绝云气㉞,负青天,然后图南,且适南冥也㉟。斥鴳笑之曰㊱:'彼且奚适也?我腾跃而上,不过数仞而下㊲,翱翔蓬蒿之间㊳,此亦飞之至也,而彼且奚适也?'"此小大之辩也㊵。

故夫知效一官㊶,行比一乡㊷,德合一君㊸,而征一国者㊹,其自视也,亦若此矣㊺。而宋荣子犹然笑之㊻。且举世而誉之而不加劝㊼,举世而非之而不加沮㊽,定乎内外之分,辩乎荣辱之境㊾,斯已矣㊿。彼其于世㊶,未数数然也㊷。虽然,犹有未树也㊸。

夫列子御风而行㊹,泠然善也㊺,旬有五日而后反㊻。彼于致福者㊼,未数数然也。此虽免乎行,犹有所待者也㊽。

若夫乘天地之正㊾,而御六气之辩㊿,以游无穷者㊶,彼且恶乎待哉㊷!故曰:至人无己㊸!神人无功㊹,圣人无名㊺。

①逍遥游:无拘无束,怡适自得地遨游。庄子在此文中实际上要论证人应当摆脱一切物累以取得绝对的自由。 ②北冥:北方的海。冥,同"溟(míng 明)",海。 ③怒:奋起貌。 ④垂:同"陲",边陲。垂天犹天边。这句是说鹏的翅膀像天边的云彩。一说垂天之云是垂挂在天空的云彩。或说,巨鹏凌空,宛如云行中天,垂阴布影其下。则"垂天之云"即指从天上垂下的云影。 ⑤是鸟:这鸟,指鹏。海运:海动。旧说海动时必起大风,鹏则乘此风而行。另一说海动指鹏在海上飞行。 ⑥天池:天然形成而非人工所造的大池。 ⑦《齐谐》:是一本记载各种怪异事物的书。 ⑧志:记述。怪:指怪异的事物。 ⑨《谐》:即《齐谐》。 ⑩水击:击水。大鹏初飞时距水面尚

近，两翼振动而击水，三千里后，始入高空。 ⑪抟（tuán 团）：环绕。扶摇：旋风。 ⑫息：谓风。六月息即六月风。周时六月即夏历四月，气盛多风，鹏便乘大风而南飞。一说“息”是止息。大鹏飞行了六个月才休息。 ⑬野马：指春日野外林泽中的雾气。春日阳气发动，故远望林泽有气上升，犹如奔腾的野马。 ⑭息：气息。以上三句是说野马似的游气，飘动着的尘埃，都是被生物的气息吹动着的。 ⑮苍苍：深青色。 ⑯正色：真正的颜色。 ⑰无所至极：无法达到尽头的地方。以上三句意思说，天一片深蓝，这究竟是它本身的颜色呢？还是由于它无限高远，无法看到它的尽头呢？ ⑱其视下：指大鹏从高空俯视下界。 ⑲若是：像这样。是，指“天之苍苍”。以上二句说，高飞的大鹏俯视下界，也不过像在下界仰视上苍一样，只见一片深蓝色而已。 ⑳且：表示递进关系的连词。夫（fú 扶）：发语助词，表示要发议论。且夫，在此表示要进一步议论，有提起下文的作用。积：积蓄。厚：充足。 ㉑负：载。 ㉒覆：倾倒。坳（ào 澳）堂：堂上低洼处。 ㉓芥：小草。这句是说那只有用小草当船。 ㉔焉：于此。胶：胶着。 ㉕斯：承接连词。风斯在下：指风在大鹏之下。 ㉖而后乃今：“今而后乃”的倒文，现在而后才。培：凭。培风：凭风，乘风。 ㉗夭阏（è 饿）：遮拦阻挡。 ㉘图南：计划南飞。 ㉙蜩（tiáo 条）：蝉。学鸠：一种小鸟，或以为是斑鸠。笑之：嘲笑大鹏。 ㉚决：迅疾貌。决起，突然飞起。 ㉛抢（qiāng 枪）：突，冲向。榆：榆树。枋（fāng 方）：檀树。 ㉜则：或。控：投，落下。以上三句是说，我迅速飞起，冲向榆树枋树，有时或者还飞不过榆树枋树，那就在中途落地上罢了。 ㉝奚以：何用，哪里用得上。之：去，往。为：表示疑问的语尾助词。 ㉞适：往。莽苍：郊野山林之景色，这里指近郊林野之处。 ㉟飡：同“餐”。反：同“返”。以上二句是说到近郊去，只要吃三餐就可以回来。 ㊱果然：饱貌。这句是说肚子还是饱饱的。 ㊲宿舂粮：前一宿就要舂（chōng 充）好粮食。 ㊳三月聚粮：三个月前就要积蓄粮食。一说要准备三个月食用的粮食。 ㊴之二虫：这二虫，指蜩与学鸠。古时动物可统称为虫。何知：知道什么。 ㊵知：同“智”。不及：赶不上。 ㊶年：指寿命。小年，寿命短。 ㊷知其然：知道是这样。 ㊸朝菌：一种朝生暮死的菌类。晦：夏历每月最后一天。朔：夏历每月初一。 ㊹蟪（huì 惠）蛄（gū 姑）：一种寒蝉，春生则夏死，夏生则秋死，所以它不知春秋。春秋在此指一年。 ㊺冥灵：树名，或以为就是樠（mán 蛮）树。樠树类似松柏。一说冥灵是海中的神龟。 ㊻上古：远古。椿（chūn 春）：木名，如香椿树就是椿树一种。 ㊼彭祖：传说中的一位长寿者，尧之臣，据说活到商代，年七百余岁。乃今：而今，如今。久：指长寿。特闻：独闻名于世。 ㊽众人；指一般寿命的人。匹之：与彭祖比。 ㊾汤：商汤，商代开国之主。棘：人名，或作革，夏革，商大夫，汤曾以他为师。关于汤问棘见《列子》，《列子》里有《汤问篇》。 ㊿穷发：指北方不毛之地。发，指草木。 (51)广：宽。 (52)修：长。 (53)羊角：旋风，回旋上升形似羊角，故名。 (54)绝：超越。 (55)且：将。 (56)斥鴳（yàn 燕）：小雀。 (57)仞：八尺为一仞，一说七尺为一仞。 (58)蓬蒿（hāo）：本是两种草，此泛指野草。　㊾至:最。飞之至,犹言飞翔中的最高境界。　㉀此:指斥鴳和鹏的飞行。辩:同"辨",区别。这句是说斥鴳和鹏的飞行其境界是有小和大的区别的。　㉁效:这里是胜任之意。这句是说才智能胜任一官之职。　㉂行(xìng姓):道德品行。比:亲近,团结。这句是说德行能团结一乡之人。　㉃合:符合。这句是说道德能符合一君之心。　㉄而:能,能力。征:信,取信。这句是说能力能取信于一国之人。　㉅其:指上述四种人。自视:看待自己。若此:像这样。此,指斥鴳自以为"飞之至"这件事。庄子在此对这种人是否定的。　㉆宋荣子:人名。犹然:嗤笑貌。　㉇举世:整个世上,全世。誉:称誉,赞扬。劝:劝勉,这里可解作努力、积极。加劝,言更加努力。　㉈非:非议。沮:沮丧,消极。以上二句是说,况且世上所有的人倘若都称誉他,他也不因此就更加奋勉;世上所有的人倘若都非议他,他也不感到沮丧。㉉内:指我。外:指物。这句是说,确定了物我的分际。　㊱辩:同"辨",分辨。荣辱:光荣和耻辱。这句是说,分辨清楚了光荣和耻辱的界限。　㊲斯已矣:如此而已。㊳彼其于世:他(宋荣子)在世上。　㊴数(shuò朔)数:汲汲,急忙。这二句说,他在世间并没有汲汲然追求什么。一说数数,常常。则此二句是说,像宋荣子这样的人,世上并不常见。　㊵未树:没有树立最高的德行。以上二句是说,虽然如此,宋荣子也还未树立最高的道德。　㊶列子:人名,姓列名御寇,郑国人。御风:乘风,驾风。㊷泠(líng铃)然:轻快貌。善:妙。　㊸旬:十日为一旬。有:同"又"。　㊹致福:追求幸福。　㊺免乎行:免于步行。　㊻有所待:有所依赖,指依赖风,无风列子就不能御风而行。　㊼正:这里指自然的本性。"乘天地之正"就是依循着天地自然之性。㊽六气:一般认为指阴、阳、风、雨、晦、明。辩:同"变"。这句是说驾御着六气的变化。㊾无穷:指时空的无始无尽,即绝对自由的境界。　㊿恶(wū乌):疑问代词,何。这句是说,那种人还要依赖什么呢! 意指无须依赖别的什么。　㉝至人:指道德修养最高的人。无己:指顺乎自然而忘掉自我。　㉞神人:指道德修养仅次于至人的人。无功:不追求功绩。　㉟圣人:本是儒家理想中的德行高尚的人物,但庄子把这种人放在至人、神人之下。无名:指不求名声。

尧让天下于许由①,曰:"日月出矣,而爝火不息②,其于光也③,不亦难乎! 时雨降矣④,而犹浸灌⑤,其于泽也⑥,不亦劳乎⑦! 夫子立而天下治⑧,而我犹尸之⑨,吾自视缺然⑩。请致天下⑪。"许由曰:"子治天下,天下既已治也,而我犹代子,吾将为名乎? 名者,实之宾也⑫,吾将为宾乎? 鹪鹩巢于深林⑬,不过一枝,偃鼠饮河⑭,不过满腹。归休乎君⑮,予无所用天下为⑯! 庖人虽不治庖⑰,尸祝不越樽俎而代之矣⑱。"

①许由:古代传说中的隐士,尧让天下而不受,逃隐于箕山。　②爝(jué决)火:火把。　③其于光也:火把对于发光。这句连下句二句是说,火把发出的亮光(与日月

相比)是微不足道的。这里尧以日月比许由,以爝火自比。　④时雨:及时雨。
⑤浸灌:指人工灌溉。　⑥泽:指滋润万物。　⑦劳:费力,这里有徒劳之意。以上四句是说,及时雨已普降,还要用人工灌溉,这对于滋润万物,不是徒费辛劳吗! 及时雨比许由,浸灌是尧自比。　⑧夫子:这里是对许由尊称。立:指立为天下之君。治:与"乱"相对,指天下治理得好,太平。　⑨尸:本指庙中的神像,引申为虚居其位而无所事事。尸之,此处尧说自己是徒居君主之位而无其实的人。　⑩缺然:不足貌,这里指不够资格做君主。一说,缺然,即歉然之意。这句说自己觉得很惭愧。　⑪致:送。　⑫宾:从属地位。　⑬鹪(jiāo焦)鹩(liáo僚):一种善于构窝的小鸟,亦名巧妇鸟。　⑭偃鼠:即鼹(yǎn演)鼠,性喜穿地而行,渴则饮于河。　⑮归休乎君:君归休乎,您回家歇着吧,表示谢绝。　⑯为:带有感叹的语尾助词。这句是说,天下对我是没有用处的。　⑰庖(páo跑)人:厨师。治庖:主管厨房里的工作。　⑱尸祝:负责祭祀的官。祭祀时由他执祭板对神主(尸)祝祷,故称尸祝。樽:酒器。俎(zǔ祖):祭祀时盛肉的礼器。樽俎应由尸祝主管。这句是说尸祝不越俎代庖,不放下手中祭器。许由是以庖人喻尧,以尸祝自喻,表示谢绝尧让天下之意。

　　肩吾问于连叔曰①:"吾闻言于接舆②,大而无当③,往而不返④。吾惊怖其言犹河汉而无极也⑤,大有径庭⑥,不近人情焉。"连叔曰:"其言谓何哉⑦?""曰'藐姑射之山⑧,有神人居焉⑨。肌肤若冰雪,淖约若处子⑩;不食五谷,吸风饮露;乘云气,御飞龙,而游乎四海之外;其神凝⑪,使物不疵疠而年谷熟⑫。'吾以是狂而不信也⑬。"连叔曰:"然,瞽者无以与乎文章之观⑭,聋者无以与乎钟鼓之声。岂唯形骸有聋盲哉⑮? 夫知亦有之⑯。是其言也⑰,犹时女也⑱。之人也⑲,之德也⑳,将旁礴万物以为一㉑,世蕲乎乱㉒,孰弊弊焉以天下为事㉓! 之人也,物莫之伤㉔,大浸稽天而不溺㉕,大旱金石流、土山焦而不热。是其尘垢粃糠㉖,将犹陶铸尧舜者也㉗,孰肯以物为事! 宋人资章甫而适诸越㉘,越人断发文身㉙,无所用之。尧治天下之民,平海内之政。往见四子藐姑射之山㉚,汾水之阳㉛,窅然丧其天下焉㉜。"

①肩吾、连叔:均是虚构的人物。　②接舆:楚国的隐士。《论语·微子篇》称之为"楚狂接舆"。姓陆名通,字接舆。　③大:言辞堂皇夸诞。当(dàng档):底,依据。这句是说,接舆的话堂皇虚诞而没有根据。　④往而不返:指说话说开去而无收束,即说话漫无边际。　⑤惊怖:这里指非常惊怪。河汉:银河。无极:指说话不着边际。　⑥径:庭外之路。庭:堂前之地。径庭比喻接舆的话与常理相差很远,故下文说"不近人情"。　⑦其言:指接舆的话。谓何:说了什么。下文从"曰"开始到"吾以是狂而不信也"是肩吾回答连叔的话。　⑧曰:指接舆曰。从"藐姑射之山"到"使物不疵疠

而年谷熟"是肩吾转述接舆的话。藐姑射(yè夜):山名,又名姑射,传说中的一座仙山。从下文看,此山当在今山西省境内。或言即今山西省临汾市西的九孔山。一说藐是遥远,姑射是山名。 ⑨神人:神仙。居焉:居住于此。 ⑩淖(chuò绰)约:"淖"同"绰"。体态柔美貌。处子:处女。 ⑪其神凝:神人的精神凝聚、专一。 ⑫疵(cī呲)疠(lì立):疾病。年谷熟:犹言年年五谷丰收。 ⑬以是:以此为。是,指接舆的话。狂:借为"诳(kuáng 狂)",诳言,骗人的话,荒诞之语。 ⑭瞽(gǔ鼓)者:盲人。与(yù遇):参与。文章:文采,指有文采的东西。这句是说,盲人无法欣赏有文采的东西。 ⑮岂唯:岂止是,难道只有。形骸:指人体。 ⑯知:同"智",指人的认识。有之:有聋和瞽的情形。以上二句是说,难道只是人的身体有聋和瞽的吗?人的认识也有"聋"和"瞽"的呀! ⑰是:这,此。是其言,犹这些话(指关于瞽、聋的话)。 ⑱时:同"是"。女:同"汝",你。以上二句是说,这些话指的就是你了。连叔是在说肩吾的认识水平低。 ⑲之人:这种人,指神人。 ⑳之德:这种道德,指神人的道德。 ㉑旁礴(bó薄):混同。这句是说,将要混同万物为一体。一说,"旁礴"是广披之意。 ㉒世:世人。蕲(qí其):求。乱:治。这句是说,世人希望神人治好天下。 ㉓孰:谁。弊弊:经营忙碌貌。以天下为事:把治理天下作为事业。这句是说,神人谁又肯辛辛苦苦地以治理天下为事呢? ㉔莫:没有什么能。之伤:伤害他。 ㉕大浸:犹大水。稽:至。溺:淹死。 ㉖秕(bǐ比)糠:谷物的空皮。 ㉗陶铸:动词,制陶器和铸造铁器。以上二句是说,就是神人留下的尘垢秕糠,还能造成尧舜。 ㉘宋人:宋国人。资:采购。章甫:冠名。这句是说宋国人采购帽子到越国去卖。 ㉙断发:剪了发。文身:身上刺着花纹。 ㉚四子:指王倪、啮(niè聂)缺、被衣、许由,《庄子》书中虚构的得道之人。 ㉛汾(fén坟)水:水名,在山西省,是黄河支流。阳:水北山南称为阳。 ㉜窅(yǎo咬)然:犹怅然。丧:犹忘记。这是说,尧见了四子之后,不禁茫然,忘其天下。

惠子谓庄子曰①:"魏王贻我大瓠之种②,我树之成而实五石③。以盛水浆,其坚不能自举也④。剖之以为瓢,则瓠落无所容⑤。非不呺然大也⑥,吾为其无用而掊之⑦。"庄子曰:"夫子固拙于用大矣⑧。宋人有善为不龟手之药者⑨,世世以洴澼絖为事⑩。客闻之,请买其方百金⑪。聚族而谋曰⑫:'我世世为洴澼絖,不过数金。今一朝而鬻技百金⑬,请与之⑭。'客得之,以说吴王⑮。越有难⑯,吴王使之将⑰。冬,与越人水战,大败越人⑱,裂地而封之⑲。能不龟手一也⑳,或以封㉑,或不免于洴澼絖,则所用之异也。今子有五石之瓠,何不虑以为大樽而浮乎江湖㉒,而忧其瓠落无所容?则夫子犹有蓬之心也夫㉓!"

惠子谓庄子曰:"吾有大树,人谓之樗㉔。其大本拥肿而不中绳墨㉕,其小枝卷曲而不中规矩㉖。立之涂㉗,匠者不顾㉘。今子之言,大而无用,众所同去也㉙。"庄子曰:"子独不见狸狌乎㉚?卑身而伏㉛,以候敖者㉜;东西跳梁㉝,不辟高下㉞;中于机辟㉟,死于罔罟㊱。今夫斄牛㊲,其大若垂天之云。此能为大矣,而不能执鼠㊳。今子有大树,患其无用,何不树之于无何有之乡㊴,广莫之野㊵,彷徨乎无为其侧㊶,逍遥乎寝卧其下。不夭斤斧㊷,物无害者㊸,无所可用,安所困苦哉㊹!"

①惠子:即惠施,宋国人,曾为梁惠王相。　②魏王:即梁惠王,姓魏名罃(yīng 英),魏国国君,魏国迁都大梁(在今河南省开封市西北)后又称梁国。贻(yí 移):赠送。大瓠(hù 户):大葫芦。种:种子。　③树:种植。成:指结了葫芦。实五石:指葫芦中可容五石(一石为十斗)。　④坚:坚硬。这句是说,葫芦质地脆,装满五石水浆,就不能提举起来。　⑤瓠:借为"瓢"字。瓢落,平浅貌。无所容:指不能装东西。　⑥呺(xiāo 消)然:虚大貌。　⑦掊(pǒu):击破。　⑧夫子:庄子对惠子的尊称。固:本来。拙于用大:不善于运用事物大的因素。　⑨龟(jūn 君):借为"皲(jūn 君)",皮肤冻裂。不龟手之药,冬天能防治皮肤冻坏的药。　⑩洴(píng 瓶)澼(pì 僻):用水漂洗。絖(kuàng 况):同"纩",丝絮,丝绵。为事:作为职业。　⑪其方:配制不龟手药的药方。　⑫聚族:把全家人集合起来。　⑬鬻(yù 育):卖。技:指配制不龟手之药的技术。　⑭与之:指卖给他。　⑮得之:得到了药方。说(shuì 税):劝说别人,使之相信自己的主张。吴王:吴国的君主。吴是周代诸侯之一,据有今江苏、上海大部和浙江、安徽一部分,建都于吴(今江苏苏州),后为越国所灭。　⑯越:越国,周代诸侯之一,据有今浙江省钱塘江流域一带,灭吴后占有吴全部领土。建都会稽(今浙江绍兴市),后为楚国所灭。难(nàn):灾难,不幸之事。　⑰使之将(jiàng 酱):派他统帅军队。　⑱大败越人:因吴军已用不龟手之药预防冻裂皮肤,所以打败了越军。　⑲裂地:划出一块地方。封之:封给他。　⑳能不龟手一也:这句意思是说,能使手不冻裂,那位宋人和买药方的人是一样的。意指他们都会这种技艺。㉑或以封:有人因此得到封地。　㉒虑:考虑。大樽(zūn 尊):葫芦形似酒樽,系于腰间可作渡水工具。浮乎:浮于。　㉓蓬:本是一种野草,生得短曲而不畅直。蓬之心,比喻见解迂曲短浅之心。一说,"蓬"为"蒙"之假借字。"蓬之心",喻心灵茅塞不通。㉔樗(chū 初):木名,即臭椿树。　㉕大本:主干。拥:同"臃(yōng 拥)"。拥肿,指树木瘿节多,不端正平直。中(zhòng 众):合。绳墨:在木上画直线取直的工具。不中绳墨,是说樗不端直,无法以绳墨取直。　㉖规:画线取圆的工具。矩:画线取方的工具。以上两句是说,樗的主干、支干皆不成材。　㉗涂:同"途"。这句说把樗立在路上。　㉘匠者:这指木匠。顾:看。　㉙去:抛弃,这里有不同意义。这是说大家都不听庄子的意见。　㉚狸狌(shēng 生):野猫和黄鼠狼。　㉛卑身:低着身。㉜候:等候。敖:同"邀"。敖者指往来的小动物。　㉝梁:同"踉(liáng 良)"。跳梁,

即跳来窜去。 ㉞辟:同"避"。 ㉟中(zhòng众):触在。机辟:装有开关的捕鸟兽的工具。 ㊱罔:同"网"。罟(gǔ古):网类的总名。 ㊲斄(lí梨)牛:即牦(máo毛)牛。 ㊳执:捕捉。 ㊴无何有:什么都没有。"无何有之乡"是幻想中的虚无之乡。 ㊵广莫之野:广大辽阔的旷野。 ㊶彷徨:徘徊,游衍自得。无为:无所事事。 ㊷斤:大斧。这句说大树不会夭折于斤斧。 ㊸物无害者:没有什么东西会损害它。 ㊹这两句是说,它没有用处,又哪有困苦呢?

荀 子

　　《荀子》是战国后期著名思想家和学者荀况(前335？—前238后)的论文集,现存三十二篇,大部分为荀况自作。《荀子》向来被后世认为是儒家的重要著作,但实际上荀况批判地总结了先秦诸家的学术思想,继承和发展了诸子中荀况自认是合理的部分,建立了新的思想体系。荀子认为自然界自有其客观规律,并不以人的意志为转移,批判了天命论的迷信思想。他还认为自然界的客观规律是可以认识的,提出了"制天命而用之"的人定胜天的光辉的哲学命题。在伦理道德和政治思想上,荀子反对孟子的"性善"论,提出了"性恶"论,强调了后天教育的作用;他还提出了以礼治为主,兼以法治的主张,这种思想培育了他的学生,法家著名思想家和政治家韩非和李斯。

　　荀况的文章说理深透,结构谨严,逻辑周密,语言整练,在先秦诸子散文中自成一家。荀况的《赋篇》是后来盛行一时的汉赋的渊源之一,《成相篇》则是运用当时通俗说唱文学形式写成的,在文学史上亦是创举。

劝　学①(节录)

　　君子曰②:学不可以已③。青,取之于蓝,而青于蓝④;冰,水为之,而寒于水。木直中绳⑤,𫐓以为轮⑥,其曲中规⑦,虽有槁暴,不复挺者,𫐓使之然也⑧。故木受绳则直,金就砺则利⑨,君子博学而日参省乎己,则知明而行无过矣⑩。

　　故不登高山,不知天之高也;不临深谿⑪,不知地之厚也;不闻先王之遗言⑫,不知学问之大也。干越夷貉之子⑬,生而同声,长而异俗,教使之然也。《诗》曰⑭:"嗟尔君子,无恒安息⑮。靖共尔位,好是正直⑯。神之听之,介尔景福⑰。"神莫大于化道⑱,福莫长于无祸⑲。

吾尝终日而思矣,不如须臾之所学也⑳;吾尝跂而望矣㉑,不如登高之博见也㉒。登高而招,臂非加长也,而见者远㉓;顺风而呼,声非加疾也,而闻者彰㉔。假舆马者㉕,非利足也㉖,而致千里㉗;假舟楫者㉘,非能水也,而绝江河㉙。君子生非异也,善假于物也㉚。

南方有鸟焉,名曰蒙鸠㉛。以羽为巢,而编之以发,系之苇苕㉜。风至苕折,卵破子死。巢非不完也,所系者然也㉝。西方有木焉,名曰射干㉞。茎长四寸,生于高山之上,而临百仞之渊㉟。木茎非能长也,所立者然也。蓬生麻中,不扶而直㊱;白沙在涅,与之俱黑㊲。兰槐之根是为芷㊳,其渐之滫㊴,君子不近,庶人不服㊵。其质非不美也,所渐者然也。故君子居必择乡,游必就士㊶,所以防邪僻而近中正也㊷。

物类之起,必有所始㊸;荣辱之来,必象其德㊹。肉腐出虫,鱼枯生蠹㊺。怠慢忘身,祸灾乃作㊻。强自取柱,柔自取束㊼。邪秽在身,怨之所构㊽。施薪若一,火就燥也㊾;平地若一,水就湿也㊿。草木畴生㉛,禽兽群居㉜,物各从其类也。是故质的张而弓矢至焉㉝,林木茂而斧斤至焉,树成荫而众鸟息焉,醯酸而蚋聚焉㉞。故言有召祸也,行有招辱也,君子慎其所立乎㉟。

①劝学:鼓励学习。劝是勉励之意。 ②君子:古书中引用前人的言论,或发表作者自己的见解,往往称君子曰。君子一般是指道德修养较高的贤人。 ③已:停止,这里指废弃。 ④青:前一个青字指一种可以染青色的染料靛(diàn店)青,后一个青字是形容词"青"(颜色)。蓝:一种草,可以制靛青。 ⑤木直中(zhòng众)绳:这句是说,树木生得直的,符合绳墨的要求。绳,或称绳墨,是木工画线取直的工具。 ⑥𫐓(róu柔):用火熏灼竹木,使弯曲变形。 ⑦中(zhòng众)规:符合规的要求。规:木工画圆的工具,如圆规。 ⑧槁(gǎo搞)暴(pù曝):指枯干。暴,同"曝",晒干之意。挺:挺直。使之然:使它(指木)这样的。 ⑨金:指金属的刀斧等。就:靠近,这里指刀斧等放到磨刀石上磨。砺(lì利):磨刀石。以上几句实际上是比喻人后天学习的重要性。 ⑩博学:广泛地学习。日:每天。参(cān餐):检验,检查。一说"参"同"三",三次。省(xǐng醒):省察。省乎己,是说省察自己。知:同"智",知识,见识。行:行事,行为。过:过失。 ⑪临:面临。谿(xī溪):这里指山谷。 ⑫先王:指前代的圣明主。遗言:指先王遗教。 ⑬干:古代的一个小国,被吴国所灭。这里代指吴。夷:古代东方的一个民族。貊(mò陌):古代北方的一个民族。 ⑭《诗》:即《诗经》。下引之诗,见《小雅·小明》篇。 ⑮嗟:感叹词。尔:你们,指下文之君子。恒:常。安息:安然的歇息。 ⑯靖(jìng静):同"静"。共:同"恭"。静恭,犹敬慎。尔位:你们的职位。好(hào浩):喜爱。正直:指正直的品性。这两句是说,君子要重视和谨慎于职守,追求正直的品德。 ⑰神之听之:犹言神是在察听着你们"靖

共尔位,好是正直"的表现的。介:助,犹给予。景:大。 ⑱神:指儒家追慕的道德修养最高的状态。化道:犹化于道,指受道的教化熏染,使气质有所变化。实际上是说学习圣人之道的最高的阶段就是要在道的熏染下,能使自己的气质有所变化。 ⑲长(cháng尝):与上句"大"近义。 ⑳须臾(yú鱼):片刻。 ㉑跂(qǐ企):踮(diǎn点)起脚尖。 ㉒博见:指视野开阔。 ㉓见者远:指远地的人也能看见"登高而招"的人。 ㉔疾:这里指呼声高而有力。彰:指听得清。 ㉕假:借,借助。舆马:车马。 ㉖利足:指善于行走的脚,快脚。 ㉗致:达到。 ㉘楫(jí集):同"楫",船桨。舟楫指船。 ㉙能水:会水,善于游泳。绝:横渡。 ㉚这两句是说,君子生来并非异于常人,只是他善于借助外物而已。这里荀子是在强调后天的学习。 ㉛蒙鸠:鸟名,即《庄子·逍遥游》中的鹪(jiāo焦)鹩(liáo僚),又名巧妇鸟,善于做窝。 ㉜编之以发:用发把巢编结起来。苇:芦苇。苕(tiáo条):芦苇的穗。系(jì计)之苇苕,是说把巢系在芦苇上。 ㉝所系者然也:所系的地方(不对)使它这样。意思是巢系的不是地方,造成了恶果。 ㉞射(yè夜)干:多年生草本植物,高二三尺,夏秋间抽花茎,根可药用。 ㉟临:下临。渊:深潭。这几句意思说,射干虽不长,但由于生在高山上,所以显得高,这是地势使它高。 ㊱蓬:多年生的草本植物,又名飞蓬。扶:扶正,扶直。这两句说,飞蓬生在麻中,势不能使它弯曲,所以不扶而直。 ㊲涅(niè聂):黑泥。这二句是说,白沙在黑泥中,必然与黑泥俱黑。以上四句比喻人近朱者赤,近墨者黑,说明人的修养的重要,环境的污染值得警惕。 ㊳兰槐:一种香草,其根名芷(zhǐ止)。 ㊴其:语气词,表示假设,可译之为"如果"。渐:浸染。滫(xiū休):污臭之水。这句说:如果把兰芷浸在臭水里。 ㊵庶人:百姓,这里是指不同于君子的一般人。服:佩戴。 ㊶游:指与人交游。就:接近。士:指贤德之士。 ㊷所以:所用来……的方法。邪(xié协)僻(pì辟):这里指不正当的行为品行,与下面"中正"相反。 ㊸物类:指各种事物。起:发生,兴起。始:始因。 ㊹象:依据。象其德,依据他本人的德性。 ㊺蠹(dù杜):小虫,这里指蛀虫。 ㊻怠慢:懈怠疏慢。乃作:于是起。这两句说,对自身懈怠疏慢,放松警惕,那么灾祸就要起了。 ㊼强:刚强。柱:通"祝",折断。柔:柔弱。束:受约束。这两句是说,太刚强的容易折断,柔弱的易受约束。 ㊽构:集中。这两句说,自身有邪恶污秽的行为,仇怨自然会集中到自己身上。 ㊾施:放。薪:柴火。燥:干燥,这里指干柴。这两句是说,把柴火同样摆放着,火总是烧向干柴。 ㊿湿:指潮湿的地方。 ㊿畴:同"俦",类。这句说同类的草木喜欢生在一起。 ㊿群:指同类的鸟兽各自成群。 ㊿是故:于是,所以。质:箭靶。的:箭靶的中心。 ㊿醯(xī希):醋。蚋(ruì瑞):同"蚋(ruì)",蚊类的小虫。 ㊿慎其所立:对于立身行事很谨慎。

  积土成山,风雨兴焉①;积水成渊,蛟龙生焉②;积善成德③,而神明自得④,圣心备焉⑤。故不积跬步⑥,无以至千里;不积小流,无以成江海。骐骥一跃⑦,不能十步;驽马十驾⑧,功在不舍⑨。锲而舍之,朽木不折⑩;锲而不舍,金石可镂⑪。蚓无爪牙之利⑫,筋骨之强⑬,上食埃土,下饮黄泉,用心一也⑭。蟹八跪而二螯⑮,非蛇鳝之穴无可寄托者,用心躁也⑯。是故无冥冥之志者,无昭昭之明⑰;无惛惛之事者,无赫赫之功⑱。行衢道者不至⑲,事两君者不容⑳。目不能两视而明㉑,耳不能两听而聪㉒。螣蛇无足而飞㉓,鼫鼠五技而穷㉔。《诗》曰㉕:"鸤鸠在桑,其子七兮㉖。淑人君子,其仪一兮㉗。其仪一兮,心如结兮㉘。"故君子结于一也㉙。

　　昔者瓠巴鼓瑟而流鱼出听㉚,伯牙鼓琴而六马仰秣㉛。故声无小而不闻,行无隐而不形㉜。玉在山而草木润㉝,渊生珠而崖不枯㉞。为善不积邪㉟?安有不闻者乎㊱?

①这两句是说,积土能堆成山,高山才能兴风作雨。比喻为学之道也在于积少成多,然后才能见出效果。　②蛟:古代传说中的一种龙。　③善:指平日做的善行好事。成德:修成高尚的道德。　④而:犹则,表因果关系的连词,那么,于是。神明:高度的智慧。　⑤圣心:指圣人的思想。备:具备。　⑥跬:同"䞨(kuǐ)"。跬步,半步。　⑦骐(qí奇)骥(jì计):骏马。　⑧驽(nú奴)马:劣马。驾:马一天路程为一驾。　⑨功在不舍:驽马终于也能行得很远,其成功在于它坚持不舍。　⑩锲(qiè怯):刀刻。　⑪镂(lòu漏):雕刻。　⑫蚓(yǐn引):同"蚓",蚯蚓。爪牙之利,犹言锋利的爪牙。　⑬筋骨之强:犹言强壮的筋骨。　⑭黄泉:地下泉水。　⑮八跪:八足。"八"字原作"六",据清人之说应作"八"。螯(áo熬):蟹的两只如钳的大爪。　⑯鳝(shàn善):同"鳝",黄鳝。躁:浮躁。以上三句是说,蟹虽有很多爪,但只能寄托在蛇鳝的洞穴里,乃是因为它用心浮躁,做事不专一。　⑰冥冥之志:指精诚专一的志向。昭昭之明:指对事理的豁然贯通,明白于心。　⑱惛(hūn昏)惛之事:指专心一志的做事业。赫赫之功:显赫的成就,巨大的功绩。　⑲衢(qú渠)道:歧路,岔路。不至:不能到达(预定的目的地)。　⑳事:侍奉。不容:指不容于双方。　㉑两视:指同时看两样东西。明:看清楚。　㉒两听:指同时听两种声音。聪:听清楚。　㉓螣(téng腾)蛇:传说中的飞蛇。　㉔鼫(shí石)鼠:传说中的飞鼠。五技:五种技巧。据说鼫鼠"能飞,不能过屋;能缘(攀缘树木),不能穷木(爬到树顶);能游,不能度谷;能穴(打洞),不能掩身;能走,不能先人"(引文见《说文·鼠部》),因它有五技,故又名五技鼠。它的五技并不精通,故曰"五技而穷"。　㉕《诗》:《诗经》,下文引的诗见于《曹风·鸤(shī尸)鸠》篇。　㉖鸤鸠:布谷鸟。其子七兮:指它有七只幼鸟。据说布谷鸟养着七只幼鸟,喂养时,早晨从上往下喂,晚上反过来从下往上喂,平均对待而始终如一。　㉗淑人君子:指善人贤人。仪:仪表举止。一:专一。　㉘心如结兮:朱熹《诗集传》:"如结,如物之固结而不散也。"比喻淑人君子专心一志。　㉙结于一:指专心于一个目标。　㉚瓠(hù户)巴:人名,楚人,善鼓瑟。流鱼:一作"沉鱼",水

底之鱼。出听:浮出水面听鼓瑟。　㉛伯牙:人名,楚人,善弹琴。六马:天子之车六马,这里泛指马。秣(mò 末):喂马。仰秣,指正在吃饲料的马,仰起头来听弹琴。㉜这二句是说,所以没有什么小的声音听不出来,没有什么隐蔽的行为不显露出来。㉝润:显得滋润,长得好。　㉞崖不枯:崖岸不显得干枯。　㉟不积:不积累。　㊱安有:哪里有,怎会有。以上二句是说,大概是行善而未能积累善行吧,否则怎么会行善而不被人知道呢?

韩非子

《韩非子》是战国末年著名思想家韩非(前280？—前233)撰写的一部哲学著作,共五十五篇。

韩非是韩国的贵族,先秦法家学说的集大成者,曾与法家另一代表人物李斯师事荀子。韩非曾规劝韩王进行政治改革,不用;后入秦,遭李斯陷害,被秦王下狱处死。韩非总结了前期法家的学说,主张君主以"法""术""势"三者结合的统治术控制群臣,独揽政权,加强君主专制统治。韩非的学说为秦始皇统一中国、建立封建专制主义的中央集权制国家奠定了理论基础,代表了新兴地主阶级的利益。

《韩非子》的文章议论透彻,语言犀利,感情激越,措辞严峻,表现出峭拔斩绝的风格。

孤　愤[①]

智术之士[②],必远见而明察,不明察不能烛私[③];能法之士[④],必强毅而劲直,不劲直不能矫奸[⑤]。人臣循令而从事,案法而治官,非谓重人也[⑥]。重人也者,无令而擅为,亏法以利私,耗国以便家,力能得其君,此所为重人也[⑦]。智术之士,明察听用,且烛重人之阴情[⑧];能法之士,劲直听用,且矫重人之奸。故智术能法之士用,则贵重之臣必在绳之外矣[⑨]。是智法之士与当途之人[⑩],不可两存之仇也[⑪]。

①孤愤:耿直孤行,愤世嫉俗。《史记·老子韩非列传》:韩非"悲廉直不容于邪枉之臣,观往者得失之变,故作《孤愤》。"《索引》:"《孤愤》,愤孤直不容于时也。"　②智术之士:指有智谋、会权术的人。术是韩非法治思想的重要内容,《定法》篇说:"术者,因任而授官,循名而责实;操杀生之柄,课群臣之能者也,此人主之所执也。"实际

上是人主控制臣下的权术。　③烛私:烛照阴私之事。"烛"作动词用,明察,看清。私,指臣下暗地里干的不利于君主的事。　④能法之士:指善于制法、行法的人。法也是韩非法治思想的重要内容,《定法》篇说:"法者,宪令著于官府,刑罚必于民心,赏存乎慎法,而罚加乎奸令者也,此臣之所师也。"　⑤强毅:指坚强果敢。劲直:刚劲正直。强毅劲直是指执法要坚定果决,刚直严明。矫奸:指揭露奸臣和坏事。矫,纠正,使直,这里有纠举揭发之意。　⑥循令:指遵守人主之令。案法:根据法律,按照法律。治官:行使职权。重(zhòng 众)人:即下文的重臣,指奸佞行事的权臣。⑦擅为:擅自行事。亏法:损害法律,就是枉法。力能得其君:指有力量,有办法使人主听从自己。此所为:此所谓。　⑧听用:指被君主听从,信任。阴情:指暗地里干的奸佞之事。　⑨贵重之臣:即前文之"重人"。绳:本指木工画线取直的工具,这里指法度,法度犹行动之准绳。绳之外:贵重之臣行事奸佞,不为法律所容,故言他们"必在绳之外"。　⑩当途之人:当仕路之人,指执掌大权的人。即上文的重人,贵重之臣。　⑪不可两存之仇:犹不共戴天之仇。

　　当途之人擅事要,则外内为之用矣①。是以诸侯不因则事不应,故敌国为之讼②;百官不因则业不进,故群臣为之用③;郎中不因则不得近主,故左右为之匿④;学士不因则养禄薄礼卑,故学士为之谈也⑤。此四助者,邪臣之所以自饰也⑥。重人不能忠主而进其仇⑦,人主不能越四助而烛察其臣,故人主愈弊而大臣愈重⑧。

　　凡当途者之于人主也,希不信爱也,又且习故⑨。若夫即主心,同乎好恶,固其所自进也⑩。官爵贵重,朋党又众,而一国为之讼⑪。则法术之士欲干上者⑫,非有所信爱之亲,习故之泽也⑬;又将以法术之言矫人主阿辟之心⑭,是与人主相反也⑮。处势卑贱,无党孤特⑯。夫以疏远与近爱信争,其数不胜也⑰;以新旅与习故争⑱,其数不胜也;以反主意与同好争⑲,其数不胜也;以轻贱与贵重争⑳,其数不胜也;以一口与一国争㉑,其数不胜也。法术之士操五不胜之势,以岁数而又不得见㉒;当途之人乘五胜之资㉓,而旦暮独说于前㉔。故法术之士奚道得进㉕,而人主奚时得悟乎㉖?故资必不胜而势不两存,法术之士焉得不危㉗?其可以罪过诬者,以公法而诛之㉘;其不可被以罪过者,以私剑而穷之㉙。是明法术而逆主上者㉚,不僇于吏诛㉛,必死于私剑矣㉜。朋党比周以弊主㉝,言曲以便私者㉞,必信于重人矣㉟。故其可以功伐借者,以官爵贵之㊱;其不可借以美名者,以外权重之㊲。是以弊主上而趋于私门者,不显于官爵,必重于外权矣㊳。今人主不合参验而行诛㊴,不待见功而爵禄㊵,故法术之士安能蒙死亡而进其说㊶,奸邪之臣安肯乘利而退其身㊷?故主上愈卑,私门益尊㊸。

①擅事要:指掌握政事的机要,即掌握大权、专权。外:指外国,指各诸侯国。内:指下文的百官、郎中、学士。为之用:为"当途之人"所用,为他效力。 ②因:借重,这里指依附。应:效验,指能办成事。讼:与"颂"通,称颂功德。这两句是说,因此,外国诸侯如不依附"当途之人",事情就别想办成,所以敌国总为他们称功颂德。 ③百官:指当途者之外的群臣。业:功业,指官位。进:指官职的提升。 ④郎中:君主的侍从官员。近主:接近君主。左右:君主左右的侍从,如郎中等。匿:隐瞒"当途之人"的罪行。 ⑤学士:学者,文人。养禄:给养俸禄,指经济待遇。"养"和"禄"二字当衍一字,因下文说"礼卑",则这里当是"养薄"或"禄薄"。薄:微薄。礼:指受到的礼遇。卑:卑下。礼卑,指受到卑下的礼遇。谈:延誉,即说好话。为之谈:替"当途之人"说好话,称扬他。 ⑥四助:指上文"敌国为之讼""群臣为之用""左右为之匿""学士为之谈"四事。他们这样做,主观上或客观上成了"当途之人"的帮助者,故称"四助"。邪臣:奸邪之臣,就是指"当途之人"。自饰:自我粉饰。以上二句是说,这"四助"成了"当途之人"自我粉饰的工具。 ⑦忠主:忠于君主。进:进用,推荐。仇:仇人,指与"重人"对立的法术之士。 ⑧越:超越,这里指排除"四助"的瞒蔽。弊:通"蔽",瞒蔽。大臣:指重人。重:指权势重。 ⑨希:少。信爱:指受信用宠爱。习:熟习,深知。故:故旧,指老关系,犹今言关系学。以上三句是说,凡当权之人,很少有不被人主信任宠爱的,况且他们又熟习故旧的老关系。 ⑩即主心:投合人主的好恶之心。固:本来。固其所自进,本是他们所以进身的道路。 ⑪朋党:这里指与当途者朋比为奸、结党营私的人。为之讼:为之颂,颂扬吹捧当途者。 ⑫干:求。上:指君主。干上,求得君主任用。 ⑬泽:恩泽,恩惠。 ⑭阿(ē 屙)辟:同"阿僻",偏袒邪僻。阿僻之心,即人主偏爱亲信邪佞之人的心理。 ⑮是:此,这。指上句法术之士的做法。 ⑯处势:犹地位。卑贱:指地位低下卑微。无党:没有结党的宗派。孤特:孤独。 ⑰疏远:指法术之士被人主疏远。近爱信:指"重人"被人主亲近、宠爱和信任。数:情势。其数不胜也:情势必不能取胜。 ⑱新旅:新客。指法术之士在官场上没有故旧,犹如生客。习故:熟习故旧。指"重人"在官场上多有故旧,关系熟习。 ⑲反主意:指法术之士不投合君主的心意。同好:指"重人"同君主之好恶。 ⑳轻贱:指法术之士权轻位下。贵重:指"重人"位尊权重。 ㉑一口:指法术之士孤独,只有一张嘴讲话。一国:指"重人"党羽众多,全国都站在他一边,为他讲话。 ㉒五不胜:指前文的五个"不胜"。以岁数(shǔ 鼠):以年为单位计算时日,这里指长时间。不得见:见不到君主。以上二句是说,法术之士处在"五不胜"的形势之下,而且长时间又见不到君主。 ㉓乘:倚恃,凭借。资:资本。 ㉔旦暮:早晚,犹言时时刻刻。说(shuì 税):游说,劝说。于前:指在君主面前。 ㉕奚:何。道:犹门路。得进:得到进用于君。 ㉖悟:醒悟,指明白真相。 ㉗焉得不危:犹安能不危,怎能不遭危险。 ㉘诬:诬陷。公法:公开的法律、国法。这两句是说,法术之士中那些可用罪过

韩非子

来诬陷的,那就借国法诛杀他(指法术之士)。　㉙被以罪过:犹加以罪名。私剑:指刺客。穷:尽。穷之:犹穷其命,指杀害法术之士。以上二句是说,法术之士中,那些不可用罪过来诬陷的,那就私下里用刺客刺杀他。　㉚明法术:通晓法术。逆主上:违背主上。　㉛僇(lù 陆):通"戮(lù 陆)",杀。　㉜以上三句是说,这样,那些通晓法术而又不会迎合,以至违背君主旨意的人,不是被官吏借法律杀害,就是必然死于刺客的暗杀。　㉝比周:密切联络。　㉞言曲:犹言花言巧语。便私:指谋私利。　㉟必信于重人:一定受"重人"信任。　㊱功伐:功劳。借:凭借。贵之:使之贵。这句是说,"重人"的党羽中,如果他们确有功劳,正可借此封官加爵,使之尊贵。　㊲外权:指重人手中之权。这两句是说,"重人"的党羽中,如果确无美名可以作(给他们封官加爵的)借口,就用手中的权力重用他们。一本"其"字下无"不"字。　㊳弊:通"蔽",瞒蔽。趋:奔赴,奔走。私门:指权贵之门。显:显赫。重:重用。　㊴参验:通过比照的方法进行检验。不合参验,不辨明是非真假。行诛:进行杀戮。　㊵不待见功:还未来得及见其功劳。爵禄:作动词,指封爵加俸。　㊶蒙死亡:冒着死亡的危险。进其说:指法术之士向人主进献自己的学说和主张。　㊷乘利:指占有有利可图的地位。退其身:指"重人"及其党羽隐退下台。　㊸这两句是说,所以君主的地位越来越低下,权臣之门却越来越尊显。

　　夫越虽国富兵强,中国之主皆知无益于己也①,曰:"非吾所得制也②。"今有国者虽地广人众,然而人主壅蔽③,大臣专权,是国为越也④。智不类越⑤,而不智不类其国⑥,不察其类者也⑦。人主所以谓齐亡者,非地与城亡也,吕氏弗制而田氏用之⑧;所以谓晋亡者,亦非地与城亡也,姬氏不制而六卿专之也⑨。今大臣执柄独断⑩,而上弗知收⑪,是人主不明也。与死人同病者⑫,不可生也;与亡国同事者⑬,不可存也。今袭迹于齐晋⑭,欲国安存,不可得也⑮。

　　凡法术之难行也,不独万乘,千乘亦然⑯。人主之左右不必智也⑰,人主于人有所智而听之⑱,因与左右论其言,是与愚人论智也⑲;人主之左右不必贤也⑳,人主于人有所贤而礼之㉑,因与左右论其行,是与不肖论贤也㉒。智者决策于愚人㉓,贤士程行于不肖㉔,则贤智之士羞,而人主之论悖矣㉕。人臣之欲得官者,其修士且以精洁固身㉖;其智士且以治辩进业㉗。其修士不能以货赂事人㉘,恃其精洁而更不能以枉法为治㉙。则修智之士不事左右,不听请谒矣㉚。人主之左右,行非伯夷也㉛,求索不得㉜,货赂不至,则精辩之功息㉝,而毁诬之言起矣㉞。治辩之功制于近习㉟,精洁之行决于毁誉㊱,则修智之吏废,而人主之明塞矣㊲。不以功伐决智行,不以参伍审罪过㊳,而听左右近习之言,则无能之士在廷㊴,而愚污之吏处官矣㊵。

万乘之患,大臣太重㊶;千乘之患,左右太信㊷。此人主之所公患也㊸。且人臣有大罪,人主有大失,臣主之利与相异者也㊹。何以明之哉㊺?曰:主利在有能而任官㊻,臣利在无能而得事㊼;主利在有劳而爵禄,臣利在无功而富贵;主利在豪杰使能㊽,臣利在朋党用私㊾。是以国地削而私家富㊿,主上卑而大臣重。故主失势而臣得国,主更称蕃臣(51),而相室剖符(52),此人臣之所以谲主便私也(53)。故当世之重臣,主变势而得固宠者,十无二三(54)。是其故何也(55)?人臣之罪大也。臣有大罪者,其行欺主也,其罪当死亡也。智士者远见,而畏于死亡,必不从重人矣(56);贤士者修廉,而羞与奸臣欺其主(57),必不从重人矣。是当途者之徒属(58),非愚而不知患者,必污而不避奸者也(59)。大臣挟愚污之人,上与之欺主,下与之收利侵渔(60),朋党比周,相与一口(61),惑主败法,以乱士民(62),使国家危削(63),主上劳辱(64),此大罪也。臣有大罪而主弗禁(65),此大失也(66)。使其主有大失于上(67),臣有大罪于下,索国之不亡者(68),不可得也(69)。

①越:周代诸侯国之一,据有今浙江钱塘江流域一带,建都会稽(今浙江省绍兴市),灭吴后占有吴全部领土,后为楚所灭,是当时比较边远的一个诸侯国。中国:指中原地区的诸侯国。无益于己:越国地处边远,中原之国无法控制,故无益于己。　②所得制:所能加以控制。　③壅蔽:指受"重人"及其党羽包围蒙蔽。　④是国为越:这样就是自己的国家也成了越国了。因为君主受蒙蔽,不能控制国事,这样自己的国家实际上不属于自己,就像越国一样于己无益。　⑤智:同"知"。类:似。这句是说,知道自己的国家不似越国。意思是说,人主表面上知道自己的国家不是越国。　⑥而不智不类其国:而不知道自己的国家在实际上已不像是自己的国家。　⑦不察其类者也:不觉察(越国与实际上不属自己的本国之间)有相类似的地方。　⑧"人主"的"主"字据清代学者的意见是衍文。齐:西周诸侯国之一,是西周初功臣吕尚的封国,建都营丘(后称临淄,今山东省淄博市东北),主要占有今山东省北部地区。春秋末年君权逐渐为陈氏(即田氏)掌握。公元前386年周天子正式承认田和为齐侯。前221年齐为秦所灭。弗制:不控制国家政权。用之:指统治了齐国。以上三句是说,人们所说齐国亡了,并不是它的土地城池破灭了,而是指吕氏不能控制政权,田氏却统治了国家。　⑨晋:西周诸侯国之一,姬姓,周成王的弟弟叔虞的封国。主要据有今山西省南部一带,建都于唐(今山西省翼城西)。春秋后期,六卿势力强大,兼并结果是韩、赵、魏三家分晋。专之:专晋国的权。　⑩执柄:执有权柄,指专权。
⑪弗知收:指不知收回被大臣掌握的大权。　⑫同病:生同一种病。　⑬同事:指实行同样的政治措施。　⑭袭迹:犹言沿袭别人的老路。　⑮不可得:不可能办到。
⑯乘(shèng圣):古时一车四马为一乘。兵车一乘有甲士三人在车上,步卒七十二人

在车后。万乘是指天子国，千乘是指诸侯之国。这里泛言大国、小国。 ⑰智：智慧，指聪明有才能。这句是说，人主的左右不一定都是有智慧的人。⑱于人有所智：对于众人中有智慧的人。听之：指听取智者的言论。 ⑲因与左右论其言：就与左右的人议论智者的言论。是与愚人论智：这是同愚人一起评论智者。 ⑳贤：指德行优秀。㉑礼之：礼遇贤者，尊重贤者。 ㉒不肖：贤的反面。 ㉓智者决策于愚：智者的计谋决定于愚者。 ㉔程：评论。这句是说，贤士的行为由不肖之徒来评论。 ㉕人主之论：指人主从愚人和不肖之徒那里得到的结论。悖（bèi 背）：荒谬。 ㉖修士：修养德行的人，指贤士。精：与“清”字通。精洁，即清洁，指品德高尚清洁，廉洁奉公。固身：指坚守自己高尚廉洁的品德。 ㉗智士：智者，聪明而有才智的人。治：指尽力办事。辩：指论明是非。进业：进身于事业。业，指职事。 ㉘货赂：犹贿赂。事人：侍奉别人。 ㉙枉法为治：违反法律办事。以上二句，后人认为有缺文。陶鸿庆说原文当作“恃其精洁而不能以货赂事人，恃其治辩更不能以枉法为治”（见陈奇猷《韩非子集释》）。大意说，修士依恃着自己的“精洁固身”，不用贿赂去奉承人，智士依恃着自己的“治辩进业”，更不能违法办事。 ㉚不事左右：指不以财贿赂人主左右之人。不听请谒：指不听从别人私自请托而枉法从事。 ㉛行：指品行。伯夷：殷商时的贤人，是孤竹君的长子，父死后，与弟叔齐互让君位。周武王灭纣后，二人逃至首阳山，不食周粟而死。他们是古代推崇的有品行节操的贤人。 ㉜求索：指求取贿赂，勒索财货。 ㉝精辩：这里指修士的精洁和智士的治辩。息：停息，消失。 ㉞毁诬：毁谤诬蔑。以上六句大意是说，人主左右的人，并非有伯夷那样的品行，他们得不到勒索贿赂（那么他们绝不会在人主面前举荐修士、智士），于是修士的“精洁”之行，智士的“治辩”之功就自然要湮没无闻，而且随之而起的是对修士、智士的毁谤诬蔑之言。㉟制：受制，被控制。近习：指人主之左右。 ㊱决：决定，判决。决于毁誉，由毁誉所决定。 ㊲废：废而不用。明：明察。明塞：即受蒙蔽。 ㊳功伐：指功劳。智行：智能品行。参（sān 三）伍：错综比较，以为验证。以上两句是说，人主不以功劳来判断人的智慧和品行的高低，不从多方面的调查检验来审定人的罪过大小。 ㊴廷：朝廷。 ㊵愚污：愚蠢而污秽。 ㊶患：祸患。太重：指权力太大。 ㊷太信：过分信任。 ㊸公患：即共患，共同的祸患。 ㊹与相异：“与”字据陈奇猷《韩非子集释》为衍文，当作“相异”。这句是说，臣下与主上的利益是不同的。意指他们的利益彼此对立。 ㊺何以明之哉：用什么来证明“臣主之利相异”呢？ ㊻有能而任官：让有能力的人做官。 ㊼无能而得事：没有能力而能得到官做。以上二句是说，君主的利益在于让有能力的人做官，臣子的利益在于没有能力也能得到官做。 ㊽豪杰使能：让豪杰之士发挥才能。 ㊾朋党用私：以私情拉党结派。 ㊿削：削减，缩小。这句连下句是说，所以国家的土地削减了，则私人（指结党营私者）的家庭越富有；君主的地位卑微了，则大臣（如“重人”等）的地位更尊显重要了。 (51)失势：失去权势。更：变更。蕃臣：蕃属之臣。 (52)相室：相国，宰相。符：古代君主与臣子之间的凭信之物。

君主封臣子时,把合一之符分开,君臣各执其一。相室剖符,指执政大臣剖符行封,说明他已由臣变为君。 ⑤③谲(jué 绝)主:欺诈君主。便私:便利自己,指谋取私利。以上四句是说,所以君主失掉权势而臣子获得了国家,主上变成了从属之臣,执政之臣变成了君主,这就是人臣之所以欺诈君主、谋取私利的原因。 ⑤④主变势:指君主改变了原来大臣掌权的局势。固宠:指大臣保持着原来所受的宠信。十无二三:十个中也没有二三个了。 ⑤⑤是其何故也:这是什么原因呢? ⑤⑥必不从重人:必定不跟从"重人"为非作歹。 ⑤⑦修廉:修养廉洁的品行。 ⑤⑧当途者之徒属:当途者(执掌大权的大臣)的党徒。 ⑤⑨污:卑污。以上三句是说,这些当途者的党羽们,不是愚蠢得不知道有祸患,就一定是卑污得不愿避奸邪。 ⑥⓪收利:盘剥民利。侵渔:指侵夺百姓。 ⑥①相与一口:异口同声,互相附和。 ⑥②乱士民:扰乱士民。 ⑥③危削:指国势衰危,国土被侵夺。 ⑥④劳辱:劳苦屈辱。 ⑥⑤弗禁:不禁止。⑥⑥失:失策。 ⑥⑦使:假使。 ⑥⑧索:求。 ⑥⑨不可得:犹办不到。以上四句是说,如果这个国家上面的君主有大的失策,下面的臣子有大罪,要求国家不亡是办不到的。

屈　原

　　屈原(前340?—前278?),名平,原是他的字。屈原出身于与楚王同姓的贵族家庭,最初颇得楚怀王的信任,任左徒的要职,"入则与王图议国事,以出号令;出则接遇宾客,应对诸侯",参与着重要的内政和外交活动。他主张对内"举贤授能",革新政治,限制旧贵族的权益,对外联合齐国,合纵抗秦。由于他这一系列的主张损害了楚国旧贵族的利益,遭到了他们的诽谤诬陷,怀王"怒而疏屈平"。顷襄王继立之后,屈原受到更残酷的排挤和打击。公元前278年秦将白起攻破郢都,屈原眼看家国破亡,自己的政治主张再也不能实现,应当是在这一年自沉汨罗江而死。

　　屈原一生曾两次被放逐,一次大约在怀王二十五年(前304)左右被放逐于汉北,一次大约在顷襄王十三年(前286)左右被放逐于江南,他的大部分作品都作于这两次流放中。

　　屈原是我国文学史上第一位伟大的爱国诗人,他的诗洋溢着强烈的爱祖国、爱人民的热情,激荡着震撼人心的积极浪漫主义精神,是我国古代文学史上思想性和艺术性高度完美结合的典范作品。

离　　骚①

　　帝高阳之苗裔兮②,朕皇考曰伯庸③。摄提贞于孟陬兮④,惟庚寅吾以降⑤。皇览揆余初度兮⑥,肇锡余以嘉名⑦:名余曰正则兮⑧,字余曰灵均⑨。

①离骚:关于"离骚"二字的解释历来说法很多。《史记·屈原列传》:"《离骚》者,犹离忧也。"王逸《楚辞章句·离骚序》:"离,别也。骚,愁也。"即认为离骚是离别的忧愁。另一种说法,认为《离骚》是古代楚地的歌曲名,因为"离骚"二字是"劳商"的异写,《劳商》是古代楚地的歌曲。　②高阳:传说中的古帝颛(zhuān 专)顼(xū 虚)的

称号。苗裔(yì义):远末子孙。相传楚为颛顼的后代。　③朕(zhèn振):我。秦始皇之前尊卑贵贱皆可称我为朕,至秦始皇始为帝王专用。皇考:古人称已死的父亲为皇考。伯庸:屈原父亲的字。　④摄提:摄提格的简称。古人纪年把太岁在寅的那一年称摄提格,即寅年。贞:正当。孟:始。陬(zōu邹):正月。孟陬,正月。正月是寅月。这句指明时间是寅年寅月。　⑤惟:发语词。庚寅:庚寅那一天。以上两句是说,寅年寅月庚寅那一天我降生了。　⑥皇:皇考的省文。览:察看。揆(kuí葵):估计,度(duó夺)量。初度:初生时的气度。　⑦肇(zhào照):始。锡:同"赐"。嘉名:美名。以上二句是说,父亲观察估计我初生时的气度,一开始就赐给我以美名。⑧名余:给我起名。正则:公正的法则,这是"平"字的含义。　⑨字余:给我起字。古人有名还有字。灵均:灵,引申为高。均,引申为平。高而平之地叫原,所以灵均是"原"的含义。

纷吾既有此内美兮①,又重之以修能②。扈江离与辟芷兮③,纫秋兰以为佩④。汩余若将不及兮⑤,恐年岁之不吾与⑥。朝搴阰之木兰兮⑦,夕揽洲之宿莽⑧。日月忽其不淹兮⑨,春与秋其代序⑩。惟草木之零落兮⑪,恐美人之迟暮⑫。不抚壮而弃秽兮⑬,何不改此度⑭?乘骐骥以驰骋兮⑮,来吾道夫先路⑯!

①纷:盛貌。内美:指天赋的内在的好品质。　②重(chóng虫)之:犹再加上。修能:犹言长才,高才,亦即优秀的才能。　③扈(hù户):披在身上,楚方言。江离:亦作"江蓠",香草名。辟芷:亦作"薜芷",香草名。一说辟,幽僻;芷(zhǐ止),香草。辟芷,即是生于幽僻之处的白芷。　④纫(rèn刃):用线连缀。秋兰:秋天开花的兰草。佩:佩戴在身上的饰物。以上二句是说,身披江离和辟芷,又把秋兰连缀起来作为佩饰。　⑤汩(yù育):水流很急貌,楚方言。不及:赶不上。这句是说,时间过得快,我好像总有赶不上的感觉。　⑥不吾与:不等我。与,这里是等待之意。　⑦搴(qiān牵):拔取,楚方言。阰(pí皮):大土冈,楚方言。木兰:木名,皮似桂而香,状如楠树,是一种香木。　⑧揽:采。洲:水中的陆地。宿莽:一种经冬不死的草。　⑨日月:指岁月时光。忽:倏忽,快。淹:久留。　⑩春与秋:代指一年四季。代序:更代次序。这句是说,一年四季,时序不断更代。　⑪惟:思。零落:飘零坠落。　⑫美人:喻人君,即指楚王,又有泛指贤士,喻壮盛之年以及自喻等说,皆可通。迟暮:指暮年衰老。⑬抚壮:恃壮。不抚壮,犹言何不趁着壮年。秽(huì惠):指污秽丑恶的行为。弃秽,放弃秽行。　⑭改:改变。度:态度,一说指法度。以上二句是说,君王何不趁着壮年放弃秽行,改变自己的态度?　⑮骐(qí其)骥(jì技):骏马。　⑯道:导,引导。"道",《文选》作"导"。先路:犹言前驱,先驱。以上二句是说,希望君王乘着骏马奔驰,我愿意为君王前驱,替君王引路。此比喻治国。

昔三后之纯粹兮①,固众芳之所在②;杂申椒与菌桂兮③,岂维纫夫蕙茝④?彼尧舜之耿介兮⑤,既遵道而得路⑥;何桀纣之猖披兮⑦,夫唯捷径以窘步⑧。惟夫党人之偷乐兮⑨,路幽昧以险隘⑩。岂余身之惮殃兮⑪,恐皇舆之败绩⑫!忽奔走以先后兮⑬,及前王之踵武⑭。荃不察余之中情兮⑮,反信谗而齌怒⑯。余固知謇謇之为患兮⑰,忍而不能舍也⑱。指九天以为正兮⑲,夫唯灵修之故也⑳。曰黄昏以为期兮㉑,羌中道而改路㉒。初既与余成言兮㉓,后悔遁而有他㉔。余既不难夫离别兮㉕,伤灵修之数化㉖。

①三后:三个君王,指禹、汤、周文王。一说,指尧时贤臣伯夷、禹、稷。另一说,指楚国的三位先君熊绎、若敖、蚡冒。纯粹:指德行之醇美无疵。　②固:本来,固然。众芳:众多芳草,比喻贤士。以上二句是说,昔日三后的德行精美不杂,本来那就是群贤所在的时代。　③杂:聚集,集合。申椒:一种椒木名。申字本有大意。菌桂:一种香木,即肉桂。　④维:唯,只。蕙:香草名。茝:同"芷"。以上二句是说,三后那里集合着申椒和菌桂等各种香物,岂止是连缀起蕙草和白芷?　⑤尧舜:相传是古代的圣明君主。耿介:正直光明。　⑥遵道:遵循着正路。得路:得到可行之路。　⑦何:何等。桀纣:古代的昏佞君主。桀是夏代最后一位君主。纣是商代最后一位君主。猖披:指肆行妄为。　⑧捷径:指邪行的小路。窘(jiǒng 炯)步:步履窘困,不好走。以上二句是说,桀纣是何等肆行妄为,只想走邪路,以至寸步难行。　⑨惟:思。夫(fú 扶):那些。党人:指朝廷中拉党结派的小人。偷乐:苟且享乐。　⑩幽昧:昏暗不明。险隘:危险狭隘。以上二句是说,想那些小人只知苟且偷安,所以国家的前途是既黑暗又险狭。　⑪惮(dàn 但)殃:害怕灾祸。　⑫恐:恐怕。皇舆:国君乘的大车,比喻楚国。败绩:本指打败仗,这里指国家崩溃灭亡。以上二句是说,难道是我个人害怕遭殃?我担心的是国家败亡。　⑬忽:这里指忙忙碌碌。奔走:为君国之事奔忙。先后:指楚王的身边。　⑭及:赶上。前王:指古代的圣君,如前文所提及的三后。踵武:指足迹。以上二句是说,我匆忙地奔走在君王的前后,想使他追赶上古代圣王的足迹。　⑮荃(quán 全):香草名,又称溪荪。楚辞中荃和荪,多喻指国君。察:明察。中情:内心之情。　⑯谗:谗言。齌(jì 计)怒:盛怒。　⑰固知:本知道。謇(jiǎn 简)謇:忠贞,这里指忠言直谏。　⑱忍:指忍住不说话。舍:放弃。以上二句是说,我本知道忠言直谏是取祸之道,想忍住不说但又放弃不了。　⑲九天:古人认为天有九重,九天,即上天。正:证也。　⑳灵修:指楚王。以上二句是说,可以请上天为我作证,我的所作所为都只是为了君王的缘故。　㉑曰:"曰"字下的话是当初约定时说的话,故用"曰"。期:约会之期。　㉒羌(qiāng 腔):发语词,楚方言,义近于"乃"字。以上二句是说,曾经说过,黄昏是我们约会之期,却在中途又改变了道路。这两句古今学者多以为是错简而窜入的。　㉓初:当初。成言:约定之言。　㉔悔:翻悔。

遁:犹改变。他:他心,另外的想法。以上二句是说,当初君王曾与我有成言在先,后来又翻悔,改变了初衷而另有打算。 ㉕难:作"惮"解。离别:指离别楚王。 ㉖伤:伤心。数(shuò朔):屡次。化:变化。以上二句是说,我并不害怕被君王疏远而离去,伤心的是君王屡次改变主意。

余既滋兰之九畹兮①,又树蕙之百亩②。畦留夷与揭车兮③,杂杜衡与芳芷④。冀枝叶之峻茂兮⑤,愿俟时乎吾将刈⑥。虽萎绝其亦何伤兮⑦,哀众芳之芜秽⑧!

①滋:种植。畹(wǎn晚):十二亩为一畹,另外有人认为二十亩、三十亩为一畹。九畹,并非确数,言其多。 ②树:动词,种植。百亩:言其多,非确数。 ③畦(qí棋):田垄,这里作动词用,指按田垄种植。留夷、揭车:均是香草名。 ④杂:间杂种植。杜衡:香草名,又名马蹄香。芳芷:白芷,香草名。以上四句都是说种植了许多香草。比喻培植了多种人才。 ⑤冀:希望。峻茂:高大茂盛。 ⑥俟(sì四):等待。刈(yì义):收获。 ⑦萎绝:草木枯萎黄落,以喻所培植的群贤受到摧折。伤:悲伤。 ⑧众芳:指培育的众多芳草。芜秽:荒芜,比喻人才改变节操,同流合污。以上二句是说,香草被摧折而枯萎零落倒也算不了什么,可悲的是它们变成了一片荒芜的乱草。

众皆竞进以贪婪兮①,凭不厌乎求索②。羌内恕己以量人兮③,各兴心而嫉妒④。忽驰骛以追逐兮⑤,非余心之所急⑥。老冉冉其将至兮⑦,恐修名之不立⑧。朝饮木兰之坠露兮⑨,夕餐秋菊之落英⑩。苟余情其信姱以练要兮⑪,长顑颔亦何伤⑫!擥木根以结茞兮⑬,贯薜荔之落蕊⑭。矫菌桂以纫蕙兮⑮,索胡绳之纚纚⑯。謇吾法夫前修兮⑰,非世俗之所服⑱。虽不周于今之人兮⑲,愿依彭咸之遗则⑳。长太息以掩涕兮㉑,哀民生之多艰㉒。余虽好修姱以鞿羁兮㉓,謇朝谇而夕替㉔。既替余以蕙纕兮㉕,又申之以揽茝㉖。亦余心之所善兮㉗,虽九死其犹未悔㉘!怨灵修之浩荡兮㉙,终不察夫民心㉚。众女嫉余之蛾眉兮㉛,谣诼谓余以善淫㉜。固时俗之工巧兮㉝,偭规矩而改错㉞;背绳墨以追曲兮㉟,竞周容以为度㊱。忳郁邑余侘傺兮㊲,吾独穷困乎此时也。宁溘死以流亡兮㊳,余不忍为此态也㊴!鸷鸟之不群兮㊵,自前世而固然㊶。何方圜之能周兮㊷,夫孰异道而相安㊸!屈心而抑志兮㊹,忍尤而攘诟㊺。伏清白以死直兮㊻,固前圣之所厚㊼。

①众:众小人,指当时上层社会旧贵族。竞进:争相求进,钻营利禄。贪婪(lán兰):贪得无厌。 ②凭:满,楚方言。乎:于。求索:指对权势和财富的追求索取。以上二

句是说,群小们竞相争权逐利,贪得无厌,私囊早已装满,却仍不厌于求索。 ③内恕己:对自己宽容。量人:估量别人,指以自己的坏心眼估量别人。 ④兴心:生心,起心。这句是说,群小们各生嫉妒别人的坏心。 ⑤驰骛(wù 务):指狂奔乱跑。追逐:追名逐利。 ⑥急:急于做的事。以上二句是说,群小们匆忙地狂奔乱跑去追名逐利,这不是我所急于做的事。 ⑦冉冉:渐渐。 ⑧修名:美好的名声。立:树立。以上二句是说,渐渐地老境将至,只恐怕美名来不及树立。 ⑨坠露:落下的露水。 ⑩餐:吃。落:始。落英,初开的花。 ⑪苟:只要。信:确实,实在。姱(kuā 夸):美好。练:精纯,精练。要:操守坚定。练要:指德行的修养精诚专一。这句是说只要我的思想感情确实是美好的,德行修养精诚专一。 ⑫长:久。顑(kǎn 坎)颔(hàn 汗):因吃不饱而面黄貌。这句是说,就是长久饿得面黄肌瘦,又有什么值得悲伤? ⑬擥(lǎn 揽):同"揽",持。木根:或以为指木兰之根。另一说,以为是一种香草或香木。结:结上,系上。 ⑭贯:贯而为串。薜(bì 毕)荔(lì 立):香草名,缘木而生。蕊(ruǐ):花心。以上二句是说,持取木根结上白芷,把初生的薜荔花的花蕊连贯成串。 ⑮矫:举。 ⑯索:用作动词,搓成绳索。胡绳:香草名,有茎叶,可作绳索。纚(xǐ 洗)纚:形容绳索长而美貌。以上二句是说,举起菌桂,把蕙草串联起来,又把胡绳搓成又长又好看的绳索。以上四句,皆以采取香草喻修身。 ⑰謇:发语词,楚方言。法:效法。前修:前代贤人。 ⑱世俗:指世俗之人。服:用。以上二句是说,我效法前贤的行为举动,这不是世俗之人愿意信从的。意即世俗之人不愿佩戴芳香的草木。 ⑲周:亲和,谐和。 ⑳彭咸:殷代贤人,谏君不听,投水死。遗则:遗留下来的做人准则。以上二句是说,我的行为虽与当今的小人不合,但我愿依照彭咸遗留下来的做人准则去做。 ㉑长太息:长叹。掩涕:擦眼泪。 ㉒民生:犹言人生。或指人民生活。艰:艰难。 ㉓好(hào 浩):爱好。修姱:善良美好。靰(jī 机)羁(jī 机):马缰绳和马络头,比喻对自己的约束。 ㉔谇(suì 碎):责骂。替:废弃。以上二句是说,我虽然爱好善良美好,努力自我约束,却早上被责骂,晚上又被废黜。 ㉕缃(xiāng 箱):佩带。蕙缃,用蕙草编成的佩带。 ㉖申:重。申之:犹言再加上。以上二句是说,废弃我,既是因我以蕙草为佩带,又加上我采集了白芷。 ㉗亦:固,本来。善:犹爱好,喜欢。 ㉘九死:犹言万死。以上二句是说,我心里所爱好的,就决心为之奋斗,万死不辞,决不后悔。 ㉙怨:怨恨。浩荡:本指大水横流貌,这里指楚王横行放纵,不受拘束。 ㉚民心:人心,人们的心情,这里主要指屈原的心。 ㉛众女:指众小人,朝廷上的佞臣。蛾眉:这里指容貌美好。 ㉜谣:造谣。诼(zhuó 啄):诽谤。淫:邪乱。以上二句是说,众小人嫉妒我容貌美好,造谣诽谤说我喜欢淫乱。 ㉝时俗:时下的风气。工巧:善于投机取巧。 ㉞偭(miǎn 免):违背,违反。规:木工画线取圆的工具。矩:木工画线取方的工具。规矩,比喻法度。错:同"措",措施。 ㉟背,背弃。绳墨:木工画线取直的工具,比喻法度。追曲:追求邪曲。 ㊱周容:苟合取容。度:常法,通常法则。以上四句是说,本来时下的风气就是善于投机取巧,背弃应守的法度,改变应行的措施以追求邪曲的利益,争着苟合于世,把它作为通常的处世原则。㊲忳(tún 屯):烦闷。郁邑:忧愁郁结貌。侘(chà 诧)傺(chì 翅):怅然伫立,这里形容失意者的茫无适从。这句是说,我心情烦闷,忧愁郁结,怅然失意。 ㊳宁(nìng 佞):宁可,宁愿。溘(kè 刻):忽然。流亡:流散失去,指失去生命。 ㊴此态:指时俗的工巧之态。以上二句是说,我宁可忽然死去而失去生命,也不忍心取时俗之人的谗佞工巧之态。 ㊵鸷(zhì 志):猛禽,如鹰之类。鸟:指一般的鸟。不群:不合为群。㊶固然:本来如此。以上二句是说,鸷鸟与一般的鸟是不合为群的,从前世就是如此。比喻刚强正直的人从来就不与邪曲小人同流合污。 ㊷圜:同“圆”。周:容,合。㊸异道:不同的道路,指不同的主张。以上二句是说,方和圆怎能相合无间?不同道的人又怎能相安无事? ㊹屈心抑志:委曲压抑自己的心志。 ㊺尤:罪过。攘(rǎng 壤):取,招惹之意。诟(gòu 构):辱。以上二句是说,我精神上受尽了委曲,忍耻含辱。 ㊻伏:同“服”,行。清白:指芳洁的言行和廉洁的操守。直:忠贞正直。这句是说,我坚持清白廉洁的操守,宁愿为忠贞正直之道而死。 ㊼固:本来。前圣:前代圣贤。厚:重视,引申为嘉许。这句是说,这本来就是前代圣贤所嘉许的美德。

悔相道之不察兮[①],延伫乎吾将反[②]。回朕车以复路兮[③],及行迷之未远[④]。步余马于兰皋兮[⑤],驰椒丘且焉止息[⑥]。进不入以离尤兮[⑦],退将复修吾初服[⑧]。制芰荷以为衣兮[⑨],集芙蓉以为裳[⑩]。不吾知其亦已兮[⑪],苟余情其信芳[⑫]。高余冠之岌岌兮[⑬],长余佩之陆离[⑭]。芳与泽其杂糅兮[⑮],唯昭质其犹未亏[⑯]。忽反顾以游目兮[⑰],将往观乎四荒[⑱]。佩缤纷其繁饰兮[⑲],芳菲菲其弥章[⑳]。民生各有所乐兮,余独好修以为常[㉑]。虽体解吾犹未变兮[㉒],岂余心之可惩[㉓]!

①悔:悔恨。相(xiàng 象):察看。相道,察看选择道路。察:明审,明白。 ②延伫(zhù 注):延颈而望,长久伫立。反:同“返”。以上二句是说,我后悔选择道路没有看清,长久伫立,犹豫而望,打算返回。 ③复路:走回头路。 ④及:趁着。行迷:走上迷路。以上二句是说,返回我的车子,走上来时的旧路,趁着走上迷路还不远。⑤步:缓步徐行。皋(gāo 高):泽畔高地。兰皋,长满兰草的水边高地。 ⑥丘:小山。椒丘:长满椒的小山。焉:于此。以上二句是说,让我的马在长满兰草的泽畔缓步徐行,又让它驰上长满椒树的小山,暂且在此停下休息。 ⑦进不入:指虽仕进于朝廷,但未被信用。离:同“罹(lí 离)”,遭受。尤:罪过。 ⑧退:从朝廷退出。复:重新。修:整治。初服:指当初的服饰。以上两句是说,仕进于朝不被信用,反而获罪,我将退隐而重新整治我当初的服饰。比喻即使身退也不改宿志。 ⑨芰(jì 技)荷:出水面的大荷叶。衣:上衣。 ⑩芙蓉:指荷花。裳:下衣曰裳。以上二句是说,裁制荷叶做成上衣,积聚荷花以作下裳。 ⑪不吾知:不知我,不了解我。亦已矣:也就罢

了。　⑫苟:只要。信:诚,确实。芳:芳洁。以上二句是说,世人不了解我也罢,只要我的内心确是芳洁纯真。　⑬高:动词,使高。岌(jí及)岌:高耸貌。　⑭长:动词,使长。佩:指佩带的饰物。陆离:长貌。以上二句是说,使我的帽子高高的,使我的佩饰长长的。　⑮芳:芳洁。泽:这里作污垢解(据王夫之《楚辞通释》)。杂糅(róu柔):相混杂。　⑯唯:独,只。昭质:光洁的本质。亏:亏损。以上二句是说,世上芳洁与污垢混杂在一起,只有我的光洁之质毫未亏损。　⑰反顾:回顾。游目:展目远望。　⑱荒:荒远之地。四荒,四方荒远之地。以上二句是说,忽然回顾而纵目远望,我将要去观览四方荒远之地。　⑲佩:动词,带,佩戴。缤纷:众盛貌。繁饰:繁多的饰物。　⑳菲菲:香气浓郁貌。弥章:即弥彰,越发明显。以上二句是说,我佩戴着缤纷繁多的饰物,那香气更显得浓郁显著。　㉑以为常:习以为常。以上二句是说,人生各有所爱,自己独好修洁,并习以为常。　㉒体解:肢解,古代的一种酷刑。㉓惩:戒止。以上二句是说,即使被肢解,我的志向也不变,我的精神是不会因受惩戒而屈服的。

女媭之婵媛兮①,申申其詈予②。曰:"鲧婞直以亡身兮③,终然殀乎羽之野④。汝何博謇而好修兮⑤,纷独有此姱节⑥?薋菉葹以盈室兮⑦,判独离而不服⑧。众不可户说兮⑨,孰云察余之中情⑩?世并举而好朋兮⑪,夫何茕独而不予听⑫?"

①女媭(xū须):旧注谓是屈原之姐,实际当是作者假设的人物。婵(chán蝉)媛(yuán元):"婵媛"是"啴(chǎn产)咺(xuǎn选)"的假借字,楚方言,喘息之意,此指呼吸急促而言。　②申申:反复。詈(lì利):骂。　③鲧(gǔn滚):神话中人物,是夏禹之父。曾治水,未成,被流放于羽之野,最后死于此地。婞(xìng幸)直:刚强正直。这里是批评他刚愎自用。亡身:忘身。　④殀(yāo夭):"夭"的异体字。乎:于。羽:羽山,神话传说中的地名。羽之野,羽山的郊野。以上二句是说,鲧刚正而忘我,终于被杀于羽山之野。　⑤謇:直谏。博謇,犹言广謇,指处处直言。好修:爱好修洁。　⑥姱节:美好的节操。以上二句是说,你为何要处处直言,爱好修洁,独有那许多美好的节操?　⑦薋(cí瓷):积聚,堆积。菉(lù录):草名,又名王刍,竹叶菜。葹(shī施):草名,又名枲(xǐ徙)耳,苍耳。菉、葹都不是香草,而是普通的草。盈室:犹满室。　⑧判:异,别,即区别。独离:独自远离。服:用,指佩用。人家都积聚着满室的菉和葹,你却判然与众不同,远离它们,决不佩戴。　⑨户说:挨家挨户去说服。⑩孰云:犹谁说。余:犹咱们。中情:内情,本心。以上二句是说,对一般人是不可一家家地去说服的,有谁来明察咱们的内心之情?　⑪并举:并肩而行,即大家全这样做之意。好朋:好结党,指喜欢结党营私。　⑫茕(qióng穷)独:原来指无兄弟为茕,无子叫独,这里指孤单、孤独。不予听:犹不听予,不听我的话。以上二句是说,当今

之世大家都喜欢结党营私,你为何却总愿孤独一人行事而不听我的劝告?

依前圣以节中兮①,喟凭心而历兹②。济沅湘以南征兮③,就重华而陈词④:"启《九辩》与《九歌》兮⑤,夏康娱以自纵⑥。不顾难以图后兮⑦,五子用失乎家巷⑧。羿淫游以佚畋兮⑨,又好射夫封狐⑩。固乱流其鲜终兮⑪,浞又贪夫厥家⑫。浇身被服强圉兮⑬,纵欲而不忍⑭。日康娱而自忘兮⑮,厥首用夫颠陨⑯。夏桀之常违兮⑰,乃遂焉而逢殃⑱。后辛之菹醢兮⑲,殷宗用而不长⑳。汤禹俨而祗敬兮㉑,周论道而莫差㉒,举贤而授能兮㉓,循绳墨而不颇㉔。皇天无私阿兮㉕,览民德焉错辅㉖。夫维圣哲以茂行兮㉗,苟得用此下土㉘。瞻前而顾后兮㉙,相观民之计极㉚。夫孰非义而可用兮,孰非善而可服㉛?阽余身而危死兮㉜,览余初其犹未悔㉝。不量凿而正枘兮㉞,固前修以菹醢㉟。"曾歔欷余郁邑兮㊱,哀朕时之不当㊲。揽茹蕙以掩涕兮㊳,沾余襟之浪浪㊴。

①节中:节度内心之情,使之不偏倚。 ②喟(kuì溃):叹息。凭:愤懑。历兹:经历这种情况。以上二句是说,我依循前圣行事,努力节制内心而不使偏倚,可叹我满心愤懑而经受这种种遭遇。 ③济:渡河。沅湘:指沅水、湘水,均在今湖南省境内。南征:南行。 ④就:趋,从。重(chóng)华:即帝舜。据说舜南巡,中道死,葬于九嶷山。陈词:陈说自己申诉的言辞。以上二句是说,我渡过沅水、湘水向南行进,投奔大舜,陈述我的申诉之辞。 ⑤启:禹的儿子。《九辩》《九歌》:古代乐曲名,神话传说中说是启从天上偷下来的。 ⑥夏:大之意。康娱:娱乐,指贪图欢乐。自纵:自我放纵。以上二句是说,启从天上偷下了《九辩》和《九歌》,太沉湎于寻欢作乐而放纵自己。 ⑦顾:顾及,想到。难(nàn):灾难,危难。图:图谋,考虑。后:后来的事。 ⑧五子:即武观,启之子。一说,五子指启的五个儿子。用失乎:"失"字误增。用乎,因此。家巷:意即内乱。巷,通"閧(hòng)",相斗。启沉溺于淫乐,儿子武观造反。以上二句是说,启不顾危难,儿子武观因而造反,爆发了内乱。 ⑨羿(yì义):人名,夏代有穷国国君,曾夺去启子太康的王位。淫游:过度游乐。佚(yì逸):放纵。畋(tián田):打猎。 ⑩封狐:大狐。以上二句是说,羿过度放纵于游猎,又爱好射杀大狐。 ⑪固:本来。乱流:胡行乱搞。鲜(xiǎn显):少。鲜终,指少有善终。 ⑫浞(zhuó浊):寒浞,羿的相。厥(jué决):其,指羿。家:指羿之妻。传说寒浞贪恋羿之妻,终于杀了羿。以上二句是说,本来胡行乱搞的人很少有善终的,寒浞终于杀了羿,又夺走了他的妻室。 ⑬浇:人名,寒浞之子,后被少康所杀。被服:本意披上、穿上,这里指具有。强圉(yǔ羽):强暴有力。 ⑭纵欲:放纵欲念。忍:节制,克制。以上二句是说,浇身体强健而有力,但纵欲而不节制。 ⑮日:日日。自忘:指在淫乐之中

忘了我。　⑯首:头。用夫:因此。颠陨(yǔn允):坠落。以上二句是说,浇每天贪恋淫乐忘乎所以,终于因此掉了脑袋。　⑰常违:常常违背人情天理。　⑱遂焉:终了,终于。逢殃:遭受祸殃,指夏桀被汤所灭。　⑲后:君主称为后。辛:就是商末代君主纣,辛是他的名。菹(zū租)醢(hǎi海):把人剁成肉酱,是古代的酷刑。古籍中记载说纣曾行此酷刑。　⑳殷:指殷商。宗:宗祀。殷宗,指殷商的国运。用而:因而。以上二句是说,纣滥杀无辜,把人剁成肉酱,因此殷商的国运不长。　㉑汤禹:商汤、夏禹,都是圣贤之君。俨(yǎn掩):庄重。祗(zhī支):敬。　㉒周:指周初的文王、武王。论道:讲论道义。莫差:没有差错。以上二句是说,商汤、夏禹庄严而恭敬,周文王、武王讲论正道而无差错。　㉓举贤:举用贤才。授能:把职位授予有能力的人。㉔循:遵循。绳墨:木工画线取直的工具,比喻法度。颇:偏斜。　㉕皇天:犹言上天。阿(ē婀):偏袒。　㉖览民德:观察对人民有德的人。焉:乃,于是。错:同"措",置,安排。辅:辅助。以上二句是说,上天没有偏爱和袒护之心,看谁有德于民就安排给予辅助。　㉗维:唯,只有。圣哲:圣明贤哲。茂行:美好的德行。　㉘苟得:才得,才能够。用:享用,享有。下土:犹天下。以上二句是说,只有圣明贤哲,具有美好德行的人,才能够享有天下。　㉙瞻:看。顾:看。　㉚相(xiàng象)观:犹言观察。民:人民。计极:打算的终极之处。以上二句是说,瞻前顾后,看看人民打算的最终归向(无不是义和善)。一说,"极"是标准。计极,即衡量事物所取的标准。　㉛孰:谁。服:行。以上二句是说,谁能顺顺当当地行不义和不善的事?　㉜阽(diàn店):临危。危死:险些死去。　㉝初:初衷,起初的心愿。以上二句是说,我已临近危险,几乎站在死亡的边缘,但回头想想我的初衷,仍然不后悔。　㉞凿:指木工用凿子在木器上凿成的孔。枘(ruì瑞):木工把木料一端削成的榫(sǔn损)。榫插入孔眼,就把木器的两部分紧联起来。　㉟前修:前贤。以上二句是说,不衡量凿孔的大小方圆,就去削正榫头的样式(比喻不看人君的贤愚,就贸然进谏),这本是前代的贤人被昏君剁成肉酱的原因。对重华的陈词至此结束。　㊱曾(céng):通"层",这里犹言不止一次。歔(xū虚)欷(xī希):抽泣的声音。郁邑:忧伤苦闷。　㊲不当:不遇。以上二句是说,我抽泣哀叹,心里充满忧伤,悲哀自己生不逢时。　㊳茹:柔软。掩涕:擦拭眼泪。　㊴沾:指沾湿。浪浪:眼泪下流貌。以上二句是说,采一把柔软的蕙草擦一下眼泪,泪水汪汪打湿了我的衣襟。

　　跪敷衽以陈辞兮①,耿吾既得此中正②。驷玉虬以乘鹥兮③,溘埃风余上征④。朝发轫于苍梧兮⑤,夕余至乎县圃⑥。欲少留此灵琐兮⑦,日忽忽其将暮⑧。吾令羲和弭节兮⑨,望崦嵫而勿迫⑩。路曼曼其修远兮⑪,吾将上下而求索⑫。饮余马于咸池兮⑬,总余辔乎扶桑⑭。折若木以拂日兮⑮,聊逍遥以相羊⑯。前望舒使先驱兮⑰,后飞廉使奔属⑱。鸾皇为余先戒兮⑲,雷师告余以未具⑳。吾令凤鸟飞腾兮㉑,继之以日夜㉒。飘风屯其相离兮㉓,帅云霓而来御㉔,纷总总其离合兮㉕,斑陆离其上下㉖。吾令帝阍开关兮㉗,倚阊阖而望予㉘。时暧暧其将罢兮㉙,结幽兰而延伫㉚。世溷浊而不分兮㉛,好蔽美而嫉妒㉜。

①敷(fū 肤):铺。衽(rèn 认):衣的前襟。 ②耿:明。中正:中正之道,指向重华陈词所说的道理。以上二句是说,铺开衣襟,跪着向重华陈词之后,我得到了中正之道,心里更感光明。 ③驷(sì 四):驾在车前的四匹马,这里用作动词,以……为驷。玉:指白玉色。虬(qiú 求):传说中的一种龙,无角。鹥(yī 衣):传说中的凤凰一类的神鸟。 ④溘(kè 刻):忽然,迅速地。埃风:卷有尘埃的风。上征:上行,指上天。以上二句是说,我乘着四条玉虬驾的鹥鸟车,忽然卷起夹有尘埃的大风,我趁机飘然上升。 ⑤轫(rèn 刃):支撑车轮的木头。行车时必先撤去。所以发轫,指启程。苍梧:山名,即九嶷山,在今湖南省宁远县东南,舜南巡,死后葬于此。 ⑥县(xuán 悬):同"悬"。县圃:传说中的神仙所居之地,在昆仑山中。 ⑦灵:神灵。琐:刻有花纹的门。县圃是神仙所居之地,所以称它的宫门是灵琐。 ⑧忽忽:形容时间过得快。以上二句是说,我想在县圃之门稍事停留,可是太阳很快就要下山,天色将暮。 ⑨羲和:给太阳驾车的人。弭节:按节徐行。 ⑩崦(yān 淹)嵫(zī 资):山名,传说是太阳所落之处。勿迫:不要迫近。以上二句是说,我命令羲和按节缓行,不要让太阳很快地落山。 ⑪曼曼:即漫漫,长远貌。修远:长远。 ⑫上下:指上天下地。求索:追求寻索,指追求理想。以上二句是说,路途漫长、遥远,我将上天下地追求我的理想。 ⑬饮(yìn 印):给牲畜喝水。咸池:神话中的天池,是太阳沐浴之处。 ⑭总:系上。辔(pèi 配):马缰绳。扶桑:神话中长在日出之处的神树。一说"扶桑"是日出之地名。以上二句是说,我在咸池饮马,把马缰系在扶桑树上。 ⑮若木:神话中的树名,生在日入之处。拂:蔽,这里说把太阳障蔽住,使它不得前进。一说,"拂"即拭,拂拭太阳使之放光,不要昏暗下去。 ⑯聊:姑且。相羊:即徜(cháng 常)徉(yáng 羊)徘徊之意。逍遥相羊,即安闲自在地来回行走。 ⑰望舒:为月神驾车的人。先驱:犹言在前面引路。 ⑱飞廉:风神,又称风伯。奔属(zhǔ 主):奔走跟随。以上二句是说,使望舒在前面开路,让飞廉紧紧跟随着奔跑。 ⑲鸾(luán 栾)皇:即鸾鸟和凤凰。鸾是一种凤凰之类的神鸟。皇,通"凰",即雌凤凰。先戒:先行而戒备。 ⑳雷师:雷神。未具:行装尚未准备好。 ㉑凤鸟:凤凰,传说中的神鸟,凤鸟出现则天下安宁。 ㉒继之以日夜:犹言夜以继日。 ㉓飘风:回风,旋风。屯:聚合。离:分散。屯其相离,形容旋风忽合忽离。 ㉔帅:率领。霓(ní 尼):虹双出,色鲜者为虹,较暗者为霓,又称副虹。御:通"迓(yà 亚)",迎接。以上二句是说,旋风忽聚忽散,它率领着云霓前来迎接。 ㉕纷总总:纷然聚合貌。离合:云忽散忽聚。 ㉖斑:杂乱的文采。陆离:光彩四射貌。上下:忽上忽下。以上二句是说,众多的云霓忽散忽聚,光彩四射,上下飘浮。 ㉗阍(hūn 昏):守门者。帝阍,给天帝守门者。关:门

曰。开关:犹开门。 ㉘倚:凭靠。闾（chāng昌）阖（hé合）:天门,楚方言称门为闾阖。以上二句是说,我命令天帝的看门人打开天门,他却靠在门上望着我。 ㉙暧（ài爱）暧:昏暗貌。罢:指一天终结。 ㉚结:编结。幽兰:长于幽僻之处的兰。延伫:延颈而望,长久伫立。以上二句是说,时光不早,暮色昏沉,一天将要过去,我手结幽兰,延颈而望,久久伫立。 ㉛溷（hùn混）浊:混浊,污浊。不分:不分是非黑白。 ㉜好（hào号）:爱好。蔽美:隐蔽美好的人。以上二句是说,世道污浊不堪,混淆是非黑白,喜欢障蔽好人,生嫉妒之心。

朝吾将济于白水兮①,登阆风而绁马②。忽反顾以流涕兮③,哀高丘之无女④。溘吾游此春宫兮⑤,折琼枝以继佩⑥。及荣华之未落兮⑦,相下女之可诒⑧。吾令丰隆乘云兮⑨,求宓妃之所在⑩。解佩纕以结言兮⑪,吾令謇修以为理⑫。纷总总其离合兮⑬,忽纬繣其难迁⑭。夕归次于穷石兮⑮,朝濯发乎洧盘⑯。保厥美以骄傲兮⑰,日康娱以淫游⑱。虽信美而无礼兮⑲,来违弃而改求⑳。览相观于四极兮㉑,周流乎天余乃下㉒。望瑶台之偃蹇兮㉓,见有娀之佚女㉔。吾令鸩为媒兮㉕,鸩告余以不好㉖。雄鸠之鸣逝兮㉗,余犹恶其佻巧㉘。心犹豫而狐疑兮㉙,欲自适而不可㉚。凤皇既受诒兮㉛,恐高辛之先我㉜。欲远集而无所止兮㉝,聊浮游以逍遥㉞。及少康之未家兮㉟,留有虞之二姚㊱。理弱而媒拙兮㊲,恐导言之不固㊳。世溷浊而嫉贤兮㊴,好蔽美而称恶㊵。闺中既以邃远兮㊶,哲王又不寤㊷。怀朕情而不发兮㊸,余焉能忍与此终古㊹!

①白水:神话中的水名。据说昆仑山出五色流水,其白水入中国,名为河。 ②阆（làng浪）风:神山名,在昆仑山中。绁（xiè泄）:本指马缰,这里用作动词,系。以上二句是说,早上我渡过白水,登上阆风,拴上马缰。 ③反顾:回顾,回头看。 ④高丘:指阆风山。女:指神女,喻志同道合的贤者。 ⑤溘:迅速,忽然。春宫:神话传说中的东方青帝所居之宫。 ⑥琼枝:玉树之枝。继:续,添加。以上二句是说,我忽然游览于青帝之宫,折下玉树的琼枝,添加我的佩饰。 ⑦荣华:花,指琼树上的花。 ⑧相（xiàng象）:察选。下女:指下文的宓妃、简狄和有虞二女等,她们乃下界之人神。下女是与上文"高丘之女"相对而言。诒（yí仪）:同"贻（yí）",赠给。以上二句是说,趁着琼树之花还未凋落,赶快选中一个"下女",把琼花赠给她。 ⑨丰隆:雷神或云神。从本句看他既乘云,当是云神。 ⑩宓（fú伏）妃:神女名,传说是古帝伏羲氏之女,溺洛水而死,遂为河神,被称为洛神。以上二句是说,我命令丰隆乘着云朵,去寻找宓妃在何处。 ⑪纕:佩带。佩纕,指佩戴的饰物。结言:这里指订结婚约之言。 ⑫謇（jiǎn简）修:媒人的美称。一说是人名。理:提亲,说媒。以上二句是

说,我解下佩带作为订结婚约的凭证,叫蹇修去说媒。一说,鼓钟谓之修,鼓磬谓之蹇。此句即是说用钟磬之音乐做媒介,同宓妃互通情愫。 ⑬纷总总:本指纷然聚合貌,这里指宓妃随从仪仗之盛。离合:指随从的人离合倏忽。 ⑭纬繣(huà 画):乖违,指态度发生了变化。迁:改变。难迁,指态度难以改变。以上二句是说,宓妃的随从仪仗众多,忽离忽合,突然她的态度发生了变化,难让她再改变过来。 ⑮归:回归,指宓妃本已来赴会,现在又回去了。次:住宿。穷石:神话中地名。 ⑯洧(wěi 委)盘:神话中水名,源自崦嵫山。以上二句是说,宓妃在归途中晚上停宿在穷石,早上在洧盘洗沐头发。 ⑰保:恃,依仗。厥:其,指宓妃。 ⑱康娱:贪图欢乐。淫游:过度的游玩。 ⑲信美:确实美丽。无礼:指宓妃不守妇道。传说宓妃的丈夫河伯被羿射死后,她又与羿通淫。 ⑳违弃:放弃。改求:另寻别人。以上二句是说,宓妃虽然确实很美,但她做无礼之事,我还是放弃她而更寻别的美女。㉑览相观:观察,察看。四极:四方极远之地,这里指天的四方边远处。 ㉒周流:犹周游。下:下到地上,降至人间。 ㉓瑶台:瑶筑成的台。瑶,仅次于玉的美石。偃(yǎn 演)蹇(jiǎn 简):高耸貌。 ㉔有娀(sōng 松):传说中的古国名,实际上当是一个部落。佚女:美女。有娀氏有二女,长曰简狄,次曰建疵,姐妹二人住在瑶台。 ㉕鸩(zhèn 振):传说是一种有毒的鸟,大如鸮(xiāo 消),猫头鹰,紫绿色,羽毛有毒。 ㉖不好:指鸩鸟污蔑有娀佚女,说她不好。以上二句是说,我让鸩鸟做媒,鸩却污蔑有娀氏佚女不好。 ㉗鸣逝:指鸠鸣叫着飞去说媒。 ㉘恶(wù 悟):厌恶。佻(tiāo 挑)巧:轻佻而多嘴。以上二句是说,雄鸠鸣叫着飞去说媒,我又嫌它轻佻多嘴而不可靠。 ㉙犹豫、狐疑:指心犹豫不定,狐疑不决。 ㉚自适:自往,指自己直接去求婚。不可:指又觉得不可以这样。 ㉛凤皇:即凤凰。诒:这里指赠送聘礼。既受诒,指凤凰已接受了高辛氏的委托给有娀之佚女送去了聘礼。 ㉜高辛:指帝喾(kù 酷),号高辛氏,传说是黄帝的后代,尧之父。先我:抢在我之先。传说帝喾因得凤凰为媒而娶了有娀氏的长女简翟(亦称简狄)。以上二句是说,凤凰已受高辛氏的委托给有娀之女送去了聘礼,恐怕高辛氏要抢在我的前头了。 ㉝集:鸟栖止树上,引申为停留。远集,去远方停留。 ㉞聊:姑且。浮游:飘游。以上二句是说,想去远方而又无处可居止,姑且自由自在地飘然而游。 ㉟及:趁着。少康:夏相之子,夏代中兴之主,他杀了寒浞之子浇,中兴了夏朝。未家:未有家室,未娶妻。 ㊱有虞:传说中的古国名,姓姚。二姚:指有虞君的两个女儿。传说寒浞使浇杀夏相,夏相之子少康逃入有虞,有虞国君嫁二女为少康妻。以上二句是说,趁少康还未成家娶妻,有虞氏还留着二姚未嫁。㊲理:这里指说媒的人。弱:这里指不善于说媒的辞令。拙:也是指拙于言辞。㊳导言:传达言语,导引意见。固:坚固,牢靠。不固,指不能固结其心。以上二句是说,媒人笨嘴拙舌,疏于辞令,恐怕不能很好地为我与二姚说合。㊴溷浊:混浊,污浊。嫉贤:嫉妒贤能。 ㊵称:举,称举。恶:恶人。以上二句是说,世道一片混浊,嫉妒贤人,埋没好人而称扬坏人。㊶闺:女子居住之处。邃(suì 碎)远:深远。 ㊷哲王:

明智的君王,指楚王,这里是对自己国君之尊称,并不是称颂楚王明哲。寤:同"悟",觉悟。以上二句是说,闺中是那么深远,志同道合的人去哪里寻找?况且君王又不觉悟。　㊸朕情:指自己的忠贞之情。不发:不能抒发,不能表现出来。　㊹焉能:怎能。忍:隐忍。此:指上面说的混浊的世情。终古:长久,永久。以上二句是说,我怀着忠贞之情而不能表达出来,怎能忍受这种情况而长久如此!

　　索藑茅以筵篿兮①,命灵氛为余占之②。曰:"两美其必合兮③,孰信修而慕之④?思九州之博大兮⑤,岂唯是其有女⑥?"曰:"勉远逝而无狐疑兮⑦,孰求美而释女⑧?何所独无芳草兮⑨,尔何怀乎故宇⑩?世幽昧以眩曜兮⑪,孰云察余之善恶⑫?民好恶其不同兮⑬,惟此党人其独异⑭。户服艾以盈要兮⑮,谓幽兰其不可佩⑯。览察草木其犹未得兮⑰,岂珵美之能当⑱?苏粪壤以充帏兮⑲,谓申椒其不芳⑳。"

①索:取。藑(qióng 琼)茅:占卜用的茅草。以:作"与"解。筵(tíng 廷)篿(zhuān 专):占卜用的竹片。　②灵氛:传说中古代会占卜吉凶的神巫。占(zhān 沾):占卜,算卦。　③曰:以下为屈原的话,故用"曰"字。两美:两美比喻双方志同道合。合:结合,配合。　④信修:真正是修洁。慕之:追慕"两美相合"。以上二句是说,双方志同道合必然会结合,谁真正是修洁的人谁就会去追求"两美相合"。　⑤九州:指全中国,因为古代中国分为九州。　⑥是:指上述神女、宓妃、简狄、二姚所居之地。以上二句是说,想九州是那样广大,难道只有那几处地方才有美女?　⑦曰:下面是灵氛占卜之言,故用"曰"字。勉:努力。　⑧女:同"汝",你。释女:放弃你。以上二句是说,你努力去远方吧,不要再有犹豫,谁追求美好谁就不会放弃你。　⑨芳草:比喻美女。　⑩何:为何。怀:怀恋。故宇:故乡,旧居,指楚国。以上二句是说,何处没有美女,你为何只怀恋故乡?　⑪世:世道,指楚国的社会现实。幽昧:昏暗。眩(xuàn 渲):眼花。曜(yào 耀):光耀。眩曜,引申义是迷乱,惑乱。　⑫余:咱们(指说话的灵氛和求占的屈原)。以上二句是说,国家的现实是如此昏暗和迷乱,谁还来辨察咱们是好是坏?　⑬好(hào 号)恶(wù 务):爱好和厌恶。　⑭独异:犹言格外异常。以上二句是说,人们本有不同的好恶,只是这邦党人却格外异常。　⑮户:每家每户。服:佩。艾:一种野草名,即白蒿,诗人目之为恶草。盈:满。要:同"腰"。⑯谓:说。以上二句是说,家家户户都满腰佩戴着艾草,反说幽兰不可以佩戴。　⑰览察:观察。未得:指评价不得当。　⑱珵(chéng 呈):美玉。珵美,就是美玉。当:恰当。以上二句是说,世人观察草木都不能公正评价,又岂能恰当地评价美玉呢?　⑲苏:取也。粪壤:粪土。充:充塞。帏(wéi 唯):帐也。一说"帏"是香袋。　⑳申椒:一种香木名,果实可以做香料。以上二句是说,他们用粪土充满帏帐,反而说申椒不芳香。

欲从灵氛之吉占兮①,心犹豫而狐疑。巫咸将夕降兮②,怀椒糈而要之③。百神翳其备降兮④,九疑缤其并迎⑤。皇剡剡其扬灵兮⑥,告余以吉故⑦。曰:"勉升降以上下兮⑧,求矩矱之所同⑨。汤、禹严而求合兮⑩,挚、咎繇而能调⑪。苟中情其好修兮⑫,又何必用夫行媒⑬?说操筑于傅岩兮⑭,武丁用而不疑⑮。吕望之鼓刀兮⑯,遭周文而得举⑰。宁戚之讴歌兮⑱,齐桓闻以该辅⑲。及年岁之未晏兮⑳,时亦犹其未央㉑。恐鹈鴂之先鸣兮㉒,使夫百草为之不芳㉓。"

①从:听从。吉占:吉祥的占卜。 ②巫咸:古代的神巫。降:指降神,迷信说巫觋(xí习)能使神降附在他们身上。 ③椒:一种香料。糈(xǔ许):精米,享神所用。要:同"邀",迎接。之:指神。以上二句是说,听说巫咸将要在晚上降神,我怀藏椒糈去迎接。 ④翳(yì意):蔽也,这里犹言遮天蔽日。备降:全都降落。 ⑤九疑:指九疑山之神。缤:盛多貌。以上二句是说,百神遮天蔽日地都降临了,九疑山之神灵纷纷前迎。 ⑥皇:指百神,是对百神的美称。剡(yǎn演)剡:光芒四射貌。扬灵:显扬神之灵验。 ⑦吉故:吉利的往事,指历史上的吉事。下文所述的君臣相得的事例就是"吉故"。 ⑧曰:下文是巫咸所说的话,故用曰字。勉:努力。 ⑨矩:木工画线取方的工具。矱(huò获):量长短的尺度。矩矱,比喻规矩,法度,准则。以上二句是说,努力上下四方去寻求与你有共同准则的人吧。 ⑩严:严肃认真,有谨慎恭敬之意。合:匹合,指志向相同者。 ⑪挚:即伊尹,名挚,商初大臣,汤之贤相。原是陪嫁的奴隶,后商汤委以国政,助汤灭夏桀。咎(gāo高)繇(yáo尧):即皋陶(yáo尧),禹之贤臣,掌管刑法,助禹治天下。调:调协,谐和。以上二句是说,汤、禹诚心敬意地寻求与自己相配合的人,终于得到了挚、咎繇,君臣同心协力。 ⑫苟:只要。好修:爱好修洁。 ⑬用:因,依助,凭借。行媒:说媒。 ⑭说(yuè悦):傅说,商代商高宗武丁的大臣,原是给人筑墙的奴隶,后被武丁举为三公,任以国政。筑:夹板打墙用的捣杆。傅岩:地名,因傅说而得名。傅说版筑之处,在今山西省平陆县东。 ⑮武丁:商高宗,名武丁。以上二句是说,傅说手持捣土棒在傅岩筑墙,武丁毫不犹豫地委以重任。 ⑯吕望:即姜太公,姓吕名尚,又称太公望。鼓刀:敲屠刀发声,指吕望曾做过屠户。 ⑰得举:得以举用。吕望曾是屠户,文王委以重任,终助文王之子武王灭商。 ⑱宁戚:春秋时人,《吕氏春秋》记载,宁戚到齐国经商,暮宿城门之外,适逢齐桓公夜出城迎客,他正在喂牛,于是击牛角而歌,慨叹其怀才不遇。桓公闻之,车载而归,后举用为卿。讴歌:唱歌,指宁戚击牛角而歌。 ⑲齐桓:齐桓公,春秋时齐国国君,名小白,春秋五霸之一。该:备。辅:辅佐之臣。该辅,指以宁戚备位于辅佐大臣之列,即充当辅佐的大臣。 ⑳及:趁着。晏:晚。 ㉑未央:未尽。以上二句是说,趁着年岁还不晚,时光还未尽。 ㉒鹈(tí提)鴂(jué决):鸟名,即子规,杜鹃。杜鹃

春末夏初时鸣,正百花摇落之时。先鸣:过早地鸣叫。 ㉓不芳:不芳香,指花落。以上二句是说,只恐杜鹃过早地鸣叫,使得百草之花凋落而不芳香。这几句是劝勉屈原抓紧时机,辅佐贤君,施展抱负。

何琼佩之偃蹇兮①,众薆然而蔽之②。惟此党人之不谅兮③,恐嫉妒而折之④。时缤纷其变易兮,又何可以淹留⑤。兰芷变而不芳兮,荃蕙化而为茅⑥。何昔日之芳草兮,今直为此萧艾也⑦!岂其有他故兮,莫好修之害也⑧。余以兰为可恃兮,羌无实而容长⑨;委厥美以从俗兮⑩,苟得列乎众芳⑪。椒专佞以慢慆兮⑫,榝又欲充夫佩帏⑬。既干进而务入兮⑭,又何芳之能祗⑮?固时俗之流从兮⑯,又孰能无变化⑰?览椒兰其若兹兮,又况揭车与江离⑱?惟兹佩之可贵兮⑲,委厥美而历兹⑳。芳菲菲而难亏兮㉑,芬至今犹未沫㉒。和调度以自娱兮㉓,聊浮游而求女㉔。及余饰之方壮兮㉕,周流观乎上下㉖。

①琼佩:琼玉的佩饰。偃蹇:高耸貌,这里是卓然突出的样子。 ②薆(ài爱)然:隐蔽貌。之:指琼佩。以上二句是说,我的琼佩是多么卓然突出,众人却纷纷遮掩它。 ③谅:诚信。 ④折:摧折,毁坏。以上二句是说,想那帮党人是没有诚信的,恐怕他们会因嫉妒而摧折我的琼佩。 ⑤淹留:滞留,久留。以上二句是说,时世乱纷纷而变化倏忽,我又怎能在故国久留。 ⑥以上二句是说,兰芷变得不芳香了,荃蕙变为茅草了。比喻时世使一些人变质。 ⑦萧:和艾同类,都是蒿草之类。以上二句是说,为什么往日的芳草,现在都竟然变成了这种萧艾? ⑧好修:爱好修洁。以上二句是说,岂有其他的缘故,只是不爱好修洁的祸害啊。 ⑨实:实质,实在。容长:容貌好看。以上二句是说,我本以为兰草可以依靠,它却没有美好的实德,只是虚有其表。 ⑩委:委弃。从俗:随从世俗。 ⑪苟得:苟且能够。乎:于。以上二句是说,兰草抛弃了它原本美好的品质,迎合世俗爱好,只求苟且地忝居群芳之列。 ⑫专佞(nìng泞):专横谄媚。慢:傲慢。慆(tāo涛):傲慢,与慢同义。 ⑬榝(shā杀):草名,似茱(zhū朱)萸(yú鱼)而小。佩帏:佩戴的帏,香囊之类。以上二句是说,椒专横逸佞,傲慢狂妄,榝又想被人们装满在香囊里。 ⑭干:求。干进:谋求仕进禄位。务:趋赴,追求。务入:追求进入仕途。 ⑮祗(zhī枝):振。以上二句是说,既然对功名利禄竭尽钻营奔走、无孔不入之能事,又怎么能自振其芬呢? ⑯流从:犹言随波逐流。 ⑰孰能:谁能。以上二句是说,本来世俗的风气就是随波逐流,谁又能坚持而不变化? ⑱揭车、江离(即江蓠):都是香草,但比兰、椒品级较次。以上二句是说,看看椒和兰都已变成这个样子,又何况揭车和江离呢! ⑲兹佩:这些佩饰,指自己所佩戴的饰物。 ⑳委:被委弃。历兹:经历至此,到如今。以上二句是说,只有我的佩饰真可贵,它的美质却被委弃,直至如今。 ㉑亏:亏损,减损。 ㉒沫:消失,泯

灭。以上二句是说,仍然芬芳四溢,至今不损不灭。　㉓和:动词,调节而使和谐之意。调(diào掉):格调,音调,指玉之铿锵。度:法度,这里指佩玉音响节奏整齐。㉔求女:追求美女。以上二句是说,我行走时使所佩的琼玉音韵铿锵,节奏和谐以自我娱乐,姑且飘然远游去追求美女。　㉕及:趁着。方壮:正盛。　㉖周流:周游。以上二句是说,趁着我的佩饰正是美盛的时候,我要上下四方周游观览。

　　灵氛既告余以吉占兮,历吉日乎吾将行①。折琼枝以为羞兮②,精琼爢以为粻③。为余驾飞龙兮,杂瑶象以为车④。何离心之可同兮⑤,吾将远逝以自疏⑥。遭吾道夫昆仑兮⑦,路修远以周流⑧。扬云霓之晻蔼兮⑨,鸣玉鸾之啾啾⑩。朝发轫于天津兮⑪,夕余至乎西极⑫。凤皇翼其承旂兮⑬,高翱翔之翼翼⑭。忽吾行此流沙兮⑮,遵赤水而容与⑯。麾蛟龙使梁津兮⑰,诏西皇使涉予⑱。路修远以多艰兮,腾众车使径待⑲。路不周以左转兮⑳,指西海以为期㉑。屯余车其千乘兮㉒,齐玉轪而并驰㉓。驾八龙之婉婉兮㉔,载云旗之委蛇㉕。抑志而弭节兮㉖,神高驰之邈邈㉗。奏《九歌》而舞《韶》兮㉘,聊假日以媮乐㉙。陟升皇之赫戏兮㉚,忽临睨夫旧乡㉛。仆夫悲余马怀兮㉜,蜷局顾而不行㉝。

①历:选择。　②羞:饮食之物叫羞,这里指干肉。　③精:动词,细切。琼爢(mí迷):即琼爢,琼玉的细屑。粻(zhāng张):粮。以上二句是说,折下琼树之枝作为干肉,细切琼玉成屑作为粮食。　④瑶:美玉。象:指象牙。一说"瑶象"指玉色的白象。以上二句是说,替我驾上飞龙,把美玉和象牙装饰在车上。　⑤离心:相离之心,指不志同道合之心。　⑥自疏:自动疏远。以上二句是说,心志不同又怎能相合在一处,我将远远离去而自求疏远他们。　⑦遭(zhān沾):转,楚方言。昆仑:神话中的西方神山,神仙居住之地。　⑧修远:遥远。以上二句是说,我转道昆仑山,在漫长的道路上周游。　⑨扬:举起。云霓:指画有云霓的旌旗。晻(yǎn掩)蔼:昏暗貌。　⑩玉鸾:指玉做的形似鸾鸟的铃。啾(jiū纠)啾:拟铃声的象声词。以上二句是说,旌旗飞扬,遮蔽日色,鸾铃摇动,响声啾啾。　⑪发轫(rèn刃):指启动车辆出发,启程。天津:天河。　⑫西极:这里指天的极西之处。　⑬翼:翅膀,作动词用。承:撑举。旂:同"旗"。　⑭翼翼:高飞时节奏和谐貌。以上二句是说,凤凰张开翅膀在下面撑举着云霓之旗,高高翱翔,动作和谐一致。　⑮流沙:神话中的沙漠之地,其沙流动不息。　⑯遵:循,沿。赤水:神话中水名,传说发源于昆仑山。容与:舒缓貌。以上二句是说,忽然我走到了流沙之中,并沿着赤水缓缓而行。　⑰麾(huī挥):举手曰麾,这里指指挥。蛟龙:小龙曰蛟,大龙曰龙。梁:桥梁,这里是动词,架桥梁。津:渡口。　⑱诏:告,令。西皇:西方的尊神,一说是指古帝少皞(hào浩)氏。涉予:渡我过河。

以上二句是说,我指挥蛟龙让它们横在水上作为桥梁,又命令西皇把我渡过河去。 ⑲腾:这里是传告、传令之意。径待:即径侍,是径相侍卫的意思。以上二句是说,道路漫长而多险阻,于是我传令众车使它们径相待卫。 ⑳不周:神话中的山名,据说在昆仑西北。 ㉑西海:神话中的西方之海。期:本指约定之期,这里指目的地。以上二句是说,经过不周山又向左转,指定西海作为目的地。 ㉒屯:屯聚。千乘(shèng圣):千辆车,非确数,言其多而已。 ㉓轪(dài代):车轮。玉轪,玉饰的车轮。以上二句是说,我把许多车辆集拢起来,使它们齐驱并进。 ㉔蜿(wān弯)蜿:蜿蜒屈曲貌,形容龙身体屈曲摆动的样子。 ㉕云旗:以云为旗,一说,指画有云霓之旗。委(wēi威)蛇(yí宜):绵延曲折貌,这里是形容云旗飘扬时卷舒起伏的样子。以上二句是说,驾着蜿蜒行进的八龙之车,车上的云旗随风招展。 ㉖抑志:抑制着希望疾行的心愿。一说,"志"读作帜。"抑志"即放下旗帜,停车不前。弭节:按节徐行。 ㉗神:心神,精神。邈(miǎo秒)邈:远,遥远貌。这句是说我的心神却高飞到很远很远的地方。 ㉘《韶》:亦称《九韶》,传说是舜时的舞乐。 ㉙聊:姑且,暂且。假:借。假日,借时光。媮(yú俞):同"愉"。以上二句是说,演奏起《九歌》,跳起《韶》舞,姑且利用这时光娱乐一番。 ㉚陟(zhì至):升,陟升,上升。皇:皇天。赫戏:光明貌。 ㉛临:面临,下临。睨(nì腻):旁视。旧乡:指父母之邦的楚国。以上二句是说,上升到皇天之上,皇天大放光明,忽然看到了故国。 ㉜怀:怀恋。 ㉝蜷(quán拳)局:拳曲。顾:回顾。以上二句是说,我的仆夫悲伤,马儿怀恋,拳曲着身体回顾故乡而不肯前进。这里的"仆夫"和"马",当指诗人幻境中所役使的"凤凰""蛟龙""飞龙"等。

乱曰①:已矣哉②!国无人莫我知兮③,又何怀乎故都④?既莫足与为美政兮⑤,吾将从彭咸之所居⑥。

①乱:乐歌之卒章。后来借用作为辞赋最后总括全篇的收尾。 ②已矣哉:犹言罢了,算了吧。 ③国无人:楚国没有贤人。莫我知:莫知我。 ④故都:犹故国,故乡。以上二句是说,国内没有贤人,不理解我,我又何必怀恋故国? ⑤美政:美好的政治主张。 ⑥彭咸:殷代贤人,谏君不听,投水死。所居:所居住的地方。从彭咸之所居,跟从彭咸居于地下,即指死。以上二句是说,既然没有人足以同我实行美政,我将要跟从彭咸,投水而死。

湘 君①（九歌②）

君不行兮夷犹③,蹇谁留兮中洲④?美要眇兮宜修⑤,沛吾乘兮桂舟⑥。令沅湘兮无波⑦,使江水兮安流⑧。望夫君兮未来⑨,吹参差兮谁思⑩?

驾飞龙兮北征⑪,邅吾道兮洞庭⑫。薜荔柏兮蕙绸⑬,荪桡兮兰旌⑭。望涔阳兮极浦⑮,横大江兮扬灵⑯。扬灵兮未极⑰,女婵媛兮为余太息⑱。横流涕兮潺湲⑲,隐思君兮陫侧⑳。

桂棹兮兰枻㉑,斫冰兮积雪㉒。采薜荔兮水中,搴芙蓉兮木末㉓。心不同兮媒劳㉔,恩不甚兮轻绝㉕。石濑兮浅浅㉖,飞龙兮翩翩㉗。交不忠兮怨长㉘,期不信兮告余以不闲㉙!

鼂骋骛兮江皋㉚,夕弭节兮北渚㉛。鸟次兮屋上㉜,水周兮堂下㉝。捐余玦兮江中㉞,遗余佩兮醴浦㉟。采芳洲兮杜若㊱,将以遗兮下女㊲。时不可兮再得㊳,聊逍遥兮容与㊴。

①湘君:湘君与湘夫人是湘水的一对配偶之神,湘君是男神,湘夫人是女神。又据神话传说,尧有二女名娥皇、女英,嫁舜为二妃,舜巡视南方,死于苍梧之野,葬于九疑山,二妃追至洞庭,投水而死,遂成为湘水之神。 ②九歌:屈原创作的一组诗篇,借用了古乐曲《九歌》之名,共十一篇。据说,屈原的《九歌》是根据楚国民间祭歌的形式进行创作的,是一组清新优美的抒情诗。 ③君:指湘君,这首诗是以湘夫人的语气写的,故称湘君为君。夷犹:犹豫不定。 ④搴:发语词,楚方言。谁留:被谁留在。洲:水中陆地。中洲,洲中,似应是湘君所居之地。以上二句是说,你犹犹豫豫,终没有来,是被谁留在洲中呢! ⑤要(yāo 邀)眇:美好貌。宜修:此指打扮修饰得很得体。 ⑥沛:行貌。桂舟:桂木做的船。以上二句是说,我长得如此美丽,又打扮得很得体,乘上我的桂舟来同你相会。 ⑦令:命令。湘夫人是水神,故可对水发令。沅、湘:湖南境内的二水名,当时属楚境。 ⑧江:长江。安流:平缓而流。 ⑨未来:指湘君未来赴约。 ⑩参(cēn)差(cī 疵):古乐器名,即排箫。以许多竹管排列而成,竹管参差不齐,故曰参差。谁思:思念谁? ⑪飞龙:这里指飞龙形的快船。北征:北行。湘夫人当是从湘水北行。 ⑫洞庭:湖名,湘水入洞庭湖。以上二句是说湘夫人驾着飞龙快船北行,转道又在洞庭湖。 ⑬柏:帕字之误。帕,同"帛",旗类的总名。绸:缠旗杆的用物。 ⑭荪:香草名。荪(sūn 孙),即《离骚》中的荃,又名溪荪。桡(ráo 饶):短桨。荪桡,挂有溪荪的短桨。旌(jīng 精):旗杆顶端的饰物。以上二句是说,以薜荔为旗,以蕙草缠绕旗杆,以溪荪饰桨,以兰草为旌。 ⑮涔(cén 岑)阳:地名,今湖南省澧(lǐ里)县有涔阳浦,在洞庭湖西北岸,涔水之滨。涔阳所在的地方似与湘君所居之洲是同一方向,所以湘夫人才"望"。极浦:遥远的水滨。 ⑯横:横越,横渡。扬灵:显灵,显示神的灵光。以上二句是说,我眺望在那遥远湖滨的涔阳浦,想象着你发扬着闪烁灵光,正横渡大江向我赶来。 ⑰未极:未终极,即未到达。 ⑱女:指湘夫人的随从侍女。婵(chán 蝉)媛(yuán 元):借为"啴(chǎn 产)咺(xuǎn 选)",喘息也,楚方言。太息:叹息。以上二句是说,你虽发扬着灵光而始终未到来,连侍女也为我叹息。 ⑲横流涕:涕泪横流。潺湲(yuán 元):水流貌,这里

形容泪流不止的样子。 ⑳隐:痛也。悱(fěi 啡)侧:同"悱恻",忧思哀伤貌。以上二句是说,我涕泪横流,因为思念你而痛苦悲伤。 ㉑桂棹(zhào 照):桂木做的长桨。枻(yì 易):船的旁板。兰枻,木兰做的船舷。一说"枻"也是船桨,较短。 ㉒斵:砍也。这句以冰和积雪比喻水的空明澄澈。 ㉓搴(qiān 千):拔取。芙蓉:荷花。木末:树梢。薜荔不生水中,荷花不长于树梢,两句比喻湘夫人乘船来会湘君是事与愿违,徒费辛苦。 ㉔劳:辛劳,这里有枉自辛劳之意。 ㉕甚:深。轻绝:指感情容易断绝。以上二句是说,两人心志不同,媒人只是徒费,恩爱不深,感情容易断绝。 ㉖石濑(lài 赖):沙石上的流水。浅浅:水流疾貌。一说"浅浅"是水声。 ㉗翩翩:疾飞貌。这两句形容湘夫人的船在水上轻快飞行。 ㉘交:相交。不忠:不忠诚。怨长:指怨多。 ㉙期:指约定日期。信:信用。不闲:没有空闲。以上二句是说,相交而不忠,使人怨望多,约期相会,你却不守信用,反而告诉我没有空闲。 ㉚鼂(zhāo 召):同"朝"。骋骛(wù 务):奔驰。直驰叫骋,乱驰叫骛。江皋(gāo 高):水边。一说"皋"是水泽。 ㉛渚(zhǔ 主):水中小洲。北渚,当在洞庭湖北,所以叫北渚,疑即诗开头所说的"洲",是湘君所居之地。以上二句是说,早晨我在江泽奔走,傍晚在北渚缓行。 ㉜次:栖息。 ㉝周:绕也。以上二句是说,鸟在屋上栖息,水在堂下环绕。北渚疑是湘君居处。湘夫人到处寻找湘君,最后来到北渚,但北渚却是如此荒凉,也没机会见到湘君。 ㉞捐:弃。玦(jué 决):如环但有缺口的玉饰。 ㉟遗:丢。醴(lǐ 里):通"澧",澧水。醴浦,澧水之滨。以上二句是说,把我的玉玦抛入江中,把我的佩玉丢在澧浦。玦与佩应当都是湘君所送,现在要丢弃,是表示要与之决绝。 ㊱芳洲:长满香花香草之洲。疑即北渚。杜若:一种香草。 ㊲遗(wèi 畏):赠予。下女:指湘君的侍女。以上二句说,我在芳洲上采来杜若,要送给你的侍女。这说明湘夫人并不能与湘君决绝,仍心存顾恋,折草寄情。 ㊳时:时机,指相会之时机。 ㊴容与:舒缓貌。以上二句是说,见面的机会难得啊,我姑且在这里散步逍遥。这两句写出了湘夫人复杂的感情。她既悲伤又竭力自我宽慰,既表示决绝又不忍决绝,既已失望却又期盼着湘君回来。

湘夫人 (九歌)

　　帝子降兮北渚①,目眇眇兮愁予②。袅袅兮秋风③,洞庭波兮木叶下④。登白薠兮骋望⑤,与佳期兮夕张⑥。鸟何萃兮蘋中⑦,罾何为兮木上⑧?沅有茞兮醴有兰⑨,思公子兮未敢言⑩。荒忽兮远望⑪,观流水兮潺湲⑫。

　　麋何食兮庭中⑬?蛟何为兮水裔⑭?朝驰余马兮江皋⑮,夕济兮西澨⑯。闻佳人兮召予⑰,将腾驾兮偕逝⑱。筑室兮水中,葺之兮荷盖⑲。荪壁兮紫坛⑳,播芳椒兮成堂㉑。桂栋兮兰橑㉒,辛夷楣兮药房㉓。罔薜荔兮为帷㉔,擗蕙櫋兮既张㉕。白玉兮为镇㉖,疏石兰兮为芳㉗。芷葺兮荷屋㉘,缭之兮杜衡㉙。合百草兮实庭㉚,建芳馨兮庑门㉛。九嶷缤兮并迎㉜,灵之来兮如云㉝。

捐余袂兮江中㉞,遗余褋兮醴浦㉟。搴汀洲兮杜若㊱,将以遗兮远者㊲。时不可兮骤得㊳,聊逍遥兮容与㊴。

①帝子:指湘夫人。相传她是帝尧之女,故称帝子,犹后世所谓公主。这一句与上一首最后有呼应关系。这首是以湘君的口气写的。　②眇眇:极目远视之貌。愁予:使我愁。以上二句是说,湘夫人降临北渚,望而不见,使我发愁。　③袅袅(niǎo 鸟):风微吹貌。　④木叶:树叶。下:落。　⑤白蘋(fán 烦):草名,生于南方湖泽中。骋望:放眼望去。　⑥与佳期:与佳人期,指与湘夫人有约。夕张:黄昏时有所陈设准备。以上两句是说,登上白蘋我放眼望去,与佳人有期约,我在黄昏时就做了陈设布置。　⑦萃(cuì 翠):集。蘋(pín 贫):一种水草,生浅水中,又叫四叶菜、田字草。　⑧罾(zēng 增):一种渔网。以上二句是说,鸟为何集聚水中蘋草之上,网为何挂在树木之上。比喻所愿不能实现。　⑨醴(lǐ 里):同"澧",澧水,在今湖南境内,流入洞庭湖。　⑩公子:指湘夫人。　⑪荒忽:即"恍惚",不明貌。　⑫潺湲:水流不断貌。以上二句是说,我放眼远望,恍惚不清,只见河水潺湲而流。　⑬麋(mí 迷):兽名,似鹿而大。食:吃草。庭:庭院。　⑭蛟:龙的一种,常潜于深水。水裔(yì 义):水涯,水边。以上二句是说,麋为何在庭院中吃草,蛟龙为何在浅水边。　⑮江皋:这里当指水边高地,一说"皋"是曲泽。　⑯济:渡。澨(shì是):水涯,水边。　⑰佳人:美人,指湘夫人。　⑱腾驾:腾驰车驾。偕逝:同往。以上二句是说,听到佳人召唤我,我将腾驰车驾与之一同前往。　⑲葺(qì 气):用茅草铺盖屋顶,这里指覆盖。荷盖:以荷为屋顶。以上二句是说,在水中筑室,盖上荷叶做屋顶。上文"召予"似是指他们的约会,"偕逝"则是指他们约会后要一同远走,去过共同的幸福生活;而本句的"筑室"则是指湘君对以后共同生活的设计打算。　⑳荪(sūn 孙):香草名,又名溪荪。荪壁,以荪草为墙壁。紫:紫贝。紫坛,以紫贝砌坛。坛:高台,或说是庭院。　㉑播:播撒,散布。成:整。这句是说,用香椒涂饰整个堂壁,使满堂散发芬芳。　㉒栋:屋梁。桂栋,桂木做的梁。橑(liáo 辽):屋椽(chuán 船)。兰橑,木兰做屋椽。　㉓辛夷:香木名,又称木笔,高可二三丈。楣(méi 眉):门上的横梁。辛夷楣,以辛夷木做门楣。药:白芷。药房,指以白芷饰房间。以上二句是说,桂木做梁,木兰做椽,辛夷木做门楣,白芷装饰房间。　㉔罔:同"网",动词,编结。帷(wéi 唯):幔帐。　㉕擗(pǐ 匹):剖开。櫋(mián 棉):屋联,即室中隔扇。以上二句是说,编织薜荔做帷幔,剖开蕙草装饰在隔扇上,已陈设好了。　㉖镇:压座席的器物。　㉗疏:分布、陈列。石兰:香草,兰草的一种。以上二句是说,以白玉做镇席之物,陈布石兰以取其芬芳。　㉘葺:铺盖。这句说:在荷叶盖的屋顶上又铺上芷。　㉙缭(liáo 辽):绕。杜衡:香草名。这句说,在屋的四围又用杜衡绕束。　㉚合:聚集。百草:各种香草,指上文所说的香草。实:充实。　㉛建:陈列,设置。庑(wǔ 武):廊。一说"厢房"。以上二句是

说,聚集百草以充满庭院,在廊下、门前摆设各种芳香之物。　㉜九嶷:即九疑,山名,这里指九疑山之神。缤:盛多貌。　㉝灵:神灵。如云:言神灵之多。这两句是湘君想象湘夫人来后的绚丽、热烈场面。　㉞捐:弃。袂(mèi 妹):衣袖。一说,"袂"与下文"褋"对举成文,应是夹衣。　㉟遗:丢。褋(dié 蝶):单衣,楚方言。袂与褋,当是湘夫人为湘君所缝制,现在要丢弃,是表示决绝。　㊱搴(qiān 千):拔取,楚方言。汀(tīng 厅)洲:平洲,水中平地。杜若:一种香草。　㊲远者:指在远地的湘夫人。㊳时:时机,指相会之时机。骤:屡次。　㊴聊:姑且。容与:舒缓自得貌。以上二句是说,见面的机会难常得,我姑且在此散步逍遥。湘夫人未来,湘君不忍离去,冀其再来。

山　鬼①（九歌）

若有人兮山之阿②,被薜荔兮带女萝③。既含睇兮又宜笑④,子慕予兮善窈窕⑤。乘赤豹兮从文狸⑥,辛夷车兮结桂旗⑦。被石兰兮带杜衡⑧,折芳馨兮遗所思⑨。余处幽篁兮终不见天⑩,路险难兮独后来⑪。

表独立兮山之上⑫,云容容兮而在下⑬。杳冥冥兮羌昼晦⑭,东风飘兮神灵雨⑮。留灵修兮憺忘归⑯,岁既晏兮孰华予⑰？采三秀兮于山间⑱,石磊磊兮葛蔓蔓⑲。怨公子兮怅忘归⑳,君思我兮不得闲㉑。

山中人兮芳杜若㉒,饮石泉兮荫松柏㉓。君思我兮然疑作㉔。雷填填兮雨冥冥㉕,猿啾啾兮狖夜鸣㉖。风飒飒兮木萧萧㉗,思公子兮徒离忧㉘。

①山鬼:山神。之所以称她为"鬼"而不为"神",可能是认为她不是正神。郭沫若认为文中的於山是指巫山,山鬼是巫山女神(见郭沫若《屈原赋今译》)。据传说,巫山女神叫瑶姬,是天帝之女,未嫁而亡,后被封于巫山之台。　②人:指山鬼。阿(ē):山的弯曲之处。这里"山之阿"指深山。　③被:同"披"。薜(bì 毕)荔(lì 立):香草名,缘木而生。带:动词,以……为带。女萝:即松萝,地衣类植物。以上二句是说,隐约有个人在山弯里,披着薜荔做成的衣衫,又以女萝为带。　④睇(dì 弟):含情而视。宜笑:笑得自然笑得美。　⑤子:你,山鬼称其恋人。慕:爱慕。善:美好,指品行。窈(yǎo 咬)窕(tiǎo 挑):美好,指体态。　⑥赤豹:赤色的豹。从:让……随从。文狸:有花纹的狸。狸,野猫。　⑦辛夷:香木名,又名木笔,高可二三丈,玉兰花树就是一种辛夷。辛夷车:辛夷木做的车。结:系结。桂旗:桂枝为旗。以上二句是说,山鬼乘着赤豹驾的车,后面跟从着花狸猫,车是辛夷木做的,车上系结着桂枝作为旗。⑧被:同"披"。石兰:香草名,兰的一种。带:这里当作佩戴。杜衡:香草名,又名马蹄香。这一句与"被薜荔兮带女萝"有所不同,这里的"被石兰"不是披上石兰衣,而是披着石兰作为饰物;"带杜衡"也不是以杜衡为衣带,而是佩戴着杜衡作为饰物。

⑨折:采折。芳馨(xīn欣):指香花香草。遗(wèi畏):赠送。所思:所思念的人,指恋人。 ⑩处:住。幽:幽深。篁(huáng皇):指竹林。 ⑪独后来:独自迟到了。据诗意看,山鬼来赴约会,未见"所思",她认为自己迟到了。以上二句是说,我住在幽深的竹林里,不见天日(所以不知时间早晚),道路又艰险,因此来迟了。 ⑫表:孤特突出。独立:独自站立。 ⑬容容:云出入飞扬翻动貌。以上二句是说,我独自伫立在高高山顶之上,脚下云彩飘浮。 ⑭杳(yǎo咬):深。冥冥:阴暗貌。羌(qiāng腔):语助词,楚方言,义近于"乃"字。晦(huì会):暗。 ⑮雨(yù预):动词,下雨。以上二句是说,只见一片深沉阴暗,白天也暗淡无光,东风飘然而起,神灵降下了骤雨。 ⑯留:挽留。灵修:聪明俊美的意思,指山鬼的恋人。憺(dàn旦):安心。 ⑰岁:指年岁。晏(yàn宴):晚。华:同"花",作动词用,开花。华予,犹言使我开花,比喻使我年轻。以上二句是说,为了挽留恋人,我安然忘记归去;我年华老大,有谁爱我,使我青春重返?一说"忘归"指灵修"忘归"。 ⑱三秀:一种灵芝草,一年可开花三次,故叫三秀。"秀"本是植物开花的意思。于山间:在山间。一说"于山"即"於山",山名,即巫山,於山间,即巫山间。 ⑲磊磊:石多堆积貌。葛:植物名,多年生草本,茎蔓生。蔓蔓:蔓延貌。 ⑳怨:怨恨。公子:指山鬼的恋人。 ㉑君:指山鬼恋人。闲:空闲。以上二句是说,怨恨公子,我怅然忘归,我想,你还是思念我的,大概你实在没有空闲。 ㉒山中人:指山鬼。杜若:一种香草。芳杜若,像杜若一样芳香。 ㉓荫:动词,以……为遮蔽。以上二句是说,我像杜若那样芳香,饮用石泉之水,有松柏遮蔽我的居处。 ㉔然:肯定之词,犹言是这样。疑:怀疑。然疑作:疑信交并。这句是说,你是在想我;不,你不是在想我,这两种感情交替涌上我心头。 ㉕填填:雷声。 ㉖啾(jiū纠)啾:猿鸣声,象声词。狖(yòu又):长尾猿。 ㉗飒飒(sà萨):风声。萧萧:风吹树叶声。 ㉘徒:徒然,枉自。离:通"罹(lí离)",遭遇,遭受。以上二句是说,风声飒飒,木叶萧萧,思念公子,枉自遭受如此的忧愁烦恼。

国　殇①（九歌）

操吴戈兮被犀甲②,车错毂兮短兵接③。旌蔽日兮敌若云④,矢交坠兮士争先⑤。凌余阵兮躐余行⑥,左骖殪兮右刃伤⑦。霾两轮兮絷四马⑧,援玉枹兮击鸣鼓⑨。天时坠兮威灵怒⑩,严杀尽兮弃原野⑪。

出不入兮往不反⑫,平原忽兮路超远⑬。带长剑兮挟秦弓⑭,首身离兮心不惩⑮。诚既勇兮又以武⑯,终刚强兮不可凌⑰。身既死兮神以灵⑱,子魂魄兮为鬼雄⑲!

①国殇(shāng伤):死于国事者。这首诗是追悼为国捐躯的将士的祭歌。 ②操:持。吴戈:吴地生产的戈,是优质兵器。犀(xī希)甲:犀牛皮制成的铠甲。 ③毂

(gǔ谷):车的轮轴。错毂,轮毂交错。战争激烈时,战车相迫,所以车毂错。短兵:短的兵器。以上二句是说,将士们手持吴戈,身披犀甲,战车交错,短兵相接。 ④旌(jīng精):指旌旗。 ⑤交坠:相交而坠落。以上二句是说,旌旗遮掩了天日,敌人如云,箭矢相交而坠,士兵们奋勇争先。 ⑥凌:犯,侵犯。阵:阵地。躐(liè猎):践,践踏。行:行伍,行列。 ⑦骖(cān餐):骖马,驾在车前两边的马。左骖,左边的骖马。殪(yì义):死。右:指右骖。以上二句是说,敌人侵犯我军的阵地,践踏我军的行列,战车的左骖战死了,右骖也受了伤。 ⑧霾(mái埋):通"埋"。絷(zhí执):绊。四马:古时驾车一般用四匹马,这里意指所有驾车的马。 ⑨援:持。枹(fú俘):鼓槌。玉枹,镶有玉的鼓槌。击鸣鼓:擂响战鼓。以上二句是说,车轮被埋陷,马儿被绊住,将军仍手持玉枹,擂响进攻的战鼓。 ⑩天时:这里指天象。坠:坠落。一作"怼",即怨。威灵:威严的神灵。怒:震怒。这句是形容战争的激烈。 ⑪严:猛烈。杀:指死。严杀,鏖战痛杀。一说,犹肃杀,指战争的肃杀之气。以上二句是说,战争非常激烈好像日月星辰都在坠落,威严的神灵也在震怒,将士们鏖战痛杀,全部壮烈牺牲,弃尸于原野之上。 ⑫出:出征。入:回归。反:同"返",返回。 ⑬忽:远,指荒远辽阔。超远:遥远。以上二句是说,将士们出征就不想着回归,平原辽阔,征程遥远。 ⑭带:佩戴。挟(xié协):本指夹在胁下,就是带着。秦弓:秦地生产的弓,是良弓。 ⑮首:头。离:分离。惩:戒惧,戒止。以上二句是说,身佩长剑,手持秦弓,即使身首异处也不惧怕。 ⑯诚:真正,确实。武:指武艺高。 ⑰凌:侵犯。以上二句是说,将士们确实既勇敢又武艺高超,始终刚强而不可侵犯。 ⑱神:指战死的将士的灵魂。灵:灵验。 ⑲子:指战死者。"子魂魄"一作"魂魄毅"。鬼雄:鬼中的英雄。以上二句是说,将士们虽死却神灵显赫,精神不泯,他们的魂魄是鬼中的英雄。

橘　颂①(九章②)

后皇嘉树,橘徕服兮③。受命不迁,生南国兮④。深固难徙,更壹志兮⑤。绿叶素荣,纷其可喜兮⑥。曾枝剡棘,圆果抟兮⑦。青黄杂糅,文章烂兮⑧。精色内白,类可任兮⑨。纷缊宜修,姱而不丑兮⑩。

嗟尔幼志,有以异兮⑪。独立不迁,岂不可喜兮？深固难徙,廓其无求兮⑫。苏世独立,横而不流兮⑬。闭心自慎,终不失过兮⑭。秉德无私,参天地兮⑮。愿岁并谢,与长友兮⑯。淑离不淫,梗其有理兮⑰。年岁虽少,可师长兮⑱。行比伯夷,置以为像兮⑲。

①橘颂:对橘的赞颂。这首是托物言志的咏物诗,表面上是颂橘,实际是诗人对自己理想和人格的表白。 ②九章:是屈原创作的一组作品,但《九章》的篇名却是后人

加的,正如朱熹《楚辞集注》所说是"后人辑之,得其九章,合为一卷,非必出于一时之言也"。"九章"其意即九篇,其中《橘颂》是屈原的早期创作。　③后:后土。皇:皇天。后皇,天地。嘉:美,善。徕:同"来"。服:习惯,适应。以上二句是说,皇天后土之间生有美好的橘树,它一生下来就适应当地的水土。　④受命:禀受天命。迁:迁徙。不迁,指橘树不能移植。传说橘树生于淮南则为橘,生于淮北就变为枳(zhǐ枳)。南国:指南方的楚国。以上二句是说,橘树禀受天命,不能迁移,只生在南方的楚国。　⑤壹志:志向专一。以上二句是说,橘树根深蒂固,难以迁徙,而且志向专一。　⑥素荣:白花。纷:茂盛。以上二句是说,橘树绿叶白花,长得茂盛可喜。⑦曾:通"层"。曾枝,一层层的枝条。剡(yǎn掩):尖锐。棘:刺。抟(tuán团):圆,楚方言。以上二句是说,橘树枝条重重,刺儿尖尖,果实圆圆。　⑧青黄:指橘皮,橘子成熟期,皮色青黄相杂。糅(róu柔):混杂。文章:文采。以上二句是说,橘子皮色青黄相杂,文采斑斓。　⑨精:鲜明。类:似。以上二句是说,橘子的表皮颜色鲜明,内瓤(ráng)雪白莹洁,好似可以赋予重任的人。　⑩纷缊(yūn晕):义同氤氲,指橘的香味。宜修:修饰很自然得体。姱(kuā夸):美好。以上二句是说,橘清香馥郁,又打扮得体,美而不丑。　⑪嗟(jiē阶):叹词。尔:你,指橘树。幼志:幼年的志向。以上二句说,可叹美的是你从小就有志向,与众不同。　⑫廓(kuò扩):廓落,指心胸阔大。无求:指没有私利的追求。以上二句说,你深固其根,难以迁徙,心胸廓落,不求私利。　⑬苏:醒。苏世,对世事清醒。横:横渡,垂直于流水方向而渡。一说,横,指横绝,有独立不阿的品德。流:指随流水而下。以上二句是说,对世事清醒,独立不羁,不媚时俗,有如横渡江河而不随波逐流。　⑭闭心:密闭其心,防止外界污染。自慎:自我谨慎。失过:有过失错误。以上二句是说,橘闭心捐欲,谨慎自守,所以终无过失。　⑮秉德:持德,保持好品德。参:配,合。以上二句是说,橘秉持美德,没有私心,可与天地相合。　⑯岁:年岁。谢:去。长友:长久的朋友。以上二句是说,希望自己与橘树同心并志,一起度过岁月,做长久的朋友。　⑰淑:善。离:通"丽"。梗(gěng耿):强。理:文理。以上二句是说,橘树善良美丽而不淫,性格刚强而又有文理。　⑱少:年少。师长:动词,为人师长。以上二句是说,橘树年虽少,却可为人师长。　⑲行:德行。伯夷:古代的贤人,反对周武王伐纣,与弟叔齐逃到首阳山,不食周粟而死,古人认为他是贤人义士。置:植。像:榜样。以上二句是说,橘树的道德品行可与伯夷相比,我要把橘树种在园中,作为榜样。

哀　郢①(九章)

皇天之不纯命兮②,何百姓之震愆③?民离散而相失兮,方仲春而东迁④。

去故乡而就远兮⑤,遵江夏以流亡⑥。出国门而轸怀兮⑦,甲之鼌吾以行⁸。发郢都而去闾兮⁹,荒忽其焉极⁰。楫齐扬以容与兮⑪,哀见君而不再得⑫。望长楸而太息兮⑬,涕淫淫其若霰⑭。过夏首而西浮兮⑮,顾龙门而不见⑯。心婵媛而伤怀兮⑰,眇不知其所蹠⑱。顺风波以从流兮⑲,焉洋洋而为客⑳。凌阳侯之泛滥兮㉑,忽翱翔之焉薄㉒?心絓结而不解兮㉓,思蹇产而不释㉔。

将运舟而下浮兮㉕,上洞庭而下江㉖。去终古之所居兮㉗,今逍遥而来东㉘。羌灵魂之欲归兮㉙,何须臾而忘反?背夏浦而西思兮㉛,哀故都之日远㉜。登大坟以远望兮㉝,聊以舒吾忧心㉞。哀州土之平乐兮㉟,悲江介之遗风㊱。

当陵阳之焉至兮㊲?淼南渡之焉如㊳?曾不知夏之为丘兮㊴,孰两东门之可芜㊵?心不怡之长久兮㊶,忧与愁其相接。惟郢路之辽远兮㊷,江与夏之不可涉㊸。忽若不信兮㊹,至今九年而不复㊺。惨郁郁而不通兮㊻,蹇侘傺而含慼㊼。

外承欢之汋约兮㊽,谌荏弱而难持㊾。忠湛湛而愿进兮㊿,妒被离而鄣之㊿¹。尧舜之抗行兮㊿²,瞭杳杳而薄天㊿³。众谗人之嫉妒兮,被以不慈之伪名㊿⁴。憎愠怆之修美兮㊿⁵,好夫人之忼慨㊿⁶。众踥蹀而日进兮㊿⁷,美超远而逾迈㊿⁸。

乱曰㊿⁹:曼余目以流观兮⁶⁰,冀一反之何时⁶¹?鸟飞反故乡兮⁶²,狐死必首丘⁶³。信非吾罪而弃逐兮⁶⁴,何日夜而忘之⁶⁵!

①哀郢(yǐng 影):楚顷襄王二十一年(前278年)秦将自起攻破郢都(在今湖北省江陵县),国家迁都,人民流亡,屈原写下了这首哀悼郢都沦亡的诗篇。 ②皇天:上天,老天。皇是大之意。纯命:指天命有常。 ③震:震动,震惊。愆(qiān 谦):过失,罪过。震愆,这里指震惊、遭罪。以上二句是说,老天爷变化无常,为何让百姓受震惊遭罪过? ④方:正当。仲春:指夏历二月。迁:迁徙,指逃难。以上二句是说,人民离乡背井,妻离子散,正当二月向东逃难。 ⑤去:离开。故乡:指郢都。就:趋,往。 ⑥遵:循,顺着。江夏:指长江和夏水。夏水是古水名,在今湖北省,是长江的分流。 ⑦国门:国都之门。轸(zhěn 诊)怀:悲痛地怀念。 ⑧甲:古代以干支纪日,甲指干支纪日的起字是甲的那一天。鼂(zhāo 召):同"朝",早晨。以上二句是说,走出国门,我心中悲痛地怀念郢都,甲日的早晨我踏上了行程。 ⑨闾(lǘ 驴):本指里巷之门,代指里巷。里巷是住人的居民区。 ⑩荒忽:不明貌,指心绪茫然。一说,指行程遥远。焉极:何极,何处是尽头。一说,极,至也。以上二句是说,从郢都出发离开了所居住的里巷,心绪茫然,不知何处是尽头。或作:前路茫茫,不知何往。 ⑪楫(jí及):船桨。齐扬:一同举起。容与:舒缓貌。 ⑫哀:悲伤。君:指楚王。以上二句是

说，双桨齐举，船儿缓行，我哀伤再也没有见楚王的机会了。 ⑬楸（qiū 秋）：树名，落叶乔木。长楸，高大的楸树。太息：叹息。 ⑭涕：泪。淫淫：流泪貌。霰（xiàn 现）：雪珠。 ⑮过：经过。夏首：地名，在今湖北沙市附近。夏水的起点，长江在此分出夏水。西浮：船向西漂行。 ⑯顾：回顾，回头看。龙门：郢都的东门。以上二句是说，经过夏首，向西浮行，回顾龙门，已望不见了。 ⑰婵（chán 蝉）媛（yuán 元）：心绪牵引绵绵貌。 ⑱眇：同“渺”，犹辽远。蹠（zhí 直）：践踏，指落脚之处。以上二句是说，情思缠绵，心怀悲伤，前程邈远，不知何处是落脚之处。 ⑲顺风波：顺风随波。从流：从流而下。 ⑳焉：于是，于此。洋洋：飘飘不定。客：漂泊者。以上二句是说，顺水随波，从流飘荡，从此漂泊无归，作客异乡。 ㉑凌：乘。阳侯：传说中的大波之神，这里指波浪。泛滥：大水横流涨溢。 ㉒翱（áo 敖）翔：飞翔貌，这里比喻漂流的样子。焉：何。薄：止。以上二句是说，乘着起伏汹涌的波涛前进，恍惚如鸟儿飞翔于天，何处是栖止之所？ ㉓絓（guà 挂）：牵挂。结：郁结。解：解开。 ㉔蹇（jiǎn 简）产：结屈纠缠。释：解开，消除。以上二句是说，心思牵挂郁结，不能解开，愁绪结屈纠缠，不能释然。 ㉕运舟：行舟。下浮：向下游漂行。 ㉖上洞庭：指入洞庭湖。下江：下入长江。 ㉗去：离开。终古之所居：犹言祖先世世代代所居住的地方，指郢都。 ㉘逍遥：无拘无束，自由自在貌。这里指漂泊。 ㉙羌（qiāng 腔）：发语词，楚方言，有乃之意。 ㉚须臾：形容时间很短暂，犹言顷刻。反：同“返”。以上二句是说，于是我的灵魂想回归故乡，何曾有顷刻的时间忘记返乡。 ㉛背：背对着，指离开。夏浦：地名，指夏口（在今湖北省武汉市）。西思：思念西方，指思念西面的郢都。 ㉜故都：指郢都。 ㉝坟：指水边高地。一说指水边高堤。 ㉞聊：姑且。舒：舒展。 ㉟州土：这里指楚国州邑乡土。平乐：指和平快乐。或言指土地平阔，人民安乐。 ㊱江介：长江两岸。遗风：古代遗留下来的风气。以上二句是说，看到国土辽阔，人民安乐和自古遗留下的淳朴民风，止不住悲伤感叹。 ㊲当：值。陵阳：地名，在今安徽省青阳县，一说，陵阳在今安徽省安庆市东南。焉至：至何处。一说，陵阳指大的波涛。这里指波涛不知从何处而来。 ㊳淼（miǎo 渺）：大水茫茫貌。焉如：何往。以上二句是说，到了陵阳，还要到那里去？南渡这茫茫大水，又往何方？ ㊴曾（zēng 增）不知：怎不知。夏：同“厦”，大屋，这里当指楚都之宫殿。丘：丘墟。 ㊵孰：谁。一作何。两东门：郢都东向有二门。以上二句是说，没想到郢都的繁华宫阙已经化为丘墟，有谁可使郢都的两座东门变成一片荒芜？这是屈原揣度郢都沦亡后的情景。 ㊶怡：乐。 ㊷惟：思，想。一说，惟，发语词。郢路：通向郢都之路。辽远：遥远。 ㊸江：长江。夏：夏水。涉：渡水。以上二句是说，想那回郢都之路是多么遥远，长江和夏水又深不可渡。这两句是说郢都不能回。 ㊹忽：指时间过得快。信：相信。一说不信是不被信任，下句的不复是不复被信任。 ㊺复：指返回郢都。根据此句“九年”的计算，屈原被流放是在顷襄王十三年（前 286），至白起破郢的顷襄王二十一年首尾正是九年。以上二句是说，时间过得真快，仿佛令人难以相信，流放已九年未回郢都。　㊻郁郁:郁积貌。不通:指心情不通畅。　㊼蹇(jiǎn简):发语词,楚方言。佗(chà诧)傺(chì翅):怅然伫立,形容失意者的茫然无所适从。慼:同"戚",忧伤。以上二句是说,我愁思郁积,心情不畅,怅然伫立,内心伤悲。　㊽外:表面。承欢:指承君主之欢。汋(chuò绰)约:姿态美好貌,一说谄媚之态。　㊾湛(chén陈):诚,实在。荏(rěn忍)弱:软弱。持:同"恃"。难持,即很难依靠。以上二句是指斥那些蔽贤误国的人。说他们表面上巧言佞色,以奉承君王的欢心,实际上内心脆弱,靠不住。　㋀湛(zhàn战)湛:厚重貌。进:进用。　㋁被:同"披"。被离,犹披离,纷乱貌。鄣:同"障",阻碍,遮蔽。以上二句是说,我怀着深厚的忠心,愿意进用于君王,但嫉妒纷纷,阻塞了我的仕进之路。　㋂尧舜:传说中上古的两位圣明的君主。抗行:高尚伟大的行为。　㋃瞭:目明。杳(yǎo咬)杳:远貌。薄:近。以上二句是说,尧舜行为高尚,眼光光明远大,几乎可接近上天。　㋄被:覆盖,这里犹言加在身上。不慈之伪名:不慈爱的虚假的恶名。不慈,不爱儿子。尧、舜传位于贤人,不传儿子,又传说尧曾杀长子考监明,所以战国时有人说他们不慈。《庄子·盗跖》篇曰:"尧不慈,舜不孝。"又曰:"尧杀长子,舜流母弟。"　㋅憎:憎恶。愠(yùn运)怆(lǔn):忠厚诚朴。修美:高洁美好。　㋆好(hào号):爱好,喜欢。夫(fú扶)人:彼人,那些人。忼慨:同"慷慨",这里指装腔作势地发表激昂慷慨之言辞。以上二句是说,君王憎恶忠诚老实、高洁美好的人,却喜欢那些小人装腔作势的慷慨激昂之辞。　㋇踥(qiè妾)蹀(dié蝶):小步行走貌。　㋈美:美人,指贤人。超远:远。逾迈:犹愈迈,越发远行。以上二句是说,众小人奔走钻营,日益接近君王,贤人却越来越远离朝廷。㋉乱:乐章最末段叫乱,后来借用作为辞赋最后总括全篇内容的收尾。　㋊曼:指把眼光放远。流观:四处观览。　㋋冀:希望。一反:即一返,返回一次。以上二句是说,放开我的眼光向四方眺望,希望还能返回一次郢都,但何时才能实现?　㋌反:同"返"。　㋍必:必定。首丘:头向着所居住生长的山丘。以上二句是说,鸟总是要飞回自己的故乡,狐狸到死时,也要头朝着自己出生的山丘。　㋎信:确实。弃逐:指放逐。　㋏之:指故乡郢都。以上二句是说,确实不是我的罪过而遭到放逐,日日夜夜我何尝忘记过郢都!

涉　江①(九章)

　　余幼好此奇服兮②,年既老而不衰③。带长铗之陆离兮④,冠切云之崔嵬⑤。被明月兮珮宝璐⑥。世溷浊而莫余知兮⑦,吾方高驰而不顾⑧。驾青虬兮骖白螭⑨,吾与重华游兮瑶之圃⑩。登昆仑兮食玉英⑪,与天地兮同寿⑫,与日月兮同光⑬。哀南夷之莫吾知兮⑭,旦余济乎江湘⑮。

　　乘鄂渚而反顾兮⑯,欸秋冬之绪风⑰。步余马兮山皋⑱,邸余车兮方林⑲。乘舲船余上沅兮⑳,齐吴榜以击汰㉑。船容与而不进兮㉒,淹回水而疑滞㉓。朝发枉渚兮㉔,夕宿辰阳㉕。苟余心其端直兮㉖,虽僻远之何伤㉗!

入溆浦余儃佪兮㉘,迷不知吾所如㉙。深林杳以冥冥兮㉚,猿狖之所居㉛。山峻高以蔽日兮㉜,下幽晦以多雨㉝。霰雪纷其无垠兮㉞,云霏霏而承宇㉟。哀吾生之无乐兮,幽独处乎山中㊱。吾不能变心而从俗兮㊲,固将愁苦而终穷㊳!

接舆髡首兮㊴,桑扈臝行㊵。忠不必用兮,贤不必以㊶。伍子逢殃兮㊷,比干菹醢㊸。与前世而皆然兮㊹,吾又何怨乎今之人?余将董道而不豫兮㊺,固将重昏而终身㊻!

乱曰㊼:鸾鸟凤皇㊽,日以远兮㊾。燕雀乌鹊,巢堂坛兮㊿。露申辛夷〔52〕,死林薄兮〔53〕。腥臊并御〔54〕,芳不得薄兮〔55〕。阴阳易位〔56〕,时不当兮〔57〕。怀信侘傺〔58〕,忽乎吾将行兮〔59〕。

①涉江:渡江之意。这首诗是屈原晚年记述自己流放经过的诗篇,表达了诗人决不屈服流俗的坚贞态度。 ②好(hào号):爱好,喜欢。奇服:珍奇的服饰。比喻不同凡俗的品格。 ③既:已。衰:衰减。指好奇服之心,未曾衰减。 ④铗(jiá夹):剑柄。长铗,指长剑。陆离:长貌。 ⑤冠(guàn贯):动词,戴冠。切云:高冠名。崔嵬(wéi维):高耸貌。以上二句是说,我佩着长长的剑,戴着高高的切云冠。 ⑥被:同"披"。明月:宝珠名。因珠光晶莹,有似月光,故名。珮:同"佩"。璐(lù路):美玉名。这句是说,披挂着明月珠,佩戴着珍贵的美玉。 ⑦世:世道。溷(hùn混)浊:混浊,污浊。莫余知:不知道我,不理解我。 ⑧高驰:高高飞驰。以上二句是说,世道污浊不堪,没有人理解我,我正在高高飞驰,不顾世人到底怎样看我。 ⑨虬(qiú求):龙类。骖(cān餐):古代一车四马,两边的马叫骖,这里是动词,以……为骖。螭(chī痴):无角的龙。 ⑩重华:即帝舜。瑶:玉也。圃:园。瑶之圃,指天帝的花园。以上二句是说,我驾上青虬,以白螭为骖,我和帝舜一道游于天帝的瑶圃。 ⑪昆仑:神话中的西方神山名,传说是神仙居住之地,产美玉等宝物。玉英:玉树开的花。 ⑫同寿:同年寿,活得同样长。 ⑬同光:发出同样的光辉。 ⑭南夷:指楚国的南方土著居民。 ⑮旦:早晨。济:渡水。乎:于。江湘:长江、湘水。以上二句是说,哀叹南夷之地无人理解我,我却在早晨渡过长江和湘水流放向南方。 ⑯乘:登。鄂(è扼)渚(zhǔ煮):洲名,在今湖北省武汉市武昌附近江中。反顾:回望。 ⑰欸(āi哀):叹息。秋冬:偏义于冬。绪风:余风,指冬末之寒风。以上二句是说,登上鄂渚我回头望去,哀叹于冬末的寒风之中。 ⑱步:缓步。山皋(gāo高):山边。 ⑲邸(dǐ抵):停下。方林:地名,不详所在。以上二句是说,让我的马在山边缓行,停下我的车在方林。 ⑳舲(líng铃)船:有窗的小船。沅:水名,在今湖南省境内。上沅,指溯沅水上行。 ㉑齐:一同举起双桨。榜:船桨。吴榜,吴国地方出的桨,这里

就指船桨。汰(tài 太):水波。以上二句是说,乘着有窗户的船,我溯沅水而上行,划动双桨击荡着水波。　㉒容与:舒缓貌。　㉓淹:久。回水:回旋的水流。疑:"凝"字之误写。凝滞:滞留不进。以上二句是说,船儿缓慢不前,久久地在回旋的水流中滞留。　㉔枉渚:地名,在今湖南省常德市南。　㉕辰阳:地名,在今湖南省辰溪县西南。　㉖端直:端方正直。　㉗僻:偏僻。伤:悲伤。以上二句是说,只要我的心是正直的,虽把我流放到偏僻遥远的地方又有什么值得伤心的呢?　㉘溆(xù 叙)浦:地名,今湖南省有溆浦县,这里的溆浦当在溆水沿岸某地。儃(chán 缠)佪(huí 回):徘徊不进貌,这里指迷路的样子。　㉙如:往。以上二句是说,进入溆浦,因道路曲折,我转来转去迷了路,不知向哪儿走才好。　㉚杳(yǎo 咬):幽深。冥冥:阴暗貌。　㉛狖(yòu 又):长尾猴。　㉜峻高:险峻高大。　㉝幽晦:幽深阴暗。　㉞霰(xiàn 现):雪珠。垠(yín 银):边际。　㉟霏(fēi 非)霏:云盛貌。承:承接。宇:天宇。一说宇是屋檐。以上二句是说,霰雪纷纷,无边无际,阴云密布,弥漫苍天。　㊱幽独:幽寂孤独。处:居住。　㊲从俗:随从世俗的好恶。　㊳固:本来。终穷:终生穷困。以上二句是说,我不能改变心志而随从世俗,本将在愁苦之中穷困终生。　㊴接舆:春秋时楚国的隐士,就是《论语》所说的"楚狂接舆"。髡(kūn 昆):古代的一种刑罚,剃掉犯人的头发。　㊵桑扈(hù 户):古代隐士名。可能是《庄子·大宗师》中的子桑户;一说是《论语》所说的子桑伯子。臝(luǒ 裸):同"裸"。以上二句是说,接舆被剃去头发,桑扈穷得裸体而行。一说,接舆是自髡其首,桑扈是自裸其身,以玩世不恭的行为表示对社会现实的不满。　㊶以:用。以上二句是说,忠臣贤人不一定能得到任用。　㊷伍子:伍子胥,春秋时吴国大夫,助吴王阖闾夺取王位,并击破楚国。吴王夫差时,因反对接受越国的求和和伐齐,被夫差赐死。遭殃:遭受祸殃。　㊸比干:商代最末代君主纣王的叔父,屡次劝谏纣王停止暴行,被纣王残害而死。菹(zū 租)醢(hǎi 海):古代的一种把人剁成肉酱的酷刑。　㊹与:举。皆然:都是这样。　㊺董:正。豫:犹豫。　㊻重(chóng 虫)昏:犹言屡次遭遇黑暗。以上二句是说,我将坚守正道而无所犹豫,必将屡遭黑暗而直至终身。　㊼乱:乐章最末段叫乱,后来借用作为辞赋最后总括全篇内容的收尾。　㊽鸾(luán 栾)鸟:传说中的凤凰一类神鸟。鸾鸟凤凰,比喻忠臣贤士。　㊾日以远:一天比一天远离。　㊿燕雀乌鹊:都是普通的鸟,比喻奸臣庸人。　㉛巢:做巢。堂:殿堂。坛(tán 谈):楚方言,楚人谓中庭为坛。㉜露申:芳香的花木名,所指不详。辛夷:香木名,又称木笔,高可二三丈。㉝林薄:朱熹《楚辞集注》:"丛木曰林,草木交错曰薄。"这里指林木杂草丛生之地。㉞腥臊:腥臭之物,比喻坏人。御:进用。㉟芳:芳香之物,比喻贤人。薄:接近。㊱阴阳:黑夜和白昼。夜晚为阴,白天为阳。易位:交换了位置。㊲时:天时。不当(dàng 荡):不适当。以上二句是说,昼夜错乱是天时不当。这是比喻世道黑暗混乱,黑白颠倒。㊳信:忠诚。侘(chà 诧)傺(chì 翅):怅然伫立,失意的样子。㊴忽:迅速。以上二句是说,怀抱忠信,却总是失意,我还是赶快走吧。

宋 玉

宋玉,楚国人,稍后于屈原,他的生卒年和生平都不得其详,是屈原之外最重要的楚辞作家。

宋玉在文学史上虽与屈原并称为"屈宋",但实际上他的作品缺少屈原那种强烈的爱国主义精神和积极浪漫主义情调。

宋玉的作品公认的只有《九辩》一篇。这篇长篇抒情诗,抒发了一个"失职的贫士"怀才不遇的悲愤不平,其悲秋气氛的描写极具特色,是一篇情景交融、意境深远的优秀作品。

九 辩①(节录)

悲哉秋之为气也②!萧瑟兮草木摇落而变衰③。憭栗兮若在远行④;登山临水兮送将归⑤。泬寥兮天高而气清⑥。寂寥兮收潦而水清⑦。憯凄增欷兮,薄寒之中人⑧。怆怳懭悢兮,去故而就新⑨。坎廪兮贫士失职而志不平⑩。廓落兮羁旅而无友生⑪。惆怅兮而私自怜⑫。燕翩翩其辞归兮⑬,蝉寂漠而无声⑭。雁廱廱而南游兮⑮,鹍鸡啁哳而悲鸣⑯。独申旦而不寐兮⑰,哀蟋蟀之宵征⑱。时亹亹而过中兮⑲,蹇淹留而无成⑳。

悲忧穷戚兮独处廓㉑,有美一人兮心不绎㉒。去乡离家兮徕远客㉓,超逍遥兮今焉薄㉔?专思君兮不可化㉕,君不知兮可奈何㉖!蓄怨兮积思㉗,心烦憺兮忘食事㉘。愿一见兮道余意㉙,君之心兮与余异。车既驾兮揭而归㉚,不得见兮心伤悲㉛。倚结軨兮长太息㉜,涕潺湲兮下沾轼㉝。忼慨绝兮不得㉞,中瞀乱兮迷惑㉟。私自怜兮何极㊱,心怦怦兮谅直㊲。

①九辩:《九辩》原是古乐曲名,宋玉借作标题。王夫之说:"辩,犹遍也。一阕为之一遍。"(《楚辞通释》卷八)《九辩》共九段,这里节录第一、二,第五、六和第九段(分段

依王夫之《楚辞通释》)。　②气:这里指秋天肃杀寒凉的阴冷之气。　③萧瑟:萧条寂寞貌。一说,风吹草木之声。　④憭(liáo辽)栗(lì立):凄怆。　⑤送将归:送别将归去之人。　⑥泬(xuè血)寥:空旷貌。　⑦寂寥(liáo辽):水静而清貌。潦(lǎo老):雨水大貌。收潦,指夏天的大雨到秋天逐渐减少。　⑧憯同"惨"。憯凄:即凄惨,悲痛貌。增欷(xī希):指叹息声增多了。薄寒:犹轻寒。中(zhòng众)人:侵袭人。　⑨怆(chuàng创)恍(huǎng谎)圹(kuàng矿)恨(lǎng朗):心情怅惘悲伤失意的样子。去故而就新:离别故人去接近新人。一说指离开旧地去新的地方。　⑩坎廪(lǎn览):坎坷困顿。贫士:作者自称。失职:失去职位。志:心意。志不平,犹心中不平。　⑪廓落:孤独空寂貌。羁(jī基)旅:异乡作客。友生:即朋友。　⑫自怜:自伤。　⑬翩(piān偏)翩:轻快飞行貌。辞归:秋天燕子辞别北方飞向南方。　⑭寂漠:即寂寞。　⑮雝(yōng拥)雝:同"雍雍",和谐的鸣声。　⑯鹍(kūn昆)鸡:鸟名,似鹤,黄白色。啁(zhāo召)哳(zhā札):繁杂细碎的叫声。　⑰申:至。申旦,犹达旦,直到天亮。寐(mèi妹):入睡。　⑱宵征:夜行。这里指夜里蟋蟀跳动、鸣叫。　⑲亹(wěi伟)亹:行进貌。过中:过了中年。　⑳蹇:语气词。淹留:久留。无成:指无所成就。　㉑戚:通"蹙"(cù促)。穷蹙,穷困。廓:空虚。独处廓,谓独自处在空虚的境地。　㉒有美一人:指作者自己。作者自以为有美好的品质,所以用美人自比。绎(yì意):借为"怿(yì意)",愉悦。　㉓徕:同"来"。徕远客,犹言来远方作客。　㉔超:远也。逍遥:这里指浮游。超逍遥,犹言浮游远方。焉:何。薄:止。这句是说,漂泊远方,现今有何处可以栖止?　㉕专思:一心地思念。君:楚王,当指楚顷襄王。化:改变。　㉖可奈何:犹无可奈何。这句是说,君王不知道自己的忠心,真是无可奈何。　㉗蓄怨:怨愤蓄于心。积思:思念积于心。　㉘憺(dàn淡):忧愁。食事:吃饭和做事。以上二句是说,自己怨愤和思念蓄积心头,烦闷忧愁得忘了吃饭和做事。　㉙一见:指一见君王。道:陈说。余意:指诗人的忠信之意。　㉚竭(qiè怯):离去。　㉛不得见:指不得见君王之面。以上二句是说,自己的车已驾好,准备离此而归,但不得见君王,心里犹自悲伤。　㉜倚:凭靠。结軨(líng零):軨指车箱栏木,因栏木错杂交结,故称结軨。长太息:长叹息。　㉝潺湲(yuán元):流水声,形容涕泪下流之多。沾:沾湿。轼(shì式):车箱前的横木,供人凭倚。以上二句是说,自己在车箱里长声叹息,泪流不断,沾湿了车轼。　㉞忼:同"慷"。慷慨是愤激之意。绝:断绝,指与楚王断绝关系。不得:不能够,办不到。这句是说,心里愤激的情绪真使自己要与楚王断绝关系,但实在又做不到。　㉟督(mào冒):昏乱。中督,犹心中昏乱。这句是说,自己心中昏乱迷惑。　㊱何极:犹言何时终了。　㊲怦(pēng烹)怦:心跳激烈。谅直:忠诚正直。以上二句是说,自己私自怜悯这样悲哀何时得了,心情激动是由于自信忠诚正直。以上是原文第一、二段。

何时俗之工巧兮①,背绳墨而改错②!却骐骥而不乘兮③,策驽骀而取路④。当世岂无骐骥兮?诚莫之能善御⑤。见执辔者非其人兮⑥,故駶跳而远去⑦。凫雁皆唼夫粱藻兮⑧,凤愈飘翔而高举⑨。圜凿而方枘兮⑩,吾固知其钼铻而难入⑪。众鸟皆有所登栖兮⑫,凤独遑遑而无所集⑬。愿衔枚而无言兮⑭,尝被君之渥洽⑮。太公九十乃显荣兮⑯,诚未遇其匹合⑰。谓骐骥兮安归⑱?谓凤皇兮安栖⑲?变古易俗兮世衰⑳,今之相者兮举肥㉑。骐骥伏匿而不见兮㉒,凤皇高飞而不下㉓。鸟兽犹知怀德兮㉔,何云贤士之不处㉕?骥不骤进而求服兮㉖,凤亦不贪餧而妄食㉗。君弃远而不察兮㉘,虽愿忠其焉得㉙?欲寂漠而绝端兮㉚,窃不敢忘初之厚德㉛。独悲愁其伤人兮,冯郁郁其何极㉜!

霜露惨凄而交下兮㉝,心尚幸其弗济㉞。霰雪雰糅其增加兮㉟,乃知遭命之将至㊱。愿徼幸而有待兮㊲,泊莽莽与野草同死㊳。愿自直而径往兮㊴,路壅绝而不通㊵。欲循道而平驱兮㊶,又未知其所从㊷。然中路而迷惑兮㊸,自压桉而学诵㊹。性愚陋以褊浅兮㊺,信未达乎从容㊻。窃美申包胥之气盛兮㊼,恐时世之不固㊽。何时俗之工巧兮,灭规矩而改凿㊾。独耿介而不随兮㊿,愿慕先圣之遗教(51)。处浊世而显荣兮,非余心之所乐。与其无义而有名兮,宁穷处而守高(52)。食不媮而为饱兮(53),衣不苟而为温(54)。窃慕诗人之遗风兮(55),愿托志乎素餐(56)。蹇充倔而无端兮(57),泊莽莽而无垠(58)。无衣裘以御冬兮(59),恐溘死不得见乎阳春(60)。靓杪秋之遥夜兮(61),心缭悷而有哀(62)。春秋逴逴而日高兮(63),然惆怅而自悲。四时递来而卒岁兮(64),阴阳不可与俪偕(65)。白日晼晚其将入兮(66),明月销铄而减毁(67)。岁忽忽而遒尽兮(68),老冉冉而愈弛(69)。心摇悦而日幸兮(70),然怊怅而无冀(71)。中憯恻之凄怆兮(72),长太息而增欷(73)。年洋洋以日往兮(74),老嵺廓而无处(75)。事亹亹而觊进兮(76),蹇淹留而踌躇(77)。

①时俗:当时的风气。工巧:善于取巧。 ②背:违反。绳墨:木工用的画线取直的工具。改错:即改措,改变正常的措施。这句是说,背弃准则,改变措施。 ③却:拒绝。骐骥:骏马,喻贤人。 ④策:马鞭,这里用作动词,用鞭子赶马。驽(nú 奴)骀(tái 苔):劣马,喻小人,庸人。取路:赶路。 ⑤御:驾驭。以上二句是说,当世难道就没有良马了吗?实在是没有人能善于驾驭它呵。比喻世有贤人,但人主却不会用贤。⑥辔(pèi 佩):马缰绳。执辔者,指驾马赶车之人。非其人:这里指不合适的执辔者。⑦駶(jú 局)跳:跳跃。以上二句是说,骐骥见驾马者不是合适的人,所以跳跃而避去远方。比喻贤人见统治者昏庸,所以远去。 ⑧凫(fú 浮):野鸭。唼(shà 霎):水鸟

或鱼类吃食貌。梁:粟米。藻:水草。这句是比喻群小在位食重禄。 ⑨高举:高飞。这句是比喻贤人远引。 ⑩圜(yuán 元):同"圆"。圜凿(zuò 做),指木工用凿子凿成的圆孔。枘(ruì 瑞):木工把木的一端削成的榫(sǔn 损)。方枘,方形的榫头。 ⑪鉏(jǔ 矩)铻(yǔ 语):同"龃龉",相拒不容貌。以上二句是说,圆的孔却用方的榫头,我本来就知道它们彼此不相合,是插不进去的。 ⑫众鸟:比喻群小,庸人。有所登栖:比喻庸人们皆各得栖止之所。 ⑬遑(huáng 皇)遑:急促匆忙貌。集:栖止。这句是比喻贤人窜逐,无所依托。 ⑭枚:形状像筷子,用竹或木做成,行军时横衔于口,可以防止喧哗。衔枚,比喻闭口静默不言。 ⑮尝:曾经。被:受,蒙受。渥(wò 沃):厚。洽(qià 恰):恩泽。以上二句是说,自己本打算缄默不语,但曾蒙受君王之大恩,所以又于心不忍。 ⑯太公:姜太公姜尚,曾为屠宰,后遇周文王,被举为师。显荣:显名荣耀。 ⑰匹:配。匹合,指君臣相得。以上二句是说,姜太公九十岁才显名荣耀,实在是因为原来他未遇到明主与他相配合。 ⑱安归:何归。 ⑲凤皇:即凤凰。安栖:何栖,栖止在何处。 ⑳变古:指古风古道已变。易俗:指风俗已改易。世衰:世道已衰。 ㉑相者:相马者,察选马的人。举肥:举荐肥马。这句是说,今天的相马者,只知道挑选肥马。比喻执政者只知从表面上来选拔人才。 ㉒伏匿:隐藏。 ㉓高飞:比喻遁世远隐。以上二句比喻贤人都逃世远隐。 ㉔怀德:怀念有道德的人。 ㉕不处:不愿留居。以上二句是说,鸟兽还知道怀念有道德的人,怎么能说贤士不愿留居在有德之君的身边呢?意指贤士不留,乃因君主无德。 ㉖骤进:急进。服:拉车。 ㉗餧(wèi 喂):同"喂"。妄食:随便吃。以上二句是比喻贤士决不肯迁就别人以贪求禄位。 ㉘弃远:指弃贤人而远之。 ㉙焉得:怎么能得。以上二句是说,君王不明察贤愚而远弃贤人,贤士虽想忠诚于君又怎能实现其志向? ㉚寂漠:即寂寞。绝端:指断绝对君王眷恋的思绪。 ㉛窃:私下。初:当初,原先。以上二句是说,虽想自甘寂寞,从此断绝对君王的眷恋之情,但私下又不敢忘记君王当初对自己的大恩大德。 ㉜冯(píng 平):通"凭",满。冯郁郁,愁心满结。极:穷尽。以上二句是说,自己孤独悲愁,伤心异常,这郁结之情何时终了。 ㉝交下:交错而降。 ㉞幸:希望。弗济:不济,不成。以上二句是说,小人们对自己的排挤打击犹如霜露交下,但自己还希望这些小人不能成功。 ㉟霰(xiàn 现):雪珠。雰(fēn 分):霰雪盛大貌。糅(róu 柔):混杂。这句是比喻排挤打击的加重。 ㊱遭:遇到。命:命运。命之将至,犹言生命将终。 ㊲徼幸:同"侥幸"。有待:有所期待。 ㊳泊:止,犹言置身。莽莽:草木盛貌,这里指林野之地。以上二句是说,自己曾希望侥幸能摆脱困境而有所期待,可到头来却仍如置身于林野之地,与草木同死。 ㊴自直:自己去表白正直之心。径往:指直接去见君王。 ㊵壅:堵塞不通。绝:指道路断绝。以上二句是说,自己愿意直接去见楚王表白自己的忠诚正直之心,但道路堵塞断绝,不得通行。 ㊶循道:遵循大路。平驱:指平稳地驰驱。 ㊷从:由。以上二句是说,想要顺大路而行,又不知从哪儿走,才能见到君王。 ㊸中路:半道儿。迷惑:迷失方向。　㊹桉:同"按"。压桉,克制自己。学诵:指学诗。古人认为诵诗能珥情定志,所以诗人为了压制自己内心的愤激要学诗。诗指《诗经》。　㊺性:生性。陋:指见识浅陋。褊(biǎn 扁):狭隘。浅:肤浅。这句是说,自己生性愚陋,而且狭隘肤浅。　㊻信:真正,实际上。达:达到。从容:舒缓貌,这里指心情平缓安静。这句意思是说,自己虽以学诗来珥情定志,但实际上并未能做到心情舒缓平静。　㊼美:赞美。申包胥:春秋时楚大夫。吴伐楚,攻破郢都。申包胥赴秦求救,痛哭于秦庭七天七夜,终于感动了秦哀公,出兵救楚。气盛:志气壮盛。作者引这个故事,赞美申包胥敢于直接赴秦求救的精神。　㊽固:疑作"同",形近而误。一说"固"通"故"。不固,不与从前一样。以上二句是说,私下赞美申包胥志壮气盛,又恐怕时世不同,难以仿效。　㊾规:画线取圆的工具。矩:画线取方的工具。凿(záo):给器物打眼。这句是说,小人们不按规矩画圆取方,却胡乱打眼儿。比喻小人们不按原则办事胡来一套。　㊿耿介:光明正直。随:指随波逐流。　㉑慕:追慕。先圣:先代的圣贤。以上二句是说,自己独光明耿直而不随波逐流,愿意追慕先贤们的遗教。　㉒宁:宁愿,宁可。穷处:处于困境。守高:坚守高尚的节操。　㉓媮(tōu 偷):同"偷",苟且。　㉔温:指穿得暖和。以上二句是说,自己行为不苟且,于心无愧,尽管衣食都不能温饱。　㉕诗人:先秦时代称《诗经》为《诗》,诗人也就是指《诗经》的作者,这里所说到的"素餐"出自《诗经·魏风·伐檀》,因此,诗人是指《伐檀》的作者。遗风:遗留的高尚风格。　㉖托志:寄托志向。素餐:《伐檀》有"彼君子兮,不素餐兮"之句,我们现在理解这两句诗是诗人讽刺统治阶级的"君子"白吃饭,宋玉把"素餐"解为饮食的朴素。以上二句是说,自己暗自仰慕《伐檀》作者的高尚风格,自己的志向也是像"诗人"那样过着俭朴的生活。　㉗蹇:通"謇",发语词。偃:通"讪(qū 屈)"。充讪,自满貌。无端:没有终极。　㉘泊:止,犹置身。垠(yín 银):边际。以上二句分而言之,上句说,楚之君臣没完没了地志得意满;下句说,自己却置身于没有边际的林野之地。一说,泊,无定貌。下句说自己漂泊而无所归宿。　㉙裘:皮衣。御冬:抵御冬寒。　㉚溘(kè 克):忽然。阳春:和暖的春天。以上二句是说,自己没有棉衣皮袄抵御冬天的严寒,恐怕会忽然死去,再也见不到和暖的春天了。　㉛靓(jìng 静):通"静"。秒(miǎo 秒):木末曰秒,树木的末梢。秒秋:即暮秋。遥夜:长夜。　㉜缭(liáo 辽)悷(lì 立):缠绕郁结。以上二句是说,在寂静的秋末长夜里,心里缠绵郁结着悲哀。　㉝春秋:指年岁。逴(chuò 绰)逴:远貌,这里指过去的岁月很远。高:指年高。日高,指年岁一天比一天大。　㉞四时:春夏秋冬四季。递来:更迭而至。卒岁:过完了一年。　㉟阴阳:指日月转运,运行不息的时光,这里指寒往暑来的变化。俪偕:比并。以上二句是说,四季更迭而来,又过了一年,寒往暑来,岁月难以追及。　㊱晼(wǎn 碗)晚:太阳将下山的光景。入:指太阳落山。　㊲销铄(shuò 朔):本是熔化之意,这里指月亮的损缺。减毁:月亮阴历十五而圆,十五之后逐渐缺损,以至于消隐,故言减毁。　㊳忽忽:形容时间过得快。遒(qiú 囚):追近。　㊴冉(rǎn 染)冉:渐进貌。

弛:松懈。以上二句是说,年岁很快就接近终了,年岁愈老,心越来越松懈。　⑦摇悦:动摇而喜悦,指心动而喜的心理状态。日幸:日日心存侥幸的念头。　㋋怊(chāo超)怅:即惆怅之意。无冀:指又觉得没有希望。以上二句是说,有时心动而喜,日日抱着侥幸的想法,但终了还是惆怅悲伤而感到没有希望。这两句描写了诗人时而心存希望,时而感到绝望的心理状态。　㋌憯:同"惨"。憯恻(cè测),凄惨悲伤。凄怆:与憯恻义近。　㋍长太息:长叹息。欷(xī希):抽咽声。以上二句是说,心中悲伤已极,禁不住长声叹息和不断抽咽。　㋎年:指时光,不是指年岁。洋洋:广大无边貌。日往:一天天地过去。　㋏老:指人老。嶛(liáo辽):与"寥"通。嶛廓,即寥廓,空虚貌。无处:指身无归宿之处。以上二句是说,时光是无穷无尽的,一天一天地过去,但自己年岁已老,仍然心情空虚,身无归处。　㋐事:指国事。亹(wěi伟)亹:行进貌,这里指国事在不断发展变化。觊(jì计):企望,企图。进:进身为国事效力。　㋑淹留:久留。踌(chóu筹)躇(chú除):进退犹豫不决貌。以上二句是说,国事正在不断发展变化,自己还企图进身效力,所以还在此久留而踌躇不去。以上是原文第五、六段。

　　愿赐不肖之躯而别离兮①,放游志乎云中②。乘精气之抟抟兮③,骛诸神之湛湛④。骖白霓之习习兮⑤,历群灵之丰丰⑥。左朱雀之茇茇兮⑦,右苍龙之躣躣⑧。属雷师之阗阗兮⑨,通飞廉之衙衙⑩。前轻辌之锵锵兮⑪,后辎乘之从从⑫。载云旗之委蛇兮⑬,扈屯骑之容容⑭。计专专之不可化兮⑮,愿遂推而为臧⑯。赖皇天之厚德兮⑰,还及君之无恙⑱。

①不肖:不贤。　②游志:漫游的心意。乎:在。以上二句是说,希望君王赐还自己的不肖之身,让自己离去,随即放散漫游之志在那云天之中遨游。　③精气:指充满天地之间的元气。抟(tuán团)抟:聚集貌。　④骛(wù务):追逐。湛湛:深厚貌,指诸神密集。以上二句是说,自己乘着聚集成团的元气,追逐着成群的神灵。　⑤骖(cān餐):车前两侧的马。骖白霓,是说以白霓为骖马。霓(ní尼):雨过之后,常出双虹,色鲜盛者为雄,暗者为雌,雄曰虹,雌曰霓,又称副虹。习习:飞动貌。　⑥历:经过。群灵:群神,这里指群星。丰丰:多貌。以上二句是说,驾着以白霓为骖的车飞游,经过众多的星宿。　⑦朱雀:星座名,二十八宿中南方七宿(井、鬼、柳、星、张、翼、轸)的总名,因七星相连,形似鸟,又叫朱鸟。茇(pèi配)茇:飞舞貌。　⑧苍龙:星座名,二十八宿中东方七宿(角、亢、氐、房、心、尾、箕)的总名。躣(qú渠)躣:行貌。以上二句是说,左边看见了飞舞着的朱雀,右边看见了行进中的苍龙。　⑨属(zhǔ主):连接,这里指跟随在后。阗(tián田)阗:这里形容雷声。　⑩通:指在前开路。飞廉:风神。衙(yú鱼)衙:行貌。以上二句是说,让雷师跟随在后,让风神开路于前。

⑪轻辌(liáng 梁):一种轻车名。锵(qiāng 枪)锵:车铃声。　⑫辎(zī 资)乘(shèng 圣):辎重车。从(cōng 聪)从:车铃声。　⑬云旗:以云为旗。一说,指画有云霓的旗。载云旗,指车上载有云旗。委(wēi 威)蛇(yí 宜):延伸曲折貌,这里形容旗帜舒卷起伏的样子。　⑭扈(hù 户):侍从。屯骑:聚集的车骑。容容:变动之貌。指车队行进中,队形不时在变动。或说是从容之意,盛大之貌。以上二句是说,车上的云旗在迎风招展,扈从的车骑在缓缓行进。　⑮计:思考。专专:专一。不可化:不可改变。　⑯推:指推广自己的专一于君王的心意。臧(zāng 脏):善。以上二句是说,想到了自己对君王的忠心决不改变,并愿意推广这种忠心与人,变易其心以为善。　⑰赖:依仗。厚德:犹大德。　⑱君:指楚王。恙(yàng 样):疾病。以上两句是说,仰仗着皇天的深恩厚德,希望它仍施其德泽及我君王,使他无病无灾,身体健康。以上是原文第九段。

秦汉

李 斯

李斯(？—前208)，楚国上蔡(今属河南省)人，曾与韩非一同师事荀子。早年为楚小吏，后入秦。秦王(后称始皇)拜为客卿，升廷尉，协助始皇规划统一中国的策略。始皇统一六国后，李斯任丞相，又协助秦始皇推行一系列加强封建君主专制的措施。秦二世即位后，被赵高陷害而死。

李斯不仅是中国封建社会早期著名的政治家，也是秦代唯一的作家，鲁迅先生说："秦之文章，李斯一人而已。"(《汉文学史纲要》)《谏逐客书》为其代表作，全文辞藻丰富，比喻精警，语意深曲委婉，论述深入透彻，喜用排比对偶句式，音节铿锵，风格峭刻。

谏 逐 客 书①

臣闻吏议逐客，窃以为过矣②。昔穆公求士③，西取由余于戎④，东得百里奚于宛⑤，迎蹇叔于宋⑥，来丕豹、公孙支于晋⑦。此五子者，不产于秦，而穆公用之，并国二十，遂霸西戎⑧。孝公用商鞅之法⑨，移风易俗，民以殷盛，国以富强，百姓乐用，诸侯亲服⑩，获楚魏之师⑪，举地千里，至今治强⑫。惠王用张仪之计⑬，拔三川之地⑭，西并巴蜀⑮，北收上郡⑯，南取汉中⑰，包九夷，制鄢郢⑱，东据成皋之险⑲，割膏腴之壤⑳，遂散六国之从㉑，使之西面事秦㉒，功施到今㉓。昭王得范雎㉔，废穰侯，逐华阳㉕，强公室，杜私门㉖，蚕食诸侯㉗，使秦成帝业。此四君者，皆以客之功㉘。由此观之，客何负于秦哉㉙！向使四君却客而不内㉚，疏士而不用㉛，是使国无富利之实，而秦无强大之名也㉜。

①谏：直言规劝，使改正错误。逐客：这里指驱逐六国在秦之人。书：指上书。李斯在秦国做客卿时，韩国派名叫郑国的人帮助秦修渠，企图借此耗损秦的国力。事发，秦

宗室大臣趁机劝秦王"逐客",李斯亦在被逐之列,于是他写了这篇《谏逐客书》。　②吏:官吏。窃:私下,表示个人意见时的谦辞。过:错误。　③穆公:秦穆公,名任好,春秋时秦国国君,公元前659年—前621年在位,春秋五霸之一。士:当时把以技能知识为统治阶级服务的人称为士,包括文士和武士。　④由余:本是晋国人,先在西戎做官,后投奔秦,助穆公统一西戎各部。西戎:指当时的西部的少数民族。　⑤百里奚:楚人,曾为虞国(在今山西省平陆县北)大夫。晋灭虞后,以百里奚作为晋献公之女的陪嫁奴仆入秦,秦穆公任为大夫。宛:楚邑,今河南省南阳市。　⑥蹇(jiǎn 简)叔:原是西戎岐(今陕西省岐山县)人。游于宋,受百里奚推荐入秦,秦穆公礼聘为上大夫。与由余、百里奚等助成秦穆公霸业。　⑦来:使之来。丕豹:晋国人。晋惠公杀其父丕郑后逃入秦。公孙支:秦大夫,穆公谋臣,又名公孙子桑。曾游晋,后入秦。　⑧产:出生。并国:兼并了别的国家。遂霸西戎:于是称霸西戎。《史记·秦本纪》:"(秦穆公)三十七年,秦用由余谋伐戎王,益国十二,开地千里,遂霸西戎。"　⑨孝公:秦孝公,名渠梁,战国时秦国国君,公元前361年—前338年在位。任用商鞅实行变法,使秦国日益富强。　⑩殷盛:富实兴旺。乐用:乐于为国效力。亲服:依附服从。　⑪获:俘获,指战胜。师:军队。"获楚魏之师"当指下列史实,《史记·楚世家》:"(楚)宣王三十年,秦封卫鞅于商,南侵楚。"《秦纪》:"孝公十年,卫鞅为大良造,将兵围魏安邑,降之。""二十二年,卫鞅击魏,虏魏公子卬。"　⑫举地:开拓疆土。治强,犹政治安定,国家强盛。　⑬惠王:秦惠文王,名驷,孝公之子。张仪:魏国人,任惠文王相,著名的纵横家。主张秦用"连横"破六国"合纵"。　⑭拔:攻取。三川:指黄河、洛河、伊水。三川之地,指今河南省洛阳市一带地区。张仪曾建议惠文王取三川,但拔三川之地是在秦武王之时(见《秦本纪》)。　⑮巴蜀:当时的二国名,巴在今四川东部,蜀在今四川西北部。《史记·秦本纪》"索引"引《蜀王本纪》:"张仪伐蜀,蜀王开战不胜,为仪所灭也。"事在惠文王更元九年(前316),巴亦在同年并于秦。　⑯上郡:郡名,战国魏地,辖地约当今陕西北部及内蒙古自治区的一部分。《史记·秦本纪》:"秦惠文王十年(前328),张仪相秦,魏纳上郡十五县。"　⑰汉中:郡名,战国楚地,辖境当今陕西省汉中一带。《史记·秦本纪》:"秦惠文王更元十三年(前312),攻楚汉中,取地六百里,置汉中郡。"　⑱包:包举,占有。九夷:指居于楚国境内的少数民族。制:制服,控制。鄢(yān 烟):楚古都,在今湖北省宜城市。郢(yǐng 影):楚都,在今湖北省江陵西北。　⑲成皋:古邑名,在今河南省荥(xíng 形)阳汜水镇,原名虎牢,后改成皋,形势险要,秦庄襄王元年(前249),韩献成皋。　⑳膏腴:肥沃。壤:指土地。　㉑散:离散。从:同"纵",指东方六国联合抗秦的合纵策略。　㉒西面:面向西,西向。秦国在东方六国之西。事秦:指服从秦国。　㉓功施(yì 异)到今:功业延续至今。　㉔昭王:秦昭襄王,名则,一名稷,惠文王之子,武王之弟,公元前306年—前251年在位。范雎(jū 居):字叔,战国时魏人,后入秦,为昭王相,主张远交近攻,歼灭诸侯力量。封于应,又称应侯。　㉕穰(ráng 瓤)侯:即魏冉,原为楚人,秦昭王母宣太后异父弟。秦武王去世,在内乱中拥立昭王。初任将军,后屡次任相,封于穰,故称穰侯。华阳:即华阳君,名芈(mǐ米)戎,宣太后同父弟,封华阳君。他与魏冉专权三十多年。后昭王听范雎的意见,废太后,放逐魏冉、芈戎。 ㉖公室:指国家。杜私门:指杜绝贵族专权之路。 ㉗蚕食诸侯:指像蚕吃桑叶一样一点一点地削弱诸侯的力量,兼并他们的土地。 ㉘四君:指穆公、孝公、惠文王、昭襄王。以客之功:依靠"客"的功业。 ㉙负:辜负,负心。 ㉚向使:假使。却:拒绝。内(nà纳):同"纳",接纳。 ㉛疏士:疏远贤士,这里实际上指疏远"客"。 ㉜实:实际情况,与后一句"名"相对。

今陛下致昆山之玉①,有随和之宝②,垂明月之珠③,服太阿之剑④,乘纤离之马⑤,建翠凤之旗⑥,树灵鼍之鼓⑦。此数宝者,秦不生一焉,而陛下说之⑧,何也?必秦国之所生然后可,则是夜光之璧不饰朝廷⑨,犀象之器不为玩好⑩,郑卫之女不充后宫⑪,而骏良駃騠不实外厩⑫,江南金锡不为用,西蜀丹青不为采⑬。所以饰后宫、充下陈、娱心意、悦耳目者⑭,必出于秦然后可,则是宛珠之簪⑮,傅玑之珥⑯,阿缟之衣⑰,锦绣之饰⑱,不进于前,而随俗雅化,佳冶窈窕,赵女不立于侧也⑲。夫击瓮叩缶⑳,弹筝搏髀㉑,而歌呼呜呜快耳者㉒,真秦之声也;郑卫、桑间、韶虞、武象者,异国之乐也㉓。今弃击瓮叩缶而就郑卫,退弹筝而取韶虞,若是者何也?快意当前,适观而已矣㉔。今取人则不然。不问可否,不论曲直,非秦者去,为客者逐。然则是所重者在乎色乐珠玉,而所轻者在乎人民也。此非所以跨海内、制诸侯之术也㉕。

①致:得到,求得。昆山:传说中的产玉之山。 ②随和之宝:指随侯珠、和氏璧,是当时认为最珍贵的宝物。《淮南子·览冥训》记载,随国国君救了一条大蛇,蛇衔珠报答,此就是随侯珠。《韩非子·和氏》篇记载,楚人卞和在山中得了一块璞,献楚厉王,玉工说是石头,于是砍了卞和右脚。后献给楚武王,又砍了左脚。到楚文王时被识为宝玉,这就是和氏璧。 ③明月之珠:即明月珠,一种宝珠。《后汉书·西域传》说,大秦(指罗马帝国)产明月珠。一说,此指夜光珠。 ④服:佩。太阿之剑:即太阿剑,宝剑名。《越绝书》说,楚王召欧冶子、干将铸了三把剑,叫干将、莫邪、太阿。 ⑤纤离:骏马名。 ⑥建:竖。翠凤之旗:用翠鸟羽毛组合成凤凰形图案的旗子。 ⑦树:设置。灵鼍(tuó驼)之鼓:鼓名,用神鼍(一种鳄鱼)皮做成。 ⑧说(yuè悦):同"悦",喜欢。之:指上面几种宝物。 ⑨夜光之璧:夜间发光的玉璧。饰:装饰。 ⑩犀象之器:犀牛角和象牙制成的器具。玩好(hào号):赏玩嗜好的物品。 ⑪郑卫:春秋时的国名,据说郑卫的女子美而能歌善舞。后宫:指国君的寝宫。 ⑫骏良駃(jué决)騠(tí提):北方所产之良马。实:与前一句之"充",均为充实、充满之意。

厩(jiù 旧):马棚。 ⑬丹青:指丹砂、青䕻(hù 户),可做颜料。 ⑭下陈:犹后列,指侍妾之类。 ⑮宛珠:宛地产的宝珠。宛珠之簪(zān),用宛珠镶着的簪子。 ⑯傅:同"附"。玑:不圆的宝珠。珥(ěr 耳):耳环。傅玑之珥,泛指带着珠子的耳环。 ⑰阿:齐国有东阿县,此地产缯帛。缟(gǎo 搞):白色的丝织品。阿缟之衣,指齐国东阿所产之丝绸制成之衣。 ⑱锦绣之饰:织绣花纹的衣服领袖的边缘。 ⑲随俗雅化:追逐时尚,善于改变打扮。佳冶窈窕:容貌妖冶,体态苗条。赵女:古时认为赵地多美女。 ⑳瓮(wèng)、缶(fǒu 否):均为陶制乐器。叩:敲打。 ㉑筝(zhēng 争):弦乐器。搏髀(bì 必):拍着大腿,打拍子的动作。 ㉒呜呜:形容秦人唱歌声。 ㉓郑卫:指郑、卫的地方音乐,很好听。桑间:卫国地名,在濮水岸边,此地民间音乐极优美动听,古人称为桑间濮上之音。韶虞:韶是虞舜的乐曲,故称韶虞。武象:"武"是周武王的乐曲,"象"是周武王的舞。 ㉔适观:适合于观听。 ㉕跨:占据。海内:指全中国。制:制服。术:办法。

臣闻地广者粟多,国大者人众,兵强则士勇①。是以太山不让土壤,故能成其大②;河海不择细流,故能就其深③;王者不却众庶,故能明其德④。是以地无四方,民无异国⑤,四时充美⑥,鬼神降福。此五帝三王之所以无敌也⑦。今乃弃黔首以资敌国⑧,却宾客以业诸侯⑨,使天下之士退而不敢西向,裹足不入秦,此所谓"藉寇兵而赍盗粮"者也⑩。夫物不产于秦,可宝者多;士不产于秦,而愿忠者众。今逐客以资敌国,损民以益仇⑪,内自虚而外树怨于诸侯⑫,求国无危,不可得也。

①兵:军队。士:士兵。 ②太山:大山。让:辞让,拒绝。 ③择:挑选。细流:小溪流水。就:成就。以上二句是说,大河大海不加选择地接纳一切大小河流,所以才造成了它们的深。 ④却:推却,指不容纳。众庶:老百姓。明其德:彰明他的道德。 ⑤地无四方,民无异国:地不分四方之地,民不分别国之民。这实际上是说贤君应该不分地方、不分国别地普施德化。 ⑥四时:四季。充美:指富足美好。 ⑦五帝三王:古籍关于五帝三王说法很多,这里泛指古时的圣君贤主。 ⑧黔(qián 前)首:秦称百姓为黔首。资:资助。 ⑨宾客:指各诸侯国客居在秦的人。业诸侯:使诸侯成就其功业。 ⑩藉:借。寇:贼寇,歹徒。兵:兵器。赍(jī 基):持物送人。盗:强盗。这句说,这就是借给贼寇武器,送给强盗粮食。 ⑪损:减损。益:增。 ⑫自虚:使自己虚弱。树怨:树立仇怨。

贾　谊

贾谊(前200—前168),洛阳(今属河南省)人,汉初杰出的政治家和文学家。汉文帝召为博士,不久,升为太中大夫,提出了一套改革政治法制的主张。后因遭谗毁,贬为长沙王太傅。后来又作梁怀王太傅。怀王堕马死,贾谊"自伤为傅无状,哭泣岁余,亦死"(《史记·屈原贾生列传》),年仅三十三岁。

贾谊的文学成就主要在政论散文和辞赋。散文《过秦论》和辞赋《吊屈原赋》《鵩鸟赋》是他的代表作。其政论散文,逻辑严密,说理透辟;辞赋则哀怨缠绵,委婉曲折。文今存《新书》十卷五十八篇。

吊 屈 原 赋

共承嘉惠兮,俟罪长沙①。侧闻屈原兮,自沉汨罗②。造托湘流兮,敬吊先生③。遭世罔极兮,乃陨厥身④。呜呼哀哉,逢时不祥⑤!鸾凤伏窜兮,鸱鸮翱翔⑥。阘茸尊显兮,谗谀得志⑦;贤圣逆曳兮,方正倒植⑧。世谓伯夷贪兮,谓盗跖廉⑨;莫邪为顿兮,铅刀为铦⑩。于嗟嘿嘿兮,生之无故⑪!斡弃周鼎兮宝康瓠⑫,腾驾罢牛兮骖蹇驴⑬,骥垂两耳兮服盐车⑭。章甫荐屦兮,渐不可久⑮;嗟苦先生兮,独离此咎⑯!

①共:同"恭",敬。嘉:美,善。惠:恩惠。嘉惠,美称皇帝的恩惠,此指皇帝任命他为长沙王太傅的诏命。俟(sì 四):待。俟罪长沙,是说到长沙去待罪。长沙:汉长沙国,在今湖南省东部。汉高祖封吴芮(ruì 瑞)为长沙王。贾谊是当吴芮的玄孙吴差的太傅。以上二句是说,恭敬地接受皇上的诏命,到长沙去待罪。贾谊因受权臣谗毁,出为长沙王太傅,实是遭到贬谪,故说待罪。　②侧闻:从旁闻知。汨(mì 密)罗:江名,在今湖南省东北部。　③造:到。湘水:江名,汨罗江流入湘江。先生:指屈原。以上

二句是说,来到湘水边,托湘江之水,恭敬地吊祭屈原。 ④罔极:没有准则,指屈原的时代黑暗,世道没有是非原则。陨(yǔn 允):通"殒",指死。厥(jué 决):其,指屈原。以上二句是说,屈原遇到了黑暗混乱的时世,终于死去。 ⑤呜呼哀哉:表示悲叹之词。时:时世。不祥:不吉利。以上二句是说,唉,悲伤啊,逢上了这样一个不吉利的时代。 ⑥鸾凤:传说中凤凰之类的神鸟,比喻贤人。伏窜:隐伏逃窜,指贤人隐世避时。鸱(chī 痴)鸮(xiāo 消):猫头鹰之类的鸟,古人认为是恶鸟,比喻坏人。以上二句是说,鸾鸟凤凰都已隐伏远窜,鸱鸮却得意地翱翔。 ⑦阘(tà 踏)茸(róng 戎):不肖之人,不才之人。尊显:尊贵显耀。谗:诽谤。谀:谄媚。得志:得意。以上二句是说,无才无德之人尊贵显耀,诽谤别人和谄媚逢迎的人也志得意满。 ⑧逆曳:向相反方向拉,比喻贤圣不能顺顺当当行事。方正:指端方正直的人。倒植:倒置,颠倒位置,比喻正直之人被压制在下。 ⑨伯夷:古代的贤人,反对周武王灭商,隐于首阳山,不食周粟而死,被认为是节高行廉之人。盗跖(zhí 职):春秋时人,据说是率众反抗统治者的起义领袖,本名跖,历代统治阶级诬称他为盗跖。以上二句是说,世人都说伯夷贪心,盗跖廉洁。 ⑩莫邪:宝剑名,《越绝书》说,楚王召欧冶子、干将造三把剑,称干将、莫邪、太阿。顿:借作"钝"。铅刀:铅做的刀,指很钝的刀。铦(xiān 先):锋利。以上二句是说,世人认为莫邪宝剑是钝的,铅刀却是快的。 ⑪于:通"吁(xū 虚)"。于嗟,犹吁嗟,感叹词。嘿(mò 默)嘿:同"默默",不得意貌。生:先生,指屈原。故:故与辜音义相近。无故,犹言无端遭祸。 ⑫斡(wò 卧):转。斡弃,背弃,放弃。周鼎:传说禹造九鼎,后为周所得,为传国之宝,这里比喻宝器。宝:动词,宝贵,珍视。康:空。瓠(hù 户):这里指瓦壶。康瓠,即空瓦壶。这句是说,抛弃宝器不要,却看重空瓦壶。 ⑬腾:奔腾。罢(pí 疲):通"疲"。骖(cān 餐):驾在车前两侧的马。这里做动词用,以……为骖马。蹇(jiǎn 简):跛足。这句是说,驾着疲乏的牛奔腾,以跛足之驴为骖。 ⑭骥(jì 技):良马。服:驾。这句是说,良马却垂着两耳去拉盐车。 ⑮章甫:殷代一种礼冠。荐:垫。屦(jù 具):麻编结的鞋。渐:这里指鞋的逐渐磨损。以上二句是说,用礼冠做麻鞋垫,经不起长时间磨损。比喻贤人在下位,久必自损。 ⑯嗟苦先生兮:唉,苦命的先生啊。离:遭受。咎(jiù 救):罪过。以上二句是说,唉,苦命的先生,偏独自遭了这样的罪。

　　讯曰①:已矣②,国其莫吾知③,独壹郁兮其谁语④?凤漂漂其高遰兮⑤,夫固自缩而远去⑥。袭九渊之神龙兮⑦,沕深潜以自珍⑧。弥融爚以隐处兮⑨,夫岂从蚁与蛭螾⑩?所贵圣人之神德兮⑪,远浊世而自藏⑫。使骐骥可得系羁兮⑬,岂云异夫犬羊⑭!般纷纷其离此尤兮⑮,亦夫子之辜也⑯!瞵九州而相君兮⑰,何必怀此都也⑱?凤皇翔于千仞之上兮⑲,览德辉而下之⑳;见细德之险征兮㉑,摇增翮逝而去之㉒。彼寻常之污渎㉓,岂能容吞舟之鱼㉔!横江湖之鳣鲸兮㉕,固将制于蝼蚁㉖。

①讯曰:相当于楚辞的"乱曰"。在辞赋的篇末,有一段概括总结全篇之辞。《离骚》用"乱曰"引起,这里用"讯曰",同一体例。 ②已矣:算了吧! ③国其莫吾知:国人没有人了解我。吾,指屈原,也有自指之意。作者吊屈原也是自我伤悼。 ④壹(yīn因)郁:《汉书·贾谊传》作"壹郁",即抑郁,指心情阻塞忧闷。以上三句是说,算了吧,国中无人了解我,独自忧闷向谁诉说呢? ⑤漂漂:《汉书》作"缥(piāo飘)缥",皆通"飘飘",形容高飞貌。遰(shì逝):通"逝"。 ⑥自缩:《汉书》作"自引",自我避开之意。以上二句是说,凤凰飘然高飞,它本是自己避开远去。 ⑦袭:掩藏,遮盖。九渊:指水的极深处。 ⑧汩(mì密):潜藏。以上二句是说,藏在深渊中的神龙,深潜着自我珍重。 ⑨弥:远。融:明亮。爚(yuè悦):光。弥融爚,犹远离光亮。隐处:隐伏。 ⑩蚁:《汉书》作"虾"。蛭(zhì至):水蛭,即蚂蟥。蟥(yǐn引):同"蚓",蚯蚓。以上二句是说,神龙远离光亮之处隐伏自处,不同蚂蚁、蚂蟥和蚯蚓等混杂一处。 ⑪神德:非凡的美德。 ⑫浊世:浑浊的世道。以上二句是说,所珍贵的是圣人的非凡美德,远离污浊的世道而把自己掩藏起来。 ⑬使:假如,假使。骐骥:良马。系羁:束缚,羁绊。 ⑭岂云:怎能说。异:不同于。以上二句是说,假如骐骥能束缚得了,那怎能说它们不同于犬羊呢! ⑮般:通"斑"。斑纷纷,乱纷纷。离:遭。尤:罪过。 ⑯夫子:指屈原。辜:通"故",原因。以上二句是说,在那乱纷纷的世道里遭受这样的罪,也有先生你自己的原因啊。这是出于同情的埋怨。 ⑰瞝(chī痴):遍看,环视。《汉书》作"历"。九州:古代把中国分为九州,所以九州指全中国。相(xiàng象):察看,挑选。 ⑱怀:顾恋,怀恋。此都:指楚国。以上二句是说,应该遍观全中国去挑选贤君,何必只是眷恋楚国呢? ⑲凤皇:即凤凰。仞(rèn刃):古代以八尺或七尺为一仞。 ⑳德辉:道德的光辉。以上二句是说,凤凰高翔于千仞之上,只有看到君主有道德才下来。 ㉑细德:薄德。险征:危险的征兆。㉒翮(hé核):本指羽根,这里代称鸟翼。摇增翮,加快拍动翅膀。以上二句是说,凤凰只要见到有薄德之人显出的险恶征兆(即谋害之意),就赶快摇动双翼远飞离去。 ㉓寻:八尺为寻。常:倍寻(十六尺)为常。寻常,泛指不长。污渎(dú读),污浊的小水沟。 ㉔吞舟之鱼:能吞下舟的鱼,形容大鱼。以上二句是说,那短小的污水沟,岂能容得下吞舟的大鱼! ㉕鳣(zhān沾):即鳇(huáng皇)鱼,就是鲟(xún寻)鳇鱼,一种大鱼。鳣(xún旬):古称鲟鱼为鳣,是可重达千斤的大鱼。 ㉖蚁:蚂蚁。蝼(lóu):蝼蛄(gū姑)。以上二句是说,那横行于江湖之上的鳣鳣落入短浅的污水沟,当然要受制于蝼蛄和蚂蚁了。

枚 乘

枚乘(？—前140)，字叔，淮阴(今属江苏省)人，西汉著名辞赋家。初为吴王刘濞郎中，吴王企图叛汉，枚乘上书劝阻，不听，于是离吴投奔梁孝王刘武。景帝时，吴楚七国乱起，枚乘再上书吴王，仍不听。汉平七国之乱后，枚乘由此知名，景帝拜为弘农都尉，后仍为梁孝王文学侍从之臣。梁孝王死，枚乘回淮阴故乡。武帝慕其文名，派车去接他，因年老死于途中。

枚乘的文学成就主要是辞赋，《汉书·艺文志》著录有赋九篇，现存三篇，《七发》是代表作。《七发》是汉大赋正式形成的标志。

七 发①

楚太子有疾，而吴客往问之，曰："伏闻太子玉体不安，亦少间乎②？"太子曰："惫③！谨谢客。"客因称曰④："今时天下安宁，四宇和平⑤。太子方富于年⑥。意者久耽安乐⑦，日夜无极。邪气袭逆⑧，中若结轖⑨。纷屯澹淡⑩，嘘唏烦酲⑪。惕惕怵怵⑫，卧不得瞑⑬。虚中重听⑭，恶闻人声⑮。精神越渫⑯，百病咸生⑰。聪明眩曜⑱，悦怒不平⑲。久执不废⑳，大命乃倾㉑。太子岂有是乎？"太子曰："谨谢客！赖君之力㉒，时时有之，然未至于是也㉓。"客曰："今夫贵人之子，必宫居而闺处㉔，内有保母㉕，外有傅父㉖，欲交无所㉗。饮食则温淳甘膬㉘，脭醲肥厚㉙。衣裳则杂遝曼暖㉚，燂烁热暑㉛。虽有金石之坚，犹将销铄而挺解也，况其在筋骨之间乎哉？故曰：纵耳目之欲，恣支体之安者㉞，伤血脉之和㉟。且夫出舆入辇㊱，命曰蹶痿之机㊲；洞房清宫㊳，命曰寒热之媒㊴；皓齿娥眉㊵，命曰伐性之斧㊶；甘脆肥脓，㊷命曰腐肠之药㊸。今太子肤色靡曼㊹，四支委随㊺，筋骨挺解，血脉淫濯㊻，手足堕窳㊼。越女侍前㊽，齐姬奉后㊾，往来游宴，纵恣于曲房隐间之中㊿。此甘餐毒药㉛，戏猛兽之爪牙也㉜。所从来者至深远㊳，淹滞永久而不废㊴，虽令扁鹊治内(55),巫咸治外(56),尚何及哉！今如太子之病者,独宜世之君子,博见强识(57),承间语事(58),变度易意(59),常无离侧,以为羽翼(60)。淹沉之乐(61),浩唐之心(62),遁佚之志(63),其奚由至哉(64)！”太子曰:“诺。病已(65),请事此言(66)。”

客曰:“今太子之病,可无药石针刺灸疗而已(67),可以要言妙道说而去也(68)。不欲闻之乎(69)?”太子曰:“仆愿闻之(70)。”

①七发:《文选·七发》李善注:“七发者,说七事以起发太子也。”从内容上看,作者假托楚太子有病,吴客往问,先后陈说音乐、饮食、车马、游观、田猎、观涛、妙道七事,最后太子霍然病除。全文以铺张为能事,结体宏大,辞藻富丽,描写生动而富有变化,是汉大赋中的名篇。后人学习《七发》的结构体制,形成了一种“七”体。刘勰对“七发”有另一种解释,《文心雕龙·杂文》篇:“枚乘摛(chī 痴)艳,首制《七发》,腴辞云构,夸丽风骇。盖七窍所发,发呼嗜欲,始邪末正,所以戒高粱之子也。”大意说,枚乘的《七发》词汇丰富,文采艳丽,目的是劝说贵族子弟不要嗜欲。总之,《七发》是一篇带有讽喻性的作品。 ②伏闻:伏地而听,是下级对上级的敬语。玉体:犹贵重的身体。少间(jiàn 见):指疾病稍愈。 ③惫(bèi 备):疲乏。 ④因:乘机。称:指进言。 ⑤四宇:犹天下。 ⑥富于年:未来的岁月很多,指年轻。 ⑦意者:想,想来。耽(dān 丹):迷恋。 ⑧邪气:这里指不利于人身的不正之气。袭逆:迎面袭击。 ⑨中:胸中。结辖(sè 色):郁结堵塞。辖,本是车箱里横木交错之处,借为“塞”字。 ⑩纷屯:指心里昏乱烦闷的样子。 ⑪嘘唏:叹词。酲(chéng 成):病酒。烦酲,指心中烦躁如病酒。 ⑫惕惕怵(chù 处)怵:心悸貌,心惊慌胆怯貌。 ⑬瞑:睡着。⑭虚中:指心气虚弱。重(zhòng 众)听:耳中鸣叫,听觉失灵。 ⑮恶(wù 务):厌恶,不喜欢。 ⑯越渫(xiè 谢):指精神收不拢,涣散。 ⑰咸:都,皆。 ⑱聪:听觉。明:指视觉。眩曜:迷惑混乱貌。聪明眩曜,指耳鸣眼花。 ⑲悦怒:喜怒。不平:不正常。 ⑳执:这里是保持之意。废:止,去。久执不废,指病势长久不愈。 ㉑大命:指人的生命。倾:坏,这里指死。 ㉒赖:仰仗。君:指楚君。此句犹托君之福。㉓时时有之:犹时时有您说的这种情形。未至于是:未到这种地步。以上三句是说,我托君之福佑,虽时有身体不适的情况,但还未到这样严重地步。 ㉔闺:间中小门。此句是说,住在深宫内院。 ㉕保母:宫中照管太子生活的妇女。 ㉖傅父:负责教育太子的师父。 ㉗欲交无所:想出外交游也没有机会。 ㉘温淳:指味道浓厚的美食。脆:古“脆”字。甘脆,指甜芳悦口的美食。 ㉙脭(chéng 成):指肥肉。醲(nóng 农):指浓烈醇厚的酒。肥厚,是分别形容脭醲的。 ㉚杂遝(tà 踏):众多貌。曼:轻柔貌。此句是说,衣服众多而轻柔暖和。 ㉛燂(xián 贤)烁(shuò 朔):热。㉜销铄(shuò 朔):熔化。挺解:弛散,解体。 ㉝筋骨之间:指筋骨构成的人体。以上五句是说,衣服那么多而轻暖,会使人感到燥热,就是坚硬的金石都会被熔化解体,何况是人的筋骨之体呢? ㉞纵、恣:都是肆意放纵之意。支体:肢体。安:安逸,舒

适。　㉟和:调和谐适。以上三句是说,放纵自己耳目身体对欲望和安逸的追求,就会伤害身体内部血脉的调和。　㊱且夫:发语词。舆(yú 鱼)、辇(niǎn 捻):都是车。出舆入辇,指进出都乘车。　㊲命曰:名叫。蹷(jué 决)痿(wěi 委):麻痹瘫痪之病。机:机缘,机会。以上二句是说,出入动辄乘车,这正是使腿脚招致麻痹瘫痪的机会。㊳洞房:深邃的房屋。清宫:清冷的宫殿。　㊴寒热:感寒和受热之病。媒:媒介。㊵皓:白。蛾眉:指女性之眉美而细长。皓齿蛾眉,泛指美女。　㊶伐性:伤害生命。以上二句是说,美女是伤害人命的利刃。　㊷甘脆肥脓:泛指各种美味饮食。　㊸腐:烂。药:这里指毒药。　㊹靡曼:本是细嫩柔美,这里指肤色柔细,是不健康的肤色。㊺委随:不能灵活伸屈。　㊻淫濯:过度扩大。这里指血管膨胀硬化,脉动无力的病症。　㊼堕窳(yǔ 羽):指手足懈怠无力。　㊽越女、齐姬:泛指各地来的美女侍妾。㊾游宴:指游玩吃喝。　㊿曲房隐间:曲折隐蔽的房间。　㊀甘餐:甘心吃。　㊁戏猛兽之爪牙:戏弄猛兽的爪牙,比喻把生命当儿戏的危险的举动。　㊃所从来:指身体得病的由来。至深远:极久远。　㊄淹滞:指在致病的生活环境中滞留拖延。㊅扁鹊:战国时名医,姓秦,名越人,传说诊病时能见人五脏,精于治内科病。　㊆巫咸:古代神巫,相传他能以祝祷的方式替人去病消灾。治外:指用祝祷方式治病。㊇博见强识(zhì 志):见闻广博,记忆力强。识,同"志""誌",作记忆解。　㊈承间(jiàn 见):乘机会。语事:谈论事情。下文的七件事,都可算是"语事"的内容。㊉变度:改变行事准则,这里指改变生活方式。易意:改变心里的意念。　㊊羽翼:辅助。从"今如太子之病者"至此七句是说,现在像太子的病,只应当请当世的君子,他见闻广博记忆力强,可以乘准机会谈论一些有益的事情,改变您的生活方式和思想意识,经常在您身边,做您的帮手。　㊋淹沉:使人淹没沉沦。　㊌浩唐:即浩荡,指放纵而无法收束。　㊍遁佚(yì 逸):即遁逸,放纵过度。　㊎奚由:何从。以上四句是说,那么那些使人沉沦的娱乐、散漫的心思、放纵的意念又从何而至呢!㊏病已:病好以后。　㊐事:行事,做。以上二句是说,等我病好之后,请让我照你说的做。㊑可无:可以不用。药石:指治病的药物。　㊒可以:可以用。要言妙道:中肯的语言,神妙的道理。说(shuì 税):劝诱。去也:指除去疾病。以上三句是说,可以不用药物针灸治疗,倒可以用中肯的话、精妙的道理来劝说太子,治好他的病。　㊓闻之:听"要言妙道"。　㊔仆:自称的谦辞。这一段是全文的序。

客曰:"龙门之桐①,高百尺而无枝②。中郁结之轮菌③,根扶疏以分离④。上有千仞之峰⑤,下临百丈之溪⑥。湍流溯波,又澹淡之⑦。其根半死半生,冬则烈风、漂霰、飞雪之所激也⑧,夏则雷霆、霹雳之所感也⑨。朝则鹂黄、鸤鸠鸣焉⑩,暮则羁雌、迷鸟宿焉⑪。独鹄晨号乎其上⑫,鹍鸡哀鸣翔乎其下⑬。于是背秋涉冬⑭,使琴挚斫斩以为琴⑮,野茧之丝以为弦⑯,孤子之钩以为隐⑰,九寡之珥以为约⑱。使师堂操《畅》⑲,伯子牙为之歌⑳。歌曰:'麦秀渐兮雉朝飞㉑,向虚壑兮背槁槐㉒,依绝区兮临回溪㉓。'飞鸟闻之,翕翼而不能去㉔。野兽闻之,垂耳而不能行。蚑、蛴、蝼、蚁闻之㉕,拄喙而不能前㉖。此亦天下之至悲也㉗,太子能强起听之乎㉘?"太子曰:"仆病未能也。"

①龙门:山名,在山西省河津市西北和陕西省韩城市东北。桐:树名,其木宜制琴。 ②无枝:指无分杈。 ③郁结:密集。轮菌:纹理盘曲。 ④扶疏:分离。指树根在土里伸展散布。 ⑤仞(rèn刃):八尺或七尺为一仞。千仞,泛言其高,不是确数。 ⑥溪:山涧。 ⑦湍(tuān)流:急流。溯(sù塑)波:逆流的波。澹(dàn淡)淡:这里指冲激摇荡。 ⑧漂:同"飘"。飘霰(xiàn现):飘散的雪珠。激:指刺激。 ⑨雷霆(tíng):疾雷。霹(pī劈)雳(lì历):疾雷声。感:触。一说"感"借为"撼"。 ⑩鹂黄:黄莺。鳱(hàn汉)鴠(dàn旦):鸟名,似鸡,冬天无毛,昼夜鸣叫。鸣焉:鸣于是,指鸣叫于桐树上。 ⑪羁雌:失去配偶的雌鸟。迷鸟:迷失方向的鸟。 ⑫独鹄(hú胡):孤独的天鹅。 ⑬鹍(kūn昆)鸡:鸟名,黄白色,似鹤。 ⑭背秋涉冬:离秋到冬。 ⑮琴挚(zhì置):人名,因其善弹琴,故称琴挚。斫(zhuó酌)斩:砍削。以为琴:以之为琴,指以桐木制成琴。 ⑯野茧之丝:野蚕茧的丝。 ⑰孤子:孤儿。钩:衣带钩。隐:指琴上的一种装饰。 ⑱九寡:有九子之寡妇。珥(ěr耳):带珠的耳饰。约:琴徽,琴上指示音阶的标志。 ⑲师堂:人名,字子京,古之乐师。操:奏。《畅》:相传是尧时的琴曲。 ⑳伯子牙:即伯牙,古之善鼓琴者。 ㉑麦秀:指麦穗。渐(jiān坚):麦芒。雉(zhì置):野鸡。 ㉒虚壑:空谷。槁(gǎo搞):枯。 ㉓绝区:断绝的地带,当指悬崖断壁的地区。回溪:弯曲迂回的溪流。以上三句歌词大意是说,当麦子结穗出芒的时候,野鸡早晨飞过田野,它离开枯槐,向空谷飞去,凭依着断壁悬崖的地方,面临着迂回曲折的小溪。歌词描写的是野鸡孤寂苦闷,无路可走的伤感之情。 ㉔翕(xī吸)翼:收敛翅膀。 ㉕蚑(qí其)蛴(jiǎo绞):指爬行的虫类。蚑是喜珠。蝼(lóu楼):蝼蛄(gū姑)。 ㉖拄(zhǔ主):支撑。喙(huì会):这里指虫嘴。拄喙,是指虫把嘴支在地上。这几句描写琴歌感染力极强。 ㉗此:这,指上文讲的音乐歌曲。至悲:最悲痛感人。 ㉘强:勉强。听之:听音乐歌曲。这一段是写吴客以音乐启发太子。

客曰:"牛之腴①,菜以笋蒲②。肥狗之和③,冒以山肤④。楚苗之食⑤,安胡之饭⑥,抟之不解⑦,一啜而散⑧。于是使伊尹煎熬⑨,易牙调和⑩。熊蹯之臑⑪,勺药之酱⑫。薄耆之炙⑬,鲜鲤之鲙⑭。秋黄之苏⑮,白露之茹⑯。兰英之酒⑰,酌以涤口⑱。山梁之餐⑲,豢豹之胎⑳。小饭大歠㉑,如汤沃雪㉒。此亦天下之至美也㉓,太子能强起尝之乎?"太子曰:"仆病未能也。"

①牦(chú除)牛:小牛。腴:腹下肥肉。 ②菜:用作动词,搭配做菜。笋:竹笋。蒲:

香蒲。　③和:调成羹(gēng耕)汤。　④冒:铺上。山肤:石耳,一种生长附着于岩石上的地衣类植物,可食。　⑤楚苗:楚地的苗山,出禾。食:指主食。　⑥安胡:即菰(gū姑)米。　⑦抟(tuán团)之不解:指饭很黏,用手团紧不会散开。抟,即团之意。　⑧啜(chuò辍):吃。这句是说,一吃到口里就散开了。　⑨伊尹:商朝大臣,传说他精于烹饪。　⑩易牙:春秋时人,据说他善于辨味。以上二句是说,伊尹来烹煮,易牙来调味。　⑪熊蹯(fán凡):熊掌。臑(ér儿):同"胹(ér儿)",烂熟的肉。　⑫勺药:五味调和在一起。　⑬薄耆(qí其):切成薄片的兽脊肉。炙(zhì至):在火上烧烤。　⑭脍(kuài快):鱼片。　⑮苏:紫苏,药草。这句是说,秋天变黄的紫苏。紫苏也可食用。　⑯白露:指秋天的霜露。茹:蔬菜。经霜露的蔬菜肥而甜美。　⑰兰英:兰花。这句是说,用兰花浸泡的酒。用兰花泡酒,味更芳香。　⑱酌(zhuó浊)以涤口:指用酒漱口。古人饭后常喝一点酒清漱口腔。　⑲山梁:指野鸡,典出《论语·乡党》篇的"山梁雌雉"句,后人即用山梁代称"雌雉"(雌野鸡)。山梁之餐,指野鸡肉做的菜。　⑳豢(huàn涣)豹:指被人饲养的豹。胎:指还在母胎里的豹,是美味的菜肴(yáo摇)。　㉑小饭:少吃饭。大歠(chuò啜):多喝汤。歠,饮也。　㉒汤:沸水。沃:浇。以上二句是说,少吃饭,多喝汤,那就会像开水浇在雪地里一样容易消化。　㉓至美:最美味的饮食。这一段是以饮食来启发太子。

客曰:"锺岱之牡①,齿至之车②。前似飞鸟,后类距虚③。秣麦服处④,躁中烦外⑤。羁坚辔⑥,附易路⑦。于是伯乐相其前后⑧,王良、造父为之御⑨,秦缺、楼季为之右⑩。此两人者,马佚能止之⑪,车覆能起之⑫。于是使射千镒之重⑬,争千里之逐⑭。此亦天下之至骏也⑮,太子能强起乘之乎?"太子曰:"仆病未能也。"

①锺岱(dài代):地名,古代产马的地方。牡:雄马。　②齿至:指马的年齿适当。这句是说,用适当年龄的马驾的车。　③距虚:一种善于奔驰的兽。一说,距虚是千里马名。以上二句是说,前面的马像飞鸟,后面的马像距虚。都是形容跑得快。　④秣(jué绝):俗名龙爪粟,是马的精饲料。服处:服侍调养,指饲养。　⑤躁中烦外:用秣麦养马,马性子躁急,常欲狂奔。　⑥羁:羁绊,这里指上马缰绳。坚辔(pèi配):坚固的马缰绳。　⑦附:依循。易路:指平坦的道路。　⑧伯乐:春秋秦国人,善于相马。相:观察。　⑨王良:春秋晋国人,善于驾车。造父:周穆王的驾车者,周穆王周游天下,就是他为驾的车。　⑩秦缺、楼季:古代著名勇士。右:指立在车右的卫士。古代驾车者在车左,一勇士立于车右保卫,名为右。　⑪此两人:指秦缺、楼季。佚:同"逸",指马惊失去控制。止之:制止惊马。　⑫覆:指翻车。起:扶起。　⑬射:指赛马赌博。镒(yì益):古代重量单位,二十四两为一镒。千镒之重,指以千镒的银钱为赌注,泛指巨大的赌注。　⑭争千里之逐:竞争千里之远的赛跑。　⑮至骏:最好

的骏马。这一段是以车马启发太子。

客曰:"既登景夷之台①,南望荆山②,北望汝海③,左江右湖④,其乐无有⑤。于是使博辩之士⑥,原本山川⑦,极命草木⑧,比物属事⑨,离辞连类⑩。浮游览观⑪,乃下置酒于虞怀之宫⑫。连廊四注⑬,台城层构⑭,纷纭玄绿⑮。辇道邪交⑯,黄池纡曲⑰,涽章、白鹭,孔鸟、鹍鹄,鹓鶵、鵁鶄⑱,翠鬣紫缨⑲。螭龙德牧⑳,邕邕群鸣㉑,阳鱼腾跃㉒,奋翼振鳞㉓。潋滟荇蓼㉔,蔓草芳苓㉕。女桑、河柳㉖,素叶紫茎㉗。苗松、豫章㉘,条上造天㉙,梧桐、并间㉚,极望成林㉛。众芳芬郁㉜,乱于五凤㉝。从容猗靡㉞,消息阳阴㉟。列坐纵酒,荡乐娱心㊱。景春佐酒㊳,杜连理音㊴,滋味杂陈㊵,肴糅错该㊶。练色娱目㊷,流声悦耳㊸。于是乃发《激楚》之结风㊹,扬郑卫之皓乐㊺。使先施、征舒、阳文、段干、吴娃、闾娵、傅予之徒㊻,杂裾垂髾㊼,目窕心与㊽;揄流波㊾,杂杜若㊿;蒙清尘[51],被兰泽[52],嬿服而御[53]。此亦天下之靡丽皓侈广博之乐也[54],太子能强起游乎?"太子曰:"仆病未能也。"

①景夷之台:景夷台,又名章华台,在今湖北省监利县北。 ②荆山:山名,在今湖北省境内。 ③汝海:指汝水,在今河南省境内,东流入淮河。 ④江:长江。湖:洞庭湖。 ⑤其乐无有:犹言其乐无比。 ⑥博辩:知识广博而又长于辞辩。 ⑦原本:作动词,这里指考索山川的本原。 ⑧极:尽。命:名。极命,动词,广泛订正草木的名称。以上二句是说,考订山川的本原和草木的名称。 ⑨比物属事:把事物排比连缀起来。 ⑩离:同"丽",附着。离辞连类,按类编成文辞。以上二句大意是说,把山川草木等事物排列归类,连缀成文辞。 ⑪浮游览观:周游观赏。 ⑫虞怀之宫:宫名,不详所在。虞,即"娱",虞怀,即娱心之意。 ⑬连廊:指建筑物之间有走廊相连。四注:犹四面相通。 ⑭台城:有台的城。层构:指建筑重叠。 ⑮纷纭:犹缤纷。玄:黑。纷纭玄绿,犹言彩色缤纷。 ⑯辇道:车行之道路。邪交:纵横交错。 ⑰黄:通"潢(huáng 黄)",积水塘。黄池,即池塘。纡(yū 迂):曲折。 ⑱涽(hùn 诨)章:鸟名,未详何鸟。一说是水边的翠鸟。白鹭:鸟名。孔鸟:孔雀。鹍(kūn 昆)鹄:鸟名,未详何鸟。一说鹍是鹍鸡和鸿鹄(天鹅)。鹓(yuān 鸳)鶵(chú 除):鸟名,一种高冠彩羽的珍禽。鵁(jiāo 交)鶄(jīng 精):鸟名,一种形似凫,脚高,有红毛冠的水鸟,或云即池鹭。 ⑲翠鬣(liè 列):翠绿色的头顶毛。鬣,头顶上的毛。紫缨:紫色的颈上毛。缨,颈毛。 ⑳螭(chī 吃):雌龙为螭,这里借"螭"为"雌"。龙:螭既为雌龙,则龙为雄龙,这里借为雄。螭龙,即雌雄。德:原指凤凰头上的花纹。牧:原指牛腹下的花纹。德牧在这里泛指鸟头上和腹下的花纹。 ㉑邕(yōng 拥)邕:群鸟和鸣声。 ㉒阳鱼:鱼。古人以阴阳分万物,鱼属阳,故称阳鱼。 ㉓翼:指鱼鳍。 ㉔潋

(jì寂)漻(liáo辽)蓼(chóu仇)蓼(liǎo了):草木纷披貌。 ㉕蔓草:爬蔓的草。芳苓:芳香的苓草。苓即卷耳,就是药草苍耳。 ㉖女桑:柔嫩的桑树。河柳:河边的柳树。 ㉗素叶:颜色单纯的叶,指女桑。紫茎:紫色的茎支,指河柳。 ㉘苗松:苗山之松。豫章:樟树。 ㉙条:枝条。造天:上达于天,指树枝高入云天。 ㉚并闾:棕榈树。 ㉛极望:极目远望。 ㉜众芳:指各种草木的香气。芬郁:指香气浓郁。 ㉝五风:五方之风。以上二句是说,草木香气浓郁,被风吹得香气四溢。 ㉞从容:指树木被风吹动时的从容的姿态。猗(yī衣)靡:随风摇曳貌。 ㉟消:灭。息:生。消息引申为隐现。阴:指树叶的背阴面。阳:指树叶的向阳面。以上二句是说,树木在风中随意摇动,时隐时现着叶子的正反两面。 ㊱列坐:排列而坐。纵酒:尽情地饮酒。 ㊲荡乐娱心:音乐飘荡,心意快畅。 ㊳景春:战国时人名,纵横家。佐酒:陪侍着饮酒。 ㊴杜连:人名,又句田连,古善鼓琴者。理音:调音,指奏乐。 ㊵滋味:指各种美食。陈:陈列。 ㊶肴糅(róu柔):指各种肉肴。错:杂。该:备。错该,指各种各样的"肴糅"都备有。 ㊷练色:经过挑选的美色。 ㊸流声:流转悦耳的音乐。 ㊹《激楚》:楚地的歌曲。结风:歌曲结尾的余声。 ㊺扬:扬起,响起。郑卫:指郑国卫国的乐曲,当时认为是淫声。皓乐:清脆的乐声。 ㊻先施:即西施,越国的美女。征舒:春秋时陈国大夫夏御叔之子。其母为夏姬。一说这里即指夏姬。《诗经·陈风·株林》记夏姬与陈灵公、孔宁、仪行父淫乱。阳文:或云是楚之美人。段干:未详何人。吴娃:泛言吴国之美女。吴称美女为娃。闾娵(zōu邹):魏王魏婴之美人。傅予:未详何人。以上七人,有人以为都是美女。也有人以为不当都是美女,而是杂举男女之美者,以形容游宴之乐。 ㊼裾(jū居):衣服的前襟。杂裾,指各种颜色样式的衣裾。垂髾(shāo梢):垂着燕尾式的发髾。 ㊽窕:同"挑"。目窕,以目光互相挑逗。心与:指心中暗自相许。这句是说,他们眉目传情挑逗,心中早暗自相许了。 ㊾揄(yú鱼):引。揄流波,指引流水洗沐。 ㊿杂杜若:杂陈杜若以取其香。疑指洗沐后以香草熏身。一说,这两句形容游宴者的目光流盼,有如引水之波,其衣裳之芳香,竟与杜若的芬芳相杂。 ㉛蒙清尘:指他们的身上好像蒙上一层薄雾。 ㉜被:同"披"。兰泽:有兰香的洗发膏。被兰泽,是说在发上施以兰膏。 ㉝嬿(yàn燕)服:便服。御:进御,指入侍。 ㉞靡丽:淫靡华丽。皓侈:皓,同"浩",指排场浩大奢侈。广博:盛大。这一段是以游观声色之乐来启发太子。

客曰:"将为太子驯骐骥之马①,驾飞轮之舆②,乘牡骏之乘③。右夏服之劲箭④,左乌号之雕弓⑤。游涉乎云林⑥,周驰乎兰泽⑦,弭节乎江浔⑧。掩青蘋⑨,游清风⑩。陶阳气⑪,荡春心⑫。逐狡兽⑬,集轻禽⑭。于是极犬马之才⑮,困野兽之足⑯,穷相御之智巧⑰。恐虎豹⑱,慴鸷鸟⑲。逐马鸣镳⑳,鱼跨麋角㉑。履游麕兔㉒,蹈践麇鹿㉓。汗流沫坠㉔,冤伏陵窘㉕。无创而死者㉖,固足充后乘矣㉗。此校猎之至壮也㉘,太子能强起游乎?"太子曰:"仆病未能也。”然阳气见于眉宇之间[29],侵淫而上[30],几满大宅[31]。

客见太子有悦色,遂推而进之曰:“冥火薄天[32],兵车雷运[33]。旍旗偃蹇[34],羽毛肃纷[35]。驰骋角逐[36],慕味争先[37]。徼墨广博[38],观望之有圻[39]。纯粹全牺[40],献之公门[41]。”太子曰:“善!愿复闻之[42]。”

客曰:“未既[43]。于是榛林深泽[44],烟云暗莫[45],兕虎并作[46]。毅武孔猛[47],袒裼身薄[48]。白刃硙硙[49],矛戟交错[50]。收获掌功[51],赏赐金帛[52]。掩蘋肆若[53],为牧人席[54]。旨酒嘉肴[55],羞炰脍炙[56],以御宾客[57]。涌觞并起[58],动心惊耳[59]。诚必不悔[60],决绝以诺[61];贞信之色[62],形于金石[63]。高歌陈唱[64],万岁无斁[65]。此真太子之所喜也,能强起而游乎?”太子曰:“仆甚愿从,直恐为诸大夫累耳[66]。”然而有起色矣。

①驯:训练。骐骥:骏马。 ②飞軨(líng 铃)之舆:指轻便的快速的猎车。 ③乘:第一个“乘”作动词用,读 chéng,乘车之乘。第二个“乘”读 shèng,四匹马拉的车子。牡骏:当是“壮骏”,健壮的骏马。 ④夏:指夏后代。服:借为箙(fú 服),盛箭器。劲箭:锐利的箭。 ⑤乌号:本是柘木名,柘木可以做成良弓,遂名乌号之弓。相传黄帝用的弓就是乌号弓。雕弓:指雕有花纹的弓。 ⑥游涉:游经。乎:于。云:指云梦泽,古代楚国的大泽。林:树林。 ⑦周驰:环绕奔驰。兰泽:这里指生有兰草的水泽。 ⑧弭节:按节,使车马缓步而行。江浔(xún 寻):江边。 ⑨掩:据《文选》李善注,应作“休息”解。蘋(pín 苹):水草名,亦称四叶菜。这句是说,在生有青蘋的水泽边休息。一说,“掩”仍应作覆盖解。“蘋”应作“薠”(fán 凡)。薠为一种陆生之草。 ⑩游:当作“溯(sù 诉)”,向也。溯清风,迎着清风。 ⑪陶:畅,犹言舒展。阳气:指春天之气。 ⑫荡:洗涤。荡春心,指人在春天里心胸如洗般舒畅。 ⑬逐:追逐。狡兽:指不易捕获的野兽。 ⑭集:集中射击。轻禽:轻捷的飞禽。 ⑮极犬马之才:使猎犬和奔马尽量施展才能。 ⑯困野兽之足:使野兽之足困乏跑不动。
⑰穷相御之智巧:用尽了相马和驾车的人的智慧和技巧。相,指相马,选中好马才能有所猎获。一说,相,道也。“道”同“导”。故此处“相”疑指射猎时的向导人。
⑱恐:使……恐惧。 ⑲慴(zhé 哲):使……畏惧。鸷(zhì 至)鸟:猛禽。 ⑳逐马:驰逐之马。鸣镳(biāo 标):嚼铁旁的铃发出响声。镳,马口上的嚼铁,铃铛系于旁。㉑鱼跨:指奔马似鱼的腾跃。麋角:指奔马似麋的角逐。 ㉒履游:这里指马足践踏。麕(jūn 君):即“麏”,兽名。这句是说,奔马践踏着麕和兔。 ㉓蹈践:践踏。麖(jīng 京):大鹿。 ㉔沫:口沫。这句是指被追逐的野兽汗流于身,口沫下坠。 ㉕冤伏:指禽兽被追逐得逃匿起来。陵窘:指禽兽被追逐得处于困窘之境。 ㉖无创而死:没有受伤而死。指禽兽未受伤而累死或吓死。 ㉗充:充满,装满。后乘(shèng 剩):侍从的车,这里指专用来装猎物的车辆。 ㉘校猎:这里指打猎。至壮:最为壮观的景象。 ㉙阳气:这里指太子活泼健康的气色。见于:即现于。眉宇之间:即眉额间。

㉚侵淫：逐渐。上：呈现，透露。 ㉛大宅：指面部。几满大宅：几乎充满整个面部。㉜冥火：夜火。指夜猎时驱禽兽之火。薄：逼近。薄天，指火势高，光焰上迫云天。㉝雷运：指车辆行进时其声响亮如雷。 ㉞旍（jīng 精）：同"旌"。旍旗即旌旗。偃（yǎn 眼）蹇（jiǎn 简）：高耸貌，这里是形容旗帜高举的样子。 ㉟羽毛：指装饰在旗帜上的鸟羽和兽毛。肃纷：整齐而纷繁。 ㊱角逐：追逐。 ㊲慕味：指人们羡慕禽兽的美味。争先：指人们争先恐后去打猎。 ㊳徼（jiào 叫）：边界。墨：烧田，打猎时放火烧田。徼墨：指烧田的地界范围。广博：指地域广大。 ㊴圻（yín 银）：同"垠（yín 银）"，边界。以上二句是说，打猎烧田的地方非常广阔，但远远望去，犹能见到它的边界。 ㊵纯粹：指毛色纯一。全牺：指没有伤着躯体的猎物，即猎获物躯体完整无缺。 ㊶公门：指诸侯之门。 ㊷愿复闻之：愿意再听关于打猎之事。 ㊸未既：未完，指打猎的话还未讲完。 ㊹榛（zhēn 真）：指丛林。 ㊺暗莫：阴暗貌。㊻兕（sì 四）：独角野牛。并作：一起出来。 ㊼毅武：指坚强勇敢的人。孔：很，甚。猛：勇猛。 ㊽袒（tǎn 坦）裼（xī 希）：就是裸露身体。身薄：指以身接近猛兽。㊾磑（ái 挨）磑：同"皑皑"，形容刀刃雪亮。 ㊿矛：有尖刃的长杆兵器。戟（jǐ 己）：有尖刃如矛，又有钩状刃如戈的长杆兵器。 (51)掌：职掌，主管。这句是说，有所猎获都记上功劳。 (52)金：指钱。帛：指丝织品。 (53)掩：盖。蘋：应作"薠（fán 凡）"，草名。肆：陈列，铺设。这句是说，在薠草上铺设席位，并陈设杜若。 (54)牧人：这里指参加射猎的长官。席：席位。 (55)旨、嘉：都是美之意。 (56)羞：有滋味的食物，这里用作动词。炰（páo 刨）：指烹煮的食物。脍（kuài 快）：切细的肉，这里作动词。炙（zhì 治）：烤肉。这句是说，使烹煮的食物味更美，把烤肉切成细丝。 (57)御：供给。这里有款待的意思。 (58)涌觞：满觞，指把酒斟满觞。并起：一齐站起。 (59)动心惊耳：形容畅饮时的欢声笑语响亮。 (60)诚：忠诚。必：果断。不悔：指话无反悔。(61)决绝：决定。以诺：凭一诺。诺，答应之声。这句是说，只要答应一声，事情就决定下来了。以上二句都是写他们豪爽和侠义之风。 (62)贞信之色：忠贞诚信的表情。(63)形于金石：像镂刻在金石上一样。一说"金石"指乐器，这句是说，通过奏乐来体现（贞信之心）。 (64)陈唱：唱起歌。 (65)斁（yì 译）：厌，厌弃。以上二句是说，大家高歌万岁，长久不厌。 (66)直恐为诸大夫累：只恐怕自己成为诸位大夫的拖累。这一段是以田猎来启发楚太子。

客曰："将以八月之望①，与诸侯远方交游兄弟，并往观涛乎广陵之曲江②。至则未见涛之形也，徒观水力之所到，则恤然足以骇矣③。观其所驾轶者④，所擢拔者⑤，所扬汩者⑥，所温汾者⑦，所涤汔者⑧，虽有心略辞给⑨，固未能缕形其所由然也⑩。怳兮忽兮⑪，聊兮慄兮⑫，混汩汩兮⑬。忽兮慌兮，俶兮傥兮⑭，浩瀇瀁兮，慌旷旷兮⑮。秉意乎南山⑯，通望乎东海，虹洞兮苍天⑰，极虑乎崖涘⑱。流揽无穷，归神日母⑲。汩乘流而下降兮⑳，或不知其所止㉑。或纷纭其流折兮,忽缪往而不来㉒。临朱汜而远逝兮㉓,中虚烦而益怠㉔。莫离散而发曙兮,内存心而自持㉖。于是澡概胸中㉗,洒练五藏㉘,澹澉手足㉙,颓濯发齿㉚,揄弃恬息㉛,输写淟浊㉜,分决狐疑㉝,发皇耳目㉞。当是之时,虽有淹病滞疾㉟,犹将伸伛起躄㊱,发瞽披聋而观望之也㊲,况直眇小烦懑㊳,醒酲病酒之徒哉㊴! 故曰:发蒙解惑,不足以言也㊵。"

太子曰:"善,然则涛何气哉㊶?"

客曰:"不记也㊷,然闻于师曰,似神而非者三㊸:疾雷闻百里;江水逆流,海水上潮;山出内云㊹,日夜不止。衍溢漂疾㊺,波涌而涛起。其始起也,洪淋淋焉㊻,若白鹭之下翔。其少进也,浩浩溰溰,如素车白马帷盖之张㊼。其波涌而云乱,扰扰焉如三军之腾装㊽。其旁作而奔起也,飘飘焉如轻车之勒兵㊾。六驾蛟龙㊿,附从太白㉛,纯驰浩霅㉜,前后骆驿㉝。颙颙卬卬㊴,椐椐强强㉟,莘莘将将㊱,壁垒重坚㊲,沓杂似军行㊳。訇隐匈磕,轧盘涌裔,原不可当。观其两旁,则滂渤怫郁,暗漠感突,上击下律,有似勇壮之卒,突怒而无畏。蹈壁冲津,穷曲随隈,逾岸出追,遇者死,当者坏。初发乎或围之津涯,荄轸谷分。回翔青篾,衔枚檀桓,弭节伍子之山,通厉骨母之场。凌赤岸,篲扶桑,横奔似雷行。诚奋厥武,如振如怒。沌沌浑浑,状如奔马。混混庉庉,声如雷鼓。发怒庢沓,清升逾跇,侯波奋振,合战于藉藉之口。鸟不及飞,鱼不及回,兽不及走。纷纷翼翼,波涌云乱。荡取南山,背击北岸,覆亏丘陵,平夷西畔。险险戏戏,崩坏陂池,决胜乃罢;汩汩潺潺,披扬流洒。横暴之极,鱼鳖失势,颠倒偃侧;沈沈湲湲,蒲伏连延。神物怪疑,不可胜言。直使人踣焉,洄暗凄怆焉。此天下怪异诡观也,太子能强起观之乎?"太子曰:"仆病未能也。"

①望:农历每月十五日。八月十五日正是潮水最盛的时候。 ②广陵:今江苏省扬州市。曲江:当在广陵附近,是观潮之地。自唐朝大历以后,扬州已经看不到潮水。 ③恤(xù序)然:惊恐的样子。 ④驾轶(yì逸):凌驾,超越。 ⑤擢拔:提起,拔起。 ⑥扬汩(gǔ古):飞扬激荡。 ⑦温汾(fén坟):回漩结聚。 ⑧涤汔(qì迄):涤荡冲刷。 ⑨心略:智巧。辞给:指善于辞令,有口才。 ⑩缕形:详细地描绘。所由然:所以然,所以如此。以上从"观其所驾轶者"至此,七句是说,水势上涨时的各种动态形象,就是最聪明而有口才的人,也不能详细地描绘其所以然。 ⑪恍兮忽兮:指涛水由于变化快,看不真切。 ⑫聊兮慄兮:指水势令人惊惧、战慄。 ⑬混汨(gǔ古)汨兮:"混"读为"滚",形容水势滚滚滔滔。 ⑭慌:同"恍"。忽兮慌兮,与"恍兮忽兮"同义。俍(tǐ涕):借为"偠"。俍兮俍(tǎng倘)兮,形容水势卓异突出。 ⑮浩汋

(wǎng往)瀁(yǎng养)兮:形容水势浩茫广大。慌旷旷兮:形容水势广大无边。 ⑯秉意:持意,指观涛者集中起注意力。南山:指江涛发源之地。这句是说人们注视江涛发源之地。 ⑰通望:一直望到。虹洞:即"澒(hòng哄)洞",水天相连貌。以上二句是说,人们随着江涛所向望去,一直望到东海,只见远处一片水天相连。 ⑱极虑:极力想象。涘(sì四):犹边岸。 ⑲流揽:流览,四面展望。归神:把心神归向。日母:指太阳。这两句是说,人们观览江潮无穷无尽,于是把心神归向太阳。因为江潮向东而去,所以观潮者归神于东方的太阳。 ⑳泪(yù育):迅疾貌。这句是说,潮头乘着江流直向下游驶去。 ㉑止:停止,停息。这句是说,不知江潮到什么地方停止。 ㉒纷纭:指浪头众多。流折:曲折奔流。缪(jiū鸠):纠结。往:水向上游逆行。来:返回。这两句是说,许多浪头曲折奔流,忽然又纠结错杂,逆流而上,一去不回。 ㉓朱汜(sì似):地名。这句是说,江涛奔临朱汜,远远消逝。 ㉔中:心中。虚烦:指心情空虚烦躁。益:更加。怠:疲倦。以上二句是说,江涛奔流至朱汜而消逝后,观潮者心中不免感到空虚烦躁而更加疲倦。 ㉕莫:读为"暮"。莫离散,言晚潮已去。发曙:言早潮已发。这句实际上是借晚潮变为早潮来表明时间从日暮到天明。 ㉖内:指自己。存心:收拢心思。自持:控制住自己。以上二句是说,从日暮到天明,自己才收拢心意,控制住自己。 ㉗概:通"溉"。澡溉,指洗涤。 ㉘洒:洗。练:洗汰。洒练:漂洗。藏:"脏"的古字。五藏,即五脏。 ㉙澹(dàn蛋)澉(gǎn敢):涤荡。 ㉚颒(huì慧)濯:洗濯。 ㉛揄弃:摆脱,抛弃。恬息:安逸懒惰。 ㉜写:同"泻"。输泻,犹排除。涊(tiǎn舔)浊:污浊。 ㉝分决:分析决断。狐疑:犹豫。 ㉞发皇耳目:犹言使耳聪目明。发皇,发明。"皇"同"煌",明也。 ㉟淹病滞疾:久治未愈的病。 ㊱伛(yǔ羽):伛偻(lǚ旅),驼背。躄(bì毕):跛足。伸伛起躄,使驼背者伸直身躯,跛足者站起行走。 ㊲瞽(gǔ鼓):盲人。发、披:都是开的意思。发瞽披聋,犹言使瞎子睁开眼睛,聋子听得见声音。观望之:观看涛水。 ㊳况直:况只,何况只是。眇小:微小,指小病。烦懑:指心胸烦闷郁塞。 ㊴酲:酒醉。酨:浓酒。酲酨病酒:指酒醉患病。从"当是之时"至此是说,观涛能使大病的人力图恢复正常,仅有小病的人更会因此精神振作起来。 ㊵发:打开,开启。蒙:愚昧,不明。解:解除。惑:迷惑。不足以言:不值得一说。这句是说,观涛能使人头脑清醒,更是非常容易,不在话下。 ㊶何气:什么样的气象。 ㊷不记:不见于记载。 ㊸似神而非者三:似有神助实非神力所致的有三种景象,即指下文五句所言。 ㊹内:同"纳"。山出内云:山中吞吐云气。 ㊺衍溢:平满貌。漂疾:疾流貌。 ㊻洪:浩大的潮水。淋淋:本意指水从山上下流的样子。这里指潮水卷起如山的浪头,然后骤然下落的样子。 ㊼浩浩:水广大貌。洈(yí沂)洈:水洁白貌。帷盖:指车的帷盖。张:陈设。以上三句是说,江潮稍一推进,浩浩荡荡,一片洁白,就像素车白马高张着帷盖,奔涌而来。 ㊽扰扰:纷乱貌。腾装:指装束齐整,奔腾前进。以上二句是说,江潮涌起波涛像乱云翻腾,纷纷扰扰,像三军装备整齐,奔腾前进。 ㊾轻车:轻便的战车。勒兵:指挥部队。以上二句是说,江潮横流而涌起,就像将军在轻便的战车上自如地指挥士卒。 (50)六驾蛟龙:六条蛟龙驾车。 (51)附从:跟从。太白:当指河神,即河伯。 (52)纯:全。或言"纯"通"屯"。浩:同"皓",白色。 (53)骆驿:络绎,连绵不断貌。以上四句是说,江涛之来势如六龙驾车,好像听从着河神的指挥;又好像白色虹霓,或屯驻不行,或急驰不止,或前或后,络绎不绝。 (54)颙(yóng 佣)颙卬(áng 昂)卬:形容涛峰高大。 (55)椐(jū 居)椐强强:形容波涛横流四溢。 (56)莘(shēn 身)莘将将:形容波涛相激的样子。 (57)壁垒重坚:形容江涛似军营壁垒层层重叠,坚不可摧。 (58)沓杂:众多貌。这一句形容江涛有如千军万马在行进。 (59)訇(hōng 轰)隐匈礚(gài 盖):形容波涛声响宏大。 (60)轧盘:形容波涛互相挤撞,气势浩大。涌裔(yì 意):涛行貌。四字连用,极力状写波涛的气势及其翻滚、沸腾的状态。 (61)滂渤怫(fú 弗)郁:形容水势的怒激、郁积。 (62)暗漠感突:写江涛在昏暗中左右冲突。(63)律:同"硉(lù 鹿)",石从高处滚下。这句说江涛向上如搏击,落下如滚石。 (64)突怒:奔突震怒。 (65)蹈:践踏,这里是冲击之意。壁:指堤岸。津:渡口。这句是说,江涛冲击着堤岸渡口。 (66)曲:指江流弯曲处。隈(wēi 威):也是指江流弯曲处。指江涛无所不到,遍及江湾曲折之地。 (67)逾岸:江涛高高地翻过堤岸。追:古"堆"字。出堆,越出沙堆。 (68)或围:地名。今无所考。津涯:水岸边。 (69)荄(gāi 该):通"陔(gāi)",山垅。轸(zhěn 诊):转,这里有转弯之意。以上两句是说,潮水从或围水岸边出发,遇山垅而流转,因川谷而水分。 (70)回翔:指水势回旋。青篾:地名。(71)衔枚:古代行军时把一种形似筷子的东西衔在口中,防止队伍喧哗,比喻江涛突然寂无声响。檀桓:地名。一说,犹盘桓,回旋之貌。 (72)弭节:按节徐行。伍子之山:山名,因伍子胥(春秋时吴国大夫,被吴王夫差赐死)而得名。 (73)通厉:远行。骨母:或是胥母之误。胥母之场,地名。有人认为,本文许多地名,是作者兴到而虚构的,不能确考,也不必拘泥。 (74)凌:凌驾、侵逼。赤岸:地名。篲(huì 会):扫帚,这里用作动词,扫。扶桑:传说东方日出之处。这二句是说,潮水侵逼赤岸,直扫扶桑。(75)厥:其,指江潮。这句是说,江潮确实奋发其威武之势。 (76)振:同"震",威。这句说,江潮像发威,如愤怒。 (77)沌(tún 屯)沌浑浑:形容波涛汹涌相逐。 (78)混混庉(tún 屯)庉:形容波涛声。 (79)厔(zhì 至):即"窒",阻碍。沓:沸水从锅中溢出。这句是说,波涛遇到阻碍,沸涌而起。 (80)清升:清波扬起。逾跇(yì 意):翻越,超越。这句是说,清波扬起,腾跃凌空。 (81)侯波:阳侯之波,指大波。阳侯,传说中的大波之神。 (82)合战:会合争战。藉藉之口:地名。以上二句是说,巨大的波涛奋起激荡,会战于藉藉之口。 (83)纷纷:众多貌。翼翼:飞貌。这句是形容波涛的纷纭飞扬。(84)荡取:犹言扫荡。 (85)背击:回击,指波涛从南山退回后又向北岸袭击。 (86)覆亏:倾覆破坏。 (87)平夷:使变成平地。西畔:西岸。这句是说,江潮削平了西岸。(88)险险戏(xī 希)戏:倾侧危险貌。 (89)陂(bēi 杯)池:蓄水池。一说,是斜坡。(90)沛(jié 节)汩(yù 遇):水波相击之貌。潺(chán 蝉)湲(yuán 元):水流声。这句是说,水波相击,潺湲而流。　㉛披扬流洒:波涛扬起,浪花四溅。　㉜失势:不能自主。偃:仰面倒下。侧:指侧身而倒。以上三句是说,当江潮横暴之极时,鱼鳖不能自主地失去正常姿态,东倒西歪。　㉝沈(yóu 尤)沈湲湲:描写鱼鳖难以游行的狼狈之貌。㉞蒲伏:同"匍匐"。连延:相续貌。这句是说,鱼鳖在水中起伏不停。　㉟神物怪疑:指江潮所引起的神奇和怪异的景象令人惊骇和迷惑。不可胜言:无法说尽。　㊱踣(bó帛):向前跌倒。这句是说,江潮的怪异神奇直使人惊骇而跌倒。　㊲泂暗:失去神智貌。凄怆:心情悲凉。这句是说,江潮使人失魂落魄,心境凄凉。　㊳怪异诡观:奇怪异常的景象。这一段是以观涛来启发太子。

　　客曰:"将为太子奏方术之士有资略者①,若庄周、魏牟、杨朱、墨翟、便蜎、詹何之伦②。使之论天下之精微③,理万物之是非④。孔老览观⑤,孟子持筹而算之⑥,万不失一⑦。此亦天下要言妙道也,太子岂欲闻之乎?"于是太子据几而起曰⑧:"涣乎若一听圣人辩士之言⑨。"涊然汗出⑩,霍然病已⑪。

①奏:进,献。方术:道术。方术之士,指博学而有理论的人士。资略:资望智略。②庄周:即庄子,名周。魏牟:人名,魏公子牟。杨朱:战国时思想家和哲学家,魏国人,主张"贵生""重己",反对墨子和儒家学说。墨翟:墨子,名翟。便(pián 骈)蜎(yuān 渊)楚人,或说是老子弟子,则应是道家学派的学者。詹何:与魏牟同时的学者。伦:一类人。　③精微:指精深微妙的道理。　④理:治,指研讨辨析。万物:万事万物。　⑤孔老:孔子和老子。老子,姓李,名耳,春秋时楚人,道家学派的创始者。⑥孟子:即孟轲。筹:计算的筹码。　⑦万不失一:万无一失。以上三句是说,让孔子、老子来替太子审察评判这些学者的言论,使孟子来替太子估量这些学者的言论得失,这样就万无一失了。　⑧几(jī 机):古人用以凭依身体的小桌子。这里当是炕几。据几,扶着炕几。　⑨涣乎:清醒貌。辩士:有口才善辩论的人。　⑩涊(niǎn 撵)然:汗出貌。　⑪霍然:解散之貌。病已:指病愈。这一段是以要言妙道启发太子,太子的病终于霍然而愈。

淮南小山

生平事迹不详,或以为是西汉淮南王刘安的宾客,其所作辞赋仅存《招隐士》一篇。这篇作品以冷峻幽峭的笔调,刻画了寂寞阴森的山中景象,表达了"山中兮不可以久留"的主题。

招 隐 士

桂树丛生兮山之幽①,偃蹇连蜷兮枝相缭②。山气茏苁兮石嵯峨③,溪谷崭岩兮水曾波④。猿狖群啸兮虎豹嗥⑤,攀援桂枝兮聊淹留⑥。王孙游兮不归⑦,春草生兮萋萋⑧。岁暮兮不自聊⑨,蟪蛄鸣兮啾啾⑩。

块兮轧⑪,山曲岪⑫,心淹留兮恫慌忽⑬。罔兮沕⑭,憭兮栗⑮,虎豹穴,丛薄深林兮人上栗⑯。嵚岑碕礒兮⑰,碅磳魂硊⑱,树轮相纠兮⑲,林木茷骫⑳。青莎杂树兮㉑,薠草靃靡㉒。白鹿麏麚兮㉓,或腾或倚㉔,状貌崟崟兮峨峨㉕,凄凄兮漇漇㉖。猕猴兮熊罴㉗,慕类兮以悲㉘。攀援桂枝兮聊淹留。虎豹斗兮熊罴咆㉙,禽兽骇兮亡其曹㉚。王孙兮归来,山中兮不可以久留!

①幽:这里指山幽深处。 ②偃(yǎn 演)蹇(jiǎn 简):屈曲貌,一说高貌。连蜷(quán 拳):盘屈貌。相缭(liáo 辽):相缠结。 ③茏(lóng 龙)苁(sōng 耸):云气聚集貌。嵯(cuó 峨):高峻貌。 ④溪谷:山间的水道。崭(chán 馋):通"巉"。巉岩,高峻的山石。曾:通"层"。曾波,水波层层。 ⑤狖(yòu 又):长尾猴。嗥(háo 豪):同"嚎",叫。 ⑥攀援:攀引,攀执。聊:姑且。淹留:滞留,停留。 ⑦王孙:指贵族子弟。有人认为这篇是写屈原的,他是楚国王室宗族,所以称"王孙"。也有人认为是写淮南王刘安的,刘安是汉宗室,所以称"王孙"。游:指游于山中做隐士。 ⑧萋(qī 凄)萋:草盛貌。 ⑨岁暮:年将终之时。不自聊:无聊赖。 ⑩蟪(huì 惠)蛄(gū 姑):昆虫名,一种寒蝉,夏秋之际鸣。啾(jiū 纠)啾:蟪蛄鸣声,象声词。

⑪坱(yǎng 养)、轧(yà 亚):高低不平貌。或作云气郁蒸貌。　⑫曲岪(fú 弗):曲折盘绕貌。　⑬恫(dòng 洞):恐惧。慌忽:即"恍惚",心神迷乱不定。这句是说,想留下,又害怕,心神不安。　⑭罔(wǎng 网):通"惘(wǎng 网)",迷惑貌。沕(mì 密):忧疑貌。罔兮沕,指心情迷乱、忧疑。　⑮憭(liáo 辽)栗:即"憭慄",凄凉、寒冷。　⑯丛薄:草木丛生。人上栗:人上至此而感到恐惧。　⑰嶔(qīn 钦)岑(yín 银):朱熹《楚辞集注》,"岑音吟"。嶔岑,即"嶔崟(yín 银)",山势高峻貌。碕(qí 其)礒(yǐ 蚁):石不平整貌。　⑱碅(jūn 君)磳(zēng 增):高耸貌。磈(kuǐ 傀)硊(wěi 伟):山石险怪貌。以上二句是说,山势高险,到处是奇形怪状的山石。　⑲轮:《文选》五臣注"轮,横枝也"。轮,原文当作"轮囷",《太平御览》卷九五三引作"树轮囷以相纠兮,林木筏骫"。轮囷,屈曲貌。纠:缠绕,纠结。　⑳茷(fá 伐):枝叶茂盛貌。骫(wěi 伟):枝条盘曲貌。以上二句是说,树干屈曲纠结,枝叶茂盛,枝条缠绕。　㉑莎(suō 梭):草名,莎草。树:动词,本义是培养、种植,这里指生长。杂树,杂乱地长着。　㉒薠(fán 凡)草:一种草,又名青薠。靃(suǐ 髓)靡:草随风披拂貌。以上二句是说,杂草丛生,随风披拂。　㉓麕(jūn 君):同"麇"和"麏(jūn 君)",兽名,即獐子。麚(jiā 加):同"麚(jiā 加)",雄鹿为麚,母鹿为麀(yōu 悠)。　㉔或:有的。腾:跳跃。倚:立。以上二句是说,各种鹿和獐子,有的跳跃奔腾,有的站立不动。　㉕崟(yín 银)峨:与峨峨在此都是形容鹿角高耸的样子。　㉖淒淒:与漇(xǐ 喜)漇在此都是形容兽皮毛色润滑的样子。　㉗猕(mí 迷)猴:猴的一种。羆(pí 皮):兽名,熊的一种。　㉘慕类:指兽恋慕其同类。悲:指悲鸣。　㉙咆:咆哮。　㉚亡其曹:指奔散而失其同群。曹,群也。

赵 壹

赵壹,字元叔,东汉汉阳郡西县(今甘肃省天水市)人,生卒年不详,东汉著名辞赋家。《后汉书·文苑传》说他耿介刚直,恃才倨傲,为乡党士绅所排挤打击,屡被陷害,几至于死,幸遇友人营救得免。

汉灵帝光和元年(178),为郡上计吏入京,受到司徒袁逢和河南尹羊陟的称誉,名动京师。后"州郡争致礼命,十辟公府,并不就,终于家"(《后汉书·文苑传》)。所作文章以《刺世疾邪赋》最有名。

文章以犀利的笔触、愤激的语言揭露了世道的黑暗和统治者的邪恶,一变汉赋的板滞、典丽为疏荡、平易,给赋从长篇大赋到抒情短赋的发展带来了转机。原有集二卷,已佚。今存文七篇,诗二首。

刺世疾邪赋

伊五帝之不同礼①,三王亦又不同乐②。数极自然变化③,非是故相反驳④。德政不能救世溷乱⑤,赏罚岂足惩时清浊⑥?春秋时祸败之始⑦,战国愈复增其荼毒⑧。秦汉无以相逾越⑨,乃更加其怨酷⑩。宁计生民之命⑪,唯利己而自足⑫。

于兹迄今⑬,情伪万方⑭。佞谄日炽⑮,刚克消亡⑯。舐痔结驷⑰,正色徒行⑱。妪媮名势⑲,抚拍豪强⑳,偃蹇反俗㉑,立致咎殃㉒。捷慑逐物㉓,日富月昌㉔。浑然同惑㉕,孰温孰凉㉖?邪夫显进㉗,直士幽藏㉘。

原斯瘼之攸兴㉙,实执政之匪贤㉚。女谒掩其视听兮㉛,近习秉其威权㉜。所好则钻皮出其毛羽㉝,所恶则洗垢求其瘢痕㉞。虽欲竭诚而尽忠㉟,路绝崄而靡缘㊱。九重既不可启㊲,又群吠之狺狺㊳。安危亡于旦夕㊴,肆嗜欲于目前㊵。奚异涉海之失柂㊷,积薪而待燃㊸?荣纳由于闪揄㊸,孰知辨其蚩妍㊹?故法禁屈挠于势族㊺,恩泽不逮于单门㊻。宁饥寒于尧舜之荒岁兮㊼,不饱暖于当今之丰年。乘理虽死而非亡㊽,违义虽生而非存㊾。

有秦客者㊿,乃为诗曰㋀:"河清不可俟㋁,人命不可延。顺风激靡草㋂,富贵者称贤。文籍虽满腹,不如一囊钱。伊优北堂上㋃,抗脏倚门边㋄。"鲁生闻此辞,系而作歌曰㋅:"势家多所宜㋆,咳唾自成珠㋇。被褐怀金玉㋈,兰蕙化为刍㋉。贤者虽独悟㋊,所困在群愚㋋。且各守尔分㋌,勿复空驰驱㋍。哀哉复哀哉,此是命矣夫㋎!"

①伊:发语词。五帝:传说中的上古的五个帝王,具体所指,说法不一。礼:礼法,礼仪。　②三王:指夏禹、商汤和周文王,他们被认为是贤明的君主。乐:音乐。古代认为礼、乐可以感化人心,维持统治秩序。《后汉书·文苑传》注引《礼记》:"五帝殊时,不相沿乐,三王异代,不相袭礼。"正是本文这两句所本,意思是时代不同,礼乐不能相沿袭,而要因时制宜,重新制作礼乐。　③数:气数,时运。极:极点,极限。这句是说,社会的时运发展有其极限,到了极限就自然地发生变化。　④非是:不是。故意:故意。反驳:这里指反对,标新立异。　⑤德政:以德治国叫德政。溷(hùn 混):同"混"。　⑥惩:惩戒。时:时世。清浊:扬清去浊。以上二句是说,(社会发展到了"极数")实行德政也不能挽救世道的混乱,实行赏罚岂可以惩戒时世,使人扬清弃浊?　⑦时:通"是"。祸败:指社会遭祸乱,风气败坏。　⑧荼(tú 途):一种苦菜。毒:毒虫。荼毒,比喻毒害。　⑨逾越:超越。无以相逾越,是说没有什么能超过。　⑩怨酷:狠毒残酷。以上四句是说战国以来的社会越来越坏。　⑪宁(nìng):岂,难道。宁计,哪里想到。生民:人民。　⑫唯:只。自足:满足自己的私欲。　⑬于:从。兹:此,指春秋。迄(qì 讫):至,到。今:指作者所在的东汉时代。　⑭情伪:真情与诈伪。一说,情伪是情状诈伪。万方:多种多样。　⑮佞谄:奸佞谄媚之人。日炽:一天天猖狂。　⑯刚克:刚强正直的人。消亡:消失不见。　⑰舐(shì 士):舔。痔:痔疮。驷(sì 四):四匹马拉的车。结驷,车子结队而行。舐痔结驷,典出《庄子·列御寇》篇,意思是说,舔人痔疮的卑鄙之徒能得人赏赐,取得富贵。　⑱正色:脸色严正不苟的人,指正直之人。徒行:徒步而行,指贫穷。　⑲妪(yù 玉)媮(qǔ 取):犹伛(yǔ 雨)偻(lǔ 旅),曲身,表示恭敬的样子。名势:有名有势的人。这句是说,对有名有势的人曲身逢迎。　⑳抚拍:亲昵献媚的动作,犹今言拍马屁。豪强:豪门强族。这句是说,对豪门强族拍马屁。　㉑偃(yǎn 演)蹇(jiǎn 简):高傲貌。反俗:不与世俗同流。　㉒立致:立即招致。咎殃:罪过,祸殃。　㉓捷慑:犹疾惧、急迫的样子。逐物:指追逐名利权势。　㉔日富:一天天富贵。月昌:一月月发达昌盛。　㉕浑然:混杂在一起的样子。惑:迷惑分不清。这句是说好坏、是非、黑白混杂不清,令人迷惑。　㉖孰温孰凉:什么是温的,什么是凉的。指分不出什么是好,什么是坏。　㉗邪夫:奸邪的坏人。显进:显耀高升。　㉘直士:正直之人。幽藏:深藏,指被埋没。　㉙原:推究其本原。斯瘼(mò 莫):犹言这种弊病。攸(yōu 优)兴:所兴起,所产生。

这句是说,推究这些弊病所产生的原因。　㉚执政:掌握政权者,指帝王。匪:同"非"。贤:贤明。　㉛女谒(yè 叶):指宫中受宠爱的嫔妃和宦官。掩:蒙蔽。　㉜近习:指帝王亲近熟习的大臣。秉:持,把持。威权:威势和权力。以上二句是说,宫中的嫔妃和宦官蒙蔽了皇帝的耳目,朝廷上的亲信近臣把持了皇帝的威权。　㉝所好:指所喜欢的人。钻皮出其毛羽:钻开皮,使长出毛羽。这句是比喻"女谒"和"近习"对他们所喜欢的人千方百计地提拔。　㉞所恶(wù 误):指所厌恶的人。洗垢求其瘢痕:清洗身上的污垢,以求显出瘢痕。这句是比喻"女谒"和"近习"对他们所不喜欢的人百般挑剔毛病。　㉟竭诚而尽忠:竭尽忠诚。　㊱崄(xiǎn 险):高险。绝崄,特别的高险。靡缘:无法攀缘,指无法行走。　㊲九重:指宫门,皇宫深邃,门户重重,故把宫门称为九重。启:开。　㊳群吠:群犬乱吠。狺(yín 银)狺:狗吠声。这句以"群吠之狺狺"比喻小人的争相诽谤。　㊴安危亡于旦夕:这句是说,旦夕之间国家就会危亡,但统治者犹安然处之。　㊵肆:放肆,放纵。嗜(shì 试)欲:嗜好和欲望。目前:眼前。这句是说,只顾眼前放纵自己的嗜好和欲望的享受。　㊶奚异:何异,有什么不同。柂(duò 舵):同"舵",行船时控制方向的器具。　㊷薪:柴火。积薪,堆积在一起的柴火。　㊸荣纳:受荣宠被重用。闪揄(shū 输):逢迎谄媚貌。　㊹蚩(chī 痴)妍(yán 延):丑美。蚩,同"媸",丑。妍,美。　㊺法禁:法律禁令。屈挠:被歪曲阻挠。势族:指有权势的豪门大族。　㊻恩泽:指皇帝给的恩惠德泽。逮:及,到。单门:势单力薄的人家。　㊼宁(nìng):宁愿。饥寒:受饥饿寒冷。尧舜:即唐尧、虞舜,上古时代的贤君。荒岁:受灾荒的年岁。　㊽乘理:顺理。亡:死亡。　㊾违义:违背正义。存:指生存在世。　㊿秦客:秦地的客人。与鲁生皆假托的人物。　㉛为诗:犹言作诗。　㉜河清:指黄河清。黄河水浑,不易澄清,所以相传河清则政治清明。本句也以河清比喻政治清明。俟(sì 四):等待。　㉝激:疾吹。靡草:草名,以其枝叶靡细,故云靡草。　㉞伊优:屈曲佞媚之貌。这里指逢迎谄媚之人。北堂:代指官府。　㉟抗脏(zǎng 葬):高亢耿直之貌。这里指刚直不阿之人。倚门边:站在门边,指受冷落而失意。　㊱系:继。　㊲多所宜:干什么多是正确的。　㊳咳唾:咳出的唾沫。珠:珍珠。　㊴被:同"披"。褐(hè 鹤):粗麻布衣。怀金玉:怀藏着金玉,比喻有真才实学。　㊵兰蕙:指兰草和蕙草,皆香草。刍(chú 除):喂牲口的干草。以上二句是说,披着粗布衣但有真才实学的人,却像兰草蕙草一样被人当作喂牲口的干草。　㊶悟:清醒。　㊷所困在群愚:被一帮愚蠢的人所包围。　㊸守尔分(fèn 奋):守着你的本分。　㊹勿复:不要再。空驰驱:空自为名利奔波。　㊺此是命矣夫:这是命中注定的啊!以上四句是贤者无可奈何的感叹。

司马迁

司马迁(前145—约前87),字子长,夏阳(今陕西省韩城市)人,西汉伟大的历史学家和文学家。早年曾在家乡"耕牧河山之阳"。青、中年时代先后三次漫游,足迹几乎遍及大半个中国。所到之处,他考察社会风土人情和生产情况,访问名胜古迹和耆旧故老,搜求历史故事和文物史料。这丰富了他的历史知识和生活经验,开拓了他的胸怀和眼界。在继承父职任太史令后,更博览国家藏书,整理史料,准备写作《史记》。后因为投降匈奴的名将李陵辩护,触怒了汉武帝,受极残酷的"宫刑"。出狱后,任中书令。为了雪清耻辱,鞭挞黑暗,表彰正义,寄托理想,司马迁以极坚韧的毅力完成了《史记》一书的写作。

《史记》不仅是一部伟大的史学名著,也是一部伟大的文学名著。《史记》的人物传记,不仅有高度的思想性,而且有高度的艺术性。作品充满了激情,人物形象鲜明生动,叙事简练畅达,文笔疏宕而有奇气,情节紧凑,富于浪漫主义的色彩和情调,是我国文学史上不朽的散文名作,鲁迅先生誉之为"史家之绝唱,无韵之《离骚》"(《汉文学史纲要》)。今存文除《史记》外,有《悲士不遇赋》《报任安书》二篇。

报 任 安 书①

太史公牛马走司马迁再拜言②。少卿足下③:曩者辱赐书④,教以慎于接物⑤,推贤进士为务⑥。意气勤勤恳恳⑦,若望仆不相师,而用流俗人之言⑧,仆非敢如此也。仆虽罢驽⑨,亦尝侧闻长者之遗风矣⑩。顾自以为身残处秽⑪,动而见尤⑫,欲益反损,是以独郁悒而与谁语⑬。谚曰:"谁为为之?孰令听之⑭?"盖钟子期死,伯牙终身不复鼓琴⑮。何则?士为知己者用,女为悦己者容。若仆大质已亏缺矣⑯,虽材怀随和⑰,行若由夷⑱,终不可以为荣,适足以见笑而自点耳⑲。书辞宜答,会东从上来⑳,又迫贱事㉑,相见日浅,卒卒无须臾之间㉒,得竭至意㉓。今少卿抱不测之罪㉔,涉旬月㉕,迫季冬㉖,仆又薄从上雍㉗,恐卒然不可为讳㉘,是仆终已不得舒愤懑以晓左右㉙,则长逝者魂魄私恨无穷㉚。请略陈固陋㉛。阙然久不报㉜,幸勿为过㉝。

仆闻之:修身者,智之符也㉞;爱施者,仁之端也;取予者,义之表也㉟;耻辱者,勇之决也㊱;立名者,行之极也㊲。士有此五者,然后可以托于世,列于君子之林矣。故祸莫憯于欲利㊳,悲莫痛于伤心,行莫丑于辱先,诟莫大于宫刑㊴。刑余之人㊵,无所比数㊶,非一世也,所从来远矣。昔卫灵公与雍渠同载,孔子适陈㊷;商鞅因景监见,赵良寒心㊸;同子参乘,袁丝变色㊹:自古而耻之!夫中材之人,事有关于宦竖㊺,莫不伤气,而况于慷慨之士乎!如今朝廷虽乏人,奈何令刀锯之余荐天下之豪俊哉㊻!

仆赖先人绪业㊼,得待罪辇毂下㊽,二十余年矣。所以自惟㊾:上之不能纳忠效信㊿,有奇策材力之誉,自结明主;次之又不能拾遗补阙(51),招贤进能,显岩穴之士(52);外之不能备行伍(53),攻城野战,有斩将搴旗之功(54);下之不能积日累劳,取尊官厚禄,以为宗族交游光宠(55)。四者无一遂(56),苟合取容(57),无所短长之效,可见于此矣(58)。向者(59),仆常厕下大夫之列(60),陪外廷末议(61)。不以此时引维纲,尽思虑,今以亏形为扫除之隶,在阘茸之中(62),乃欲仰首伸眉,论列是非,不亦轻朝廷、羞当世之士邪?嗟乎!嗟乎!如仆尚何言哉!尚何言哉!

且事本末未易明也。仆少负不羁之才(63),长无乡曲之誉(64),主上幸以先人之故,使得奏薄技(65),出入周卫之中(66)。仆以为戴盆何以望天,故绝宾客之知,忘室家之业,日夜思竭其不肖之材力,务一心营职,以求亲媚于主上。而事乃有大谬不然者!

夫仆与李陵俱居门下(67),素非能相善也(68)。趣舍异路(69),未尝衔杯酒(70),接殷勤之余欢。然仆观其为人,自守奇士(71),事亲孝,与士信,临财廉,取予义,分别有让(72),恭俭下人(73),常思奋不顾身,以殉国家之急。其素所蓄积也,仆以为有国士之风。夫人臣出万死不顾一生之计,赴公家之难,斯已奇矣(74)。今举事一不当(75),而全躯保妻子之臣,随而媒孽其短(76),仆诚私心痛之。且李陵提步卒不满五千,深践戎马之地,足历王庭(77),垂饵虎口,横挑强胡,仰亿万之师(78),与单于连战十有余日(79),所杀过当(80)。虏救死扶伤不给(81),旃裘之君长咸震怖(82),乃悉征其左右贤王(83),举引弓之人(84),一国共攻而围之。转斗千里,矢尽道穷,救兵不至,士卒死伤如积。然陵一呼劳军,士无不起,躬自流涕,沬血饮泣(85),更张空拳(86)、冒白刃,北向争死敌者(87)。陵未没时(88),

使有来报,汉公卿王侯皆奉觞上寿⁸⁹。后数日,陵败书闻,主上为之食不甘味,听朝不怡⁹⁰。大臣忧惧,不知所出。仆窃不自料其卑贱,见主上惨怆怛悼⁹¹,诚欲效其款款之愚⁹²,以为李陵素与士大夫绝甘分少⁹³,能得人死力,虽古之名将,不能过也。身虽陷败,彼观其意,且欲得其当而报于汉⁹⁴。事已无可奈何,其所摧败,功亦足以暴于天下矣⁹⁵。仆怀欲陈之,而未有路,适会召问,即以此指推言陵之功⁹⁶,欲以广主上之意,塞睚眦之辞⁹⁷。未能尽明,明主不晓,以为仆沮贰师⁹⁸,而为李陵游说,遂下于理⁹⁹。拳拳之忠,终不能自列¹⁰⁰。因为诬上,卒从吏议¹⁰¹。家贫,货赂不足以自赎¹⁰²,交游莫救,左右亲近不为一言。身非木石,独与法吏为伍,深幽囹圄之中¹⁰³,谁可告愬者¹⁰⁴!此真少卿所亲见,仆行事岂不然乎?李陵既生降,隤其家声¹⁰⁵,而仆又佴之蚕室¹⁰⁶,重为天下观笑。悲夫!悲夫!事未易一二为俗人言也。

仆之先人非有剖符丹书之功¹⁰⁷,文史星历,近乎卜祝之间¹⁰⁸,固主上所戏弄,倡优畜之¹⁰⁹,流俗之所轻也。假令仆伏法受诛,若九牛亡一毛,与蝼蚁何以异?而世又不与能死节者¹¹⁰,特以为智穷罪极,不能自免,卒就死耳。何也?素所自树立使然也。人固有一死,或重于太山,或轻于鸿毛¹¹²,用之所趋异也¹¹³。太上不辱先,其次不辱身,其次不辱理色¹¹⁴,其次不辱辞令,其次诎体受辱¹¹⁵,其次易服受辱¹¹⁶,其次关木索、被棰楚受辱¹¹⁷,其次剔毛发、婴金铁受辱¹¹⁸,其次毁肌肤、断肢体受辱,最下腐刑,极矣!传曰:"刑不上大夫¹¹⁹。"此言士节不可不勉励也。猛虎在深山,百兽震恐,及在槛阱之中,摇尾而求食,积威约之渐也¹²¹。故有画地为牢,势不可入;削木为吏,议不可对,定计于鲜也¹²²。今交手足,受木索,暴肌肤,受榜棰,幽于圜墙之中¹²³。当此之时,见狱吏则头枪地¹²⁴,视徒隶则心惕息¹²⁵。何者?积威约之势也¹²⁶。及以至是,言不辱者,所谓强颜耳,曷足贵乎!且西伯,伯也,拘于羑里¹²⁷;李斯,相也,具于五刑¹²⁸;淮阴,王也,受械于陈¹²⁹;彭越、张敖,南面称孤,系狱抵罪¹³⁰;绛侯诛诸吕,权倾五伯,囚于请室¹³¹;魏其,大将也,衣赭衣、关三木¹³²;季布为朱家钳奴¹³³;灌夫受辱于居室¹³⁴。此人皆身至王侯将相,声闻邻国,及罪至罔加¹³⁵,不能引决自裁¹³⁶,在尘埃之中。古今一体,安在其不辱也?由此言之,勇怯,势也;强弱,形也¹³⁷。审矣¹³⁸,何足怪乎?夫人不能早自裁绳墨之外¹³⁹,以稍陵迟¹⁴⁰,至于鞭棰之间,乃欲引节¹⁴¹,斯不亦远乎!古人所以重施刑于大夫者,殆为此也。

夫人情莫不贪生恶死,念父母,顾妻子。至激于义理者不然,乃有所不得已也。今仆不幸,早失父母,无兄弟之亲,独身孤立,少卿视仆于妻子何如哉?且勇者不必死节,怯夫慕义,何处不勉焉!仆虽怯懦,欲苟活,亦颇识去就之分矣⑫,何至自沉溺缧绁之辱哉⑭!且夫臧获婢妾⑭,犹能引决⑮,况仆之不得已乎?所以隐忍苟活,幽于粪土之中而不辞者,恨私心有所不尽,鄙陋没世,而文采不表于后世也。

古者富贵而名摩灭⑭,不可胜记,唯倜傥非常之人称焉⑰。盖文王拘而演《周易》⑭;仲尼厄而作《春秋》⑭;屈原放逐,乃赋《离骚》;左丘失明,厥有《国语》⑮;孙子膑脚⑮,《兵法》修列;不韦迁蜀,世传《吕览》⑮;韩非囚秦,《说难》《孤愤》⑮;《诗》三百篇,大底圣贤发愤之所为作也⑭。此人皆意有郁结,不得通其道,故述往事、思来者。乃如左丘无目,孙子断足,终不可用,退而论书策,以舒其愤,思垂空文以自见⑮。

仆窃不逊,近自托于无能之辞,网罗天下放失旧闻,略考其行事,综其终始,稽其成败兴坏之纪⑯,上计轩辕⑰,下至于兹,为十表,本纪十二,书八章,世家三十,列传七十,凡百三十篇。亦欲以究天人之际⑱,通古今之变,成一家之言。草创未就,会遭此祸,惜其不成,是以就极刑而无愠色⑲。仆诚以著此书,藏之名山,传之其人,通邑大都,则仆偿前辱之责⑭,虽万被戮,岂有悔哉?然此可为智者道,难为俗人言也!

且负下未易居⑯,下流多谤议⑯。仆以口语遇此祸,重为乡党所笑,以污辱先人,亦何面目复上父母丘墓乎?虽累百世,垢弥甚耳!是以肠一日而九回,居则忽忽若有所亡⑭,出则不知其所往。每念斯耻,汗未尝不发背沾衣也。身直为闺阁之臣⑯,宁得自引于深藏岩穴邪⑯!故且从俗浮沉,与时俯仰,以通其狂惑⑯。今少卿乃教以推贤进士,无乃与仆私心剌谬乎?今虽欲自雕琢,曼辞以自饰,无益,于俗不信,适足取辱耳。要之死日⑰,然后是非乃定。书不能悉意,略陈固陋。谨再拜。

①任安:荥阳人,少时家贫,曾为卫青舍人,后任益州刺史。他曾写信给任中书令的司马迁,让他推荐贤臣。征和二年(前91),戾太子发兵诛杀江充。任安接太子发兵命令后闭门不出,事后因此被判腰斩,司马迁才写了这封信回复他。　②太史公:司马迁自称,一说为《史记》原名。牛马走,像牛马一样供驱使的奴仆,自谦之词。走,仆从。　③少卿:任安的字。足下:古代称呼上级或同辈的敬辞。　④曩(nǎng)者:从前。　⑤慎:《文选》作"顺",据《汉书》改。　⑥为务:作为应当做的事情。当时司马迁任中书令,掌管文书以推选人才,所以任安希望他推荐贤士。　⑦意气:这里指情意,态度。勤勤恳恳:这里是殷勤恳切的意思。　⑧望:责怪,怨怪。仆:古代谦称"我"。这两句的意思是好像怨我不效法你,却附和流俗之人的看法。　⑨罢:同"疲"。驽:劣马。　⑩侧闻:从旁听到,是自谦之词。　⑪顾:只是。身残:指因为遭受宫刑而身体残损。处秽:处于污秽卑下的境地。　⑫见尤:被指责,被责备。

⑬郁悒：愁闷。　⑭"谁为"二句：意思是为谁去做这些事，又能让谁听我的呢？谁为，即为谁。　⑮伯牙：春秋时人，善于弹琴。《吕氏春秋·本味篇》记载：伯牙鼓琴，钟子期听之，方鼓琴而志在泰山，钟子期曰："善哉乎鼓琴！巍巍兮若泰山。"少时而志在流水。钟子期曰："善哉鼓琴，洋洋兮若流水。"子期死，伯牙摔琴绝弦，终身不复鼓琴，以为世无足复为鼓琴者。　⑯大质：身体。　⑰随：春秋时随国的君主随侯救了一条受伤的大蛇，后来，大蛇衔来一颗明珠报答他，后世称之为随侯珠。和：即和氏璧。春秋时楚国人卞和得到一块璞，献给楚厉王，厉王交给治玉的工匠，工匠认为是石头。厉王怒，砍断了卞和的右脚。楚武王即位，卞和再次献璞，武王也以为是石头，于是砍断了他的左脚。文王即位后，卞和抱着璞在郊外哭，文王命工匠重新治玉，果然得到美玉，后世称为和氏璧。　⑱由：即许由，上古高士。相传尧听闻许由的盛名，想把天下让给他。许由不受，避居箕山之下。夷：即伯夷。商朝孤竹国君的儿子。武王灭商后，与弟弟叔齐耻食周粟，逃往首阳山采薇而食，最终饿死山中。　⑲点：污辱。　⑳会：正遇上，恰巧。东：向东。上：皇帝，指汉武帝。这句意思是恰逢司马迁跟随武帝东归。　㉑贱事：谦辞，指自己所做的烦琐之事。　㉒卒卒：同"猝猝"，匆匆忙忙的样子。须臾：片刻。间：空隙，这里是闲暇。　㉓至意：心意，情意。至，通"志"。　㉔不测：指深重。　㉕涉旬月：过一个月。旬月，满月。　㉖迫：靠近。季冬：十二月。汉代律法每年十二月处决犯人。　㉗薄：靠近。雍：地名，在陕西凤翔，设有祭祀青帝、白帝、赤帝、黄帝、黑帝的神坛五畤。《汉书·武帝纪》载征和三年春正月，汉武帝幸雍。这句意思是我又临近跟随皇帝到雍地去了。　㉘不可为讳：死的婉辞。　㉙终已：最终，终于。晓：告知。左右：对对方的尊称。不直称对方，而称对方左右的人，以示恭敬。　㉚长逝者：死者，这里指肯安。　㉛固陋：鄙陋之见，谦辞。㉜阙然：延搁，耽误。　㉝过：责备。　㉞符：信物，凭证。　㉟表：表征，表现。㊱决：判断，决断。　㊲极：顶点，最高境界。　㊳憯：同"惨"，悲惨。　㊴垢：耻辱。㊵刑余之人：受过刑的人，这里指宦官。　㊶比数：并列，相提并论。　㊷"昔卫灵公"二句：卫灵公和夫人出游，让宦官雍渠同车陪坐，让孔子坐后面一车，孔子感慨："吾未闻好德如好色者也。"于是离开卫国。　㊸"商鞅"二句：商鞅是因为秦孝公宠信宦官景监的引荐才被孝公重用的，秦国贤者赵良认为这是不名誉的事。　㊹"同子"二句：汉文帝与宦官赵谈同车，袁丝伏在文帝车前说："我听闻天子只和天下的豪杰英雄同车，现在汉朝虽然缺乏人才，陛下怎么偏要和宦官同车呢？"文帝笑，让赵谈下车。同子，即赵谈，司马迁为了避父亲司马谈之讳，称其为"同子"。参乘，古代乘车时在车右陪坐或警戒。袁丝，即袁盎，丝为其字，以直言敢谏闻名。　㊺宦竖：宦官。竖，宫中供役使的小臣。　㊻刀锯之余：受过刑的人，指宦官。　㊼绪业：遗业，传留下来的事业。　㊽待罪：古时官吏的自谦之词，意思是身居其位却不能胜任，只是在等待因不称职而获罪。辇毂下：京城的代称。　㊾惟：思考。　㊿效：奉献，献出。　㉛拾遗补阙：捡拾君王的遗漏，弥补君王的缺失，即讽谏。　㉜岩穴之士：隐

士。　㊾备行伍:在军队中充数。行伍,泛指军队,古代军队编制,五人为伍,二十五人为行。　㊿搴(qiān 千):拔取。　㉕光宠:光荣,荣耀。　㉖遂:成就,实现。　㉗苟合取容:苟且迎合,以求容身。　㉘于:《文选》作"如",据《汉书》改。　㉙向者:从前。　㉚厕:间杂,夹杂。下大夫:周代太史位居下大夫,汉代太史令官位较低,故自比下大夫。　㉛外廷:即外朝,汉代官员分外朝官和中朝官,太史令属于外朝。末议:微末的议论,自谦之词。　㉜阘(tà 踏)茸:下贱,指卑贱的人。　㉝负:欠缺,缺乏。才:《文选》作"行",据《汉书》改。　㉞乡曲:乡里。　㉟奏:奉献。　㊱周卫:环卫,近卫,引申指宫禁。　㊲李陵:汉代名将李广之孙,擅长骑射。率兵深入匈奴时被围,矢尽援绝,被俘投降。俱居门下:李陵曾为侍中,司马迁当时曾为郎中,都是可以出入宫门的官,故曰。　㊳相善:彼此交好。　㊴趣舍:即取舍。趣,通"取"。　㊵衔杯酒:喝酒。　㊶自守:能坚守自己的节操。　㊷分别:区分,辨别,这里指能分别尊卑长幼。有让:谦让。有,助词,无意。　㊸下人:即下于人,谦居人下。　㊹已:《文选》作"以",据《汉书》改。　㊺举:行,做。　㊻媒糵(niè 聂):发酵,酝酿,这里是夸大的意思。媒,酒曲。糵,同"蘖",也是酒曲。　㊼王庭:匈奴君王所居之处。　㊽仰:仰攻,匈奴所居的北方地势高,故曰。　㊾单(chán 蝉)于:古代匈奴君主的称号。　㊿过当:超过(与汉军人数)相等的数目。当,相当的,相等的。　㉛不给(jǐ 几):不暇,来不及。　㉜旃(zhān 沾)裘:游牧民族所穿的毛毡、皮裘,这里代指匈奴。旃,同"毡"。　㉝左右贤王:左贤王、右贤王,匈奴王号,位于单于之下。　㉞举:发动。引弓之人:能拉弓射箭的人。　㉟沫(huì 会)血:以血洗面,形容血流满面。沫,洗脸。　㊱彄(quān 圈):弩弓。《文选》作"拳",据《汉书》改。　㊲死敌:死于敌手,指与敌人拼命。　㊳没:覆没,陷没。　㊴奉觞上寿:敬酒祝寿,这里指报捷。　㊵听朝:上朝听政。怡:高兴,欢乐。　㊶惨怆怛(dá 达)悼:悲痛忧伤。　㊷款款:诚恳,忠诚。　㊸士大夫:这里指李陵所部将士。绝甘分少:自己不享用甘美的食物,把稀少的东西分给大家。　㊹得其当:抓住适当的机会。　㊺暴(pù 铺):暴露,显露。　㊻指:同"旨",意思。推言:推断论说,阐述。　㊼睚眦(yá zì):怒目而视,这里指微小的仇怨。　㊽沮:馋毁,毁谤。贰师:指贰师将军李广利,其妹为汉武帝宠妃李夫人,曾至贰师(汉时大宛国地名)夺取宝马,故称贰师将军。天汉二年,李广利出征匈奴,李陵为辅。李广利出祁连山,李陵出居延北,以分散匈奴兵力。李陵被围,李广利却不率军救援,最终李陵兵败投降。因此司马迁为李陵辩护时,汉武帝认为他是有意诋毁李广利。　㊾理:大理,即廷尉,掌管诉讼刑狱。汉景帝时称大理,武帝时复称廷尉,这里是用旧称。　㊿列:列举,这里指陈述。　㉑从吏议:听从狱吏的判决。　㉒货赂:财货,财产。汉代律法可以用钱财赎罪。　㉓幽:幽禁,禁闭。囹圄(líng yǔ):监狱。　㉔愬:同"诉"。　㉕陨(tuí 颓):败坏,毁坏。　㉖佴:同"揑(róng 茸)",推捣。蚕室:古代受宫刑的人居住的密不透风的房间。　㉗剖符:古代分封功臣、诸侯时,将符信分剖为二,君臣各执其一,作为凭证。丹书:即丹书铁券,古代用丹砂将誓词写在铁券上赐给功臣，作为后世子孙世袭的凭信。　⑩卜：负责占卜的人。祝：古代祭祀时赞辞的人。　⑩倡优畜之：意思是像对待倡优一样养着"我"的先人。倡优，古代表演音乐歌舞和戏剧杂技的人，被视为下等人。《文选》作"倡优所畜"，据《汉书》改。　⑩与：谓，叫作。一说赞许，亦通。　⑪所自树立：自己赖以立身处世的。　⑫鸿：鸿雁，大雁。　⑬用之所趋：用死追求的东西。趋，向。　⑭理色：脸色，这里指脸面、体面。　⑮诎体：指被缚。诎，通"屈"。　⑯易服：这里指换上罪犯的衣服。　⑰关木索：戴上木枷和绳索。被：遭受。箠：棍杖。楚：荆条。　⑱剔毛发：剃去头发，即髡刑。婴金铁：以铁圈束颈，即钳刑。婴，缠绕。　⑲传（zhuàn 赚）：解说经义的文字。刑不上大夫：出自《礼记·曲礼》。　⑳槛阱：圈养兽类的栅栏。　㉑威约：用威势制约。渐：迹象，征兆，这里指结果。　㉒"故有"句：意义是即使画地为牢也绝不进入，即使削木为吏也不接受其议处，决意保持自己形象的光彩。画地为牢，古代律法宽缓，在地上画圈，令罪人站在圈中以示惩罚，如同后世的监狱。削木为吏，刻木头为人形，假充狱吏。议，议处，议罪。鲜，鲜明，光彩。　㉓圜墙：牢狱。　㉔枪：通"抢"，触，碰。　㉕徒隶：服刑的囚犯。心惕息：胆战心惊的样子。心，《文选》作"正"，据《汉书》改。惕，惧怕。息：喘息。　㉖势：样子。　㉗"西伯"句：周文王因崇侯虎向商纣王进谗言而被幽禁在羑里。西伯，即周文王。伯，古代统领一方的长官。羑（yǒu 有）里，商代监狱，在河南汤阴县。　㉘"李斯"句：李斯秦始皇时为丞相，后秦二世听信赵高谗言，将李斯腰斩于咸阳。五刑，秦汉时期的五种刑罚，《汉书·刑法志》载："令曰：'当三族者，皆先黥、劓，斩左右止，笞杀之，枭其首，菹其骨肉于市。其诽谤詈诅者，又先断舌'。故谓之具五刑。"　㉙"淮阴"句：韩信被封楚王，地广势大，汉高祖刘邦怀疑他谋反，就采用陈平的计谋，假装巡游云梦，在陈（今河南睢阳）逮捕他，将他降为淮阴侯。械，器具，这里指刑具。　㉚"彭越"句：彭越、张敖都是王侯，最后都被定罪入狱。彭越，汉初重臣，多建奇功，封梁王，曾被汉高祖秘密逮捕，囚禁在洛阳。张敖，汉初重臣张耳之子、汉高祖长女鲁元公主之婿，继父为赵王，因人诬告谋反而被囚。南面，古代以坐北朝南为尊，故皇帝诸侯都面南而坐。孤，古代帝王的自称。系狱，囚于牢狱。　㉛"绛侯"句：绛侯周勃跟随刘邦起事，多有奇功，高祖、惠帝时两次出任太尉，曾与陈平等诛杀诸吕，扶立文帝。后因人诬告谋反而被囚禁。诸吕，惠帝、吕后死后篡权的吕禄、吕产等吕氏族人。五伯，即"五霸"。请室，请罪之室，为贵戚重臣特设的监狱。　㉜"魏其"句：大将军窦婴因军功被封为魏其侯，后为营救灌夫，被丞相田蚡诬陷，下狱被杀。赭衣，古代罪犯穿的衣服。三木，加在颈、手、足三处的木枷等刑具。　㉝"季布"句：季布初为项羽属下，屡次率军打击刘邦。项羽死后，刘邦重金缉捕季布。季布藏于濮阳周氏，周氏出谋让季布髡发钳颈，卖于侠客朱家为奴。后来，朱家请汝阴侯夏侯婴劝说刘邦赦免了季布。　㉞"灌夫"句：灌夫汉景帝时因军功任中郎将，后因得罪丞相田蚡，被族诛。居室，汉代少府下属的官署之一。　㉟罔：通"网"，罗网，法网。　㊱引决：下定决心。　㊲"勇怯"四句：语出《孙子兵法·势》,意思是勇怯强弱都是由形势所决定的。 ⑬审:知道,知悉。 ⑲绳墨:指法律。 ⑭稍:渐渐。陵迟:衰败,衰颓。 ⑭引节:引决殉节。 ⑭去就:犹取舍。 ⑭缧绁(léi xiè 雷泄):捆绑犯人的绳子。 ⑭臧获:古代对奴婢的贱称。 ⑭犹:《文选》作"由",据《汉书》改。 ⑭摩:同"磨"。 ⑭倜傥:卓越,不同寻常。称:称颂。 ⑭"文王"句:相传周文王被拘羑里时,将《易》之八卦推演为六十四卦。演,推演。 ⑭"仲尼"句:孔子周游列国,并不得志,于是回到鲁国作《春秋》一书。 ⑮左丘:即左丘明,春秋时鲁国史官,相传《国语》一书也是他所作。 ⑮孙子:战国时期著名军事家,相传著有兵法八十九篇。同学庞涓忌妒他,把他骗到魏国处以膑刑,后世因此称其为孙膑。后来孙膑逃到齐国,帮助齐威王大败庞涓统帅的魏军。膑:古代的一种斩断双足的刑罚,一说是剜去膝盖骨。 ⑮不韦:即吕不韦,战国末期的大商人,曾帮助秦庄襄王登上王位。秦始皇即位,吕不韦出任相邦,被尊为"仲父"。始皇十年,吕不韦因罪被免职迁蜀,途中饮鸩自杀。《吕览》:即《吕氏春秋》,吕不韦任丞相之时召集门客修撰而成。 ⑮韩非:战国时期韩国公子,曾屡次劝谏韩王而不被听用,于是《说难》《孤愤》等十余万言。文章传到秦国,秦始皇非常喜欢,为了得到韩非而出兵攻打韩国。韩非入秦后,被李斯等人谗毁杀害。 ⑭大底:即大抵。 ⑮垂:流传。自见:自我表白。 ⑯稽:核查,考察。 ⑰轩辕:即黄帝,传说中的上古君王。 ⑱天人之际:天意和人事之间的关系。际,中间,彼此之间。 ⑲是以:《文选》作"已",据《汉书》改。 ⑳通邑:交通便利的城邑。 ㉑偿:抵偿。 ㉒负下:负罪之下。 ㉓下流:下游,这里指卑贱的地位。 ㉔忽忽:恍恍惚惚。亡:失。 ㉕直:仅仅。闺阁(gé 阁)之臣:指宦官。闺阁,宫中的小门,代指深宫。 ㉖自引:引退,辞职。深藏岩穴:指隐居山林。 ㉗狂惑:狂妄糊涂,自谦之词。 ㉘刺谬:违背,悖谬。刺,违背常情。 ㉙曼:美好。 ㉚要之:总之。

项羽本纪①(节录)

项籍者,下相人也②,字羽。初起时③,年二十四。其季父项梁④。梁父即楚将项燕⑤,为秦将王翦所戮者也⑥。项氏世世为楚将,封于项⑦,故姓项氏。项籍少时学书⑧,不成,去,学剑,又不成。项梁怒之。籍曰:"书,足以记名姓而已。剑,一人敌,不足学。学万人敌。"于是项梁乃教籍兵法,籍大喜,略知其意,又不肯竟学⑨。项梁尝有栎阳逮⑩,乃请蕲狱掾曹咎书抵栎阳狱掾司马欣⑪,以故事得已⑫。项梁杀人,与籍避仇于吴中⑬。吴中贤士大夫皆出项梁下⑭。每吴中有大徭役及丧⑮,项梁常为主办,阴以兵法部勒宾客及子弟⑯,以是知其能⑰。秦始皇帝游会稽⑱,渡浙江⑲,梁与籍俱观。籍曰:"彼可取而代也⑳!"梁掩其口,曰:"毋妄言,族矣㉑!"梁以此奇籍㉒。籍长八尺余,力能扛鼎,才气过人,虽吴中子弟皆已惮籍矣㉒。

①本纪:是司马迁开创的《史记》的一种体裁,专记帝王当国的行事。项羽虽未成帝业,但在秦汉之际也曾发号施令于一时,威在诸侯之上,所以司马迁为之立本纪。这里所选节录,节录共四部分:项羽少时,钜鹿之战,鸿门之宴,垓下之围。大体上包括他的成长过程和一生主要战绩。　②项籍:就是项羽,籍是名,羽是字。下相:秦县名,在今江苏省宿迁市西南七里。　③初起时:指项羽随叔父项梁起兵反秦时。　④季父:叔父。　⑤项燕:楚将,项梁之父,羽之祖父。　⑥王翦(jiǎn 剪):秦将。秦始皇二十三年(前224),王翦破楚,项燕立昌平君为楚王,在淮南反秦,后为王翦击败,项燕自杀。事在《秦始皇本纪》中。戮:杀。　⑦项:古地名,在今河南省项城市东北。项本古国,春秋时为鲁所灭,楚灭鲁后,以项地封项燕的先人。　⑧学书:学念书写字。　⑨竟学:学完。指学完兵法。　⑩尝:曾经。栎(yuè 月)阳:秦县名,在今陕西省临潼北渭水北岸。栎阳逮,被栎阳县吏逮捕一案。　⑪蕲(qí 旗):秦县名,在今安徽省宿县南。狱掾(yuàn 愿):掌管狱中囚犯的小吏。曹咎:人名,后在项氏手下任大司马海春侯。抵:送至。司马欣:人名,事迹在《项羽本纪》中。　⑫以故:因此之故。已:停息。　⑬吴中:泛指春秋时吴国旧地,战国时属楚。　⑭贤士大夫:指有声望的人。出项梁下:在项梁之下。　⑮大徭役:指国家征调人民从事筑城、修路等力役之事。丧:丧事。　⑯阴:暗中。部勒:组织训练。　⑰以是:因此。知其能:知道"宾客"及"子弟"的能力。宾客,指流寓在吴中的外地人。子弟,指吴中本地人子弟。　⑱会(kuài 快)稽:指会稽山,在今浙江省绍兴东南。　⑲浙江:即钱塘江。　⑳彼:那人,指秦始皇。　㉑族:古代最残酷的刑法,指杀死全族的人。这句是说,别胡说,这是要灭族的。　㉒以此:因此。奇籍:重视赏识项羽,把他看作不凡之人。　㉓惮(dàn 旦):惧怕。项羽是外乡人,所以这句话这样说。

....

章邯已破项梁军①,则以为楚地兵不足忧,乃渡河击赵②,大破之。当此时,赵歇为王,陈馀为将,张耳为相③,皆走入钜鹿城④。章邯令王离、涉间围钜鹿⑤,章邯军其南⑥,筑甬道而输之粟⑦。陈馀为将,将卒数万人而军钜鹿之北⑧,此所谓河北之军也。楚兵已破于定陶⑨,怀王恐⑩,从盱台之彭城⑪,并项羽、吕臣军自将之⑫。以吕臣为司徒⑬;以其父吕青为令尹⑭;以沛公为砀郡长⑮,封为武安侯,将砀郡兵。

初,宋义所遇齐使者高陵君显在楚军⑯,见楚王曰:"宋义论武信君之军必败⑰,居数日,军果败。兵未战而先见败征⑱,此可谓知兵矣。"王召宋义与计事,而大说之,因置以为上将军⑲。项羽为鲁公,为次将⑳。范增为末将㉑。

救赵。诸别将皆属宋义，号为卿子冠军㉒。行至安阳㉓，留四十六日不进。项羽曰："吾闻秦军围赵王钜鹿，疾引兵渡河，楚击其外，赵应其内，破秦军必矣。"宋义曰："不然。夫搏牛之虻不可以破虮虱㉔。今秦攻赵，战胜则兵罢㉕，我承其敝㉖；不胜则我引兵鼓行而西㉗，必举秦矣㉘。故不如先斗秦赵㉙。夫被坚执锐㉚，义不如公；坐而运策㉛，公不如义。"因下令军中曰："猛如虎，很如羊㉜，贪如狼，强不可使者㉝，皆斩之！"乃遣其子宋襄相齐㉞，身送之至无盐㉟，饮酒高会㊱。天寒大雨，士卒冻饥。项羽曰："将戮力而攻秦㊲，久留不行。今岁饥民贫，士卒食芋菽㊳，军无见粮㊴，乃饮酒高会，不引兵渡河因赵食㊵，与赵併力攻秦，乃曰'承其敝'。夫以秦之强。攻新造之赵㊶，其势必举赵。赵举而秦强，何敝之承㊷！且国兵新破，王坐不安席，扫境内而专属于将军㊸，国家安危，在此一举，今不恤士卒而徇其私㊹，非社稷之臣㊺。"项羽晨朝上将军宋义，即其帐中斩宋义头㊻。出令军中曰："宋义与齐谋反楚，楚王阴令羽诛之㊼"。当是时，诸将皆慑服㊽，莫敢枝梧㊾。皆曰："首立楚者㊿，将军家也。今将军诛乱。"乃相与共立羽为假上将军(51)。使人追宋义子，及之齐(52)，杀之。使桓楚报命于怀王(53)。怀王因使项羽为上将军，当阳君、蒲将军皆属项羽(54)。

项羽已杀卿子冠军，威震楚国，名闻诸侯。乃遣当阳君、蒲将军将卒二万，渡河救钜鹿。战少利(55)，陈馀复请兵。项羽乃悉引兵渡河，皆沉船(56)，破釜甑(57)，烧庐舍(58)，持三日粮，以示士卒必死(59)，无一还心(60)。于是至则围王离，与秦军遇，九战(61)，绝其甬道(62)，大破之，杀苏角(63)，虏王离。涉间不降楚，自烧杀(64)。

当是时，楚兵冠诸侯(65)。诸侯军救钜鹿下者十余壁(66)，莫敢纵兵(67)。及楚击秦，诸将皆从壁上观(68)。楚战士无不一以当十，楚兵呼声动天，诸侯军无不人人惴恐(69)。于是已破秦军，项羽召见诸侯将，入辕门(70)，无不膝行而前(71)，莫敢仰视(72)。项羽由是始为诸侯上将军(73)，诸侯皆属焉(74)。

①章邯（hán 含）：秦朝将领。已破项梁军：指章邯在定陶击败项梁，项梁死事。
②赵：指在陈胜、吴广起义浪潮中由赵国后人建立的赵国。 ③赵歇：赵之后裔。陈馀、张耳：俱大梁（今河南开封市西南）人。他们立赵歇为王，自己分别为将相。
④走入：犹言逃入，退入。钜鹿：秦郡名，治所在钜鹿（今河北平乡县西南）。 ⑤王离、涉间：秦将。 ⑥军：动词，驻军。 ⑦甬道：两旁有墙保护的道路，用以运输物资，防人劫夺。粟：谷物名，泛指粮食。 ⑧将（jiàng 酱）：率领，统帅。将卒，犹领兵。
⑨定陶：秦县名，县治在今山东省定陶县西北。 ⑩怀王：指被拘死于秦的楚怀王熊

槐之孙,名心,楚亡后,流落民间,为人牧羊,项梁立他为楚怀王。 ⑪盱(xū需)台(yí移):即盱眙(yí),秦县名,治所在今江苏省盱眙东北。彭城:秦县名,治所在今江苏省徐州市。 ⑫吕臣:反秦部队的将领。 ⑬司徒:官名,本是掌管教化的。 ⑭吕青:吕臣之父。令尹:楚最高的执政大官,相当于别国的相。 ⑮沛公:刘邦是沛(今江苏省沛县)人,起兵后称沛公。砀(dàng荡)郡长:砀郡郡守。砀郡,郡名,秦置,治所在砀县(秦县名,今河南永城东北)。 ⑯宋义:战国后期楚令尹。高陵君显:齐使者,封为高陵君,名显。 ⑰武信君:项梁立楚怀王心时,自号武信君。 ⑱征:征兆,预兆。 ⑲大说(yuè悦)之:非常喜欢宋义。上将军:诸将军之首领,即主帅。 ⑳次将:犹副将。 ㉑范增:居巢(一作居鄛)人,项羽的重要谋臣。居巢,古县名,治所在今安徽省巢湖市东北,一说治所在安徽省桐城市南。末将:位次于副将之将领。 ㉒卿子:时人相尊称之词,犹言公子。宋义为上将军,是军中主帅,故合称卿子冠军。 ㉓安阳:古邑名,故址在今山东省曹县东南五十里。 ㉔搏牛之虻(méng萌):虻虫啮牛,故称搏牛之虻。虮虱:牛身上生的虱子。这句话是说,牛虻是为了搏牛(与牛搏击),而不是为了击败牛身上的虱子。比喻志在大而不在小。 ㉕罢(pí疲):通"疲"。 ㉖承其敝:趁秦兵疲惫之时。 ㉗鼓行而西:击鼓而行,西向攻秦。 ㉘举:攻取,攻占。 ㉙斗秦赵:使秦赵相斗。 ㉚被:同"披"。坚:指坚实的铠甲。锐:指锐利的武器。披坚执锐,是指临阵打仗。 ㉛坐:指坐在帷幄(军帐)之中。运策:运算筹谋计策。 ㉜很:不听从,违逆。很如羊,古人有人以为羊不听话。 ㉝强:读音为jiàng(酱),倔强之意。不可使:不听差遣。以上四句皆暗指项羽。 ㉞相齐:做齐的相。 ㉟无盐:秦置县名,治所在今山东省东平县东。 ㊱饮酒高会:置办酒席,大会宾朋。 ㊲戮(lù录)力:"戮",通"勠"。犹并力。 ㊳芋:薯类植物。菽:豆类植物。食芋菽,犹言以薯和豆为食。 ㊴见:读如"现"。无见粮,没有现存的军粮。 ㊵因:依靠,凭借。 ㊶新造之赵:新建立的赵国。 ㊷何敝之承:犹言"承"什么"敝"!或有什么"敝"可"承"! ㊸扫境内而专属于将军:集中了国内全部兵力交给宋义。 ㊹恤(xù旭):怜悯,顾惜。徇其私:图谋私利。指送宋襄相齐一事。 ㊺社稷之臣:国家可以依靠信赖之臣。社稷,本是指祭祀的土神和谷神,古代国家建社稷坛以祭祀土神和谷神,因以之象征国家。 ㊻即:就,在。即其帐中,就在宋义营帐中。 ㊼阴令:暗中下令。 ㊽当是时:当此时,在这时。是,犹此,这。慑服:因恐惧而顺从。 ㊾枝梧:犹言抗拒。 ㊿首立楚:首先恢复楚国。指项梁立楚怀王的孙子心的事。 ㉛假:犹今言代理。 ㉜及之齐:追捕到齐国才赶上。及,追及。 ㉝桓楚:人名。报命:报告,回报。这句是说,派桓楚把杀宋义的经过报告给怀王。 ㉞当阳君:英布号当阳君。英布因犯罪被黥(qíng擎)刑(古代一种以刀刺面再涂以墨的刑罚),又称黥布,初起于江湖之间,从项羽后,被封为九江王,后降汉,封淮南王,后又反汉,被杀。蒲将军:史失其姓名。 ㉟少利:稍有胜利。 ㊱沉船:把船凿沉。 ㊲破:打破,打碎。釜(fǔ斧):锅。甑(zèng赠):炊器,用处犹如现在的蒸笼。 ⑧庐舍:房舍,这里当指军队的营帐。 ⑨示士卒必死:向士卒表示必死的决心。 ⑥无一还心:没有一点退还的心意。 ⑥九战:九次接战。九是确数。 ⑥绝:断绝,切断。 ⑥苏角:秦将。 ⑥自烧杀:烧身自杀而死。 ⑥冠诸侯:为诸侯之冠。这句是说楚军势力在诸侯中最强大。 ⑥壁:营垒。十余壁,犹言十几支军队。 ⑥莫敢纵兵:没有人敢于出兵与秦对抗。 ⑥壁上观:从营垒上观楚兵与秦兵战斗。 ⑥惴恐:惊惶恐惧。 ⑩辕门:指营门。古时在军营前把战车竖起,对立为门。 ⑪膝行:跪地以两膝行走。 ⑫莫敢仰视:不敢抬头仰视。 ⑬为诸侯上将军:成为诸侯联军的上将军。 ⑭属:归属。指归属于项羽,受他的指挥。

行略定秦地①。函谷关有兵守关②,不得入。又闻沛公已破咸阳③。项羽大怒,使当阳君等击关。项羽遂入,至于戏西④。沛公军霸上⑤,未得与项羽相见。沛公左司马曹无伤使人言于项羽曰:"沛公欲王关中⑥,使子婴为相⑦,珍宝尽有之。"项羽大怒,曰:"旦日飨士卒⑧,为击破沛公军!"当是时,项羽兵四十万,在新丰鸿门⑨;沛公兵十万,在霸上。范增说项羽曰:"沛公居山东时⑩,贪于财货,好美姬。今入关,财物无所取,妇女无所幸⑪,此其志不在小。吾令人望其气⑫,皆为龙虎,成五采,此天子气也。急击勿失⑬!"

楚左尹项伯者⑭,项羽季父也,素善留侯张良⑮。张良是时从沛公,项伯乃夜驰之沛公军,私见张良,具告以事⑯,欲呼张良与俱去。曰:"毋从俱死也⑰。"张良曰:"臣为韩王送沛公⑱,沛公今事有急,亡去不义⑲,不可不语。"良乃入,具告沛公。沛公大惊,曰:"为之奈何?"张良曰:"谁为大王为此计者?"曰:"鲰生说我曰⑳:'距关,毋内诸侯㉑,秦地可尽王也㉒。'故听之。"良曰:"料大王士卒足以当项王乎?"沛公默然,曰:"固不如也,且为之奈何?"张良曰:"请往谓项伯,言沛公不敢背项王也。"沛公曰:"君安与项伯有故㉓?"张良曰:"秦时与臣游,项伯杀人,臣活之。今事有急,故幸来告良㉔。"沛公曰:"孰与君少长㉕?"良曰:"长于臣。"沛公曰:"君为我呼入,吾得兄事之㉖。"张良出,要项伯㉗。项伯即入见沛公。沛公奉卮酒为寿㉘,约为婚姻㉙。曰:"吾入关,秋豪不敢有所近㉚,籍吏民,封府库,而待将军㉛。所以遣将守关者,备他盗之出入与非常也㉜。日夜望将军至,岂敢反乎!愿伯具言臣之不敢倍德也㉝。"项伯许诺,谓沛公曰:"旦日不可不蚤自来谢项王㉞!"沛公曰:"诺。"于是项伯复夜去,至军中,具以沛公言报项王。因言曰:"沛公不先破关中,公岂敢入乎?今人有大功而击之,不义也。不如因善遇之㉟。"项王许诺。

沛公旦日从百余骑来见项王㊱,至鸿门,谢曰:"臣与将军戮力而攻秦,将军战河北,臣战河南,然不自意能先入关破秦㊲,得复见将军于此。今者有小人之言,令将军与臣有郤㊳。"项王曰:"此沛公左司马曹无伤言之,不然,籍何以至此。"项王即日因留沛公与饮。项王、项伯东向坐㊴,亚父南向坐㊵。亚父者,范增也。沛公北向坐,张良西向侍㊶。范增数目项王,举所佩玉玦以示之者三㊷,项王默然不应㊸。范增起,出召项庄㊹,谓曰:"君王为人不忍㊺,若入前为寿㊻,寿毕,请以剑舞,因击沛公于坐,杀之。不者㊼,若属皆且为所虏㊽。"庄则入为寿。寿毕,曰:"君王与沛公饮,军中无以为乐,请以剑舞。"项王曰:"诺。"项庄拔剑起舞,项伯亦拔剑起舞,常以身翼蔽沛公㊾,庄不得击。于是张良至军门,见樊哙㊿。樊哙曰:"今日之事何如?"良曰:"甚急!今者项庄拔剑舞,其意常在沛公也。"哙曰:"此迫矣!臣请入,与之同命㉛!"哙即带剑拥盾入军门㉜。交戟之卫士欲止不内㉝,樊哙侧其盾以撞,卫士仆地㉞,哙遂入,披帷西向立㉟,瞋目视项王㊱,头发上指㊲,目眦尽裂㊳。项王按剑而跽㊴:"客何为者?"张良曰:"沛公之参乘樊哙者也㊵。"项王曰:"壮士!赐之卮酒!"则与斗卮酒㊶。哙拜谢,起,立而饮之。项王曰:"赐之彘肩㊷!"则与一生彘肩㊸。樊哙覆其盾于地,加彘肩上,拔剑切而啖之㊹。项王曰:"壮士!能复饮乎?"樊哙曰:"臣死且不避,卮酒安足辞!夫秦王有虎狼之心,杀人如不能举㊺,刑人如恐不胜㊻,天下皆叛之。怀王与诸将约曰:'先破秦入咸阳者王之㊼。'今沛公先破秦入咸阳,豪毛不敢有所近,封闭宫室,还军霸上,以待大王来。故遣将守关者,备他盗出入与非常也。劳苦而功高如此,未有封侯之赏,而听细说㊽,欲诛有功之人。此亡秦之续耳㊾,窃为大王不取也㊿!"项王未有以应,曰:"坐!"樊哙从良坐㉛。坐须臾,沛公起如厕㉜,因招樊哙出。

沛公已出,项王使都尉陈平召沛公㉝。沛公曰:"今者出,未辞也,为之奈何㉞?"樊哙曰:"大行不顾细谨㉟,大礼不辞小让㊱。如今人方为刀俎㊲,我为鱼肉,何辞为㊳!"于是遂去。乃令张良留谢㊴。良问曰:"大王来何操㊵?"曰:"我持白璧一双,欲献项王;玉斗一双㊶,欲与亚父。会其怒㊷,不敢献。公为我献之。"张良曰:"谨诺。"当是时,项王军在鸿门下,沛公军在霸上,相去四十里。沛公则置车骑㊸,脱身独骑,与樊哙、夏侯婴、靳强、纪信等四人持剑盾步走㊹,从郦山下㊺,道芷阳间行㊻。沛公谓张良曰:"从此道至吾军,不过二十里耳。度我至军中,公乃入。"沛公已去,间至军中㊼,张良入谢,曰:"沛公不胜杯杓㊽,不能辞。谨使臣良奉白璧一双,再拜献大王足下㊾;玉斗一双,再拜奉大将军足下㊿。"项王曰:"沛公安在?"良曰:"闻大王有意督过之⑫,脱身独去,已至军矣。"项王则受璧,置之坐上。亚父受玉斗,置之地,拔剑撞而破之,曰:"唉!竖子不足与谋㉝!夺项王天下者,必沛公也,吾属今为之虏矣㉞!"沛公至军,立诛杀曹无伤㉟。

①行:行将,将要。一说,"行"字下加逗号断开,谓继续行军前进。略定:占领,平定。 ②函谷关:关名,在今河南省灵宝市东北。有兵守关:在项羽入函谷关前,刘邦已先入关,并派人守函谷关。 ③咸阳:秦都,在今陕西省咸阳市东北二十里。 ④戏西:戏水之西。戏水源出骊山,流入渭水。 ⑤军:驻军。霸上:亦作灞上,地名,即灞水西白鹿原,在今陕西省西安市东。 ⑥王(wàng 旺):动词,称王。关中:指函谷关以西地区。 ⑦子婴:秦始皇孙,二世兄子。秦最末一位皇帝,刘邦入关,子婴出降,后被项羽所杀。 ⑧旦日:犹明日。飨(xiǎng 想):以酒食犒赏。 ⑨新丰:地名,本是秦骊邑,刘邦称帝后,因其父思归故里,乃于骊邑仿照故乡丰地街巷筑城,名新丰。《史记》是以新地名记旧时事。新丰故址在今陕西省临潼东北。鸿门:地名,在新丰东,今称项王营。 ⑩山东:指崤函之东,秦称崤函之东为山东。居山东时,指未入关时。 ⑪幸:亲近。 ⑫望其气:望刘邦的"气"。古人迷信,讲望气之术,认为一个人的未来可以望气而知。望气,指望气候云象。下文所写"为龙虎,成五采"即被认为是"天子气"。 ⑬急击:犹言赶快打击消灭。勿失:不要失去时机。 ⑭左尹:官名。项伯:项羽叔父,名缠,字伯。因鸿门救助刘邦,后被刘邦封为射阳侯,赐姓刘。 ⑮素:平素,平常。善:友善。留侯:张良被封为留侯。张良:刘邦主要谋臣。 ⑯具告以事:把事情都告诉了张良。事,指项羽欲击刘邦。 ⑰毋从:不要跟着。俱死:一道死。 ⑱臣为韩王送沛公:犹云我替韩王护送沛公。张良原为韩王成的申徒,刘邦从洛阳出,张良引兵相从,就是这句话所指的事,事见《留侯世家》。 ⑲亡去:逃走。 ⑳鲰(zōu 邹)生:骂人的话。"鲰"作浅陋解,"鲰"生犹言浅陋无知小人。说(shuì 税):劝说别人听从自己意见。 ㉑距:同"拒"。距关,守关。内:同"纳",放入。 ㉒秦地可尽王(wàng 旺):可以称王统治全部的秦地。 ㉓安:何,怎么。故:老交情。 ㉔幸:幸亏。 ㉕孰与君少长:与你比,谁小,谁大? ㉖兄事之:以兄长之礼侍奉他。 ㉗要(yāo 邀):通"邀",拦截,遮留,这里有邀请之意。 ㉘卮(zhī 织):酒杯。为寿:为项伯上寿。古代进酒于尊长前而致祝词,叫上寿。 ㉙约为婚姻:彼此相约儿女结婚。 ㉚秋豪:即秋毫,动物秋天新生之毛,比喻细微。近:这里有沾染,占为己有之意。 ㉛籍:登记。封:封存。府库:指国家贮存钱财粮食的仓库。待:等待。这几句是说,登记官吏和人民的户口,封存仓库,等待将军的到来。将军指项羽。 ㉜备:防备。他盗:其他盗贼。出入:指出入函谷关。非常:指异常的变故。 ㉝倍:通"背"。倍德,犹言忘恩负义。 ㉞蚤:通"早"。谢:谢罪。 ㉟因:因此。善遇之:好好对待他(刘邦)。 ㊱从:以……为随从。百余骑(jì 寄):一百多骑马的人。一人一马叫一骑。 ㊲不自意:自己未料到。 ㊳郤(xì 隙):通"隙",本指空隙,引

申为嫌隙。　㊴东向坐：面向东坐。古时室内设座，以东向为尊。　㊵亚父：仅次于父亲的人。项羽尊称范增为亚父。　㊶侍：指侍坐，张良是刘邦陪臣，故西向侍。㊷数(shuò朔)：屡次。目：动词，以目示意。数目项王，频频丢眼色给项羽。佩：佩戴。玉玦(jué决)：一种玉饰，半璧为玦。璧是平圆形，中有孔，似环的玉饰。示之者三：三次向项羽示意赶快决策。"玦"音同"决"，举玉玦就是示意项羽快决策。㊸默然不应：沉默不应。不应，不响应范增的暗示。　㊹项庄：项羽堂弟。　㊺不忍：不忍心，心肠不狠。　㊻若：你。这句是说，你进去，上前祝酒上寿。　㊼不(fǒu否)：同"否"。不者，否则，不然。　㊽若属：你们。且为所虏：将为其所俘虏。㊾翼蔽：像张开翅膀那样遮蔽掩护。　㊿樊哙(kuài快)：刘邦同乡，少以屠狗为业。后随刘邦起义，封贤成君，刘邦称帝后任左丞相，封舞阳侯。　㊿⃝与之同命：与他(指沛公)同生共死。　㊿②盾：盾牌，古代作战时护身之器，用以挡御刀箭，用皮革或藤制成。拥盾，持盾。军门：军营之门。　㊿③戟(jǐ己)：古代一种兵器。交戟，把戟交叉起来。内：同"纳"。不内，不放入内。这句是说，持戟交叉着的卫士们要拦止樊哙，不放他入内。　㊿④仆(pū扑)地：前跌倒地。　㊿⑤披帷(wéi围)：揭开帷帐的门帘。帷，帷帐，这里指帷帘，军帐中挡门之帘。西向立：向西站立。方向对着项羽。　㊿⑥瞋(chēn嗔)目：瞪眼怒视。　㊿⑦上指：向上竖起。　㊿⑧目眦(zì自)：眼眶。　㊿⑨按剑：以手抚着剑。表示警惕之状。跽(jì忌)：长跪。古人席地而坐，双膝跪地，臀部坐在脚后跟上。如果臀部不坐下，只双膝跪下而全身挺直叫长跪。项羽本席地而坐，这时长跪，是准备随时跃起的警惕状态。　㊿⓪参乘：古代君主或主帅乘车，站在车上右侧作警卫的卫士叫参乘。　㊿①斗卮：大酒杯，当因此可装斗酒而名之。斗酒，约有现在的一碗酒的量。一说"斗"字是衍字。　㊿②彘(zhì智)肩：整条猪腿。一说指猪肘子。㊿③生：生的，未煮熟的。　㊿④加彘肩上：把彘肩加在盾牌上。啖(dàn旦)之：吃掉彘肩。　㊿⑤举：全，尽。这句说，杀人就像杀不完似的。　㊿⑥刑人：使人受刑，加刑罚于人。胜(shēng生)：尽。这句说，加刑罚于人像加不完似的。以上二句都是说秦的暴政苛刑没有穷尽。　㊿⑦王(wàng旺)之：称王于秦地。一说，封他为王。　㊿⑧细说：小人之言。听细说，听信小人之言。　㊿⑨此亡秦之续耳：犹言继续在走亡秦的道路。　㊿⓪窃为大王不取也：我私下以为大王不应采取这种做法。　㊿①从良坐：指坐在张良旁边。　㊿②如：往。厕：厕所。　㊿③都尉：官名，比将军位低的武官。陈平：阳武(今河南原阳东南)人。先随项羽入关，后归刘邦。汉初封曲逆侯，后任丞相。㊿④辞：告辞，辞别。为之奈何：犹言怎么办。　㊿⑤大行：干大事。细谨：细微的谨慎。㊿⑥大礼：行大礼节。辞：拒绝。小让：小的批评指责。以上二句是说，干大事不必顾忌着小心谨慎，行大礼不必拒绝有小的指责。　㊿⑦俎(zǔ祖)：切东西的砧板。这句连下句是说，现在人家(指项羽方面)掌握着宰割我们的主动权，而我们正处在任人宰割的地位。　㊿⑧何辞为：犹言告辞干什么！　㊿⑨留谢：留下辞谢项羽。　㊿⓪何操：带了什么？　㊿①玉斗：玉酒杯。　㊿②会：适逢，正碰上。　㊿③置：弃置，抛弃。车骑：车马。 ㉞夏侯婴:刘邦同乡人,随刘邦起兵,后封汝阴侯,任太仆。靳强:从刘邦击项羽,封汾阳侯。纪信:刘邦部将,后刘邦在荥阳被项羽围困,他假扮刘邦诳骗项羽,被烧死。走:逃走。步走,步行逃走。 ㉟郦山:即骊(lí离)山,在今陕西省临潼东南。 ㊱道芷阳:取道芷阳。芷阳,地名,在今陕西省西安市东北。间(jiàn箭)行:抄近路而行。 ㊲度(duó夺):估计。至军中:回到军中。 ㊳间至军中:张良估计刘邦等人已抄近路回到军中。 ㊴不胜(shēng生):禁不住。杓:同"勺"。杯杓,代指酒。 ㊵足下:对人的敬称。 ㊶大将军:指范增。 ㊷督过:责备。 ㊸竖子:小子。明责项庄,暗指项羽。这句话是说,这小子不配与他谋划大事。 ㊹吾属:我辈,我们。为之虏:成为他(指刘邦)的俘虏了。 ㊺立:立刻,马上。

　　项王军壁垓下①,兵少食尽,汉军及诸侯兵围之数重。夜闻汉军四面皆楚歌②,项王乃大惊曰:"汉皆已得楚乎?是何楚人之多也!"项王则夜起,饮帐中。有美人名虞,常幸从③;骏马名骓④,常骑之。于是项王乃悲歌慷慨⑤,自为诗曰:"力拔山兮气盖世!时不利兮骓不逝⑥!骓不逝兮可奈何⑦!虞兮虞兮奈若何⑧!"歌数阕⑨,美人和之⑩。项王泣数行下,左右皆泣,莫能仰视。

　　于是项王乃上马骑,麾下壮士骑从者八百余人⑪,直夜溃围南出⑫,驰走⑬。平明⑭,汉军乃觉之,令骑将灌婴以五千骑追之⑮。项王渡淮⑯,骑能属者百余人耳⑰。项王至阴陵⑱,迷失道,问一田父⑲。田父绐曰⑳:"左㉑。"左,乃陷大泽中㉒。以故汉追及之。项王乃复引兵而东,至东城,乃有二十八骑。汉骑追者数千人。项王自度不得脱㉓,谓其骑曰:"吾起兵至今八岁矣,身七十余战㉔,所当者破,所击者服,未尝败北,遂霸有天下㉕。然今卒困于此,此天之亡我,非战之罪也㉖。今日固决死㉗,愿为诸君快战,必三胜之㉘,为诸君溃围,斩将,刈旗㉙,令诸君知天亡我,非战之罪也。"乃分其骑以为四队,四向㉚。汉军围之数重。项王谓其骑曰:"吾为公取彼一将。"令四面骑驰下,期山东为三处㉛。于是项王大呼驰下,汉军皆披靡㉜,遂斩汉一将。是时赤泉侯为骑将㉝,追项王,项王瞋目而叱之,赤泉侯人马俱惊,辟易数里㉞。与其骑会为三处,汉军不知项王所在。乃分军为三,复围之。项王乃驰,复斩汉一都尉,杀数十百人。复聚其骑,亡其两骑耳。乃谓其骑曰:"何如?"骑皆伏曰㉟:"如大王言㊱。"

　　于是项王乃欲东渡乌江㊲。乌江亭长权船待㊳,谓项王曰:"江东虽小,地方千里,众数十万人,亦足王也。愿大王急渡。今独臣有船,汉军至,无以渡。"项王笑曰:"天之亡我,我何渡为!且籍与江东子弟八千人渡江而西,今无一人还,纵江东父兄怜而王我⑩,我何面目见之!纵彼不言,籍独不愧于心乎㊶!"乃谓亭长曰:"吾知公长者。吾骑此马五岁,所当无敌,尝一日行千里,不忍杀之,以赐公。"乃令骑皆下马步行,持短兵接战㊷。独籍所杀汉军数百人。项王亦身被十余创㊸。顾见汉骑司马吕马童㊹,曰:"若非吾故人乎?"马童面之㊺,指王翳㊻,曰:"此项王也。"项王乃曰:"吾闻汉购我头千金,邑万户,吾为若德㊼。"乃自刎而死。王翳取其头,余骑相蹂践㊽,争项王,相杀者数十人。最其后,郎中骑杨喜㊾,骑司马吕马童,郎中吕胜、杨武各得其一体㊿。五人共会其体,皆是。故分其地为五㉛:封吕马童为中水侯㉜,封王翳为杜衍侯㉝,封杨喜为赤泉侯㉞,封杨武为吴防侯㉟,封吕胜为涅阳侯㊱。

项王已死,楚地皆降汉,独鲁不下。汉乃引天下兵欲屠之,为其守礼义,为主死节,乃持项王头视鲁㊲。鲁父兄乃降。始,楚怀王初封项籍为鲁公,及其死,鲁最后下,故以鲁公礼葬项王穀城㊳。汉王为发哀㊴,泣之而去㊵。

诸项氏枝属㊶,汉王皆不诛。乃封项伯为射阳侯㊷。桃侯、平皋侯、玄武侯皆项氏㊸,赐姓刘。

①垓(gāi该)下:地名,在今安徽省灵璧县东南。 ②楚歌:楚地的民间歌曲。汉军唱楚歌,是为了向项羽表示楚地已降汉,以扰乱项羽军心,这是刘邦的计谋。 ③幸从:受宠爱而随从在旁。 ④骓(zhuī锥):毛色黑白相间的马。 ⑤慷慨:愤激悲壮。 ⑥逝:行。不逝,不能奔行。 ⑦可奈何:可如何是好,可怎么办。 ⑧奈若何:你怎么办。这句是说,虞啊,虞啊,我把你怎么办? ⑨阕(què确):曲终一遍叫一阕,歌数阕,犹言唱了几遍。 ⑩和(hè贺):附和着唱。 ⑪麾(huī挥):古代指挥作战的旗帜。麾下:犹言在主帅的麾旗之下,即部下。 ⑫直夜:即值夜,当夜。溃围:突破包围。 ⑬驰走:奔驰而逃走。 ⑭平明:天亮。 ⑮灌婴:睢阳(今河南省商丘市南)人,随刘邦转战南北,刘邦称帝,任车骑将军,封颍阴侯,后任太尉,转任丞相。 ⑯淮:淮河。 ⑰能属者:能跟从的人。 ⑱阴陵:秦所置县名,县治在今安徽省定远县西北。 ⑲田父(fǔ夫):耕田的人。 ⑳绐(dài代):欺骗。 ㉑左:左方。 ㉒左:动词,向左走。泽:低洼潮湿之地。 ㉓东城:秦县名,县治在今安徽省定远县东南。 ㉔自度(duó夺):自己估计。 ㉕身:亲身经历。脱:逃脱。 ㉖霸有天下:称霸天下。项羽曾自立为西楚霸王。 ㉗非战之罪:犹言不是打仗有错误。 ㉘决死:必死。 ㉙快战:犹言痛快地打一仗。必三胜之:一定要三胜汉军。三胜指下文溃围、斩将、刈旗。 ㉚溃围:突破包围。斩将:斩杀汉将。刈(yì义)旗:砍断汉军的旗帜。 ㉛四向:面对四个方向。 ㉜期:约定。山东:山的东面。山当是当地的一座山,相传即今安徽省和县北七十里的四溃山。这句是说,相约在山的东边的三个地

点会合。 ㉝披靡:风吹草倒伏貌,比喻汉军溃散。 ㉞赤泉侯:指杨喜,杨喜封赤泉侯事在此后。骑将:骑兵将领。 ㉟辟:同"避"。易:变易,指变换地方。辟易,就是退避之意。 ㊱伏:拜伏。一说,伏,同"服",佩服,心服。 ㊲如大王言:犹言真如大王所说的那样。 ㊳乌江:指乌江浦,地名,在今安徽省和县东北四十里的长江西岸。 ㊴亭长:秦时十里一亭,设亭长。权(yǐ蚁):同"舣(yǐ蚁)",附船靠岸。待:等待上船。 ㊵纵:纵然,即使。怜:怜悯。王(wàng旺)我:奉我为王。 ㊶独:岂独,难道。愧于心:内心有愧。 ㊷短兵:短器。 ㊸被十余创:受十余处创伤。 ㊹骑司马:武官名。吕马童:人名,他可能是项羽的旧相识,所以项羽称他为"故人"。故人,犹老朋友。 ㊺面之:面对着项羽,这里有对面端详之意。 ㊻指王翳(yì缢):指项羽给王翳看,不是指着王翳。王翳,人名,此时是灌婴部将,后封杜衍侯。 ㊼德:动词,给……恩德。这句是说,我给你点好处。 ㊽蹂践:蹂躏(lìn吝),践踏。 ㊾郎中骑:武官名。 ㊿郎中:武官名。吕胜、杨武:人名,此时皆为灌婴部将。吕胜后封涅阳侯,杨武后封吴防侯。 ㊝分其地为五:分万户侯的封地为五份。原来汉悬赏杀项羽者封万户侯,现五人共杀项羽,所以共分万户侯的封邑。 ㊞中水:地名,在今河北省献县西北。 ㊟杜衍:地名,在今河南省南阳西南。 ㊠赤泉:地名,不详所在,或疑在今河南省淅川县西。当时叫丹水县,丹水或可能被改称为赤泉。 ㊡吴防:地名,在今河南省遂平县。 ㊢涅阳:地名,在今河南省邓州市东北。 ㊣视:同"示"。视鲁,示众于鲁地。 ㊤穀(gǔ谷)城:古地名,在今山东省东阿县。 ㊥发哀:犹举哀发丧。 ㊦泣之:哭了项羽一场。 ㊧枝属:宗枝,宗族各支。 ㊨射阳:地名,在今江苏省淮安县东南。 ㊩桃侯:名襄。桃,地名,在今山东省汶上县东北。平皋侯:名佗。平皋,地名,在今河南省温县东。玄武侯:不详其名。玄武,地名,不详所在。

陈涉世家①(节录)

陈胜者,阳城人也②,字涉。吴广者,阳夏人也③,字叔。陈涉少时,尝与人佣耕④,辍耕之垄上⑤,怅恨久之,曰:"苟富贵⑥,无相忘。"庸者笑而应曰⑦:"若为庸耕⑧,何富贵也?"陈涉太息曰⑨:"嗟乎,燕雀安知鸿鹄之志哉⑩!"

二世元年七月⑪,发闾左適戍渔阳九百人⑫,屯大泽乡⑬。陈涉、吴广皆次当行⑭,为屯长⑮。会天大雨⑯,道不通,度已失期⑰。失期,法皆斩。陈胜、吴广乃谋曰:"今亡亦死⑱,举大计亦死,等死⑲,死国可乎⑳?"陈胜曰:"天下苦秦久矣。吾闻二世少子也㉑,不当立,当立者乃公子扶苏㉒。扶苏以数谏故,上使外将兵。今或闻无罪㉓,二世杀之。百姓多闻其贤,未知其死也。项燕为楚将㉔,数有功,爱士卒,楚人怜之。或以为死,或以为亡。今诚以吾众诈自称公子扶苏、项燕，为天下唱㉕，宜多应者。”吴广以为然。乃行卜。卜者知其指意㉖，曰：“足下事皆成，有功。然足下卜之鬼乎㉗！”陈胜、吴广喜，念鬼㉘，曰：“此教我先威众耳㉙。”乃丹书帛曰“陈胜王”㉚，置人所罾鱼腹中㉛。卒买鱼烹食，得鱼腹中书，固以怪之矣。又间令吴广之次所旁丛祠中㉜，夜篝火㉝，狐鸣呼曰：“大楚兴，陈胜王。”卒皆夜惊恐。旦日㉞，卒中往往语，皆指目陈胜㉟。

吴广素爱人，士卒多为用者。将尉醉㊱，广故数言欲亡，忿恚尉㊲，令辱之，以激怒其众㊳。尉果笞广㊴。尉剑挺㊵，广起，夺而杀尉。陈胜佐之，并杀两尉。召令徒属曰：“公等遇雨，皆已失期，失期当斩。藉弟令毋斩㊶，而戍死者固十六七㊷。且壮士不死即已，死即举大名耳㊸，王侯将相宁有种乎㊹！”徒属皆曰：“敬受命。”乃诈称公子扶苏、项燕，从民欲也㊺。袒右㊻，称大楚，为坛而盟，祭以尉首。陈胜自立为将军，吴广为都尉。攻大泽乡，收而攻蕲㊼。蕲下，乃令符离人葛婴将兵徇蕲以东㊽，攻铚、酂、苦、柘、谯皆下之㊾。行收兵，比至陈(50)，车六七百乘，骑千余，卒数万人。攻陈，陈守令皆不在(51)，独守丞与战谯门中(52)。弗胜，守丞死，乃入据陈。数日，号令召三老、豪杰与皆来会计事(53)，三老、豪杰皆曰：“将军身被坚执锐，伐无道，诛暴秦，复立楚国之社稷，功宜为王。”陈涉乃立为王，号为张楚(54)。

①世家：司马迁开创的《史记》的一种体裁，主要是叙述世袭封国的诸侯，但也有叙述汉初著名将相和其他有名的历史人物的。 ②阳城：县名，治所在今河南省方城县东。 ③阳夏：县名，治所在今河南省太康县。 ④佣耕：受雇替人耕种。 ⑤辍(chuò)：停止。 ⑥苟：倘使。 ⑦庸：同“佣”。 ⑧若：你。 ⑨太息：长叹。 ⑩鸿鹄(hú 胡)：天鹅。 ⑪二世：秦二世胡亥，秦朝第二代皇帝。二世元年，公元前209年。 ⑫发：征调。闾(lǘ 驴)左：住在闾巷左侧的居民。指贫苦人民。適(zhé 折)戍：同“谪戍”，调发守边。渔阳：县名，县治在今北京市密云县西南。 ⑬屯：驻屯。大泽乡：古地名，在今安徽省宿县东南刘集村。 ⑭次：编次。当行：正当在征发之列。 ⑮屯长：下级的军吏。以上二句是说，陈胜、吴广按编次顺序，都应在征发之列。 ⑯会：适逢。 ⑰度(duó 夺)：估计。失期：误期。指按期不能到达。 ⑱亡：逃亡。 ⑲举大计：行大的计划。指起义。等死：同样是死。 ⑳死国：为国事而死。指为建立自己的国家而死。 ㉑少子：小儿子。胡亥是秦始皇少子。古时帝王应传位于嫡长子，所以说二世“不当立”。 ㉒扶苏：秦始皇长子。 ㉓或闻：有人听说。 ㉔项燕：楚将，项羽的祖父。兵败，为秦将王翦所杀。一说是兵败自杀。 ㉕唱：同“倡”，首倡。为天下唱，为天下号召？ ㉖卜者：占卜的人。指意：即旨意，犹言心思，意图。 ㉗卜之鬼乎：到鬼神那儿占卜了吗。卜者的话实际上是暗示他们假托鬼神。

㉘念鬼:心想着卜者说的“卜之鬼”的含义。 ㉙威众:在大众中建立威望。 ㉚书:动词,写。丹书帛,用丹砂在帛上写。王(wàng 旺):动词,做王。 ㉛罾(zēng 增):捕鱼的网。这里作动词用,犹网得、捕得。 ㉜间(jiàn 剑)令:暗中叫,暗使。之:到。次所:行军中屯驻之所。丛祠:树木荫蔽着的神庙。 ㉝篝:竹笼。篝火,动词,把火点在竹笼里,造成是鬼火的假象。 ㉞旦日:明日,第二天。 ㉟指目:动词,用手指,用眼看。 ㊱将尉:指押送戍卒的秦朝的军官。 ㊲数(shuò 朔):屡次。言:声言,声称。数言欲亡,几次说要逃走。忿恚(huì 会):愤怒。这里是使动用法,使愤怒。㊳令辱之:使将尉责辱吴广。以激怒其众:用以激起吴广周围群众的愤怒不平。㊴果:果然。笞(chī 痴):竹板。此指以竹板打。 ㊵剑挺:佩剑脱出剑鞘。一说,拔剑出鞘。 ㊶藉:即使,假使。第:仅。令:使。 ㊷戍死:戍守边境而死。固:本来。十六七:十分之六七。以上二句是说,即使不被斩首,但戍边而死本就会有十分之六七。 ㊸举大名:成就大的声名。指举行起义。 ㊹宁(nìng):难道,岂。宁有种,难道是有种子的吗。这句实际上说,王侯将相并非出生就是王侯将相,意谓起义者也可做王侯将相。 ㊺从民欲:顺从人民心愿。 ㊻袒右:裸露右臂,作为起义标志。㊼收:收集义兵。蕲(qí 其):县名,治所在今安徽省宿县南。 ㊽符离:县名,治所在今安徽省宿县东北。将(jiàng 酱):带领。徇(xùn 迅):略地。 ㊾铚(zhì 秩):县名,在今安徽省宿县西南。酂(cuó 嵯):县名,在今河南省永城市酂县乡。苦(gǔ 古):县名,治所在今河南省鹿邑县治。柘(zhè 这):县名,治所在今河南省柘城北。谯(qiáo 樵):县名,治所在今安徽省亳(bó 博)县治。 ㊿行收兵:一路行军中又收集兵众。比至:等到。陈:郡名,又是县名,治所同在今河南省淮阳县治。 (51)陈守令:陈郡郡守和陈县县令。 (52)守丞:留守在陈的郡丞。谯门:上有城楼的城门。(53)三老:秦时一乡的乡官,掌教化。豪杰:指地方上有声望的人。会计事:集会议事。(54)张楚:陈胜所立的国号。取张大楚国之意。陈胜、吴广等皆楚人,故号“张楚”。

当此时,诸郡县苦秦吏者,皆刑其长吏,杀之以应陈涉。乃以吴叔为假王①,监诸将以西击荥阳②,令陈人武臣、张耳、陈馀徇赵地③,令汝阴人邓宗徇九江郡④。当此时,楚兵数千人为聚者,不可胜数。

葛婴至东城⑤,立襄强为楚王。婴后闻陈王已立,因杀襄强,还报。至陈,陈王诛杀葛婴。陈王令魏人周市北徇魏地⑥。吴广围荥阳。李由为三川守⑦,守荥阳,吴叔弗能下⑧。陈王征国之豪杰与计,以上蔡人房君蔡赐为上柱国⑨。

周文,陈之贤人也,尝为项燕军视日⑩,事春申君⑪,自言习兵,陈王与之将军印,西击秦。行收兵至关⑫,车千乘,卒数十万,至戏,军焉⑬。秦令少府章邯免郦山徒、[人]奴产子[生]⑭,悉发以击楚大军,尽败之。周文败,走出关,止次曹阳二三月⑮,章邯追败之。复走次渑池十余日⑯,章邯击,大破之。周文自刭。军遂不战。

武臣到邯郸⑰,自立为赵王,陈余为大将军,张耳、召骚为左右丞相。陈王怒,捕系武臣等家室,欲诛之。柱国曰:"秦未亡而诛赵王将相家属,此生一秦也。不如因而立之。"陈王乃遣使者贺赵,而徙系武臣等家属宫中,而封耳子张敖为成都君,趣赵兵亟入关⑱。赵王将相相与谋曰:"王王赵⑲,非楚意也,楚已诛秦,必加兵于赵。计莫如毋西兵⑳,使使北徇燕地以自广也。赵南据大河,北有燕、代,楚虽胜秦,不敢制赵。若楚不胜秦,必重赵。赵乘秦之弊,可以得志于天下。"赵王以为然,因不西兵,而遣故上谷卒史韩广将兵北徇燕地㉑。

燕故贵人豪杰谓韩广曰:"楚已立王,赵又已立王。燕虽小,亦万乘之国也,愿将军立为燕王。"韩广曰:"广母在赵,不可。"燕人曰:"赵方西忧秦,南忧楚,其力不能禁我。且以楚之强,不敢害赵王将相之家,赵独安敢害将军之家!"韩广以为然,乃自立为燕王。居数月,赵奉燕王母及家属归之燕。

当此之时,诸将之徇地者,不可胜数。周市北徇地至狄㉒,狄人田儋杀狄令,自立为齐王,以齐反击周市。市军散,还至魏地,欲立魏后故宁陵君咎为魏王㉓。时咎在陈王所,不得之魏。魏地已定,欲相与立周市为魏王,周市不肯。使者五反,陈王乃立宁陵君咎为魏王,遣之国,周市卒为相。

将军田臧等相与谋曰㉔:"周章军已破矣㉕,秦兵旦暮至,我围荥阳城弗能下,秦军至,必大败。不如少遗兵,足以守荥阳,悉精兵迎秦军。今假王骄,不知兵权㉖,不可与计,非诛之,事恐败。"因相与矫王令以诛吴叔,献其首于陈王。陈王使使赐田臧楚令尹印㉗,使为上将。田臧乃使诸将李归等守荥阳城,自以精兵西迎秦军于敖仓㉘。与战,田臧死,军破。章邯进兵击李归等荥阳下,破之,李归等死。

阳城人邓说将兵居郯㉙,章邯别将击破之,邓说军散走陈。铚人伍徐将兵居许㉚,章邯击破之,伍徐军皆散走陈。陈王诛邓说。

陈王初立时,陵人秦嘉、铚人董缫、符离人朱鸡石、取虑人郑布、徐人丁疾等皆特起㉛,将兵围东海守庆于郯㉜。陈王闻,乃使武平君畔为将军㉝,监郯下军。秦嘉不受命,嘉自立为大司马,恶属武平君㉞。告军吏曰:"武平君年少,不知兵事,勿听!"因矫以王命杀武平君畔。

章邯已破伍徐,击陈,柱国房君死。章邯又进兵击陈西张贺军。陈王出监战,军破,张贺死。

腊月,陈王之汝阴㉟,还至下城父㊱,其御庄贾杀以降秦㊲。陈胜葬砀㊳,

谥曰隐王㊴。

陈王故涓人将军吕臣为仓头军㊵,起新阳㊶,攻陈下之,杀庄贾,复以陈为楚。

初,陈王至陈,令铚人宋留将兵定南阳,入武关㊷。留已徇南阳,闻陈王死,南阳复为秦。宋留不能入武关,乃东至新蔡㊸。遇秦军,宋留以军降秦。秦传留至咸阳,车裂留以徇㊹。

秦嘉等闻陈王军破出走,乃立景驹为楚王,引兵之方与㊺,欲击秦军定陶下㊻。使公孙庆使齐王,欲与并力俱进。齐王曰:"闻陈王战败,不知其死生,楚安得不请而立王!"公孙庆曰:"齐不请楚而立王,楚何故请齐而立王!且楚首事,当令于天下。"田儋诛杀公孙庆。

秦左右校复攻陈㊼,下之。吕将军走,收兵复聚。鄱盗当阳君黥布之兵相收㊽,复击秦左右校,破之青波㊾,复以陈为楚。会项梁立怀王孙心为楚王㊿。

①假王:非正式的暂行王事的人。 ②荥(xíng形)阳:县名,治所在今河南省荥阳东北。 ③赵地:指战国时赵国旧地。 ④九江郡:治所在寿春(今安徽寿县),辖地当今安徽、河南淮河以南,湖北黄冈以东及江西省。 ⑤东城:县名,治所在今安徽省定远县东南。 ⑥魏地:指战国时魏国旧地。 ⑦李由:秦丞相李斯之子。三川:郡名,治所在雒阳(今河南洛阳东北),一说在荥阳(今荥阳东北)。 ⑧弗能下:不能攻下。 ⑨上蔡:县名,治所在今河南省上蔡县西南。上柱国:楚官名,原是保卫国都之官,后为楚最高武官,位仅次令尹。 ⑩视日:占测时日的吉凶的人。 ⑪春申君:楚国著名贵公子黄歇号春申君。与齐之孟尝君、赵之平原君、魏之信陵君齐名并称。 ⑫关:指函谷关。秦关旧址在河南省灵宝市东北。 ⑬戏(xī西):戏水,在陕西省临潼区。军焉:驻军于此。 ⑭少府:即少府令,秦九卿之一,掌山海地泽之税,供皇家生活之用。免:赦免其罪。郦山:即骊(lí丽)山,在陕西省临潼东南。郦山徒,在骊山服苦役的刑徒。奴产子:家奴生的儿子。"人""生"二字为衍文,一说,此二字不衍。 ⑮止次:犹言停驻。曹阳:亭名,故址在今河南省灵宝市东。 ⑯渑(miǎn免)池:县名,治所在今河南省渑池县西。 ⑰邯(hán寒)郸(dān单):战国时赵都,故址在今河南省邯郸市西南之赵王城。 ⑱趣(cù):同"促",催促之意。亟(jí急):火速。 ⑲王王赵:第一个"王"字,名词,指赵王。第二个"王"字,动词,音wàng,称王。王王赵,是说大王称王于赵。 ⑳毋西兵:不向西进军。 ㉑燕地:指战国时燕国旧地。 ㉒狄:县名,治所在今山东省高青县东南。 ㉓宁陵君咎:即魏咎,故魏国诸公子之一,封号宁陵君。 ㉔田臧(zāng脏):吴广部将。相与:共同。 ㉕周章:即上文的周市。 ㉖兵权:指用兵的权诈应变之术。 ㉗令尹:楚官名,职同丞相。 ㉘西迎:

向西迎击。敖仓:秦朝的大粮仓,故址在今河南省荥阳东北的敖山。 ㉙邓说(yuè月):陈涉部将。郯(tán谈):县名,在今山东省郯城县北。按,此时章邯用兵荥阳、陈、许之地,离郯甚远,当从《史记索隐》《史记正义》"当作郏(jiá夹)"。郏,古邑名,故址在今河南省郏县。 ㉚许:县名,治所在今河南省许昌市东。 ㉛陵:当作"凌",县名,治所在今江苏省泗阳县西北。取虑:县名,治所在今江苏省睢宁县西南。徐:县名,治所在今江苏省泗洪县南。特起:自立旗帜,起兵反秦。 ㉜东海:郡名,治所在郯(在今山东郯城北)。庆:东海郡守名。 ㉝武平君畔:畔是人名,武平君是其封号。 ㉞大司马:官名,掌军务大权。恶(wù悟)属:不愿为⋯⋯的部属。 ㉟汝阴:县名,治所在今安徽省阜阳县治。 ㊱下城父:古地名,在今安徽省涡阳县东南。 ㊲御:驾车者。 ㊳砀(dàng荡):县名,治所在今河南省永城市东北。 ㊴谥(shì示)曰隐王:古代对有名望的人,据其一生行事,死后加以一种称号叫谥。隐,陈胜的谥,隐有哀的意思。陈胜首举义旗而功业不遂,人们哀悼他,故谥隐王。 ㊵涓人:主持王宫清洁扫除的人。仓头军:军人戴青帽,故称仓头军。 ㊶新阳:县名,治所在今安徽省界首市北。 ㊷南阳:郡名,治所宛城,即今河南省南阳市。武关:关名,故址在今陕西省商南县东南。 ㊸新蔡:县名,治所在今河南省新蔡县治。 ㊹车裂:古代一种极残酷的刑法,把罪犯四肢及头部分系五匹马身上,然后鞭马以驰,分裂其尸。徇:示众。 ㊺方与:县名,治所在今山东省鱼台县西。 ㊻定陶:县名,治所在今山东省定陶县西北。 ㊼左右校:左右校尉。 ㊽鄱(pó婆)盗:指英布,他曾在鄱江(源于安徽省西南部,入鄱阳湖)为盗,故称。相收:互相联合。"鄱"字上当有"与"字。 ㊾青波:古地名,地在今河南省新蔡县西南。 ㊿怀王孙心:战国时楚怀王之孙名心。

    陈胜王凡六月。已为王,王陈。其故人尝与庸耕者闻之,之陈,扣宫门曰:"吾欲见涉。"宫门令欲缚之①。自辩数②,乃置,不肯为通③。陈王出,遮道而呼涉④。陈王闻之,乃召见,载与俱归。入宫,见殿屋帷帐,客曰:"夥颐⑤!涉之为王沉沉者⑥!"楚人谓多为夥,故天下传之,"夥涉为王⑦",由陈涉始。客出入愈益发舒⑧,言陈王故情。或说陈王曰:"客愚无知,颛妄言,轻威⑨。"陈王斩之。诸陈王故人皆自引去,由是无亲陈王者⑩。陈王以朱房为中正⑪,胡武为司过⑫,主司群臣⑬。诸将徇地,至,令之不是者⑭,系而罪之,以苛察为忠⑮。其所不善者⑯,弗下吏⑰,辄自治之⑱。陈王信用之。诸将以其故不亲附,此其所以败也。

    陈胜虽已死,其所置遣侯王将相竟亡秦⑲,由涉首事也。高祖时为陈涉置守冢三十家砀⑳,至今血食㉑。

①宫门令:守卫王宫之官。 ②自辩数(shuò 朔):自己反复辩说。 ③置:放下,指不缚之,松绑。通:通报。 ④遮道:拦住道路。呼涉:喊陈涉。 ⑤夥(huǒ 火)颐:惊叹之辞。 ⑥沉沉:宫室深邃貌。 ⑦夥涉为王:意当指很多像陈涉这样的人为王。当时称王者很多,故人们这样说。 ⑧发舒:放纵。 ⑨颛(zhuān 专):同"专"。轻威:降低威信。这句是说,客愚妄无知,专门胡说八道,降低大王的威信。 ⑩由是:从此,由此。是,指陈涉杀客这件事。 ⑪中正:官名,掌人事。 ⑫司过:官名,掌纠弹过失。 ⑬司:同"伺(sì 四)",暗中窥察。 ⑭令之不是者:不服从命令者。"是"有听从之义。 ⑮苛察:指纠察别人特别苛刻。 ⑯不善者:指关系不好的。 ⑰弗下吏:不送给有关的官吏审理。 ⑱辄自治之:总是自己私自处置。 ⑲置遣:设置派遣。竟:终于。 ⑳守冢(zhǒng 肿):看守坟墓。 ㉑至今:到现在,指司马迁写此文之时。血食:指享受祭祀。因为祭祀时要杀牲,故云血食。以下有"褚先生曰"及引贾谊《过秦论》,不录。

李将军列传①(节录)

李将军广者,陇西成纪人也②。其先曰李信,秦时为将,逐得燕太子丹者也。故槐里③,徙成纪。广家世世受射④。孝文帝十四年⑤,匈奴大入萧关⑥,而广以良家子从军击胡⑦,用善骑射,杀首虏多⑧,为汉中郎⑨。广从弟李蔡亦为郎,皆为武骑常侍⑩,秩八百石。尝从行⑪,有所冲陷折关及格猛兽⑫,而文帝曰:"惜乎,子不遇时!如令子当高帝时,万户侯岂足道哉!"

及孝景初立⑬,广为陇西都尉⑭,徙为骑郎将⑮。吴楚军时⑯,广为骁骑都尉⑰,从太尉亚夫击吴楚军⑱,取旗,显功名昌邑下⑲。以梁王授广将军印⑳,还,赏不行㉑。徙为上谷太守㉒,匈奴日以合战㉓。典属国公孙昆邪为上泣曰㉔:"李广才气,天下无双,自负其能,数与虏敌战,恐亡之。"于是乃徙为上郡太守㉕。[后广转为边郡太守㉖,徙上郡,尝为陇西、北地、雁门、代郡、云中太守㉗,皆以力战为名。]

匈奴大入上郡,天子使中贵人从广勒习兵击匈奴㉘。中贵人将骑数十纵㉙,见匈奴三人,与战。三人还射,伤中贵人,杀其骑且尽。中贵人走广。广曰:"是必射雕者也㉚。"广乃遂从百骑往驰三人。三人亡马步行,行数十里。广令其骑张左右翼,而广身自射彼三人者,杀其二人,生得一人,果匈奴射雕者也。已缚之上马,望匈奴有数千骑,见广,以为诱骑㉛,皆惊,上山陈㉜。广之百骑皆大恐,欲驰还走。广曰:"吾去大军数十里,今如此以百骑走,匈奴追射我立尽。今我留,匈奴必以我为大军之诱,必不敢击我。"广令诸骑曰:"前!"前未到匈奴陈二里所,止,令曰:"皆下马解鞍!"其骑曰:"虏多且近,即有急,奈何?"广曰:"彼虏以我为走,今皆解鞍以示不走,用坚其意㉝。"于是胡骑遂不敢击。有白马将出护其兵㉞,李广上马与十余骑奔射杀胡白马将,而复还至其骑中,解鞍,令士皆纵马卧。是时会暮㉟,胡兵终怪之,不敢击。夜半时,胡兵亦以为汉有伏军于旁欲夜取之,胡皆引兵而去。平旦,李广乃归其大军。大军不知广所之,故弗从㊱。

①列传:司马迁开创的《史记》的一种体裁,有分传、合传、杂传几种,主要记历代有影响的历史人物,也记述少数民族和别国历史。 ②陇西:郡名,治所在狄道(今甘肃临洮南)。成纪:秦汉县名,秦、西汉初属陇西郡,治所在今甘肃省秦安县北。 ③槐里:汉县名,治所在今陕西省兴平市东南。 ④受射:学习射箭技术。 ⑤孝文帝:汉文帝。孝文帝十四年,公元前166年。 ⑥萧关:古关名,故址在今宁夏固原东南。 ⑦良将子:家世清白的人家之子弟。 ⑧首虏:敌人的首级。 ⑨汉中郎:汉朝的中郎。中郎,官名,侍从护卫皇帝。 ⑩武骑常侍:皇帝的侍从武官。郎官的加衔。 ⑪尝从行:常随皇帝出行。尝,同"常"。 ⑫冲陷:冲锋陷阵。折关:冲折敌人的关防。格:格斗。 ⑬孝景:汉景帝,公元前156年—前141年在位。 ⑭都尉:官名,汉时辅助郡守并掌郡军事。 ⑮徙:移任。骑郎将:皇帝的侍从武官。 ⑯吴楚军时:指吴楚七国之乱时。 ⑰骁(xiāo肖)骑(jì寄)都尉:汉代统领禁军营的军官。 ⑱太尉:主管全国军事的最高长官。亚夫:指周亚夫,汉名将,曾统兵讨伐吴楚之乱。 ⑲取旗:夺取敌人的旗帜。昌邑:县名,治所在今山东省巨野东南。 ⑳以:因为。梁王:西汉梁孝王刘武,文帝之子,景帝之弟,封于梁。梁孝王曾参与平定吴楚之乱。 ㉑赏不行:指景帝不行赏于李广。 ㉒上谷:汉郡名,治所沮阳在今河北省怀来东南。 ㉓合战:交战。 ㉔典属国:官名,掌当时外族、外国事务。 ㉕上郡:郡名,治所肤施在今陕西省榆林东南。 ㉖边郡:边界的郡。方括号里面的三十一字人疑当在后文"不知广之所之,故弗从"下。 ㉗北地:郡名,西汉时治所马岭在今甘肃省庆阳市西北。雁门:郡名,西汉治所善无在今山西省右玉县南。代郡:郡名,西汉治所代县在今河北省蔚县西南。云中:郡名,治所云中在今内蒙古自治区托克托东北。 ㉘中贵人:宫中受皇帝宠信的宦官。从广勒习兵:随着李广,受其部勒,学习军事。实际起监军的作用。 ㉙将骑数十:带领数十名骑兵。纵:驰马。 ㉚是必:这一定是。射雕者:猎取雕的人。雕是一种猛禽,似鹰而大。 ㉛诱骑:诱敌的骑兵。 ㉜陈:读如"阵"。上山阵,上山列阵。 ㉝坚其意:坚定匈奴军队认为李广的百骑是"诱骑"的看法。 ㉞出:出列。护其兵:护卫他的兵众。 ㉟是时:这时。会:正好,恰巧。暮:天晚。 ㊱弗从:没有跟从。

居久之,孝景崩,武帝立①,左右以为广名将也,于是广以上郡太守为未央卫尉②,而程不识亦为长乐卫尉③。程不识故与李广俱以边太守将军屯④。

及出击胡,而广行无部伍行陈⑤,就善水草屯,舍止⑥,人人自便,不击刁斗以自卫⑦,莫府省约文书籍事⑧,然亦远斥候⑨,未尝遇害。程不识正部曲行伍营陈⑩,击刁斗,士吏治军簿至明,军不得休息,然亦未尝遇害。不识曰:"李广军极简易,然虏卒犯之⑪,无以禁也⑫;而其士卒亦佚乐⑬,咸乐为之死⑭。我军虽烦扰,然虏亦不得犯我。"是时汉边郡李广、程不识皆为名将,然匈奴畏李广之略⑮,士卒亦多乐从李广而苦程不识。程不识孝景时以数直谏为太中大夫⑯。为人廉,谨于文法⑰。

后汉以马邑城诱单于⑱,使大军伏马邑旁谷,而广为骁骑将军⑲,领属护军将军⑳。是时单于觉之㉑,去,汉军皆无功。其后四岁㉒,广以卫尉为将军,出雁门击匈奴㉓。匈奴兵多,破败广军,生得广。单于素闻广贤,令曰:"得李广必生致之。"胡骑得广,广时伤病,置广两马间,络而盛卧广㉔。行十余里,广详死㉕,睨其旁有一胡儿骑善马,广暂腾而上胡儿马㉖,因推堕儿,取其弓,鞭马南驰数十里,复得其余军,因引而入塞。匈奴捕者骑数百追之,广行取胡儿弓,射杀追骑,以故得脱。于是至汉,汉下广吏㉗。吏当广所失亡多㉘,为虏所生得,当斩,赎为庶人。

顷之,家居数岁。广家与故颍阴侯孙屏野居蓝田南山中射猎㉙。尝夜从一骑出,从人田间饮。还至霸陵亭㉚,霸陵尉醉㉛,呵止广。广骑曰:"故李将军。"尉曰:"今将军尚不得夜行,何乃故也!"止广宿亭下。居无何㉜,匈奴入杀辽西太守㉝,败韩将军㉞,后韩将军徙右北平。于是天子乃召拜广为右北平太守㉟。广即请霸陵尉与俱㊱,至军而斩之。

广居右北平,匈奴闻之,号曰"汉之飞将军",避之数岁,不敢入右北平。

广出猎,见草中石,以为虎而射之,中石没镞㊲,视之石也。因复更射之,终不能复入石矣。广所居郡闻有虎,尝自射之。及居右北平射虎,虎腾伤广,广亦竟射杀之。

广廉,得赏赐辄分其麾下㊳,饮食与士共之。终广之身,为二千石四十余年,家无余财,终不言家产事。广为人长,猿臂,其善射亦天性也,虽其子孙他人学者,莫能及广。广讷口少言㊴,与人居则画地为军陈,射阔狭以饮㊵。专以射为戏,竟死㊶。广之将兵,乏绝之处,见水,士卒不尽饮㊷,广不近水;士卒不尽食,广不尝食。宽缓不苛,士以此爱乐为用。其射,见敌急㊸,非在数十步之内,度不中不发㊹,发即应弦而倒。用此,其将兵数困辱,其射猛兽亦为所伤云。

①武帝:汉武帝刘彻。前140年至前87年在位。　②未央:未央宫,宫名,皇帝居所。

卫尉:官名,汉时九卿之一,掌宫门警卫。 ③长乐:长乐宫,宫名,太后居所。 ④将军屯:领军屯驻于边郡。 ⑤行:行军。部伍:部曲。当时将军领军有部曲,部有校尉一人,部下有曲,曲有军侯一人。行陈:行列。这句是说李广行军不按部队编次,列成行阵。 ⑥舍止:指停下休息。 ⑦刁斗:铜制军锅,白天做饭,晚上敲击巡逻。 ⑧莫府:即幕府。本指将军驻屯的帐幕。这里指将军办公之地。文书籍事:案牍簿籍之类的文书。 ⑨斥候:放哨侦探敌情的人。远斥候,远远地安置好哨探人员。 ⑩正:严整。作动词用。陈:同"阵"。 ⑪卒:同"猝(cù促)",突然。 ⑫禁:制止,制服。无以禁也,指敌人无法制服李广军。 ⑬佚乐:安佚快乐。 ⑭咸:皆,都。 ⑮略:谋略。 ⑯数(shuò朔)直谏:屡次直言谏劝。太中大夫:官名,皇帝的文职侍从,掌议论。 ⑰谨于文法:谨慎地执行文书制度。 ⑱马邑:汉县名,治所在今山西省朔县。武帝元光二年(前133),汉用马邑人聂翁壹计,企图诱杀单于,计败未成。事见《史记·匈奴列传》。 ⑲骁骑将军:武官名。 ⑳领属:受人所统领。护军将军:武官名。此时韩安国为护军将军,李广受其节制。 ㉑单于:匈奴人称其君长为单于。觉之:发觉了这件事。 ㉒其后四岁:指元光六年。 ㉓雁门:指雁门山,在今山西省代县西北。 ㉔络:指在两马间攀上网络。 ㉕详:通"佯"。详死,假装死。 ㉖暂:突然。暂腾,突然跳起。 ㉗汉下广吏:汉朝把李广交给主管刑法的官吏处理。 ㉘当:判决,判罪。失亡:损失和死亡。 ㉙颍阴侯:指汉初名将灌婴。他的孙子是灌强,曾袭封,后有罪夺爵。屏野:与在朝为官相对言,犹云下野。蓝田南山:即今陕西省蓝田县南的蓝田山。 ㉚霸陵:汉文帝陵叫霸陵,在今西安市东北。曾设霸陵县。霸陵亭,当是守护霸陵的亭驿。 ㉛霸陵尉:霸陵县县尉。一说是守护霸陵的尉官。 ㉜居无何:过不多久。 ㉝辽西:郡名,汉治所阳乐在今辽宁省义县西。 ㉞韩将军:指韩安国。 ㉟右北平:汉郡名,汉治所平刚在今辽宁省凌原县西南。按,韩安国徙右北平后,忧愧而死,故又召拜李广为右北平太守。因此上面"后韩将军徙右北平"句下当有一"死"字。 ㊱与俱:与李广一道从军。 ㊲中(zhòng众)石没簇:射中石头,连箭头都陷入石中。簇,箭头。 ㊳麾(huī挥)下:即部下。 ㊴讷(nè)口:说话迟钝。 ㊵"画地"二句:在地上画出如军阵般的行列,行列有若干,距离有阔有狭,射中狭为胜,射中阔为输,输者罚饮酒。 ㊶竟死:至死,终其死。 ㊷尽饮:都喝了水。 ㊸见敌急:见敌人迫近。 ㊹度(duó夺)不中:估计射不中。不发:不引弓发箭。

居顷之,石建卒①,于是上召广代建为郎中令。元朔六年,广复为后将军②,从大将军军出定襄③,击匈奴,诸将多中首虏率④,以功为侯者,而广军无功。后二岁,广以郎中令将四千骑出右北平,博望侯张骞将万骑与广俱⑤,异道。行可数百里,匈奴左贤王将四万骑围广⑥,广军士皆恐,广乃使其子敢往驰之。敢独与数十骑驰,直贯胡骑⑦,出其左右而还,告广曰:"胡虏易与耳⑧。"军士乃安。广为圆阵外向⑨,胡急击之,矢下如雨。汉兵死者过半,汉矢且尽。广乃令士持满毋发⑩,而广身自以大黄射其裨将⑪,杀数人,胡虏益解⑫。会日暮,吏士皆无人色,而广意气自如,益治军⑬。军中自是服其勇也⑭。明日,复力战,而博望侯军亦至,匈奴军乃解去。汉军罢⑮,弗能追。是时广军几没,罢归。汉法,博望侯留迟后期,当死,赎为庶人。广军功自如⑯,无赏。

初,广之从弟李蔡与广俱事孝文帝。景帝时,蔡积功劳至二千石。孝武帝时,至代相。以元朔五年为轻车将军⑰,从大将军击右贤王,有功中率,封为乐安侯⑱。元狩二年中⑲,代公孙弘为丞相⑳。蔡为人在下中,名声出广下甚远,然广不得爵邑,官不过九卿㉑,而蔡为列侯㉒,位至三公。诸广之军吏及士卒或取封侯。广尝与望气王朔燕语㉔,曰:"自汉击匈奴而广未尝不在其中,而诸部校尉以下,才能不及中人,然以击胡军功取侯者数十人,而广不为后人㉕,然无尺寸之功以得封邑者,何也?岂吾相不当侯邪?且固命也?"朔曰:"将军自念,岂尝有所恨乎㉖?"广曰:"吾尝为陇西守,羌尝反,吾诱而降,降者八百余人,吾诈而同日杀之。至今大恨独此耳。"朔曰:"祸莫大于杀已降,此乃将军所以不得侯者也㉗。"

后二岁,大将军、骠骑将军大出击匈奴㉘,广数自请行。天子以为老,弗许;良久乃许之,以为前将军。是岁,元狩四年也。

广既从大将军青击匈奴,既出塞,青捕虏知单于所居,乃自以精兵走之,而令广并于右将军军㉙,出东道。东道少回远㉚,而大军行水草少,其势不屯行㉛。广自请曰:"臣部为前将军,今大将军乃徙令臣出东道;且臣结发而与匈奴战㉜,今乃一得当单于,臣愿居前,先死单于。"大将军青亦阴受上诫,以为李广老,数奇㉝,毋令当单于,恐不得所欲。而是时公孙敖新失侯㉞,为中将军从大将军㉟,大将军亦欲使敖与俱当单于㊱,故徙前将军广。广时知之,固自辞于大将军。大将军不听,令长史封书与广之莫府㊲,曰:"急诣部㊳,如书。"广不谢大将军而起行,意甚愠怒而就部㊴,引兵与右将军食其合军出东道。军亡导㊵,或失道,后大将军。大将军与单于接战,单于遁走,弗能得而还。南绝幕㊶,遇前将军、右将军。广已见大将军,还入军㊷。大将军使长史持糒醪遗广㊸,因问广、食其失道状,青欲上书报天子军曲折㊹。广未对,大将军使长史急责广之幕府对簿㊺。广曰:"诸校尉无罪㊻,乃我自失道,吾今自上簿㊼。"

至莫府,广谓其麾下曰:"广结发与匈奴大小七十余战,今幸从大将军出接单于兵,而大将军又徙广部行回远,而又迷失道,岂非天哉!且广年六十余矣,终不能复对刀笔之吏⑱。"遂引刀自刭,广军士大夫一军皆哭⑲。百姓闻之,知与不知,无老壮皆为垂涕。而右将军独下吏㊿,当死㊁,赎为庶人㊂。

①石建:万石君石奋之子,曾为郎中令。　②元朔六年:公元前123年。后将军:将军有前、后、左、右的名号,位上卿。　③大将军:汉时军职最高勋衔。这里指卫青,汉代名将。定襄:汉郡名,治所成乐在今内蒙古自治区和林格尔西北土城子。　④中(zhòng众):合,符合。首虏率:指斩杀敌首多少(而行赏封爵)的军律。率:同"律"。　⑤张骞(qiān千):汉代著名探险家,武帝时出使匈奴,封博望侯。　⑥左贤王:匈奴单于手下的贵族长官之一,辖管匈奴东部。　⑦直贯胡骑:一直突破匈奴骑兵的包围。　⑧易与:犹言容易对付。　⑨为圆阵外向:面向外形成圆阵。　⑩持满毋发:把弓拉满,搭上箭,但不射出。　⑪大黄:弓名,呈黄色,可连发。裨(pí皮)将:军中副将。⑫益解:渐渐松解。　⑬益治军:更加注意整顿部伍行阵。　⑭自是:从这以后,从此。服:信服,佩服。　⑮罢:同"疲"。　⑯自如:指功过相当、相抵消。　⑰轻车将军:杂号将军之一。　⑱乐安侯:李蔡封爵。乐安,县名,治所在今山东省博兴县东北。　⑲元狩二年:公元前121年。　⑳公孙弘:汉武帝时以儒术登丞相位,《史记》有《平津侯列传》记其事迹。　㉑九卿:西汉通常以太常、光禄勋、卫尉、太仆、廷尉、大鸿胪、宗正、大司农、少府为九卿。　㉒列侯:爵位名,秦及汉初称彻侯,改通侯,又称列侯,秦二十等爵最高一级,汉沿用。　㉓三公:汉以丞相、太尉、御史大夫为三公。　㉔望气:古人迷信,以为可以通过观测云气,预先知道一些人事的吉凶。燕语:闲谈。　㉕不为后人:不算落在人后的人。　㉖恨:悔恨,遗憾。　㉗"此乃"句:这就是将军所以不得封侯的缘故。　㉘骠骑将军:次于大将军的将军名号。这里指霍去病。　㉙右将军:此时赵食(yì异)其(jī基)为右将军。　㉚少回远:略微迂回而远。　㉛大军:指卫青所率主力部队。屯行:驻营行军。不屯行,指行军中不能住下,只能兼程而行。以上三句是说,东边的路稍绕远,而大军行走之道水草少,势必得日夜兼程。按,这样东道必费时,大将军的主力必先赶到目的地,所以李广不愿行东道。　㉜结发:古时男二十岁束发加冠,以示成人。　㉝数:命数,命运。奇(jī基):与偶相对。单数为奇,双数为偶。奇则不幸运,偶则幸运。数奇,命不好。　㉞失侯:失去封爵。公孙敖是卫青好友,元狩二年公孙敖因罪当斩,故失侯。　㉟中将军:将军的一种号。公孙敖曾为中将军,但此时是校尉。　㊱俱当单于:一道对面迎击单于。卫青的私心是要公孙敖立功,所以把李广的位置与公孙敖对调了一下。　㊲莫府:即幕府,这里指李广的公府。　㊳急:赶紧。诣部:指去右将军部中报到。　㊴愠怒:指心中怨愤。就部:前往右将军部。　㊵亡:同"无"。亡导,没有向导。　㊶南:动词,南向行军。绝:横越。幕:同"漠",沙漠。　㊷还入军:回自己军中。　㊸糒(bèi备):干粮。醪(láo劳):有汁滓的浓酒。遗(wèi畏):赠送。　㊹曲折:曲折的军情。　㊺幕府:指

卫青的幕帐。对簿：回答质询。簿，本指文书。 ㊻校尉：军官名，将军下设五部，部设校尉。 ㊼上簿：谒见上级，接受询问。 ㊽刀笔吏：犹言舞文乱墨的小吏。古时用笔在竹简上写字，错了则用刀削去重写。刀笔吏，是一贬称。 ㊾一军：犹言全军。㊿下吏：指接受官吏的审理。 (51)当死：判以死罪。 (52)赎为庶人：以钱财赎罪为平民。汉时犯罪可以用钱财赎罪。以下关于李广家族的事迹一段删去不录。

…………

太史公曰[①]：《传》曰[②]："其身正[③]，不令而行[④]；其身不正，虽令不从。"其李将军之谓也[⑤]？余睹李将军悛悛如鄙人[⑥]，口不能道辞；及死之日，天下知与不知，皆为尽哀。彼其忠实心诚信于士大夫也[⑦]？谚曰："桃李不言，下自成蹊[⑧]。"此言虽小，可以喻大也。

①太史公：司马迁自称太史公。《史记》中有许多篇末尾有"太史公曰"一段文字，其内容往往是对所写人物事件的议论和感慨，表明作者的看法和意见。 ②《传》：汉代称"六经"以外的著作多为《传》，这里指《论语》。以下四句出《论语·子路篇》。③身正：指行事正。 ④令：命令，发命令。行：指奉行。 ⑤其李将军之谓也：犹言这正是说的李将军。 ⑥悛（xún 旬）悛：同"恂（xún 旬）恂"，谦恭谨慎貌。鄙人：乡下人。 ⑦忠实心：忠诚实在的品德。诚：真，的确。信：取信。士大夫：这里指将士。⑧蹊（xī 西）：径路。以上二句当是当时谚语，是说，桃树、李树并不宣扬自己果实之美，但去采摘的人却很多，以至于树下踩成了路。比喻心怀诚信之人，自能感动别人。

班　固

班固(32—92),字孟坚,扶风安陵(今陕西省咸阳市东)人,东汉著名的史学家、文学家。青年时代在太学读书,后在父亲班彪《史记后传》六十五篇的基础上,从事《汉书》的写作。有人告发他私改国史,被捕入狱。汉明帝读了原稿后,颇为赞赏,释放后任兰台令史,奉诏继续撰写《汉书》。经过二十余年的努力,《汉书》基本完成。后班固因窦宪事牵连入狱死。一部分"志""表"由其妹班昭和马续续成。

《汉书》是我国古代第一部纪传体断代史,与《史记》同为我国古代纪传体史学名著,故有"史汉""班马"之称。《汉书》中一些人物传记叙事简练整饬,详瞻细密,人物形象鲜明,结构谨严,也是传记文学中的佳作。

班固也是东汉前期著名的文学家,原有集十七卷,已佚。明人辑有《班兰台集》。

苏 武 传（节录）

武字子卿①,少以父任②,兄弟并为郎③。稍迁至栘中厩监④。时汉连伐胡,数通使相窥观⑤。匈奴留汉使郭吉、路充国等前后十余辈⑥。匈奴使来,汉亦留之以相当⑦。天汉元年⑧,且鞮侯单于初立⑨,恐汉袭之,乃曰:"汉天子,我丈人行也⑩。"尽归汉使路充国等⑪。武帝嘉其义,乃遣武以中郎将使持节送匈奴使留在汉者⑫,因厚赂单于⑬,答其善意。武与副中郎将张胜及假吏⑭常惠等募士斥候百余人俱⑮。既至匈奴,置币遗单于⑯。单于益骄,非汉所望也⑰。

---

①武:苏武。本篇是从《汉书·李广苏建传》中节选来的。因附在苏建传后,所以开头称苏武为武,而不署其姓。苏武是杜陵(今陕西省西安市东南)人。　②少以父

任:年轻时因为父亲的职位关系。苏武父苏建因功封平陵侯,任代郡太守,苏武兄弟因此得为郎。汉制,二千石以上的官员,其子得因父官而为郎。 ③兄弟:指苏武之兄苏嘉、弟苏贤。郎:官名,为皇帝的近侍随从。 ④迁:升迁。稍迁,逐渐升迁。栘(yí移):木名,即唐棣,汉代宫中有栘园。厩监:主管马厩(马棚)的官。 ⑤数(shuò朔):屡。通使:互派使者。窥观:窥探对方虚实情况。 ⑥郭吉、路充国:人名,都曾为汉出使匈奴。十余辈:犹言十几批。 ⑦相当:相抵。 ⑧天汉元年:公元前100年。天汉,汉武帝年号,时当公元前100年—前97年。 ⑨且(jū居)鞮(dī低)侯单(chán蝉)于:匈奴的一个单于,且鞮侯是他的号。单于,匈奴人称其君主为单于。 ⑩丈人:尊长之称。丈人行,犹言长辈。 ⑪尽归:全部放归。 ⑫中郎将:官名。节:使臣所持信物,以竹为之,上缀以旄牛尾,凡三层。持节,手持节。 ⑬厚赂:以财物厚赠。赂,馈送。 ⑭假吏:兼吏,原不是吏,临时兼任使臣的属吏。 ⑮募:招募。士:士卒。斥候:侦察探路的人。俱:指同往匈奴。 ⑯置:置办。币:财物。遗(wèi畏):赠送。 ⑰非汉所望也:不像汉朝所期望的那样。

方欲发使送武等,会缑王与长水虞常等谋反匈奴中①。缑王者,昆邪王姊子也②,与昆邪王俱降汉;后随浞野侯没胡中③。及卫律所将降者④,阴相与谋劫单于母阏氏归汉⑤。会武等至匈奴。虞常在汉时,素与副张胜相知⑥,私候胜曰⑦:"闻汉天子甚怨卫律,常能为汉伏弩射杀之⑧。吾母与弟在汉,幸蒙其赏赐⑨。"张胜许之,以货物与常⑩。后月余,单于出猎,独阏氏子弟在⑪。虞常等七十余人欲发⑫,其一人夜亡,告之⑬。单于子弟发兵与战,缑王等皆死,虞常生得⑭。

单于使卫律治其事⑮。张胜闻之,恐前语发,以状语武⑯。武曰:"事如此,此必及我⑰。见犯乃死⑱,重负国⑲。"欲自杀。胜、惠共止之。虞常果引张胜⑳。单于怒,召诸贵人议㉑,欲杀汉使者。左伊秩訾曰㉒:"即谋单于㉓,何以复加㉔?宜皆降之㉕。"单于使卫律召武受辞㉖。武谓惠等:"屈节辱命㉗,虽生,何面目以归汉!"引佩刀自刺㉘。卫律惊,自抱持武,驰召医㉙。凿地为坎㉚,置煴火㉛,覆武其上㉜,蹈其背以出血㉝。武气绝㉞,半日复息㉟。惠等哭,舆归营㊱。单于壮其节㊲,朝夕遣人候问武㊳,而收系张胜㊴。

武益愈㊵,单于使使晓武㊶。会论虞常㊷,欲因此时降武。剑斩虞常已㊸,律曰:"汉使张胜谋杀单于近臣㊹,当死。单于募降者赦罪㊺。"举剑欲击之,胜请降㊻。律谓武曰:"副有罪,当相坐㊼。"武曰:"本无谋㊽,又非亲属,何谓相坐?"复举剑拟之㊾,武不动。律曰:"苏君!律前负汉归匈奴㊿,幸蒙大恩㉛,赐号称王,拥众数万,马畜弥山㉜,富贵如此。苏君今日降,明日复然㉝。空以身膏草野㉞,谁复知之㉟!"武不应。律曰:"君因我降㊱,与君为兄弟。今不听吾计,后虽欲复见我,尚可得乎㉗?"武骂律曰:"女为人臣子㉘,不顾恩义,畔主背亲㉙,为降虏于蛮夷㉚,何以女为见㉛!且单于信女㉜,使决人死生㉝,不平心持正㉞,反欲斗两主㉟,观祸败㊱。南越杀汉使者,屠为九郡㊲;宛王杀汉使者,头县北阙㊳;朝鲜杀汉使者,即时诛灭㊴;独匈奴未耳。若知我不降明㊵,欲令两国相攻。匈奴之祸,从我始矣㊶!"

律知武终不可胁㊷,白单于㊸。单于愈益欲降之,乃幽武㊹,置大窖中㊺,绝不饮食㊻。天雨雪㊼,武卧啮雪㊽,与旃毛并咽之㊾,数日不死。匈奴以为神,乃徙武北海上无人处,使牧羝㊿,羝乳乃得归㉛。别其官属常惠等㉒,各置他所㉓。

武既至海上,廪食不至㉔,掘野鼠去草实而食之㉕。杖汉节牧羊㉖,卧起操持,节旄尽落㉗。积五六年,单于弟於靬王弋射海上㉘。武能网纺缴㉙,檠弓弩㉠,於靬王爱之,给其衣食。三岁余,王病,赐武马畜、服匿、穹庐㉡。王死后,人众徙去㉢。其冬,丁令盗武牛羊㉣,武复穷厄㉤。

①会:适逢,正赶上。缑(gōu 勾)王:匈奴的一个亲王。长水:水名,在蓝田县西北,《水经·渭水注》:"霸水又北,长水注之,水出杜县白鹿源,其水西北流,……乱流注于霸,俗谓之浐水,非也。"长水虞常,犹言长水人虞常。　②昆(hún 浑)邪(yá 牙)王:匈奴的一个亲王。姊(zǐ 紫):姐姐。姊子,姐姐之子。俱降汉:一同降汉朝。昆邪王降汉事见《汉书·匈奴传》,时在汉武帝元狩二年(前121)。　③浞(cù 促)野侯:即赵破奴,封浞野侯。赵破奴于武帝太初二年(前103)率军击匈奴,战败被俘,其军皆没于匈奴。胡:这里指匈奴。　④卫律:人名,其父是长水胡人,卫律生长于汉,与武帝的协律都尉李延年友善,延年向武帝推荐他出使匈奴,后降匈奴,被封为丁灵王。所将(jiàng 酱)降者:所带领的投降匈奴的人,指虞常。　⑤阴:暗中。相与:互相。谋劫:策划劫持。阏(yān 烟)氏(zhī 支):匈奴单于之妻称阏氏。这位阏氏是且鞮侯单于之母。　⑥副张胜:副使张胜。张胜是苏武的副手。相知:相交好。这句是说,虞常在汉朝时,平素与副使张胜相交好。　⑦私候胜:暗地里去访见张胜。　⑧弩:一种装有机关的弓。伏弩,埋伏弓弩。　⑨幸蒙:希望受到。　⑩货物:指财物。　⑪独:只有。子弟:当指单于的子与弟等人。　⑫发:发难,发动事变。　⑬亡:逃走。告之:告发了这件事。　⑭生得:活捉。　⑮治其事:处理这件事。　⑯前语:指虞常先前与张胜说的伏弩射杀卫律的话。发:暴露。以状语武:把以前的情况(指商量杀卫律的情况)告诉苏武。　⑰及:牵连。　⑱见犯:见辱,受侮辱。乃死:才死。　⑲重负国:更加辜负了国家。　⑳引:牵引,牵连。　㉑贵人:指匈奴的贵族。　㉒左伊秩訾(zī 资):匈奴的官号。　㉓即谋单于:假如是谋害单于。　㉔何以复加:用什么办法再加重处罚?　㉕宜:应该。降之:使他们投降。　㉖受辞:接受训话,指受

审。 ㉗屈节:屈辱大节。 辱命:辱没了使命。苏武是汉使节,现要受审,是屈节辱命。 ㉘引:拔。 自刺:刺杀自身。 ㉙驰召医:派人骑马飞驰去叫医生。 ㉚坎:指坑洞。 ㉛煴(yūn)火:无烟的微火。 ㉜覆武其上:把苏武脸朝下安置在火坑上。 ㉝蹈:用脚踩,当是以脚轻踩。 ㉞气绝:指停止了呼吸。 ㉟息:呼吸。 ㊱舆(yú鱼):抬。 ㊲壮其节:以苏武的气节为壮,意思是赞赏苏武的气节。 ㊳候问:问候探望。 ㊴收系:逮捕囚禁。 ㊵益愈:指伤渐渐好了。 ㊶晓:告晓,晓谕。这里有劝说之意。 ㊷论:判决。会论虞常,正逢上判决虞常。 ㊸已:完了,结束。 ㊹近臣:亲近之臣,指卫律。 ㊺募降者:招募投降的人。 ㊻请降:请求投降。 ㊼相坐:相连坐。一人犯大罪,亲属受牵连处罚叫连坐。 ㊽本无谋:本人没有参与策划。 ㊾拟之:做出杀苏武的样子。 ㊿负汉:指背叛汉朝。 ㉛幸蒙:幸运地受到。 ㉜弥山:满山。 ㉝复然:也这样。指同样富贵。 ㉞空:空自,白白地。膏:使……肥沃。这句话是说,白白地以自己的血肉之体去给荒草之地做了肥料。 ㉟谁复知之:谁又能知道你这样呢? ㊱因我降:依我的话投降。 ㊲尚可得乎:还能做到吗? ㊳女:同"汝",你。臣子:臣和子。对君言是臣,对亲言是子。 ㊴畔:同"叛"。这句是说,背叛了主上和父母。 ㊵降虏:投降的俘虏。蛮夷:这里指匈奴。 ㊶何以女为见:还见你干什么? ㊷信女:相信你。 ㊸决:决定。 ㊹平心持正:心地公平,主持公正。 ㊺斗两主:使两主相斗。指使汉朝皇帝和匈奴单于相斗。 ㊻观祸败:坐观两国的灾难和损失。 ㊼南越:西汉初占据今广东、广西部分地区的割据国家。汉武帝元鼎五年(前112),南越相吕嘉杀汉使者,汉遣路博德、杨仆等征南越,第二年灭南越,以其地为南海、苍梧、郁林、合浦、交趾、九真、日南、珠厓、儋(dān丹)耳九郡。屠为九郡:屠杀该地,划为九郡。 ㊽宛:大宛国,当时在西域的一个国。汉武帝太初元年(前104)武帝派壮士车令入大宛求良马,大宛王毋寡不与,并截杀归途中的汉使。武帝乃派李广利伐大宛。太初三年(前102),大宛贵族杀国王毋寡并献良马投降。四年,李广利携毋寡头回京师。县(xuán悬):同"悬"。北阙:犹言北门,指宫城北门。 ㊾朝鲜杀汉使者:指朝鲜王右渠于元封二年袭杀曾出使过朝鲜的汉辽东东部都尉涉何一事。事见《史记·朝鲜列传》。诛灭:消灭,杀灭。这里是夸大其词,当时朝鲜只是不得已投降。 ㊿若:你。这句是说,你很清楚我不会投降。 ㉛匈奴之祸,从我始矣:意思是说,匈奴遭灭亡之祸,将从杀我开始。 ㉜胁:威胁。 ㉝白:告诉。 ㉞幽:幽禁,关押。 ㉟大窖:大地窖。 ㊱绝不饮食:断绝供给,不与饮食。 ㊲雨(yù预):落,下。雨雪,下雪。 ㊳啮(niè聂):咬,嚼。 ㊴旃(zhān沾):同"毡",毛织物。 ㊵北海:指今俄罗斯境内之贝加尔湖。牧:放牧。羝(dī滴):公羊。 ㊶乳:指生育。这句是说,公羊生了小羊才放苏武回归。一说"乳"指生奶。 ㊷别其官属:把苏武的下属分开。 ㊸各置他所:分别安置在其他地方。 ㊹廪(lǐn凛)食:公家配给的粮食。指匈奴应给苏武的配给。一说,廪作动词用,作"供给"解。 ㊺去:同"弆(jǔ举)",藏。食:吃。之:指野鼠和草实(草籽)。这句是说,苏武挖野鼠,收藏草籽吃。 ㊗杖:挂。 ㊗节旄:节上的旄尾。尽:全。 ㊗於(wū 乌)靬(jiān 坚)王:且鞮侯单于之弟。弋射:用丝绳系住箭尾而射。这样箭不致丢失。海上:北海边上。 ㊗网纺缴(zhuó 酌):应是"结网纺缴"。结网,织网。纺缴,纺制缴。缴是用来系箭尾的细丝绳。 ㊗檠(qíng 擎):矫正弓的工具。这里作动词用,矫正。 ㊗服匿:容器,小口大腹方底,用以盛酒酪。穹(qióng 穷)庐:大的圆顶毡帐。 ㊗徙去:迁徙离开。 ㊗丁令:即丁灵,指丁灵部的人。这时卫律为丁灵王。 ㊗穷厄:穷困。

初,武与李陵俱为侍中①。武使匈奴明年,陵降,不敢求武②。久之,单于使陵至海上,为武置酒设乐③。因谓武曰:"单于闻陵与子卿素厚④,故使陵来说足下⑤,虚心欲相待⑥。终不得归汉,空自苦亡人之地⑦,信义安所见乎⑧? 前⑨,长君为奉车⑩,从至雍棫阳宫⑪,扶辇下除⑫,触柱折辕⑬,劾大不敬⑭,伏剑自刎,赐钱二百万以葬;孺卿从祠河东后土⑮,宦骑与黄门驸马争船⑯,推堕驸马河中,溺死,宦骑亡⑰,诏使孺卿逐捕⑱,不得⑲,惶恐饮药而死⑳。来时,大夫人已不幸㉑,陵送葬至阳陵㉒。子卿妇年少,闻已更嫁矣㉓。独有女弟二人㉔,两女一男,今复十余年,存亡不可知。人生如朝露,何久自苦如此㉕!陵始降时,忽忽如狂㉖,自痛负汉㉗,加以老母系保宫㉘。子卿不欲降,何以过陵㉙? 且陛下春秋高,法令亡常㉚,大臣亡罪夷灭者数十家㉛,安危不可知㉜,子卿尚复谁为乎㉝? 愿听陵计,勿复有云㉞。"武曰:"武父子亡功德㉟,皆为陛下所成就㊱,位列将,爵通侯㊲,兄弟亲近㊳,常愿肝脑涂地㊴。今得杀身自效㊵,虽蒙斧钺汤镬㊶,诚甘乐之㊷。臣事君,犹子事父也;子为父死,无所恨。愿勿复再言㊸!"陵与武饮数日,复曰:"子卿壹听陵言㊹。"武曰:"自分已死久矣㊺! 王必欲降武,请毕今日之欢,效死于前㊻。"陵见其至诚,喟然叹曰㊼:"嗟乎,义士! 陵与卫律之罪,上通于天㊽!"因泣下沾衿㊾,与武决去㊿。

陵恶自赐武㊿¹,使其妻赐武牛羊数十头。后,陵复至北海上,语武:"区脱捕得云中生口㊿²,言太守以下吏民皆白服㊿³,曰:上崩㊿⁴。"武闻之,南乡号哭㊿⁵,欧血,旦夕临㊿⁶。

①李陵:字少卿,李广孙。武帝时与匈奴作战,弹尽粮绝而降。侍中:官名,掌皇帝乘舆服物。 ②求武:寻求苏武,求见苏武。 ③置酒设乐:备办酒席,设置舞乐。 ④素厚:平素交情深厚。 ⑤说(shuì 税):劝说。足下:对对方的敬称,古时下称上,同辈之间皆可称足下。 ⑥虚心欲相待:这句是说,单于很虚心,想以礼相待苏武。 ⑦空自苦:白白地自找苦吃。亡:同"无"。亡人之地,无人之地。北海边荒无人烟,故

言是无人之地。 ⑧信义：指对汉朝的信义。安所见：怎能被人知道。 ⑨前：犹言不久前。 ⑩长君：指苏武之兄苏嘉。奉车：奉车都尉，官名，掌皇帝所乘的车辆。⑪从：指随从皇上。雍：地名，在今陕西省凤翔县南。棫（yù 域）阳宫：宫名。 ⑫辇（niǎn 碾）：皇帝所乘的车。除：殿前台阶。 ⑬触柱折辕：车子撞在柱子上，折断了车辕。 ⑭劾（hé 核）：揭发罪状。大不敬：古代一种罪名，不敬天子叫大不敬。⑮孺卿：指苏武之弟苏贤。从祠：跟随着汉武帝祭祀。河东：郡名，秦置，治所在安邑（今山西省夏县西北）。后土：土地之神。 ⑯宦骑：骑马侍卫在皇帝身边的宦官。黄门：宫禁之门。驸马：即副马，本是皇帝副车所驾之马，这里指掌管副马的官。黄门是当时养马的地方，所以称黄门驸马。争船：抢着上船。 ⑰亡：逃亡，逃跑。 ⑱诏使：皇帝下诏派遣。逐捕：追捕。 ⑲不得：没有追捕到。 ⑳饮药而死：喝毒药自杀。 ㉑大（tài 太）：通“太”。太夫人，对别人母亲的敬称。不幸：指死。 ㉒阳陵：古县名，本名弋阳县，汉景帝五年（前 152）在此建自己陵墓阳陵，故改县为阳陵。这句是说，李陵送葬苏武之母到阳陵县。阳陵县治故址在今陕西省高陵县西南。㉓更嫁：再嫁，改嫁。 ㉔女弟：妹妹。 ㉕这两句是说，人生就像早晨的露水那样短促，你何必长期这样受苦？ ㉖忽忽：指精神恍惚。如狂：像疯了似的。 ㉗自痛负汉：痛心自己背叛了汉朝。 ㉘保宫：本是少府的官府居室，武帝改名保宫，成了监狱，专门囚禁大臣犯罪者及其眷属。李陵投降后，武帝把他母亲囚系在保宫。 ㉙这两句是说，子卿（指苏武）你不想投降的心意，怎能超过我呢？ ㉚陛下：指武帝。春秋高：年纪大。亡常：无常，没有定准。 ㉛亡罪：无罪。夷灭：灭族。 ㉜安危不可知：人们的安危都不能预知，意即是说，随时都可遇到杀身之祸。 ㉝谁为（wèi 卫）：为谁。这句是说，你还在为谁坚守信义呢？ ㉞勿复：不要再。有云：说什么。这句是说，不要再有什么说的了。意即不必犹疑，赶快投降吧。 ㉟亡功德：没有功劳德行。 ㊱成就：犹言培养，造就。以上二句是说，我们父子并没有什么大功劳好品德，而皇上却培养提拔我们。 ㊲位列将：位列将军一级。苏武父建曾为右将军，兄嘉为奉车都尉，己为中郎将，弟贤为骑都尉。爵通侯：封爵为侯。苏建封平陵侯。 ㊳兄弟亲近：指兄弟三人都为武帝的亲近侍从。 ㊴肝脑涂地：指为国而死。这句是说，我常想以死报效国家。 ㊵自效：以自身效忠。 ㊶蒙：受。斧钺（yuè 越）：古代两种兵器，钺是大斧。斧钺指被斧钺砍死。镬（huò 货）：大锅。汤镬，古代有把人放在镬里的沸水中煮死的刑罚。 ㊷诚：实在，的确。甘乐：甘心情愿。甘乐之，甘心情愿蒙受斧钺汤镬之刑。 ㊸愿：希望。勿复再言：不要再多费口舌了。 ㊹壹听陵言：犹言一定要听我的话。 ㊺自分（fèn 奋）：自己料定。这句是说，我自料因不投降早就该死了。 ㊻王：指李陵，他被匈奴封为右校王。一说王指单于。当以前说近是，苏武于此时称李陵为王，正是郑重其事表示不投降，并且对李陵暗含讽刺，表示了决不投降的决心。效死：致死，犹言把性命交给你。以上三句是说，大王你如果一定要我投降，那请结束我们今天的欢会，我立刻死在你面前。 ㊼喟然：叹气貌。 ㊽上通于天:犹言罪恶滔天。 ㊾衿(jīn 今):同“襟”。沾衿,沾湿了衣襟。 ㊿决:别。(51)恶(wù 务):指感到羞耻。赐:指送人财物。 (52)区(ōu 欧)脱:指匈奴边境地区的守卫官。云中:郡名,治所云中在今内蒙古自治区托克托东北。当时是汉朝的边郡。生口:指活人,这里指活俘虏。 (53)太守:郡的行政长官。吏民:官吏百姓。白服:穿白衣服,指穿孝服。 (54)上:皇帝,这里指武帝。崩:帝王死曰崩。 (55)乡(xiàng 向):同“向”,面向。号(háo 豪)哭:大声哭。这句是说,苏武面向南大声痛哭。(56)欧:同“呕”,吐。临:哭。这句是说,苏武哭得吐了血,早晚痛哭。

数月,昭帝即位①。数年,匈奴与汉和亲②。汉求武等,匈奴诡言武死③。后,汉使复至匈奴,常惠请其守者与俱④,得夜见汉使,具自陈道⑤。教使者谓单于,言:“天子射上林中⑥,得雁,足有系帛书⑦,言武等在某泽中⑧。”使者大喜,如惠语以让单于⑨。单于视左右而惊,谢汉使曰:“武等实在⑩。”于是李陵置酒贺武曰:“今足下还归,扬名于匈奴,功显于汉室⑪。虽古竹帛所载⑫,丹青所画⑬,何以过子卿⑭!陵虽驽怯⑮,令汉且贳陵罪⑯,全其老母⑰,使得奋大辱之积志⑱,庶几乎曹柯之盟⑲,此陵宿昔之所不忘也⑳。收族陵家㉑,为世大戮㉒,陵尚复何顾乎㉓?已矣,令子卿知吾心耳㉔!异域之人㉕,壹别长绝㉖!”陵起舞,歌曰:“径万里兮度沙幕㉗,为君将兮奋匈奴㉘。路穷绝兮矢刃摧㉙,士众灭兮名已隤㉚。老母已死,虽欲报恩将安归㉛!”陵泣下数行,因与武决㉜。单于召会武官属㉝,前以降及物故㉞,凡随武还者九人。

武以始元六年春至京师㉟。诏武奉一太牢㊱,谒武帝园庙㊲。拜为典属国㊳,秩中二千石㊴。赐钱二百万,公田二顷,宅一区㊵。常惠、徐圣、赵终根皆拜为中郎㊶,赐帛各二百匹。其余六人,老,归家,赐钱人十万,复终身㊷。常惠后至右将军㊸,封列侯㊹,自有传㊺。武留匈奴凡十九岁,始以强壮出㊻,及还,须发尽白㊼。

①昭帝:武帝少子刘弗陵,在位时当公元前 86 年—前 74 年。 ②和亲:和好亲善。③诡言:谎称。 ④请其守者:请看守(指看守过常惠者)。与俱:一同去见汉使。⑤陈道:陈述。以上四句是说,后来,汉朝使者又来到匈奴,常惠请求看守与他一道去见汉使,夜里见到汉使后,把全部经过都讲给汉使听。 ⑥天子:指汉朝皇帝。上林:上林苑,汉朝宫苑名,故址在今陕西省西安市西及周至、户县界。 ⑦足有系帛书:雁脚上系着写在帛上的书信。 ⑧某泽:指北海。 ⑨让:责问。 ⑩实在:确实还活在世上。 ⑪汉室:指汉朝。 ⑫竹帛所载:犹言史书所记载。古时史书写在竹片或丝帛上。 ⑬丹青:指图画。古代常用图画绘出功臣的肖像以旌扬后世。 ⑭何以过子卿:犹言又何能超过子卿。 ⑮驽怯:笨拙怯懦。 ⑯令:假令,假使。贳(shì

世):宽赦。这句是说,假使汉朝姑且宽赦我的罪过。 ⑰全:保全。这句是说,保全我的老母亲。 ⑱奋:奋发。大辱:指投降匈奴。积志:积蓄在心头的志愿。这句是说,使我在奇耻大辱中积蓄的心志奋发出来。 ⑲庶几乎:差不多。曹柯之盟:据《史记·刺客列传》记载,鲁国将领曹沫与齐战,三战三败。鲁庄公于是与齐讲和。庄公与齐桓公会盟于柯(地名),曹沫执匕首劫齐桓公,逼他归还侵占的鲁地。这句是说,也可能我会像曹沫在柯地齐鲁会盟时一样,做出一番事迹。 ⑳宿昔:犹言从前,以前。这句是说,这就是我从前所不敢忘怀的。意即从前他总是想干"曹柯之盟"之类的事。 ㉑收:收捕。族:动词,灭族。 ㉒戮(lù 陆):羞辱。 ㉓顾:顾恋。 ㉔已矣:完了。心:心迹。这句是说,我是完了,只是想让你知道我的心迹罢了! ㉕异域:异国。匈奴对汉朝来说是异国。异域之人,李陵自称自己是异国之人。 ㉖壹别长绝:犹言这次一分别就是永久隔绝了。 ㉗径:行经,经过。度:穿越。沙幕:沙漠。 ㉘为君将:指自己曾是汉朝天子之将。以上二句是说,行经万里穿越沙漠,作为天子之将奋战匈奴。 ㉙路穷绝:无路可走。穷绝,穷尽断绝。摧:摧折。 ㉚士众:士兵。隤(tuí 颓):丧败。以上二句是说,无路可走,刀箭摧折,士兵都被消灭,我的名声也已丧失。 ㉛将安归:将归何处?这句是说,我的老母已死,虽然想报恩又将归何处? ㉜决:别。 ㉝官属:部下,下属的官员。 ㉞前以降:从前已投降的。物故:即殁故,犹死亡。以上二句连下一句是说,单于召集苏武的随从下属,除以前已投降和死亡的,现随苏武回汉朝的共九人。 ㉟始元六年:指公元前81年。 ㊱太牢:以一牛、一豕(shǐ始)、一羊为祭品叫一太牢。 ㊲谒:拜见。园:指安葬皇帝的陵园。庙:指祭祀皇帝的祠庙。 ㊳拜:封官,授予官职。典属国:掌管归附的属国事务的官。 ㊴秩:官秩,官阶。汉代二千石之官秩又分中二千石、二千石、比二千石三等,中二千石最高。 ㊵宅一区:住宅一座。 ㊶常惠、徐圣、赵终根:都是随苏武返国的汉使。中郎:官名,皇帝近侍之官。 ㊷复:免除徭役。复终身,免除终身徭役。 ㊸右将军:官名。 ㊹列侯:秦汉时制爵二十级,彻侯位最高。彻侯,汉时为避武帝刘彻讳,改为通侯,或称列侯。常惠曾封为长罗侯。 ㊺自有传:《汉书》卷七十有《傅(介子)常(惠)郑(吉)甘(延寿)陈(汤)段(会宗)传》,所以说常惠"自有传"。 ㊻始以强壮出:开始出使匈奴时正是强壮之年。苏武出使时年方四十。 ㊼须发尽白:胡须头发全白了。以下写苏武归汉后事,略去。

汉乐府

"乐府"是古代音乐机关的名称。乐是音乐,府是官署,乐府就是政府管理音乐的机关。它的主要任务是掌管宫廷所用的音乐,制定乐谱,采集民歌。汉代乐府机关大规模采集民间歌谣和乐曲,始自汉武帝时代,当时采有"代、赵之讴,秦、楚之风"(《汉书·艺文志》)。

作为一种诗体,"乐府"是指曾经被乐府机关入乐的歌辞。汉乐府歌辞一部分是贵族文人所作,一部分来自民间。后者是汉乐府中最有价值的部分,是"感于哀乐,缘事而发"的最富有现实主义精神的作品。

宋朝人郭茂倩辑有《乐府诗集》,这是搜罗最为宏富的乐府诗总集。他把上古至五代的乐府诗(其中有一些并未入乐)分为十二类。汉乐府民歌主要著录在其中的《相和歌辞》《鼓吹曲辞》《杂曲歌辞》里,《杂歌谣辞》里则保存了一些汉代民谣。

战 城 南①

战城南,死郭北②,野死不葬乌可食③。为我谓乌④:"且为客豪⑤!野死谅不葬⑥,腐肉安能去子逃⑦!"水深激激⑧,蒲苇冥冥⑨,枭骑战斗死⑩,驽马徘徊鸣⑪。梁筑室⑫,何以南,何以北⑬?禾黍不获君何食⑭?愿为忠臣安可得⑮?思子良臣⑯,良臣诚可思:朝行出攻,暮不夜归⑰!

①《战城南》:乐府古辞,见于《乐府诗集》的《鼓吹曲辞·汉铙歌十八曲》。本篇是一首反战的民歌。写战士暴尸荒野为鸟兽所食,反映战争给人民带来了深重的灾难。 ②郭:外城。上二句互文见义。城南、郭北就是城南、城北。这两句是说城南、城北都在激战,都有战死者。 ③野死:战死在郊野。可:正好。这句是说战死者得不到收葬,正好供乌鸦啄食。 ④我:指死者,是诗人代死者说的话。一说,我是作者自称。

⑤客:指战死者。战死者多是异乡人,故称为客。豪:借为嚎,呼号的意思。古代人死后,亲人一边哭一边呼叫死者名字,为之招魂。这句是说,乌鸦,请你为死者叫几声,权充招魂。 ⑥谅:谅必,想必。 ⑦安:怎么。去子逃:逃脱你(乌鸦)的口。 ⑧激激:水清貌。一说是水声。 ⑨蒲:水生植物,可制席。苇:芦苇。冥冥:幽暗貌。蒲苇长得茂盛,所以显得幽深。 ⑩枭(xiāo消)骑(jì寄):雄健的战马。枭,借为骁。 ⑪驽(nú奴)马:劣马。以上二句实际上说,有的战马战死了,有的还活着徘徊在主人跟前悲鸣。 ⑫梁:桥梁。一说是表声字,无义。筑室:修建堡垒等工事。一说就是盖房子。 ⑬以上三句是说在桥上修筑了工事,南北的交通断绝了。 ⑭禾黍:泛指粮食作物。君:君主。 ⑮为:犹有也。安:犹何也。这句是说君王愿有忠臣,但忠臣皆已战死,从哪里可得呢。 ⑯子:你,指战死者。 ⑰以上二句是说,早上出去打仗,日暮也不回来了(指战死不归)。

有 所 思①

有所思②,乃在大海南。何用问遗君③?双珠玳瑁簪④,用玉绍缭之⑤。闻君有他心,拉杂摧烧之⑥。摧烧之,当风扬其灰。从今以往,勿复相思!相思与君绝⑦!鸡鸣狗吠,兄嫂当知之⑧。妃呼豨⑨!秋风肃肃晨风飔⑩,东方须臾高知之⑪!

①《有所思》:乐府古辞,见于《乐府诗集》的《鼓吹曲辞·汉铙歌十八曲》。本篇是一首情诗。一个女子要把"双珠玳瑁簪"赠给情人,后闻其有他心,于是又把它烧毁以示决绝,爱和恨是交织在一起的。 ②有所思:是女主人公有所思念的人。 ③何用:何以,以什么。问遗(wèi卫):赠给。君:指她的爱人。 ④玳(dài代)瑁(mào帽):一种龟类动物,其甲壳光滑而有文采,可制成装饰品。簪(zān):古人用来插定发髻或连冠于发的一种针状的器物,后来专指妇女插髻的首饰。双珠玳瑁簪是两端坠饰以珠子的玳瑁簪。 ⑤绍缭:缠绕。 ⑥拉杂:扯碎。摧烧:毁坏,烧毁。 ⑦相思与君绝:与你断绝相思之情。 ⑧以上二句是女主人公回想起当初与那男子幽会时惊鸡动狗,兄嫂已知道他们的私情。另一说是说自己烧东西折腾了一夜,弄得鸡鸣狗吠,兄嫂恐已知自己的私情。 ⑨妃呼豨(xī希):表声字,无义。一说是长叹之声。 ⑩肃肃:风声。晨风:雉鸡鸟。飔(sī思):思字之讹,思慕的意思。这句是描写秋夜的环境,是说秋风飔飔,晨风鸟在思慕配偶而悲鸣,实际上暗喻了女主人公的心情。 ⑪高:借为"皓",白貌。这里指天亮。这句是说一会儿天亮了,"我"就会知道到底该怎么处理这件事。女主人公一夜犹豫反复,不能拿定主意,所以想天亮了,主意就会定下来了。

上　邪①

上邪②！我欲与君相知③，长命无绝衰④。山无陵⑤，江水为竭，冬雷震震⑥，夏雨雪⑦，天地合，乃敢与君绝⑧！

①《上邪》：乐府古辞，见于《乐府诗集》的《鼓吹曲辞·汉铙歌十八曲》。本篇是一个女子对爱人自誓爱情忠贞之辞。火山迸发般的语言表达了不可扼抑的强烈爱情。②上邪(yé爷)：犹言天啊。　③相知：相亲爱。　④长：长久。命：通"令"字。令是使的意思。绝衰：指爱情断绝和衰减。　⑤陵：山峰。山无陵犹言山无峰，就是说高山变成了平地。　⑥震震：雷声。　⑦雨(yù玉)：降下。　⑧乃敢：才敢，方能。

江　南①

江南可采莲，莲叶何田田②！鱼戏莲叶间：鱼戏莲叶东，鱼戏莲叶西，鱼戏莲叶南，鱼戏莲叶北③。

①《江南》：乐府古辞，见于《乐府诗集》的《相和歌辞·相和曲》。《宋书·乐志》说："凡乐章古词，今之存者，并汉世街陌谣讴，《江南可采莲》……之属是也。"可见其是汉代民歌。这首诗描写了江南采莲的男女青年欢乐的劳动情景。《乐府解题》说："《江南》，古辞，盖美其芳晨丽景，嬉游得时也。"(《乐府诗集》卷二十六引)诗里确实洋溢着劳动的欢乐和青春的美好之情。　②何：何等，多么。田田：荷叶挺出水面的饱满劲秀貌。　③以上四句具体写足上文"鱼戏莲叶间"句。写鱼的来往游嬉，正隐寓着采莲人劳动时的欢乐。

陌　上　桑①

日出东南隅②，照我秦氏楼。秦氏有好女，自名为罗敷③。罗敷喜蚕桑④，采桑城南隅。青丝为笼系⑤，桂枝为笼钩⑥。头上倭堕髻⑦，耳中明月珠⑧，缃绮为下裙⑨，紫绮为上襦⑩。行者见罗敷，下担捋髭须⑪。少年见罗敷，脱帽著帩头⑫。耕者忘其犁，锄者忘其锄。来归相怨怒，但坐观罗敷⑬。使君从南来⑭，五马立踟蹰⑮。使君遣吏往，问是谁家姝⑯。"秦氏有好女，自名为罗敷。""罗敷年几何？""二十尚不足，十五颇有余⑰。""使君谢罗敷⑱，宁可共载不⑲？"罗敷前置辞⑳："使君一何愚㉑！使君自有妇，罗敷自有夫。"

"东方千余骑,夫婿居上头㉒。何用识夫婿㉓?白马从骊驹㉔;青丝系马尾,黄金络马头㉕;腰中鹿卢剑㉖,可直千万余㉗。十五府小史㉘,二十朝大夫㉙,三十侍中郎㉚,四十专城居㉛。为人洁白皙㉜,鬑鬑颇有须㉝。盈盈公府步㉞,冉冉府中趋㉟。坐中数千人,皆言夫婿殊㊱。"

①《陌上桑》:乐府古辞,见于《乐府诗集》的《相和歌辞·相和曲》。最早著录本诗的《宋书·乐志》题为《艳歌罗敷行》,陈代徐陵《玉台新咏》题为《日出东南隅行》。这首诗叙述了采桑女秦罗敷严词拒绝太守的调戏。罗敷的美丽、坚贞和机智勇敢,太守的无赖和无耻都得到了淋漓尽致的表现。 ②隅:方。 ③罗敷:采桑女的名字。以上二句是说秦家有一个美女,名叫秦罗敷。 ④喜:喜欢。蚕桑:指采桑养蚕。 ⑤青丝:青色的丝绳。笼:篮子。系:系篮子的绳。 ⑥桂枝:桂树枝。钩:篮上的提柄。 ⑦倭堕髻:一种发式名,又叫堕马髻,发髻侧在一边,似堕未堕,是当时一种时髦的发式。 ⑧明月珠:宝珠名,相传产于大秦国(罗马帝国)。 ⑨缃(xiāng湘):杏黄色。绮(qǐ起):有花纹的丝织品。 ⑩襦(rú儒):短袄。 ⑪下担:放下担子。捋(lǚ吕):顺着抚摩。髭(zī资)须:胡子。嘴唇上面的胡子为髭,下巴上的胡子为须。 ⑫著(zhuó卓):"着"字的本字,戴。帩(qiào俏)头:即绡头,古代男子包头发的纱巾。古人用帩头束发后再戴帽子。这句是说少年脱下帽子整理着头巾。这是为了引起罗敷注意的故作姿态。 ⑬但:只是。坐:因为。以上二句是说回家以后就与妻子争吵。其原因当然是嫌妻子不如罗敷之美。一说此二句是说因为看罗敷回家晚了,引起夫妻争吵。 ⑭使君:当时对太守、刺史的称呼。 ⑮五马:汉朝太守有用五马驾车的。踟蹰:徘徊不前貌。这句是说太守停车不前了。 ⑯姝:美女。 ⑰以上二句是说罗敷年龄大于十五小于二十。 ⑱谢:告,引申为问。 ⑲宁(nìng佞)可:犹言愿意,情愿。共载:同乘一车。不(fǒu否):同"否"。这句是说愿意不愿意与使君同车而回。 ⑳置辞:致辞,答话。 ㉑一:语助词,有加强语气的作用。何:多么。 ㉒上头:行列的前头。 ㉓何用:何以,以何。 ㉔骊驹:纯黑的小马。 ㉕系(jì记):绾结。络:络头,这里用作动词,上着络头。以上二句是说马尾系着青丝,马头上着黄金的络头。 ㉖鹿卢:一般写作"辘轳",井上汲水的滑轮。剑柄上用绦带缠绕,形似辘轳的剑称鹿卢剑。 ㉗直:同"值"。 ㉘府小史:太守府的小吏。 ㉙朝大夫:朝廷的大夫。大夫是官名。 ㉚侍中郎:官名,皇帝的侍从官。 ㉛专城居:这里指太守。太守是一地的长官,故称专城居。 ㉜为:其。为人,其人也。皙(xī细):白。 ㉝鬑(lián廉)鬑:鬓发长貌。这里指胡须长。 ㉞盈盈:步履轻盈貌。公府步:指官员走路的步伐,其特点是慢,以显示官场气派。 ㉟冉冉:行步舒缓貌。 ㊱殊:突出,与众不同。

东 门 行①

出东门,不顾归②;来入门,怅欲悲③。盎中无斗米储④,还视架上无悬衣⑤。拔剑东门去⑥,舍中儿母牵衣啼⑦:"他家但愿富贵⑧,贱妾与君共铺糜⑨。上用仓浪天故⑩,下当用此黄口儿⑪。今非⑫!""咄⑬!行⑭!吾去为迟!白发时下难久居⑮。"

①《东门行》:乐府古辞,见于《乐府诗集》的《相和歌辞·瑟调曲》。诗中的男主人公被生活所迫,拔剑出门,铤而走险。反映了汉代劳动人民生活的贫困和官逼民反的社会现实。 ②顾:返也。一说,顾念,考虑。 ③怅:惆怅,失意貌。 ④盎(àng):腹大口小的瓦罐。斗米储:斗米的存粮。 ⑤还视:回视,回首看。架:衣架。悬:挂。 ⑥东门:当是指主人公所居之城市的东门。这句是说主人公再次拔剑向东门外而去。他已经去过一次,但思想上有所顾虑,回家看到家里的情况,所以再去东门外。 ⑦舍中:家里。儿母:孩子的母亲,也就是这位男子的妻子。 ⑧他家:别人家。但愿:只想。这句意思是说别人家只贪图富贵,可以尽管去求富贵。 ⑨贱妾:这里是妻子对丈夫谦称自己。共:同。铺:吃。糜:粥。铺糜犹言喝粥。 ⑩用:因,为了。仓浪天:犹言苍天。故:缘,缘由。 ⑪当:应该。黄口儿:幼儿。以上二句大意是说你上要看在苍天面上,下看在这么小的孩子分上。 ⑫今非:犹言你现在这么做(指"拔剑东门去")不行呀。 ⑬咄(duó夺):呵斥声。 ⑭行:走开。这是丈夫呵斥妻子不要阻拦自己。一说,行是那男子说自己要走了。 ⑮时下:指头发时时掉落。难久居:指日子实在难挨下去。一说是指自己难活长久。

妇 病 行①

妇病连年累岁,传呼丈人前②,一言当言;未及得言,不知泪下一何翩翩③。"属累君两三孤子④,莫我儿饥且寒⑤,有过慎莫笪笞⑥,行当折摇⑦,思复念之⑧!"

乱曰:抱时无衣,襦复无里⑨。闭门塞牖⑩,舍孤儿到市⑪。道逢亲交⑫,泣坐不能起。从乞求与孤买饵⑬。对交啼泣,泪不可止。"我欲不伤悲不能已⑭。"探怀中钱持授交⑮。入门见孤儿,啼索其母抱⑯。徘徊空舍中⑰,"行复尔耳⑱!弃置勿复道⑲"。

①《妇病行》:乐府古辞,见于《乐府诗集》的《相和歌辞·瑟调曲》。这首诗描写了一

个家庭的悲剧:妻子临死托孤,留下了善良的愿望,但丈夫与孤儿仍旧挣扎在死亡线上,其悲惨的情景令人不忍卒读。　②丈人:这里是妇人称其丈夫。这句和上一句、下一句、三句是说久病的妻子临死前把丈夫叫到跟前,因有一句话要跟他讲。　③一:助词,加强语气。一何,何其,多么。翩翩:泪流不止貌。以上二句是说话还未及开口,早已泪流满面。　④属(zhǔ 主):同"嘱",嘱咐,嘱托。累:牵累,拖累。孤子:本指无父或父母全无者,这里则指无母者。　⑤莫我儿:莫使我儿。　⑥过:过失,过错。慎莫:犹言切勿,千万不要。笪(dá 达)笞(chī 痴):均为古代竹制的打人刑具,这里作动词用,打。　⑦行当:将要。折摇:即折夭,夭折。　⑧思复念:即常常思念。之:这里指病妇死前所说的话。以上五句是妻子死前对丈夫说的话。大意是说:我把这两三个孩子留下来拖累了你,希望你不要使孩子们挨饿受冻,他们有错你也千万别打他们。我快要死了,望你常想着我对你说的这些话。　⑨襦(rú 儒):短袄。里:里子。以上二句是说父亲本打算带着孩子去市上,但孩子没有长衣衫,仅有的短袄也破烂不堪,连里子也没有了。　⑩牖(yǒu 友):窗子。　⑪舍:放下,丢下,指把孩子丢在家里。　⑫道:路上。亲交:亲友。　⑬从:向。乞求:请求。饵:糕饼之类的食品。这句是说男主人公向亲交请求代他到市上去给自己的孩子买点食品。　⑭已:止住。这句是对亲交说的话,犹言我想不伤心又怎能做到。　⑮探:探取,取出。持:拿着。授:给,交给。交:指上文的亲交。　⑯啼:啼哭。索:索要,要。以上二句是父亲回家后见到的情况:他进门看见孤儿,孩子哭着要母亲抱。　⑰空舍:空屋,家贫一无所有,故云空舍。　⑱尔:如此。这句是父亲所说,意谓孤儿又将要像他们母亲那样不久于世。　⑲弃置:丢开。勿复道:不要再说了。这句是男主人公无可奈何的哀叹之言。

悲　　歌①

　　悲歌可以当泣②,远望可以当归③。思念故乡,郁郁累累④。欲归家无人,欲渡河无船⑤。心思不能言⑥,肠中车轮转⑦。

①《悲歌》:乐府古辞,见于《乐府诗集》的《杂曲歌辞》。这是一首浪迹他乡的游子思念故乡的悲歌。他愁思重重,愁肠百转,不仅是因为无法归家,更是因为家已无人。　②当:充作,代替。　③以上二句是说游子因久不能归乡,所以以悲歌当哭,远望当归。实际上长歌虽可当哭,远望却怎能当归? 不过是游子以"悲歌"和"远望"聊以自慰自宽而已。一说,"可"古时可与"何"字通,"可以"即"何以"。　④郁郁:忧愁貌。累累:失意貌。一说"郁郁"是忧伤沉重浓厚貌,"累累"是多而重叠貌,则这句是说游子心思重重。　⑤欲渡河无船:比喻没有回家的办法。　⑥心思:内心的愁思。不能言:无法倾诉。　⑦肠中车轮转:愁思像车轮在肠中反复回转。比喻愁思对自己的沉重煎熬。

古诗为焦仲卿妻作①并序

汉末建安中②,庐江府小吏焦仲卿妻刘氏③,为仲卿母所遣,自誓不嫁。其家逼之,乃没水而死。仲卿闻之,亦自缢于庭树。时人伤之,为诗云尔。

孔雀东南飞,五里一徘徊④。"十三能织素⑤,十四学裁衣,十五弹箜篌⑥,十六诵诗书。十七为君妇,心中常苦悲。君既为府吏,守节情不移⑦。鸡鸣入机织,夜夜不得息。三日断五匹⑧,大人故嫌迟⑨。非为织作迟,君家妇难为。妾不堪驱使⑩,徒留无所施⑪。便可白公姥⑫,及时相遣归⑬。"

府吏得闻之,堂上启阿母⑭:"儿已薄禄相⑮,幸复得此妇。结发同枕席⑯,黄泉共为友⑰。共事二三年,始尔未为久⑱。女行无偏斜⑲,何意致不厚⑳?"阿母谓府吏:"何乃太区区㉑!此妇无礼节,举动自专由㉒。吾意久怀忿,汝岂得自由?东家有贤女,自名秦罗敷。可怜体无比㉓,阿母为汝求。便可速遣之,遣去慎莫留!"府吏长跪告,伏惟启阿母㉔:"今若遣此妇,终老不复取㉕!"阿母得闻之,槌床便大怒㉖:"小子无所畏,何敢助妇语!吾已失恩义㉗,会不相从许㉘!"

①《古诗为焦仲卿妻作》:这首诗始见于徐陵《玉台新咏》,作者无名氏。《乐府诗集》著录于《杂曲歌辞》,题作《焦仲卿妻》。后世选本常取诗的首句,题作《孔雀东南飞》。这是我国文学史上一首杰出的长篇民间叙事诗,叙述汉末庐江府小吏焦仲卿和妻子刘兰芝的婚姻悲剧。焦仲卿与刘兰芝夫妻情深意笃,但不为焦母所容,被迫离异。后兰芝的哥哥逼其改嫁,夫妻双双殉情而死。作者对这对夫妻的悲剧给予了深切的同情,热情地赞扬了他们的反抗精神,强烈地鞭挞了封建礼教和封建家长制的罪恶,表达了人民对美好幸福的婚姻生活的向往和追求。《孔雀东南飞》全诗长达355句,1775字,清代诗人沈德潜称誉它是"古今第一首长诗"(《古诗源》卷四)。全诗故事情节谨严,既起伏跌宕,又不蔓不枝,人物形象个性鲜明、生动,语言朴素自然,确是我国古代文学史上思想性和艺术性高度结合的叙事诗杰作。 ②建安:东汉献帝年号,时当196年—219年。 ③庐江:汉郡名,郡治始在今安徽省庐江县西南,汉末徙至今安徽省潜山县。府:这里指郡守官府。 ④徘徊:往返回旋貌。以上二句以孔雀向东南飞去,但因留恋配偶而徘徊顾盼起兴,引起下文对焦仲卿、刘兰芝的爱情悲剧的叙述。 ⑤素:白色的绢。 ⑥箜(kōng 空)篌(hóu 侯):古代的一种拨弦乐器,23弦,有卧式、竖式两种。 ⑦守节:坚持做官的职守。一说守节指刘兰芝的爱情忠贞不移。一本此句下有"贱妾留空房,相见常日稀"二句。故诗中二句是说,你在外为官,

令我常守空房,但我坚守节操,坚贞不移。 ⑧断:裁断,剪断。布帛织成,每四丈剪成一匹。 ⑨大人:这里指仲卿之母,兰芝之婆母。迟:这里指织帛动作慢。 ⑩妾:古代妇女自称的谦辞。堪:胜任。驱使:使唤。 ⑪徒:徒然。施:用。 ⑫白:禀告。公姥(mǔ母):公婆,下文未提及公公,所以公姥是偏义复词,指婆母。 ⑬及时:犹言趁早,赶快。遣归:休弃回家。以上十八句是兰芝对丈夫所言。 ⑭启:启禀,告禀。 ⑮薄禄:做小官拿微薄的俸禄。相:命相。古人迷信占相术,说可以通过占相,看出人的命运。这句是说自己命薄禄微。 ⑯结发:古人男二十束发加冠,女十五束发插笄(jī鸡),表示已成年,通称结发。同枕席:指成夫妻。 ⑰黄泉:地下之泉。人死埋入地下,所以亦称人死归之所为黄泉。以上二句是说焦、刘二人成年就结成夫妻,至死也要做伴。 ⑱共事:指夫妻共同生活。尔:这样,指夫妻生活。以上二句是说他们婚后共同生活才二三年,这样的生活才开始不久。 ⑲行:行为。偏斜:不正当,出差错。 ⑳何意:哪想到,何曾料到。不厚:这里犹言不喜欢。 ㉑区区:小。这里指见识短浅。 ㉒自专由:这里是自作主张,举动任性之意。 ㉓可怜:可爱。体:体态相貌。 ㉔伏惟:本意是伏地而思。古人下对上陈述意见时常以此二字开头,表示自己的谦卑和对听话人的尊敬。 ㉕终老:犹言到老。取:同"娶"。 ㉖槌:同"捶",击之意。床:古时的一种坐具。不是今天的卧具。 ㉗失恩义:恩断义绝。 ㉘会:当然,应当。从许:依从准许。

府吏默无声,再拜还入户。举言谓新妇①,哽咽不能语②:"我自不驱卿③,逼迫有阿母。卿但暂还家,吾今且报府④,不久当归还,还必相迎取⑤,以此下心意⑥,慎勿违吾语。"新妇谓府吏:"勿复重纷纭⑦!往昔初阳岁⑧,谢家来贵门⑨。奉事循公姥⑩,进止敢自专⑪?昼夜勤作息⑫,伶俜萦苦辛⑬。谓言无罪过,供养卒大恩⑭。仍更被驱遣,何言复来还?妾有绣腰襦⑮,葳蕤自生光⑯。红罗复斗帐⑰,四角垂香囊⑱。箱帘六七十⑲,绿碧青丝绳⑳。物物各自异㉑,种种在其中。人贱物亦鄙,不足迎后人㉒,留待作遗施㉓,于今无会因㉔,时时为安慰,久久莫相忘。"

鸡鸣外欲曙,新妇起严妆㉕。著我绣袷裙㉖,事事四五通㉗。足下蹑丝履㉘,头上玳瑁光㉙。腰若流纨素㉚,耳著明月珰㉛。指如削葱根,口如含朱丹㉜。纤纤作细步㉝,精妙世无双。上堂谢阿母,母听去不止㉞。"昔作女儿时,生小出野里,本自无教训,兼愧贵家子。受母钱帛多㉟,不堪母驱使。今日还家去,念母劳家里。"却与小姑别㊱,泪落连珠子㊲:"新妇初来时,小姑始扶床,今日被驱遣,小姑如我长㊳。勤心养公姥,好自相扶将㊴。初七及下九㊵,嬉戏莫相忘。"出门登车去,涕落百余行。

府吏马在前,新妇车在后,隐隐何甸甸㊶,俱会大道口。下马入车中,低头共耳语:"誓不相隔卿⑫,且暂还家去,吾今且赴府。不久当还归,誓天不相负。"新妇谓府吏:"感君区区怀⑬。君既若见录⑭,不久望君来。君当作磐石⑮,妾当作蒲苇⑯。蒲苇纫如丝⑰,磐石无转移⑱。我有亲父兄⑲,性行暴如雷,恐不任我意,逆以煎我怀㊿。"举手长劳劳㊿¹,二情同依依㊿²。

①举言:发言。新妇:犹媳妇,指兰芝。　②哽咽:极度悲痛时气塞不能说话。　③卿:古时君称臣以及平辈之间互称卿,丈夫对妻子亦可爱称为卿。　④报(fù赴)府:赴府报到。报,通"赴"。　⑤相迎取:去迎接你回来。　⑥下心意:安心,放心。一说指低声下气。　⑦勿:不要。重:再。纷纭:纷扰,麻烦。　⑧初阳岁:阳气初动之时。指阴历十一月。　⑨谢家:辞家。　⑩奉事:行事。循:顺从。　⑪进止:进退举止。　⑫作息:工作休息,这里是偏义复词,指工作。　⑬伶(líng铃)俜(pīng乒):孤独貌。萦(yíng营):围绕,缠绕。萦苦辛:指成天辛劳作,家务缠身。　⑭卒:完成。卒大恩,指尽力报答婆婆的大恩。　⑮绣腰襦(rú儒):绣花短袄。　⑯葳(wēi威)蕤(ruí绥):草木下垂貌。这里指所绣的花样,花叶繁茂,光彩闪烁。　⑰罗:一种丝织品,薄而透气。复斗帐:双层的斗帐。斗帐是下宽上狭的床帐。　⑱香囊:装有香料的小袋子。　⑲帘:同"奁",古代盛梳妆用品的匣子。　⑳绿碧:形容青色。这句是指箱帘上系着碧绿的青丝绳。　㉑物物:指箱帘里装着的各种物件。这句和下句二句是说各种物件都不相同,自己的各种东西都放在箱匣里了。　㉒不足:不值得。后人:指仲卿再娶的后妻。　㉓遗(wèi畏)施:赠送。作遗施,犹言作为赠送施舍给别人的东西。　㉔无会因:没有见面的机会。　㉕严妆:郑重的打扮。　㉖著:着,穿着。袷(jiá夹)裙:双层的裙。　㉗四五通:犹言四五遍。这句是说兰芝精心束装,打扮再打扮。　㉘蹑(niè聂):踩,这里指穿鞋。丝履:用丝织品做的鞋。　㉙玳(dài代)瑁(mào帽)光:用玳瑁(一种龟类,其壳可做装饰品)做的头饰,闪闪发光。　㉚纨素:精致的白色绢。这句是说兰芝腰间系着的纨素轻盈若流水。一说"若"字是"着"字之误。　㉛珰(dāng当):耳坠子,耳环。明月,指叫作明月珠的宝珠。这句是说兰芝耳朵上戴上明月珠做成的耳坠。　㉜朱丹:一种红色宝石。女子唇涂口红,故言"口如含朱丹"。以上二句言兰芝手指之白嫩和嘴唇之红艳。　㉝纤纤:细微貌。这句说兰芝走路时步子细小,动作轻盈。　㉞不止:不阻止。这句是说婆母听兰芝自去而不加留止。　㉟钱帛:这里指聘礼。以上五句和下三句是兰芝辞别夫家时对婆母所说的话。　㊱却:再,还。小姑:丈夫之妹。　㊲连珠子:串珠。　㊳以上四句是说自己刚嫁时,小姑还小,始能扶床(坐具)学步,现在自己被遣归母家,小姑已长大了。"如我长"是夸大之辞,并非指小姑已长高如自己。另一本此四句只有"新妇初来时,小姑如我长"二句,无中间二句,语意突兀,不如四句语意完足。　㊴扶将:扶持帮助哥哥持家。　㊵初七:指七月初七,这天晚上妇女供祭织女,乞巧。下九:古代每月二十九日叫上九,初九为中九,十九日为下九。下九晚上妇女们停止劳作,聚在一起游

戏,叫阳会。以上七句和下一句是兰芝告别小姑时所说的话。　㊶隐隐、甸甸:车声。㊷隔:断绝情义。这句和下四句是仲卿对兰芝相誓之辞。　㊸区区:爱慕,诚挚。㊹见:被。录:记住,记得。见录,犹言承蒙被你记得。　㊺磐(pán盘)石:厚重的石头。比喻爱情坚贞不移。　㊻蒲:一种可制席的水生植物。苇:芦苇。蒲苇,比喻虽柔弱而坚韧的性格。　㊼纫(rèn认):同"韧"。　㊽转移:移动。　㊾父兄:偏义复词,下文兰芝已无父只有兄,因此父兄指兄。　㊿逆:违背。煎我怀:犹言使我内心痛苦如煎。这句是说违背我的意愿,使我内心痛苦。　㊶举手:举手告别。劳劳:惆怅忧伤貌。　㊵依依:恋恋不舍貌。

入门上家堂,进退无颜仪①。阿母大拊掌②:"不图子自归③!十三教汝织,十四能裁衣,十五弹箜篌,十六知礼仪,十七遣汝嫁,谓言无誓违④。汝今无罪过,不迎而自归?"兰芝惭阿母⑤:"儿实无罪过。"阿母大悲摧⑥。

还家十余日,县令遣媒来。云"有第三郎,窈窕世无双⑦,年始十八九,便言多令才⑧"。阿母谓阿女:"汝可去应之。"阿女衔泪答⑨:"兰芝初还时,府吏见丁宁⑩,结誓不别离。今日违情义,恐此事非奇⑪。自可断来信⑫,徐徐更谓之⑬。"阿母白媒人:"贫贱有此女,始适还家门⑭;不堪吏人妇,岂合令郎君⑮?幸可广问讯⑯,不得便相许。"

媒人去数日,寻遣丞请还⑰,说"有兰家女,承籍有宦官⑱"。云"有第五郎,娇逸未有婚⑲,遣丞为媒人,主簿通语言⑳"。直说"太守家,有此令郎君,既欲结大义㉑,故遣来贵门㉒"。阿母谢媒人:"女子先有誓,老姥岂敢言㉓?"阿兄得闻之,怅然心中烦。举言谓阿妹:"作计何不量㉔!先嫁得府吏,后嫁得郎君,否泰如天地㉕,足以荣汝身。不嫁义郎体,其往欲何云㉖?"兰芝仰头答:"理实如兄言。谢家事夫婿,中道还兄门,处分适兄意㉗,那得自任专?虽与府吏要㉘,渠会永无缘㉙!登即相许和㉚,便可作婚姻。"

媒人下床去,诺诺复尔尔㉛。还部白府君㉜:"下官奉使命,言谈大有缘㉝。"府君得闻之,心中大欢喜。视历复开书㉞,便利此月内,六合正相应㉟。"良吉三十日㊱,今已二十七,卿可去成婚㊲。"交语速装束㊳,络绎如浮云㊴。青雀白鹄舫㊵,四角龙子幡㊶,婀娜随风转㊷;金车玉作轮,踯躅青骢马㊸,流苏金镂鞍㊹。赍钱三百万㊺,皆用青丝穿。杂彩三百匹㊻,交、广市鲑珍㊼。从人四五百,郁郁登郡门㊽。

阿母谓阿女:"适得府君书㊾,明日来迎汝。何不作衣裳?莫令事不举㊿!"阿女默无声,手巾掩口啼,泪落便如泻。移我琉璃榻㊶,出置前窗下。左手持刀尺,右手执绫罗㊵,朝成绣裌裙,晚成单罗衫。晻晻日欲暝㊶,愁思出门啼。

①无颜仪:犹言脸上觉得无光,难为情。　②拊(fǔ府)掌:拍手。惊讶的动作。
③不图:没料到,没想到。这句是说没想到你却自己回来了。古时妇女出嫁后,娘家接时才能回,不接而自归表示已被丈夫休弃。　④誓:疑为"訐(qiān 千)"字之误。"訐"是"愆"的古字。愆违即过失之意。　⑤惭阿母:惭愧地回答母亲。　⑥悲摧:悲痛伤心。　⑦窈窕:容貌美好。　⑧便(pián 骈)言:有口才,善辞令。令才:美好的才能。以上四句是媒人的话。　⑨衔泪:含泪。　⑩丁宁:即叮咛,反复嘱咐。⑪奇:佳,好。非奇犹言不好。这句是说恐怕这样做(指嫁县令的"第三郎")不好。⑫断:断绝,回绝。信:使者,这里指媒人。　⑬徐徐:慢慢地。这句犹言慢慢再说吧。⑭适:出嫁。还家门:指被休弃回家。　⑮令郎君:犹言贵公子。　⑯幸:希冀,希望。广问讯:多方打听。　⑰寻:不久。丞:指县丞。请:指向郡守请示工作。还:指县丞回县,这句是说过了不久,被县令派去向太守请示工作的县丞回县了。　⑱承籍:继承先辈的仕籍。以上二句是县丞对县令所说的话,建议他向别家求婚,说有个兰家的女子,家里继承祖先的仕籍,是为官作宦的人家。　⑲娇逸:娇好而文雅。未有婚:未结婚。　⑳主簿:郡、县府里掌文书档案的官吏。这里指郡府的主簿。通语言:指传达话。以上四句还是县丞对县令说的话,告诉他太守的第五个儿子娇美而文雅,还未结婚,太守派县丞做媒人,而传达太守意见的是郡府里的主簿。　㉑结大义:指结为婚姻。　㉒贵门:对人家的敬称。以上四句是县丞来刘家说媒的话,大意是说太守家有一位好公子,太守很愿意与刘家结亲,所以派自己来到刘家说亲。　㉓老姥:刘母自称。　㉔作计:作决定,打主意。不量:不思量,欠考虑。　㉕否(pǐ痞)泰:《易经》中的两个卦名,这里指坏运气和好运气。这句是说好坏相差有如天地之别。　㉖义郎:对男子的美称。其往:往后,将来。何云:说什么,这里是怎么办,如何打算的意思。　㉗处分:处理,决定。适:顺从。　㉘要(yāo 腰):约,约定。　㉙渠:那,那种。渠会指兰芝与仲卿相约的那种重新聚会。无缘:没有机会。　㉚登即:当即,立即。㉛诺诺:表示同意的答应声。尔尔:犹言就这样,就这样。　㉜部:这里指太守府。府君:指太守。　㉝大有缘:指话语十分投机。　㉞历、书:都指历书。古时有《六合婚嫁历》《阴阳婚嫁书》等。这句是说反复查阅历书,选择结婚吉日。　㉟六合:古人把农历每月所置之辰称为月建,如正月建寅,二月建卯等,用干支纪日叫日辰。选择良辰吉日,需月建与日辰相合,即子与丑合,寅与亥合,卯与戌合,辰与酉合,巳与申合,午与未合,称六合。合是吉日,不合叫冲,不是吉日。这是古人的迷信。相应:相合。㊱良吉:良辰吉日。　㊲卿:这里是太守对县丞的称呼。成婚:指洽谈筹办婚事。以上三句是太守对媒人(县丞)所说的话。　㊳交语:交相传语。速装束:赶快筹措结婚用品。　㊴络绎:来往不绝。浮云:比喻人多。以上二句是说,人们互相传达太守的话,赶快筹办婚礼用品,办事的人来来往往,络绎不绝。　㊵鹄(hú狐):鸟名,即天

鹅。舫:船。这句说迎亲的船身上画着青雀和白天鹅。 ㊶幡(fān帆):同"旙",一种旗子。这句是说青雀舫和白鹄舫的四角挂着绣有小龙的旗帜。 ㊷婀(ē屙)娜(nuó挪):轻盈柔美貌。以上三句是说,迎亲的是画有青雀白鹄的船,船的四角挂着绣有小龙的旗帜,旗子在轻盈地迎风招展。 ㊸踯(zhí直)躅(zhú烛):徘徊不进貌,这里指缓步前进。青骢(cōng聪)马:青白色相杂的马。 ㊹流苏:用五彩羽毛或丝织品制成的下垂的穗子,垂在马鞍下做装饰。金镂(lòu漏)鞍:以金属雕花为装饰的马鞍。 ㊺赍(jī鸡):付给,送给。赍钱,指聘礼。 ㊻杂彩:指各种颜色的丝织品。 ㊼交:交州,今广东、广西大部和越南一部分。广:广州,三国时吴分交州一部分为广州。市:买。鲑(xié鞋)珍:泛指珍贵的菜肴。 ㊽郁郁:盛多貌。登郡门:会集在太守衙门。一说"登"是"发"字之误,本句是说众多的人从郡邑出发。 ㊾适:刚才。 ㊿莫令:不要使。事不举:事情办不成。 ㊁榻:一种坐具,比床(坐具)短。琉璃:一种矿石质的有色半透明体材料。琉璃榻是指镶嵌有琉璃的榻。 ㊂绫(líng菱):古代一种丝织品。绫罗是泛指各色丝织品衣料。 ㊃晻(yǎn掩)晻:日光渐暗。暝(míng名):日落,日暮。

府吏闻此变①,因求假暂归②。未至二三里,摧藏马悲哀③。新妇识马声,蹑履相逢迎④,怅然遥相望,知是故人来。举手拍马鞍,嗟叹使心伤⑤。"自君别我后,人事不可量,果不如先愿,又非君所详。我有亲父母,逼迫兼弟兄⑥,以我应他人,君还何所望⑦!"府吏谓新妇:"贺卿得高迁⑧!磐石方且厚,可以卒千年⑨;蒲苇一时纫,便作旦夕间⑩。卿当日胜贵⑪,吾独向黄泉。"新妇谓府吏:"何意出此言!同是被逼迫,君尔妾亦然。黄泉下相见,勿违今日言!"执手分道去,各各还家门。生人作死别,恨恨那可论!念与世间辞,千万不复全⑫。

府吏还家去,上堂拜阿母:"今日大风寒,寒风摧树木,严霜结庭兰⑬。儿今日冥冥⑭,令母在后单⑮。故作不良计⑯,勿复怨鬼神!命如南山石,四体康且直⑰。"阿母得闻之,零泪应声落。"汝是大家子,仕宦于台阁⑱。慎勿为妇死,贵贱情何薄⑲?东家有贤女,窈窕艳城郭⑳。阿母为汝求,便复在旦夕㉑。"府吏再拜还,长叹空房中,作计乃尔立㉒。转头向户里,渐见愁煎迫㉓。

其日牛马嘶㉔,新妇入青庐㉕。奄奄黄昏后㉖,寂寂人定初㉗。"我命绝今日,魂去尸长留㉘。"揽裙脱丝履,举身赴清池㉚。府吏闻此事,心知长别离。徘徊庭树下,自挂东南枝㉛。

两家求合葬,合葬华山傍㉜。东西植松柏,左右种梧桐。枝枝相覆盖,叶叶相交通㉝。中有双飞鸟,自名为鸳鸯,仰头相向鸣㉞,夜夜达五更。行人驻足听⑤,寡妇起彷徨。多谢后世人⑯,戒之慎勿忘⑰。

①此变:指兰芝答应再嫁的事。 ②求假:请假。 ③摧藏:当是"凄怆"的假借字,言极度悲伤。 ④蹑履:缓步行走。 ⑤使心伤:使人伤心。这句是说兰芝的嗟叹使人伤心。 ⑥父母、弟兄:均为偏义复词,指母、兄。 ⑦还:还家。何所望:希望什么,有何指望。以上八句是兰芝对仲卿所言。 ⑧高迁:高升,指兰芝再嫁太守之子。 ⑨卒:终,直至。 ⑩旦夕间:朝夕之间,言时间之短。以上四句是仲卿对兰芝所言,大意说自己像磐石一样坚贞不变,你却如蒲苇坚韧一时。这四句回应了上文兰芝以磐石期望仲卿,以蒲苇自誓的话。 ⑪日胜贵:一天天高贵。 ⑫不复全:不能再保全生命了。这句犹言无论如何不能再活下去了。 ⑬严霜:浓霜,寒霜。结:冻结。庭兰:庭院中的兰花。以上三句借气候的变化比喻兰芝(一说比喻自己)生命即将结束。 ⑭日冥冥:日暮。比喻自己已像日落西山,不久于世。 ⑮令:使。在后单:意指自己死后,母亲孤单一人。 ⑯不良计:不好的打算,指自杀。这句连下句二句是说寻短见是我自己打的主意,母亲您不要埋怨鬼神。 ⑰四体:四肢,指身体。康且直:身体健康而舒适。以上二句是仲卿祝愿母亲长寿如南山之石,身体健康,精神愉快。 ⑱大家子:出身门第高贵的人。台阁:指尚书台,东汉末尚书的官署为尚书台,当时权力很大。这两句当是焦母夸说门第之高、子宦之显。这种不合实际的自夸,说明了焦母虚荣的门第观念。一说"仕宦于台阁"是预拟之辞,犹言你将来还要进尚书台做大官呢。还有一说认为这两句是说焦家先辈曾"仕宦于台阁",故称是大家子。 ⑲贵贱:焦母认为仲卿出身高贵而兰芝则出身低贱。情何薄:因贵贱不同,焦家遗弃兰芝谈不上是薄情。 ⑳艳城郭:犹云全城数她最艳丽。 ㉑复:指求婚的回音。 ㉒作计:指打算自杀的主意。乃尔:如此。立:确定。这句是说自杀的主意就如此定下来了。 ㉓愁煎迫:被忧愁煎熬压迫。以上二句是说仲卿打定主意之后,转头向门里看到了老母,心里又非常忧愁痛苦。 ㉔牛马嘶:指迎亲的牛马嘶鸣。 ㉕青庐:青布围搭成的帏帐。唐段成式《西阳杂俎》前集卷一《礼异》篇:"北朝婚礼,青布幔为屋,在门内外,谓之青庐,于此交拜迎妇。夫家领百余人或十数人,随其奢俭,挟车俱呼'新妇子催出来',至新妇登车乃止。"这首诗里写到了北朝迎婚的风俗,应是本诗在流传中经过后人加工的证明,不能认为是北朝时的作品。 ㉖庵庵:通"晻晻",日光渐暗。 ㉗人定初:指夜深之时,人将入眠。"人定"为十二时辰中最后一个时辰,即亥时。 ㉘以上二句是兰芝绝命之辞,犹言我的性命死在今日,魂魄将去,只有尸身留在人间。 ㉙揽裙:撩起裙子。这样动作方便,不会为裙带所羁绊。 ㉚举身:犹言纵身。这句言兰芝投水自杀。 ㉛自挂:指自缢。这句言仲卿于庭树自缢。 ㉜华山:当地的一个山名。 ㉝交通:指树叶相连接。 ㉞相向:相对。 ㉟驻足:停下脚步。 ㊱谢:告,告诉。多谢犹言多多致告。 ㊲戒之:以上面这件事为教训。

枯鱼过河泣①

枯鱼过河泣②,何时悔复及③!作书与鲂鱮④,相教慎出入⑤。

①《枯鱼过河泣》:乐府古辞,见于《乐府诗集》的《杂曲歌辞》。这是一首寓言诗,枯鱼的沉痛追悔和善心的祝愿,正反映了统治者的残忍和人民的善良。 ②枯鱼:干鱼。 ③复:犹能也。全句言后悔何能及。 ④鲂(fáng 房):鱼名,亦称平胸鳊、三角鳊。鱮(xù 序):鱼名,即鲢鱼。 ⑤相教:相告,互相转告。慎出入:犹言出入要谨慎。这句是枯鱼对鲂鱮说的经验教训。

上山采蘼芜①

上山采蘼芜②,下山逢故夫③。长跪问故夫:"新人复何如④?""新人虽言好,未若故人姝⑤。颜色类相似⑥,手爪不相如⑦。""新人从门入,故人从阁去⑧。""新人工织缣⑨,故人工织素⑩。织缣日一匹⑪,织素五丈余。将缣来比素,新人不如故⑫。"

①《上山采蘼芜》:这首诗始见于《玉台新咏》,题作《古诗》,但《太平御览》引此诗作《古乐府》。这首诗写一位弃妇在"上山采蘼芜"后的归途中与"故夫"的一番问答,一个殷殷相问,一个眷眷恋旧,迫使他们相离异的原因可能来自社会或家庭。 ②蘼(mí 迷)芜:香草名,亦名江蓠。 ③故夫:前夫。 ④新人:新妇,指故夫的后妻。复何如:又如何,又怎么样。 ⑤姝:美好,好,这里就容貌和劳动二者言。 ⑥颜色:指容貌。类:大抵,大略。 ⑦手爪:指针线、纺织等技术。以上四句是故夫的答话,他把新人与故人作一比较,认为容貌大抵相当,劳动则新人比不上故人。 ⑧阁(gé 格):旁门。以上二句是故人的话,回忆自己被遗弃时的情形,满含委曲之情。 ⑨工:善于,擅长。缣(jiān 兼):黄色绢,价值较贱。 ⑩素:白色绢,价值较贵。 ⑪一匹:长四丈,宽二尺二寸的布帛为一匹。 ⑫以上六句是故夫从纺织技能上将新人与故人作一比较,结论是"新人不如故",语含恋旧之情。

十五从军征①

十五从军征,八十始得归。道逢乡里人②:"家中有阿谁③?""遥望是君家,松柏冢累累④。"兔从狗窦入⑤,雉从梁上飞⑥;中庭生旅谷⑦,井上生旅葵⑧。舂谷持作饭,采葵持作羹⑨。羹饭一时熟,不知饴阿谁⑩。出门东向望,泪落沾我衣。

①《十五从军征》:这首诗见于《乐府诗集》的《横吹曲辞·梁鼓角横吹曲》,题作《紫骝马歌辞》。但《紫骝马歌辞》前面还多出八句。《乐府诗集》引《古今乐录》:"'十五从军征'以下是古诗。"它当是汉代的民歌,后被梁代乐府机关入乐,与汉乐府民歌性质相同。这首诗描写了一个复员老兵回乡而又无家可归的悲惨情景,反映了战争对劳动人民和平生活的破坏,客观的叙述之中满含着同情之心。 ②乡里人:家乡人。 ③阿谁:谁。"阿"是语助词,无义。这句是这位复员老兵的问话。 ④冢:高坟。累累:绵延重叠貌。 ⑤狗窦:狗洞。以上二句是乡里人的答话。 ⑥雉:雉鸡,野鸡之类。梁:屋梁。 ⑦中庭:庭中,即院子里。旅谷:野谷。 ⑧葵:菜名,又名冬葵,嫩叶可食。以上四句是老兵回家所见之一片荒凉景象。 ⑨羹(gēng 耕):这里指葵菜汤。 ⑩饴(yí 移):通"贻",赠送,送给。

京都童谣①

直如弦②,死道边。曲如钩③,反封侯。

①《京都童谣》:这首歌谣始见于《后汉书·五行志》。《乐府诗集》著录于《杂歌谣辞》,题作《后汉顺帝末京都童谣》。这首民谣反映了封建社会里普遍存在的不合理的社会现象。 ②直:正直。这句和下句二句是说像弦一样正直的人却死于路边。 ③曲:邪曲,是正直的反面。这句和下句是说像钩子一样邪曲的人反而被封侯。

小麦童谣①

小麦青青大麦枯,谁当获者妇与姑②。丈夫何在西击胡③。吏买马,君具车④。请为诸君鼓咙胡⑤。

①《小麦童谣》:这首歌谣始见于《后汉书·五行志》。《乐府诗集》著录于《杂歌谣辞》,题作《后汉桓帝初小麦童谣》。这首民谣反映了东汉政权对羌族作战时,由于广征兵夫,造成了农村收获无人的情景。诗中表现了人民敢怒不敢言的愤慨。 ②妇:子之妻,儿媳。姑:夫之母,婆母。这句是说谁当去从事收割呢?只有儿媳和婆婆。实际泛指下田收割的只有妇女。 ③何在:在何处。胡:旧时泛称北方边地和西域各民族。这里指羌族,当时住在东汉的西部边界之地。 ④吏、君:均指做官作吏的人。

这两句是说他们买马买车,发战争财。　⑤咙胡:也作"咙喉",就是喉咙。鼓咙喉是敢怒不敢言的样子。

桓 灵 时 谣①

举秀才②,不知书。察孝廉③,父别居④。寒素清白浊如泥⑤,高第良将怯如黾⑥。

①《桓灵时谣》:这首民谣前四句始见于《后汉书·五行志》,全篇见晋葛洪《抱朴子·审举篇》。《乐府诗集》著录前四句于《杂歌谣辞》。这首民谣激烈地抨击了东汉桓帝、灵帝时代的选举制度和用人制度。　②秀才:汉代荐取人才科目之一。郡国每年向朝廷推荐才学优秀的人为秀才,以供国家选用。　③察:察举。孝廉:也是汉代荐举人才科目之一。事亲孝顺,处事廉洁者可举为孝廉。　④父别居:指与父亲分了家。　⑤寒素:生活清贫。清白:道德品行高尚。这句意思是说号称"寒素清白"的官吏原来却污浊如泥。　⑥高第:宅第高大。黾(mǐn 敏):蛙。这句是说住着高宅大院,号为"良将"的人原来却胆小如蛙。

古诗十九首

梁代萧统编《文选》时,把已失去作者姓名的十九首五言古诗编在一起,题作《古诗十九首》。

《古诗十九首》的主要内容是写游子思妇的相思离别之苦,或是写知识分子仕途失意的苦闷和悲哀,反映了东汉末年中下层知识分子的游宦生活和某些思想苦闷,记录了当时社会生活的一个侧面。

《古诗十九首》具有很高的艺术成就,语言浅近自然,风格平易淡远,感情曲折缠绵,是我国古代早期文人五言诗的典范作品。

关于《古诗十九首》的作者和年代,学术界曾有争论,现在一般认为这组诗非一人一时之作,大约是东汉后期桓帝、灵帝时代的一些中下层文人的作品。

行行重行行

行行重行行①,与君生别离②。相去万余里③,各在天一涯④。道路阻且长⑤,会面安可知?胡马依北风⑥,越鸟巢南枝⑦。相去日已远⑧,衣带日已缓⑨。浮云蔽白日⑩,游子不顾反⑪。思君令人老,岁月忽已晚。弃捐勿复道⑫,努力加餐饭⑬!

①重(chóng 崇):又。这句说,行而又行。这首诗是思妇之词,是《古诗十九首》的第一首,写女子对爱人的无限思恋的深情。 ②生别离:生离死别。一说活生生的分开。 ③去:离。相去,相离。 ④天一涯:犹言天一方。 ⑤阻:险阻。长:遥远。 ⑥胡:古代称北方的少数民族为胡。胡马,胡地产的马。依:依恋。 ⑦越:古越国在南方,这里泛指南方。巢:动词,做巢。南枝:向南的树枝。以上二句是说,北方产的马依恋着北风,南方来的鸟做巢也做在向南的树枝上。 ⑧日已远:时日越来越久长

了。已,同"以",逾益之义。　⑨衣带日已缓:衣带一天比一天宽松。暗指人越来越瘦。　⑩浮云:比喻爱人在外另有的新欢。一说,比喻奸邪之臣。蔽:遮蔽。白日:比喻爱人。一说,比喻君王。这首诗是思妇怀念爱人的,当以前说为是。　⑪顾反:同义复词,还顾之意。一说,顾,顾念。　⑫弃捐:丢下。勿复道:不要再说。　⑬加餐饭:犹言多吃一点。意即要保重身体。这句是说,还是自己多保重吧。一说,你(指爱人)还是多保重吧。两说皆可通。

今日良宴会

今日良宴会①,欢乐难具陈②。弹筝奋逸响③,新声妙入神④。令德唱高言⑤,识曲听其真⑥。齐心同所愿⑦,含意俱未伸⑧。人生寄一世⑨,奄忽若飙尘⑩。何不策高足⑪,先据要路津⑫?无为守穷贱⑬,轗轲长苦辛⑭。

①良:好。良宴会,犹言热闹的宴会。这首诗是《古诗十九首》的第四首,表达了作者对黑暗世道的愤愤不平。　②具陈:全部说出。　③筝:一种弦乐器。奋:发出。逸响:飘逸的乐声。　④新声:指当时的流行的乐曲。入神:入神妙的境界,指乐曲非常好听。　⑤令德:美德,指有美德的人。这里当是指听懂了乐曲内容的人。唱:倡也。唱高言,指发出高妙的言论。　⑥识曲:听懂乐曲。真:曲中真实的意思。以上二句是说,令德之人首发高论,因为他听懂了乐曲的真实意思。"人生寄一世"以下六句就是"真"。　⑦齐心:当指诗人与"唱高言"者心里所想是相同的。　⑧含意:指乐曲的真意存在心中。俱未伸:都没有说出来。以上二句是说,自己与"唱高言"者所想所愿是相同的。只是都放在心里,一点也没有说出来。　⑨人生寄一世:人的一生不过像过客一样寄旅在世间。　⑩奄忽:迅疾貌,短暂貌。飙(biāo 标):暴风。飙尘,指被大风吹起的尘土。　⑪策:鞭策,鞭打。高足:好脚法的马,指快马。　⑫据:占据。要路津:指行人必经的要路渡口,比喻有权有势的地位。　⑬无为:不必,何必。穷贱:指贫穷而卑贱的境地。　⑭轗(kǎn 坎)轲(kē 苛):同"坎坷",道路不平貌,比喻不得志,失意。以上六句当理解为愤激之语,见出其对世道的愤愤不平。

冉冉孤生竹

冉冉孤生竹①,结根泰山阿②。与君为新婚③,菟丝附女萝④。菟丝生有时⑤,夫妇会有宜⑥。千里远结婚,悠悠隔山陂⑦。思君令人老,轩车来何迟⑧?伤彼蕙兰花⑨,含英扬光辉⑩;过时而不采,将随秋草萎⑪。君亮执高节⑫,贱妾亦何为⑬?

①冉冉:柔弱下垂貌。这首诗是《古诗十九首》的第八首,思妇之词,写女子新婚远别的怨情。 ②泰山:同"太山",大山之意。阿(ē):指山的曲隅之处。以上二句是以孤生竹结根于山坳比喻女子依托新婚之夫。 ③为新婚:指新结婚。 ④菟丝:植物名,柔弱而蔓生。女萝:植物名,也是柔弱而蔓生的。以上二句是说,与丈夫结婚,犹如柔弱的菟丝附着在柔弱的女萝上。说明两个只能互相依靠。 ⑤菟丝生有时:菟丝适时而生。 ⑥宜:适合的时间。以上二句是说,菟丝适时而生,正如夫妻也应及时相聚。 ⑦悠悠:远貌。陂(bēi杯):池塘,水泽。隔山陂,犹言隔山隔水。 ⑧轩车:有篷帐的车。这里指丈夫归来之车。这句是说,丈夫为何迟迟不归。 ⑨蕙兰:都是香草名。蕙兰花是女子自比容貌之美犹如蕙兰之花。 ⑩英:花。含英,犹言含苞待放。 ⑪萎:凋落枯萎。以上四句是说,可悲的是那蕙兰之花,含苞待放,散发出动人的光辉,可是如果过时而不采摘,就将同秋草一样的枯萎凋谢。 ⑫亮:同"谅",想必,料定。高节:高尚的节操,指对爱情的忠贞。 ⑬贱妾:女子的谦称。何为:犹言做什么。以上二句是说,你想必会对我们的爱情坚贞不移,那我又何必自为怨伤?

迢迢牵牛星

迢迢牵牛星①,皎皎河汉女②。纤纤擢素手③,札札弄机杼④;终日不成章⑤,泣涕零如雨⑥;河汉清且浅,相去复几许⑦!盈盈一水间⑧,脉脉不得语⑨。

①迢迢:远貌。牵牛星:天鹰星座的主星,即民间所称之牛郎星。这首诗是《古诗十九首》的第十首,借牵牛织女的阻隔写人间男女相思离别之苦。 ②皎皎:明亮貌。河汉:俗称天河,即银河。河汉女:指与牵牛星隔银河相望的织女星。 ③纤纤:纤柔貌。擢:举,这里指双手摆动。素手:白手。 ④札札:象声词,织布声。杼(zhù柱):织布机上的梭子。 ⑤终日:尽日。章:指织成的布上的纹理。这句诗用《诗经·小雅·大东》"跂彼织女,终日七襄。虽则七襄,不成报章"诗意。这句是说,织女无心织布,所以尽日也未织成纹理。 ⑥零:落。这句是说,哭泣流下之泪如雨点落下。 ⑦相去:相离,相距。复几许:犹言又有多少。这句意思是说相距并不远。 ⑧盈盈:水清浅之貌。间(jiàn建):动词,隔。 ⑨脉脉:也作"眽眽",相视貌。语:说话。

明月何皎皎

明月何皎皎①,照我罗床帏②。忧愁不能寐③,揽衣起徘徊④。客行虽云乐⑤,不如早旋归⑥。出户独彷徨⑦,愁思当告谁?引领还入房⑧,泪下沾裳衣⑨!

①何:多么。皎皎:光明貌。这首诗是《古诗十九首》的第十九首,是客子思乡之词,表现了游子对家乡亲人的怀念之情。一说是思妇之词。　②罗床帏:罗纱做的床帐。　③寐:睡着,入睡。　④揽衣:持衣披身。　⑤客行:离家旅行在外叫客行。虽云乐:虽说快乐。　⑥旋:回返。　⑦户:门。彷徨:即徘徊之意。　⑧引领:伸着脖子,远望的样子。还:仍也。　⑨裳衣:犹衣裳。

魏晋南北朝

曹 操

曹操(155—220),字孟德,沛国谯县(今安徽省亳州市)人,东汉末年著名的政治家、军事家和文学家。曹操利用东汉末年的动乱局势,挟天子以令诸侯,成为当时中国北方的实际统治者。曾拜丞相,封魏王。死后,子丕篡汉称帝,追封曹操为魏武帝。

作为文学家,曹操主要从事乐府歌辞的写作,今存乐府诗二十一首,大多是描写汉末的战乱,抒发自己的雄心壮志和政治理想。风格慷慨悲壮。原有《魏武帝集》,已佚。明人辑有《魏武帝集》,又有今人整理的《曹操集》排印出版。

曹操的儿子曹丕、曹植都是著名的文学家,史称"三曹"。

蒿 里 行[①]

关东有义士[②],兴兵讨群凶[③]。初期会盟津[④],乃心在咸阳[⑤]。军合力不齐[⑥],踌躇而雁行[⑦]。势利使人争[⑧],嗣还自相戕[⑨]。淮南弟称号[⑩],刻玺于北方[⑪]。铠甲生虮虱[⑫],万姓以死亡。白骨露于野,千里无鸡鸣。生民百遗一[⑬],念之断人肠。

---

①《蒿里行》:古代的挽歌,汉乐府古辞现存,见于《乐府诗集》的《相和歌辞·相和曲》。曹操的《蒿里行》是用乐府旧题写作新词,内容记述了汉末军阀混战的事实,真实地揭示了人民的苦难,堪称是"汉末实录"的"诗史"。 ②关:指函谷关,古函谷关旧址在今河南省灵宝市西南。公元前114年移置新函谷关,新关旧址在今河南省新安县东。这里指新关。关东,函谷关之东。义士:指以袁绍为首的关东诸州郡的首领,他们曾组织联军讨伐董卓。 ③群凶:指以董卓为首的窃据东汉政权的军阀。 ④期:约定。会:会盟,联盟。盟津:即孟津,周武王伐纣时,曾与各路诸侯在此会盟。

孟津在今河南省孟州市西南。这句是说,袁绍等初时约定会盟,犹如周武王伐纣时会盟孟津一样。　⑤乃心在咸阳:他们的心向着长安。咸阳,秦都,喻指长安,当时汉献帝被劫持,已由洛阳迁都长安。以上二句意思是说,袁绍等人起初都表示拥护汉室。　⑥军合:军队是合在一起。力不齐:但并不齐心协力。　⑦踌躇:徘徊观望貌。雁行(háng 航):大雁飞行的行列。大雁飞行时,行列整齐。这里比喻各路军队谁也不肯单独向前。　⑧势利:权势利益。　⑨嗣(sì 四):接续。还(xuán 绚):同"旋",旋即,不久。嗣还,接着不久。戕(qiāng 枪):杀。自相戕,自相残杀。这句是说,关东各路联军不久就互相残杀。　⑩弟:指袁绍的堂弟袁术。袁术于建安二年(197)在淮南寿春(今安徽省寿县)称帝,本句就是指此事。　⑪玺(xǐ 洗):皇帝的印。献帝初平二年(191)袁绍谋废献帝,立刘虞为帝,刻制印玺。袁绍屯兵河内(今河南武陟西南),故说"刻玺于北方"。北方是与淮南对言。　⑫铠甲:古代将士护身的战服。虮:虱子的卵。这句是说,将士们的铠甲上生满了虮虱。　⑬生民:人民。百遗一:百人剩一人。这句是说,人民死的多,活着的少。

短　歌　行①

对酒当歌②,人生几何?譬如朝露③,去日苦多④。慨当以慷⑤,幽思难忘⑥。何以解忧?唯有杜康⑦。青青子衿⑧,悠悠我心⑨。但为君故,沉吟至今⑩。呦呦鹿鸣⑪,食野之苹⑫。我有嘉宾⑬,鼓瑟吹笙⑭。明明如月,何时可掇⑮?忧从中来⑯,不可断绝。越陌度阡⑰,枉用相存⑱。契阔谈䜩⑲,心念旧恩⑳。月明星稀,乌鹊南飞,绕树三匝㉑,何枝可依?山不厌高㉒,海不厌深。周公吐哺㉓,天下归心。

①《短歌行》:汉乐府古题,但古辞已亡佚。《短歌行》属《相和歌·平调曲》。曹操的这篇歌辞表达了他求贤若渴的心情和平定天下的壮志。　②当:与"对"义近,都是面对之意。这句是说,对着酒和歌。古人喝酒时往往同时听歌观舞。　③朝露:早晨的露水。这句是用朝露喻人生。　④去日苦多:苦过去的日子太多了。意即剩下的日子不多,生命不会长久了。　⑤慨当以慷:犹言既慷且慨。慷慨是意气激昂的意思。　⑥幽思:深深的思虑。　⑦杜康:人名,相传他发明了酿酒。这里代指酒。　⑧衿(jīn 今):衣领。青衿为周代学子的服装。　⑨悠悠:长远貌。以上两句是《诗经·郑风·子衿》的句子,原诗是表示对情人的思恋,作者借以表达对贤才的渴慕。犹言青青的是你的衿,悠悠的是我的思念之心。　⑩沉吟:低声吟味,是表示思念的行为。　⑪呦(yōu 悠)呦:鹿鸣叫声。　⑫苹:艾蒿。　⑬嘉宾:佳客,好的宾客。　⑭鼓:弹。瑟(sè 涩):古代的一种弦乐器。笙:管乐器的一种。以上四句是《诗经·小雅·鹿鸣》的原句。这里表示对贤才的渴求。　⑮掇(duō 多):拾取。一说"掇"

同"辍"(chuò绰),停止。　⑯中:心中。　⑰陌、阡:田间小路,南北为阡,东西为陌。这句是说,希望贤才越陌度阡而来。　⑱枉:枉驾,劳驾。用:以。相存:相存问。这句是说,劳驾贤士来相存问。　⑲契阔:聚合和分散,这里有久别重逢之意。谈:谈心。䜩:同"宴"。　⑳旧恩:往日的友好情义。以上四句是说,贤才越陌度阡,枉驾前来相存问,久别重逢,我当推心置腹地与之交谈,设宴招待,怀念着旧日的友情。㉑匝(zā):周,圈。以上三句连下一句,四句以乌鹊喻贤者,说他们像乌鹊一样到处寻找归宿之处,但哪儿是他们的依靠呢?　㉒厌:满足。　㉓周公:周公姬旦,周文王之子,武王之弟。哺:咀嚼在口中的食物。《韩诗外传》记周公说:"吾于天下亦不轻矣!然一沐三握发,一饭三吐哺,犹恐失天下之士。"这最后四句是说,山不满足高,海不满足深,要像周公"吐哺"那样,天下就会一心拥戴我。

观　沧　海①

东临碣石②,以观沧海。水何澹澹③,山岛竦峙④。树木丛生,百草丰茂。秋风萧瑟⑤,洪波涌起。日月之行,若出其中;星汉灿烂⑥,若出其里。幸甚至哉,歌以咏志⑦。

①《观沧海》:曹操的组诗《步出夏门行》的第一首。《步出夏门行》,汉乐府旧题,《乐府诗集》卷三七存"古辞"一首,本又名《陇西行》,属《相和歌·瑟调曲》。曹操的这组诗写于建安十二年(207)北征乌桓之时。本诗写观览沧海的雄伟景色,表达了诗人的壮阔胸怀。　②碣石:山名,在河北省昌黎县北,有巨石矗立山顶。一说,碣石在今河北省乐亭县西南,后已沉入海中。　③澹(dàn淡)澹:水波动荡貌。　④竦(sǒng耸)峙(zhì治):高高耸立。　⑤萧瑟:风吹草木声。　⑥星汉:银河。　⑦"幸甚至哉"二句是歌辞配乐时所加,与正文并无意思上的关系。

龟　虽　寿①

神龟虽寿②,犹有竟时③。腾蛇乘雾④,终为土灰。老骥伏枥⑤,志在千里;烈士暮年⑥,壮心不已。盈缩之期⑦,不但在天⑧;养怡之福⑨,可得永年⑩。幸甚至哉,歌以咏志。

①《龟虽寿》:《步出夏门行》的第四首。本诗抒发了作者"烈士暮年,壮心不已"的豪情壮志和积极进取的精神。　②神龟:龟能长寿,故称之为"神龟"。寿:长寿。　③竟:终了,终结,这里指死。　④腾蛇:传说中的龙类动物,能乘雾飞行。《韩非子·

难势篇》有"腾蛇游雾"之说。　⑤骥(jì记):千里马。枥(lì历):马厩。这句是说,千里马虽然老了,常伏在马棚下面。　⑥烈士:古代指有志建立功业或重义轻生的人。暮年:年岁大,晚年。　⑦盈:满。缩:亏。盈缩,指人生命的长短。　⑧但:只,仅。　⑨养怡(yí移):指修养不追求利欲的愉悦和平的心境。　⑩永年:犹言长寿。

曹 丕

曹丕(187—226),曹操的次子,曹植之兄,三国时魏国的建立者和文学家。曹操死后,曹丕废汉建魏,自立为帝(魏文帝)。政治上,魏文帝成就不大,基本上没有发展曹操的功业,守成而已。但文学上,曹丕诗学汉乐府民歌,风格清新秀丽,写景抒情悲婉凄清。《燕歌行》二首,特别是其一,是曹丕诗的代表作,它们是现存最早最完整的文人七言诗。曹丕大力提倡文学,推动了建安文学的繁荣和发展。他的《典论·论文》是我国文学批评史上的著名作品,对文学批评和文学创作的发展有着积极的影响。原有集二十二卷,已佚。明人辑有《魏文帝集》。

燕 歌 行①

秋风萧瑟天气凉②,草木摇落露为霜。群燕辞归雁南翔,念君客游思断肠。慊慊思归恋故乡③,君何淹留寄他方④?贱妾茕茕守空房⑤,忧来思君不敢忘,不觉泪下沾衣裳。援琴鸣弦发清商⑥,短歌微吟不能长⑦。明月皎皎照我床⑧,星汉西流夜未央⑨。牵牛织女遥相望⑩,尔独何辜限河梁⑪?

①《燕歌行》:乐府曲调名,属《相和歌·平调曲》。乐府曲调中标有地名的,一般表示原是某地的乐曲。燕,古地名,即今河北省北部和北京市一带地区。本诗写思妇思念作客他乡的丈夫,表达出无限哀怨之情。其特点是每句押韵,这正说明七言诗还处在未完全成熟的初期阶段。曹丕的《燕歌行》原有二首,这是第一首。 ②萧瑟:风吹草木声。 ③慊(qiàn欠)慊:心不满足貌,亦有"空虚"之义。 ④淹留:滞留,久留。寄:寄居,寄旅。 ⑤贱妾:古代妇女谦称自己。茕(qióng琼)茕:孤独无依貌。 ⑥援:取。清商:乐调名,一名清乐,其特点是音节极短促,乐声极纤微,所以下文有"短歌微吟不能长"之句。 ⑦微吟:低声吟唱。不能长:因为内心悲切,所以只能弹

唱"短歌微吟"的清商乐,而不能弹唱平和迂徐的歌曲。 ⑧皎皎:光明貌。 ⑨星汉:银河。西流:指银河西转。未央:未尽。夜未央,指深夜。 ⑩牵牛织女:指牵牛星织女星。 ⑪尔:指牵牛织女。辜:通"故"。限:分隔。河:指银河。河梁:本指天河上的桥。相传牵牛织女平日被银河分隔,七月初七由喜鹊架桥相会。这里的河梁即指银河。限河梁,为银河所分隔。

典论·论文①

文人相轻,自古而然。傅毅之于班固②,伯仲之间耳,而固小之③,与弟超书曰④:"武仲以能属文为兰台令史⑤,下笔不能自休⑥。"夫人善于自见,而文非一体,鲜能备善⑦,是以各以所长,相轻所短。里语曰⑧:"家有弊帚,享之千金⑨。"斯不自见之患也。

今之文人:鲁国孔融文举、广陵陈琳孔璋、山阳王粲仲宣、北海徐幹伟长、陈留阮瑀元瑜、汝南应玚德琏、东平刘桢公幹⑩,斯七子者,于学无所遗,于辞无所假⑪,咸以自骋骥騄于千里⑫,仰齐足而并驰。以此相服,亦良难矣!盖君子审己以度人⑬,故能免于斯累⑭,而作论文。

王粲长于辞赋,徐幹时有齐气⑮,然粲之匹也⑯。如粲之初征、登楼、槐赋、征思⑰,幹之玄猿、漏卮、圆扇、橘赋⑱,虽张、蔡不过也⑲。然于他文,未能称是⑳。琳、瑀之章表书记㉑,今之隽也㉒。应玚和而不壮㉓;刘桢壮而不密㉔。孔融体气高妙㉕,有过人者;然不能持论㉖,理不胜辞,至于杂以嘲戏㉗,及其所善,扬、班俦也㉘。

常人贵远贱近,向声背实㉙,又患暗于自见,谓己为贤。夫文本同而末异㉚,盖奏议宜雅,书论宜理,铭诔尚实㉛,诗赋欲丽。此四科不同,故能之者偏也,唯通才能备其体。

文以气为主,气之清浊有体㉜,不可力强而致。譬诸音乐,曲度虽均,节奏同检㉝,至于引气不齐㉞,巧拙有素㉟,虽在父兄,不能以移子弟。

盖文章经国之大业㊱,不朽之盛事。年寿有时而尽,荣乐止乎其身,二者必至之常期㊲,未若文章之无穷。是以古之作者,寄身于翰墨,见意于篇籍㊳,不假良史之辞,不托飞驰之势㊴,而声名自传于后。故西伯幽而演易㊵,周旦显而制礼㊶,不以隐约而弗务㊷,不以康乐而加思夫㊸!然则古人贱尺璧而重寸阴,惧乎时之过已㊹。而人多不强力㊺;贫贱则慑于饥寒,富贵则流于逸乐,遂营目前之务,而遗千载之功。日月逝于上,体貌衰于下,忽然与万物迁化㊻,斯志士之大痛也!融等已逝,唯幹著论㊼,成一家言。

①《典论》：魏文帝曹丕所著，今大多已亡佚。《论文》是其中一篇，大约作于建安晚期。　②傅毅：字武仲，东汉文学家，今存诗赋等二十八篇，汉章帝时曾为兰台令史，与班固等一起整理图书。　③小：轻视，小看。　④超：即班超，字仲升，曾出使西域，三十一年里，平定五十余国，封定远侯。　⑤属(zhǔ 主)文：撰写文章。属，连缀。兰台：汉时宫中藏书之处。令史：汉代兰台尚书属官，负责文书事务。　⑥休：停止。　⑦备善：全部精通。　⑧里语：民间谚语。里，里巷。　⑨享之千金：认为它价值相当于千金。享，当，相当。　⑩孔融：字文举，东汉鲁国(今山东曲阜)人。陈琳：字孔璋，广陵(今江苏扬州)人。王粲：字仲宣，山阳(今山东南部)人。徐幹：字伟长，北海(今山东寿光)人。阮瑀：字元瑜，陈留(今河南开封)人。应玚：字德琏，汝南(今属河南)人。刘桢：字公幹，东平(今属山东)人。　⑪假：假借，因袭。　⑫骐骥(jì lù 季录)：泛指良马。骐，千里马。骥，骥騄，周穆王八骏之一。　⑬审：审视。度(duó 夺)：衡量，估量。　⑭累：负累，弊病。　⑮齐气：齐地的习气。《文选》李善注"言齐俗文体舒缓，而徐幹亦有斯累"。　⑯匹：对手。　⑰初征、登楼、槐赋、征思：都是王粲的辞赋作品，其中《征思赋》今已亡佚。　⑱玄猿、漏卮、圆扇、橘赋：都是徐幹的辞赋作品，今仅存《团扇赋》。　⑲张、蔡：张衡、蔡邕，都是东汉著名的辞赋家。　⑳称是：与此相当。　㉑章：臣下上奏天子的书文。表：臣下为了表白而上奏天子的奏章。书记：一般的公文和文章。　㉒隽：才智出众。　㉓和而不壮：风格平和但不够雄壮。　㉔密：指语言严谨绵密。　㉕体气：指人的气韵风度。高妙：高雅脱俗。　㉖持论：立论，议论。　㉗嘲戏：调笑戏谑。　㉘扬：扬雄。班：班固。侪：同类，同辈。　㉙向声背实：趣向虚名而背离实际。　㉚本：本质、根本。末：细枝末节。　㉛铭：古代文体名，指刻在器物上称颂功德或警诫自己的文字。诔：古代文体名，用来叙述死者生平、哀悼之情。　㉜体：区别。　㉝检：法度。　㉞引气：运行气息，指吹奏歌唱时运气行腔。　㉟素：本性，天赋。　㊱经国：治理国家。　㊲常期：一定的期限。　㊳见：表露，表现。　㊴飞驰：这里指飞黄腾达之人。　㊵西伯：见《报任安书》注⑱。　㊶周旦：即周公旦，相传他辅佐周成王时创制《周礼》。显：显达，显赫。　㊷隐约：这里指穷困，困厄。　㊸加思：转移志向。加，移。　㊹"然则古人"二句：意思是古人轻视财富、重视光阴，惧怕时间流逝。《淮南子·原道训》："故圣人不贵尺之璧，而重寸之阴，时难得而易失也"。　㊺强力：努力。　㊻迁化：去世，死亡。　㊼唯幹著论：只有徐幹著有《中论》一书。

曹 植

曹植(192—232),字子建,曹操第三子,曹丕同母弟,建安时代最有成就的诗人。

曹植的生平和创作分前后两期。曹操在世时,他颇受宠爱,几次欲立为太子,但终于失宠。曹操死后,曹丕由于嫉恨,百般排挤打击曹植,曹植名为王侯,实则囚徒,在郁郁寡欢中死去,享年四十一岁。

曹植前期的创作主要是歌咏自己的理想和抱负,抒发壮志情怀,也有少数诗篇反映了社会的动乱和人民的疾苦。后期作品则多是悲吟理想与现实的矛盾,抒发自己受压抑遭迫害和壮志难酬的悲愤情绪。曹植的诗在学习汉乐府民歌的基础上加以提高和创新,推动了五言诗的发展和繁荣。他的诗注意到声调的和谐、音节的流畅和词采的华茂,这就大大发展和丰富了诗歌的艺术性,增强了诗歌的艺术表现力,奠定了五言诗的基础。

原有集三十卷,已佚。宋人辑有《曹子建集》,黄节的《曹子建诗注》是较详尽的曹诗注本。

泰山梁甫行①

八方各异气②,千里殊风雨③。剧哉边海民④,寄身于草野⑤。妻子象禽兽,行止依林阻⑥。柴门何萧条⑦,狐兔翔我宇⑧。

①《泰山梁甫行》:一作《梁甫行》,乐府曲调名,属《相和歌·楚调曲》。梁甫,山名,泰山旁的一个小山。本篇反映边海人民的痛苦生活,表现了对人民苦难的深切同情。②异气:不同的风气。一说,"异气"谓气候不同。 ③殊:不同。 ④剧:甚,这里指人民所受苦难很深重。边海:犹海边,一说,指边远。 ⑤草野:荒凉之地。一说,指郊野。 ⑥林阻:山林险阻之地。 ⑦柴门:用柴木做的门。 ⑧翔:这里是形容狐

兔自由自在地游荡。宇:屋檐,这里泛指房屋周围。

赠白马王彪①

　　黄初四年五月②,白马王、任城王与余俱朝京师③,会节气④。到洛阳,任城王薨⑤。至七月,与白马王还国⑥。后有司以二王归藩,道路宜异宿止⑦,意毒恨之。盖以大别在数日⑧,是用自剖⑨,与王辞焉,愤而成篇。

　　谒帝承明庐⑩,逝将归旧疆⑪。清晨发皇邑,日夕过首阳⑫。伊洛广且深⑬,欲济川无梁⑭。泛舟越洪涛,怨彼东路长。顾瞻恋城阙⑮,引领情内伤⑯。
　　太谷何寥廓⑰,山树郁苍苍。霖雨泥我涂⑱,流潦浩纵横⑲。中逵绝无轨⑳,改辙登高岗㉑。修坂造云日㉒,我马玄以黄㉓。
　　玄黄犹能进,我思郁以纡㉔。郁纡将何念,亲爱在离居。本图相与偕,中更不克俱㉕。鸱枭鸣衡轭㉖,豺狼当路衢。苍蝇间白黑㉗,谗巧令亲疏㉘。欲还绝无蹊,揽辔止踟蹰㉙。
　　踟蹰亦何留?相思无终极。秋风发微凉,寒蝉鸣我侧㉚。原野何萧条,白日忽西匿。归鸟赴乔林,翩翩厉羽翼㉛。孤兽走索群㉜,衔草不遑食㉝。感物伤我怀,抚心长太息㉞。
　　太息将何为,天命与我违。奈何念同生㉟,一往形不归㊱。孤魂翔故域,灵柩寄京师。存者忽复过㊲,亡殁身自衰。人生处一世,去若朝露晞㊳。年在桑榆间㊴,影响不能追㊵。自顾非金石㊶,咄唶令心悲㊷。
　　心悲动我神,弃置莫复陈。丈夫志四海,万里犹比邻。恩爱苟不亏,在远分日亲㊸。何必同衾帱㊹,然后展殷勤。忧思成疾疢,无乃儿女仁㊺。仓卒骨肉情,能不怀苦辛?
　　苦辛何虑思,天命信可疑。虚无求列仙,松子久吾欺㊻。变故在斯须㊼,百年谁能持?离别永无会,执手将何时㊽?王其爱玉体,俱享黄发期㊾。收泪即长路㊿,援笔从此辞㉛。

①白马王彪:即曹彪,字朱虎,曹植异母弟。白马,地名,在今河南滑县东。　②黄初:魏文帝曹丕年号(220—226)。　③任城王:即曹彰,字子文,曹植同母兄。任城,地名,在今山东济宁。京师:洛阳。　④会节气:古制,每年立春、立夏、立秋、立冬之前

十八日,天子召集诸侯在京师行迎气之礼,并举行朝会。曹植三人阴历五月出发入京是为了参加立秋前的迎气礼。 ⑤薨:古代专称诸侯王的死。任城王暴病而亡,可能是曹丕所害。 ⑥国:封国,封地。 ⑦"后有司"二句:《魏氏春秋》载:"植与白马王彪还国,欲同路东归,以叙隔阔之思,而监国使者不听。"有司,官吏,这里指曹丕派来监督诸侯、传达诏令的监国使者。异宿止,在不同的地方停宿。当时,曹植为鄄城王,曹彪为白马王,封地都在兖州东郡,本来可以同行同宿。 ⑧大别:永别。当时曹丕规定诸侯之间不得交通来往,曹植心知可能不能再见。 ⑨自剖:剖白自己的心里话。 ⑩谒:拜见,朝见。承明庐:汉代长安皇宫内有承明庐,是侍臣值宿休息的地方。魏文帝曹丕朝会群臣的建始殿有承明门。 ⑪逝:语助词,无义。旧疆:指封地鄄城,在今山东菏泽。 ⑫首阳:山名,在当时洛阳城东北二十里处。 ⑬伊、洛:水名,二水在洛阳附近的偃师合流。 ⑭济:渡过。梁:桥。 ⑮顾瞻:回头眺望。城阙:指京城洛阳。 ⑯引领:伸长脖子远望。 ⑰太古:山谷名,在洛阳城南,谷口有太古关,是汉魏时期洛阳城的南大门。 ⑱霖雨:连绵不绝的雨。泥:使道路泥泞。 ⑲潦(lǎo 老):雨后地上的积水。 ⑳中逵:道路交错的地方。逵,四通八达的路。 ㉑改辙:改道。 ㉒修:长。坂:坡。造:到,去。 ㉓玄以黄:旧说指马生病变色,一说马生病眩晕。《诗经·周南·卷耳》"陟彼高冈,我马玄黄"。 ㉔郁:郁积。纡:缠绕,萦绕。 ㉕不克:不能。俱:一起。 ㉖鸱枭:猫头鹰,古人认为是不吉祥的恶鸟,与下文的"豺狼""苍蝇"都是比喻小人的。衡轭:车辕前的横木和架在马颈上用以拉车的曲木。 ㉗间白黑:污白为黑。《诗经·小雅·青蝇》郑玄注:"蝇之为虫,污白使黑,污黑使白"。间,馋毁。 ㉘令亲疏:使原来亲近的变得疏远。 ㉙蹊:道路,路径。止:只,仅。 ㉚寒蝉:蝉的一种,又称寒螀、寒蜩,《礼记·月令》:"(孟秋之月)凉风至,白露降,寒蝉鸣。" ㉛厉:奋,这里指快速扇动。 ㉜走:跑。索:追寻,寻找。 ㉝不遑:来不及。 ㉞太息:叹息。 ㉟同生:指一母同生的兄长曹彰。 ㊱形不归:身体不能归来,指死。 ㊲"存者"二句:意思是还活着的人很快也会死去,亡者的身体也自然会消亡。 ㊳"去若"句:如同朝露被太阳晒干一样短暂。晞,干。 ㊴桑榆:日落黄昏之时,《太平御览》卷三引《淮南子》:"日西垂,景在树端,谓之桑榆。"常用来比喻人的暮年。 ㊵"影响":意思是最快光和声也不能追上流逝的时间。影,同"景",日光。 ㊶金石:金属和石头,比喻永恒不朽之物。 ㊷咄唶(duō jiè 多借):叹息。 ㊸分:应当,合当。 ㊹衾帱(chóu 愁):被子和帐子,泛指卧具。 ㊺疢(chèn 衬):热病,泛指疾病。 ㊻松子:即赤松子,古代传说中的仙人。 ㊼斯须:瞬间,顷刻。 ㊽执手:握手,这里指相会。 ㊾黄发:长寿的象征。 ㊿即:就,这里指登程。 ㊿+1援笔:指握笔作诗送别。

赠 徐 幹①

惊风飘白日②,忽然归西山③。圆景光未满④,众星粲以繁⑤。志士营世业⑥,小人亦不闲⑦。聊且夜行游,游彼双阙间⑧。文昌郁云兴⑨,迎风高中天⑩。春鸠鸣飞栋⑪,流猋激棂轩⑫。顾恋蓬室士⑬,贫贱诚足怜。薇藿弗充虚⑭,皮褐犹不全⑮。慷慨有悲心⑯,兴文自成篇⑰。宝弃怨何人⑱,和氏有其愆⑲。弹冠俟知己⑳,知己谁不然㉑?良田无晚岁㉒,膏泽多丰年㉓。亮怀玙璠美㉔,积久德愈宣㉕。亲交义在敦㉖,申章复何言㉗。

①徐幹:徐幹(170—217),字伟长,北海(今山东昌乐西)人,"建安七子"之一。曾任司空军谋祭酒掾属,五官中郎将文学,但他性情恬淡,不慕官禄,著《中论》二卷,存诗四首。本篇对徐幹贫困不得志表示同情,勉励他修养品德,待时而动。　②惊风:急风。飘白日:言时间过得快,太阳好似被急风所吹,飘然而下。　③忽然归西山:此句主语是"白日",是说太阳很快就归落西山之下。　④圆景:指月。光未满:指月未圆。　⑤粲:明亮。繁:众多。　⑥志士:有志之士。世业:传世的事业,对徐幹而言,当指著书。　⑦亦:也。闲:空闲,闲暇。　⑧双阙:皇宫前正门左右有两座望楼谓双阙。　⑨文昌:邺都正殿名。郁:指云盛貌。郁云兴,指高大的文昌殿上云气郁然而升。　⑩迎风:指迎风观,在邺都。中天:半天空,形容迎风观之高。　⑪栋:屋梁。飞栋,屋梁之高,犹如飞入空中。　⑫流猋(biāo 标):流动的旋风。棂(líng 灵):窗间的孔格。轩:有窗的长廊。　⑬顾恋:复义词,恋也。蓬室:贫穷之家以草盖屋,为蓬室,犹言草屋、茅屋。蓬室士,指出身穷苦之人,这里指徐幹。　⑭薇:菜,似藿,可食。藿(huò获):豆叶。弗充虚:不能填饱空虚之腹。　⑮皮褐:犹裘褐,《庄子·天下》篇:"使后世之墨者,多以裘褐为衣"。泛指粗陋之衣。　⑯慷慨:壮士不得志于心。　⑰兴文:著文,指徐幹写作《中论》。　⑱宝:指和氏璧。比喻徐幹的著作《中论》。《韩非子·和氏》篇记卞和得荆山之璞玉以献楚王,屡不见纳。　⑲和氏:指卞和。愆(qiān 千):罪过。以上二句是说,徐幹的《中论》被人弃置,但也不能怨谁,因为徐幹不能像卞和那样勇敢进献,所以徐幹自己也有责任。另一说,卞和喻知音者,则以上二句是说,徐幹的才能不被任用,怨怪谁呢?主要是识之者不为荐举,则是知音者的过错。　⑳弹冠:弹去帽子上的灰尘。语出《汉书·王吉传》:"吉与贡禹为友,世称'王阳(王吉字子阳)在位,贡公(贡禹)弹冠',言其取舍同也。"颜注:"弹冠者,且入仕也。"俟(sì 四):等待。这句是说,弹去帽子上的灰尘,等待知己的推荐,准备入仕。　㉑谁不然:谁不是这样?这句说,谁是知己谁不想如王吉、贡禹那样相荐引呢?意即是说,自己也想推荐徐幹,但力不能及。　㉒良田:比喻有才德之士,意指徐幹。无晚岁:不会收获太迟。　㉓膏泽:与良田意同,指肥沃而水源便利的土地。以上二句是说,有才德的人就像良田沃土会获丰收一样,定能有用世之日。　㉔亮:信也,确实。玙(yú 于)璠(fán 烦):两种美玉,这里比喻美的德行。　㉕宣:显著。　㉖亲交:亲友。敦:厚,深厚。　㉗申:陈也。申章,指赠以诗章。以上四句是说,只要确实怀有美德,时间愈久,则愈显著彰明,亲朋的义务在于交情深厚,所以我除了赠诗

给你,还有什么话再说呢!

野田黄雀行①

高树多悲风②,海水扬其波。利剑不在掌,结交何须多③!不见篱间雀,见鹞自投罗④。罗家见雀喜,少年见雀悲。拔剑捎罗网⑤,黄雀得飞飞。飞飞摩苍天⑥,来下谢少年。

①《野田黄雀行》:此篇《乐府诗集》收入《相和歌辞·瑟调曲》,诗以比兴的手法,悲叹朋友有难而不能相救,可能是为丁仪被杀而作。 ②悲风:悲凉之风。 ③结交:结交朋友。"结交"一本作"结友"。 ④鹞(yào 要):似鹰而小的猛禽。罗:捕鸟的网。 ⑤捎:除去。 ⑥摩:接触。

白 马 篇①

白马饰金羁②,连翩西北驰③。借问谁家子?幽并游侠儿④。少小去乡邑⑤,扬声沙漠垂⑥。宿昔秉良弓⑦,楛矢何参差⑧。控弦破左的⑨,右发摧月支⑩。仰手接飞猱⑪,俯身散马蹄⑫。狡捷过猴猿⑬,勇剽若豹螭⑭。边城多警急,虏骑数迁移⑮。羽檄从北来⑯,厉马登高堤⑰。长驱蹈匈奴⑱,左顾凌鲜卑⑲。弃身锋刃端⑳,性命安可怀㉑?父母且不顾,何言子与妻!名编壮士籍㉒,不得中顾私㉓。捐躯赴国难,视死忽如归。

①《白马篇》:此篇《乐府诗集》收入《杂曲歌辞·齐瑟行》,以篇首二字名篇。《太平御览》三百五十九作《游侠篇》。本篇借歌颂幽并游侠少年忠勇卫国、捐身赴难的英勇行为,抒发自己为国效力的壮烈情怀。 ②羁(jī 基):马络头。金羁:饰以黄金的马络头。 ③连翩:矫健轻捷貌。 ④幽:幽州,地当现在的河北北部和北京市一带地区。并:并州,地当现在的山西中部、北部一带地区。游侠:古代指矜尚勇武、救人急难的豪侠之士。 ⑤去:离。乡邑:犹言家乡。 ⑥垂:同"陲",边境之地。 ⑦宿昔:犹向来,经久,言非一朝一夕。秉:持。 ⑧楛(hù 户):木名。楛木做的箭叫楛矢。参(cēn)差(cī):长短不齐貌,这里指众多。 ⑨控:引。的:靶。 ⑩月支:一种箭靶名。 ⑪仰手:指仰身而射。接:迎面射物。猱(náo 挠):猿类动物,因其攀缘林木,体态轻捷如飞,故称飞猱。但从文意看,"的""月支""马蹄"都指箭靶,"飞猱"亦应是一种箭靶,或疑是一种能活动的箭靶。 ⑫俯身:指俯身而射。散:分散,当指射中箭靶,使之飞散。马蹄:一种箭靶名。 ⑬狡捷:指灵活敏捷。 ⑭剽(piào

票):轻疾。勇剽,行动勇猛轻疾。 螭(chī痴):传说中的似虎而有鳞的动物。一说,传说中的形似龙而色黄的动物。 ⑮虏骑(jì寄):这里指匈奴、鲜卑的骑兵。迁移:这里指敌人流动骚扰。 ⑯羽檄(xí习):古代的征召文书叫檄,在檄上加插羽毛,以示紧急叫羽檄。 ⑰厉马:催马。厉:迅疾。堤:指如堤防的工事。 ⑱蹈:践也,指冲击敌人。匈奴:秦汉时代北方的一个少数民族。 ⑲凌:侵也,这里也是冲击之意。鲜卑:汉末以来活动在东北方的一个少数民族。 ⑳弃身:一作"寄身",置身之义。㉑怀:犹顾惜。这句是说,如何可顾惜性命。 ㉒籍:犹今言花名册。 ㉓中:心中。顾:顾念。顾私,顾念个人的利益。以上二句是说,姓名编在壮士的名册上,不应顾念个人的利益。

美 女 篇①

美女妖且闲②,采桑歧路间。柔条纷冉冉③,落叶何翩翩!攘袖见素手④,皓腕约金环⑤。头上金爵钗⑥,腰佩翠琅玕⑦。明珠交玉体⑧,珊瑚间木难⑨。罗衣何飘飘,轻裾随风还⑩。顾盼遗光彩⑪,长啸气若兰⑫。行徒用息驾⑬,休者以忘餐⑭。借问女安居⑮?乃在城南端。青楼临大路⑯,高门结重关⑰。容华耀朝日⑱,谁不希令颜⑲。媒氏何所营⑳?玉帛不时安㉑。佳人慕高义,求贤良独难㉒。众人徒嗷嗷㉓,安知彼所观㉔。盛年处房室㉕,中夜起长叹㉖。

①《美女篇》:此篇《乐府诗集》收入《杂曲歌辞·齐瑟行》,以篇首二字名篇。本篇以美女盛年不嫁为喻,抒发了作者有才不得展,有志不能酬的悲愤心情。 ②美女:比喻才德兼备的君子,实是自比。以美人比君子是屈赋以来常用的手法。妖:美也。闲:雅也,娴静。 ③冉冉:动貌。 ④攘袖:卷袖。 ⑤约:束,套着。金环:金手镯。 ⑥爵:同"雀"。金爵钗(chāi拆),金制的雀形的钗。钗,妇女用的一种首饰。 ⑦翠:翠绿色。琅(láng郎)玕(gān干):美石而似玉者。 ⑧交:连接之意,因佩戴明珠多,故言交玉体。玉体:美人身体的美称。 ⑨珊瑚:热带海洋中的珊瑚虫所分泌的石灰质骨骼,形似树枝,可做装饰品。间(jiàn箭):动词,间隔相杂。木难:珠名,据说是金翅鸟唾液所成的碧色珠。 ⑩裾(jū居):衣前襟。还(xuán旋):同"旋",转也,形容轻裾的来回飘动。 ⑪顾盼:来回看。顾盼一作"顾眄(miǎn勉)"。 ⑫啸:蹙口发声。长啸,拖长声而啸。魏晋人多喜啸而抒情怀。以上二句是说,美人顾盼之间光采流动,长啸时,吐气芬芳若兰。 ⑬行徒:行路之人。用:因。息驾:停车。⑭休者:指在路边休息的人。餐:吃饭。以上二句是说,为了欣赏美女的美色,行路者停下了车马,休息者忘记了吃饭。这里酌用汉乐府《陌上桑》里几句的意思,但语更凝练整饬。 ⑮安居:居住在何处。 ⑯青楼:青色的楼。后世以"青楼"代指娼家,

与此义不同。这里指富贵之家的居所。　⑰重关:双道门闩。　⑱容华:容颜。这句是说,美女的容颜,如朝日之耀眼。　⑲希:慕。令颜:美丽的容颜。　⑳营:为,做。何所营,干什么。　㉑玉:指珪(guī归)、璋。珪,即圭(guī归),一种长条形,一端作三角形的玉器。璋,一种长条形,一端作斜锐角形的玉器。珪璋和帛(束素,一种丝织品)都是行聘礼所用之物。安:定。以上二句是说,媒人干什么去了呢?为什么聘礼还没有下定呢?　㉒良:诚,确实。以上二句是说,佳人敬慕有高尚德义的人,而寻求一个好丈夫实在难那。　㉓徒:只。嗷嗷:乱叫声。　㉔安知:怎知。彼:指佳人。观:《玉台新咏》作"欢",意更明晰。欢,喜也。以上二句是说,一般人只嗷嗷乱叫,哪知佳人心里所喜欢的人。　㉕盛年:正当青春美貌之年华。　㉖中夜:夜中,半夜。以上二句是说,佳人正值青春年华,但仍独处房中待嫁,心中忧伤难眠,故半夜起而长叹。

七　　哀①

明月照高楼,流光正徘徊②。上有愁思妇,悲叹有余哀。借问叹者谁?自云宕子妻③。君行逾十年④,孤妾常独栖。君若清路尘⑤,妾若浊水泥⑥。浮沉各异势⑦,会合何时谐⑧?愿为西南风,长逝入君怀⑨。君怀良不开⑩,贱妾当何依?

①《七哀》:《乐府诗集》作《怨诗行》,收入《相和歌辞·楚调曲》。《七哀》之所以名"七",众说纷纭,有人以为原诗可能是七首,故名"七哀",有人以为可能与音乐有关,晋乐所奏本歌辞分为七解(七段)。本诗写思妇怨夫,也可能是借以抒发自己对遭曹丕打击迫害的怨愤。　②流光:形容月光如水,恍若流动。徘徊:来回走动,这里指月光慢慢升起,如徘徊不前。　③宕:同"荡"。宕子,指飘游在外的丈夫。　④君:对丈夫的尊称。逾:超过。　⑤清路尘:路上扬起的尘土。　⑥浊水泥:沉积于浊水中的泥土。　⑦浮:指扬起的尘土。沉:指沉积水中的泥土。异势:犹言不同的形势。清路尘和浊水泥原是一物,因浮沉不同,故结局不同,所以说"各异势"。　⑧谐:和。这句是说,何时才能和谐地会合在一起呢?　⑨逝:往,去。长逝,犹言长飞。　⑩良:诚,确实。这里有总是之义。

与杨德祖书①

植曰:数日不见,思子为劳,想同之也。仆少小好为文章,迄至于今,二十有五年矣。然今世作者,可略而言也。昔仲宣独步于汉南②,孔璋鹰扬于河朔③,伟长擅名于青土④,公干振藻于海隅⑤,德琏发迹于此魏⑥,足下高视于上京⑦。当此之时,人人自谓握灵蛇之珠⑧,家家自谓抱荆山之玉⑨,吾王于是设天网以该之⑩,顿八纮以掩之⑪,今悉集兹国矣。

然此数子,犹复不能飞轩绝迹⑫,一举千里也。以孔璋之才,不闲于辞赋⑬,而多自谓能与司马长卿同风⑭,譬画虎不成反为狗也,前有书嘲之,反作论盛道仆赞其文。夫钟期不失听⑮,于今称之。吾亦不能妄叹者⑯,畏后世之嗤余也。

世人之著述,不能无病。仆常好人讥弹其文,有不善者,应时改定。昔丁敬礼尝作小文⑰,使仆润饰之,仆自以才不过若人⑱,辞不为也。敬礼谓仆:"卿何所疑难?文之佳恶,吾自得之,后世谁相知定吾文者邪⑲?"吾常叹此达言⑳,以为美谈。

昔尼父之文辞,与人通流。至于制《春秋》,游夏之徒乃不能措一辞㉑,过此而言不病者㉒,吾未之见也。盖有南威之容㉓,乃可以论于淑媛;有龙渊之利㉔,乃可以议于断割。刘季绪才不能逮于作者㉕,而好诋诃文章,掎摭利病㉖。昔田巴毁五帝,罪三王,訾五霸于稷下㉗,一旦而服千人,鲁连一说,使终身杜口㉘。刘生之辩,未若田氏,今之仲连,求之不难,可无息乎?人各有好尚,兰茝荪蕙之芳㉙,众人之所好,而海畔有逐臭之夫㉚;咸池六茎之发㉛,众人所共乐,而墨翟有非之之论㉜,岂可同哉!

今往仆少小所著辞赋一通相与㉝。夫街谈巷说,必有可采,击辕之歌㉞,有应风雅㉟,匹夫之思,未易轻弃也。辞赋小道,固未足以揄扬大义㊱,彰示来世也。昔扬子云先朝执戟之臣耳㊲,犹称壮夫不为也㊳。吾虽德薄,位为藩侯㊴,犹庶几戮力上国㊵,流惠下民,建永世之业,留金石之功㊶,岂徒以翰墨为勋绩,辞赋为君子哉!若吾志未果,吾道不行,则将采庶官之实录㊷,辩时俗之得失,定仁义之衷㊸,成一家之言。虽未能藏之于名山,将以传之于同好,此要之皓首㊹,岂今日之论乎?其言之不惭,恃惠子之知我也㊺。

明早相迎,书不尽怀。植白。

①杨德祖:杨修,字德祖,陕西华阴人。建安中为丞相仓曹属主簿,因博学多才深得曹氏父子器重,与曹植关系尤为密切。曹植此信写于建安二十一年(216),阐述了自己的文学观。　②仲宣:王粲的字。汉南:汉水之南。王粲曾往汉水之南依附荆州牧刘表,客居荆州十余年。　③孔璋:陈琳的字。鹰扬:像鹰一样飞扬,比喻大展雄才。河朔:黄河以北,陈琳曾在河北的冀州做过袁绍的记室。　④伟长:徐幹的字。擅名:享有盛名。青土:即青州。徐幹家乡北海(今山东寿光)地属青州。　⑤公干:刘桢的

字。振藻:显扬文采。藻,文藻,辞藻。海隅:海边。实际上刘桢家乡是东平宁阳,离海并不很近。　⑥德琏:应场的字。此魏:应场是汝南人,汝南一带是魏王曹操的食邑,故称"此魏"。　⑦上京:东汉都城洛阳。杨修是东汉太尉杨彪之子,生长于洛阳。　⑧灵蛇之珠:即随侯珠。相传春秋时随国的君主随侯救了一条受伤的大蛇,后来大蛇衔来一颗明珠报答他,后世称之为随侯珠。　⑨荆山之玉:即和氏璧。相传春秋时楚人卞和在荆山得到一块璞,从中开采出和氏璧,故称。　⑩该之:网罗无遗。该,同"赅",完备,全部包括。　⑪顿:整顿,安放。八纮:传说中维系天地的八根大绳子,这里也指绳网。掩:捕捉。　⑫飞轩:飞扬。轩,高扬,飞扬。　⑬闲:同"娴",娴熟,熟习。　⑭司马长卿:即司马相如,著名辞赋家。　⑮钟期:即钟子期,相传伯牙鼓琴,钟子期听之。方鼓琴而志在泰山,钟子期曰:"善哉乎鼓琴! 巍巍兮若泰山"。少时而志在流水。钟子期曰:"善哉鼓琴,洋洋兮若流水。"　⑯叹:赞叹,叹赏。　⑰丁敬礼:即丁廙(yì),建安中曾为黄门侍郎,与曹植关系密切。　⑱若人:此人。若,此,这。　⑲定:修订,修改。　⑳达言:超脱通达的言谈。　㉑"昔尼父"四句:意思是孔子的文辞和别人大致相同,但是所作《春秋》,即使子游和子夏也不能增改一词。《史记·孔子世家》:"孔子在位听讼,文辞有可与人共者,弗独有也。至于为春秋,笔则笔,削则削,子夏之徒不能赞一辞。"尼父,对孔子的尊称,孔子字仲尼,故称。通流,通行,这里是相同的意思。游夏,即子游和子夏,都是孔子弟子,擅长文学。　㉒过此:除此以外。此,指孔子《春秋》。　㉓南威:春秋时著名的美女。　㉔龙渊:古代宝剑名,相传是欧冶子所铸。唐以后为避李渊讳改称"龙泉"。　㉕刘季绪:即刘修,刘表之子。不逮:不及,比不上。　㉖掎摭(jǐ zhí 挤植):指摘,挑剔。　㉗田巴:战国时齐国辩士。《史记正义》引《鲁仲连子》曰:"齐辩士田巴,服狙丘,议稷下,毁五帝,罪三王,服五伯,离坚白,合同异,一日服千人"。三王:指夏禹、商汤和周文王。訾(zǐ子):毁谤,非议。五霸:即春秋五霸齐桓公、晋文公、宋襄公、秦穆公、楚庄王。稷下:战国时齐都城临淄西门稷门附近地区。齐威王、宣王曾在此建学宫,广招文士讲学议论,是各学派活动的中心。　㉘鲁连:鲁仲连,战国时齐国人。《史记正义》引《鲁仲连子》载"鲁仲连,年十二,号千里驹,往请田巴曰:'……今楚军南阳,赵伐高唐,燕人十万,聊城不去,国亡在旦夕,先生奈之何? 若不能者,先生之言有似枭鸣,出城而人恶之。愿先生勿复言'。田巴曰:'谨闻命矣。'……巴终身不谈。"杜口:闭口不言。　㉙兰茞(chǎi)苏(sūn孙)蕙:四者都是香草。　㉚逐臭之夫:《吕氏春秋·遇合》载"人有大臭者,其亲戚兄弟妻妾知识无能与居者。自苦而居海上。海上人有说其臭者,昼夜随之而弗能去"。　㉛咸池:古乐曲名,相传为黄帝所作。六茎:古乐名,传为颛顼所作。　㉜墨翟:即墨子,其《墨子》书中有《非乐》篇,否定音乐的意义。　㉝一通:表数量,用于文章、书信等。　㉞击辕之歌:敲着车辕时所唱的歌,指劳动人民创作并演唱的歌曲。　㉟风雅:指《诗经》的国风和二雅。　㊱揄扬:宣扬。　㊲扬子云:即扬雄,汉代著名辞赋家。执戟之臣:侍从皇帝的宫廷侍卫,因值勤时手中持戟而得名。　㊳壮夫不为:大丈夫不愿做。扬雄《法言》"或问:'吾子少而好赋?'曰:'然,童子雕虫篆刻。'俄而曰:'壮夫不为也。'"　㊴藩侯:诸侯。曹植当时为临淄侯。　㊵庶几:希望,但愿。　㊶金石之功:刻在钟鼎、碑石之上的功劳,指不朽的功勋。金,金属,指钟鼎之类器皿。　㊷庶官:百官。　㊸衷:中心,中正。　㊹要:约定。　㊺惠子之知我:比喻相知很深。惠子即惠施,战国时期名家学者,庄子好友。《庄子·徐无鬼》载庄子过惠子之墓,对随从之人说:"自夫子之死也,吾无以为质矣,吾无与言之矣"。

王　粲

王粲(177—217),字仲宣,山阳高平(今山东省邹县西南)人,汉末著名的文学家,诗人,"建安七子"之一。他出身于贵族之家,曾祖父龚是汉顺帝时太尉,父畅是汉灵帝时司空。少有才名,受到大学者蔡邕的称誉。董卓之乱后,王粲先附刘表,后归曹操,任丞相掾、侍中等官。

王粲是建安文学巨子,与曹植、刘桢齐名。王粲的作品或反映当时社会动乱、人民疾苦,或抒发自己的理想抱负。文辞秀丽,情调悲凉,是"建安七子"中成就最高的作家。原有集十一卷,已佚。明人辑有《王侍中集》。

七　哀　诗①

西京乱无象②,豺虎方遘患③。复弃中国去④,委身适荆蛮⑤。亲戚对我悲,朋友相追攀⑥。出门无所见,白骨蔽平原。路有饥妇人,抱子弃草间。顾闻号泣声,挥涕独不还⑦:"未知身死处,何能两相完⑧?"驱马弃之去,不忍听此言。南登霸陵岸⑨,回首望长安。悟彼下泉人⑩,喟然伤心肝⑪。

①《七哀》:可能是乐府新题名,吴兢《乐府古题要解》说:"《七哀》起于汉末。"本诗《乐府诗集》未收。"七哀"的含义见曹植《七哀》注①。王粲有《七哀诗》三首,这首是第一首。本诗通过作者离乱中的所见所闻,反映了军阀混战给人民带来的痛苦,表达了诗人对人民的同情。　②西京:指长安。长安在东汉都城洛阳之西,是西汉都城,故称西京。无象:无道。　③豺虎:指董卓部将李傕(jué决)、郭汜(sì四)等人。遘:同"构"。遘患:犹言制造灾难。　④中国:指北方中原地区。　⑤委身:犹言托身。适:往。荆:指荆州。荆州是古楚国地,楚亦称荆,古代认为楚是蛮夷之地,故又称为荆蛮。这里荆蛮就是指荆州。荆州当是为刘表所占,刘表曾受学于王畅,所以王粲去依附他。　⑥追攀:指送行者尾随着车,攀着车辕,依依惜别。　⑦挥涕:犹言挥泪,洒泪。　⑧完:全,保全。以上二句是饥妇人的话,还不知自身将死于何处,又怎

能母子两相保全? ⑨霸陵:汉文帝刘恒之陵墓,在长安东南。岸:高地。 ⑩悟:领悟,懂得。《下泉》为《诗经·曹风》篇名,《毛诗序》以为是"思明王贤伯"的。"下泉人",《下泉》诗的作者。这句是说懂得了他作此诗的用意。一说"下泉人"非用典,是指埋在黄泉下的汉文帝。 ⑪喟(kuì愧)然:叹息貌。以上四句是说,南登霸陵,回望长安,回想起汉文帝的太平盛世,使人明白了《下泉》诗的作者对明王贤伯的思念之意,不由得伤心叹息起来。

陈　琳

陈琳(？—217)，字孔璋，广陵射阳(今江苏省宝应县)人，汉末文学家，"建安七子"之一。先依袁绍，后归曹操，为司空军谋祭酒，管记室等职。陈琳以章表书檄为长，诗仅存四首，《饮马长城窟行》是其代表作。原有集十卷，已佚。明人辑有《陈记室集》。

饮马长城窟行①

饮马长城窟②，水寒伤马骨。往谓长城吏，"慎莫稽留太原卒③"。"官作自有程④，举筑谐汝声⑤！""男儿宁当格斗死⑥，何能怫郁筑长城⑦？"长城何连连⑧，连连三千里。边城多健少⑨，内舍多寡妇⑩。作书与内舍："便嫁莫留住⑪。善事新姑嫜⑫，时时念我故夫子⑬。"报书往边地："君今出语一何鄙⑭！""身在祸难中⑮，何为稽留他家子⑯？生男慎莫举⑰，生女哺用脯⑱。君独不见长城下，死人骸骨相撑拄⑲？""结发行事君⑳，慊慊心意关㉑。明知边地苦，贱妾何能久自全㉒？"

①《饮马长城窟行》：汉乐府古题，古辞现存。《饮马长城窟行》属《相和歌·瑟调曲》。本诗通过一对夫妻的对话，深刻揭示了繁重的徭役给人民带来的沉重的苦难。　②长城窟：长城下的泉窟，可以饮马。　③慎：留意。慎莫，犹言请注意不要。稽留：阻留，滞留。太原卒：指从太原地方征调来筑长城的役夫。太原，郡名，地当今山西中部。这句是太原卒对长城吏说的话。　④官作：官家的工程。程：期限。　⑤筑：打夯筑城的工具。谐汝声：使你们夯歌声和谐一致。以上二句是长城吏对太原卒的回答：官家的工程自有期限，你们赶快打起夯，努力筑城！　⑥格斗：刀枪相接的战斗。　⑦怫(fú 佛)郁：愤懑，心情不舒畅。以上二句是太原卒对长城吏的回答。　⑧连连：连绵不断貌。　⑨边城：边境之城，这里指长城。健少：健壮的青年。　⑩内舍：犹言家中。寡妇：这里指役夫们的妻，丈夫长久在外，她们在家守活寡，故称寡妇。　⑪便

嫁:即便改嫁。　⑫事:侍奉。姑嫜:古时儿媳称婆婆公公为姑嫜。　⑬故夫子:即故夫,旧日的丈夫。以上三句是太原卒给妻子信中的话。　⑭君:对丈夫的尊称。鄙:粗鄙。一何鄙,犹言多么不中听,多么不通情理。这句是妻子回信中的话,意为你现在讲话多么不通情理。　⑮祸难:指无休止的服徭役。　⑯何为:为什么。他家子:别人家的女儿,指太原卒之妻。丈夫称妻为"他家子"是生分的话,表明了丈夫要妻子改嫁的决心。子,古时称女儿也可称子。　⑰举:抚养。　⑱哺:喂养。脯:干肉。⑲相撑拄(zhǔ煮):形容死人骸骨相互杂乱堆积的样子。以上六句是太原卒再写给妻子信中的话,其中"生男"以下六句借用秦时民歌,秦民歌原文是:"生男慎勿举,生女哺用脯。不见长城下,尸骸相支拄。"(见《水经注·河水》篇引晋杨泉《物理论》)⑳结发:古时女子十五岁算已成年,要用笄(jī积,束发用的簪子)把头发束结起来,叫结发。　㉑慊(qiàn欠)慊:心不满足貌。心意关:指丈夫在外,自己心意牵连。以上二句是说,自己结发即与丈夫结婚,丈夫远行,对这种新婚远别自己虽不满,但丈夫还时常牵连着自己的心思。　㉒全:保全。以上二句是说,明知你在边地受苦,我又怎能活得长久。以上四句是妻子再回答丈夫信中所说的话。

刘 桢

刘桢(？—217)，字公幹，东平(今属山东省)人，汉末文学家，"建安七子"之一。为曹操丞相掾属，其诗后人评价很高，《诗品》说他的诗"仗气爱奇，动多振绝，真骨凌霜，高风跨俗。……自陈思(曹植)以下，桢称独步"。今存诗完整的只有十二首。代表作是《赠从弟》三首。原有集四卷，已佚。明人辑有《刘公幹集》。

赠 从 弟①

亭亭山上松②，瑟瑟谷中风③。风声一何盛，松枝一何劲！冰霜正惨凄④，终岁常端正⑤。岂不罹凝寒⑥？松柏有本性。

①从弟：堂弟。《赠从弟》三首，这里选的是第二首。本诗以松柏为喻，赞美从弟的坚贞高尚的品性，其实也象征诗人的自我性格。　②亭亭：耸立貌。　③瑟瑟：风声。　④惨凄：形容寒冷严酷。　⑤终岁：终年。端正：端直刚正。　⑥罹(lí离)：遭受。凝寒：严寒，酷寒。

阮 瑀

阮瑀(？—212)，字元瑜，陈留尉氏(今属河南省)人，汉末文学家，"建安七子"之一。为曹操司空军谋祭酒，管记室，后又为仓曹掾属。阮瑀长于章表书檄，存诗很少，《驾出北郭门行》是代表作。原有集五卷，已佚。明人辑有《阮元瑜集》。

驾出北郭门行①

驾出北郭门，马樊不肯驰②。下车步踟蹰③，仰折枯杨枝。顾闻丘林中，噭噭有悲啼④。借问啼者出，"何为乃如斯⑤？""亲母舍我殁⑥，后母憎孤儿。饥寒无衣食，举动鞭捶施⑦。骨消肌肉尽，体若枯树皮。藏我空室中，父还不能知。上冢察故处⑧，存亡永别离。亲母何可见！泪下声正嘶⑨。弃我于此间⑩，穷厄岂有赀⑪？"传告后代人，以此为明规⑫。

①《驾出北郭门行》：此篇《乐府诗集》收入《杂曲歌辞》，题目当是阮瑀自拟，取篇首句为题。本诗记述后母虐待孤儿这一普遍的社会问题，表达了作者对受害者的同情之心。 ②樊：本指关鸟兽的笼，转为止而不前之意。 ③踟(chí池)蹰(chú除)：徘徊不进。 ④噭(jiào叫)噭：哭声。 ⑤如斯：如此。这句是作者问孤儿的话。 ⑥舍：舍弃。殁(mò沫)：死。 ⑦鞭捶施：鞭棍相加。捶，用棍子打。 ⑧上冢：上坟。察故处：察看母亲故去之地。 ⑨嘶：声破为嘶。这句是说，眼泪下流，喉咙也哭哑了。 ⑩弃我于此间：犹言弃我于世。 ⑪穷厄：贫穷困厄。赀(zī资)：计量。这句是说，贫穷困苦哪里有尽头！ ⑫规：规诫，教训。以上二句是说，希望传告后世之人，以此作为明确的教训。意即劝诫后世之人，不要虐待孤儿。

蔡　琰

　　蔡琰(177—?)，字文姬，陈留圉(今河南省杞县)人，著名学者蔡邕之女。十六岁嫁河东卫仲道，仲道死，无子，回娘家居住。董卓乱起，蔡琰为乱军所虏，流落入南匈奴十二年，嫁南匈奴左贤王，生二子。建安十二年(207)，曹操痛蔡邕无嗣，遣使者以金璧赎回，再嫁陈留人董祀。

　　蔡琰博学有才辩，精通音律，具有较高的文学修养，有五言和骚体《悲愤诗》各一首，又传蔡琰作《胡笳十八拍》一篇。五言《悲愤诗》可信是其所作，另外两篇是否蔡琰所作，学术界尚有争论。但《胡笳十八拍》，多数学者认为是后人伪作。

悲　愤　诗①

　　汉季失权柄②，董卓乱天常③，志欲图篡弑④，先害诸贤良⑤。逼迫迁旧邦⑥，拥主以自强⑦。海内兴义师⑧，欲共讨不祥⑨。卓众来东下⑩，金甲耀日光。平土人脆弱⑪，来兵皆胡羌⑫。猎野围城邑⑬，所向悉破亡。斩截无孑遗⑭，尸骸相撑拒⑮。马边悬男头，马后载妇女⑯。长驱西入关⑰，迥路险且阻⑱。还顾邈冥冥⑲，肝脾为烂腐⑳。所略有万计㉑，不得令屯聚㉒。或有骨肉俱㉓，欲言不敢语。失意几微间㉔，辄言"毙降虏㉕，要当以亭刃㉖，我曹不活汝㉗。"岂敢惜性命，不堪其詈骂㉘。或便加棰杖，毒痛参并下㉙。旦则号泣行，夜则悲吟坐。欲死不能得，欲生无一可。彼苍者何辜㉚，乃遭此厄祸㉛？

　　边荒与华异㉜，人俗少义理㉝。处所多霜雪，胡风春夏起。翩翩吹我衣，肃肃入我耳㉞。感时念父母㉟，哀叹无终已。有客自外来㊱，闻之常欢喜。迎问其消息㊲，辄复非乡里㊳。邂逅徼时愿㊴，骨肉来迎己㊵。己得自解免㊶，当复弃儿子㊷。天属缀人心㊸，念别无会期㊹。存亡永乖隔㊺，不忍与之辞。儿前抱我颈,问母"欲何之?人言母当去,岂复有还时?阿母常仁恻⁴⁶,今何更不慈⁴⁷?我尚未成人,奈何不顾思⁴⁸?"见此崩五内⁴⁹,恍惚生狂痴⁵⁰。号泣手抚摩,当发复回疑⁵¹。兼有同时辈⁵²,相送告别离。慕我独得归,哀叫声摧裂⁵³。马为立踟蹰⁵⁴,车为不转辙⁵⁵。观者皆歔欷⁵⁶,行路亦呜咽⁵⁷。

去去割情恋⁵⁸,遄征日遐迈⁵⁹。悠悠三千里,何时复交会?念我出腹子,胸臆为摧败⁶⁰。既至家人尽⁶¹,又复无中外⁶²。城郭为山林,庭宇生荆艾⁶³。白骨不知谁,纵横莫覆盖⁶⁴。出门无人声,豺狼号且吠。茕茕对孤景,怛咤糜肝肺⁶⁶。登高远眺望,神魂忽飞逝⁶⁷。奄若寿命尽⁶⁸,旁人相宽大⁶⁹。为复强视息⁷⁰,虽生何聊赖!托命于新人⁷²,竭心自勖厉⁷³。流离成鄙贱⁷⁴,常恐复捐废⁷⁵。人生几何时,怀忧终年岁⁷⁶。

①《悲愤诗》:据《后汉书·董祀妻传》,这首诗作于文姬归汉之后,是她追怀悲愤之作。本诗通过诗人自身的悲惨遭遇,反映了战乱给人民带来的巨大灾难,沉痛地控诉了军阀混战的罪恶,有催人泪下的艺术力量。 ②汉季:汉末。权柄:指国家的统治权。 ③董卓:汉末军阀,陇西临洮(今甘肃岷县)人,字仲颖。灵帝时,任并州牧,利用外戚、朝官与宦官的矛盾带兵入洛阳,控制政权,废少帝,立献帝,大杀忠良,焚掠京都,酿成东汉末年长期混乱的局面,后被王允、吕布所杀。天常:君臣父子等封建秩序。董卓自行废立,滥杀无辜,所以说他"乱天常"。 ④篡:篡夺政权。弑:臣杀君为弑(shì士),董卓废少帝为弘农王,不久即加杀害。 ⑤诸贤良:指被董卓所杀害的丁原、任琼、周珌(bì必)等,他们反对董卓专权,所以称他们为"诸贤良"。 ⑥旧邦:指旧都长安,长安是西汉首都,所以是旧邦。献帝初平元年(190),董卓焚烧东汉都城洛阳,逼迫献帝迁都长安。 ⑦拥主:挟持天子。自强:加强自己的权力。 ⑧海内:四海之内,古代认为中国为四海环绕,故称中国为海内,犹国内。义师:正义之师,指初平元年,关东各州郡联盟,推袁绍为盟主,讨伐董卓的联军。 ⑨不祥:不善,指董卓,他造成国家大乱,所以称他为不祥,犹言恶人。 ⑩卓众:指董卓的部众。东下:指初平三年董卓部将李傕、郭汜出兵关东,劫掠陈留、颍川等地。蔡琰被掠当在此时。 ⑪平土:平原地区。 ⑫胡:古代称中国北方少数民族为胡,这里是指来自北方民族的士兵。羌(qiāng腔):指当时住在今甘肃东部地区的羌族,这里指来自西方羌族的士兵。董卓军队中多来自这些少数民族的士兵。 ⑬猎野:在野外打猎,这里指打仗。 ⑭斩截:斩断,指杀人。孑(jié节):单个。无孑遗,犹言一个也不留。 ⑮相撑拒:即相撑拄(zhǔ煮),形容死人的尸骸相互杂乱堆积的样子。 ⑯"马边"二句:董卓军队的暴行,《后汉书·董卓列传》有这样记载:"卓尝遣军至阳城,时人会于社下,悉令就斩之,驾其车重,载其妇女,以头系车辕,歌呼而还。"可与此二句参看。 ⑰关:指函谷关,故址在今河南省新安县东。 ⑱迥(jiǒng窘):远。 ⑲邈:邈远。冥冥:迷茫不清貌。 ⑳肝脾为烂腐:言悲痛催人,肝脾为之腐烂。 ㉑略:掠也。万

计:言多以万计。　㉒屯聚:聚集。这句是说,不让被掳掠的人聚在一起。　㉓骨肉:指亲人。这句是说,有的人是骨肉之亲被一起掳掠来了。　㉔失意:不合押解者心意。几微:极微小。这句是说,只要稍微不合心意。　㉕辄言:就说。毙降虏:杀掉你们这些降虏。这是押解者骂被掳掠来的人的话。　㉖要当:应当,应该。亭刃:犹言挨刀。　㉗我曹:我辈,我们。不活汝:不让你活。以上四句是说,只要稍不合意,押解者就骂道:杀掉你们这些降虏,该让你们挨刀,不让你们再活下去。　㉘不堪:忍受不了,不能忍受。詈(lì力):骂。　㉙毒:指恶毒的叫骂。痛:指凶狠的毒打。参并下:交相同时并至。　㉚彼苍者:指苍天。辜:罪。　㉛厄(è扼)祸:灾难,灾祸。以上二句是说,天啊,我们有什么罪,遭此如此的灾难?　㉜边荒:边远荒凉之地,指蔡琰流落的南匈奴。华:指中原汉族居住之地。　㉝义理:指中原汉族人民所奉行的道理。以上二句是说,边荒之地与中原地区风俗不同,边荒之地的人很少讲道理。这两句言虽泛泛,但却暗示了自己所受到的不可明言的屈辱。　㉞肃肃:风声。　㉟时:时序。感时,犹言感于时序变换。　㊱客:指从南方来的人。外:这里指汉朝中原地区,对南匈奴而言是"外"。　㊲迎问:迎着打听。消息:指家乡消息。　㊳乡里:同乡人。㊴邂(xiè卸)逅(hòu候):不期而遇,意外地遇到。徼(jiǎo侥):侥幸。时愿:平时的心愿。　㊵骨肉:指曹操派来赎回蔡琰的使者,诗人视之为骨肉亲人。以上二句是说,意外地遇到机会,侥幸实现了平时的心愿,亲人来迎我回去。　㊶解免:解脱免除。指摆脱在南匈奴的屈辱境遇。　㊷弃:舍弃,丢下。㊸天属:天然的亲属关系。缀:联系。这句是说,天然的亲属(指母子关系)心心相连。　㊹念:考虑,想到。无会期:没有再相会的时日。　㊺乖隔:分离,隔绝。　㊻仁恻:仁慈,慈爱。　㊼更:变。㊽顾思:顾惜思恋。　㊾五内:五脏。崩五内,言内心极端痛苦,好像肝胆俱裂。㊿恍惚:神志不清貌。生狂痴:发狂发痴。　㉑复回疑:又迟疑不决。　㉒同时辈:指与诗人同时被掳掠的人。　㉓摧裂:形容悲痛催人泪下,裂人肺腑。　㉔踟(chí池)蹰(chú除):徘徊不前。　㉕辙(zhé折):车轮所碾之迹,这里代指车轮。以上二句是说,马儿不行,车轮不转。　㉖歔(xū虚)欷(xī希):抽泣。　㉗行路:过路人。㉘去去:离去,离别。情恋:指母子依恋不舍之情。　㉙遄(chuán船)征:疾速地赶路。日遐迈:一天比一天走远了。遐、迈,皆远之意。　㉚胸臆:胸怀。摧败:摧坏,指心里极为难过。以上二句是说,思念我亲生之子,心中极端痛苦。　㉛至:指回到故乡。家人:指家中亲人。　㉜中外:中表之亲。中,指舅父家表兄弟姐妹;外,指姑母家表兄弟姐妹。　㉝庭宇:庭院之中和屋檐之下。荆艾:荆棘和艾蒿,泛指杂草。㉞莫覆盖:这里指没有掩埋。　㉟茕(qióng琼)茕:孤独貌。景:同"影"。　㊱怛(dá达)咤(zhà乍):悲叹。一说,惊呼。糜:烂。以上二句是说,只有自己茕茕孑立,形影相吊,不禁伤心悲叹,极端痛苦。　㊲飞逝:飞去。这句是说,自己神魂飞往儿子身边。　㊳奄若寿命尽:恍惚感到自己寿命快尽。　㊴宽大:宽慰劝解。　㊵复:又。视息:睁眼喘息。　㊶聊赖:寄托依靠。以上二句是说,在别人的劝解下,自己又勉强活下来,但是虽活着又有什么依靠呢? ⑫托命:女子嫁人,为托命于人。新人:新丈夫,指诗人又嫁的丈夫董祀。 ⑬竭心:竭尽心力。勖(xù 序)厉:勉励。以上二句是说,现在又重新嫁人,只能努力自勉,好好生活。 ⑭流离:指诗人流落入南匈奴,嫁给左贤王。鄙贱,被人轻视的卑贱之人。 ⑮捐废:抛弃,遗弃。以上二句是说,自己经过流离,已成了卑贱的人,常常怕被新人抛弃。 ⑯终年岁:犹言终生。

嵇 康

嵇康(223—262),字叔夜,谯郡铚(今安徽省宿州西南)人。因曾官中散大夫,故世称嵇中散,与阮籍同为"竹林七贤"的领袖人物,后世并称嵇阮。

政治上,嵇康反对司马氏当权,借诽毁名教,攻击司马氏等虚伪、残暴的礼法之士。性格刚烈,才大名高,终为司马氏所杀。

嵇康擅文能诗。散文立论新颖,代表作是《与山巨源绝交书》,诗的代表作是《赠秀才入军》和《幽愤诗》等,风格清峻。原有集十五卷,已佚。明人辑有《嵇中散集》,戴明扬校注《嵇康集校注》较详备。

赠秀才入军①

息徒兰圃②,秣马华山③。流磻平皋④,垂纶长川⑤。目送归鸿,手挥五弦⑥。俯仰自得⑦,游心太玄⑧。嘉彼钓叟⑨,得鱼忘筌⑩。郢人逝矣⑪,谁可尽言⑫。

①《赠秀才入军》:这组诗共十八首,是嵇康送他哥哥嵇喜从军的诗,但通察十八首,似又不尽是送嵇喜的诗。本篇是第十四首,想象嵇喜军中闲暇时的生活情景,实际上表现的是嵇康本人的生活情趣。秀才:指嵇喜,他曾举秀才。 ②息徒:让部众休息。兰圃:长满兰草的野地。 ③秣(mò 莫):喂马。华山:与兰圃对言,当是长满花的山。华,同"花"。 ④磻(bō 播):古人射箭,为了能收回箭,用一根丝线系住箭尾,另一端系在石块上,这石块叫磻。流磻,指射箭。皋:这里指草泽之地。 ⑤纶(lún 轮):钓线,用以系钓钩。垂纶,犹言垂钓。长川:长河。 ⑥挥:指弹。五弦:乐器名,五弦琴。以上六句讲究对偶,"目送"二句最为后人传诵。 ⑦俯仰:指举动,犹言一举一动。自得:自由自在。 ⑧太玄:道家所称的大道。道家崇尚自然,从本诗看,太玄亦似可指自然。以上二句是说,举动自由,无拘无束,游心于天地自然之中。

⑨嘉:赞赏。钓叟:钓鱼的老翁,指嵇喜。　⑩筌(quán 全):捕鱼的竹笼。《庄子·外物篇》:"筌者,所以在鱼也,得鱼而忘筌;……言者,所以在意也,得意而忘言。""得鱼而忘筌"是"得意而忘言"的比喻,意思是言语是表达玄理、大道的手段,领悟了玄理、大道,言语就不需要了。以上二句是说,嵇喜"得鱼忘筌"地领悟了"太玄"之道。⑪郢(yǐng 影):楚都名,在今湖北江陵西北。逝:死。　⑫谁可尽言:可以和谁说心里话?意指没有可说话的人。《庄子·徐无鬼》篇说:庄子路过惠施墓,说了一个故事:郢有个人,鼻子上沾了一点白灰,他让一个匠人用斧子把白灰砍下来,砍过后,鼻子一点未伤,郢人也面不改色。宋元君让工匠再试一次,工匠说那个郢人已去世了。庄子借此慨叹自惠施死后,自己已没有说话的人了。嵇康用此典故说明嵇喜走后,自己也没有可说话的人了。

与山巨源绝交书①

康白:足下昔称吾于颍川②,吾尝谓之知言③。然经怪此④,意尚未熟悉于足下⑤,何从便得之也?前年从河东还⑥,显宗、阿都说足下议以吾自代⑦,事虽不行⑧,知足下故不知之⑨。足下傍通⑩,多可而少怪⑪;吾直性狭中⑫,多所不堪⑬,偶与足下相知耳⑭。间闻足下迁⑮,惕然不喜⑯;恐足下羞庖人之独割⑰,引尸祝以自助⑱,手荐鸾刀⑲,漫之膻腥⑳,故具为足下陈其可否㉑。

①山巨源:山涛,字巨源,河内怀(今河南武陟西南)人,与嵇康、阮籍同为"竹林七贤"人物。先退隐,后又出仕,并推荐嵇康为官,嵇康写了这篇著名的书信与之绝交,并指桑骂槐,激烈攻击时政。　②足下:对说话对方的敬称。颍(yǐng 颖)川:郡名,这里指曾为颍川太守的山嶔(qīn 钦),山嶔是山涛族父。古代有以官职代称某人的习惯。③尝:曾经。知言:知己之言。以上二句是说,你从前在山嶔跟前称我不愿出仕做官,我曾认为是知己之言。　④经:常也。此:指山涛称嵇康于山嶔事。　⑤意:心想。　⑥河东:郡名,治所安邑(今山西夏县西北)。　⑦显宗:公孙崇,字显宗。阿都:指吕安,字仲悌,小名阿都,嵇康挚友,一道被司马氏杀害。嵇、吕被杀是一个著名的冤案。议以吾自代:指山涛曾打算让嵇康代替自己任选曹郎。　⑧事虽不行:指山涛举嵇康自代并未实行。　⑨故:原来。故不知之,是说你原来并不真知道了解我。⑩傍通:指老于世故,善识机变。　⑪多可:对事情多认可。少怪:对事情少怪论。这正是世故者处世之道。　⑫直性:性格耿直。狭中:心地狭窄。实际上指容不得坏人坏事。　⑬堪:忍耐。　⑭相知:谓相识。这句是说,我与你只是偶然相识而已。⑮间(jiàn 见):最近。迁:升迁,升官。　⑯惕然:忧惧貌。　⑰庖(páo 袍)人:厨师。⑱尸祝:古代祭祀时念祝词的人。祭祀时要供祭品,做祭品是庖人的工作,念祝词是尸祝的工作,各有所司,不能互相代替。所以《庄子·逍遥游》说:"庖人虽不治庖,尸

祝不越樽俎而代之矣。"本文以上二句是活用典故,意思是说,山涛推荐自己做官犹如厨师拉尸祝来代庖。 ⑲荐:举。鸾刀:指刀把上饰有铃的屠刀。 ⑳漫:沾染,污染。以上二句是说,你这是让我手举屠刀,沾染一身膻(shān 山)腥气。 ㉑具:犹言详尽地。陈:陈述。

　　吾昔读书,得并介之人①,或谓无之,今乃信其真有耳。性有所不堪,真不可强②。今空语同知有达人③,无所不堪,外不殊俗而内不失正④,与一世同其波流⑤,而悔吝不生耳⑥。老子、庄周⑦,吾之师也,亲居贱职;柳下惠、东方朔⑧,达人也,安乎卑位⑨,吾岂敢短之哉⑩?又仲尼兼爱⑪,不羞执鞭⑫;子文无欲卿相⑬,而三登令尹⑭。是乃君子思济物之意也⑮。所谓达能兼善而不渝⑯,穷则自得而无闷⑰。以此观之,故尧、舜之君世⑱,许由之岩栖⑲,子房之佐汉⑳,接舆之行歌㉑,其揆一也㉒。仰瞻数君㉓,可谓能遂其志者也㉔。故君子百行㉕,殊途而同致㉖,循性而动㉗,各附所安㉘。故有处朝廷而不出,入山林而不返之论。且延陵高子臧之风㉚,长卿慕相如之节㉛,志气所托,不可夺也㉜。我每读尚子平、台孝威传㉝,慨然慕之,想其为人。加少孤露㉞,母兄见骄㉟,不涉经学。性复疏懒㊲,筋驽肉缓㊳,头面常一月十五日不洗,不大闷痒㊴,不能沐也㊵。每常小便,而忍不起,令胞中略转乃起耳㊶。又纵逸来久㊷,情意傲散,简与礼相背,懒与慢相成㊹,而为侪类见宽㊻,不攻其过。又读庄、老㊼,重增其放㊽,故使荣进之心日颓㊾,任实之情转笃㊿。此由禽鹿少见驯育(51),则服从教制;长而见羁(52),则狂顾顿缨(53),赴蹈汤火,虽饰以金镳(55),飨以嘉肴(56),逾思长林而志在丰草也(57)。

①并:指兼善天下。介:耿介孤直。 ②强:勉强。以上二句是说,生性对某些事情不能忍受,实在不能勉强。 ③空语:空讲,空说。同知:共同知道。达人:通达的人。 ④殊俗:与世俗不同。失正:失去正道。 ⑤同其波流:犹言随波逐流。 ⑥悔吝:悔恨。以上五句是说,现在空谈什么大家都知道有一种通达的人,没有什么不能忍受,外表与世俗没有什么不同,而内心却又不失正道,与世随波逐流,而不生悔恨之心。 ⑦老子、庄周:都是道家学派的宗师。老子曾为周朝柱下史,庄周曾为漆园吏,所以下文说他们"亲居贱职"。 ⑧柳下惠:春秋时鲁国人,姓展,名获,字禽,居柳下,死后谥惠,故称柳下惠。东方朔:汉武帝时人,为人滑稽多智。 ⑨卑位:指职位卑下。 ⑩短之:轻视他们。 ⑪仲尼:孔丘,字仲尼。兼爱:施爱广博。 ⑫不羞执鞭:不以做执鞭之士为羞。《论语·述而》篇:"子曰:'富而可求也,虽执鞭之士,吾亦为之。'" ⑬子文:春秋楚人,姓斗,名穀(gòu 构)於(wū 乌)菟(tú 徒)。 ⑭令尹:楚国最高的执政官名,相当于卿相之位。子文曾三次任令尹,又三次罢免,但他没有喜怒之色。

⑮济物:犹言济世。　⑯达:显达。渝:改变。　⑰穷:困厄,失意。闷:苦闷。《孟子·尽心》篇:"穷则独善其身,达则兼善天下。"以上二句是说,这就是所谓显达时能够兼善天下而不改变心志,失意时则自得其乐而没有苦闷。　⑱尧、舜:传说中上古的两位贤君。君:动词,做君主。君世,做世上的君主。　⑲许由:相传上古尧时的隐士。尧欲禅位于他,不受,逃隐于箕山。岩栖:栖宿于山岩之下,指隐居。　⑳子房:张良,字子房,汉高祖统一天下时的主要谋士之一。　㉑接舆:春秋时楚隐士。行歌:边走路边唱歌。《论语·微子》篇:"楚狂接舆歌而过孔子。"　㉒揆(kuí葵):尺度,准则。　㉓仰瞻:仰头看,这是表示尊敬的说法。数君:诸位君子,指尧、舜等五人。　㉔遂:从也。遂其志,犹言顺从了他们各自的心志。　㉕百行:各种各样的行为。　㉖殊途:走着不同的路。同致:到达相同的地点。　㉗循性:遵循着自己的本性。　㉘附:归附。各附所安,犹言各得其安。　㉙"处朝廷"二句:《韩诗外传》云"朝廷之人为禄,故入而不出;山林之士为名,故往而不返"。处朝廷,指做官。入山林,指做隐士。　㉚延陵:春秋时吴国公子延陵季札。高:动词,以……为高。子臧:春秋时曹国公子,又名欣时。《左传》记载,曹宣公死,曹人欲立子臧为君,子臧不从,离国而去。后来,吴国欲立季札为君,季札引子臧自勉,也拒绝为君。　㉛长卿:指西汉的司马相如,字长卿。相如:指战国时赵国人蔺相如,他曾出使秦国,以勇气和智谋不辱国命而"完璧归赵"。节:气节。《史记·司马相如传》:"相如既学,慕蔺相如之为人,更名相如。"本句所言即指此事。　㉜夺:强使改变。以上二句是说,像延陵季札和司马相如把各自的志向分别寄托在子臧和蔺相如身上,这是不可强使改变的。　㉝尚子平:东汉人,隐士。《后汉书·逸民传》有向长,字子平,当即尚子平。"向"与"尚"字形相近。台孝威:东汉人,隐士,名佟,字孝威,《后汉书·逸民传》有《台佟传》。　㉞孤露:魏晋间人以父亡为孤露。　㉟见骄:被宠爱。　㊱涉:涉猎。经学:指儒家经典的学问。以上三句是说,加之我从小父亲亡故,被母亲和哥哥宠爱,又不学习经学。　㊲疏懒:疏顽懒惰。　㊳驽:劣马。这里比喻筋骨迟钝。这句是说自己筋骨迟钝,肌肉松缓。　㊴闷痒:指长久不洗沐引起的身体发闷发痒的感觉。　㊵不能:不耐。这里指不愿。以上二句是说,自己常一个多月不洗头和脸,如不太发闷发痒,自己决不肯去洗澡的。　㊶胞:这里指膀胱。略转:指尿胀时膀胱发颤的感觉。以上三句是说,每小便时,总是忍着不起身,直使膀胱发胀发颤时才不得不起身。　㊷纵逸:放纵闲逸之心。　㊸傲散:孤傲散漫。　㊹简:简略,指不拘繁文缛礼,举止随便。礼:礼法。当时司马氏正提倡礼法、名教。　㊺慢:傲慢。以上四句是说,自己放纵闲逸之心由来已久,情意孤傲散漫,简略与礼教是相违背的,懒惰与傲慢是相辅相成的。　㊻侪(chái柴)类:朋辈,朋友们。宽:宽容谅解。这句连下句是说,自己的这些行为被朋友们宽容,他们也不责备我的过错。　㊼庄、老:指庄子和老子的著作。　㊽重增:犹言更加。放:放荡。庄、老主张忘荣辱、齐是非,魏晋间名士们以此为借口过放荡纵欲的生活。　㊾荣进:求荣致仕。颓:减弱。　㊿实:指放荡纵欲的生活,魏晋名

士认为这合人的本性。任实,放任本性。笃:厚。以上二句是说,所以使得我求荣致仕的心思日日减少,放任本性的情绪反而加重。 (51)由:同“犹”。禽鹿:犹禽兽。少见:从小被。 (52)教制:管教制约。 (53)长:长大。见羁:被捉住束缚起来。 (54)狂顾:发狂地四顾张望。顿:毁坏。缨:绳索。 (55)镳(biāo 标):马具,马口中的衔铁,又叫马嚼子。金镳,形容镳的贵重。 (56)飨(xiǎng 享):以酒食款待。嘉肴:美食。(57)逾(yú 于):通“愈”,更加。长林:深林。丰草:茂盛的草野。长林丰草,指山林草野禽兽习居之所。以上三句是说,虽然给禽兽戴上贵重的饰具,让它们吃美味佳肴,但它们却越发思念向往长林丰草之地。

阮嗣宗口不论人过①,吾每师之,而未能及。至性过人②,与物无伤③,唯饮酒过差耳④。至为礼法之士所绳⑤,疾之如仇,幸赖大将军保持之耳⑥。吾不如嗣宗之贤,而有慢弛之阙⑦;又不识人情,暗于机宜⑧,无万石之慎⑨,而有好尽之累⑩。久与事接⑪,疵衅日兴⑫,虽欲无患,其可得乎!又人伦有礼⑬,朝廷有法,自惟至熟⑭,有必不堪者七⑮,甚不可者二⑯:卧喜晚起,而当关呼之不置⑰,一不堪也。抱琴行吟,弋钓草野⑱,而吏卒守之,不得妄动,二不堪也。危坐一时⑲,痹不得摇⑳,性复多虱,把搔无已㉑,而当裹以章服㉒,揖拜上官㉓,三不堪也。素不便书㉔,又不喜作书,而人间多事㉕,堆案盈机㉖,不相酬答,则犯教伤义㉗,欲自勉强,则不能久,四不堪也。不喜吊丧,而人道以此为重㉘,已为未见恕者所怨㉙,至欲见中伤者㉚。虽瞿然自责㉛,然性不可化,欲降心顺俗㉜,则诡故不情㉝,亦终不能获无咎无誉如此㉞,五不堪也。不喜俗人,而当与之共事,或宾客盈坐㉟,鸣声聒耳㊱,嚣尘臭处㊲,千变百伎㊳,在人目前,六不堪也。心不耐烦,而官事鞅掌㊴,机务缠其心㊵,世故烦其虑㊶,七不堪也。又每非汤武而薄周孔㊷,在人间不止,此事会显㊸,世教所不容㊹,此甚不可一也。刚肠疾恶㊺,轻肆直言㊻,遇事便发㊼,此甚不可二也。以促中小心之性㊽,统此九患㊾,不有外难,当有内病,宁可久处人间邪㊿?又闻道士遗言(51),饵术黄精(52),令人久寿(53),意甚信之;游山泽,观鱼鸟,心甚乐之;一行作吏(54),此事便废,安能舍其所乐(55),而从其所惧哉(56)!

①阮嗣宗:阮籍,字嗣宗,嵇康之友。口不论人过:嘴上不谈论别人的过失。《世说新语·德行》篇刘孝标注引李康《家诫》记司马昭说:“天下之至慎者,其唯阮嗣宗乎!每与之言,言及玄远,而未尝评论时事,臧否人物,可谓至慎乎!”按,阮籍至慎乃是避祸的手段,嵇康不能如此,所以被杀。 ②至性:纯厚的本性。 ③无伤:没有伤害之心。 ④过差:过度。据《晋书·阮籍传》记载,阮籍醉酒常数月不醒。这也是阮籍避祸的手段。 ⑤绳:纠绳,指弹劾罪过。据记载,司马氏走卒何曾之流屡次指斥阮

籍"任性放荡,败礼伤教",认为要把他"投之四裔,以洁王道"(见《文选》李善注)。"礼法之士"就是指何曾之流,司马氏以虚伪的礼法统治天下,所以嵇康等把司马氏的党羽称为"礼法之士"。　⑥大将军:指晋文帝司马昭。《晋书·阮籍传》:阮籍善为青白眼,"见礼俗之士,以白眼对之。……由是礼法之士疾之若仇,而帝(司马昭)每保护之。"　⑦慢弛:傲慢懈怠。阙:同"缺",缺点。　⑧机宜:指处世做事的机变。这句是说,不知道随机应变。　⑨万石:万石君,汉朝官僚石奋和四子均官至二千石,汉景帝称他为万石君。万石君为人处世以谨慎著称。《史记》《汉书》均有传。　⑩好尽:指说话好尽情而言,不避忌讳。累:牵累,指过失。　⑪与事接:接触人事。　⑫疵:毛病,缺点。衅:过隙,事端。　⑬人伦:指封建的君臣、父子等伦理关系。礼:礼教。礼教对人伦都有所规定。　⑭惟:思。这句是说,自己思考得很精熟。　⑮必不堪者七:指自己一定不能忍受的事有七。　⑯甚不可者二:指自己非常为世所不认可的事有二。　⑰当关:守门的小吏。不置:不放过。　⑱弋(yì易):动词,用系着细丝绳的箭射禽兽。钓:钓鱼。草野:指野外。　⑲危坐:端正地坐着。　⑳痹(bì必):麻木。　㉑杷(pá爬)搔:以手抓搔。已:止。　㉒章服:有文采的衣服,指官服。　㉓揖拜:作揖跪拜。　㉔素:平常。不便书:不习惯写字。　㉕多事:指有很多要处理的事。　㉖机:同"几",案也。　㉗犯教伤义:指触犯礼教。　㉘人道:为人处世之道。　㉙未见恕者:不肯见谅的人。　㉚中伤:攻击。以上四句是说,我不喜欢吊丧,而为人处世又以吊丧为重,已经被不肯见谅的人所怨恨,甚至有人要对我进行攻击中伤。　㉛瞿:同"惧",瞿然,惊惧的样子。　㉜降心:压抑自己的心志。顺俗:顺从世俗的要求。　㉝诡:违反。故:指旧有的本性。不情:指不是真情。　㉞咎:过失。誉:荣誉。以上五句是说,自己虽然惶恐地责备自己,然而本性终不可改,想要抑制自己的心志去顺从世俗的要求,则又违背了本性,不是出于真情,而且即使如此,也不能获得无辱无荣的那种境界。　㉟盈坐:满座。　㊱聒(guō郭):喧闹。聒耳,犹噪耳。　㊲嚣尘:声噪尘扬。臭处:污臭之地。　㊳千变百伎:犹言千种变化,百端伎俩。指官场中人与人之间各种诡诈心机。　㊴鞅(yāng央)掌:本指事多无暇整理仪容,这里指公事忙碌。　㊵机务:政务。　㊶世故:指世上之事。以上四句是说,自己心不耐烦,但官事总是忙碌得很,政务总要挂绕于心,而世上其他杂事又得麻烦去考虑。　㊷非:动词,非难。汤武:商和周的开国君主,儒家以为是明君。薄:动词,鄙薄。周孔:周公和孔丘,儒家尊奉的圣贤。按,司马氏为篡夺政权,极力推崇汤、武、周、孔,嵇康却非薄之,此乃是在政治上与司马氏作对的态度,思想上倒未必是真的反对儒家的圣贤。　㊸人间:人世间,这里指置身官场,与隐居山林相对而言。会显:将会显露,指将会被别人知道。　㊹世教:指司马氏鼓吹的名教、礼教。以上四句是说,我又常非薄汤、武、周、孔,在官场上不停止这样做,久则必会暴露,定为世教所不容。　㊺刚肠疾恶:心性刚直,疾恶如仇。　㊻轻肆直言:说话轻率放肆,直言直说。　㊼遇事便发:指遇一点看不惯的事,便发脾气。以上三句是说,自己心性刚强,疾恶如仇,说话轻率放肆，直言不讳，遇事便发脾气。 ㊽促中小心之性：指心胸狭窄的性格。㊾统：统率，这里有"又加上"之意。九患：九种祸患，指上文的"七不堪""二不可"。㊿宁（nìng 佞）可：怎能。久处人间：长久地活在世上。 (51)遗言：传言。 (52)饵：食。术（zhú 竹）黄精：皆药名，古人以为久服术和黄精可以轻身延年。 (53)久寿：长寿。(54)一行：一去，一旦去。 (55)所乐：所乐意的事，指服食久寿、游山泽、观鱼鸟之事。(56)所惧：所惧怕的事，指做官。以上三句是说，一旦去做官，服食长寿、游山玩水之事就要停止废弃，我怎能舍弃自己所乐意干的事，而去从事自己所害怕干的事呢？

夫人之相知，贵识其天性，因而济之①。禹不逼伯成子高②，全其节也③。仲尼不假盖于子夏④，护其短也⑤。近诸葛孔明不逼元直以入蜀⑥，华子鱼不强幼安以卿相⑦。此可谓能相终始，真相知者也。足下见直木必不可以为轮⑧，曲者不可以为桷⑨，盖不欲以枉其天才⑩，令得其所也。故四民有业⑪，各以得志为乐，唯达者为能通之⑫，此足下度内耳⑬。不可自见好章甫⑭，强越人以文冕也⑮；已嗜臭腐⑯，养鸳雏以死鼠也⑰。吾顷学养生之术⑱，方外荣华⑲，去滋味⑳，游心于寂寞㉑，以无为为贵㉒。纵无九患㉓，尚不顾足下所好者㉔，又有心闷疾㉕。顷转增笃㉖，私意自试㉗，不能堪其所不乐㉘。自卜已审㉙，若道尽途穷则已耳㉚，足下无事冤之㉛，令转于沟壑也㉜。吾新失母兄之欢㉝，意常凄切㉞。女年十三，男年八岁，未及成人，况复多病㉟。顾此悢悢㊱，如何可言㊲！今但愿守陋巷㊳，教养子孙；时与亲旧叙离阔㊴，陈说平生㊵，浊酒一杯，弹琴一曲，志愿毕矣㊶。足下若嬲之不置㊷，不过欲为官得人㊸，以益时用耳㊹。足下旧知吾潦倒粗疏㊺，不切事情㊻，自惟亦皆不如今日之贤能也㊼。若以俗人皆喜荣华㊽，独能离之㊾，以此为快㊿，此最近之(51)，可得言耳(52)。然使长才广度(53)，无所不淹(54)，而能不营(55)，乃可贵耳。若吾多病困(56)，欲离事自全(57)，以保余年，此真所乏耳(58)。岂可见黄门而称贞哉(59)！若趣欲共登王途(60)，期于相致(61)，时为欢益(62)，一旦迫之(63)，必发其狂疾(64)，自非重怨(65)，不至于此也。野人有快炙背而美芹子者(66)，欲献之至尊(67)，虽有区区之意(68)，亦已疏矣(69)。愿足下勿似之(70)。其意如此(71)，既以解足下(72)，并以为别(73)！嵇康白(74)。

①因：循。济：动词，成就，成全。以上三句是说，大凡人之间的相互了解，所贵在于彼此认识对方的天性，并循其天性而成全对方。 ②伯成子高：人名，据说是尧、舜、禹时的贤者。据《庄子·天地》篇说，伯成子高辞诸侯而去耕田，并批评禹的政治搞得不好，禹并未逼迫他。 ③全其节：保全他的节操。 ④仲尼：孔丘字仲尼。假：借也。盖：伞。子夏：孔子学生，名卜商，字子夏。 ⑤护：掩饰。短：短处。据《孔子家

语》记载,孔子出门遇雨,有的学生叫他向子夏借伞,孔子知道子夏小气,就不向子夏借,这样就掩饰了子夏的缺点。　⑥诸葛孔明:诸葛亮,字孔明,三国时蜀国政治家、军事家。元直:徐庶,字元直。徐庶与诸葛亮本都在刘备手下做事,但徐庶母为曹操所俘,不得已投曹操,诸葛亮和刘备未加阻留,事见《三国志·蜀志·诸葛亮传》。⑦华子鱼:华歆,字子鱼。强:勉强。幼安:管宁,字幼安。三国魏时华歆为明帝太尉,推荐管宁,管宁辞而不受,事见《三国志·魏志·管宁传》。这句是说,华子鱼不以卿相之位勉强管幼安。　⑧直木必不可以为轮:直木一定不可以做车轮。　⑨曲者:弯曲之木。桷(jué决):屋上的椽子。　⑩枉:屈也。天才:即天材,天然的材料。天生是什么材料就用来做什么就叫"不枉其天才"。　⑪四民:指士、农、工、商。有业:各有自己的职业。　⑫达者:通达的人。通之:懂得它。之,代指"四民有业,各以得志为乐"。　⑬度内:识度以内。这句是说,这是你识度以内的事。意指你是应该明了的。　⑭章甫:一种帽子。　⑮强:勉强,强迫。文冕:有文采的帽子。以上二句是说,不能自己看见了好帽子,就强迫越人也要戴帽子。《庄子·逍遥游》说,南方越国人断发文身,不戴帽子。　⑯嗜:嗜好。臭腐:腐烂发臭的食物。　⑰鸳(yuān冤)雏:鸟名。以上二句紧承上文"不可"而言,是说,不能自己喜欢吃腐臭的东西,就用死老鼠来喂养鸳雏。《庄子·秋水》篇说,鸱(猫头鹰)喜欢吃死老鼠,而鸳雏却非常高洁,脏腐不沾,一天鸳雏经过正吃死鼠的鸱旁边,鸱以为鸳雏要抢它的死鼠。　⑱顷:不久,近来。养身之术:修身养性,轻身益寿的方法。　⑲方:正。外:动词,置身……以外,排除。　⑳去:摒弃。滋味:美味食物。㉑寂寞:道家追求的一种虚无恬静的心境。　㉒无为:道家讲究的一种不强自作为的处世态度。以上五句是说,我最近在学习养生之术,正要排除荣华,摒弃美味,致力培养寂寞的心境,把无为作为我处世为人的最高标准。　㉓纵:纵然,即使。九患:指上文"七不堪""二不可"。　㉔顾:看。不顾,有不屑一顾之意。所好者:所喜欢的,指功名利禄。　㉕心闷疾:心闷的疾病。　㉖笃:指病情重。　㉗自试:自己设想。　㉘堪:忍受。不乐:不乐意干的事,指出仕。　㉙卜:考虑。审:明确。　㉚道尽途穷:无路可走,没有办法。已:犹言算了。　㉛无事:不要。冤之:指委屈自己。　㉜令:使。转于沟壑:指流离以死。　㉝新:新近,刚刚。失母兄之欢:失去母亲和兄长的欢爱,意指母兄已死。　㉞意:心中。　㉟况复:况且又。　㊱顾此:看到这些,想到此。悢(liàng亮)悢:悲伤。㊲如何可言:怎么能说话,指悲痛得说不出话。　㊳但:只。陋巷:破陋的巷子。守陋巷,指过贫穷艰苦的生活。　㊴亲旧:亲朋故旧。离阔:离别。叙离阔,叙谈离别之情。　㊵平生:平素,往常,这里指往事。　㊶毕:犹言足,尽。　㊷嬲(niǎo鸟):纠缠。不置:不放。　㊸为官得人:为官家拉人。山涛举嵇康自代,从当时情势看,确实是司马氏拉拢名士的手段。　㊹益时用:有益于时。意指有益于当局用人。　㊺旧知:原知,本来知道。潦倒:颓放貌。潦倒粗疏,指行为颓放散漫。　㊻切:接近。这句是说,不愿接近世事。　㊼自惟:自思。今日之贤能:当今的贤能,指当时出仕的人,是反话。 ㊽荣华:荣华富贵。 ㊾离之:指抛弃荣华富贵。 ㊿快:快心快意。 ㊿近之:接近我的心意。 ㊿言:说。以上五句是说,如果认为俗人都喜欢荣华富贵,而我却独能抛弃它,并以此为快,这就最接近我的心意了,那是可以这么说的。 ㊿长才:大才。广度:宽大的度量。 ㊿淹:淹通。 ㊿营:营求,指求仕进。以上三句连下句是说,然而假使是一个有高才有大度的,无所不淹通的人,而又能不营求做官,才是可贵的啊。 ㊿病困:病累。 ㊿离事:远离世事。自全:保全自身。 ㊿乏:指缺乏用世之才。这句是说,自己是真的缺乏用世之才,并不是有长才广度而不愿为官。 ㊿黄门:指宦官。贞:贞洁。宦官有生理缺陷,近妇女亦无所作为,但这不是说宦官本身就很贞洁。这句是说,怎么能看见宦官就称赞他贞洁呢! ⑥趣:同"促",急于。王途:服务王事的道路,即指仕途。 ⑥期:期望。致:招致。 ⑥欢益:彼此欢聚,互相帮助。 ⑥迫之:逼迫我。 ⑥狂疾:疯病。 ⑥自非重怨:如果不是有大仇怨。以上六句连下句是说,如果你急于想与我共登王途,期望招致我,时时与你欢聚相帮,一旦逼我,我必定会发疯病,若不是有大仇怨,是不至于如此而行事的。 ⑥野人:指种田人。快:动词,以……为快意。炙:烤。美:以……为美。芹子:芹菜。 ⑥至尊:指君主。《列子·杨朱篇》记载这样一则寓言:宋国有一个农夫,春天耕作于野外,太阳烤得背上暖洋洋的,就对他妻子说,这样暖和的太阳应该献给君上,必有重赏。妻子说,从前有个人以为芹子是天下美味,于是对同乡富豪称赞芹子,富人一吃,扎嘴,痛腹。于是众人又耻笑又怨恨他,那人难堪极了。本文这里用了这个典故。 ⑥区区:诚挚,爱。 ⑥疏:远于事理。以上四句是说,种田人感到春日晒在背上很快活,以为芹菜是美味,就要献给至尊,虽然心意是诚恳的,但也乖离事理了。 ⑦勿似之:不要像那个"野人"。 ⑦其意如此:吾意如此,我的意思就是这样。 ⑦解:解释。 ⑦别:告别,指绝交。以上二句是说,我写这封信既是向你做解释,也是向你告别。 ⑦白:告语。

阮　籍

阮籍(210—263),字嗣宗,陈留尉氏(今属河南省)人,是"建安七子"之一的阮瑀之子,"竹林七贤"的领袖人物。历仕散骑常侍、东平相、步兵校尉等职,后世称阮步兵。

阮籍在政治上本有济世之志,但在司马氏当权之时"名士少有全者",于是阮籍纵酒昏酣,借以远害避祸,并表示自己的不合作态度。

阮籍诗文皆擅,但诗歌成就更高。诗的代表作是八十二首五言诗《咏怀》,多以比兴、寄托和象征手法,抒发内心的苦闷,抨击社会黑暗,揭露礼法之士。文的代表作是《大人先生传》,内容是抨击名教,讽刺礼法之士。

阮籍的诗完全摆脱汉乐府民歌的影响,大大"增加了五言诗文人化的程度","正式成立了抒情的五言诗"(朱自清《经典常谈》)。

原有集十三卷,已佚,明人辑有《阮步兵集》,黄节的《阮步兵咏怀诗注》较详备。

咏　怀①

其　一

夜中不能寐②,起坐弹鸣琴。薄帷鉴明月③,清风吹我襟。孤鸿号外野④,翔鸟鸣北林⑤。徘徊将何见,忧思独伤心。

①《咏怀》八十二首,每首均无题。其一通过"夜中不能寐"所见的情景,抒发"忧思独伤心"的情怀。　②寐(mèi妹):睡着,入睡。　③帷:帷帐。鉴:照。这句是说,明月照着薄薄的帷帐。　④号:鸣叫。外野:野外。　⑤翔鸟:飞翔的鸟。以上二联皆已渐趋对偶,所以黄节云:"此诗初具五律规模。"(《读诗三札记》)

其 三①

嘉树下成蹊②,东园桃与李③。秋风吹飞藿④,零落从此始⑤。繁华有憔悴⑥,堂上生荆杞⑦。驱马舍之去⑧,去上西山趾⑨。一身不自保,何况恋妻子⑩。凝霜被野草⑪,岁暮一云已⑫。

①本诗以比兴手法,反映世事有盛有衰,表示自己要远身避祸。 ②嘉树:美树,指桃李。蹊:小径,小路。《史记·李将军列传》云:"桃李不言,下自成蹊。" ③桃与李:就是上句的"嘉树"。以上二句比喻世事盛时,人多趋从之。 ④藿(huò 获):豆叶。这句表示秋天已降临。 ⑤零落:凋谢,脱落。以上二句是说,当秋风吹飞藿之时,桃李也从此开始零落。比喻世事衰落时的情景。 ⑥繁华:花盛开。这句是说,有繁华必有憔悴。 ⑦荆杞(qǐ 起):荆棘和枸(gǒu 狗)杞,两种灌木名。 ⑧之:代指世事。 ⑨西山:指伯夷、叔齐所居的首阳山。趾:足也。西山趾:西山下。以上二句是说,自己要避世而去,像伯夷、叔齐一样隐居首阳山。 ⑩妻子:妻与儿女。 ⑪凝霜:严霜。被:覆盖。 ⑫岁暮:一年快尽之时。已:尽,毕。

其 十 七①

独坐空堂上,谁可与亲者②?出门临永路③,不见行车马。登高望九州④,悠悠分旷野⑤。孤鸟西北飞,离兽东南下⑥。日暮思亲友,晤言用自写⑦。

①本诗用三个环境描写衬托孤独无侣的诗人自我形象,凄凉寂寞之情溢于言表。 ②谁可与亲者:谁是可以与之亲近的呢?意指无人可与亲近。 ③永路:长路。 ④九州:古代分中国为九州,故以九州代指中国。 ⑤悠悠:远貌。分:分布。以上二句是说,登高遥望九州,九州分布在茫茫旷野之上。 ⑥离兽:离群之兽。 ⑦晤言:对言,相对而谈。一说,晤,通"寤",觉醒。言,助词,无义。用:以。写:除,排除。以上二句是说,日暮之时,思亲念友之心油然而生,希望能与他们相对谈心,叙说阔别之情,以排遣自己的愁思。

其 十 九①

西方有佳人,皎若白日光②。被服纤罗衣③,左右佩双璜④。修容耀姿美⑤,顺风振微芳⑥。登高眺所思⑦,举袂当朝阳⑧。寄颜云霄间⑨,挥袖凌虚翔⑩。飘飖恍惚中⑪,流盼顾我傍⑫。悦怿未交接⑬,晤言用感伤⑭。

①本诗描写了一位美人的绝世容华,表现了自己心悦之而无由交往的苦闷,是一首托美人言志之作,曲折地表达诗人不能实现理想的感伤苦闷。 ②皎:白,明亮。 ③被:穿也。纤:精细。罗:一种丝织品。 ④珮:当作动词,即佩。璜(huáng黄):半璧形的玉器。 ⑤修容:经过修饰的仪容。耀:照也。耀姿美:姿容美丽,光彩照人。 ⑥振:发也。芳:香也。以上二句是说,佳人经过修饰,姿容华美,光彩照人,顺风散发出微微的芳香。 ⑦所思:所思念的人。这句是说,佳人登高而眺望所思念的人。 ⑧袂(mèi妹):衣袖。当:遮挡。以上二句写佳人登高所思的情景,而"所思"从下文看,当即指"我"。 ⑨寄颜:托颜,托身,即置身之意。 ⑩凌虚:凌空。以上四句是说,佳人先是登高眺望自己所思念的人,举起袖子遮挡住早上的太阳,接着又置身于云霄,挥舞着长袖,凌空飞翔。 ⑪飘飘:风动物貌。恍惚:隐约不清貌。 ⑫流盼:眼波流动。顾:看。以上二句是说,佳人在飘飘恍惚之中,在我身旁流连徘徊,不时眼波流动,回头看我。上面六句是诗人思念佳人,并在恍惚之中想象她的举动。 ⑬悦怿(yì易):喜爱。交接:交往接触。 ⑭以上二句是说,诗人与佳人虽相爱,但不能交往,醒来时方知原是空梦一场,因而十分感伤。

其三十一①

驾言发魏都②,南向望吹台③。箫管有遗音④,梁王安在哉⑤!战士食糟糠⑥,贤者处蒿莱⑦。歌舞曲未终,秦兵已复来⑧。夹林非吾有⑨,朱宫生尘埃⑩。军败华阳下⑪,身竟为土灰⑫。

①这是一首借古讽今之作,揭露了曹魏统治者的歌舞荒淫,以致国家日趋衰微。诗中流露出诗人的痛惋之情。 ②驾:驾车。言:语助词,无义。魏都:指战国魏的都城大梁(今河南开封)。黄节云:"此借战国之魏以喻曹氏。"(《阮步兵咏怀诗注》) ③吹台:战国时魏王宴游之所,或称范台、繁台。以上二句是说,驾车从魏都出发,南去探望魏王之吹台。 ④遗音:指魏王时吹奏的音乐,还有遗传下来的。 ⑤梁王:指魏王,魏国都大梁,故魏王又称梁王。安在:何在。 ⑥食:吃。 ⑦蒿莱(lái来):两种野草名,即蒿草和藜。这里借指草野之地。以上二句是说,魏王当时只顾自己歌舞荒淫,却使兵士食糟糠之食,贤士处蒿莱之地。 ⑧秦兵:指战国时秦国军队。复来:又来,战国时秦屡侵魏,故言"复来"。以上二句是说,魏王歌舞行乐还未结束,秦军队又来侵犯了。 ⑨夹林:地名,在吹台附近,亦是梁王游乐之地。吾:诗人拟梁王口气自称。 ⑩朱宫:当指吹台的宫殿。以上二句是说,夹林已失陷,非吾所有,朱宫已荒芜,生满尘埃。 ⑪华(huà画)阳:地名,在今河南省新郑市东。公元前273年,秦围大梁,破魏军于华阳,魏割南阳求和。 ⑫竟:终。以上二句是说,魏军败于华阳,魏王也已身死而化为土灰。

其六十七①

洪生资制度②,被服正有常③。尊卑设次序,事物齐纪纲④。容饰整颜色⑤,磬折执圭璋⑥。堂上置玄酒⑦,室中盛稻粱⑧。外厉贞素谈⑨,户内灭芬芳⑩。放口从衷出⑪,复说道义方⑫。委曲周旋仪⑬,姿态愁我肠⑭。

①本诗揭露了礼法之士的丑态,讽刺了他们的虚伪。 ②洪生:即鸿生,指当时自认为有学问的大儒,实际上是虚伪的礼法之士。资:凭借。制度:指封建的纲常人伦等礼仪制度。 ③被:穿。正有常:有正式的规定。 ④齐纪纲:以纪纲整齐之。以上二句是说,高贵和卑贱有一定的次序,一切事物一律要遵守法纪纲常。 ⑤容饰:仪容服饰。整:指严肃、端正之态。颜色:表情,样子。 ⑥磬(qìng 庆):一种打击乐器,形曲折。磬折,比喻洪生折腰如磬。圭(guī 规)璋:玉器名,古时"诸侯朝王以圭,朝后执璋"(《礼记·礼器》孔颖达疏)。以上二句是说,洪生仪容服饰,一派端正严肃之态,朝见帝后时,则手执圭璋,弯腰似磬。 ⑦玄酒:古代祭祀时用的水,称玄酒。 ⑧室中:指内室。稻粱:代指精美食物。以上二句是说,洪生在堂上置白水待客,以示节俭,但在内室却又大吃大喝。 ⑨厉:高。贞:正。素:纯。 ⑩芬芳:比喻高尚芳洁的德行。以上二句是说,洪生在外面发纯正的高论,在家里却毫无高洁的德行。 ⑪放口:指未注意而随口说出。衷:内心。 ⑫复说:再说,又说。方:犹术,法。以上二句是说,洪生信口而谈时,倒说出了一些真心话,可一会儿又满口虚伪的仁义道德之论了。 ⑬委曲周旋仪:随人俯仰,绕人周旋的样子。指洪生装模作样,虚心假意的样子。 ⑭姿态:指矫揉造作的样子。以上二句是说,洪生随人俯仰,那种虚假的造作姿态,实在令我发愁生厌。

陆　机

陆机(261—303),字士衡,吴郡吴县华亭(今上海市松江区,一说今江苏省苏州市)人,西晋太康时代最负盛名的文学家。出身江南世族家庭,祖父、父亲都是三国吴国著名将领。吴亡后,陆机与弟陆云同至洛阳,名动一时,时称"二陆",曾任平原内史,后世又称陆平原。"八王之乱"时,成都王司马颖讨长沙王司马乂,任命他为后将军、河北大都督,战败,被仇家杀害,年四十三岁。

陆机诗深厚沉着,讲究辞藻对偶,流于烦冗堆砌,开齐梁文风之先。所作《文赋》是一篇集中了文学理论和批评的重要文献。原有集四十七卷,已佚。明人辑有《陆平原集》,今人又整理为《陆机集》,中华书局有排印本。现存《陆士衡文集》十卷。

拟明月何皎皎[①]

安寝北堂上[②],明月入我牖[③]。照之有余晖,揽之不盈手[④]。凉风绕曲房[⑤],寒蝉鸣高柳。踟蹰感节物[⑥],我行永已久[⑦]。游宦会无成[⑧],离思难常守[⑨]。

[①]《拟明月何皎皎》:陆机有《拟古》诗十二首,是模拟《古诗十九首》的,此其第六首,是游子思乡之辞。明月的光照、节候的变化,敏感地勾起了游子对家乡亲人的思念之情。　[②]寝:睡,卧。　[③]牖(yǒu有):窗。　[④]揽:采。盈:满。以上二句是,月光照窗,余晖满室,却不能揽取满手。　[⑤]凉风:北风。曲房:有曲廊之房。　[⑥]踟蹰:即踌躇,指心神犹豫不定。节物:这里指暮秋季节的景物。　[⑦]我:游子自称。行:指离家游宦在外。永已久:指离家已远,时间已久。以上二句是说,在犹豫不定中,感受到季节已是暮秋,我远离家乡,时间已很久了。　[⑧]游宦:指出行在外做官。会:当。

⑨离思:离别的思念。以上二句是说,我游宦在外,看来一事无成,独抱此离别之思却难以长久忍受。

赴洛道中作①

远游越山川②,山川修且广③。振策陟崇丘④,按辔遵平莽⑤。夕息抱影寐⑥,朝徂衔思往⑦。顿辔倚嵩岩⑧,侧听悲风响。清露坠素辉⑨,明月一何朗⑩。抚几不能寐⑪,振衣独长想⑫。

①《赴洛道中》:原诗共二首,是陆机在太康末年与弟赴洛阳途中所作,此选其二。诗写赴洛道中所见景物,抒发游子的哀伤心情。 ②越:越过。越山川,犹言越山涉水。 ③修:长。 ④策:一种头上有刺的马鞭。振策,犹挥鞭。陟(zhì志):登上。崇丘:高丘。 ⑤按辔(pèi佩):手按马缰,任马缓行。遵:沿,循。平莽:平旷的草地。 ⑥抱影:与自己的影子为伴,言其孤独。 ⑦徂(cú):往,这里指启程而行。衔思:犹言含悲。以上二句是说,晚上只能抱影独寐,早上又含悲登程。 ⑧顿辔:勒紧马缰,使马停下。嵩(sōng松):高。这句连下句是说,驻马停依在高岩之下,侧耳倾听悲风之声。 ⑨坠:落。素辉:洁白的光辉。 ⑩一何朗:多么明朗。清露下坠,反射出洁白的月光,月光是多么明亮。 ⑪几:小桌子。"几"一作"枕"。 ⑫振衣:抖衣去尘。此指穿衣,穿衣之前,人们习惯要抖衣。以上二句是说,对此情景,抚几不能成眠,又穿起衣服,独自长想。

文 赋①

余每观才士之所作,窃有以得其用心。夫放言遣辞,良多变矣②,妍蚩好恶③,可得而言。每自属文④,尤见其情。恒患意不称物⑤,文不逮意⑥。盖非知之难,能之难也⑦。故作《文赋》,以述先士之盛藻⑧,因论作文之利害所由,他日殆可谓曲尽其妙。至于操斧伐柯,虽取则不远⑨,若夫随手之变,良难以辞逮。盖所能言者,具于此云⑩。

伫中区以玄览,颐情志于典坟⑪。遵四时以叹逝,瞻万物而思纷⑫。悲落叶于劲秋,喜柔条于芳春。心懔懔以怀霜,志眇眇而临云⑬。咏世德之骏烈,诵先人之清芬⑭。游文章之林府,嘉丽藻之彬彬⑮。慨投篇而援笔,聊宣之乎斯文⑯。

其始也,皆收视反听,耽思傍讯⑰。精骛八极⑱,心游万仞。其致也⑲,情曈昽而弥鲜,物昭晰而互进⑳。倾群言之沥液,漱六艺之芳润㉑。浮天渊以安流,濯下泉而潜浸㉒。于是沉辞怫悦,若游鱼衔钩而出重渊之深;浮藻联翩,若翰鸟缨缴而坠曾云之峻㉓。收百世之阙文,采千载之遗韵㉔。谢朝华于已披,启夕秀于未振㉕。观古今于须臾,抚四海于一瞬㉖。

然后选义按部,考辞就班㉗。抱景者咸叩,怀响者毕弹㉘。或因枝以振叶,或沿波而讨源㉙。或本隐以之显,或求易而得难㉚。或虎变而兽扰,或龙见而鸟澜㉛。或妥帖而易施,或岨峿而不安㉜。罄澄心以凝思,眇众虑而为言㉝。笼天地于形内㉞,挫万物于笔端。始踯躅于燥吻,终流离于濡翰㉟。理扶质以立干,文垂条而结繁㊱。信情貌之不差,故每变而在颜㊲。思涉乐其必笑,方言哀而已叹。或操觚以率尔,或含毫而邈然㊳。

伊兹事之可乐,固圣贤之可钦㊴。课虚无以责有,叩寂寞而求音㊵。函绵邈于尺素,吐滂沛乎寸心㊶。言恢之而弥广,思按之而逾深㊷。播芳蕤之馥馥,发青条之森森㊸。粲风飞而猋竖,郁云起乎翰林㊹。

体有万殊,物无一量㊺。纷纭挥霍,形难为状㊻。辞程才以效伎,意司契而为匠㊼。在有无而僶俛,当浅深而不让㊽。虽离方而遁员,期穷形而尽相㊾。故夫夸目者尚奢,惬心者贵当。言穷者无隘,论达者唯旷㊿。诗缘情而绮靡,赋体物而浏亮㈤¹。碑披文以相质,诔缠绵而悽怆。铭博约而温润,箴顿挫而清壮㈤³。颂优游以彬蔚,论精微而朗畅㈤⁴。奏平彻以闲雅,说炜晔而谲诳㈤⁵。虽区分之在兹,亦禁邪而制放㈤⁶。要辞达而理举㈤⁷,故无取乎冗长。

其为物也多姿,其为体也屡迁㈤⁸;其会意也尚巧,其遣言也贵妍。暨音声之迭代,若五色之相宣㈤⁹。虽逝止之无常,故崎锜而难便㈥⁰。苟达变而识次,犹开流以纳泉㈥¹。如失机而后会,恒操末以续颠。谬玄黄之秩叙,故淟涊而不鲜㈥²。

或仰逼于先条,或俯侵于后章㈥³。或辞害而理比,或言顺而意妨㈥⁴。离之则双美,合之则两伤。考殿最于锱铢,定去留于毫芒㈥⁵。苟铨衡之所裁,固应绳其必当㈥⁶。

或文繁理富,而意不指适㈥⁷。极无两致,尽不可益㈥⁸。立片言而居要,乃一篇之警策㈥⁹。虽众辞之有条,必待兹而效绩㈦⁰。亮功多而累寡,故取足而不易㈦¹。

或藻思绮合,清丽芊眠㈦²。炳若缛绣,悽若繁弦㈦³。必所拟之不殊,乃暗合乎曩篇㈦⁴。虽杼轴于予怀,怵他人之我先㈦⁵。苟伤廉而愆义,亦虽爱而必捐㈦⁶。

或苕发颖竖,离众绝致㈦⁷。形不可逐,响难为系㈦⁸。块孤立而特峙,非常音之所纬㊆。心牢落而无偶,意徘徊而不能揥㊇。石韫玉而山辉,水怀珠而川媚㊈。彼榛楛之勿剪,亦蒙荣于集翠㊉。缀《下里》于《白雪》,吾亦济夫所伟㊋。

或托言于短韵,对穷迹而孤兴㊌。俯寂寞而无友,仰寥廓而莫承。譬偏弦之独张,含清唱而靡应㊍。

或寄辞于瘁音,言徒靡而弗华㊎。混妍蚩而成体,累良质而为瑕。象下管之偏疾,故虽应而不和㊏。

或遗理以存异,徒寻虚以逐微㊐。言寡情而鲜爱,辞浮漂而不归。犹弦幺而徽急,故虽和而不悲㊑。

或奔放以谐合,务嘈杂而妖冶㊒。徒悦目而偶俗,故声高而曲下㊓。寤《防露》与《桑间》,又虽悲而不雅㊔。

或清虚以婉约,每除烦而去滥㊕。阙大羹之遗味,同朱弦之清氾㊖。虽一唱而三叹,固既雅而不艳。

若夫丰约之裁㊗,俯仰之形,因宜适变,曲有微情。或言拙而喻巧,或理朴而辞轻。或袭故而弥新㊘,或沿浊而更清。或览之而必察,或研之而后精㊙。譬犹舞者赴节以投袂,歌者应弦而遣声㊚。是盖轮扁所不得言,故亦非华说之所能精㊛。

普辞条与文律,良余膺之所服⑩⓪。练世情之常尤,识前修之所淑⑩①。虽浚发于巧心,或受欷于拙目⑩②。彼琼敷与玉藻,若中原之有菽⑩③。同橐籥之罔穷,与天地乎并育⑩④。虽纷蔼于此世,嗟不盈于予掬。患挈瓶之屡空,病昌言之难属⑩⑥。故跂踵于短垣,放庸音以足曲⑩⑦。恒遗恨以终篇,岂怀盈而自足?惧蒙尘于叩缶,顾取笑乎鸣玉⑩⑧。

若夫应感之会,通塞之纪⑩⑨,来不可遏,去不可止。藏若景灭,行犹响起⑪⓪。方天机之骏利,夫何纷而不理⑪①?思风发于胸臆,言泉流于唇齿。纷葳蕤以馺遝,唯豪素之所拟⑪②。文徽徽以溢目,音泠泠而盈耳⑪③。及其六情底滞,志往神留,兀若枯木,豁若涸流⑪④。揽营魂以探赜,顿精爽而自求⑪⑤。理翳翳而愈伏,思乙乙其若抽⑪⑥。是以或竭情而多悔,或率意而寡尤⑪⑦。虽兹物之在我,非余力之所勠⑪⑧。故时抚空怀而自惋,吾未识夫开塞之所由。

伊兹文之为用,固众理之所因⑪⑨。恢万里而无阂,通亿载而为津⑫⓪。俯贻则于来叶,仰观象乎古人⑫①。济文武于将坠,宣风声于不泯⑫②。途无远而不弥,理无微而弗纶⑫③。配沾润于云雨,象变化乎鬼神⑫④。被金石而德广,流管弦而日新⑫⑤。

①本文是讨论文学创作基本理论的作品。　②良:确实,诚然。　③妍蚩好恶:美丑好坏。蚩,同"媸",丑陋。　④属文:撰写文章。属,连缀。　⑤称:符合,适合。　⑥逮意:即达意,准确表达意思。逮,及。　⑦能:这里指做到。　⑧先士:前辈才士。盛藻:华美的文章。藻,辞藻,文藻。　⑨"至于":意义是写作可以取法前人文章。操斧伐柯,用斧子砍制斧子柄。《诗经·豳风·伐柯》"伐柯伐柯,匪斧不克。……伐柯伐柯,其则不远"。则,模范,准则。　⑩具:同"俱",全,都。　⑪"伫中区"二句:意思是站在天地间深察万物,用古代的典籍来涵养自己的情志。伫,久立。中区,天地间。玄览,《老子》"涤除玄览",河上公注云:"心居玄冥之处,览知万物,故谓之玄览。"颐,养,涵养。典坟,即三坟五典,相传为三皇五帝之书,这里泛指古代典籍。　⑫思纷:思虑纷纭。　⑬"心懔懔"二句:指有高洁的情操和高远的志向。懔懔,危惧,敬畏。怀霜,比喻严肃高洁。眇眇,高远的样子。　⑭世德:往世有德之人。骏:大,高大。烈:功业。清芬:清香,这里指美好的品行。　⑮林府:树林府库,指事物聚集之处。嘉:喜爱。彬彬:萃集,汇集。　⑯斯文:泛指文章。　⑰收视反听:不看不听,形容专心致志,心无旁骛。耽思:深入思考。傍讯:广泛求索。傍,普遍,广博。　⑱"精骛"二句:指极力展开想象。精:精神,神思。骛:奔驰。八极:八方极远之地。　⑲致:到,这里指构思成熟。　⑳曈昽(tóng lóng 童龙):欲明,将要明亮。昭晰:清楚,明显。　㉑"倾群言"二句:指把从六艺群书中吸收的精华都倾倒出来。群言,即群书。沥液,少量的水,水滴。六艺,指《诗》《书》《礼》《易》《乐》《春秋》六部儒家经典。芳润,芳香润泽,这里指精华。　㉒"浮天渊"二句:指让文思升入天地,精心探求。天渊,天上的水潭。濯,洗。　㉓"于是"四句:指这样精当的辞藻才会探求到。怫悦,指艰涩难出。翰,高飞。缴(zhuó 卓),中箭。缴,系在箭上的丝绳。曾,同"层"。峻,高。　㉔"收百世"二句:指古人不曾用过的文辞音韵也兼收并蓄。阙文,指古人未述之文。遗韵,古人未用之韵。　㉕"谢朝华"二句:指弃去前人已用的,开启前人未用的。谢,拒绝,弃去。华,同"花"。披,即离披,衰残的样子。秀,草木之花。　㉖"观古今"二句:指文思瞬间就可以跨越古今、纵横四海。须臾,片刻。　㉗"然后"二句:指按照文中位置和次序选用词句。　㉘"抱景"二句:指要探究掌握事物的形状声音。景,光,这里指形象。叩,敲击。　㉙"或因枝"二句:指考选辞时,或者由本及末;或者沿流溯源。　㉚"或本隐"二句:意思是或者让文义从隐晦到明显,或者步步推进,从浅易到艰深。　㉛"或虎变"二句:意思是或者有了精彩构思其他问题迎刃而解,或者有了警句却没有呼应。虎变,指虎毛变化,斑斓美丽。扰,驯顺,顺从。澜,散。　㉜岨峿(jǔ yǔ咀与):山交错不平貌。　㉝罄:用尽。澄心:清静之心。眇:注视,这里指深入思考。一说指超越。　㉞形:这里指文章。　㉟"始踟蹰"二句:意思是文辞开始在唇边徘徊不出,最终酣畅淋漓地现于笔端。吻,嘴唇。流离,淋漓。翰,笔毫。　㊱"理扶质"二句:意思是文章以义理为本质、为主干,以文辞为其次、为枝条。　㊲"信情貌"二句:意思是内心情感和样貌表情真是一点不差,

269　陆机

因此情感每有变化就会在脸上表现出来。信，确实。 ㊳“或操觚”二句：意思是有的不经意就写出来，有的却苦思不得。操觚，执简，指写作。率尔，不经意，轻易。邈然，茫然。 ㊴“伊兹事”二句：意思是写作是件乐事，也本是圣贤看重的事。伊，发语词，无义。钦，恭敬，敬佩。 ㊵“课虚无”二句：指写作是靠虚构、想象由无到有的过程。课，致力于。叩，敲击。 ㊶函：包含，容纳。绵邈：久远，辽远。尺素：小幅的绢帛。滂沛：盛大。 ㊷恢：扩大，发扬。按：考察，研求。 ㊸蕤：草木的花。馥馥：芬芳。森森：繁茂的样子。 ㊹粲：鲜明。猋（biāo 标）：暴风，旋风。郁：繁盛，繁多。翰林：文翰荟萃之所，指文坛。 ㊺体：这里指文体。一量：同一的规格。量，标准，规格。 ㊻纷纭：杂乱。挥霍：迅疾。状：描绘，描写。 ㊼“辞程才”二句：意思是言辞衡量着作者的才力贡献技艺，心意掌握着纲要构思创作。程：衡量，品评。效：献。契，关键，纲要。 ㊽“在有无”二句：意思是不管有无深浅，都有努力探求。僶俛（mǐn miǎn 敏免），勉强，努力。让，推辞，拒绝。 ㊾“虽离方”二句：意思是虽然不拘泥规矩，但期望穷尽事物的形象。遯（dùn 盾），同“遁”，潜逃。员，同“圆”。方圆即规矩。 ㊿“言穷”二句：意思是言辞贫乏的文章显得窘迫，议论通达的则比较开阔。无，助词，无义。一说当作“唯”。隘，褊狭，窘迫。 (51)绮靡：浮艳，华丽。体：铺陈摹写。浏亮：清晰明亮。 (52)碑：古代文体名，刻在碑石上用来叙事纪功，所以文辞既要有文采，又要质实。诔：古代文体名，用来叙述死者生平、表达哀悼之情。 (53)铭：古代文体名，指刻在器物上称颂功德或警诫自己的文字。博约：叙事博深，言辞简约。箴：古代文体名，以告诫规劝为主。顿挫：指音调有抑扬停顿。清壮：清新壮健。 (54)颂：古代文体名，用来颂扬功德。优游：从容不迫。彬蔚：华美繁盛。论：古代文体名，指议论之文。朗畅：清晰流畅。 (55)奏：古代文体名，上奏君主的文章。平彻：平和透彻。闲雅：舒缓优雅。说：古代文体名，用来阐述道理或主张的文章。炜晔：光明，这里指意思明显。谲诳：诡谲虚妄，这里指奇诡而有诱惑力。 (56)禁邪制放：指禁止不当或者过度。 (57)举：成立，立得住。 (58)迁：变化，转变。 (59)暨：及。迭代：轮转更替，这里指间错配合。宣：明，这里指映衬。 (60)逝止：去留。崎锜（qí yǐ 奇蚁）：不安貌。 (61)“苟达变”二句：意思是如果能通晓音律的变化和次序，那下笔就像开流纳泉那样流畅了。达：通达，通晓。 (62)“如失机”四句：如果不能做到恰到好处，拿末尾接续开头，文章便会像弄错了色彩顺序的绣品一样，显得污浊不鲜明了。失机、后会，指没有把握好时机，这里指不能恰到好处。秩（zhì 治）叙：即秩序。浀涊（tiǎn niǎn 腆碾），污浊，卑污。 (63)“或仰逼”二句：意思是有的被前段文辞妨害，有的向下侵害了后段文章。先条，前段。 (64)“或辞害”二句：意思是有的言辞不好但与义理一致，有的言辞通顺但文意有害。比，和谐，一致。 (65)殿最：古代考核政绩或军功，下等称为殿，上等称为最，这里指高下。锱铢：锱和铢，比喻微小的量。毫芒：毫毛的细尖，比喻细微处。 (66)“苟铨衡”二句：意思是如果经过权衡做出裁断，那就按照规矩使其归于恰当。铨衡，衡量轻重的器具。裁：决定，判断。应绳：符合绳墨，比喻符合规矩法度。　⑰指适:指合乎主旨。　⑱"极无"二句:意思是文章的中心思想只能有一个。极、尽,指文章的中心思想。两致,两样。益,多。　⑲警策:精炼扼要而含义深切动人的文句。　⑳条:条理顺序。兹:指"警策"。效绩:奏效。　㉑"亮功多"二句:是说"警策"在文章中功劳多、负累少,故取一而足不再变更。亮,诚然,确实。易,变更,改易。　㉒"或藻思"二句:意思是文思如同锦绣聚合,清丽灿烂。　㉓炳:光明,显著。缛绣:灿烂的锦绣。繁弦:繁急的弦乐声。　㉔"必所拟"二句:意思是必定写出的文章没有特殊之处,暗合以前的文章。曩,从前。　㉕杼(zhù 住)轴:纺织机上的部件,这里指文章的组织、构思。怵(chù 触):恐惧,怕。　㉖"苟伤廉"二句:意思是如果有抄袭之嫌,那虽然很珍惜也要扔掉。伤廉,伤害廉洁的品行。愆(qiān千)义,违反道义。捐,抛弃。　㉗苕:芦苇的花。颖:禾穗。离众:超群,与众不同。㉘"形不"二句:意思是文章中那些绝妙之处很难捕捉,如同形体追不上影子,回声难以留住一样。　㉙"块孤立"二句:意思是那些绝妙的词句孤独峙立,不是一般言辞能匹配的。块,孤独。峙,耸立。常音,平常的词句。纬,织物的横线,与"经"相对,这里指匹配、相称。　㉚"心牢落"二句:意思是因为没有为绝妙词句找到对偶而不安,心里迟疑又不能抛弃。牢落,孤独寂寞。掷(dì 地),舍弃。　㉛"石韫玉"二句:是说:文章有绝妙词句就如同山中有玉、水中有珠一样光辉明媚。韫,蕴藏,包含。　㉜"彼榛楛"二句:意思是荒芜的灌木丛因为翠鸟停落而蒙上光辉,比喻平庸的文辞因为妙词句的出现而有了光彩。榛楛(hù 户),榛木与楛木,泛指丛生的杂木。集,群鸟栖于树上。翠,翠鸟。　㉝"缀下里"二句:意思是把普通的词句和绝妙词句连缀起来,可以增加文章的奇伟壮美。下里,即下里巴人,通俗的民间歌谣。白雪,即阳春白雪,高雅脱俗的歌曲。济,增加。　㉞穷迹:尽头。兴:起兴,兴发。　㉟张:弹奏。靡应:没有应和之声。　㊱瘁(cuì 脆)音:憔悴之音,指不刚健的文辞。靡,美。华,光彩。㊲"象下管"二句:意思是如同管乐偏急,跟其他乐器虽然呼应但并不和谐。下管,指管乐器,古代举行大祭等仪式,奏管乐者在堂下,故称。　㊳"或遗理"二句:意思是遗弃正理,标新立异,只追求虚饰之辞和细微表现。　㊴"犹弦幺"二句:意思是就像弦小而弹急,虽然和谐却不悲切感人。幺,小。徽,通"挥",弹奏。　㊵"或奔放"二句:意思是或者文章写得放逸和谐,务求声韵繁杂妖冶。嘈杂,声音杂乱;喧闹。㊶偶俗:迎合世俗。下:卑下,格调低下。　㊷寤:通"悟"。防露、桑间:都是古代男女聚会的情歌,古人认为是靡靡之音。雅:雅正,高雅严肃。　㊸烦:繁多,繁杂。滥:虚妄不实。　㊹阙:缺乏。大羹:不调五味的肉汁。遗味:余味。朱弦:乐器上深红色的丝弦。清汜:清澈,不繁密。　㊺丰约:繁简。　㊻袭故:沿袭典故。　㊼"或览之"二句:意思是有的一目了然,有的要钻研之后才能知其精微之处。　㊽赴节:依照节拍。节,节奏。袂:衣袖。　㊾轮扁所不能言:比喻得心应手不可言传之妙。《庄子·天道》载"轮扁曰:'臣也以臣之事观之。斫轮,徐则甘而不固,疾则苦而不入,不徐不疾,得之于手而应于心,口不能言,有数存焉于其间'。"轮扁,春秋时齐国著名的造车匠人。华说:华美的言辞。　⑩普:广泛阅览。膺:胸,心胸。　⑩练:熟悉。尤:怪罪,指责。前修:即前贤。淑:美、善。　⑩"虽浚发"二句:意思是前贤的文章虽然深发自巧心,有时也会被眼拙的人嗤笑。浚,深。呧(chī吃):同"嗤"。　⑩琼敷、玉藻:比喻瑰丽的文章。中原:原野中。菽:豆类的总称。　⑩"同橐籥"二句:指文章在天地间无穷无尽,生生不息。《老子》:"天地之间,岂犹橐籥乎? 虚而不屈,动而愈出。"橐籥(tuó yuè 砣月),古代冶炼时鼓风吹火的装置,犹今之风箱。罔穷,无穷。育,生长。　⑩纷葳:繁多。掬:捧。　⑩"患挈瓶"二句:意思是苦于才思经常空乏,找不到合适的词语来写作。挈瓶,汲水用的瓶子,比喻才智浅小。昌言,恰当的言辞。
⑩趻踔(chěn chuō):停滞,滞留。足曲:拼凑成篇。　⑩"俱蒙尘"二句:比喻自己的文章平庸浅陋,与前贤的美文相比会被耻笑。缶,一种肚大口小的瓦器。　⑩应感:感应,这里指灵感。通塞:文思的通畅或滞塞。纪:规律。　⑩景:光。　⑪方:正当。天机:天然的文思,指神思。骏利:锋利,敏锐。纷:纷乱。理:理清。　⑫葳蕤:茂盛的样子。飒遝(sà tà 飒踏):盛多,这里指连续不断。毫素:写作用的毛笔和丝绢。
⑬徽徽:灿烂。　⑭"及其"四句:意思是文思停滞时,心志想前往,但是神思却滞留不动,静立像截枯木,空荡荡像枯竭的河流。底滞:停滞。兀,静止不动,一说无知的样子。豁,空。　⑮营魂:魂魄。探赜(zé泽):探索奥妙。赜,深奥。精爽:精神。
⑯翳(yì译)翳:晦暗不明。乙乙:难以出来的样子。　⑰"是以"二句:意思是因为文思有通有塞,所以有的竭尽情思去写作结果有很多后悔之处,有的率性而为却没什么过失。　⑱兹物:指文章。勤:勤力,这里是勉力的意思。　⑲"伊兹文"二句:意思是文章之所以有用,是因为道理因之而得以表达。　⑳"恢万里"二句:意思是文章可以恢廓万里而无阻隔,可以做沟通亿年的桥梁。恢,扩展。阆,阻隔,隔阂。津梁,桥梁。　㉑"俯贻则"二句:意思是向下可以为后世留下法则,向上可以取法古人。贻,遗留。来叶,后世。观象,取法,效法。　㉒"济文武"二句:意思是文章可以挽救文王武王之道免于坠落,可以宣扬风化使其不泯灭。济,救助,帮助。文武,即周文王和周武王的道德。《论语·子张》:"文武之道,未坠于地"。风声,风化,教化。
㉓途:路,这里指道。弥:弥缝补合。纶:裹缠,有经纬包笼之意。　㉔"配霑润"二句:意思是文章像云雨一样滋润人心,像鬼神一样变化莫测。　㉕"被金石"二句:意思是文章可以刻于金石功用广远,可以播于管弦而日日更新。被金石,刻在钟鼎、碑石之上。

左 思

左思(252—306),字太冲,临淄(今山东省淄博东北)人,西晋文学家。出身寒微,仕途颇不得意。妹左芬具才名,为晋武帝妃嫔,因举家入洛。曾构思十年,写成《三都赋》,"洛阳为之纸贵"。

左思的诗以《咏史》八首为代表作,主要揭露门阀制度的不合理,或抒发有志难酬的苦闷,笔力雄健,风格豪壮,有"建安风骨"。

原有集五卷,已佚。清人丁福保辑有《左太冲集》一卷,在《汉魏六朝名家集初刻》中。

咏 史

其 二①

郁郁涧底松②,离离山上苗③,以彼径寸茎④,荫此百尺条⑤。世胄蹑高位⑥,英俊沉下僚⑦。地势使之然⑧,由来非一朝⑨。金张藉旧业⑩,七叶珥汉貂⑪。冯公岂不伟⑫,白首不见招⑬。

①《咏史》诗共八首。"郁郁涧底松"一诗托物言志,以古讽今,揭示了门阀制度下"世胄蹑高位,英俊沉下僚"的不合理的社会现象。 ②郁郁:树木茂盛貌。涧:本指两山间的流水,这里指山谷。 ③离离:柔弱下垂貌。苗:指初生之草木。 ④彼:指山上苗。径寸:直径一寸,言其细小,非确数。 ⑤荫:遮掩。此:指涧底松。百尺条:指百尺高的树木。百尺,言其高大,非确数。以上二句是说,那柔弱细小的山上苗却遮蔽了挺拔高大的涧底松。以上四句是五、六两句的比喻。 ⑥世:世族,指当时把持仕途的世家贵族。胄(zhòu 宙):帝王或贵族的后裔。世胄,谓世家子弟。蹑(niè 聂):登。 ⑦英俊:指才智杰出的人物。这里指出身寒门而有才能的人。下僚:指位置很

低的官职。以上二句是说,世族子弟总能登上高位,而寒门的英俊却沉落下僚。 ⑧地势:从字表上讲是指松生涧底,苗长山上,地势不同,实际上指世家与寒门出身不同。然:如此,这样。 ⑨由来非一朝:指五、六两句所说的情形由来已久。以上二句是说,"世胄蹑高位,英俊沉下僚"是由于形势造成的,这种情况由来已久。 ⑩金:指汉朝官僚金日䃅(mì密)䃅(dī低),金家七代为内侍,宠贵无比。张:指汉代官僚张汤,他家子孙相继,为侍中、中常侍者凡十余人。藉:凭借。 ⑪七叶:七代。珥(ěr耳):插。珥汉貂,汉代侍中、中常侍帽子上插貂尾为饰。以上二句是说,金、张两家凭借祖先功业,七代子孙皆做贵官。 ⑫冯公:指汉文帝时的冯唐,称公是示尊敬。冯唐一生仕途不得意,年已老而官甚微。伟:指才能突出。 ⑬白首:白头,指年老。招:指被皇帝召用。后四句正是要说明"世胄蹑高位,英俊沉下僚"是"由来非一朝"。

其 四①

济济京城内②,赫赫王侯居③。冠盖荫四术④,朱轮竟长衢⑤。朝集金张馆⑥,暮宿许史庐⑦。南邻击钟磬⑧,北里吹笙竽⑨。寂寂扬子宅⑩,门无卿相舆⑪。寥寥空宇中⑫,所讲在玄虚⑬。言论准宣尼⑭,辞赋拟相如⑮。悠悠百世后⑯,英名擅八区⑰。

①本诗以对比的手法揭露贵族生活的豪华,歌颂扬雄的穷居著书并肯定他的英名不朽。 ②济济:美盛貌。京城:指西汉京城长安。 ③赫赫:显盛貌。 ④冠盖:指达官贵人的冠服车盖。荫:遮掩。术:道路。 ⑤朱轮:车轮涂上赤色,汉朝列侯和二千石以上的官员才能乘朱轮之车。竟:穷,终。衢:四通的道路。以上二句是说,显贵们冠服车盖掩盖了道路,大道上朱轮车竟日奔驰。 ⑥金张:指汉代大官僚金日䃅和张汤。详见前一首注⑩。馆:房舍建筑的统称。指金张二人的家。 ⑦许:指许广汉。广汉女是汉宣帝后,广汉与其两弟皆封侯。史:指史高。史高是汉宣帝祖母史良娣之侄,宣帝封史高等三人为侯。庐:指许史二人的家。以上二句是说,金、张、许、史等豪贵之家日夕有人奔走相聚。 ⑧钟、磬:两种打击乐器。 ⑨笙、竽(yú鱼):两种管乐器。以上二句是说,豪贵之家家家都奏乐欢娱。 ⑩寂寂:无人声。扬子:汉代学者和作家扬雄。扬雄家贫,门少宾客来往。 ⑪舆:车。以上二句是说,扬雄家却寂无人声,不与卿相交往。 ⑫寥寥:空寂貌。 ⑬玄虚:玄远虚无的道理,指扬雄仿《易经》所作的《太玄经》。以上二句是说,扬雄在空旷寂寥的家中,闭门作《太玄经》,讲论的都是玄远虚无的道理。 ⑭准:动词,以……为准则。宣尼:指孔子。汉平帝时曾追谥孔子为褒城宣尼公。扬雄曾仿《论语》作《法言》。 ⑮拟:模仿,学习。相如:汉代大辞赋家司马相如。扬雄亦是大赋家,他的辞赋名作《甘泉》《羽猎》《长杨》《河东》,都模拟了司马相如的《子虚》《上林》。以上二句是说,扬雄作《法言》以孔子《论语》为准则,作赋则模拟司马相如。 ⑯悠悠:远貌,这里指时间长久。 ⑰擅:

据有。八区:八方之地。以上二句是说,扬雄英名独擅八方。

其　　五①

皓天舒白日②,灵景耀神州③。列宅紫宫里④,飞宇若云浮⑤。峨峨高门内⑥,蔼蔼皆王侯⑦。自非攀龙客⑧,何为欻来游⑨?被褐出阊阖⑩,高步追许由⑪。振衣千仞冈⑫,濯足万里流⑬。

①本诗前半极力描写宫殿壮丽,反衬自己心胸高洁和对富贵的鄙视,后半表示决不攀龙附凤,要像古代的高士那样高蹈避世,洁身自好。激愤之情溢于言表。　②皓:明。舒:迟缓,指缓行。　③灵景:日光。神州:古代又称中国为"赤县神州"。　④列:排列。紫宫:本是星垣名,即紫微宫。这里喻指皇都。　⑤飞宇:飞檐。房屋的檐像鸟翼飞起,故称飞宇。若云浮:形容屋檐高而多。以上二句是说,皇都里排列着一座座深宅大院,飞起的屋檐如浮云。　⑥峨峨:高峻貌。　⑦蔼蔼:众多貌。以上二句是说,众多的高门大院都是王侯所居。　⑧攀龙客:指那些追随帝王贵族以求仕进者。　⑨何为:为何,为什么。欻(xū虚):忽然。以上二句是说,自己并不是攀龙附凤者,为什么忽然来游此地。　⑩被:穿。褐:指粗布衣服。阊(chāng昌)阖(hé核):宫门。　⑪高步:犹言大步,快步。许由:尧时的隐士,据说尧欲让天下给他,他逃隐颍水之滨、箕山之下。尧召他为九州长,他听到后,赶快用水洗耳。以上二句是说,穿着粗布衣离开皇都,要像许由那样高蹈遗世。　⑫振衣:抖动衣服。抖衣是为了抖去尘土。仞(rèn认):古代七尺或八尺为一仞。千仞冈,极言冈之高。　⑬濯:洗。濯足,洗脚。万里流,犹言万里长河,极言河之长。以上二句是说,站在高山上抖衣,在长河边洗脚。表示涤除尘垢,洁身避世。

其　　六①

荆轲饮燕市②,酒酣气益震③。哀歌和渐离④,谓若傍无人⑤。虽无壮士节⑥,与世亦殊伦⑦。高眄邈四海⑧,豪右何足陈⑨!贵者虽自贵⑩,视之若埃尘⑪;贱者虽自贱⑫,重之若千钧⑬。

①本诗借歌咏荆轲悲歌慷慨、旁若无人的豪侠之气,表达了作者对豪门权贵的蔑视。　②荆轲:战国时人,好读书击剑,曾为燕太子丹刺杀秦王,事败,被杀。荆轲到燕,经常与燕之狗屠(杀狗的屠夫)和击筑(一种乐器)者高渐离饮于燕市。　③酒酣:酒喝得正有兴致。益:更,越发。震:振奋。　④和(hè喝):跟着别人唱。渐离:指高渐离。　⑤谓:以为。若:好像。《史记·刺客列传》说:"荆轲嗜酒,日与狗屠及高渐离饮于燕市,酒酣以往,高渐离击筑,荆轲和而歌于市中,相乐也,已而相泣,旁若无人者。"

⑥节:操守。　⑦伦:类。以上二句是说,荆轲虽然还不能算是真正大有作为的壮士,但与世上的一般人也已大不相同了。　⑧眄(miǎn免):斜视。邈:动词,以……为小。　⑨豪右:指豪门大族。古时以右为大,故称豪门为豪右。陈:说,道。以上二句是说,站在高处,放眼而望,四海都变得渺小了,豪门大族又何足道哉!　⑩贵者:豪门显贵者。　⑪视之若埃尘:看豪门显贵轻如尘埃。　⑫贱者:出身寒微者。　⑬钧:古以三十斤为一钧。以上四句是说,豪门显贵者虽自以为贵,但在我看来却轻如尘土;出身寒微者虽自以为贱,但在我看来却重若千钧。

招　　隐①

　　杖策招隐士②,荒涂横古今③。岩穴无结构④,丘中有鸣琴。白云停阴冈⑤,丹葩曜阳林⑥。石泉漱琼瑶⑦,纤鳞或浮沉⑧。非必丝与竹⑨,山水有清音。何事待啸歌⑩,灌木自悲吟。秋菊兼糇粮⑪,幽兰间重襟⑫。踌躇足力烦⑬,聊欲投吾簪⑭。

①招隐:共二首,此其一。汉代淮南小山有楚辞《招隐士》,是招求隐士到朝廷中来。左思的这首《招隐》诗则写由招隐到欲归隐。　②杖策:策杖,拄杖。　③荒涂:荒芜的道路。　④结构:房屋的梁柱架构。　⑤阴冈:山北背阴的山脊。　⑥葩:花。阳林:山南的树林。　⑦漱:荡洗,激荡。琼瑶:美玉,这里指水中的小石头。　⑧纤鳞:小鱼。　⑨丝、竹:弦乐器和管乐器。　⑩啸歌:长啸歌吟。　⑪"秋菊"句:把秋菊兼做食物,屈原《离骚》"朝饮木兰之坠露兮,夕餐秋菊之落英"。糇(hóu猴)粮:干粮。　⑫"幽兰"句:把幽兰戴在衣襟上作为装饰,屈原《离骚》"纫秋兰以为佩"。重襟,层层衣襟。　⑬烦:疲乏,烦累。　⑭投吾簪:弃去冠冕,意即归隐。簪,古代用来固定发冠之物。

刘 琨

刘琨(271—318),字越石,中山魏昌(今河北无极东北)人,西晋末著名的爱国将领,诗人。刘琨出身世族家庭,少时生活豪纵。"八王之乱"起,琨出任并州刺史,招募流亡,志在恢复。后拜大将军,都督并、冀、幽三州诸军事,为石勒所败。投奔幽州刺史鲜卑人段匹磾。后因其子得罪匹磾,受牵连被杀。时年四十八岁。

刘琨今存诗四首,风格刚健雄劲,感情悲凉慷慨,《扶风歌》尤为名作。原有集十卷,别集十三卷,已佚。明人辑有《刘中山集》。

扶 风 歌①

朝发广莫门②,暮宿丹水山③。左手弯繁弱④,右手挥龙渊⑤。顾瞻望宫阙⑥,俯仰御飞轩⑦。据鞍长叹息⑧,泪下如流泉。系马长松下,发鞍高岳头⑨。烈烈悲风起⑩,泠泠涧水流⑪。挥手长相谢⑫,哽咽不能言⑬。浮云为我结⑭,归鸟为我旋⑮。去家日已远,安知存与亡⑯?慷慨穷林中⑰,抱膝独摧藏⑱。麋鹿游我前,猿猴戏我侧。资粮既乏尽⑲,薇蕨安可食⑳?揽辔命徒侣㉑,吟啸绝岩中㉒。君子道微矣㉓,夫子故有穷㉔。惟昔李骞期㉕,寄在匈奴庭㉖。忠信反获罪㉗,汉武不见明㉘。我欲竟此曲㉙,此曲悲且长。弃置勿重陈㉚,重陈令心伤。

①《扶风歌》:《乐府诗集》收本诗于《杂歌谣辞》中,题作《扶风歌九首》,九首实际上是四句一解,分九解,只是一首。扶风,郡名,郡治在今陕西省泾阳县。本诗作于刘琨任并州刺史,从洛阳赴晋阳途中。内容写途中的艰难和对洛阳的怀念,表达了自己对国事的忧虑和忠愤。 ②广莫门:晋都洛阳北边有二门,东曰广莫门。 ③丹水山:即丹朱岭,是丹水发源之地,在今山西省高平市北,刘琨赴晋阳经过此地。 ④繁弱:

古良弓名。弯繁弱,拉开繁弱弓。　⑤龙渊:古宝剑名。　⑥顾瞻:回头望。　⑦俯仰:犹高下。当是指驾车时颠簸之状。御:驾。飞轩:飞奔的车。　⑧据鞍:靠在马鞍上。　⑨发鞍:卸下马鞍。指停马休息。　⑩烈烈:风声。　⑪泠(líng 伶)泠:水声。　⑫长:久。谢:辞别。　⑬哽咽:极度伤心时的气结咽塞。言:说话。　⑭结:集结。　⑮归鸟:归巢的鸟。以上二句是说,浮云在为我集结,归鸟在我身旁盘旋,不忍离我而去。　⑯安知:怎知。存与亡:活和死。　⑰慷慨:指慷慨而歌。穷林:偏远的深林。　⑱摧藏(cáng):言极度悲伤。　⑲资粮:钱和粮。　⑳薇蕨(jué 决):野草名,嫩时可食。以上二句是说,钱粮都已用尽,只能吃野菜度日,但野菜又怎可以久食?　㉑揽辔(pèi 佩):拉住马缰。徒侣:指随从部众。　㉒吟啸:吟诗啸歌。绝岩:绝壁。以上二句是说,拉住马缰,命部众启程,在绝壁之中吟诗长啸。　㉓微:衰微。　㉔夫子:指孔子。故:本来。穷:困厄。《论语·卫灵公》讲有一次孔子在陈断了粮,子路问他说:君子也有穷困之时吗?孔子说君子虽穷,但还坚守正道,小人一穷就不顾廉耻,无所不为了。以上二句是说,君子之道衰微了,孔子本也有困厄之时。　㉕惟:想。昔:从前。李:指李陵,汉代名将,战败后投降匈奴。骞(qiān 千)期:指行军错过了约定的期限。骞,通"愆",过也。这里"骞期"指李陵过期未归汉。　㉖寄:寄身,托身。寄在匈奴庭,谓李陵投降了匈奴,诗人认为李陵投降,只是暂时寄身匈奴,不是真投降。　㉗忠信反获罪:李陵投降一事,从司马迁始,很多封建文人学者都认为他虽身在匈奴,仍想寻机报效汉朝。司马迁《报任安书》说:李陵"身虽陷败,彼观其意,且欲得其当而报于汉"。获罪,指汉武帝杀了李陵全家。　㉘汉武:汉武帝。明:贤明。以上二句是说,李陵忠信反而获灭门之罪,汉武帝也不见得贤明。　㉙竟:终,结束。此曲:指《扶风歌》。　㉚弃置:放下,丢在一边。重:再。陈:述说。

陶渊明

陶渊明(365—427),又名潜,字元亮。浔阳柴桑(今江西省九江市西南)人,晋代著名的大诗人。

陶渊明的曾祖陶侃是东晋名将,曾任大司马,祖父和父亲都只是地方官。到陶渊明时,家道已经中落,陶渊明先后三次出仕,做过祭酒、参军和县令等职。由于不惯官场的黑暗,义熙元年(405)辞彭泽令后,一直过着躬耕田园和饮酒作诗的隐居生活。宋文帝元嘉四年(427)卒,享年六十三岁。

陶渊明生活的晋宋之际,正是一个阶级矛盾、民族矛盾十分尖锐,而统治者又极为腐朽的黑暗时代。他的作品(特别是诗歌)揭示了社会的黑暗和污浊,表现了高洁的志趣、耿介的品格和对淳朴的田园生活的向往。感情真率自然,毫不矫揉造作;在艺术上,语言明白简洁,风格平易淡远,意境含蓄优美,具有极高的美学价值。但少数诗歌流露出乐天知命的消极思想情绪。

原有集八卷,已佚。明人辑有《陶渊明集》。今存诗文一百三十多篇。《陶渊明集》注本很多,清人陶澍注的《靖节先生集》较为通行。今人王瑶编注有《陶渊明集》,逯钦立校注有《陶渊明集》,龚斌《陶渊明集校笺》。

停　云①

停云,思亲友也。樽湛新醪②,园列初荣③,愿言不从④,叹息弥襟⑤。

霭霭停云⑥,蒙蒙时雨⑦。八表同昏⑧,平路伊阻⑨。
静寄东轩⑩,春醪独抚。良朋悠邈⑪,搔首延伫⑫。
停云霭霭,时雨蒙蒙。八表同昏,平陆成江⑬。
有酒有酒,闲饮东窗。愿言怀人,舟车靡从。

东园之树,枝条载荣⑭。竞用新好⑮,以怡余情。
人亦有言:日月于征⑯。安得促席⑰,说彼平生。
翩翩飞鸟,息我庭柯⑱。敛翮闲止⑲,好声相和。
岂无他人,念子实多。愿言不获⑳,抱恨如何!

①停云:这里指凝滞不散的雨云。此诗作于元兴三年,时年刘裕等人起兵讨伐篡夺皇位的桓玄,自春至夏,双方在陶渊明故乡浔阳一带连番交战。诗表现了隐居生活中对时事的关心、对亲友的思念。 ②樽:酒樽。湛:多,盈满。醪(láo 劳):浊酒。 ③荣:草木的花。 ④愿:思念。言:语助词,无义。 ⑤弥襟:满怀。弥,满。襟,襟怀,胸怀。 ⑥霭霭:云气密集的样子。 ⑦时雨:季节雨,这里指春雨。 ⑧八表:八方之外,指极远的地方。 ⑨伊:语助词,无义。阻:阻滞不通。 ⑩寄:托身,寄居。 ⑪悠邈:遥远。 ⑫延伫:长时间的伫立等候。 ⑬平陆:平原,平地。 ⑭载:开始。荣:茂盛。 ⑮新好:清新而美好的景象,这里指新生的花叶。 ⑯于:语助词,无义。征:远行,这里指日月。 ⑰促席:把座席靠近。 ⑱柯:树枝。 ⑲翮(hé):翅膀。止:语助词,无义。 ⑳不获:这里指不得相见。

归 园 田 居①

其 一

少无适俗韵②,性本爱丘山。误落尘网中③,一去三十年④。羁鸟恋旧林⑤,池鱼思故渊⑥。开荒南野际⑦,守拙归园田⑧。方宅十余亩⑨,草屋八九间。榆柳荫后檐⑩,桃李罗堂前⑪。暧暧远人村⑫,依依墟里烟⑬。狗吠深巷中,鸡鸣桑树巅⑭。户庭无尘杂⑮,虚室有余闲⑯。久在樊笼里⑰,复得返自然⑱。

①《归园田居》:共五首,作于义熙元年,诗人自彭泽归隐后的第二年。这里选第一、三、四首。第一首通过对往事的回忆和对眼前景色的描写,表达了归隐后的欣喜舒畅心情。 ②韵:气质,性格。这句是说,自己从少时就没有适应世俗的气质性格。 ③尘网:尘世的罗网。尘世官场生活多拘束,不自由,故说是"尘网"。 ④三十年:当作十三年。诗人二十九岁出仕任江州祭酒,四十一岁辞彭泽令,共十三年。 ⑤羁鸟:被羁束的鸟,犹言笼中之鸟。恋:依恋。旧林:指鸟原来生活过的树林。 ⑥池鱼:放养在水池中的鱼。故渊:指鱼原来生活过的深潭。以上二句是比喻自己在不自由的官场中向往着田园的生活。 ⑦际:间。 ⑧拙:愚拙。指不会巴结逢迎于官场。

⑨方:旁。这句是说,房屋周围有十余亩地。　⑩荫:遮蔽,遮掩。　⑪罗:罗列,排列。　⑫暧(ài 爱)暧:昏暗貌。　⑬依依:轻柔貌。墟(xū 虚)里:村落。　⑭巅:顶部。　⑮户庭:门户和院落。尘杂:尘俗杂务。　⑯虚室:空虚闲静的住室。余闲:闲暇。　⑰樊笼:关鸟兽之笼。比喻不自由的官场。　⑱返自然:指归耕田园,得以自由。

其　三①

种豆南山下②,草盛豆苗稀。晨兴理荒秽③,带月荷锄归④。道狭草木长⑤,夕露沾我衣。衣沾不足惜,但使愿无违⑥。

①此诗写诗人参加劳动的情景和感受,表达了对劳动的热爱和归耕田园的决心。　②南山:指庐山。　③晨兴:早起。荒秽:荒芜田亩的杂草。理荒秽,指除杂草。　④带月:人走,月亮好像跟着人,人如带月而行。带,一作"戴"。荷:扛。　⑤草木长(cháng 常):指草木丛生。　⑥愿:志愿。指躬耕田园之志。

其　四①

久去山泽游②,浪莽林野娱③。试携子侄辈,披榛步荒墟④。徘徊丘陇间⑤,依依昔人居⑥。井灶有遗处⑦,桑竹残朽株⑧。借问采薪者⑨,此人皆焉如⑩?薪者向我言,死没无复余⑪。一世异朝市⑫,此语真不虚。人生似幻化⑬,终当归空无⑭。

①这首诗反映了农村的凋敝,流露了人生无常的消极情绪。　②去:离。游:游宦,指出仕。　③浪莽:放纵貌。以上二句是说,长期离开山泽,出外游宦,现又重返田园,又能在林野间纵情欢娱。　④披:以手分开草木。榛(zhēn 真):丛生的草木。步:漫步。荒墟:荒废了的村落。以上二句是说,姑且带领着子侄们,拨开草木,漫步于荒墟之间。　⑤丘陇:墓地。　⑥依依:隐约可辨貌。以上二句是说,在坟墓间徘徊,依稀可看出这是从前人居住之地。　⑦井灶:水井和炉灶。遗处:遗迹。　⑧残:残留。以上二句是说,水井和炉灶还有遗迹,桑树竹子还残留着枯朽的枝干。　⑨借问:犹请问。采薪者:砍柴的人。　⑩此人:这些人,指原来住在这荒废了的村落里的人。焉如:哪里去了。　⑪没:同"殁",死。余:剩下。　⑫一世:古以三十年为一世。朝市:指人众聚集之地。"一世异朝市",意思是说,三十年间,"朝市"这样的公众之地已改变为荒芜之所了。这句话是当时的谚语。这句连下句是说,"一世异朝市"这句话真不假啊。　⑬幻化:虚幻的变化,指变化无常。　⑭空无:佛家用语,空就是无,无就是空。以上二句是说,人生变幻无常,终究当归于空无。

怨诗楚调示庞主簿邓治中①

天道幽且远②,鬼神茫昧然③。结发念善事④,僶俛六九年⑤。弱冠逢世阻⑥,始室丧其偏⑦。炎火屡焚如⑧,螟蜮恣中田⑨;风雨纵横至⑩,收敛不盈廛⑪。夏日抱长饥⑫,寒夜无被眠⑬;造夕思鸡鸣⑭,及晨愿乌迁⑮。在己何怨天⑯,离忧凄目前⑰。吁嗟身后名⑱,于我若浮烟⑲。慷慨独悲歌,锺期信为贤⑳。

①怨诗:即"怨诗行",乐府曲名,属《相和歌·楚调曲》,"怨诗行"亦称"怨诗"。楚调:即"楚调曲",其曲哀怨。本诗是借"怨诗楚调"以示其诗是抒发哀情的。庞主簿:指庞遵,字通之,诗人好友。主簿是官名,主管文书等事。邓治中:事迹不详,当亦是作者朋友。治中,官名,州郡佐吏,主管众曹文书。本诗作于义熙十四年,诗人叙述了自己平生的艰难困苦的生活,认识了天道鬼神的虚妄,使读者间接地看到了人民在天灾人祸下的痛苦境遇。　②天道:古人认为人事的祸福是由天主宰的,本诗的"天道"即指此。幽:深。　③茫昧:茫然不可知。以上二句是说,"天道"幽远虚幻,鬼神也茫然不可信。　④结发:束发,古人男二十束发加冠,表示成年。　⑤僶(mǐn 敏)俛(miǎn 免):努力,勤勉。六九年:即五十四岁。以上二句是说,结发之年便心念着行善事,而且努力实行到如今五十四岁。　⑥弱冠:古人二十岁行冠礼,以示成年,但体犹未壮,故称"弱冠"。世阻:世道艰难险阻。指天灾人祸造成的困难。　⑦室:动词,娶妻成家。始室,指三十岁,古礼有"三十而有室,始理男事"(《礼记·内则》)之说。丧其偏:夫妇二人丧其一叫偏丧,这里指诗人丧其原配之妻。　⑧炎火:似火的太阳。焚如:焚,"如"是语尾助词。这句是说旱灾。　⑨螟(míng 明)蜮(yù 域):两种吃农作物的害虫,螟吃心,蜮吃叶。中田:田中。这句是说虫灾。以上二句是说,酷烈的太阳屡次晒死庄稼,害虫在稻田中肆无忌惮地作恶。　⑩纵横:交错貌,这句犹言风雨铺天盖地而来。说的是风灾、水灾。　⑪收敛:指收获,收成。盈:满。廛(chán 蝉):一户农家的居处叫一廛。"收敛不盈廛"是说收获不足供一家人生活。一说,廛,通"缠",束也。这句是说,收获的禾谷不满一束。　⑫抱长饥:受长时间的饥饿。　⑬以上二句是说,夏天常挨饿,冬天夜里没有被子睡觉。　⑭造:到。造夕,犹言到晚上。　⑮及晨:到早晨。乌:指太阳。古神话说日中有三足乌。乌迁,指日落。以上二句是说,到晚上就想着鸡叫天亮,到早晨又希望太阳快落山。这正是受饥寒之迫者的真切感受。　⑯在己:指今日的困难全在自己。　⑰离:通"罹(lí 离)",遭受。以上二句是说,饥寒交迫的原因全在于自己,又何必怨天尤人,遭受的忧患使眼前一片凄凉。　⑱吁嗟(jiē 阶):感叹词。　⑲于我:对于我。若浮烟:轻若浮云。以上二句是说,可叹身后之名,我视若浮云。　⑳锺期:锺子期。传说,伯牙善弹琴,

锺子期最为知音。子期死后，伯牙不复弹琴。这里以锺期代指知音者。信：诚，确实。以上二句是说，诗人独自悲歌，老朋友庞主簿、邓治中才是知音者。

庚戌岁九月中于西田获早稻①

人生归有道②，衣食固其端③。孰是都不营④，而以求自安⑤？开春理常业⑥，岁功聊可观⑦。晨出肆微勤⑧，日入负耒还⑨。山中饶霜露⑩，风气亦先寒⑪。田家岂不苦？弗获辞此难⑫。四体诚乃疲⑬，庶无异患干⑭。盥濯息檐下⑮，斗酒散襟颜⑯。遥遥沮溺心⑰，千载乃相关⑱。但愿长如此，躬耕非所叹⑲。

①庚戌岁：晋安帝义熙六年，这年是庚戌年，诗人四十六岁。诗反映了诗人收获早稻后的喜悦心情，体会到劳动的艰苦，表示了躬耕的决心。　②有道：有常理。　③固：本来。端：首。以上二句是说，人生总归有常道，衣食本是人生最首要的。　④孰：谁。是：这，指衣食。营：经营，营求。　⑤以上二句是说，谁可以连衣食都不谋求，而又能求得自己安乐的呢？　⑥理：治理。常业：日常的工作，这里指耕作。　⑦岁功：指一年的收获。聊：姑且。这里有勉强、略微之意。　⑧肆：操持，从事。微勤：轻微的劳作。　⑨耒（lěi垒）：古代一种翻土农具。　⑩饶：多。　⑪风气：天气，气候。　⑫弗获：犹言不能。此：指农事劳作。难：艰苦，辛苦。以上二句是说，田家难道不苦吗？但不能推辞这种艰难的劳动。　⑬四体：指双手双脚，犹言四肢。诚：确实。乃：是。　⑭庶：庶几，也许可以。异患：未料到的祸患。干：相犯，相侵扰。　⑮盥（guàn贯）：洗手。濯（zhuó浊）：指洗脚。　⑯斗酒：相当于一碗酒。散：消散，排遣。襟：指胸怀。颜：容颜。散襟颜，指消遣情怀，排除忧虑。以上二句是说，劳动后洗完手脚，坐在屋檐下休息，以酒消愁遣闷。　⑰沮（jū巨阴平）溺：长沮和桀溺，古时的两位隐士。　⑱相关：相合。以上二句是说，很久以前古代隐士长沮和桀溺的心思，千载之下乃与我相合。　⑲躬耕：亲自耕作。以上二句是说，只愿长期如此生活，亲自耕作并不值得我叹息。

饮　　酒①

结庐在人境②，而无车马喧③。问君何能尔④？心远地自偏⑤。采菊东篱下，悠然见南山⑥。山气日夕佳，飞鸟相与还⑦。此中有真意⑧，欲辨已忘言⑨。

①《饮酒》:《饮酒》是组诗,作于诗人三十九岁时(据逯钦立说),原诗共二十首,有序,序云:"余闲居寡欢,兼比夜已长,偶有名酒,无夕不饮。顾影独尽,忽焉复醉。既醉之后,辄题数字自娱,纸墨遂多,辞无诠次,聊命故人书之,以为欢笑尔。"这组诗内容广泛,题虽《饮酒》,实则咏怀,是"其意不在酒,亦寄酒为迹"(萧统《陶渊明集序》)之作。这里选一首,是原组诗的第五首。 ②结庐:造房屋。人境:人间。 ③喧:喧闹之声。以上二句是说,虽居住在人世间,但无世俗的交往,因而无车马喧闹之声。 ④君:诗人自谓。尔:如此。 ⑤远:指心远离世俗的欲念。偏:偏远。以上二句是诗人自作问答。问你怎么能做到这样呢?只要内心远离俗念尘想,居处之地自然显得偏远。 ⑥悠然:自得之貌。南山:指庐山。以上二句境与意会,天然自得,是千古名句。 ⑦相与:结伴。还:归巢。以上二句是说,山色以傍晚最美,飞鸟结伴而归。 ⑧此中:指此时此地此景。真意:人生的真正意义。 ⑨辨:一作"辩",二字可通。《庄子·齐物论》:"夫大道不称,大辩不言。"又《庄子·外物》:"言者所以在意也,得意而忘言。"以上二句意本庄子的话,是说:此中自有生活的真意,又何须去用语言表达呢?

杂　　诗①

白日沦西阿②,素月出东岭③。遥遥万里辉,荡荡空中景④。风来入房户⑤,夜中枕席冷。气变悟时易⑥,不眠知夕永⑦。欲言无予和⑧,挥杯劝孤影⑨。日月掷人去⑩,有志不获骋⑪。念此怀悲凄,终晓不能静⑫。

①《杂诗》:《杂诗》是组诗,共十二首,未必是一时之作,是杂感咏怀式的作品。这里选的是第二首,通过长夜不眠,挥杯独饮,抒发年华已逝、壮志不骋的苦闷和悲哀。 ②沦:沉落。阿(ē):指山岭。西阿,犹言西山。 ③素月:明月。 ④景(yǐng影):指月亮。以上二句是说,夜晚月光万里,月轮高悬。 ⑤房户:房门。 ⑥气变:气候变化。悟:感悟,感觉到。时易:季节改变。 ⑦永:长。以上二句是说,气候变化使人感到季节已变换,睡不着觉才觉察到夜是如此之长。 ⑧和(hè贺):本意指跟着唱,这里指彼此交谈。 ⑨挥杯:犹言举杯。以上二句是说,我想倾诉内心的苦闷,但无人和我交谈,只能举杯对影独酌。 ⑩掷:抛却,丢下。 ⑪骋:驰骋,这里指才能的施展。以上二句是说,岁月扔下我匆匆而去,我空有壮志而不能施展。 ⑫终晓:到天亮。天一亮是夜晚的终结,故言"终晓"。以上二句是说,想到这些,满怀悲凄,直到天晓心中也不能平静。

读山海经①

精卫衔微木②,将以填沧海③。刑天舞干戚④,猛志固常在。同物既无虑⑤,化去不复悔⑥。徒设在昔心⑦,良晨讵可待⑧!

①《读山海经》:《读山海经》是组诗,共十三首,是诗人读书后有感之作,当作于宋武帝永初三年(422)。这里选的是第十,诗歌颂精卫、刑天坚强不屈的斗争精神,抒发作者壮志未酬的愤慨。鲁迅先生称这首诗是"金刚怒目"式的作品。《山海经》:书名,内容是记述古代神话传说和山川异物。　②精卫:《山海经·北山经》记载的一种鸟,据说是炎帝的小女儿女娃变成。女娃游于东海,被淹死,化作精卫,常衔西山之木石以填东海。微木:细小之木。　③沧海:大海。　④刑天:《山海经·海外西经》记载的一种兽,据说它与天帝争神,天帝断其头。它就以乳房作眼睛,肚脐作口,手舞干戚。刑天,一作"刑夭"。干:盾牌。戚:斧头。这句与下句是说,刑天头断之后,仍手舞盾牌和斧头,它的壮志本是经常保持的。　⑤同物:同物化,即物化,指人死后化为异物,与物同类。既:既然,已经。无虑:无顾虑,指不怕死。　⑥化:物化,死亡。化去,指已经死亡。以上二句是说,精卫、刑天生前不怕死,死后也不后悔。　⑦徒:徒然,白白地。在昔心:指以前的雄心壮志。　⑧良晨:指实现"在昔心"的好时光。讵(jù巨):岂。以上二句是说,空有过去的壮志雄心,但实现这雄心壮志的好时光又哪可等到!

桃花源诗①并记

晋太元中②,武陵人捕鱼为业③。缘溪行④,忘路之远近。忽逢桃花林,夹岸数百步,中无杂树,芳草鲜美⑤,落英缤纷⑥。渔人甚异之。复前行,欲穷其林⑦。林尽水源⑧,便得一山。山有小口,髣髴若有光⑨,便舍船从口入。初极狭,才通人⑩。复行数十步,豁然开朗。土地平旷,屋舍俨然⑪,有良田美池桑竹之属⑫。阡陌交通⑬,鸡犬相闻⑭。其中往来种作⑮,男女衣著⑯,悉如外人⑰;黄发垂髫⑱,并怡然自乐⑲。见渔人,乃大惊,问所从来⑳,具答之㉑。便要还家㉒,设酒杀鸡作食㉓。村中闻有此人㉔,咸来问讯㉕。自云先世避秦时乱,率妻子邑人来此绝境㉖,不复出焉,遂与外人间隔。问今是何世,乃不知有汉,无论魏、晋㉗。此人一一为具言所闻㉘,皆叹惋㉙。余人各复延至其家㉚,皆出酒食㉛。停数日,辞去。此中人语云㉜:"不足为外人道也㉝。"既出,得其船,便扶向路㉞,处处志之㉟。及郡下㊱,诣太守说如此㊲。太守即遣人随其往,寻向所志㊳,遂迷,不复得路。南阳刘子骥㊴,高尚士也,闻之㊵,欣然规往㊶。未果,寻病终㊷。后遂无问津者㊸。

嬴氏乱天纪㊹,贤者避其世㊺。黄绮之商山㊻,伊人亦云逝㊼。往迹浸复湮⁴⁸,来径遂芜废⁴⁹。相命肆农耕⁵⁰,日入从所憩⁵¹。桑竹垂余荫,菽稷随时艺⁵²。春蚕收长丝,秋熟靡王税⁵³。荒路暧交通⁵⁴,鸡犬互鸣吠。俎豆犹古法⁵⁵,衣裳无新制⁵⁶。童孺纵行歌⁵⁷,斑白欢游诣⁵⁸。草荣识节和⁵⁹,木衰知风厉⁶⁰。虽无纪历志⁶¹,四时自成岁⁶²。怡然有余乐,于何劳智慧⁶³。奇踪隐五百⁶⁴,一朝敞神界⁶⁵。淳薄既异源⁶⁶,旋复还幽蔽⁶⁷。借问游方士⁶⁸,焉测尘嚣外⁶⁹。愿言蹑轻风⁷⁰,高举寻吾契⁷¹。

①《桃花源诗》:《桃花源诗》当作于诗人晚年,诗人描写了一个没有君主、没有剥削、没有压迫的理想社会,到处是和平、安宁、自由和富裕。这实际上否定了现实的社会秩序,反映了劳动人民对美好社会的向往。诗前有"记",《桃花源记》比诗更有名。 ②太元:晋孝武帝司马曜年号,时当376年—396年。 ③武陵:郡名,治所在今湖南省常德市西。 ④缘:循,沿。 ⑤芳草:香草。 ⑥落:始,初。英:花。缤纷:繁盛貌。 ⑦穷:尽。 ⑧林尽水源:即桃林尽头是溪水的源头。 ⑨髣髴:同"仿佛"。 ⑩才:仅。 ⑪俨(yǎn掩)然:这里是整齐貌。 ⑫属:类。 ⑬阡(qiān千)陌:田间的小路,南北曰阡,东西曰陌。 ⑭鸡犬相闻:指村庄之间鸡鸣狗吠之声可以互相听到。 ⑮种作:即指种,种植。《齐民要术·种谷》:"《物理论》曰:'种作曰稼,稼犹种也。'" ⑯衣著:即衣裳服饰。 ⑰悉:尽,全。 ⑱黄发:指老人。垂髫(tiáo条):指儿童。儿童垂发叫髫。 ⑲怡然:愉快的样子。 ⑳所从来:来自何处。 ㉑具:全部。 ㉒要(yāo夭):通"邀",邀请。 ㉓设酒:置酒,办酒席。 ㉔此人:指武陵捕鱼者。 ㉕咸:都,皆。讯:消息。 ㉖妻子:妻子和子女。邑人:同乡人。绝境:与世隔绝之地,指桃花源。 ㉗无论:不用说。 ㉘所闻:指渔人所听到的事,如朝代更替等世间的事。这句是说,捕鱼人一件一件地为桃花源中人讲述他所听说的世间的事情。 ㉙叹惋:即叹惋、惊异的意思。玄应《众经音义》卷三引《字略》:"惋叹,惊异也。" ㉚延:延请,邀请。 ㉛出酒食:指拿出酒食招待捕鱼人。 ㉜此中人:指桃花源中人。 ㉝不足:不值得,不必要。道:说。 ㉞扶:沿着,循着。向路:指来时旧路。 ㉟志:作标记。之:指路。 ㊱郡:指武陵郡。及郡下,到郡城中。 ㊲诣(yì意):往,至,这里是往拜之意。太守:郡行政最高长官。如此:指关于桃花源的情形。 ㊳寻向所志:寻找先前渔人所做的标记。 ㊴刘子骥:即刘骥(lín邻)之,字子骥,南阳(今河南南阳)人,好游山泽的隐逸之士。文中说他往寻桃花源,未必实有此事。 ㊵高尚士:志趣高尚的人。闻之:听到关于桃花源的事。 ㊶欣然:高兴的样子。规:规划,计划。往:往寻桃花源。 ㊷果:结果。寻:不久。病终:病死。 ㊸津:渡口。问津,指探问访求。 ㊹嬴氏:秦始皇姓嬴。天纪:天行有常,是为"天纪",这里指天下的纲纪、秩序。 ㊺贤者:贤人,下文黄、绮就是贤者。 ㊻黄绮:黄指夏黄公,绮指绮里季,他们和东园公、甪(lù路)里先生于秦末避乱隐居商山,称"商山四皓"。商山:在今陕西省商洛市东南。 ㊼伊人:此人,指桃花源中人。云:语中

助词,无义。逝:这里指隐居逃世。 ㊽往迹:指逃入桃花源的踪迹。浸:逐渐。湮:湮没。浸复湮,逐渐湮没。 ㊾来径:来时进入桃花源之路。芜废:荒芜废弃。㊿相命:互相勉励督促。肆:致力。 (51)日入:太阳落山。憩(qì 器):休息。从所憩,任便休息。 (52)菽:豆类。稷(jì 季):这里泛指谷类。艺:种植。 (53)靡:无。王税:指当时国家征收的赋税。 (54)暧(ài 爱):遮隐,遮蔽。 (55)俎(zǔ 组)豆:古代祭祀时盛祭品用的器皿。这里代指祭祀。古法:指先秦时的礼法。 (56)制:式样。 (57)童孺:儿童。纵:纵情,随意。 (58)斑白:老年人头发斑白,因代指老人。游诣(yì 意):来往游玩。 (59)荣:茂盛。节:季节。和:和暖。 (60)木衰:指树木衰落,树叶凋谢。厉:猛烈。以上二句是说,草木茂盛使人认识到春天来临,天变和暖了;树木衰谢使人知道寒风猛烈,秋冬之季到了。 (61)纪:记载。历志:指历书。 (62)四时:四季。以上二句是说,虽无记载岁时的历书,但四季自然转换,周而成岁。 (63)劳智慧:劳心,操心。以上二句是说,生活欢乐得很,还有什么用得着操心? (64)奇踪:奇特的踪迹。指桃花源中人隐居之事。隐五百:隐居了五百年。五百是举其成数,从秦末至晋太元年间共五百多年。 (65)一朝:犹言一天,一旦。敞:敞开。敞神界,敞开桃花源神仙般的境界,指渔人得入桃花源的事。 (66)淳:淳朴的风气,指桃花源中。薄:浇薄的人情,指人世间。异源:不同的本源。 (67)旋复:不久又,随即又。幽蔽:深藏。以上二句是说,桃花源中的淳朴风气和人世间的浇薄人情本源不同,一时显露的桃花源又深深地隐藏起来了。 (68)游方士:游于方内之士。方:方内,指尘世。 (69)焉测:怎么测知。尘嚣外:尘世之外。以上二句是说,请问世俗之士,又怎么能知道尘世之外的事? (70)言:语助词,无义。蹑(niè 聂):踩,蹈。蹑轻风,犹言驾乘轻风。 (71)高举:向高处登攀,犹言高飞。契(qì 器):合,投合。吾契,与我志趣相投者。以上二句是说,我愿驾着轻风,高高飞去,寻找与我志趣相投的人。意即隐居,做桃花源中人。

南朝乐府

南朝指东晋灭亡后建都于建康(今江苏省南京市)的宋、齐、梁、陈四代。文学史上的南朝乐府主要是指东晋和宋、齐时代的民歌。这些民歌被南朝乐府机关收集整理并配乐演唱。《乐府诗集》将南朝乐府民歌收入《清商曲辞》,其中《吴歌》三百二十六首,《西曲》一百四十二首,《神弦歌》十八首。另外在《杂曲歌辞》和《杂歌谣辞》里也有少量的南朝民歌。共约五百首。多产生于城市和商业发达的地区。

现存的南朝民歌,内容多是男女相思离别的情歌,题材比较狭窄,但也反映了当时社会生活的一个方面。形式多是五言四句的小诗,风格清新活泼,对后世新体诗的发展有一定的影响。新鲜的比喻、精巧的双关隐语的运用对诗歌表现手法的发展,也起了有益的作用。

子 夜 歌①

其 一

始欲识郎时,两心望如一②。理丝入残机③,何悟不成匹④!

①《子夜歌》:属《清商曲·吴声歌曲》,《乐府诗集》共收歌辞四十二首。据《乐府诗集》引《唐书·乐志》:"《子夜歌》者,晋曲也。晋有女子名子夜,造此声,声过哀苦。"但现存歌辞一般认为是晋、宋、齐的作品,多是女子的相思情歌。这里选四首。 ②望如一:愿望是一致的。即指下文"成匹"。 ③丝:蚕丝。利用同音字双关着思念之"思"。残机:残破的织机。 ④何悟:哪里料想到。匹:布匹。利用一词多义双关着匹配之"匹"。以上二句是比喻,说没有料到他们的爱情就像在破织机上织布不能织成那样,不能成双匹配。

其　二

高山种芙蓉①,复经黄檗坞②。果得一莲时③,流离婴辛苦④。

①芙蓉:荷的别称。谐音双关着"夫容"。　②黄檗(bò):树名,落叶乔木,心苦,树皮可入药。坞(wù 误):四面高而中间低的山地。　③莲:荷的果实叫莲子。谐音双关着怜爱之"莲"。　④流离:辗转曲折。婴:缠绕,羁绊,这里引申为加。这首诗意思是说,女子追求爱情就像在高山上种芙蓉那样艰难(芙蓉本应种水中),而采莲时又要经过黄檗坞(隐寓辛苦流离之意),即使能得男子怜爱,也不知经受了多少辗转辛苦。

其　三

夜长不得眠,明月何灼灼①。想闻散唤声②,虚应空中诺③。

①灼(zhuó 酌)灼:明亮貌。何灼灼,多么明亮。　②散:断续。一说,散可能是欢的误字,欢,当时女子对所爱的爱称。　③虚应:空自答应。诺,答应声。以上二句是说,思念爱人入了神,因而仿佛听到了断断续续的呼唤之声,故空自答应。

其　四

侬作北辰星①,千年无转移。欢行白日心②,朝东暮还西③。

①侬:我,吴人自称我为侬。北辰星:北极星。北极星被认为是不动的,这里以之比喻女子的爱情坚贞不移。　②欢:当时女子对所爱的爱称。行:施行。白日:太阳。　③还(xuán 旋):转。以上二句是说,男子对那女子的爱心却像朝东暮西的日头那样变化。

子夜四时歌①

其　一

春风动春心,流目瞩山林②。山林多奇采③,阳鸟吐清音④。

①《子夜四时歌》:《乐府诗集》引《乐府题解》谓是《子夜歌》的变曲。《乐府诗集·清商曲辞》收《子夜四时歌》七十五首,内容写女子四季的情思和感受。《子夜四时歌》分《春歌》《夏歌》《秋歌》和《冬歌》。这里选二首,分属《春歌》和《秋歌》。　②流目:

转动目光。瞩(zhǔ 煮):视也。 ③奇采:奇丽的色彩和景色。 ④阳鸟:指春天的鸟。清音:清亮的鸣声。

其 二

秋风入窗里,罗帐起飘飏①。仰头看明月,寄情千里光②。

①罗:古代一种丝织品名。飘飏(yáng 扬):即飘扬。 ②千里光:指月光。这句是说,托月光把自己的相思之情带给千里之外的爱人。

懊侬歌①

江陵去扬州②,三千三百里。已行一千三,所有二千在③。

①《懊侬歌》:属《清商曲·吴声歌曲》,《乐府诗集》有《懊侬歌》十四首。《乐府诗集》引《古今乐录》曰:"《懊侬歌》者,晋石崇绿珠所作,唯'丝布涩难缝'一曲而已,后皆隆安初民间讹谣之曲。"今选一首。 ②江陵:地名,今湖北省江陵县。扬州:州名,治所在建康(今江苏南京)。 ③所有:犹言所剩。

读曲歌①

打杀长鸣鸡,弹去乌臼鸟②。愿得连冥不复曙③,一年都一晓④。

①《读曲歌》:属《清商曲·吴声歌曲》。《乐府诗集》引《宋书·乐志》曰:"《读曲歌》者,民间为彭城王义康所作也。"又引《古今乐录》曰:"《读曲歌》者,元嘉十七年袁后崩,百官不敢做声歌,或因酒谦,止窃ះ读曲细吟而已,以此为名。"《乐府诗集》收南朝歌辞《读曲歌》八十九首,内容仍多相思离别的情歌,当多为民歌。今选一首。 ②弹:以弹弓发丸射击。乌臼:鸟名,天明时比鸡鸣叫还早。 ③冥:指夜晚。曙:天亮。 ④都:总共。以上二句是说,但愿接连着黑夜,不再天亮,一年总共只天亮一次才好。

石城乐①

布帆百余幅②,环环在江津③。执手双泪落,何时见欢还?

①《石城乐》:属《清商曲·西曲歌》。《乐府诗集》引《唐书·乐志》曰:"《石城乐》者,宋臧质所作也。石城在竟陵,质尝为竟陵郡,于城上眺瞩,见群少年歌谣通畅,因作此曲。"石城:即今湖北省钟祥县城,当时是竟陵郡治。《乐府诗集》有《石城乐》五首,今选一首。 ②布帆:船帆。 ③环环:环绕,形容布帆丛集。江津:江渡口,可能是地名。

那　呵　滩①

其　一

闻欢下扬州②,相送江津湾③。愿得篙橹折④,交郎到头还⑤。

①《那呵滩》:属《清商曲·西曲歌》。《乐府诗集》引《古今乐录》曰:"《那呵滩》,……多叙江陵及扬州事。那呵,盖滩名也。"《乐府诗集》收《那呵滩》歌辞六首,今选二首,是男女相唱和之辞。前首是女子之辞,后首是男子的答词。 ②欢:见《子夜歌》其四注②。扬州:见《懊侬歌》注②。 ③江津:见《石城乐》注③。 ④篙(gāo高):撑船用的竹竿或木杆。橹:一种拨水使船行的工具,支在船尾或船旁。 ⑤交:同"教"。郎:指女子的情郎。到:通"倒"。倒头还,半路上转头而还。

其　二

篙折当更觅,橹折当更安。各自是官人①,那得到头还②!

①各自:犹言我们,大家。官人:指应官差的人,不是指做官的人。 ②那得:哪得,哪能够。

拔　蒲①

朝发桂兰渚②,昼息桑榆下。与君同拔蒲③,竟日不成把④。

①《拔蒲》:属《清商曲·西曲歌》。《乐府诗集》引《古今乐录》曰:"《拔蒲》,倚歌也。"所谓倚歌,是一种"悉用铃鼓,无弦有吹"(《古今乐录》),并不伴舞的歌曲。《乐府诗集》收南朝时《拔蒲》歌辞二首,今选一首。 ②渚(zhǔ主):水中小洲。桂兰渚,长满桂和兰的小洲。 ③蒲:水生植物名,嫩时可吃,叶可作席。 ④竟日:终日。以上二句是说,只顾与爱人谈情说爱,所以一天拔的蒲还不满一把。

西　洲　曲①

忆梅下西洲②,折梅寄江北③。单衫杏子红④,双鬓鸦雏色⑤。西洲在何处?两桨桥头渡⑥。日暮伯劳飞⑦,风吹乌臼树⑧。树下即门前,门中露翠钿⑨。开门郎不至,出门采红莲⑩。采莲南塘秋,莲花过人头。低头弄莲子,莲子青如水。置莲怀袖中,莲心彻底红。忆郎郎不至,仰首望飞鸿⑪。鸿飞满西洲,望郎上青楼⑫。楼高望不见,尽日栏杆头。栏杆十二曲,垂手明如玉⑬。卷帘天自高,海水摇空绿⑭。海水梦悠悠⑮,君愁我亦愁。南风知我意,吹梦到西洲⑯。

①《西洲曲》:《乐府诗集》收入《杂曲歌辞》,题作"古辞",《玉台新咏》题作江淹作,还有人以为是萧衍作,但从其内容和形式看,当仍是南朝民歌,不过可能经过文人加工润色。内容是写男女双方相思离别之情,有人以为是女子之辞,亦有人认为是男子之辞。清人沈德潜认为《西洲曲》"续续相生,连跗接萼,摇曳无穷,情味愈出"(《古诗源》卷十二)。　②下:落。西洲:未详在何处。　③江北:长江北。男女双方一在西洲,一在江北。　④杏子红:指杏黄色。　⑤鸦雏色:指像小乌鸦羽毛那样又黑又亮的颜色。　⑥两桨桥头渡:指西洲很近,划动双桨即可到达西洲桥头的渡口。　⑦伯劳:一种鸟名,仲夏时鸣。　⑧乌臼树:一种高大的落叶乔木,亦名乌桕(jiù 旧)树。　⑨翠钿(diàn 店):以翠玉做成或装饰成的首饰。　⑩莲:荷的果实。本诗"莲""莲子"谐音双关着"怜""怜子"。　⑪鸿:鸿雁,古人以为鸿雁能传书,故"仰首望飞鸿"。　⑫青楼:青色的楼,是女子所居之地。后代用"青楼"代指妓院,与此不同。　⑬明如玉:形容手之白。　⑭海水:指江水,江水宽广处亦浩若烟海,故称海水。一说,海水指蓝天。　⑮悠悠:长久貌。这句是说,相思之梦如江水悠悠不绝。　⑯以上二句是说,南风如了解我的相思之意,请把我的相思梦吹到爱人所在的西洲。

北朝乐府

北朝是指北魏(包括东魏、西魏)、北齐、北周。北朝乐府民歌是北方各族人民的创作。一部分作品流传到南方,被梁代乐府机关保存下来。《乐府诗集》的《横吹曲辞·梁鼓角横吹曲》收有北朝民歌六十余首,《杂曲歌辞》和《杂歌谣辞》中也有少量北朝民歌。

北朝乐府民歌数量虽少于南歌,但题材内容广泛,反映了北方各族人民的生活情况、精神面貌,以及北方美丽雄壮的自然风光。感情直率、语言朴素,风格雄健豪放,迥异于南歌的清丽委婉。

企喻歌辞①

男儿可怜虫,出门怀死忧②。尸丧狭谷中,白骨无人收。

①《企喻歌辞》:《企喻歌》属《梁鼓角横吹曲》。《乐府诗集》收录《企喻歌辞》四首,说这是"燕、魏之际鲜卑歌",今选一首。　②怀死忧:怀着战死的忧虑。

琅琊王歌辞①

新买五尺刀,悬著中梁柱。一日三摩挲②,剧于十五女③。

①《琅琊王歌辞》:《琅琊王歌》属《梁鼓角横吹曲》。《乐府诗集》收《琅琊王歌辞》八首,今选一首。　②摩挲(suō):以手抚摸。挲,一作"挼(suō)"。　③剧于:甚于。这句是说爱刀之心超过爱美女。

地驱歌乐辞①

驱羊入谷,自羊在前。老女不嫁,蹋地唤天②。

①《地驱歌乐辞》:《地驱歌》属《梁鼓角横吹曲》。《乐府诗集》收录《地驱歌乐辞》四首,今选一首,写牧羊女求嫁。 ②蹋:踏。

地驱乐歌①

月明光光星欲堕②,欲来不来早语我③。

①《地驱乐歌》:《乐府诗集》引《古今乐录》曰:"与前曲(指《地驱歌乐辞》之曲)不同。"这首诗写女子约会候人不见的怨言。 ②堕:落下。 ③"欲来"句是说,你想来还是不想来应该早和我说清楚。

捉搦歌①

黄桑柘屐蒲子履②,中央有系两头系③。小时怜母大怜婿④,何不早嫁论家计。

①《捉搦(nuò 诺)歌》:属《梁鼓角横吹曲》。《乐府诗集》收录《捉搦歌》北朝歌辞四首,今选一首,内容是女子求嫁。 ②黄桑:即柘(zhè 这)木。屐(jī 基):木屐。蒲子履(lǚ 旅):蒲草编的鞋。 ③第一个"系"音 xì,带子,或作"丝"字。第二个"系",音jì,动词,系上。这句是说,屐和履中间都有带子系住两头的。此上二句兴起下句,兼有比意。 ④怜:爱。婿:古时女子也称夫为婿。这句是说,女子小时爱恋母亲,长大了就爱恋丈夫了。此亦即"中央有系两头系",故以之比兴。

折杨柳歌辞①

其 一

腹中愁不乐,愿作郎马鞭。出入擐郎臂②,蹀座郎膝边③。

①《折杨柳歌辞》:《折杨柳歌》属《梁鼓角横吹曲》。《乐府诗集》收录歌辞五首,今选二首,第一首是情歌,第二首写健儿乘快马的雄姿。 ②摽(huàn 患):套,贯。摽郎臂,挂在郎臂上。 ③蹀(dié 蝶):行也。座:同"坐"。这句是说,无论是行还是坐都在郎跟前。

其 二

健儿须快马,快马须健儿。跛跋黄尘下①,然后别雄雌②。

①跛(bié 别)跋:象声词,马蹄声。 ②别:分辨,区别。雄雌:犹言高下,胜负。

折杨柳枝歌①

门前一株枣,岁岁不知老。阿婆不嫁女②,那得孙儿抱。

①《折杨柳枝歌》:属《梁鼓角横吹曲》。《乐府诗集》收歌辞四首,今选一首,写女子求嫁。 ②阿婆:母亲。

幽州马客吟歌辞①

快马常苦瘦②,剿儿常苦贫③。黄禾起羸马④,有钱始作人。

①《幽州马客吟歌辞》:属《梁鼓角横吹曲》。《乐府诗集》收录歌辞五首,今选一首,慨叹无钱难作人的社会现象。 ②怏(huì 汇)马:劣马。怏,一作快。 ③剿(jiǎo 绞):劳苦,劳累。剿儿,指劳苦人民。 ④黄禾:指稻。羸(léi 雷):瘦弱。这句连下句是说,瘦马要喂粮食才能起膘,有钱才能作人。

陇 头 歌 辞①

其 一

陇头流水②,流离山下③。念吾一身,飘然旷野。

①《陇头歌辞》:《陇头歌辞》属《梁鼓角横吹曲》,本出魏晋乐府。《乐府诗集》收录《陇头歌辞》三首,描写流浪者颠沛流离的苦况和思念故乡的悲哀。 ②陇头:陇山

头。陇山在今陕西省陇县西北。《三秦记》说:"其坂(山坡)九回,上者七日乃越。上有清水四注下,所谓'陇头水'也。" ③流离:山水四流而下貌。

其 二

朝发欣城①,暮宿陇头。寒不能语,舌卷入喉②。

①欣城:地名,所指未详,当离陇头不远,故能朝发暮至。 ②舌卷入喉:天气寒冷,把舌头都冻得缩进喉咙里了。

其 三

陇头流水,鸣声幽咽①。遥望秦川②,心肝断绝③。

①幽咽(yè 叶):形容微弱、似有似无之声。 ②秦川:今陕西省关中一带地区,是诗中流浪者的故乡。 ③心肝断绝:形容极度悲痛,使人肝肠断绝。

敕 勒 歌①

敕勒川②,阴山下③。天似穹庐④,笼盖四野。天苍苍,野茫茫。风吹草低见牛羊⑤。

①《敕勒歌》:《乐府诗集》收入《杂歌谣辞》中,并引《乐府广题》说是北齐斛律金所唱,"其歌本鲜卑语,易为齐语"。敕勒别是一族,是匈奴后裔,其歌当是由敕勒语译为鲜卑语,再译为齐语(即汉语)。内容写辽远壮阔的草原风光和游牧生活。 ②敕勒川:指敕勒人居住游牧的草原地带。 ③阴山:山名,在今内蒙古自治区境内。 ④穹(qióng 穷)庐:毡帐,即今之蒙古包。 ⑤见:同"现"。

木 兰 诗①

唧唧复唧唧②,木兰当户织③。不闻机杼声④,唯闻女叹息。问女何所思?问女何所忆⑤?女亦无所思,女亦无所忆。昨夜见军帖⑥,可汗大点兵⑦,军书十二卷,卷卷有爷名⑧。阿爷无大儿,木兰无长兄,愿为市鞍马⑨,从此替爷征。

东市买骏马,西市买鞍鞯⑩,南市买辔头⑪,北市买长鞭⑫。旦辞爷娘去⑬,暮宿黄河边。不闻爷娘唤女声,但闻黄河流水鸣溅溅⑭。旦辞黄河去,暮至黑山头⑮,不闻爷娘唤女声,但闻燕山胡骑鸣啾啾⑯。

万里赴戎机⑰,关山度若飞⑱。朔气传金柝⑲,寒光照铁衣⑳。将军百战死,壮士十年归。

归来见天子,天子坐明堂㉑。策勋十二转㉒,赏赐百千强㉓。可汗问所欲,木兰不用尚书郎㉔,愿驰明驼千里足㉕,送儿还故乡㉖。

爷娘闻女来,出郭相扶将㉗。阿姊闻妹来㉘,当户理红妆㉙。小弟闻姊来,磨刀霍霍向猪羊㉚。开我东阁门㉛,坐我西阁床。脱我战时袍,著我旧时裳㉜。当窗理云鬓,对镜帖花黄㉝。出门看火伴㉞,火伴皆惊惶㉟。同行十二年,不知木兰是女郎。

雄兔脚扑朔㊱,雌兔眼迷离㊲。双兔傍地走㊳,安能辨我是雄雌㊴!

①《木兰诗》:最早著录《木兰诗》的是陈释智匠《古今乐录》,《乐府诗集》收入《梁鼓角横吹曲》,共二首,此选一首。这首诗当产生于北朝时,但可能经过唐代文人润色。内容写木兰女扮男装代父从军,塑造了一个英勇果敢、淳朴善良的巾帼英雄形象。语言朴素自然,鲜明生动,叙述繁简有致,叙事与抒情巧妙结合,有极高的艺术感染力。②唧(jī机)唧:叹息声。　③当户:对着门户。　④杼(zhù住):织机上的梭子。　⑤忆:思念。　⑥军帖:征兵的名册。即下文的"军书"。　⑦可(kè克)汗(hán韩):当时西北部少数民族对其君主的称呼,这里当指北朝的君主。大点兵:犹言大征兵。　⑧爷:父亲,当时北方称父为"阿爷","阿"字无实义,表示亲切的口语,下文"阿姊"之"阿"与此同。　⑨市:买。鞍马:指马具和马匹。　⑩鞍鞯(jiān尖):马鞍和马鞯。鞯:是马鞍下的垫子。　⑪辔(pèi配)头:马嚼子和马缰绳。　⑫长鞭:指马鞭。西魏时府兵制规定从军者要自备从军所需的物品。　⑬旦:早晨。旦,一作"朝"。　⑭但:只。溅(jiān尖)溅:水流的声音。　⑮至:一作"宿"。黑山:山名,即杀虎山,在今呼和浩特市东南百里,蒙语称为阿巴汉喀喇山。　⑯燕山:所指未详,一说是燕然山,即今蒙古人民共和国境内之杭爱山。一说即今河北省境内的燕山山脉。胡骑(jì寄):指当时北方少数民族的骑兵。啾(jiū究)啾:这里指马鸣叫声。　⑰戎机:军机,这里指战争。　⑱关:关隘要塞。这句是说飞越一道道要塞和一重重高山。⑲朔气:北方的寒气。金柝(tuò唾):古代军中夜晚打更所用之器,即刁斗。《博物志》:"番兵谓刁斗曰金柝。"这句是说,寒风传来了刁斗声。　⑳寒光:寒冷的月光。铁衣:战士穿的铁甲战袍。　㉑明堂:古代皇帝听政、选士的地方。　㉒策勋:记功。转:古代以军功授爵,军功加一等,爵高一级,谓之一转。十二,极言官之高,非确数。㉓百千:极言赏赐之多。强:有余。　㉔尚书郎:官名。魏晋时,有尚书台(官署名),南北朝时称为尚书省,尚书省下分各曹,各曹有侍郎、郎中等,统称尚书郎。　㉕明驼:一种日行千里的骆驼。段成式《酉阳杂俎·毛篇》:"驼卧腹不贴地,屈足漏明,则行千里。"㉖儿:木兰自称。以上二句是说,愿君王让我乘日驰千里的明驼,回归故

乡。　㉗郭:外城。出郭,谓出城迎于郊外。扶将:扶,搀扶。以上二句是说,父母听说女儿回来了,互相搀扶着出城迎接。　㉘姊(zǐ 紫):姐。　㉙理红妆:指女子梳妆打扮。　㉚霍霍:磨刀声。　㉛阁:古时女子卧房也称阁。下句"西阁"一作"西间"。㉜著:穿。　㉝帖:同"贴"。六朝时,妇女流行一种装饰,即用金黄色纸,剪成星、月、花的形状,贴在额上,或在额上涂上黄色。叫贴花黄。　㉞火伴:伙伴。古代军人十人为一火,同一灶火吃饭,谓之同火者。　㉟惊惶:惊异。皆惊惶,一作"始惊忙"。㊱扑朔:四脚爬搔的样子。　㊲迷离:眼睛眯起的样子。兔难分雌雄,俗常提起兔耳,让兔悬空,雄兔四脚爬搔,为扑朔,雌兔则眯起双眼,为迷离。　㊳傍地走:贴地奔跑。走,跑。一说,傍,挨近;地,相当于现代汉语中"着"字。傍地走,挨近着奔跑。　㊴安能:怎么能够。以上二句是说,两只兔子贴地而跑过,又怎么能辨别出雄雌?意指自己女扮男装,同男人在一起生活打仗,怎能知我是女人呢?

谢灵运

谢灵运(385—433),南朝宋著名诗人,祖籍陈郡阳夏(今河南太康),世居会稽(今浙江绍兴)。出身世族家庭,祖父是东晋名相谢玄。袭祖爵康乐公,人称谢康乐,入宋后降爵康乐侯。曾任宋永嘉太守、侍中、临川内史等职。谢灵运"自谓才能宜参权要"(《宋书·谢灵运传》),参与了宋皇室内部的争权斗争,后以谋反罪被杀。

谢灵运的诗模山范水,语言富艳精工,描摹细腻形象,但嫌雕琢堆砌。其诗往往在生动细致的山水描写之后,缀以玄言的尾巴。

谢灵运的山水诗打破了玄言诗一统诗坛的地位,大大扩展了诗歌的题材和表现技巧,对后代的山水田园诗派有很大影响。

原有集,已佚,明人辑有《谢康乐集》。

登 池 上 楼①

潜虬媚幽姿②,飞鸿响远音③。薄霄愧云浮④,栖川怍渊沉⑤。进德智所拙⑥,退耕力不任⑦。徇禄及穷海⑧,卧痾对空林⑨。衾枕昧节候⑩,褰开暂窥临⑪。倾耳聆波澜⑫,举目眺岖嵚⑬。初景革绪风⑭,新阳改故阴⑮。池塘生春草,园柳变鸣禽⑯。祁祁伤豳歌⑰,萋萋感楚吟⑱。索居易永久⑲,离群难处心⑳。持操岂独古㉑,无闷征在今㉒。

①池上楼:在永嘉郡(今浙江省温州)。谢灵运自永初(宋武帝年号)三年(422)至次年任永嘉太守。这首诗写于423年初春,写诗人久病初起登池上楼所见春色,抒发了居官与遁世的矛盾心情。 ②虬(qiú求):王逸《楚辞章句》:"有角曰龙,无角曰虬。"媚:自媚,有自怜之义。幽姿:美丽的身姿。 ③远音:指飞鸿的鸣声悠远。以上二句是说,虬龙深潜水底,欣赏着自己的优美身姿;鸿鸟奋飞长空,鸣声嘹亮,传得很远。

④薄：迫近。薄霄，指飞鸿高飞迫近云霄。愧：惭愧。云浮：飘浮云端。　⑤栖川：指虬栖宿在深川。怍(zuò 作)：惭愧。渊沉：沉入深渊。以上二句是说，自己觉得惭愧，不能像鸿飘浮云端，不能像虬潜入深渊。意思是说自己既不能奋发有为，为世所用；也不能隐居山林，躬耕自养。　⑥进德：增进道德修养。智所拙：智力笨拙。　⑦退耕：退身官场，躬耕田园。力不任：力量不能胜任。　⑧徇(xún 寻)禄：追求仕禄。及：到。穷海：指海边。永嘉郡濒海。　⑨痾(ē)：病。卧痾，卧病在床。空林：秋冬之林。秋冬树叶落，故言空林。　⑩衾(qīn 亲)：被子。昧：暗，不明。节候：季节。　⑪褰(qiān 千)：揭。窥临：临楼窥视。以上二句是说，久病卧于衾枕，连季节的变化也不知道了，暂且揭开帷帘，登楼临视。　⑫聆(líng 零)：听。　⑬眺：望。岖嵚(qīn 钦)：山高峻貌，这里指高峻的山。　⑭景：日光。初景，指初春阳光。革：改革，革除。绪风：余风，指残余的寒风。　⑮新阳：指春。故阴：指冬。　⑯园柳变鸣禽：园中的柳树上，鸣叫的禽鸟变换了种类。季节变换了，柳树上的鸣禽当然也在变换。以上二句是千古名句。　⑰祁祁伤豳歌：《诗经·豳风·七月》有"春日迟迟，采蘩祁祁，女心伤悲，殆及公子同归"之句。祁祁，多貌。豳歌，指《豳风·七月》这首诗。　⑱萋萋感楚吟：《楚辞·招隐士》中有"王孙游兮不归，春草生兮萋萋"之句。萋萋：草盛貌。楚吟，就是指上引《招隐士》中的句子。以上二句是说，即景生情，想起了《七月》和《招隐士》中的诗句，而感伤起来。　⑲索居：指离群独居。易永久：容易觉得日子太长。　⑳离群：离开朋友。难处心：犹言难安心。　㉑持操：坚持高尚节操。㉒无闷：《易·乾卦》有"遁世无闷"的话，谓有德而隐居的人，没有烦闷。征，征验。以上二句是说，难道只有古人能坚持高尚节操？今天的我已在验证"遁世无闷"的话了。

入彭蠡湖口①

　　客游倦水宿②，风潮难具论③：洲岛骤回合④，圻岸屡崩奔⑤。乘月听哀狖⑥，浥露馥芳荪⑦。春晚绿野秀⑧，岩高白云屯⑨。千念集日夜⑩，万感盈朝昏⑪。攀崖照石镜⑫，牵叶入松门⑬。三江事多往⑭，九派理空存⑮。灵物郄珍怪⑯，异人秘精魂⑰。金膏灭明光⑱，水碧辍流温⑲。徒作千里曲⑳，弦绝念弥敦㉑。

　　①彭蠡(lǐ 里)湖：即今江西之鄱阳湖。彭蠡湖口，在今江西省九江市附近，是湖与长江接口之处。本篇可能是诗人赴任临川内史途经彭蠡湖口所作，诗细致地摹刻了彭蠡湖口周围的景色，抒发了思家之情。　②倦：厌倦。水宿：住在船里。　③具论：一一言说。　④骤：急遽。回合：指浪潮遇到洲岛先分开，回绕过去，又立即汇合而下。　⑤圻(qí 其)：通"碕(qí)"。圻岸，曲岸。崩：言浪潮打在岸上被挡回时像崩塌似的。

奔:指退回的浪潮又奔腾而下。 ⑥狖(yòu又):猿类,鸣声哀,故言哀狖。这句是说,乘月色而游,听猿狖之哀鸣。 ⑦浥(yì义):湿,沾湿。馥(fù腹):香也。芳荪:香荪。荪是香草名。这句是说,夜游时露水沾湿了衣服,又闻到荪草的阵阵芳香。 ⑧秀:美也。 ⑨屯:聚也。以上二句是名句。 ⑩千念:多种思念。 ⑪万感:犹万般感慨。盈:满。朝昏:早晚。以上二句是说,行途中,千种思绪,万般感慨日夜萦绕心头。 ⑫石镜:郦道元《水经注·庐水注》:"(庐)山东有石镜,照水之所出,有一圆石,悬崖明净,照见人形,晨光初曜,则延曜入石,豪细必察,故名石镜焉。" ⑬牵叶:攀牵枝叶。松门:松门山,在今江西省都昌县南。《文选》李善注引顾野王《舆地志》说:"自入湖三百三十里,穷于松门,东西四十里,青松遍于两岸。"松门离彭蠡湖口不远。 ⑭三江:古代关于"三江"有很多说法,故诗人说:"三江事多往。"往,成为往事。 ⑮九派:指长江的九条支流,说法也很多,且各有各的道理,所以诗人说:"九派理空存。"以上二句是说,古代关于"三江""九派"的各种记载已成往事,其中的道理空自留存。 ⑯灵物:灵怪神异之物。吝:同"吝"。珍怪:指灵物的为人少见的珍怪之相。 ⑰秘:闭,指秘藏。以上二句是说,江湖间的灵怪之物吝惜它们的珍怪之相,秘藏它们的精魂。 ⑱金膏:传说中的一种仙药。灭明光:熄灭它的光辉。 ⑲水碧:一种碧玉。据说可使水温润。辍(chuò绰):中止,停止。辍流温,流水不温润。以上二句是说,金膏、水碧本应在江湖中,但不见金膏发光,不见流水温润。意即是说,寻不见这些珍异之物。 ⑳徒:徒劳。作:奏。千里曲:指琴曲《别鹤操》(又名《千里别鹤》)。据说,商陵牧子娶妻五年,无子,父兄迫之改娶,牧子以琴弹《别鹤操》抒其愤懑。 ㉑弦绝:指曲终。念:指思念归家。敦:厚。以上二句是说,自己像商陵牧子一样,奏完了《千里别鹤》,思家之念更为强烈。

石壁精舍还湖中作①

昏旦变气候,山水含清晖。清晖能娱人,游子憺忘归②。出谷日尚早,入舟阳已微③。林壑敛暝色,云霞收夕霏④。芰荷迭映蔚⑤,蒲稗相因依⑥。披拂趋南径⑦,愉悦偃东扉⑧。虑澹物自轻⑨,意惬理无违。寄言摄生客⑩,试用此道推⑪。

①石壁精舍:谢灵运在始宁(今浙江上虞)祖宅营建的家寺和书斋。谢灵运《游名山志》曰:"湖三面悉高山,枕水渚山,溪涧凡有五处。南第一谷,今在所谓石壁精舍。"精舍,原指儒者教授生徒之处,后用以称佛寺。湖:巫湖,是谢灵运往来北山精舍和南山祖宅的通道。此诗大约作于元嘉元年至三年(424—426)之间,谢灵运已经辞官回故乡隐居。 ②"清晖"二句:化用《九歌·东君》"羌声色兮娱人,观者憺兮忘归"。憺,安乐,安然。 ③阳:日光。微:昏暗不明。 ④霏:云气。 ⑤芰(jì季):菱。映

蔚:相互辉映,蔚郁多彩。 ⑥蒲稗:蒲草和稗草。因依:倚傍,依托。 ⑦披拂:这里指拨开荒草。 ⑧偃:偃息,偃卧。 ⑨虑澹:思虑淡泊。 ⑩摄生:养生修性。 ⑪推:推求。

鲍 照

鲍照(约414—466),字明远,东海(今山东郯城北,一说今江苏涟水北)人,南朝宋杰出诗人。鲍照出身寒微,献诗于临川王刘义庆,受赏识,任国侍郎,后又做过秣陵令、临海王刘子顼参军,世称鲍参军。临海王谋反,鲍照死于乱军之中。

鲍照的诗内容较丰富,主要表现建功立业的愿望以及对门阀制度的抨击,有些诗反映了人民的痛苦和民族的矛盾。

鲍照擅长乐府,尤工七言,词采华丽,气骨劲健,感情奔放,风格雄肆,对七言诗的形成和发展以及对歌行体诗歌都有很大影响。

原有集十卷,已佚,明人辑有《鲍参军集》,钱仲联《鲍参军集注》较为详备。

代出自蓟北门行①

羽檄起边亭②,烽火入咸阳③。征骑屯广武④,分兵救朔方⑤。严秋筋竿劲⑥,虏阵精且强⑦。天子按剑怒,使者遥相望⑧。雁行缘石径⑨,鱼贯度飞梁⑩。箫鼓流汉思⑪,旌甲被胡霜⑫。疾风冲塞起,沙砾自飘扬。马毛缩如猬⑬,角弓不可张⑭。时危见臣节⑮,世乱识忠良。投躯报明主⑯,身死为国殇⑰。

①《代出自蓟北门行》:这是一首拟乐府诗。《出自蓟北门行》当是汉魏乐府旧题,古辞不存。《乐府诗集》收录鲍照此诗于《杂曲歌辞》,引《乐府解题》曰:"《出自蓟北门行》,其致与《从军行》同,而兼言燕蓟(jì 记)风物,及突骑勇悍之状。若鲍照云'羽檄起边亭',备叙征战苦辛之意。"本诗写北边告警,军队出征,歌颂了将士保卫国家不惜捐躯的爱国精神,形象生动,风格雄壮悲凉。代,拟也,模仿之意。蓟,古燕国都城,

在今北京城西南隅。 ②羽檄(xí席):古代军事上的紧急公文。古代的檄,以木简为书,用以征召,如特别紧急,简上插羽毛,表示是急件,这就是羽檄。边亭:边境上的亭堠(hòu后),即为探望敌情在边境上设立的土堡哨所。 ③烽火:古代边防告警的烟火。古代在边防线上筑烽火台,发现敌情,即燃起集在台上的柴火,告传军队,作好防备。咸阳:秦都城,在今陕西省咸阳市东。此泛指京城。 ④征骑(jì寄):征调骑兵。屯:驻军。广武:县名,在今山西省代县。 ⑤朔方:郡名,辖境相当今内蒙古自治区河套西北部及后套地区。 ⑥筋竿:筋指弓,竿指箭。劲:有力。 ⑦虏阵:敌阵,这里指敌人的军队。以上二句是说,在严寒的秋天里,敌人弓箭强劲,军阵精强。 ⑧使者遥相望:指天子遣使发兵御敌,使者很多,一个接着一个。 ⑨雁行:大雁飞行时排成的行列,这里指行军的行列。缘:沿着。石径:山石小路。 ⑩鱼贯:鱼前后相接而游,也是指行进的队伍。飞梁:架在河上的桥梁。 ⑪箫鼓:指军队中演奏的军乐。流汉思:流露出对汉朝的思念。汉与匈奴多战,并击败了匈奴,故"流汉思"是思汉之强。 ⑫旌甲:军旗和战衣。被胡霜:覆盖着北方的寒霜。胡,古时称北方少数民族人为胡人,地区为胡地。 ⑬猬:刺猬。 ⑭角弓:一种弓背饰以兽角的强弓。张:拉弓为张弓。 ⑮时危:国家危难之时。臣节:臣子的节操。 ⑯投躯:投身,捐躯。明主:圣明的君主。 ⑰国殇:为国事而死的人。

拟 行 路 难①

对案不能食②,拔剑击柱长叹息。丈夫生世会几时③,安能蹀躞垂羽翼④?弃置罢官去,还家自休息。朝出与亲辞,暮还在亲侧。弄儿床前戏⑤,看妇机中织。自古圣贤尽贫贱,何况我辈孤且直⑥!

①《拟行路难》:这是一首拟乐府诗。《行路难》是汉代乐府旧曲。《乐府诗集》收鲍照《拟行路难》于《杂曲歌辞》,引《乐府解题》曰:"《行路难》,备言世路艰难及离别悲伤之意。"古辞不存。鲍照《拟行路难》共十八首(或作十九首),今选其第六首。内容是抒发门阀制度压抑下的愤慨,表现了诗人耿介孤直的性格。 ②案:古代摆放食器的小几。 ③会:能。 ④安能:怎能,何能。蹀(dié迭)躞(xiè谢):小步行貌。以上二句是说,大丈夫生在世上能有几时,怎能裹足不前,垂翼不飞? ⑤弄:逗弄。戏:游戏,玩耍。 ⑥孤:孤高。一说指族寒势孤。直:指生性刚正耿直。

拟 古①

其 三

幽并重骑射②,少年好驰逐。毡带佩双鞬③,象弧插雕服④。兽肥春草短,飞鞚越平陆⑤。朝游雁门上⑥,暮还楼烦宿⑦。石梁有余劲⑧,惊雀无全目⑨。汉虏方未和⑩,边城屡翻覆⑪。留我一白羽⑫,将以分虎竹⑬。

①《拟古》:两晋南北朝时期,诗人喜欢模仿《古诗十九首》和汉魏诗人的诗,这种模拟的诗叫"拟古诗"。鲍照有《拟古》八首,这里选其第三、第六首。第三首写幽并少年的精于骑射和志存报国,内容受到了曹植《白马篇》的影响。 ②幽:幽州,今河北北部和北京市一带地区。并:并州,今山西中部、北部一带地区。古代幽并地区多游侠健儿,尚武风气浓厚。 ③韔(jiàn 建):盛弓的袋子。 ④象弧:装饰有象牙的弓。服:通"箙",古代盛箭的器具。雕服:彩绘的盛箭器。以上二句是说,毡带上系着两个弓袋,装有饰以象牙的弓,彩绘的箭囊里插满了箭。 ⑤鞚(kòng 控):马勒。飞鞚,犹言飞马。平陆:平原。 ⑥雁门:雁门山,山在今山西省代县西北。秦置雁门郡。 ⑦楼烦:汉县名,属雁门郡,治所在今山西宁武附近。雁门、楼烦均是汉时边防重地。 ⑧石梁:石桥或石堰可称为石梁。此句用宋景公故事。《文选》李善注引《阙子》说,宋景公使一工匠造弓,工人献弓,"景公登虎圈之台,援弓东面而射之。矢逾于西霜之山,集于彭城之东,其余力益劲,犹饮羽于石梁"。 ⑨惊雀:《文选》李善注引《帝王世纪》说,帝羿与吴贺出游,贺让羿射雀,叫他射雀左目,他却误中右目。以上二句是说,少年援弓而射,箭的余力犹能射进石梁,被射的雀也总是射中眼睛。 ⑩虏:古代对敌人的蔑称。 ⑪翻覆:犹反复,指战和不定,反复无常。 ⑫白羽:矢名。 ⑬虎竹:指铜虎符和竹使符。先秦、汉代国家发兵遣使的凭信物。符分两半,右符留京师,左符与郡守或主将。以上二句是说,少年志愿与国家分符任郡守或边将,保卫边疆。

其 六①

束薪幽篁里②,刈黍寒涧阴③。朔风伤我肌④,号鸟惊思心⑤。岁暮井赋讫⑥,程课相追寻⑦。田租送函谷⑧,兽藁输上林⑨。河渭冰未开⑩,关陇雪正深⑪。笞击官有罚⑫,呵辱吏见侵⑬。不谓乘轩意⑭,伏枥还至今⑮。

①第六首写诗人的穷困生活,抒发了壮志难酬的感慨。但实际上也揭露了统治者对劳动人民的残酷剥削和压迫。 ②束:捆。薪:柴火。幽篁:幽深昏暗的竹林。 ③刈:割。黍:一种谷类植物。寒涧阴:阴森寒冷的山涧。 ④朔风:寒冷的北风。 ⑤号鸟:悲鸣如号哭的鸟。思心:愁思满怀之心。 ⑥井赋:田赋,地租。讫:指交完了井赋。 ⑦程:期限。课:税。程课,定期的杂税。相追寻,犹言一个接着一个。 ⑧函谷:关名,战国时秦置函谷关在今河南灵宝东北。汉时置新函谷关在今河南新安东。此诗当指汉关。这里是以函谷关代表关西的京城,这一句说,田租要送去供应京都。 ⑨兽藁(gǎo 稿):喂兽用的禾秆。上林:上林苑,秦汉时皇家林苑,供皇帝游猎

之地,中多养禽兽。　⑩河渭:黄河和渭水。　⑪关陇:函谷关和陇山。陇山在今陕西省。　⑫笞(chī吃)击:用杖打。罚:责罚。　⑬呵辱:呵斥辱骂。侵:欺凌。以上四句是说送田租和兽藁途中所受的艰苦和欺凌。　⑭轩:古代大夫以上乘的车,叫轩车。乘轩意,谓做官得意的愿望。　⑮枥(lì力):马厩,马棚。伏枥,用曹操《龟虽寿》"老骥伏枥,志在千里"意。以上二句是说,料不到自己仕途得意的愿望至今未能实现。

谢　朓

谢朓(464—499),字玄晖,祖籍陈郡阳夏(今河南太康),南朝齐诗人。与谢灵运同族,世称"小谢",曾为宣城太守,又称谢宣城。齐东昏侯永元元年(499),江祏等谋立始安王,企图引谢朓为党羽,不从,下狱死,年仅三十六岁。

谢朓是"永明体"代表作家。他的诗常流露出"常恐鹰隼击"的畏惧心理,反映了仕途的黑暗和政治的严酷。他的山水诗则继承和发扬了谢灵运的传统,但更清俊流丽,彻底摆脱了玄言诗的影响。清人沈德潜说:"玄晖灵心秀口。每诵名句,渊然泠然,觉笔墨之中,笔墨之外,别有一段深情妙理。"(《古诗源》卷十二)他的诗对唐诗的艺术表现形式有一定的影响,所以后人有"玄晖诗变有唐风"(宋赵师秀《秋夜偶成》)之论。

原有集,已佚,明人辑有《谢宣城集》。

晚登三山还望京邑[①]

灞涘望长安[②],河阳视京县[③]。白日丽飞甍[④],参差皆可见[⑤]。余霞散成绮[⑥],澄江静如练[⑦]。喧鸟覆春洲[⑧],杂英满芳甸[⑨]。去矣方滞淫[⑩],怀哉罢欢宴[⑪]。佳期怅何许[⑫],泪下如流霰[⑬]。有情知望乡[⑭],谁能鬒不变[⑮]!

①《晚登三山还望京邑》:这首诗可能作于齐明帝萧鸾建武二年(495)诗人赴任宣城太守的途中。内容写登三山还望京邑所见美景,以及所引起的故乡之思。三山,在今南京市西南长江南岸,李善《文选》注引《丹阳记》:"江宁县北十二里滨江,有三山相接,即名三山。"还望,回望。京邑,指当时首都建康(今江苏南京)。　②灞:指灞水,流经长安。涘(sì四):水边。长安:本西汉都城,这里代指建康。王粲《七哀诗》:"南登霸陵岸,回首望长安。"这里借以比喻自己登三山望建康。　③河阳:县名,治所在

今河南省孟州市西。京县:指西晋都城洛阳。潘岳《河阳县作诗》:"引领望京室,南路在伐柯。"这里借以比喻自己登三山望建康。 ④丽:附着,指照在。一说,丽,明丽,作动词用。甍(méng 萌):屋脊。古时屋脊高耸,故谓之飞甍。 ⑤参(cēn)差(cī):高低不齐。 ⑥余霞:晚霞。绮(qǐ 启):彩色的丝织品,锦缎。 ⑦澄江:明净的长江。练:白色的丝织品。以上二句是说,傍晚的霞光散射在天空,如同锦缎;明净的江水静静地流着,如同白练。这二句是名句。 ⑧喧鸟:喧闹的鸟。覆:盖。洲:指江中的洲岛。春洲,春天的洲。 ⑨英:花。杂英,杂花,各种各样的花。芳:香也。甸:郊野。 ⑩去矣:离开了。方:将。滞淫:久留。 ⑪怀哉:怀念啊。罢:停,止。欢宴:指在京城时欢乐的游宴生活。以上二句是说,我离开了京都,将久留在外,真让人怀念那不得已停止了的欢宴生活。 ⑫佳期:好日子,指还京邑之日。怅:惆怅。许,期望,期许。何许,期望在何时。 ⑬霰(xiàn 现):雪珠。这里比喻泪珠。以上二句是说,归期何望? 令人惆怅,不禁泪下如珠。 ⑭有情:有情之人。指诗人自己。 ⑮鬒(zhěn 诊):黑发。以上二句是说,有情之人谁不望乡? 望乡心切,谁又能不白了头发?

王 孙 游①

绿草蔓如丝②,杂树红英发③。无论君不归④,君归芳已歇⑤。

①《王孙游》:《乐府诗集》收入《杂曲歌辞》,云:"《楚辞·招隐士》:'王孙游兮不归,春草生兮萋萋。'《王孙游》盖出于此。"本诗内容写女子思念远游不归的丈夫。 ②蔓:蔓延。 ③英:花。发:指花开。 ④无论:莫论,莫说。君:指远游的丈夫。 ⑤芳:指上文之"红英"。歇:尽,指花落。这句是借"芳已歇",喻指自己容华已老,透露出"美人迟暮"之感。

玉 阶 怨①

夕殿下珠帘②,流萤飞复息。长夜缝罗衣③,思君此何极④!

①《玉阶怨》:《乐府诗集》收本诗于《相和歌辞·楚调曲》。这是一首宫怨诗,诉说宫女不得见君的怨情。 ②夕殿:夜晚的宫殿。下:垂下,放下。 ③罗:古代一种丝织品名。 ④此:如此,这般。极:终了。这句是说,宫女思念君王,如此情思,何时是了!

孔稚珪

孔稚珪(447—501),字德璋,会稽山阴(今浙江绍兴)人,南朝齐文学家。齐高帝(萧道成)做宋骠骑将军时,取稚珪为记室参军,与江淹对掌辞笔文翰。齐代,官至太子詹事加散骑常侍。史传其为人不乐世务,爱山水,好饮酒,喜文咏,有《孔詹事集》辑本一卷。所作《北山移文》一篇,对那些表面退隐山林,实则趋名嗜利的假隐士作了辛辣的讽刺,是思想性和艺术性较高的佳作。

北山移文①

钟山之英②,草堂之灵③,驰烟驿路④,勒移山庭⑤。夫以耿介拔俗之标⑥,潇洒出尘之想⑦,度白雪以方洁⑧,干青云而直上⑨,吾方知之矣⑩。若其亭亭物表⑪,皎皎霞外⑫,芥千金而不盼⑬,屣万乘其如脱⑭,闻凤吹于洛浦⑮,值薪歌于延濑⑯,固亦有焉⑰。岂期终始参差⑱,苍黄翻覆⑲,泪翟子之悲⑳,恸朱公之哭㉑,乍回迹以心染㉒,或先贞而后黩㉓,何其谬哉㉔!呜呼!尚生不存㉕,仲氏既往㉖,山阿寂寥㉗,千载谁赏㉘!

①北山:即下面提到的钟山,就是现在南京市东北的紫金山。移文:古代的一种文体,与檄文相近,《文心雕龙·檄移》:"移者,易也;移风易俗,令往而民随者也。"《北山移文》直接讽刺的是孔稚珪同时代的周颙(yóng)。周颙,字彦伦,曾隐于北山,后又应诏出为海盐令,秩满入京(今南京市),欲经过北山,孔稚珪写了这篇文章,假托山神口吻揭露讽刺他。　②英:英灵,指北山山神。　③草堂:周颙曾游蜀,后仿蜀草堂寺在北山建草堂,作为隐居的住处。灵:神灵。　④驰烟:指北山和草堂之神腾驾着云雾在驿路上奔驰。驿路,古代官府传递文书所走的大道。　⑤勒:刻。移:指移文。山庭:指山前。　⑥耿介:正直。拔俗:突出世俗之上。标:标格,指仪表、风度。

⑦潇洒:洒脱而毫无拘束貌。出尘:超出尘世。想:指心思,情怀。 ⑧度(duó夺):比量,衡量。方:比。 ⑨干:犯,凌驾。以上二句是说,隐士们的风度和情怀可与白雪比洁,可凌驾青云之上。 ⑩吾方知之:我才知道他们这种人。 ⑪若其:至于那种。亭亭:耸立貌。物表:物外。 ⑫皎皎:明亮貌。霞外:意指超过云霞。以上二句是说,至于那种人,他们挺立于世俗之上,光洁超过云霞。 ⑬芥(jiè介):小草。这里作动词用,即看作小草。盼:顾。 ⑭屣(xǐ喜):草鞋,这里用作动词,看成草鞋。万乘:指天子。古制,天子有兵车万辆。以上二句是说,他们把千金看成草芥而不屑一顾,把万乘的天子视作草鞋而可随时脱掉。 ⑮凤吹:指笙。洛浦:洛水边。《列仙传》说,周灵王太子晋,好吹笙作凤鸣,游伊、洛之间。 ⑯值:遇上。濑(lài赖):水流沙上叫濑。延濑,或为地名。吕向注曰:"苏门先生游于延濑,见一人采薪,谓之曰:'子以终此乎?'采薪人曰:'吾闻圣人无怀,以道德为心,何怪乎而为哀也!'遂为歌二章而去。"后人或云不知吕注所出。今按,阮籍《大人先生传》:"大人先生尝居苏门之山……过神宫而息,漱吾泉而行,回乎逌而游览焉。见薪于阜者,叹曰:'汝将焉以是终乎哉?'薪者曰:'……且圣人无怀,何其哀夫!……且圣人以道德为心,不以富贵为志。'"大人先生因叹而歌云云。吕注当出此。以上二句是说,他们与高人隐士来往。 ⑰固:本,本来。 ⑱岂期:哪料到。终始参差:结尾和开头不一致。 ⑲苍:青色。苍黄翻覆,是说白色的丝可以染成青色也可以染成黄色,翻覆不定。《淮南子·说林训》:"杨子见歧路而哭之,为其可以南,可以北。墨子见练丝而泣之,为其可以黄,可以黑。" ⑳泪:作动词用,流泪。翟(dí敌)子:即墨翟,春秋战国之际思想家。㉑恸(tòng痛):恸哭。朱公:即杨朱,战国初哲学家。以上四句是说,哪料到还有一种人,他们始终不一,翻覆不定,像练丝,使墨子悲泣;像歧路,使杨子恸哭。 ㉒乍:暂时。回迹:回避自己的踪迹,指隐居。心染:指心里沾染世俗的宦情。 ㉓先贞:指起先隐居之心较贞洁。黩(dú读):指受污染而变黑。 ㉔何其:犹言多么。谬:错误。 ㉕尚生:指东汉人尚长,《后汉书·逸民传》作向长,曰:"向长,字子平,河内朝歌人也。隐居不仕……俱游五岳名山,竟不知所终。" ㉖仲氏:指东汉人仲长统。《后汉书·仲长统传》说他"每州郡命召,辄称疾不就。常以为凡游帝王者,欲以立身扬名耳,而名不长存,人生易灭,优游偃仰,可以自娱,欲卜居清旷,以乐其志"。既往:已经过去。以上二句是说,像尚长、仲长统这样的真正高士久已不在人世,成为过去了。 ㉗山阿(ē):山的隐曲处。寂寥:寂寞,指没有真正的隐士,所以"山阿寂寥"。 ㉘赏:赏识。以上二句是说,由于没有真正的隐士,所以山林显得寂寞,长期以来无人赏识。

世有周子①,俊俗之士②,既文既博③,亦玄亦史④。然而学遁东鲁⑤,习隐南郭⑥,偶吹草堂⑦,滥巾北岳⑧,诱我松桂,欺我云壑。虽假容于江皋⑨,乃缨情于好爵⑩。其始至也,将欲排巢父⑪,拉许由⑫,傲百氏⑬,蔑王侯,风情张日⑭,霜气横秋⑮。或叹幽人长往⑯,或怨王孙不游⑰。谈空空于释部⑱,核玄玄于道流⑲。务光何足比⑳,涓子不能俦㉑。及其鸣驺入谷㉒,鹤书赴陇㉓,形驰魄散,志变神动㉔。尔乃眉轩席次㉕,袂耸筵上㉖,焚芰制而裂荷衣㉗,抗尘容而走俗状㉘。风云凄其带愤㉙,石泉咽而下怆㉚。望林峦而有失㉛,顾草木而如丧㉜。

①周子:指周颙。 ②俊俗之士:才智超过世俗之人者。 ③文:指有文采。博:指学问广博。 ④玄:指精通老、庄之学,当时称《老子》《庄子》《周易》为"三玄"。史:指通晓历史。 ⑤学遁东鲁:学颜阖隐遁起来。《庄子·让王》篇记载:鲁君听说颜阖得道之人,就派人礼聘他,他却诳骗使者而逃走。"东鲁"就是指颜阖。 ⑥习隐南郭:学南郭子綦(qí奇)隐几而坐,超然物外。《庄子·齐物论》:"南郭子綦隐几(即凭几)而坐,仰天而嘘,荅焉似丧其偶。" ⑦偶吹:跟人一道吹竽,即滥竽充数的意思。这句是说,周颙在草堂假充隐士。 ⑧滥:过分,不得当。巾:指隐士的头巾。周颙不是真隐士,却戴隐士头巾,所以叫"滥巾"。北岳:即北山。这句是说,周颙在北山冒充隐士。 ⑨假容:指假装隐士的样子。江皋:这里指江边高地。北山在长江边,故称之为江皋。 ⑩缨:通"婴",缠绕。缨情,犹言系心。爵:官爵。 ⑪排:排挤。巢父:尧时隐士。当时另一位隐士许由拒绝接受尧之天下。许由在河边洗耳时,巢父却拒绝饮牛于此河的下游。 ⑫拉:摧折。以上二句是说,周颙初隐北山时,意气不凡,自以为超过巢父、许由。 ⑬百氏:指诸子百家。这句连下句,二句是说,周颙傲视诸子百家,蔑视王侯贵族。 ⑭风情:风度神情。张日:意指蔽日。 ⑮霜气:秋天肃杀之气。这里形容周颙的神气。横:指盖住。这句是说,周颙的傲气胜过秋天的严霜。 ⑯叹:叹赏,称叹。幽人:指隐士。长往:指长隐不出。这句是说,周颙虚伪地称叹隐士长隐不仕。 ⑰怨:责怪。王孙:指贵族子弟。不游:指不来山中隐居。这句是说,周颙故作姿态地责怪王孙不入山隐居。 ⑱空空:佛家语,佛经义理认为万物皆空。释部:指佛经。 ⑲核:查对考核。玄玄:道家语。《老子》:"玄之又玄,众妙之门。"道流:道家。以上二句是说,周颙常谈佛论道。 ⑳务光:传说中夏代的隐士。商汤得天下,欲让务光,他负石沉窾(kuǎn款)水而逃。 ㉑涓子:齐人,好饵术,隐于宕山。俦(chóu仇):同列。这里有匹敌的意思。 ㉒驺(zōu邹):古时掌车马的官。鸣驺,这里指响着车铃的车。车是来征召周颙的。一说,驺,驺从,指来征召周颙的使者的随从骑士。 ㉓鹤书:字体名,亦名鹤头书。古时诏书上用这种字体,这里指诏书。以上二句是说,征召周颙的车子进入山里,把皇帝的书送到山中。 ㉔志变神动:心志变化,神情动荡。以上二句是说,周颙接到诏书后狂喜激动得神魂颠倒,当隐士的心志立即改变。 ㉕尔乃:于是。眉轩:眉头扬起。席次:犹言座次。 ㉖袂(mèi妹):衣袖。筵上:与席次意思都是指座中。古时人席地而坐,筵是长席,席较筵短,先铺筵于地,再铺席于筵上,人则坐于席上。以上二句是说,周颙听到征召的消

息,眉飞袖舞,得意扬扬。 ㉗芰(jì技)制、荷衣:指用荷叶做的衣服。屈原《离骚》:"制芰荷以为衣兮,集芙蓉以为裳。"这里指隐士穿的衣,以示高洁。 ㉘抗:举,指表现出。尘容:与"俗状"都指庸俗的样子。以上二句是说,周颙烧毁、撕裂了芰荷之衣,表现出一副庸俗的姿态。 ㉙风云:指山中风云。凄其带愤:凄伤而带愤恨。 ㉚咽:呜咽。下怆:犹言生悲。 ㉛失:失望。指山林对周颙失望。 ㉜丧:懊丧。指草木对周颙十分懊丧。以上四句是说,周颙的举动使山中风云凄凉愤恨,石泉鸣咽生悲,看上去林峦也对他失望,草木也为他懊丧。

　　至其纽金章①,绾墨绶②,跨属城之雄③,冠百里之首④,张英风于海甸⑤,驰妙誉于浙右⑥。道帙长殡⑦,法筵久埋⑧,敲扑喧嚣犯其虑⑨,牒诉倥偬装其怀⑩。琴歌既断,酒赋无续⑪。常绸缪于结课⑫,每纷纶于折狱⑬。笼张、赵于往图⑭,架卓、鲁于前录⑮。希踪三辅豪⑯,驰声九州牧⑰。使我高霞孤映,明月独举⑱,青松落荫⑲,白云谁侣⑳?涧户摧绝无与归㉑,石径荒凉徒延伫㉒。至于还飙入幕㉓,写雾出楹㉔,蕙帐空兮夜鹤怨㉕,山人去兮晓猿惊㉖。昔闻投簪逸海岸㉗,今见解兰缚尘缨㉘。

　　①纽:系挂。金章:铜印。县令用铜印墨绶。 ②绾(wǎn宛):系。墨绶:黑色的丝带,用以系印。以上二句是说,周颙做了县令。 ③跨:跨越,超过。属城:郡所属的各县。属城之雄,指郡所属各县中最大的县。 ④百里:一县约方圆百里。以上二句都是说,周颙做了海盐令,声名超过同郡的其他各县。 ⑤张:播扬。英风:英名。海甸:海边。海盐近海,故称海甸。 ⑥驰:流播。妙誉:美誉。浙:浙江,富春江、钱塘江当时称浙江。浙右,浙江之北。海盐在浙江之北。以上二句是说,周颙做海盐县令取得声名。 ⑦帙(zhì至):本是书套,这里指书。道帙,道家的书。殡:与下句"埋"都指丢弃。 ⑧法筵:讲论佛法的席座。 ⑨敲扑:指打犯人。喧嚣:喧哗声。犯:干扰。虑:思虑。 ⑩牒诉:指公文诉状之类。倥(kǒng孔)偬(zǒng总):事多而繁忙。以上四句是说,周颙作了县令之后,原来借以装腔作势的谈佛论道之事早已丢弃,而鞭打犯人的喧哗声打扰他的思虑,繁忙的公文诉状装满他的胸怀。 ⑪琴歌:弹琴啸歌。酒赋:饮酒赋诗。这二句是说,"琴歌""酒赋"这类隐士的闲情雅事再也干不了了。 ⑫绸缪(móu谋):紧密缠缚。这里指被事务缠身。课:考课。古代把官吏政绩经考核后定成等级,以便升贬。结课,结束考课。 ⑬纷纶:忙碌。折:判断。折狱,判案。 ⑭笼:笼罩,包括。张、赵:指西汉张敞、赵广汉,都是名吏。往图:以前的图籍,指图籍记载的张、赵政绩。 ⑮架:同"驾",凌驾,超越。卓、鲁:指东汉卓茂、鲁恭,也都是名吏。前录:从前的记录,指记载的卓、鲁政绩。以上二句是说,周颙企图获得比张、赵、卓、鲁更大的名声政绩。 ⑯希踪:追慕踪迹。三辅:汉代京城长安附近分京兆、左冯翊、右扶风,以辅卫京城,称三辅。三辅豪,指三辅中的权豪。

⑰驰声:播扬名声。九州牧:指天下的地方长官。古时分中国为九州。以上二句是说,周颙更想追慕三辅的权贵,扬名于九州的官吏之间。 ⑱举:高挂。 ⑲落:有屯聚、蓄积之意。落荫,积荫也。 ⑳侣:做伴。以上四句是说,周颙走后,山间一片寂寞冷清。 ㉑涧户:山涧边的路。因在两山之间像门户,故称涧户。摧绝:毁坏。无与归:无人与之归。实指周颙不归。 ㉒延:长久。伫:提起脚跟远望。以上二句是说,涧路毁坏,无人归来,石径荒凉,空自长久远望。 ㉓飙(biāo 标):急风。还(xuán 玄)飙,旋风。幕:帐幕。这句表示时间到夜晚。 ㉔写:同"泻"。楹:堂前柱子。这句表示时间到早晨。 ㉕蕙:香草名。蕙帐,指隐士的帐幕。 ㉖山人:指隐士周颙。以上四句是说,周颙走后,他隐居之地早早晚晚鹤怨猿惊。 ㉗簪:做官人用来连结冠发的头饰品。投簪,指弃官不做。逸:隐遁。汉疏广辞官归隐于家乡东海兰陵(今山东苍山西南),地近海,所以说"逸海岸"。这句是用此典故。 ㉘兰:兰佩,隐士所佩的饰物。《离骚》:"纫秋兰以为佩。"解兰,指解下兰佩,不当隐士。缨:帽带子。缚尘缨,被尘世的俗务所缠缚,指走上仕途。

于是南岳献嘲,北陇腾笑①,列壑争讥②,攒峰竦诮③。慨游子之我欺④,悲无人以赴吊⑤。故其林惭无尽⑥,涧愧不歇⑦,秋桂遣风⑧,春萝罢月⑨,骋西山之逸议⑩,驰东皋之素谒⑪。今又促装下邑⑫,浪拽上京⑬,虽情投于魏阙⑭,或假步于山扃⑮。岂可使芳杜厚颜⑯,薜荔蒙耻⑰,碧岭再辱,丹崖重滓⑱,尘游踯于蕙路⑲,污渌池以洗耳⑳?宜扃岫幌㉑,掩云关㉒,敛轻雾㉓,藏鸣湍㉔,截来辕于谷口㉕,杜妄辔于郊端㉖。于是丛条瞋胆㉗,迭颖怒魄㉘,或飞柯以折轮㉙,乍低枝而扫迹㉚。请回俗士驾㉛,为君谢逋客㉜。

①南岳:指北山(钟山)的南岳。下文的"北陇""列壑""攒峰"都是指钟山里的"陇""壑""峰"。腾笑:哄笑,指嘲笑周颙。 ②列壑:各条山谷。争讥:争相讥笑周颙。 ③攒(cuán)峰:聚集着的山峰。竦:伸颈提起脚跟站着。诮:讥诮。以上四句写钟山的峰壑争相讥笑嘲戏周颙。 ④游子:指周颙,他出山做官,故称游子。我欺:欺我。我是山神自称。 ⑤无人赴吊:没有人来慰问山神。以上二句是说,山神慨叹周颙弃隐出仕是欺骗自己,悲伤无人入山慰问。 ⑥林惭无尽:林因受骗,故惭愧不止。 ⑦歇:止。涧也因受骗,也惭愧不止。 ⑧遣风:把风打发回去。 ⑨罢月:指不要月光照耀。以上二句是说,桂花和女萝也因惭愧而遣风罢月。 ⑩骋:与下句"驰"都是疾速传布之意。西山:与下句"东皋"是泛言,不必确有所指。逸议:逸人之议论,隐士的议论。 ⑪谒:告,作名词用,谒告的话。素谒,指穿素布衣的贫苦人之谒。以上二句是说,西山、东皋纷纷传布着议论。 ⑫促装:急促地治备行装。下邑:指海盐,县城对京都来说是下邑。 ⑬浪拽(yì义):划动船桨,指乘船。拽,同"枻",桨。上京:指京都建康(今南京市)。以上二句是说,周颙任满后,在海盐治装出发,乘船

进京。　⑭魏:同"巍"。阙:指宫门两边的城楼。魏阙,代指朝廷。这句是说,周颙的心思虽在奔赴朝廷。　⑮假步:借道。山扃(jiōng 垌):山门。这句是说,周颙可能借道再经北山。　⑯芳杜:芳香的杜若。杜若,香草名。　⑰薜荔:香草名。蒙耻:蒙受耻辱。　⑱重滓(zǐ 子):重受污浊。　⑲尘:用如动词,扬尘。躅(zhuó 浊):足迹。蕙路:长满蕙草(香草名)的道路。　⑳渌(lù 录)池:清池。洗耳:尧让天下与许由,许由逃隐于颍水之阳。尧又召他为九州长,许由听了,觉得这话污染了自己的耳朵,于是洗耳颍水之滨。以上二句是说,周颙如果来北山,必然污染了清洁的道路,听他谈话又得洗耳,必然又污染了渌池。　㉑宜:应该。扃:作动词用,关上。岫(xiù 秀):山穴。幌:帐幔。　㉒掩:掩闭。云关:似指云出入的关口。　㉓敛:收起。　㉔鸣湍:发出响声的流水。　㉕截:阻截。辕:驾车之木,这里指车。来辕,指周颙入山的车乘。　㉖杜:堵住。妄:狂妄,这里指擅自妄为之意。辔:马缰。这里指马。周颙不该入山,但却擅自而来,故称之谓"妄辔"。郊端:指山外。以上六句都是要把周颙阻挡在山外。　㉗丛条:丛集的树枝。瞋(chēn):同"嗔",怒。瞋胆,犹言胆都气炸了。㉘颖:草穗。迭颖,重叠的草穗。怒魄:魂魄发怒。以上二句言草木都在发怒。㉙柯:树枝。　㉚乍:忽然。扫迹:指扫除车迹。以上二句是说,有的树枝扬起折周颙的车轮,有的忽然低下扫去车轮的污迹。　㉛俗士:指周颙。驾:车驾。　㉜君:指北山山神。谢:谢绝。逋:逃亡。周颙原隐居北山,现出山做官,所以称他为"逋客"。

江 淹

江淹(444—505),字文通,济阳考城(今河南兰考东)人。南朝梁文学家。江淹历仕宋、齐、梁三朝,梁武帝时官至金紫光禄大夫,封醴陵侯。

江淹少即以文章著称,晚年才思微退,时人谓之才尽。诗致力于拟古,风韵吻肖,能多少摆脱当时绮丽柔弱的诗风,赋则以《别赋》《恨赋》最为著名。原有集,已佚。今存《江文通集》已非原本。

别　赋

黯然销魂者①,唯别而已矣!况秦吴兮绝国②,复燕宋兮千里③。或春苔兮始生④,乍秋风兮暂起⑤。是以行子肠断⑥,百感悽恻⑦。风萧萧而异响,云漫漫而奇色⑧。舟凝滞于水滨⑨,车逶迟于山侧⑩;棹容与而讵前⑪,马寒鸣而不息⑫。掩金觞而谁御⑬,横玉柱而沾轼⑭。居人愁卧⑮,怳若有亡⑯。日下壁而沉彩⑰,月上轩而飞光⑱。见红兰之受露⑲,望青楸之离霜⑳。巡曾楹而空掩㉑,抚锦幕而虚凉㉒。知离梦之踯躅㉓,意别魂之飞扬㉔。

①黯然:心神沮丧的样子。销魂:形容极其悲伤愁苦的情形,仿佛魂魄离体。　②秦:秦国,春秋时主要占地在今陕西省。吴:吴国,春秋时主要占地在今江苏省。绝国:这里指极遥远的国家。　③燕:燕国,春秋时占地在今河北北部、北京及辽宁西部地区。宋:宋国,春秋时占地在今河南省东部。千里:言很远。　④这句用"春苔始生"点明春季。　⑤乍:忽然。这句是说秋季。春秋二季景色最易感动人心,动人别情。　⑥行子:游子,离家客行在外之人。　⑦悽恻:凄凉悲伤。　⑧漫漫:无边际貌。　⑨凝滞:停止,滞留不动。　⑩逶迟:少留貌,即迟回,缓慢的样子。　⑪棹:摇船的用具。容与:迟缓不前貌。讵(jù巨):岂。　⑫息:停止。　⑬掩:覆。觞(shāng伤):酒杯。御:用。　⑭柱:琴瑟上系弦的短柱。玉柱,是用玉做的短柱。这里用来代指

琴瑟等乐器。横玉柱,指放着乐器而无心弹奏。轼:车前供人凭依的横木。沾轼:指眼泪沾湿了车轼。　⑮居人:指留居在家的人。与行子对称。　⑯亡:失。这句是说,恍然若失。　⑰壁:陡峭的山崖。日下壁,指太阳落山。沉彩:指落日的光辉消失了。　⑱轩:槛板,似后代的栏杆。飞光:指月光流动四射。　⑲红兰:兰到秋天色红,故称红兰。受露:承受露水。　⑳楸(qiū秋):落叶乔木名。离:通"罹",遭受。以上二句实际上点明季节由春夏入秋。　㉑巡:巡看,边走边看。曾(céng层):通"层",高也。楹(yíng盈):屋前柱子。曾楹,高大的柱子。指高房。揜(yǎn掩):同"掩",关门。屋里无人而掩门为空掩。　㉒锦幕:绣有花纹的帷帐。　㉓离梦:指行子做的离家之梦。踯(zhí直)躅(zhú烛):徘徊不进貌。因不忍离家故"踯躅"。　㉔意:料想。别魂:指行子的魂魄。飞扬:指别魂不能安定。以上二句写居人因"曾楹空揜""锦幕虚凉"而推想行子,知道他在离别的梦中欲行又止,料想他思想情绪一定飞扬不安。

故别虽一绪①,事乃万族②:
至若龙马银鞍③,朱轩绣轴④,帐饮东都⑤,送客金谷⑥。琴羽张兮箫鼓陈⑦,燕赵歌兮伤美人⑧;珠与玉兮艳暮秋⑨,罗与绮兮娇上春⑩。惊驷马之仰秣⑪,耸渊鱼之赤鳞⑫。造分手而衔涕⑬,感寂寞而伤神⑭。
乃有剑客惭恩⑮,少年报士⑯,韩国赵厕⑰,吴宫燕市⑱。割慈忍爱,离邦去里⑲。沥泣共诀⑳,抆血相视㉑。驱征马而不顾,见行尘之时起。方衔感于一剑㉒,非买价于泉里。金石震而色变,骨肉悲而心死㉕。
或乃边郡未和㉖,负羽从军㉗。辽水无极㉘,雁山参云㉙。闺中风暖,陌上草薰㉚。日出天而曜景㉛,露下地而腾文。镜朱尘之照烂㉝,袭青气之烟煴㉞。攀桃李兮不忍别㉟,送爱子兮沾罗裙㊱。
至如一赴绝国㊲,讵相见期㊳?视乔木兮故里,决北梁兮永辞㊵。左右兮魂动㊶,亲宾兮泪滋㊷。可班荆兮赠恨㊸,唯樽酒兮叙悲㊹。值秋雁兮飞日㊺,当白露兮下时。怨复怨兮远山曲㊻,去复去兮长河湄㊼。
又若君居淄右㊽,妾家河阳㊾。同琼珮之晨照㊿,共金炉之夕香㉛。君结绶兮千里㉜,惜瑶草之徒芳㉝。惭幽闺之琴瑟,晦高台之流黄。春宫閟此青苔色㊶,秋帐含兹明月光㊷。夏簟清兮昼不暮㊸,冬釭凝兮夜何长㊹!织锦曲兮泣已尽㊽,回文诗兮影独伤㊾。
傥有华阴上士㊿,服食还山。术既妙而犹学,道已寂而未传。守丹灶而不顾,炼金鼎而方坚。驾鹤上汉,骖鸾腾天。暂游万里,少别千年。惟世间兮重别,谢主人兮依然。
下有芍药之诗,佳人之歌,桑中卫女,上宫陈娥。春草碧色,春水渌波㉘,送君南浦㉙,伤如之何！至乃秋露如珠,秋月如珪㉚,明月白露,光阴往来㉛,与子之别,思心徘徊㉜。

①一绪:同一端绪。　②族:类。以上二句是说,离别虽是同样的,而离别的具体情形却多种多样。　③龙马:古人称八尺以上的马为龙马。银鞍:银制的马鞍。　④朱轩:贵重的车,是贵人所乘。绣轴:车帷绣有花纹的车子。轴,指车子。　⑤帐饮:古时送别,在郊外设帐宴别。东都:汉时长安城门有东都门。《汉书·疏广传》:疏广和他的侄子疏受以年老乞骸骨还乡,公卿大夫故人邑子在东都门外设帐宴别。　⑥金谷:金谷园,西晋官僚石崇的名园,在洛阳西北。石崇和一些朋友曾在金谷涧送别征西将军祭酒王诩回长安。　⑦羽:五音之一。琴羽,指琴奏羽调。张:给乐器上弦。琴羽张,指琴弹奏起羽调。陈:陈列,指奏乐。　⑧燕赵:古国名。《古诗十九首》:"燕赵多佳人,美者颜如玉。"这里燕赵泛指美丽的歌姬,未必一定是来自燕赵两地。以上二句是说,送别之时琴瑟箫鼓齐奏,美女相和而唱起令人悲哀的歌曲。　⑨珠、玉:与下句"罗""绮"本指歌女们的穿戴和佩饰,这里就是代指歌伎舞女。艳:显得艳,作动词用。　⑩娇:作动词用,显得娇。上春:指孟春正月。以上二句是说,无论是春还是秋,歌伎舞女们都显得十分娇艳。　⑪惊:使惊。驷马:古时一车驾四马,称驷马。秣(mò末):指马吃饲料。仰秣,指吃饲料时仰头。这句是说,美妙的音乐使得正吃饲料的马也仰起头。　⑫耸:与上句"惊"义近。渊鱼:深渊之鱼。赤鳞:指鳞色红的鱼。这句是说,美妙的音乐使得深渊里的鱼也出来倾听。　⑬造:到。衔涕:含泪。　⑭伤神:伤心。以上二句是说,到了分手之时,眼泪汪汪,感到寂寞伤心。以上一小节写富贵者之别。　⑮剑客:精于剑术的侠客。惭恩:惭愧于有恩未报。　⑯报士:报答别人以国士相待。　⑰韩国:指聂政刺杀韩相侠累事。《史记·刺客列传》记载:战国时韩国严仲子与侠累有仇,以百金交结聂政,请为报仇。聂政拔剑至韩国,刺死侠累。赵厕:指豫让谋刺赵襄子事。《史记·刺客列传》记载:豫让是智伯门客。赵襄子灭了智氏,豫让"入宫涂厕",欲刺襄子,未成。　⑱吴宫:指专诸刺杀吴王僚事。《史记·刺客列传》记载:春秋时,吴公子光具酒请王僚,酒既酣,使专诸置匕首于烹鱼之中而献王僚,遂刺杀王僚。燕市:指荆轲欲刺秦王事。《史记·刺客列传》记载:荆轲在燕,与高渐离饮于燕市。后荆轲为燕太子丹献地图入秦,图中藏匕首,图穷而匕首见,因以匕首刺秦王,未成,被杀。　⑲邦:指国。里:指家乡。　⑳沥:向下滴水。泣:眼泪。沥泣,落泪。诀(jué决):别。　㉑抆(wèn问):拭。抆血,擦眼泪。"血"有泪尽而继之以血的意思。　㉒衔感:犹言怀恩感德。这句是说,要凭一把剑刺杀仇人,报答知遇之恩。　㉓价:指声名。泉里:九泉之下,指死。这句是说,不是要拼一死来取得声名。　㉔金石:指钟、磬一类乐器。震:震惊。色变:变了脸色。这句用典出自《燕丹太子》,荆轲与副使秦舞阳入秦,"秦王陛戟而见燕使,鼓钟并发,群臣皆呼万岁,武阳大恐,面如死灰色"(见李善《文选》注引)。　㉕骨肉:指

亲人。心死:指悲哀之极。这句指聂政之姐聂荌事。《史记·刺客列传》记载:聂政刺杀侠累之后,怕连累其姐,自毁面容后自杀,姐聂荌知道后伏尸而哭,为不埋没弟弟的英名,亦自杀而死。以上一小节写刺客的离别。　㉖边郡:地处边境的郡。未和:未安宁。　㉗羽:指箭。　㉘辽水:今辽宁省的辽河。古代这里曾是边境之地。无极:没有尽头。　㉙雁山:雁门山,在今山西省代县附近。山上有雁门关,也是古代边塞要地。参云:高入云端。　㉚薰:香气。　㉛景:日光。曜景,闪耀着日光。　㉜露下地:指露水降落大地。腾文:指日光照在露水上,闪动着光彩。　㉝镜:动词,照。朱尘:红尘,即灰尘。照烂:明亮灿烂。这句是说,日光照耀着灰尘,耀人眼目。　㉞青气:指春天的气息。烟(yǐn 因)煴(yūn):气温和鼓荡貌。这句是说,袭来一股温和动荡的春天的气息。以上六句写春天的环境之明媚动人,衬托离别之苦。　㉟不忍:不忍心。　㊱沾罗裙:泪湿罗裙。以上一小节是写从军之别。　㊲绝国:极遥远的国家。　㊳讵(jù巨)相见期:岂有相见的日期?　㊴乔木:高大的树木。古人常以乔木指故国故都,王充《论衡》:"睹乔木知旧都。"(见《佚文》篇)　㊵决:同"诀",长别。北梁:北桥。永辞:永别。汉王褒《九怀·陶壅》:"济江海兮蝉蜕,决北梁兮永辞。"　㊶左右:指随从在身边的仆人。魂动:这里指受感动而意绪颓唐。　㊷亲宾:亲戚宾客。滋:增多。　㊸班:布,铺。荆:一种灌木名。班荆,折荆铺于地而坐。赠恨:指互相表达恨别的情绪。　㊹樽:酒杯。这句是说,只有杯酒对饮,互叙伤别之情。　㊺值:正是,正当。这句是说,正逢秋雁南飞之日。　㊻怨复怨:强调怨情之强烈。远山曲:远山转弯之处。这句是说,送行者看着行人消逝在远山弯曲之处,心里离恨重重。　㊼湄(méi眉):水边。这句是说,行人沿着长河边远远地去了。以上一小节是写赴绝国者的别离。　㊽淄(zī资):淄水,在今山东省。淄右,指淄水之西。㊾河阳:黄河之北。以上二句是说,夫妻远别,夫在淄右,妻在河阳。　㊿琼珮:即琼佩,玉做的佩饰。　㈤金炉:铜香炉。以上二句是说,以前未离别时,早晨太阳同照着夫妻的琼珮,傍晚,夫妻在夕照炉香中坐在一起。　㈥绶:系官印的丝带。结绶兮千里,指到千里之外去做官。　㈦瑶草:喻闺中少妇。徒芳:空自芳香。比喻少妇青春空自美好。　㈧幽闺:深闺。幽闺的琴瑟本是夫妻所共弹,现在离别后不再弹,所以"惭"。　㈨晦:昏暗不明。流黄:黄色的绢。这里指用流黄做的帷幕。这句意思是说,妻子登高台远望丈夫,直至黄昏日暮,所以高台上的帷帐已显得昏暗不明。　㈩闭(bì必):闭门。这句是说,春天只有青苔被关在庭院中与己做伴。　㊼"秋帐"句是说,秋夜里只有这月亮照在帷帐上,带给自己一片清冷的光。　㊽簟(diàn店):竹席。这句是说,夏天里,丈夫不在,竹席更显清凉,白日天长,好像总不到傍晚。　㊾釭(gāng刚):灯。凝:指老点着灯,灯光好似凝滞不动。这句是说,冬夜里,灯光凝聚不动,夜晚是何等漫长。　㊿织锦曲:《晋书·列女传》记载,窦滔妻苏蕙,善属文。窦滔被贬徙流沙(沙漠地区),苏蕙思念丈夫,织锦为《回文旋图诗》赠给丈夫。　㊱影独伤:对影独自伤心。以上一小节写夫妻之别。　㊲倘(tǎng倘):或。华阴:华阴山,即华山。上士:犹言高士,这里指道术高明的道士。　㉓服食:道家炼丹药以为服之可成仙。　㉔寂:指修道已达到寂寞安静的境界。道已寂,是说道行已很深。未传:未得真传。　㉕丹灶:道家炼制仙丹的炉灶。不顾:不管别的事。　㉖金鼎:也是一种炼丹器具。方坚:指炼丹意志正坚。　㉗汉:银汉。这句是说,乘鹤上天。　㉘骖(cān 参):一车驾三马。鸾:传说中如凤凰一类的鸟。骖鸾,以鸾鸟驾起车。腾天:升天。　㉙暂:短暂。　㉚少:小。以上二句是说,很短时间就作了万里之游,小小一别,世上已是千年。　㉛惟:唯,只是。重别:重视离别。　㉜谢:辞别。依然:依恋的样子。以上二句是说,只是因为世间人重视离别,所以仙升者在辞别主人时仍是依依不舍。以上一小节写得道成仙者之别。　㉝下有:此外有。一说,"下"承上段"上士"之上,与天上仙境对照,指人间。芍药之诗:指《诗经·郑风·溱洧》,因其中有"维士与女,伊其相谑,赠之以芍药"之句。　㉞佳人之歌:指汉《李延年歌》,歌云:"北方有佳人,绝世而独立。一顾倾人城,再顾倾人国。宁不知倾城与倾国,佳人难再得。"以上二句借《溱洧》和《李延年歌》写恋人的相爱。　㉟桑中:《诗经·鄘风》有《桑中》诗,诗有云:"期我乎桑中,要我乎上宫,送我乎淇之上矣。"内容写男女幽会,"桑中"和"上宫"是约会地点。卫女:指《桑中》诗里所写的女子,《桑中》属《鄘风》,鄘实属卫国,故言卫女。　㊱陈娥:陈国的女子。陈与卫相距不远,为了避免重复,故改称"陈娥"。卫女、陈娥,泛指美女。以上二句借《桑中》诗写男女相恋。　㊲碧:青绿色。　㊳渌:水清。以上二句写离别正当春季。　㊴南浦:泛指送别的地方。　㊵珪(guī 规):李善《文选·别赋》注引《遁甲开山图》:"禹游于东海,得玉珪,碧色,圆如日月,以自照,目达幽冥。"则这里的珪是圆形的玉器。　㊶光阴往来:指时光流逝,季节变更。　㊷徘徊:来回行走貌。这里指思念的心情萦系心里排遣不开。以上一小节是写恋人之别。

是以别方不定①,别理千名②,有别必怨③,有怨必盈④,使人意夺神骇⑤,心折骨惊⑥。虽渊、云之墨妙⑦,严、乐之笔精⑧,金闺之诸彦⑨,兰台之群英⑩,赋有凌云之称⑪,辩有雕龙之声⑫,谁能摹暂离之状⑬,写永诀之情者乎⑭?

①方:类。　②理:理由,道理。　③怨:怨恨之情。　④盈:充满。　⑤夺:丧失。骇:散。意夺神骇,指意绪散乱,心神无主的样子。　⑥心折骨惊:实即骨折心惊。以上二句都是说,离别给人带来极为悲伤痛苦的情绪。　⑦渊:指汉代赋家王褒,字子渊。云:指汉代赋家扬雄,字子云。墨妙:指文笔精妙。　⑧严:指汉代严安。乐:指汉代徐乐。二人文章曾得汉武帝赏识。笔精:亦指文笔精妙。　⑨金闺:指金马门,汉武帝时常使文学之士待诏金马门,以备顾问。彦:指有贤才的士。　⑩兰台:汉代宫中藏书之地,设有兰台令史,整理文书,典校图籍。　⑪凌云:《史记·司马相如列

传》记载,相如曾作《大人赋》,武帝读后"飘飘有凌云之气"。这句是说,有司马相如的赋才。 ⑫雕龙:《史记·孟子荀卿列传》记载:驺奭(shì 式)善辞辩,齐国人称赞说:"谈天地,雕龙奭。"雕龙,这里比喻善于辞辩。 ⑬摹:描摹,描写。 ⑭永诀:长别,永别。以上一小节是写离别情状的难以描绘。

何　逊

　　何逊(？—518)，字仲言，祖籍东海郯(今山东郯城)人。八岁能赋诗，为范云、沈约赏识。梁天监时，任尚书水部郎，后世称何水部。后为庐陵王记室，故又称何记室。

　　何逊多赠答及纪行之诗，山水及抒情之作精巧清新，与阴铿齐名，杜甫曾说："颇学阴何苦用心。"原有集七卷，已佚，明人辑有《何记室集》《何水部集》。

相　送

　　客心已百念①，孤游重千里②。江暗雨欲来③，浪白风初起。

①客心：在外作客之心。百念：犹百感交集。　②孤游：独游。重：更，又。　③"江暗"二句写风雨之前的景色，暗示了前程的艰难。

阴 铿

阴铿,字子坚,武威姑臧(今甘肃武威)人,生卒年不详。曾为梁湘东王法曹行参军。入陈,累迁晋陵太守、员外散骑常侍。

阴铿善五言诗,为当时所重,但多咏物酬赠之作,诗风清丽,无晦涩之习。

江津送刘光禄不及①

依然临江渚②,长望倚河津③。鼓声随听绝④,帆势与云邻⑤。泊处空余鸟⑥,离亭已散人⑦。林寒正下叶⑧,钓晚欲收纶⑨。如何相背远,江汉与城闉⑩。

①《江津送刘光禄不及》:本篇写诗人到江边送朋友,但船已去远,故独立江边,目送行舟,引起无限依恋惆怅之情。江津,江渡口。光禄,官名。刘光禄:未详。 ②渚:水中小洲。江渚,这里当指江边。这句是说,满怀依恋来到江边。 ③长望:远望。河津:即江津,江渡口。 ④鼓声:古时开船,击鼓为号。 ⑤"帆势"句:是说船已开远,只见船帆已与远处的云彩相邻。 ⑥泊处:指渡口原来船停之处。 ⑦离亭:送别行人的亭子。 ⑧下:落。 ⑨纶:钓丝,系钓钩用。这句是说,天晚了钓鱼人要收钓回家。 ⑩江汉:指刘光禄所去之地。闉(yīn 因):古代城门外层的曲城。城闉,指城门,是诗人所归之地。正因为一个去江汉,一个回城门,所以上一句说"相背远",即相背而行,越来越远。

庾 信

庾信(513—581),字子山,南阳新野(今属河南)人。早年出入梁宫廷,与徐陵同时写了许多绮丽轻靡的宫体诗,时称"徐庾体"。后入西魏,历仕西魏、北周,官至骠骑大将军、开府仪同三司,世称庾开府。隋开皇元年卒。

庾信的代表作是《拟咏怀》二十七首,主要是抒写自己的身世遭遇,感慨家国沦亡,表现自己的"乡关之思",风格苍凉萧瑟。

庾信的诗初步融合了南北诗风,为唐诗的繁荣作了一定的准备。明杨慎说:"庾信之诗,为梁之冠绝,启唐之先鞭。"清刘熙载更具体地指出:"庾子山《燕歌行》开唐初七古,《乌夜啼》开唐七律。其他体为唐五绝、五律、五排所本者,尤不可胜举。"

原有集二十一卷,已佚。明人辑有《庾子山集》,清倪璠《庾子山集注》较详备。

拟 咏 怀[①]

其二十六

萧条亭障远[②],凄惨风尘多[③]。关门临白狄[④],城影入黄河[⑤]。秋风别苏武[⑥],寒水送荆轲[⑦]。谁言气盖世[⑧],晨起帐中歌。

[①]《拟咏怀》:《拟咏怀》是组诗,共二十七首,是拟阮籍《咏怀》的作品,诗的内容大多是追怀故国,感叹身世,抒发乡关之思和羁留敌国的苦闷。这一首借咏古人古事来表达自己屈身异地的内心痛苦。 [②]萧条:寂寞冷落的样子。亭障:古代边防上用以瞭望和防御的工事。 [③]风尘:风沙。借喻边境战事。 [④]关门:指边防的关口。白狄:春秋时狄族的一支,其俗尚白衣,故名。这里泛指异族之地。 [⑤]入:倒映。以上

二句是说,关门之外是异族所居之地,城近黄河,故城影倒映入黄河之中。　⑥苏武:汉武帝时出使匈奴,被羁留,李陵劝之投降,不从。后苏武得归,李陵乃置酒与之长别。这句是以李陵自比,谓己不得南归。　⑦荆轲:荆轲为燕太子丹使秦刺杀秦王,燕太子饯之易水上,荆轲作歌曰:"风萧萧兮易水寒,壮士一去兮不复还!"这句是以荆轲自比,谓己如荆轲离燕,永无归期。　⑧盖世:压倒一世。这句和下句是用项羽故事,《史记·项羽本纪》:"项王则夜起,饮帐中。……乃悲歌慷慨,自为诗曰:'力拔山兮气盖世!……'"这二句是借项羽事喻梁朝之亡。

寄　王　琳①

玉关道路远②,金陵信使疏③。独下千行泪,开君万里书④。

①《寄王琳》:这是诗人在收到王琳信后写的一首赠诗,表达的仍是故国之思。王琳,字子珩,平侯景乱有功,江陵破,魏立萧詧,王琳举兵攻詧。陈霸先篡梁,王琳又举兵讨之,兵败被杀。清人倪璠说:"王琳方志雪仇耻,故子山有是寄焉。"　②玉关:玉门关,在今甘肃省敦煌西北。指自己所在之地。远:指离金陵很远。　③金陵:梁故都建康,即今江苏省南京市。信使:指使者。　④开:启,拆开。君:指王琳。万里书:王琳的信来自遥远的南方,故说是"万里书"。

重别周尚书①

阳关万里道②,不见一人归③。惟有河边雁④,秋来南向飞。

①《重别周尚书》:作者原已有《别周尚书弘正》一首,所以这里题作《重别周尚书》。原诗二首,这里选第一首,内容是写因送别而引起的家国之思。周尚书,名弘正,字思行。梁元帝时为左户尚书。入陈,于陈文帝天嘉元年(560)往长安迎陈宣帝,天嘉三年自周南还。　②阳关:关名,故址在今甘肃省敦煌西南,因在玉门关之南,故名阳关。指自己所在之地,因离江南故国很远,故说"万里道"。　③归:指归南。以上二句是说,自己羁留北国,离南方故国有万里之路,已没有南归的希望。　④惟:唯,只有。河边雁:比喻周弘正。大雁一年一次归南,周弘正经年南返,正如河边雁的"南向飞"。

哀江南赋序①

粤以戊辰之年②,建亥之月③,大盗移国④,金陵瓦解⑤。余乃窜身荒谷⑥,公私涂炭⑦。华阳奔命⑧,有去无归⑨。中兴道销⑩,穷于甲戌⑪。三日哭于都亭⑫,三年囚于别馆⑬。天道周星⑭,物极不反⑮。傅燮之但悲身世⑯,无处求生;袁安之每念王室⑰,自然流涕。昔桓君山之志事⑱,杜元凯之平生⑲,并有著书,咸能自序⑳。潘岳之文采㉑,始述家风㉒;陆机之词赋㉓,先陈世德㉔。信年始二毛㉕,即逢丧乱,藐是流离㉖,至于暮齿㉗。燕歌远别㉘,悲不自胜;楚老相逢㉙,泣将何及。畏南山之雨㉚,忽践秦庭㉛;让东海之滨㉜,遂餐周粟㉝。下亭漂泊㉞,高桥羁旅㉟。楚歌非取乐之方㊱,鲁酒无忘忧之用㊲。追为此赋㊳,聊以记言㊴。不无危苦之辞,惟以悲哀为主㊵。

①《哀江南赋序》:是庾信名作《哀江南赋》的序,内容概括了全赋的大意,说明了作赋的动机。是一篇著名的骈文。杜甫《咏怀古迹五首》其一说:"庾信平生最萧瑟,暮年诗赋动江关。""赋"即主要指《哀江南赋》。"哀江南"取自《楚辞·招魂》"魂兮归来哀江南"。这里的"江南"代指梁,因梁建都建康和江陵,都在江南。 ②粤(yuè月):语助词,无义。戊辰之年:梁武帝萧衍太清二年(548),是岁在戊辰之年。
③建亥之月:指阴历十月。 ④大盗:谓窃国者,指侯景。侯景原是魏将,后降梁,太清二年八月举兵反梁,十月兵逼建康(今江苏省南京市),梁武帝被逼而饿死于台城,侯景先专权,后废梁简文帝自立,这就是"大盗移国"。 ⑤金陵:指梁都建康。瓦解:陷落。 ⑥窜:逃匿。荒谷:春秋时楚地名。借指江陵。侯景作乱时,庾信受命驻军朱雀桥,景兵至,庾信逃奔江陵。 ⑦公私:指朝廷和百姓。涂炭:谓陷于泥涂和炭火之中,比喻处境极为艰苦。 ⑧华阳:华山之阳,指江陵。建康陷落后,梁元帝萧绎在江陵即位,承圣三年(554)庾信受命出使西魏,这就是"奔命"之事。 ⑨有去无归:庾信出使的这年十一月,西魏攻陷江陵,杀梁元帝,庾信遂终身羁留北方,不能再回南方,所以说"有去无归"。 ⑩中兴:指梁元帝建都自立于江陵后,即平侯景之乱,这对梁来说是"中兴"。道销:指国运销亡。梁元帝平侯景之乱后不久,又被西魏攻杀,所以说"中兴道销"。 ⑪穷:尽也。甲戌:甲戌年,梁元帝承圣三年是甲戌年。这句是说,梁中兴的希望在甲戌年消失了。 ⑫都亭:都城外的驿亭。《晋书·罗宪传》说,三国时魏代蜀,罗宪守永安城,当他得知成都已败,后主刘禅投降的消息,"乃率所部,临(哭)于都亭三日"。这句是说,自己对梁的败亡十分痛苦。 ⑬别馆:安置别国使者住宿的馆舍。这句是说,自己出使西魏后,被囚系于西魏多年。三年,并非确数。一说,三年是确数。 ⑭天道:天理。周星:指岁星(即木星),岁星运行一周天是十二年。这句是说,时间过去很久了。 ⑮物极不反:古人认为"物极则反",这里说"物极不反",意谓梁一经败亡,就未能复兴。 ⑯傅燮(xiè泄):《后汉书·傅燮传》载:傅燮,字南容,不容于朝,出为汉阳太守,被人围困,慷慨战死,临死前慨叹曰:"世乱不能养浩然之志,食禄又欲避其难乎?吾行何之,必死于此!"这句是说,傅燮临死之前,悲叹身处乱世,无处求生。 ⑰袁安:《后汉书·袁安传》记载:袁安,字邵

公,官司徒,因为皇帝幼弱,外戚专权,每朝会进见及与公卿谈论国家事,总是"噫鸣流涕"。王室:指朝廷。以上四句实际以傅燮、袁安自况,说自己像傅燮那样身处乱世,无处求生,像袁安那样无力扶助王室,只能悲伤流泪。　⑱桓君山:桓谭,字君山,东汉人,光武帝时官给事中,著《新论》二十九篇。志事:有志于事业。事:一作"士"。　⑲杜元凯:杜预,字元凯,晋人,儒将,著《春秋经传集解》。平生:平时,一生。　⑳咸:都。自序:指桓谭、杜预的著作都有《序》,庾信在《哀江南赋》的《序》中提及,有援以为例之意。　㉑潘岳:潘岳,字安仁,西晋时与陆机齐名的诗人,所作诗文颇具文采。《诗品》引谢混说:"潘诗烂若舒锦,无处不佳。"　㉒始述家风:指潘作《家风诗》。《艺文类聚》二三存其《家风诗》四言十四句。　㉓陆机:陆机,字士衡,西晋时与潘岳齐名的诗人,所作诗赋当时极有名。　㉔陈:陈述。世德:先世的功德。陆机祖陆逊,父陆抗,均是东吴的大将。《晋书·陆机传》说,陆机"又欲述其祖、父功业,遂作《辩亡论》二篇"。又,陆机另有《祖德》《述先》二赋,亦是"陈世德"的作品。　㉕二毛:头发黑白相间,谓之"二毛"。庾信三十六岁,逢梁丧乱(倪璠说)。　㉖藐是:远是。藐,通"邈",远。是,语助词。流离:转徙流落。　㉗暮齿:晚年,暮年。一般认为《哀江南赋》作于庾信晚年。　㉘燕歌:指乐府诗题《燕歌行》。曹丕曾作《燕歌行》二首,《乐府诗集》引《乐府广题》曰:"燕,地名也,言良人从役于燕而为此曲。"《燕歌行》多写远别的悲哀,庾信也曾作过《燕歌行》,有"属国征戍久离居,阳关音信绝能疏"之句。　㉙楚老:楚地的父老。庾信是南方人,"楚老"即指梁的故臣遗老。　㉚南山:借指江南的梁朝。雨:喻指兵祸。　㉛践:至也。秦庭:借指西魏。践秦庭,春秋时,楚都为吴攻陷,申包胥赴秦国求援。庾信去西魏出使,其目的原本是为避免南方兵祸而欲结好西魏。　㉜让:禅让,指北周篡夺西魏政权,不说篡而说让,是掩饰之词。因此时庾信在北周任职。让东海之滨,《史记》记载:"田太公和迁齐康公于海上。"这里用田和篡齐比喻北周篡西魏。　㉝周粟:商、周之际,伯夷叔齐不食周粟而死。这句是说自己在北周篡西魏之后,终于食了"周粟",屈节而仕。　㉞下亭:地名。《后汉书·独行传》记载:孔嵩赴京师,道宿下亭,马被人偷盗。　㉟高桥:一作"皋桥",在吴(今苏州市)阊门内。东汉时吴大姓皋伯通所居之地。梁鸿曾羁旅吴,在皋宅做工。以上二句借用孔嵩、梁鸿故事比喻自己羁旅关中,寄人篱下。　㊱楚歌:《史记·项羽本纪》记载,汉围项羽于垓下,四面皆楚歌,唤起楚军思乡之念。这句是说,唱歌本为取乐,但楚歌只能引人作思乡之悲,所以说是"非取乐之方"。　㊲鲁酒:鲁国之酒。楚会诸侯,赵鲁献酒,鲁酒薄,而赵酒厚,有人把赵酒换成鲁酒,于是楚王因赵酒薄而围赵邯郸。这句是说,喝酒是为了忘忧,但鲁酒却引起邯郸之围,所以说"无忘忧之用"。　㊳追:追述。庾信作《哀江南赋》是在暮年,所以说"追为此赋"。　㊴聊:姑且。记言:与记事相对而言。《汉书·艺文志》:"左史记言,右史记事。"这里是说自己作赋,不仅是记事,而且是记言。　㊵惟:只。以上二句是说,自己所作的《哀江南赋》,不是没有感叹个人身世的危苦之词,但主要还是悲哀国事。

日暮途远①,人间何世②! 将军一去③,大树飘零④;壮士不还⑤,寒风萧瑟⑥。荆璧睨柱⑦,受连城而见欺⑧;载书横阶⑨,捧珠盘而不定⑩。钟仪君子⑪,入就南冠之囚⑫;季孙行人⑬,留守西河之馆⑭。申包胥之顿地⑮,碎之以首⑯;蔡威公之泪尽⑰,加之以血⑱。钓台移柳⑲,非玉关之可望⑳;华亭鹤唳㉑,岂河桥之可闻㉒!

①日暮途远:《史记·伍子胥传》:"吾日暮途远。"作者借指自己年暮,前途渺茫。 ②人间何世:是对当时战争造成的政权更迭的感叹。 ③将军:《后汉书·冯异传》:"每所止舍,诸将并坐论功,异常独屏树下,军中号曰'大树将军'。"这里只借用其字面,将军,作者自指。作者曾在侯景之乱时率宫中文武数千人驻军朱雀桥,自己一退兵,此地遂为侯景所占,人众四散飘零。 ④大树飘零:喻指国事不可收拾。 ⑤壮士:指荆轲。喻自己出使西魏一去不还。 ⑥萧瑟:凄凉冷落貌。这句话也当是指自己走后,国运衰落。 ⑦荆璧:指和氏璧,本楚产故称荆(蔺亦称荆)璧。睨:斜视。《史记·廉颇蔺相如传》记载:秦欲得赵和氏璧,诡称以十五城交换。蔺相如持璧赴秦,秦受璧而不欲予城,蔺相如诈称璧有毛病,取回,持璧睨柱,欲人璧俱碎。这就是"荆璧睨柱"。 ⑧连城:指和氏璧,其价值连城。见欺:受欺骗。以上二句借蔺相如故事,但加以变化,是说自己出使西魏,受了西魏欺骗。 ⑨载书:盟书。横阶:历阶,登阶。 ⑩珠盘:饰以珠玉的盘子。古代诸侯会盟用的器具,盛牛耳,以取其血,涂口旁而盟。《史记·平原君列传》记载:战国时赵平原君门客毛遂随平原君赴楚定合纵之约,从早晨到中午,尚未谈妥。毛遂按剑登阶而上,手捧铜盘,胁迫楚王答应,于是歃血定合纵之约。以上二句借用此典故,是说,自己赴西魏出使,却未能与西魏订盟。 ⑪钟仪:春秋时楚人。《左传》"成公七年"及"九年"记载:楚伐郑,郑俘获钟仪,献于晋,囚于军府。后晋侯到军府,见钟仪戴南方楚国式帽子,让他弹琴,他奏出楚国音乐。因他不忘楚国,时人称赞他:"楚囚,君子也。" ⑫入就:犹言被拘留。南冠:南方楚国的帽子。以上二句是说,自己本是楚人,被羁留北朝,有如"南冠之囚",但并未忘怀故国。 ⑬季孙:春秋时鲁国大夫季孙意如。行人:掌管外交的官。 ⑭留守:这里指拘留。西河:地名,在陕西东境。《左传》昭公十年载,季孙意如随鲁昭公参加晋侯主持的盟会,被拘留于晋。后又扬言要把他囚禁在西河。以上二句借季孙事,说自己本是外交使者,却被西魏扣留。 ⑮顿地:以头叩地。 ⑯碎之以首:把头碰破。申包胥到秦国请求援兵,日夜啼哭,七天不吃,九叩首而坐,终于请来秦兵,解除楚难。这句实际上是说,自己未能像申包胥那样"顿地,碎之以首"请来援兵。 ⑰蔡威公:刘向《说苑》记载:蔡威公知国将亡,束手无策,闭门而泣,泪尽而继之以血。 ⑱加之以血:即继之以血。以上二句是借此典故,说明自己对梁之亡国悲痛至极,但又无力挽救。 ⑲钓台:地名,在武昌(今湖北省武汉市附近)。这里喻指南方故国。移柳:《晋书·陶侃传》记载:陶侃曾要军队种柳树,有人偷走柳树,移种自己家门前,被

陶侃认了出来。一说"栘"作"栘(yí 移)",树名,似白杨。　⑳玉关:玉门关,在今甘肃省敦煌西北。指庾信所在之地。以上二句是说,南方故国的树木,不是身在玉关的自己所能看见的。　㉑华亭:地名,在今上海市松江区。华亭是陆机的故乡。唳(lì利):鸟高声鸣叫。　㉒河桥:地名,在今河南省。陆机军败之处。《世说新语·尤悔》:"陆平原河桥败,为卢志所谮,被诛。临刑叹曰:'欲闻华亭鹤唳,可复得乎!'"以上二句借此典故,是说自己将老死北方,不能听见家乡的鸟叫了。

　　孙策以天下为三分①,众才一旅②;项籍用江东之子弟,人唯八千③。遂乃分裂山河④,宰割天下⑤。岂有百万义师⑥,一朝卷甲⑦,芟夷斩伐⑧,如草木焉。江淮无涯岸之阻⑨,亭壁无藩篱之固⑩。头会箕敛者⑪,合从缔交⑫;锄耰棘矜者⑬,因利乘便⑭。将非江表王气⑮,终于三百年乎⑯?是知并吞六合⑰,不免轵道之灾⑱;混一车书⑲,无救平阳之祸⑳。呜呼,山岳崩颓㉑,既履危亡之运㉒;春秋迭代㉓,必有去故之悲㉔。天意人事㉕,可以凄怆伤心者矣㉖!况复舟楫路穷㉗,星汉非乘槎可上㉘;风飙道阻㉙,蓬莱无可到之期㉚。穷者欲达其言㉛,劳者须歌其事㉜。陆士衡闻而抚掌㉝,是所甘心㉞;张平子见而陋之㉟,固其宜矣㊱!

①孙策:孙坚之子,孙权之兄,字伯符。三分:指吴、蜀、魏三国。　②一旅:五百人。《三国志·吴志·陆逊传》载陆逊上疏曰:"昔桓王(孙权追谥孙策为长沙桓王)创基,兵不一旅,而开大业。"　③项籍:即项羽,籍是其名,羽是其字。项羽随其叔父项梁起兵反秦时,有江东子弟八千人。　④遂乃:终于能。　⑤宰割:主宰分割。　⑥百万义师:指梁讨伐侯景的部队,当时号称百万。　⑦卷甲:卷起甲兵逃跑。　⑧芟(shān 衫)夷:割除铲平野草。斩伐:指杀人。这句是说侯景杀害军民如同割草。　⑨涯:水边。涯岸,江河之岸。　⑩亭壁:指边防御敌的堡垒工事。藩篱:用竹木编成的屏障。以上二句是说,侯景乱起后,梁军纷纷败退,使得长江、淮河的天险一点也没有起阻挡敌军的作用,边防工事还不如藩篱坚固。　⑪头会箕敛:以人头数收税,用箕收取,秦末地方官吏曾用这种办法搜刮百姓,以供军费。　⑫从:同"纵"。合从缔交:此指联合纠集在一起。　⑬耰(yōu 优):碎土农具。棘,戟也,古代一种兵器。矜:矛柄。锄耰棘矜,指起义的农民以农具作为武器。上句"头会箕敛者"和本句"锄耰棘矜者"指下层的官吏和农民。　⑭因利乘便:乘着有利的时机。以上四句是说,出身下层的陈霸先等人,拿着低劣武器,利用时机,联合起来,夺取了政权。　⑮江表:江外,指江南建康一带。王气:王者之气,帝王的气运。江表王气,指自孙权建都建业后,吴、东晋、宋、齐、梁政权。　⑯三百年:自孙权建都建业至梁亡近三百年。　⑰六合:天地四方。并吞六合,指秦始皇统一天下。　⑱轵道:古亭名,在今陕西省西安市东北。轵(zhǐ 止)道之灾,指刘邦入关,秦二世子婴奉玺迎降于轵道旁。以上二

句借用秦统一天下,却难免轵道迎降的史实,比喻江陵陷后,梁元帝投降西魏。　⑲混一车书:指划一道路,统一文字,即指统一天下。　⑳平阳:地名,在今山西省临汾市。平阳之祸,指西晋的怀帝、愍帝被刘聪、刘曜杀害于平阳。这两句比喻梁武帝和简文帝先后被害于金陵。　㉑崩颓:崩溃倒塌。比喻王朝覆灭。　㉒履:走上,经历。运:世运。这里指变故。　㉓迭代:更迭代换。春秋迭代,指梁、陈的政权更迭。　㉔去故:离故,指离别旧朝。以上二句是说,政权更迭,必然要引起人们告别旧朝的悲哀。　㉕天意:指梁的灭亡是天意。人事:指人的所作所为。如侯景之乱,陈霸先之篡梁。　㉖凄怆:悲痛。　㉗况复:何况又加之。楫:船桨。路穷:路尽,无路而行。　㉘星汉:银河。槎(chá 查):竹木编的筏。古代传说,有人乘木筏上了天河。以上二句反其意而用之,说,况且道路已走到尽头,天河不是乘木筏可以上得了的。比喻自己虽心存故国,但前途渺茫,走投无路。　㉙风飙(biāo 标):暴风。　㉚蓬莱:传说中的渤海神山。相传蓬莱仙山,人不可近。以上二句也是用传说比喻自己日暮途穷。　㉛穷者:指不得意而处境困厄之人。达:显,表达。　㉜劳者:劳苦的人。《公羊传》"宣公十五年"何休注:"劳者歌其事。"以上二句是说,自己作《哀江南赋》是要表达出自己想说的话,记下自己的遭遇。　㉝陆士衡:陆机,字士衡。抚掌:拍掌。《晋书·左思传》记载:陆机本打算作《三都赋》,到洛阳后听说左思也在写此赋,"抚掌而笑",并且大加讥讽。　㉞是所甘心:这(受讥笑)也是甘心的。　㉟张平子:张衡,字平子,东汉文学家、科学家。《艺文类聚》卷六十一载,班固作《两都赋》,张衡"薄而陋之",故更造《二京赋》。　㊱固其宜矣:本来就是应该的。以上四句是说,自己作《哀江南赋》,即使被讥讽鄙薄也心甘情愿。

陶弘景

陶弘景(456—536),字通明,丹阳秣陵(今江苏江宁)人。齐高帝萧道成作相时,引为诸王侍读,后任奉朝请。齐武帝萧赜永明十年(492),挂朝服辞职。他性爱山水,又访寻仙药,笃好道术。梁时隐居山中。梁武帝遇有朝廷大事,常前往咨询,时人称为"山中宰相"。诗文长于描写山川景色,清新简淡,无浮艳气息。原有集三十卷,内集十五卷,均已佚。明人辑有《陶隐居集》。

答谢中书书①

山川之美,古来共谈。高峰入云,清流见底。两岸石壁,五色交辉;青林翠竹,四时俱备②。晓雾将歇③,猿鸟乱鸣;夕日欲颓④,沉鳞竞跃⑤。实是欲界之仙都⑥。自康乐以来⑦,未复有能与其奇者⑧。

①谢中书:指谢微(或作谢徵),字玄度,著名诗人谢朓是其从叔,曾为中书舍人,故称谢中书。书:书信。 ②四时:指四季。 ③晓雾:晨雾。歇:消。 ④颓:坠,指日落。 ⑤鳞:指鱼。沉鳞,指水中之鱼。 ⑥欲界:佛家有三界之说,有七情六欲的众生居欲界。这里指人间。仙都:犹仙境。 ⑦康乐:指谢灵运,他曾袭爵康乐公,人称谢康乐,著名的山水诗人。 ⑧未复有:不再有。以上二句是说,自谢康乐以后,就不再有人能得山水景物的奇妙之处了。

吴 均

吴均(469—520),字叔庠,吴兴故鄣(今浙江安吉)人。家世贫寒,好学有俊才,为著名诗人沈约所赏识。做过建安王伟记室、国侍郎,官至奉朝请。曾欲撰《齐书》,梁武帝不许。后私撰《齐春秋》,梁武帝恶其实录,焚之,被免职。以后又奉诏撰《通史》,未成而卒。

吴均善写山水,诗文风格清新挺拔,时人或效之,称为"吴均体"。

与宋元思书[①]

风烟俱净[②],天山共色[③],从流飘荡[④],任意东西。自富阳至桐庐[⑤],一百许里[⑥],奇山异水,天下独绝[⑦]。水皆缥碧[⑧],千丈见底;游鱼细石,直视无碍[⑨]。急湍甚箭[⑩],猛浪若奔。夹岸高山[⑪],皆生寒树[⑫],负势竞上[⑬],互相轩邈[⑭],争高直指[⑮],千百成峰[⑯]。泉水激石,泠泠作响[⑰];好鸟相鸣[⑱],嘤嘤成韵[⑲]。蝉则千转不穷[⑳],猿则百叫无绝[㉑]。鸢飞戾天者[㉒],望峰息心[㉓];经纶世务者[㉔],窥谷忘反[㉕]。横柯上蔽[㉖],在昼犹昏[㉗];疏条交映[㉘],有时见日。

①宋元思:未详何人。宋,一作"朱"。 ②俱净:都消失得干干净净。 ③天山:天与山。共色:同样的颜色。 ④从流:随着流水。这句是说,船随水飘荡。 ⑤富阳:即今浙江富阳。桐庐:即今浙江桐庐。两地皆濒临富春江。 ⑥许:约计之辞。一百许里,犹言一百来里。 ⑦独绝:独一无二。 ⑧缥(piāo 漂)碧:碧青色。 ⑨碍:阻碍。直视无碍,犹清澈见底。 ⑩湍(tuān):流得急的水。甚箭:比箭还快。 ⑪夹岸:两岸。 ⑫寒树:耐寒的树。 ⑬负:依恃。负势,依恃地势。 ⑭轩:高扬,飞举。邈:远。互相轩邈,指山峰互相争着向高处伸展。 ⑮直指:笔直地向上。 ⑯千百成峰:指出形成一座座山峰。千百,言山峰之多。 ⑰泠(líng 铃)泠:水声,形容其声之清越。 ⑱好鸟:佳鸟,美鸟。相鸣:相互和鸣。 ⑲嘤(yīng 英)嘤:鸟鸣声。成韵:指鸣声和谐,仿佛有节奏,有韵律。 ⑳千转:犹千遍。指蝉鸣声长久不

断。　㉑无绝:不绝,不断。　㉒鸢(yuān 冤):鸟名,即鹞鹰,一种猛禽。戾(lì 力):至。这句是比喻那些飞黄腾达,极力攀高的人。　㉓望峰息心:望见这些雄奇高峻的山峰,也会消歇他们攀高竞进,追求利禄之心。　㉔经纶:原意是整治丝缕,引申为治理国事。　㉕窥谷忘反:看到这些幽静秀丽的山谷,也会流连忘返。反,同"返"。㉖柯:树枝。横柯,侧向横斜的树枝。　㉗在昼犹昏:在白天也像是在黄昏那样昏暗。㉘疏条:稀疏的树条。

郦道元

郦道元(？—527)，字善长，北魏范阳(今河北涿州)人。曾试守鲁阳郡，后为荆州刺史、河南尹、御史中尉等职。他任关右大使时，雍州刺史萧宝夤谋反，道元为其杀害。

郦道元是我国古代著名地理学家。他自幼好学，历览奇书，博闻强记。又遍游北方，考察水道山川等地理现象，撰成《水经注》。书中不少篇章对山川景物刻画细致，描写生动，富有意境。不仅是杰出的地理著作，也是优秀的山水散文。

江 水①(节录)

自三峡七百里中②，两岸连山，略无阙处③。重岩叠嶂④，隐天蔽日，自非亭午夜分⑤，不见曦月⑥。至于夏水襄陵⑦，沿溯阻绝⑧。或王命急宣⑨，有时朝发白帝⑩，暮到江陵⑪，其间千二百里，虽乘奔御风⑫，不以疾也⑬。春冬之时，则素湍绿潭⑭，回清倒影⑮，绝巘多生怪柏⑯，悬泉瀑布，飞漱其间⑰，清荣峻茂⑱，良多趣味⑲。每至晴初霜旦⑳，林寒涧肃㉑，常有高猿长啸，属引凄异㉒，空谷传响，哀转久绝㉓。故渔者歌曰：巴东三峡巫峡长㉔，猿鸣三声泪沾裳！

①《江水》：《水经注》有《江水注》。本篇即节录自《江水注》。《水经》是一部古代地理书，传为汉代桑钦所撰，一说是晋郭璞撰。所记水道，繁简不等，并有一些错误，故郦道元为之作注，即《水经注》，究源竟委，繁征博引，成为一部前无古人的最全面最系统的综合性地理著作。 ②三峡：即长江上游，介于四川、湖北两省间的瞿塘峡、巫峡、西陵峡。 ③阙：同"缺"。以上二句是说，两岸连接着高山，没有一点中断之处。 ④嶂(zhàng帐)：如屏障的山。叠嶂，重叠的如屏障的山。 ⑤亭午：正午。夜分：

半夜。　⑥曦:太阳。月:月亮。　⑦襄:上。陵:山陵。襄陵,指水涨,溢上山陵。⑧沿:顺流而下。溯(sù 素):逆流而上。阻绝:谓阻隔断绝,指船不能行。　⑨或:有时。王命:皇帝的命令文书。急宣:急于宣布、传达。　⑩白帝:白帝城,在今重庆市奉节县。　⑪江陵:地名,今湖北省江陵县。　⑫乘奔:乘着奔驰的快马。御风:驾着风。　⑬不以:不如。疾:快。　⑭湍:急流。素湍,白色的急流。绿潭:碧绿的清潭。⑮回清:回旋着清波。倒影:倒映着物影。　⑯绝:形容极高。巘(yǎn 演):这里指险峻的山。绝巘,极高极险的山。怪柏:奇形怪状的柏树。　⑰漱(shù 竖):洗涤,冲刷。　⑱荣:草类开花叫荣。清荣峻茂,指水清、草荣、山峻、树茂。　⑲良:实在,真。⑳晴初:雨过天晴。霜旦:下霜的早晨。　㉑林寒涧肃:林寒和涧肃是互文,林也肃,涧也寒。这句是说秋天时,林木和山涧寒冷肃杀。　㉒属(zhǔ 主):连接。引:导引,引发。属引,指猿叫声互相引发,故叫声连接不断。凄异:凄凉异常。　㉓哀转:悲哀婉转。　㉔巴东:郡名,辖境相当于今四川省开县、万县以东的云阳、奉节、巫溪等地区。

杨衒之

杨衒之,或作阳衒之,北魏北平(今天津蓟县一带)人,生卒年不详,散文家。曾为奉朝请、期城太守、抚军府司马。其《洛阳伽蓝记序》说他在东魏孝静帝武定五年(547)曾重览洛阳,见"城郭崩毁,宫室倾覆,寺观灰烬,庙塔丘墟"(《洛阳伽蓝记序》),一片荒凉景象,乃作《洛阳伽蓝记》,以寄兴亡之感。《四库全书总目》卷七〇称:"其文秾丽秀逸,烦而不厌,可与郦道元《水经注》肩随。"

法云寺①(节录)

市西有退酤、治觞二里②。里内之人多酝酒为业。河东人刘白堕善能酿酒③。季夏六月④,时暑赫羲⑤,以罂贮酒⑥,曝于日中⑦,经一旬⑧,其酒不动,饮之香美而醉,经月不醒⑨。京师朝贵⑩,多出郡登藩⑪,远相饷馈⑫,逾于千里⑬,以其远至,号曰"鹤觞"⑭,亦名"骑驴酒"。永熙年中⑮,南青州刺史毛鸿宾赍酒之藩⑯,逢路贼,盗饮之即醉,皆被擒获,因复命"擒奸酒"。游侠语曰:"不畏张弓拔刀,唯畏白堕春醪。"⑰

①《法云寺》:《洛阳伽蓝记·城西》篇中记载有"法云寺"一则文字,后世选本,因题名为《法云寺》,这里节录其中的一节。法云寺:寺名,当时洛阳城西寺庙,是西域僧人昙摩罗所立。 ②市:指在洛阳西阳门外四里御道南的洛阳大市。退酤(gū 姑)、治觞:当时洛阳城西的两个里名。 ③河东:郡名,秦置。治所在安邑(今山西省夏县西北)。东晋时移治蒲坂(今山西省永济市蒲州镇)。刘白堕:人名,善酿酒。 ④季夏:夏季最末一月为季夏,即阴历六月。 ⑤暑:炎热。赫羲:盛大貌。这句是说,当时非常炎热。 ⑥罂(yīng 婴):盛酒器,小口大腹。 ⑦曝(pù):晒。 ⑧旬:一月三旬,十天为一旬。 ⑨经月:超过一月为经月。 ⑩朝贵:朝廷显贵。 ⑪藩:诸侯

领地。这里指任所。这句是说,很多朝廷显贵们在出任地方官行赴任所之时(饮白堕酒)。　　⑫饷(xiǎng 响):赠送。饷馈(kuì 溃),即赠送。　　⑬逾(yú 于):越过。　　⑭鹤觞:与下文"骑驴酒"正取意于"远至"。　　⑮永熙:北魏孝武帝元修年号,时当532年—534年。　　⑯南青州:州名,原名东徐州,治所在团城(今山东省沂水),太和二十二年改为南青州。毛鸿宾:人名,曾为北雍州刺史,寻拜西兖州刺史,转南青州刺史。《北史》卷四十九有传。赍(jī 鸡):旅行时携带衣食等物,即携带。之:去到,前往。藩:这里指任所青州。　　⑰游侠:古时称轻生重义、恃力助人者为游侠。这里指依恃武力为非作歹的人。春醪(láo 劳):即春酒。

干 宝

干宝(？—336)，字令升，新蔡(今属河南省)人，东晋史学家、文学家。少勤学，博览书记，召为著作郎，赐爵关内侯，后迁散骑常侍。著《晋纪》二十卷，已佚。又好阴阳术数，信神鬼，撰《搜神记》。今存《搜神记》是明人胡应麟所辑。又有集五卷，已佚。

《搜神记》虽意在宣传鬼神之道不诬，但其中保存了不少有意义的传说故事，是六朝志怪小说代表作，有今人汪绍楹校注本可读。

干将莫邪①

楚干将、莫邪为楚王作剑，三年乃成。王怒，欲杀之。剑有雌雄。其妻重身当产②。夫语妻曰③："吾为王作剑，三年乃成。王怒，往必杀我。汝若生子是男，大，告之曰：'出户望南山，松生石上，剑在其背。'"于是即将雌剑往见楚王④。王大怒，使相之⑤：剑有二，一雄一雌，雌来，雄不来。王怒，即杀之。

莫邪子名赤，比后壮⑥，乃问其母曰："吾父所在⑦？"母曰："汝父为楚王作剑，三年乃成。王怒，杀之。去时嘱我：'语汝子⑧：出户望南山，松生石上，剑在其背。'"于是子出户南望，不见有山，但睹堂前松柱下石低之上⑨。即以斧破其背⑩，得剑。日夜思欲报楚王⑪。

王梦见一儿，眉间广尺⑫，言欲报仇。王即购之千金⑬。儿闻之，亡去，入山行歌⑭。客有逢者，谓："子年少，何哭之甚悲耶？"曰："吾干将、莫邪子也。楚王杀吾父，吾欲报之。"客曰："闻王购子头千金，将子头与剑来⑮，为子报之。"儿曰："幸甚⑯！"即自刎⑰，两手捧头及剑奉之⑱，立僵⑲。客曰："不负子也⑳。"于是尸乃仆㉑。

客持头往见楚王，王大喜。客曰："此乃勇士头也，当于汤镬煮之㉒。"王如其言。煮头,三日三夕不烂。头踔出汤中㉓,瞋目大怒㉔。客曰:"此儿头不烂,愿王自往临视之㉕,是必烂也㉖。"王即临之。客以剑拟王㉗,王头随堕汤中。客亦自拟己头,头复堕汤中。三首俱烂,不可识别。乃分其汤肉葬之㉘,故通名"三王墓"㉙。今在汝南北宜春县界㉚。

①选自《搜神记》卷十一。干将:传说是古代著名的铸剑工匠。莫邪(yé爷):干将之妻。 ②重(chóng虫)身:即怀孕。怀孕是身中有身,故叫重身。 ③语(yù预):动词,告诉。 ④将:带。 ⑤相(xiàng象):察看。使相之,叫人察看鉴定宝剑。 ⑥比后:等到后来。壮:长大。 ⑦所在:犹言何在,在哪儿。 ⑧去:离开,离去。嘱我语汝:嘱咐我告诉你。 ⑨但:只,仅。睹:看,看见。低:当是砥字,砥,这里指柱下垫的基石。这句是说,只见堂前松树做的柱子之下是石砥,石砥之上是松柱。 ⑩背:背面,指松柱背面。 ⑪报:这里指报仇。报楚王,向楚王报仇。 ⑫眉间:两眉之间。这句是说,两眉间有一尺宽。 ⑬购:这里指悬赏捉拿。 ⑭亡:逃亡。行歌:边走边唱歌。 ⑮将:拿。子:你。 ⑯幸甚:犹言太好了,好极了。 ⑰刎(wěn吻):用刀剑割脖子自杀。 ⑱奉:进献,送。 ⑲立僵:谓尸身发僵而立。 ⑳负:辜负,背弃。 ㉑仆:向前倒地。 ㉒镬(huò或):似锅一类的煮器,古时或作刑具,用以烹人。 ㉓踔(chuō戳):跳也。 ㉔瞋(chēn)目:瞪大眼睛。 ㉕临视:临近看。 ㉖是:这,这样。指"临视"这件事。 ㉗拟:比划。这里指用剑砍杀。 ㉘乃分其汤肉葬之:于是把汤肉分开下葬。 ㉙通名:通总命名。 ㉚汝南:郡名,晋时治所在悬瓠城(故址今河南省汝南县)。北宜春:县名,治所在今河南省汝南县西南。

韩凭夫妇①

宋康王舍人韩凭②,娶妻何氏,美。康王夺之。凭怨,王囚之③,论为城旦④。妻密遗凭书⑤,缪其辞曰⑥:"其雨淫淫⑦,河大水深,日出当心⑧。"既而王得其书⑨,以示左右⑩;左右莫解其意。臣苏贺对曰:"其雨淫淫,言愁且思也⑪。河大水深,不得往来也。日出当心,心有死志也⑫。"俄而凭乃自杀⑬。

其妻乃阴腐其衣⑭。王与之登台,妻遂自投台⑮;左右揽之⑯,衣不中手而死⑰。遗书于带曰:"王利其生⑱,妾利其死,愿以尸骨,赐凭合葬!"

王怒,弗听⑲,使里人埋之⑳,冢相望也㉑。王曰:"尔夫妇相爱不已㉒,若能使冢合㉓,则吾弗阻也。"宿昔之间㉔,便有大梓木生于二冢之端㉕,旬日而大盈抱㉖。屈体相就㉗,根交于下,枝错于上。又有鸳鸯㉘,雌雄各一,恒栖树上㉙,晨夕不去㉚,交颈悲鸣,音声感人。宋人哀之,遂号其木曰相思树㉛。相思之名,起于此也。南人谓此禽即韩凭夫妇之精魂㉜。

今睢阳有韩凭城㉝。其歌谣至今犹存㉞。

①选自《搜神记》卷十一。 ②宋康王:战国时宋国国君,名偃,沉溺酒色,荒淫无道,导致亡国被杀。舍人:门客之类。舍人本是官名,但战国及汉初达官贵人手下的舍人,如同门客。 ③囚:拘禁。 ④论:论罪。城旦:秦汉时一种刑罚,犯罪人被罚筑长城、守边防。 ⑤遗(wèi畏):致送。书:书信。 ⑥缪(miù谬):即谬。缪其辞,即使书信的言语曲折隐约。 ⑦淫淫:流貌。 ⑧当:对着。 ⑨既而:不久之后。 ⑩左右:指宋康王身边的近臣亲信。 ⑪思:思念,想念。引申为悲哀。 ⑫死志:死的心志,即心存死念。 ⑬俄而:顷刻,旋即。 ⑭阴:暗中。腐:腐蚀。 ⑮投台:投台下。《艺文类聚》卷四十即作"投台下"。 ⑯揽:持。这里是拉的意思。 ⑰中(zhòng众)手:犹言经得起手拉。 ⑱利:动词,以……为有利。 ⑲弗听:不听从。 ⑳里人:地方上的人。 ㉑冢(zhǒng肿):坟墓。 ㉒尔:你。不已:不止。 ㉓若:如果,假如。 ㉔宿昔之间:犹言一夜之间。 ㉕梓(zǐ子)木:落叶乔木,高可二丈。 ㉖旬日:十天为旬。旬日,即十天。盈:满。 ㉗就:接近,靠近。 ㉘鸳鸯:鸟名,雌雄相守,常用来比喻夫妻。 ㉙恒:常。 ㉚去:离开。 ㉛号:叫,命名。 ㉜南人:南方人。此禽:此鸟,指鸳鸯。 ㉝睢(suī虽)阳:战国宋地名,故城在今河南省商丘市南。 ㉞至今:到今天,指干宝所在的晋代。

宋定伯捉鬼①

南阳宋定伯②,年少时,夜行逢鬼。问之,鬼言:"我是鬼。"鬼问:"汝复谁③?"定伯诳之④,言:"我亦鬼。"鬼问:"欲至何所?"答曰:"欲至宛市⑤。"鬼言:"我亦欲至宛市。"遂行数里。鬼言:"步行太迟⑥,可共递相担⑦,何如?"定伯曰:"大善⑧。"鬼便先担定伯数里。鬼言:"卿太重⑨,将非鬼也?"定伯言:"我新鬼,故身重耳。"定伯因复担鬼,鬼略无重⑩。如是再三⑪。

定伯复言:"我新鬼,不知有何所畏忌⑫?"鬼答言:"唯不喜人唾⑬。"于是共行。道遇水⑭,定伯令鬼先渡⑮;听之了然无声音⑯。定伯自渡,漕漼作声⑰。鬼复言:"何以有声⑱?"定伯曰:"新死,不习渡水故耳⑲。勿怪吾也⑳!"行欲至宛市,定伯便担鬼著肩上㉑,急执之㉒。鬼大呼,声咋咋然㉓,索下㉔,不复听之。径至宛市中㉕,下著地,化为一羊,便卖之。恐其变化,唾之㉖。得钱千五百,乃去。

当时石崇有言㉗:"定伯卖鬼,得钱千五。"

①选自《搜神记》卷十六。本事见《列异传》。宋定伯,《列异传》作宗定伯,文字有小

异。　②南阳:郡名,治所在宛县(今河南南阳)。　③汝复谁:你又是谁。　④诳(kuáng 狂):欺骗。　⑤宛:南阳郡治,今河南省南阳市。市:做买卖的市场。　⑥迟:慢。　⑦递:依次,轮流。担:这里指背负。　⑧大善:太好了。　⑨卿:古时朋友之间彼此可称卿,以示亲昵。　⑩略无重:几乎没有重量。　⑪如是:如此,像这样。这句是说,像这样轮流背负了几次。　⑫畏忌:害怕和忌讳。　⑬唾:吐唾沫。　⑭水:河。　⑮令:使,叫。　⑯了然:全然。　⑰漕(cáo 曹)漼(cuī 催):涉水声。　⑱何以:为什么。　⑲习:习惯,熟习。　⑳勿:不要。怪:惊怪,惊异。　㉑著:放。　㉒急:紧紧。执:抓牢。　㉓咋(zhà 诈)咋:鬼惊叫声。　㉔索:要,要求。下:指下地。　㉕径:一直,直接。　㉖之:代指鬼。　㉗石崇:晋人,以豪奢著称。有言:曾说过。

李寄斩蛇①

东越闽中有庸岭②,高数十里。其西北隰中③,有大蛇,长七八丈,大十余围④。土俗常惧⑤。东冶都尉及属城长吏⑥,多有死者。祭以牛羊,故不得福⑦。或与人梦⑧,或下谕巫祝⑨,欲得啖童女年十二三者⑩。都尉、令、长⑪,并共患之⑫。然气厉不息⑬。共请求人家生婢子⑭,兼有罪家女养之。至八月朝祭⑮,送蛇穴口,蛇出吞啮之⑯。累年如此⑰,已用九女。

尔时预复募索⑱,未得其女。将乐县李诞⑲,家有六女,无男。其小女名寄,应募欲行。父母不听⑳。寄曰:"父母无相㉑,惟生六女㉒,无有一男,虽有如无。女无缇萦济父母之功㉓,既不能供养,徒费衣食㉔,生无所益,不如早死。卖寄之身,可得少钱,以供父母,岂不善耶㉕?"父母慈怜,终不听去㉖。寄自潜行㉗,不可禁止㉘。

寄乃告请好剑㉙,及咋蛇犬㉚。至八月朝,便诣庙中坐㉛,怀剑将犬㉜。先将数石米糍㉝,用蜜麨灌之㉞,以置穴口。蛇便出,头大如囷㉟,目如二尺镜㊱,闻餈香气,先啖食之。寄便放犬,犬就啮咋㊲;寄从后斫得数创㊳。疮痛急㊴,蛇因踊出㊵,至庭而死㊶。寄入视穴,得九女髑髅㊷,悉举出㊸,咤言曰㊹:"汝曹怯弱㊺,为蛇所食,甚可哀愍㊻!"于是寄女缓步而归。

越王闻之,聘寄女为后㊼,拜其父为将乐令㊽,母及姊皆有赏赐。自是东冶无复妖邪之物㊾。其歌谣至今存焉㊿。

①选自《搜神记》卷十九。　②东越:古国名,汉武帝曾封余善为东越王。地在今浙江、福建一带。闽中:地名,地在东越国。庸岭:山名。　③隰(xī 息):低湿之地。　④围:两手食指、拇指弓合在一起叫一围。　⑤土俗:当地百姓。　⑥东冶:东越国

都，即今福建省福州市。都尉：官名，郡设都尉掌管军事。属城：指东冶所属各县城。长吏：这里指县里的官吏。 ⑦故：仍旧。福，一本作"祸"。 ⑧与人梦：托梦与人。⑨下谕：下指示。巫祝：旧社会称言能请神降鬼的迷信职业者。 ⑩童女年十二三：十二三岁的女童。 ⑪令长：都是县最高行政长官，大县为令，小县为长。 ⑫患：忧虑。 ⑬厉：猛烈。气厉，这里指大蛇气焰嚣张。息：止。 ⑭家生婢子：古代奴婢所生之子女称家生婢，家生奴。 ⑮朝（zhāo 召）：初一。八月朝，即八月初一。祭：这里指祭蛇。 ⑯啮（niè 聂）：咬。 ⑰累年：连年。 ⑱尔时：这时。预复：预先又。募索：招募寻索。 ⑲将乐：县名，即今福建省将乐县。 ⑳不听：不听从，不允许。听，听从，任凭。 ㉑无相：无福相。 ㉒惟：只。 ㉓缇（tí 题）萦：刘向《列女传》记载：淳于意无子，唯有五女，文帝时意有罪，当受肉刑，因骂养女儿无用。小女儿缇萦乃随父至长安，上书自请为官婢，以赎父罪，文帝怜之，诏废肉刑，意亦得免。济：助。功：功劳，劳绩。这句是说，女儿没有缇萦那样帮助父母的功劳。 ㉔徒：徒然，白白地。 ㉕岂不善耶：难道不好吗？ ㉖不听去：犹言不让去。听，听任，任凭。 ㉗潜行：暗地里走了。 ㉘不可：不能。 ㉙告请：请求，寻求。 ㉚咋（zé 责）：咬。㉛诣（yì 异）：前往，去到。庙：当是为祭蛇而修建的庙。 ㉜怀：藏，怀藏。将：携带。㉝糍：一种用糯米蒸制的食品。 ㉞麨（chǎo 炒）：炒麦面。这句是说，把糍用蜜和炒面拌和在一起。 ㉟囷（qūn）：圆形的粮囤。 ㊱目如二尺镜：蛇的眼睛像直径二尺的镜子。 ㊲就：接近，靠近。啮（niè 聂）：咬。 ㊳斫（zhuó 卓）：砍。创：创伤，伤口。 ㊴疮：剑伤。痛急：犹言痛得厉害。 ㊵踊：跳。 ㊶庭：阶前空地，院子。这里指庙门前。 ㊷髑（dú 独）髅（lóu 楼）：死人的头骨。 ㊸悉：全部。举出：犹言拿出。 ㊹咤：慨叹，悲叹。咤言，悲叹地说。 ㊺汝曹：你们。 ㊻愍（mǐn 敏）：哀怜。这句是说，真叫人悲哀伤心。 ㊼聘：旧时订婚叫聘。这句是说，聘娶李寄为王后。㊽拜：旧时用一定礼节和仪式授以官职或名号。 ㊾自是：从这以后。 ㊿歌谣：当指歌赞李寄事迹的民歌民谣。

刘义庆

刘义庆(403—444),彭城(今江苏徐州)人。南朝刘宋宗室,袭封临川王,曾任荆州刺史、江州刺史、南兖州刺史等职,加开府仪同三司。

义庆性简素,寡嗜欲,爱好文义,喜招致文学之士。撰《世说新语》,记述汉末、魏、晋文人逸事,"记言则玄远冷俊,记行则高简瑰奇"(鲁迅《中国小说史略》),是六朝时期志人小说的代表作。

《世说新语》后经刘孝标注解,征引甚博,对研究六朝文学、史学、语言学和社会学有重要的参考价值。又原有集八卷,已佚。

孙安国往殷中军许共论①

孙安国往殷中军许共论,往反精苦②,客主无间③。左右进食,冷而复暖者数四④。彼我奋掷⑤,麈尾悉脱落满餐饭中⑥,宾主遂至暮忘食。殷乃语孙曰:"卿莫作强口马⑦,我当穿卿鼻。"孙曰:"卿不见决鼻牛⑧,人当穿卿颊。"

①选自《世说新语·文学》篇。题目是根据本节文字第一句加的,以下选《世说新语》同此。孙安国:孙盛,字安国,东晋著名史学家,著有《魏氏春秋》《晋阳秋》,咸称良史。殷中军:即殷浩,浩字子渊,因官中军将军,人称殷中军。许:处所,地方。共论:指在一起谈玄论道。　②往反:即往返,当时清谈的一种方式,由"主"提出论题,并说明自己的观点,然后由"客"提出问难,作往返辩论。精:甚也。精苦,犹言甚苦。
③无间:没有间歇。指双方辩论激烈,问答之间没有间歇。　④数(shuò 朔):屡次,多次。数四,犹言三、四次。　⑤彼我:指清谈的客主双方。奋掷:指清谈时用力举起又击下麈尾。这是清谈时神情激动的动作。　⑥麈尾:魏晋至唐时名士们常执的一种器物,用驼或鹿尾毛(或云用鸟羽)做成,形似扇,上圆,靠柄的下部呈平直状。当时清谈家常执麈尾,以助谈锋。后梁宣帝萧詧《咏麈尾诗》:"匣上生光影,毫际起风流。本持谈妙理,宁是用摧牛。"陈徐陵《麈尾铭》云:"员(圆)上天形,平下地势。麈

麈丝垂,绵绵缕细。……用动舍默,出处随时,扬斯雅论,释此繁疑。拂静尘暑,引饰妙词。"对麈尾的形状、用途都做了说明。这句是说,麈尾上的毛都脱落在餐饭中。 ⑦强(jiàng)口马:性情倔强,不服羁勒的马。这里比喻孙盛的执拗,所以下一句说"我当穿卿鼻"。其实马不穿鼻,牛才穿鼻,因此下面孙盛以"决鼻牛"反讥。 ⑧决鼻牛:在牛鼻上穿眼,以绳系之,但性情倔强的牛常挣裂鼻眼,这就是决鼻牛。孙盛反讥殷浩是固执倔强的"决鼻牛",故当穿其颊,使不得逃。

支道林初从东出①

支道林初从东出,住东安寺中。王长史宿构精理②,并撰其才藻③,往与支语,不大当对④。王叙致作数百语⑤,自谓是名理奇藻⑥。支徐徐谓曰:"身与君别多年,君义言了不长进⑦。"王大惭而退⑧。

①选自《世说新语·文学》篇。支道林:即支遁,字道林,本姓关,东晋著名的高僧,学兼佛道儒,也是有名的清谈家。初从东出:刚从东方出山时。刘孝标注引《高逸沙门传》:"遁居会稽,晋哀帝钦其风味,遣中使至东迎之。遁遂辞丘壑,高步天邑。"会稽在东方,故言"东出"。 ②王长史:即王濛,字仲祖,人称其"性和畅,能言理,辞简而有会"(《晋书·王濛传》),可见也是清谈家。曾任司徒左长史,故人称王长史。宿构:预先构思。精理:精妙之理。理,指玄学或佛学的义理。 ③撰:持,即恃也。犹言倚仗。才藻:文思文采。这句是说,王濛并且依仗着自己的才思文采。 ④当对:相当,对等。这句是说,王濛不大是支道林的对手。 ⑤叙致:犹叙述,陈说。《世说新语·识鉴》篇:"(王)夷甫时总角,姿才秀异,叙致既快,事加有理。"注引《晋阳秋》:"夷甫申陈事状,辞甚俊伟。"可见"叙致"即"申陈",申述、陈述之意。这句是说,王濛陈述了几百句话。 ⑥自谓:犹言自以为。名理:犹言真理。奇藻:出人意表的辞藻。 ⑦义言:义和言。义,指义理,言,指语言。了:全,完全。这句是说,您在学问的义理和谈说的功夫上一点也没有长进。 ⑧大惭:犹言很羞愧。

顾和始为扬州从事①

顾和始为扬州从事,月旦当朝②。未入顷③,停车州门外。周侯诣丞相,历和车边④,和觅虱夷然不动⑤。周既反还⑥,指顾心曰:"此中何所有?"顾搏虱如故⑦,徐应曰:"此中最是难测地。"周侯既入,语丞相曰:"卿州吏中有一令仆才⑧。"

①选自《世说新语·雅量》篇。顾和:字君孝,东晋穆帝时累迁至尚书令。王导曾称赞他"珪璋特达,机警有锋,不徒东南之美,实为海内之俊"(《晋书·顾和传》)。扬州:东晋时扬州治所在建康(今江苏省南京市),辖地当今浙江省、上海市及安徽、江苏两省淮河以南大部分地区。从事:官名,当时州郡长官可自辟僚属,多以从事为称。扬州从事,即扬州刺史从事。当时王导为扬州刺史,辟顾和为从事。 ②月旦:农历每月初一。朝:指僚属谒见长官。 ③顷:少时,片刻。未入顷,未进州官署门的片刻时间。 ④周侯:即周颚,字伯仁。刘孝标注引《晋阳秋》曰:"颚有风流才气,少知名,正体嶷然,侪辈不敢媟也。"累迁官至尚书仆射,为王敦所害。诣:往、到。丞相:指王导,当时是扬州刺史,拜丞相事在后。历:过,经过。 ⑤觅虱:在身上寻找虱子。魏晋名士以身上有虱子为名士风度,所以觅虱、扪虱也不失为名士风流的举动。夷然:平静坦然的样子。 ⑥反:同"返"。 ⑦搏:捕捉。 ⑧令仆:尚书令与仆射的合称。魏晋时,尚书令和仆射同居宰相之任。令仆才,指有做令仆的才能。顾和后官尚书仆射、尚书令。

周处年少时①

周处年少时,凶强侠气②,为乡里所患。又义兴水中有蛟③,山中有遭迹虎④,并皆暴犯百姓⑤,义兴人谓为三横⑥,而处尤剧⑦。或说处杀虎斩蛟⑧,实冀三横唯余其一。处即刺杀虎。又入水击蛟,蛟或浮或没,行数十里,处与之俱⑨,经三日三夜。乡里皆谓已死,更相庆。竟杀蛟而出。闻里人相庆,始知为人情所患⑩,有自改意⑪。

乃自吴寻二陆⑫,平原不在,正见清河,具以情告⑬,并云:"欲自修改⑭,而年已蹉跎⑮,终无所成⑯。"清河曰:"古人贵朝闻夕死⑰,况君前途尚可⑱。且人患志之不立⑲,亦何忧令名不彰邪⑳?"处遂改励㉑,终为忠臣孝子㉒。

①选自《世说新语·自新》篇。周处:字子隐,吴(或云吴兴)郡阳羡(今江苏宜兴)人,少时胡作非为,为乡里所弃,后官至晋御史中丞。 ②凶强侠气:这里指凶狠强暴。 ③义兴:晋郡名,治所在阳羡,但义兴置郡在周处死后,这是作者以后称前。蛟:传说中的一种龙。 ④遭(zhān 沾):难行不进貌。遭迹,指虎走路的样子。遭迹虎,当是指刘孝标注引《孔氏志怪》所说的"义兴有邪足虎"的"邪足虎"。 ⑤暴犯:肆暴侵犯。 ⑥三横(hèng):三个横暴的害人虫。"三横"就是指蛟、虎和周处。 ⑦尤剧:特别厉害,格外厉害。 ⑧说(shuì 税):劝说人听从自己的意见。 ⑨俱:在一起,指紧追不舍。 ⑩患:祸害。 ⑪自改意:改过自新的想法。 ⑫吴:郡名,治所吴县(今江苏苏州),周处家阳羡县三国吴时曾属吴郡。自吴,犹言从吴郡。二陆:指西晋

著名文学家陆机、陆云兄弟,当时他们在文学上齐名,人并称"二陆"。"二陆"是吴郡吴县华亭(今上海松江)人,当时可能不在吴县,所以说周处"自吴寻二陆"。下文"平原",即指陆机,陆机曾仕晋为平原内史;"清河",即指陆云,陆云曾仕晋为清河内史。古代有以官名称人的风俗,所以陆机、陆云又称陆平原、陆清河。　⑬具:同"俱",全,都。这句是说,把全部情况告诉陆云。　⑭修改:指修养品德,改正错误。　⑮蹉(cuō搓)跎(tuó驼):指虚废了时光。　⑯终无所成:恐怕终究不会有什么成果。　⑰朝闻夕死:《论语·里仁》篇:"子曰:'朝闻道,夕死可矣。'""朝闻夕死"就是"朝闻道,夕死可矣"的省言,意谓早上听到圣贤之道,即使晚上死了也值得。这里借此勉励周处早早改过自新。　⑱前途尚可:前途尚有可为,还很有前途。　⑲患:忧虑,担心。志之不立:不立定远大的志向。　⑳令名:美名,好名声。彰:明白显著。邪:同"耶"。　㉑改励:指改正错误,勉励自己。　㉒忠臣孝子:刘孝标注引《晋阳秋》曰:"处仕晋为御史中丞,多所弹纠。氐人齐万年反,乃令处距万年。伏波孙秀欲表处母老,处曰:'忠孝之道,何当得两全?'乃进战。斩首万计。弦绝矢尽,左右劝退,处曰:'此是吾授命之日。'遂战而没。"从封建伦理观看来,正是周处"忠臣孝子"的表现。

石崇每要客燕集①

　　石崇每要客燕集,常令美人行酒②。客饮酒不尽者③,使黄门交斩美人④。王丞相与大将军尝共诣崇⑤。丞相素不能饮⑥,辄自勉强,至于沉醉。每至大将军⑦,固不饮以观其变⑧。已斩三人,颜色如故⑨,尚不肯饮。丞相让之⑩,大将军曰:"自杀伊家人⑪,何预卿事⑫!"

①选自《世说新语·汰侈》篇。石崇:字季伦,西晋贵族官僚,曾为荆州刺史,劫夺客商,以致暴富,以豪奢著名,官至侍中,八王之乱中被赵王伦所杀。要(yāo腰):同"邀",邀请。燕:通"宴",宴饮。要客燕集:邀请客人,举行宴会。　②行酒:斟酒劝客。　③不尽:指酒不喝尽。　④黄门交:即黄门校,这里指石崇家仆人。　⑤王丞相:指王导,字茂弘,曾拜丞相。大将军:指王敦,字处仲,王导堂兄,曾做镇东大将军、大将军。后谋反,军中病死。诣:往,到。诣崇:到石崇家。　⑥素:平素,平常。　⑦至大将军:指美人劝酒到王敦跟前。　⑧固:通"故",故意。观其变:犹言看看事情会怎样发展变化。　⑨颜色:脸色。指王敦的脸色。　⑩让:责备。　⑪伊家人:犹言他自家人。　⑫预:干涉,这里有牵涉之意。这句是说,关你什么事。

王蓝田性急①

　　王蓝田性急,尝食鸡子②,以箸刺之③,不得,便大怒,举以掷地。鸡子于地圆转未止,仍下地,以屐齿碾之④,又不得。瞋甚⑤,复于地取内口中⑥,啮破即吐之⑦。王右军闻而大笑曰⑧:"使安期有此性⑨,犹当无一豪可论⑩,况蓝田邪?"

①选自《世说新语·忿狷》篇。王蓝田:即王述,字怀祖,官至散骑常侍、尚书令。因其袭爵蓝田侯,故人称王蓝田。　②鸡子:鸡蛋。　③箸:筷子。　④屐(jī 基):木屐,木底有齿。碾(niǎn 捻):转压。这里指转动木屐踩。　⑤瞋(chēn 琛):怒。　⑥内:同"纳",放入。　⑦啮(niè 聂):咬。　⑧王右军:即大书法家王羲之,曾任右军将军,故人称王右军。　⑨安期:即王承,字安期,王述之父,《晋书·王承传》称其"清虚寡欲,无所修尚"。　⑩豪:同"毫"。无一豪可论,无一点可取之处。